500"

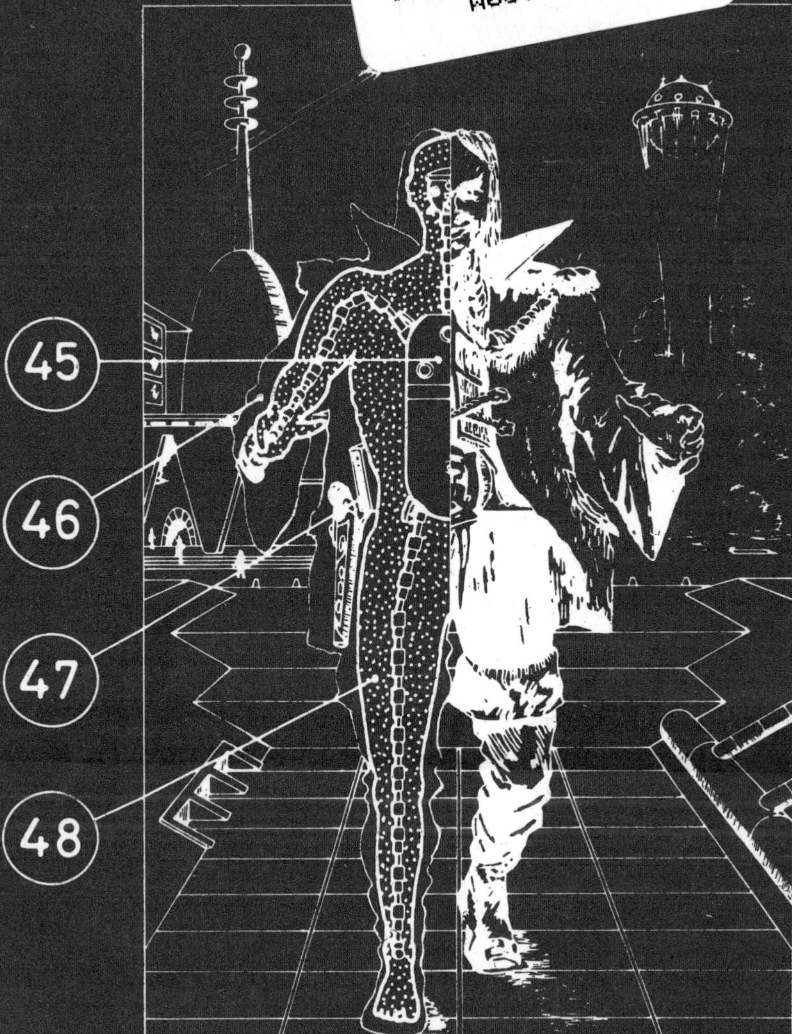

Perry Rhodan

Menschheit am Abgrund

Verlagsunion Erich Pabel-
Arthur Moewig KG, Rastatt

Redaktion: Horst Hoffmann
Druck und Bindung: Mohndruck
Graphische Betriebe, Gütersloh
Printed in Germany 1993
ISBN 3-8118-2064-8

Vorwort

Wieder einmal ist es soweit. Im Rahmen der PERRY RHODAN-Bibliothek gehen wir gemeinsam einen völlig neuen Zyklus an, der diesmal eine Entwicklung einleitet, die für alle weiteren Abschnitte dieses SF-Epos weichenstellend ist. Wir werden schon in dem vorliegenden 45. Band eine Vielzahl neuer Charaktere kennenlernen – und uns leider von einigen altvertrauten verabschieden müssen.

Tausend Jahre, und etwa so viele sind seit dem Handlungsende des letzten Buches vergangen, sind kein Klacks. Es hat sich viel getan im Perry Rhodan-Universum, und es ist deshalb – neben spannender Unterhaltung – die Aufgabe dieses Buches, Vergangenes zu rekapitulieren und gleichzeitig neue Gegebenheiten und Figuren vorzustellen. Persönlichkeiten, die auf sehr lange Sicht die PR-Serie prägen, werden hier erstmals präsentiert – ob Alaska Saedelaere oder Galbraith Deighton, Lord Zwiebus oder Ribald Corello, Tipa Riordan oder der noch unbekannt bleibende Vertreter des geheimnisvollen Volkes der Accalauries.

Die veränderten politischen Konfigurationen innerhalb der Galaxis können in diesem Buch teilweise nur vordergründig angesprochen werden.

In den nächsten Bänden wird dies schwerpunktmäßig vertieft. Ich kann schon verraten, daß in Buch 46 die Accalauries aus ihrem Antimaterieuniversum auch ein solcher Schwerpunkt sein werden – und eine Reihe von Elementen der PR-Serie in ganz neuem Licht erscheinen lassen.

Die diesmal ins Buch aufgenommenen Romane sind, unabhängig von notwendigen Kürzungen und Textneufassungen (in Klammern die Heftnummern): *Menschheit im Zwielicht (400)* von *K.H.Scheer, UFOS in der Galaxis (402)* von *Clark Darlton, Die Straße der Container (403)* von *H.G.Ewers, Die Piraten-Lady (404)* und *Amoklauf der Mutanten (408)* von *William Voltz* und *Der Mann, der doppelt starb (409)* von *Clark Darlton*.

Was bleibt, ist wie immer der Dank an alle Leser, die mir durch wertvolle Kritik und Anregungen bei der Arbeit an diesem Buch halfen, sowie an die Autoren der Romane, von denen ich mir vorstelle, daß sie »damals« kaum leichter zu schreiben waren als die ersten Hefte der Serie überhaupt.

Bergheim, im Frühjahr 1993 Horst Hoffmann

Zeittafel

1971 Perry Rhodan erreicht mit der STARDUST den Mond und trifft auf die Arkoniden Thora und Crest.

1972 Mit Hilfe der arkonidischen Technik Aufbau der Dritten Macht und Einigung der Menschheit.

1976 Das Geistwesen ES gewährt Perry Rhodan und seinen engsten Wegbegleitern die relative Unsterblichkeit.

1984 Galaktische Großmächte (Springer, Aras, Arkon, Akonen) versuchen, die aufstrebende Menschheit zu unterwerfen.

2040 Das Solare Imperium ist entstanden und stellt einen galaktischen Wirtschafts- und Machtfaktor ersten Ranges dar.

2400-2406 Entdeckung der Transmitterstraße nach Andromeda; Abwehr von Invasionsversuchen von dort und Befreiung der Andromeda-Völker vom Terror-Regime der Meister der Insel.

2435-2347 Der Riesenroboter OLD MAN taucht auf, und die Zweitkonditionierten erscheinen mit ihren Dolans, um die Menschheit für angebliche Zeitverbrechen zu bestrafen. Perry Rhodan wird in die ferne Galaxis M 87 verschlagen. Nach seiner Rückkehr Kampf um das Solsystem. OLD MAN gibt seine Geheimnisse preis, und die Terraner treten das Erbe der Lemurer an. Rhodans Sohn Roi Danton wird im entscheidenden Kampf gegen die Nachfahren der einst aus M 87 geflohenen Retortenwesen getötet, die als Erste Schwingungsmacht alle Zeitexperimente verfolgten, damit nicht ihre eigene Existenz rückgängig gemacht werden konnte.

Prolog

Seit den dramatischen Ereignissen, die in der Vernichtung der Uleb durch die Okefenokees aus M 87 gipfelten und die Bedrohung der Menschheit durch die Erste Schwingungsmacht und deren Helfer endgültig beendete, sind 993 Jahre vergangen. Auf Terra und den Welten des Solaren Imperiums schreibt man den Monat Oktober des Jahres 3430.

Die Menschheit existiert inzwischen nicht mehr als geschlossene Einheit. Die meisten Kolonialwelten haben sich vom Solaren Imperium gelöst, drei große Machtblöcke sind in der Milchstraße entstanden. Daneben gibt es eine Reihe von Interessenbünden und Gruppierungen wie die kosmischen Prospektoren, die Piraten Tipa Riordans oder die geheimnisvollen Wissenschaftler.

Terra, die Mutterwelt, hat keine Möglichkeit mehr, die gegenwärtig 5813 von Menschen besiedelten Sonnensysteme zu kontrollieren oder politisch zum Besten der galaktischen Menschheit zu lenken. Die Gefahr, daß sich die neuen Imperien eines Tages gegen die Stammwelt wenden würden, sah Perry Rhodan schon vor langer Zeit voraus und entwickelte mit seinen besten Spezialisten einen sogenannten Fünfhundertjahresplan, um im Ernstfall unvorstellbares Blutvergießen in einem galaktischen Bruderkrieg zu verhindern.

Dieser Ernstfall kommt, als die drei großen Sternenreiche sich verbünden, um dem Solaren Imperium den Todesstoß zu versetzen. Perry Rhodan ordnet den »Fall Laurin« an, und das gewagteste Unternehmen der Menschheitsgeschichte nimmt seinen Anfang . . .

1.

Anno 3430

Neunhundertdreiundneunzig Jahre nach der Überwindung der Gefahr, die durch die Erstkonditionierten und Schwingungswächter drohte, erhob sich die außersolare Menschheit gegen die Mutterwelt Terra.

Die terranischen Altkolonisten, in den Jahren zwischen 2000 und 2300 ausgewandert, bildeten Staatenbünde und Interessengemeinschaften, deren Autarkiebestrebungen allein durch den Vorhalt der Vernunft nicht mehr zu verhindern waren.

Perry Rhodan, Großadministrator und Regierungschef des Solaren Imperiums, sah sich vor die Wahl gestellt, die Freiheitsbestrebungen der neuen Menschheitsvölker entweder zu unterdrücken oder dem Gesetz der Einsicht und Toleranz zu folgen.

Das Solare Parlament, an seiner Spitze der demokratisch gewählte und von der Regierung bevollmächtigte Großadministrator, faßte den Entschluß, den Autarkiewünschen zuzustimmen und den neuen Völkern die politische, wirtschaftliche und militärische Selbständigkeit zu gewähren. Ein galaktischer Krieg wurde somit verhindert.

Bereits zu dieser Zeit, fünfhundert Jahre nach den Erlebnissen in den Magellanschen Wolken, zeichneten sich jedoch jene Ereignisse ab, die für das Krisenjahr 3430 bestimmend wurden.

Drei große Sternenreiche, von Kolonistennachkommen gegründet, aufgebaut und zu unübersehbaren Machtfaktoren erhoben, wendeten sich gegen Terra. Die nach wie vor bestehende Überlegenheit der Mutterwelt aller Menschen wurde zum Anlaß eines tiefgreifenden Zerwürfnisses, und schließlich sah sich die Solare Menschheit gezwungen, für den Fall einer ernsthaften Auseinandersetzung Vorsichtsmaßnahmen zu treffen.

Ende Oktober des Jahres 3430 sah sich Perry Rhodan mit der Gewissensfrage konfrontiert, entweder die geballte Macht der Solaren Flotte auf angreifende Neuvölker menschlicher Abstammung zu richten, oder ein zweites Mal den Rückzug anzutreten. Der Großadministrator verzichtete auf einen Waffengang.

So geschah es, daß achtzigtausend Großraumschiffe der Antiterranischen Koalition ins Leere stießen. Der Mann, dem die neue Menschheit ihre ursprüngliche Einigung und bevorzugte galaktische Stellung verdankte, hatte mit gewohnter Genialität einen anderen Weg gefunden.

Die Machthaber des Carsualschen Bundes, des Imperiums Dabrifa und der Zentralgalaktischen Union hatten den größten Terraner der Menschheitsgeschichte ebenso unterschätzt, wie lange vor ihnen die Kommandeure nichtirdischer Völker.

Die Krise begann am 1. Oktober 3430 nach Christi Geburt.

Der Mann auf dem Bildschirm wiegte zweifelnd den Kopf. Seine Stimme wurde von Geräuschen überlagert, die nur ein Spezialist auf Anhieb enträtseln konnte.

Sie glichen dem Donnern eines auf Vollschub laufenden Raumschifftriebwerks, vermischten sich jedoch mit einem Heulen und Rauschen, das nicht zu einem Raumschiff paßte.

Der Anrufer trug eine Kombination, die halbwegs einem Froschmannanzug, andererseits einer modernen Kampfmontur der Solaren Flotte ähnelte.

»Ausgeschlossen ist überhaupt nichts«, schrie er in sein Mikrophon. »Unter uns kann alles mögliche liegen. Ich wollte Ihnen lediglich mitteilen, daß wir in den nächsten zwei Stunden fündig werden. Sie sollten sich die Sache ansehen.«

Der Anrufer war Dr.-Ing. Kleym Hasselet, Terras bester Fachmann für Unterwasser-Tiefenbohrungen.

Galbraith Deighton, Chef der Solaren Abwehr, lauschte einen Augenblick auf die fremdartigen Geräusche. Deighton befand sich im wiederaufgebauten Terrania.

»Für einen hundertzwanzigjährigen Mann sind Sie mir fast etwas zu munter, Doc«, stellte Deighton mit einer Spur von gutmütigem Spott fest. »Wenn Sie auf einen Sprengkörper stoßen, wird der Tonga-Graben in die Luft fliegen.«

»Ins Wasser«, korrigierte Hasselet trocken. »Und nicht nur das! Wir dürften in diesem Fall einen unterseeischen Vulkanausbruch erleben, der die Erde erschüttern wird. Soll ich nun weiterbohren, oder wollen Sie das Unternehmen abblasen? Das Ding unter uns wird weiterhin ticken, tacken, strahlen oder Gott weiß was tun. Vielleicht explodiert es auch eines Tages. Sir, meine Zeit ist kostbar!«

»Ich komme«, entschied der Erste Gefühlsmechaniker. »Wie weit sind Sie unter den Meeresgrund vorgestoßen?«

»Knapp zehntausend Meter. Da die Meeressohle im Tonga-Graben achttausendsiebenhundert Meter unter der Wasseroberfläche liegt, haben wir uns demnach schon fast neunzehntausend Meter vom Licht der Sonne entfernt. Die Temperaturen sind vor Ort auf hundertzwanzig Grad Celsius angestiegen. Der Materieaushub und seine Ablagerung wird schwierig. Bringen Sie sich einen guten Schutzanzug mit. Ich erwarte Sie, Sir. Die letzte Entscheidung müssen Sie treffen. Ich . . . Augenblick bitte, hier kommen neue Meldungen.«

Der Ingenieur drehte der Bildaufnahme den Rücken zu. Lautsprecher sprachen an. Die Stimme des Sprechers war bei dem ständigen Heulen und Rauschen nicht zu verstehen. Hasselet wendete sich wieder der Aufnahme zu. Das Mikrophon hielt er dicht vor die Lippen.

»Da haben wir den wunden Punkt. Fünfzig Meter tiefer wird ein riesiger Hohlraum geortet. Anscheinend ein Labyrinth. Die vulkanische Tätigkeit nimmt zu. Ich befürchte, daß wir magmaführende Schichten oder unter Hochdruck stehende Blasen anschneiden. Ich werde die beiden in Reserve gehaltenen Feldzonentürme zusätzlich einsetzen.«

»Ich weiß zwar nicht, was Sie darunter verstehen, aber ich hege keine Zweifel an der Richtigkeit Ihrer Maßnahme. Haben Sie noch andere beglückende Nachrichten vierzehn Tage vor der Wahl des neuen Solaren Parlaments und des Regierungschefs?«

Hasselet lachte. Seine Gesichtshaut bildete tausend Runzeln und Fältchen.

»Nein, ich lasse Sie in Ruhe. Was hört man vom Großadministrator?«

»Wenig. Wenn aber eine Nachricht ankommt, könnte man weinen. Die Bewohner der freien Systemplaneten scheinen von Rhodans Rundreise des guten Willens nicht viel zu halten. Außerdem durchkreuzt er mir ständig die ausgeklügelten Sicherheitsmaßnahmen. Würden Sie vergleichsweise einem Tiefseeungeheuer die Hand schütteln? Na also. Ich bin in einer Stunde bei Ihnen, Doc. Ende . . .«

Der SolAb-Chef schaltete ab. Er trat zu dem Panoramafenster seines Arbeitszimmers und schaute über das neue Terrania hinweg. Weit westlich startete ein Kurierkreuzer der Flotte. Es war die AGANON; ein schnelles Verbindungsschiff für Nachrichten, die man dem Hyperfunk nicht anvertrauen konnte.

Galbraith Deighton, ein hochgewachsener, dunkelhaariger Mann mit markanten Gesichtszügen, lauschte mit seinen außergewöhnlichen Sinnen auf die emotionellen Schwingungen der Menschenmassen, die weit unter ihm die Hochstraße der solaren Hauptstadt bevölkerten.

Deighton war als sogenannter Gefühlsmechaniker in der Lage, die Schwingungsimpulse menschlicher Gehirne zu erfassen und aus ihnen die jeweilige Gemütsstimmung herauszulesen. Dennoch war er kein Mutant, sondern nur ein Mensch, der von Geburt an die Veranlagung zur Schulung auf der Emotio-Akademie nachgewiesen hatte.

Zehn Minuten später saß der Abwehrchef in seinem Luftgleiter. Ziel war ein Sektor des Pazifischen Ozeans. Die Bohrstelle lag auf hundertvierundsiebzig Grad westlicher Länge und zweiundzwanzig Grad südlicher Breite südsüdöstlich der Tonga-Inselgruppe.

Es war seit fast einem Jahrtausend bekannt, daß dort die ehemalige Westküste des versunkenen Erdteils Lemuria gelegen hatte.

Als daher vor Monatsfrist ein Forschungs-U-Boot mit einem neuentwickelten Thermolot in der Tiefsee auffallende Temperaturunterschiede feststellen konnte, war Deighton hellhörig geworden. Die alten Lemurer hatten der neuen Menschheit schon mehr als einmal Erbstücke präsentiert, die sich bei näherer Begutachtung als äußerst gefährlich erwiesen hatten.

Niemand wußte genau, was sich in den Abgründen des Meeres verbarg. Die Lemurer hatten während der halutischen Großoffensive vor etwa fünfzigtausend Jahren wahrhaft gigantische Untergrundbauten errichtet. Dabei waren sie bis zu zehntausend Meter in die Tiefen ihres Erdteils vorgedrungen. Man hatte Bunkeranlagen aller Art, Waffenmagazine, unterirdische Fabrikationsanlagen und Materialdepots von enormen Ausmaßen entdeckt.

Nun hatte der Meeresboden, ehemals stabiles Festland, im Tonga-Graben zu strahlen begonnen. Nach der ersten Thermoortung waren geringfügige Energieechos aufgefangen worden. Sie waren um so stärker geworden, je weiter die von Deighton angeordnete Bohrung fortgeschritten war. Ende September 3430 hatte man gewußt, daß etwa neunzehntausend Meter unter dem Meeresspiegel Dinge geschahen, die jeder logischen Überlegung widersprachen.

Mindestens *eine* atomare Kraftmaschine der alten Lemurer hatte nach zirka fünfzigtausend Jahren die Arbeit wieder aufgenommen. Es konnte sich aber auch um andere Dinge handeln, die dort aus unerfindlichen Gründen zum Leben erwacht waren.

Dies war Anlaß genug für den Nachfolger des unvergessenen Solarmarschalls und Abwehrchefs Allan D. Mercant, den Ursachen auf den Grund zu gehen.

Auf der Erde lebten fünfzehn Milliarden Menschen. Viele von ihnen hatten den erschlossenen Meeresboden als Wohnstätte gewählt.

Weitere zehn Milliarden Menschen lebten auf den Planeten und großen Monden des Sonnensystems. Es konnte sich unter diesen fünfundzwanzig Milliarden niemand erlauben, Dinge zu dulden oder zu übersehen, die nach allen Erfahrungen sehr schnell gefahrbringend werden konnten.

Daran dachte Solarmarschall Galbraith Deighton, als er seine schnelle Maschine bestieg. Sie brachte ihn in zwanzig Minuten zu dem Seegebiet, unter dem sich die ehemalige Westküste Lemurias versteckte. Deighton war entschlossen, die Hochenergiebohrung fortzusetzen; koste es, was es wolle.

Die Amtszeit der Solaren Regierung war abgelaufen. Es mußte nicht nur ein neues Parlament gewählt werden, sondern auch der amtierende Regierungschef und Generalhandlungsbevollmächtigte der Menschheit.

Seit Jahrhunderten bekleidete Perry Rhodan dieses hohe Amt. Entweder wurde er in direkter Personenwahl erneut gewählt, oder er würde abtreten müssen, um einem oder einer anderen Platz zu machen. Kandidaturen gab es genug.

Am 14. Oktober würde die Solare Menschheit ihre Stimmen abgeben. Nichts wäre ungelegener gekommen, als eine wissenschaftliche Unterlassungssünde mit katastrophalen Folgen. Das Geheimnis der Tiefsee mußte schnellstens geklärt werden.

Weit nordwestlich, gerade noch über der Kimm erkennbar, waren die höchsten Erhebungen der Tonga-Inseln zu sehen. Sie wurden vom Dunst des frühen Morgens verschleiert.

Deightons Luftgleiter war auf dem Flugdeck eines U-Boot-Mutterschiffes gelandet. Von hier aus wurde die Aktion geleitet.

Der Gefühlsmechaniker begutachtete das diskusförmige U-Boot mit deutlich erkennbarem Mißtrauen. Es lag im gewaltigen Leib des Mutterschiffes. Der schlanke Turm auf der Oberseite des Schalenrumpfes ragte fast bis zur Decke empor. Der Hangarraum war identisch mit einer Wasserschleuse.

»Es wird Zeit, Sir«, drängte der Kommandant, ein junger Mann mit schmalen Händen und einem sonnengebräunten Gesicht. Er gehörte zum terranischen Aquanautenkommando. Die Mitglieder seiner Besatzung – sie bestand nur aus drei Mann – befanden sich bereits im Boot.

»Dort unten herrschen fast neunhundert Atmosphären Wasserdruck«, meinte Deighton zögernd. »Sind Sie ganz sicher, daß diese dünne Schale standhalten wird? Das von Ihnen bevorzugte Element ist mir etwas unheimlich.«

Der Kommandant unterdrückte ein Lächeln. Deightons Aversion gegen die Tiefen der Weltmeere war bekannt. Er gehörte zu den Männern, die sich im freien Raum wesentlich wohler fühlten.

»Der Philippinen-Graben ist noch tiefer, Sir. Wir haben uns in elftausend Meter Tiefe recht wohl gefühlt. Bitte, Sir . . .!«

Deighton bestieg das Boot so vorsichtig, als betrete er eine trügerische Eisdecke. Die unter dem Turm liegende Zentrale war eng. Die Schaltungen waren Deighton so fremd, daß sich sein Unbehagen verstärkte. Tiefen- und Seitenruder wurden von einem lethargisch aussehenden Mann bedient. Er hielt den flugzeugähnlichen Steuerknüppel zwischen zwei Fingern und überprüfte nacheinander die verschiedenen Steuersysteme.

Zehn Minuten später war die Schleuse bereits geflutet. Das kleine Boot wurde nach längst überholter Art mittels Preßluft ausgestoßen. Das gefiel dem Abwehrchef ebenfalls nicht.

Auf seinen Vorhalt hin meinte der Kommandant, nicht alle Erfindungen der Alten wären mangelhaft; bestimmt aber nicht hinsichtlich der Unterseefahrt.

Der Diskus schoß steil nach unten. Schon wenige Augenblicke nach dem Ausschleusungsmanöver wich das Dämmerlicht des Tages der ewigen Nacht der Tiefsee. Allein die Ortungs- und Bildgeräte vermittelten noch einen Eindruck der Umgebung.

Das Tiefenmanometer rotierte so rasch, daß Deighton erneut unruhig wurde. Er lauschte auf etwas, was er bei einer Befragung nicht hätte definieren können. Vielleicht wartete er auf das oftmals geschilderte Knacken in den Verbänden, oder auf das Tosen einbrechender Wassermassen. Der Kommandant beruhigte ihn erneut mit dem Hinweis, noch kein Tiefseefahrer hätte jemals einen Druckkörper-Bruch bewußt vernehmen können, denn in diesen Tiefen geschähe es so schnell, daß ein klares Erkennen des bevorstehenden Todes nicht mehr möglich sei.

Galbraith Deightons Sorgen waren unbegründet. Der Terkonitstahlkörper des Bootes hätte den sechsfachen Wasserdruck ertragen können.

Aus der Schwärze der Wassermauer schälte sich plötzlich ein gleißendes Pünktchen hervor. Je näher das Tiefseeboot kam, um so deutlicher wurde die Lichtquelle erkennbar.

Die Technik hatte den gefürchteten Druck längst besiegt. Vier Feldzonentürme, schwimmende und tauchfähige Hochenergiestationen mit mächtigen Fusionsmeilern und Schirmfeldprojektoren, hatten über der Bohrstelle ein wasserabweisendes Energiefeld geschaffen.

Es hatte das nasse Element verdrängt und eine halbkugelige Hohlblase mit einer lichten Weite von dreihundert Meter und einer Höhe von hundertfünfzig Meter entstehen lassen.

Darin standen die Bohrgeräte, die Unterkünfte der Techniker, die Filterstation und was der technischen Einrichtungen mehr waren. Helles Licht täuschte den Eindruck einer in der Tiefsee aufgegangenen Sonne vor.

Der Rudergänger riß plötzlich den Knüppel nach vorn. Deighton sah eine Unterwasserschlucht auf sich zukommen. Gleichzeitig vernahm er einige Kommandos, die er nicht verstand. Das Boot kam mit aufheulender Maschine und dicht über dem Boden der Schlucht zum Stillstand. Die leuchtende Energieblase war nur noch teilweise zu sehen.

»Was gibt es?« erkundigte er sich verwirrt. Er spürte die Nervenanspannung der anderen Männer.

»Annäherungsverbot, Sir. Doktor Hasselet ist anscheinend durchgestoßen. Dabei kann es zu Schwierigkeiten kommen. Ein vernünftiger Mann geht dann sofort in Deckung.«

Der Abwehrchef beherrschte sich. Er schwieg auch noch, als ein schrilles Pfeifen aufklang, dem gleich darauf ein donnerndes Geräusch folgte.

»Gut, das ist die Abgasschleuse«, schrie der Kommandant. »Hasselet muß eine unter Druck stehende Blase angeschnitten haben. Wahrscheinlich mit dem Sondendesintegrator. Wir haben die letzten zehn Meter bis zu dem georteten Hohlraum mit kleinem Gerät durchstoßen.«

Es dauerte noch zehn Minuten, bis das Boot wieder Fahrt aufnahm. Von da an war Deighton überzeugt, daß die Aquanauten ihr Handwerk verstanden.

Vor dem schwimmenden Diskus öffneten sich die Tore einer röhrenförmigen Hochdruckschleuse aus Terkonitstahl. Sie mündete in dem Röhrenfeld. Das Boot glitt hinein, wurde magnetisch verankert und somit fest mit dem Schleusenboden verbunden.

Deighton lauschte schon wieder. Das Wasser wurde nicht etwa aus der Röhre hinausgepumpt, sondern man ließ es in die Energieblase abfließen. Dort sammelte es sich in einem Entspannungsbehälter, wurde verdampft und durch die Hochenergiefelder der Aushubschleuse wieder in den Ozean entlassen.

Deighton betrat endlich das Land unter dem Meeresspiegel. Weiter vorn, im Mittelpunkt zwischen den rumorenden Feldzonentürmen, stand der schwere Desintegrator, dessen Strahl den molekularen Verband jeglicher Materie auflöste.

Eine »Bohrung« im althergebrachten Sinne war es nicht. Der staubförmige Aushub des Strahlers wurde in der benachbarten Thermoanlage vergast und durch die Aushubschleuse unter hohem Druck ins Wasser abgeblasen.

Deighton fand Dr. Hasselet im gepanzerten Steuerstand des Desintegrators. Der Lärm wurde so heftig, daß er sich die Ohren zuhielt.

Hasselet winkte und deutete auf einen Techniker, der mit einem Schutzanzug bereitstand.

Der Gefühlsmechaniker legte ihn an, lauschte mit seinen geschulten Sinnen gewohnheitsmäßig auf die emotionellen Schwingungen der hier arbeitenden Männer und setzte dann beruhigt den schalldicht schließenden Helm mit der eingebauten Funksprechanlage auf.

Es war alles in Ordnung. Deighton empfing lediglich stärker werdende Impulse, die von nervlicher Anspannung zeugten.

»Hasselet spricht. Hören Sie mich, Sir? Hier unten kann man sich nur über Funk verständigen.«

»Die Verständigung ist gut, Doc. Bin ich zu spät gekommen?«

»Keineswegs. Wir sind soeben mit dem Fünf-Meter-Projektorkranz durchgebrochen. Das Labyrinth stand unter Überdruck.«

»Wie – da unten gibt es noch Luft?«

Hasselet stieß ein kurzes Lachen aus. Es klang humorlos.

»Und ob! Fast jede lemurische Anlage, die wir bisher angeschnitten haben, stand unter Druck. Diese ebenfalls. Es handelte sich überwiegend um hermetisch abgeriegelte Bauwerke, die beim Untergang Lemurias natürlich die in ihnen eingeschlossenen atmosphärischen Gase mitgenommen haben.«

»Natürlich!« wiederholte Deighton etwas hilflos. »Was geschieht nun? Verzeihen Sie, aber ich hatte bisher noch keine Zeit, solchen Experimenten beizuwohnen.«

Hasselet nickte nur. Er deutete auf die Bildschirme.

»Für eine normale Verrohrung des Schachtes haben wir keine Zeit mehr. Ich lasse ihn im Spritzguß-Verbund stabilisieren, in der Hoffnung, daß die Terkalnotral-Masse schneller abbindet, als sich das Gestein bewegt. Meine Leute stellen überall vulkanische Schichten fest. Es ist verteufelt unruhig in dieser Gegend des Planeten Erde. Sehen Sie . . .!«

Etwa zehntausenddreihundert Meter unter dem Meeresboden arbeiteten flugfähige Spezialroboter. Eine grauweiße Masse sprühte aus mächtigen Röhren hervor. Sie bedeckte die Schachtwände, verband sie miteinander und bildete somit eine fugenlose Gußröhre, die hohen Drücken standhalten konnte.

Andere Roboter waren bereits in den Raum vorgedrungen, den man mit dem Fünf-Meter-Projektorkranz angeschnitten hatte. Tief unter dem Meeresgrund flammten Scheinwerfer auf. Die farbige Bildübertragung der Robotkameras war einwandfrei und überdies dreidimensional.

Andere Maschinen gaben Analysen durch. Die Luft war schlecht, völlig überhitzt und ohne den geringsten Feuchtigkeitsgehalt. Der Druck stimmte mit jenem in der Energieblase überein.

Deighton beugte sich nach vorn. Einer der Roboter hatte eine Maschine gefunden. Er leuchtete sie ab und filmte sie mit seiner Kamera.

Die Männer im Kommandostand des Hochenergiebohrers waren erfahrene Spezialisten, die fast jedes lemurische Gerät auf Anhieb identifizieren konnten. Sie starrten gebannt auf die Schirme. Schließlich meinte einer gedehnt:

»Kann mir jemand sagen, was *das* ist?«

Der Ingenieur drehte sich um. Er blickte in betretene Gesichter. Nur der Gefühlsmechaniker ließ sich von dem allgemeinen Unbehagen nicht mitreißen, denn in diesem Augenblick war eine Sachlage entstanden, die Deighton als sein Fachgebiet ansah.

»Doktor Hasselet, ich steige mit ab. Haben Sie hier unten ein bewaffnetes Einsatzkommando?«

Hasselet riß verwundert die Augen auf.

»Bitte? Ein was? Sir, Lemuria ist vor fünfzigtausend Jahren untergegangen. Wer sollte dort . . .«

»Beispielsweise Leute, die über eine gut funktionierende Transmitterverbindung verfügen«, wurde er unterbrochen. »Haben Sie also ein Kommando?«

Hasselet ahnte, daß die Angelegenheit ernster wurde, als er es sich vorgestellt hatte. Er alarmierte fünfzig Spezialisten des Aquanautenteams. Bis sie eintreffen konnten, hatte die Spritzgußverkleidung abgebunden.

»Die Wetterführung ist miserabel!« hatte Dr.-Ing. Kleym Hasselet gesagt, als er von der Antigravitationsplattform gesprungen war.

Das Fluggerät war eine Spezialkontruktion zum liftartigen Absteigen in Bohrschächten.

Deighton war es in diesen Augenblicken völlig gleichgültig gewesen, was der Fachmann unter »Wetterführung« verstand. Er, der Abwehrchef, hatte lediglich bemerkt, daß die zundertrockene und überhitzte Luft nicht atembar war. Also hatte er den Klarsichthelm seines Schutzanzuges geschlossen und auf Kunstbeatmung umgeschaltet.

Allein das Gefühl, eine Art Raumanzug zu tragen, hatte Galbraith Deighton die nötige Sicherheit gegeben. Die fünfzig Spezialisten des Aquanautenkommandos hatten überdies nicht viele Fragen gestellt. Sie waren über die Vorkommnisse der Vergangenheit informiert. Sie kannten auch aus eigener Anschauung lemurische Transmitterstationen, die von gesetzeswidrigen Elementen für verbrecherische Zwecke benutzt worden waren. Ihnen erschien es gar nicht so verwunderlich, daß sic von dem Abwehrchef angefordert worden waren.

Die Strahlwaffen hatten jedoch nicht eingesetzt werden müssen. Deighton war dafür dankbar gewesen. Er war ein Vertreter der strategischen und taktischen Planung. Bewaffnete Auseinandersetzungen haßte er.

Die Thermolader der Männer hingen längst wieder über ihren Schultern. Es gab genug zu sehen und noch mehr zu bestaunen, um Deightons Befürchtungen einer Gefahr vorerst vergessen zu lassen.

Die Messungen waren beendet. Ein Wissenschaftlerteam hatte festgestellt, daß die überreichlich vorhandenen Maschinenanlagen, Labors aller Art, Magazine, Verbindungswege und Verkehrsmittel nie und nimmer lemurischen Ursprungs waren!

Für Deighton und die Spezialisten warf sich die Frage auf, wer auf dem lemurischen Kontinent gebaut und geplant hatte, ehe es die Erste Menschheit überhaupt gegeben hatte.

Alle Dinge, die man gefunden hatte, waren mindestens zweihunderttausend Jahre alt. Zu dieser Zeit hatte auf der Erde noch der Neandertaler gelebt. Allerdings war seit langem bekannt, daß gleichzeitig zu dem affenähnlichen Frühmenschen Kulturen entstanden waren, die unwiderlegbar von der richtungsweisenden Hand des Jetztzeitmenschen, des *Homo sapiens* zeugten.

Beide Kultur- und Entwicklungsstufen hatten zur gleichen Zeit existiert. Beide waren sie jedoch nicht in der Lage gewesen, technische Anlagen dieser Art zu errichten.

Wer also hatte vor zweihunderttausend Jahren auf dem wahrscheinlich größten Kontinent der damaligen Erde gelebt? Wer hatte dieses unterirdische Labyrinth etwa zehntausend Meter unter der damaligen Erdoberfläche entdeckt und es ausgebaut? Es stand fest, daß die riesigen Höhlen natürlich entstanden waren. Hochbegabte Intelligenzwesen mußten sie erschlossen und für ihre Zwecke benutzt haben.

Warum aber waren sie in die Tiefe der Erde ausgewichen, anstatt auf der Oberfläche zu bauen? Hatte es dort Gegner gegeben? War man gezwungen worden, in der sicheren Anonymität eines in Urzeiten entstandenen Höhlenlabyrinths Labors und Produktionsstätten verschiedenster Art zu installieren?

Vor Deighton und den Wissenschaftlern türmte sich ein Berg von Fragen und ungelösten Rätseln auf.

Die Männer der verschiedenen Forschungstrupps waren seit acht Stunden unterwegs. Man hatte eine Energiestation von überwältigenden Ausmaßen gefunden. Die Atomreaktoren arbeiteten auf der Basis der Deuterium-Katalyse. Die kalte Kernverschmelzung schien für die Erbauer dieser Station selbstverständlich gewesen zu sein.

Die Reaktoren waren kompakte, platzsparende Energiespender und Direktumwandler. Der Kohlenstoffzyklus wurde innerhalb der heißen Reaktionszone mit fast spielerischer Sicherheit angewendet. Der Kernbrennstoffverbrauch lag in den Grenzgebieten der modernsten terranischen Hochenergiemeiler. Er war minimal.

Einer dieser Reaktoren war nach einem Zeitraum von zweihunderttausend Jahren wieder angesprungen. Ein unbeschädigtes Steuergehirn auf positronischer Basis hatte ihn hochgefahren und den Leistungswert nach einem offenbar festliegenden Programm allmählich gesteigert. Zur Zeit erzeugte der Fusionsmeiler dreihunderttausend Megawatt.

Wo war der Verbraucher? Wer verschlang diese Energieflut; wozu wurde sie benötigt? All diese Fragen konnten nicht beantwortet werden.

Die vielen Maschinen und Geräte, die man in anderen Felshallen entdeckt hatte, standen still. Sie kamen als Stromabnehmer nicht in Betracht. Wer oder was verbrauchte aber dann die dreihunderttausend Megawatt?

Erschwerend zu allen Problemen war die vulkanische Tätigkeit des Untersuchungsgebietes. Hier und dort wurden bereits Magmaeinbrüche gemeldet. Das gewaltsame Aufspalten des fünf Meter durchmessenden Schachtes; die zwangsläufige Zerstörung einer acht Meter dicken Stahlwand, die früher offensichtlich als wichtige statische Einrichtung erschaffen worden war, und der implosionsartige Druckverlust beim Durchbruch der energetischen Bohrsonde hatten die Unterwelt der Erde erwachen lassen.

Spezialroboter mit Hochleistungsreaktoren waren damit beschäftigt, die an vier Stellen georteten Magmaeinbrüche in das unterseeische Reich so lange aufzuhalten, bis wenigstens die wichtigsten Forschungsarbeiten abgeschlossen waren. Das Unternehmen stand von vornherein unter einem ungünstigen Vorzeichen. Man hatte nicht genügend Zeit, den Dingen auf den Grund zu gehen.

Galbraith Deighton war der Verzweiflung nahe. Er spürte, daß sich hier unten ein wichtiges Geheimnis verbarg. Unter Umständen konnte es für die Existenz der Erde eine wesentliche Rolle spielen.

Dann aber, vierzehn Stunden nach dem ersten Eindringen in die Unterwelt, wurden die biochemischen und biophysikalischen Labors gefunden. Sie gaben den Ereignissen eine andere Wende.

Nochmals eine Stunde später – die Magmaeinbrüche konnten kaum noch durch die Energiefelder der Roboter abgeriegelt werden – wurde eine Spezialkammer gefunden, die von den Fachwissenschaftlern als *Energiekonserve* klassifiziert wurde.

2.

Deighton hatte die Stahlkammer mit einem Impulsbrenner aufschneiden lassen. Es handelte sich um ein Material, das noch widerstandsfähiger war als Terkonit. In der großen, langgestreckten Kammer gab es eine kleine Energiestation. Sie wurde durch eine Querwand von den anderen Räumen getrennt.

Einer von Hasselets Ingenieuren hatte den Reaktor stillgelegt. Die Schaltungen waren fremdartig, doch im Prinzip verständlich.

Anschließend war auch die Querwand aufgeschnitten worden. Und nun stand der Gefühlsmechaniker vor einem breiten, gut gepolsterten Liegebett, das auf allen Seiten von Projektormündungen umrahmt wurde. Sie glühten noch nach. Also hatten sie bis zum Auslaufen des Meilers gearbeitet.

An der Decke kreiste ein kugelförmiges Gerät. Es strahlte intensiv. Der auf dem Tisch liegende Körper wurde von einer grünblauen Strahlungsflut überschüttet.

Zwei eigentümlich geformte Roboter, die weder auf die eindringenden Menschen reagierten, noch sich um die schußbereiten Waffen kümmerten, gingen einer vorprogrammierten Tätigkeit nach. Frische Atemluft zischte aus Deckendüsen. Eine Klimaanlage war ebenfalls eingeschaltet. Dennoch herrschte in der Kammer eine nahezu unerträgliche Hitze.

»Das . . . das ist . . .!«

Dr. Hasselet unterbrach sich. Seine Stimme hatte unartikuliert geklungen. Deighton starrte unbewegt und um seine Beherrschung kämpfend auf den Körper, dem die Roboter irgendwelche Injektionen verabreichten. Die strahlende Kugel kreiste unablässig.

Zwei Ärzte des Bohrteams kamen durch die Wandöffnung. Deighton erhob die Hand.

»Bitte nicht eingreifen, meine Herren. Wenn dieses Wesen in einem biophysikalischen Tiefschlaf gelegen hat, dann sollte man besser die Roboter gewähren lassen. Oder wissen Sie, wie man einen Neandertaler nach zweihunderttausendjähriger Konservierung wiedererwecken kann? Das *ist* doch ein Neandertaler, oder?«

»Reife Gattung. Endstufenentwicklung«, behauptete einer der Mediziner.

»Die Schädelform zeigt noch starke Knochenwülste über den Augen und eine fliehende Stirn, aber absolut affenähnlich ist er nicht mehr. Das Großhirn dürfte schon beachtlich entwickelt sein; allerdings nicht vergleichbar mit dem des Homo sapiens. Ich bin fassungslos.«

Die elektronischen Kameras surrten. Jede Einzelheit wurde gefilmt. Deighton wagte sich zwei Schritte näher. Die emsig hantierenden Roboter reagierten wiederum nicht auf den Eindringling.

»Die strahlende Kugel und die Roboter sind Eigen-Energieversorger«, kam eine Meldung über Sprechfunk durch. »Der große Reaktor in der Maschinenhalle läuft immer noch. Wir haben die Schaltstation gefunden. Soll er stillgelegt werden?«

»Wenn er uns dabei nicht um die Ohren fliegt, ja.«

»Wir werden es merken, Sir. Ende . . .!«

Deighton atmete heftig. Die Sichtscheibe seines Helms beschlug. Es dauerte einige Zeit, bis das Gebläse den Feuchtigkeitsbelag entfernt hatte.

Einer der Ärzte trat an Deightons Seite.

»Die Kugelstrahlung ist biophysikalischer Natur, Sir. Wenn die unbekannten Baumeister dieser Station von der Konservierung so viel verstanden haben, wie ich vermute, dürfte der Neandertaler bald aufwachen. Dann wird er die heiße, staubtrockene Luft einatmen müssen. Welche Möglichkeiten bestehen, ihn vor Verbrennungen der Atmungswege zu bewahren?«

Hasselet fand einen Weg. Es gab Bergungsroboter mit ausfahrbaren Energiefeldern, in denen Verletzte gegen die Außenwelt abgeschirmt und mit guter Luft versorgt werden konnten.

Eine dieser Maschinen kam wenig später vor der Konservierungskammer an. Die beiden Durchbruchsöffnungen mußten erweitert werden.

Das Sicherungskommando meldete zwei weitere Magmaeinbrüche. Im Südsektor der Höhlenwelt wichen die Abschirmeinheiten bereits zurück.

Als der Bergungsroboter endlich in den Raum glitt und mit summenden Antigrav-Gleitfeldern neben Deighton zum Stillstand kam, wurde eine Meldung durchgegeben, die Hasselets schlimmste Ahnungen bestätigte.

Im Westsektor erfolgte ein Wassereinbruch von solcher Stärke, daß er von den relativ schwachen Abwehrfeldern der Sicherheitsroboter nicht eingedämmt werden konnte.

»Feierabend, Sir«, erklärte der Chefingenieur mit erstaunlicher Gelassenheit. »Es muß zu einem tektonischen Aufriß in der Untersee-Bodenkruste gekommen sein. Unter Umständen sind auch die ehemaligen natürlichen Zugänge zu dem Labyrinth aufgebrochen. Das Wasser wird bald auf das glühende Magma treffen. Die Dampfentwicklung ist nicht berechenbar. Es ist aber sicher, daß dieses Höhlensystem sehr schnell einem Hochdruckdampfkessel ohne Sicherheitsventil gleichen wird. Wir müssen raus, Sir!«

»Ich möchte den Neandertaler mitnehmen. Lebend!«

»Die Dampfexplosion wird verheerend sein. Neue Grundrisse entstehen. Das Magma dringt nach. Eine Stunde später erleben wir einen unterseeischen Vulkanausbruch von enormen Ausmaßen.«

Weit entfernt vernahm man ein Grollen. Der Boden des Stahlbehälters vibrierte.

»Das sind die ersten explosionsartigen Dampfentspannungen, Sir.«

»Ich will den Frühmenschen lebend! Ich warte hier, bis er von der dafür spezialisierten Maschinerie erweckt worden ist. Ich werde mich in das Bergungsfeld des Roboters einschließen und zusammen mit dem Neandertaler nach oben kommen. Lassen Sie eine Flugplattform unter dem Bohrschacht stehen, und ziehen Sie sofort Ihre Leute zurück. Nur die Abschirmroboter sollen bleiben. Den Verlust können wir finanziell verschmerzen.«

»Aber Sir, ich . . .!«

»Ich berufe mich nicht gern auf meine Befehlsgewalt, Doktor. Bitte, befolgen Sie meine Anweisungen. Bringen Sie Ihre Männer in Sicherheit. Nehmen Sie an fremden Geräten mit, was Sie transportieren können.«

Die Dampfexplosionen häuften sich. Hasselets Techniker hatten die Unterwelt verlassen. Nur die Roboter kämpften noch mit allen Mitteln. Sie wurden reihenweise von weißglühender Lava verschlungen oder durch neue Wassereinbrüche funktionsunfähig gemacht.

Hasselet wartete oben auf dem Meeresgrund. Nur Deighton und der Bergungsroboter standen noch in der Konservierungskammer.

Der Gefühlsmechaniker hatte sich an den Anblick des Urmenschen gewöhnt. Er betrachtete ihn bereits mit einer gewissen Zuneigung. Wenn es gelang, den Neandertaler lebend zu bergen, so konnte man den Erinnerungssektor seines Gehirns schmerzlos und ohne Schädigungen auf paramechanischer Ebene anzapfen und in der Form eines Erinnerungsfilmes klarstellen, was dieser Mann erlebt hatte. Es *war* ein Mann, auch wenn er ungewöhnlich aussah.

Er lag noch immer reglos auf dem Tisch. Die gesamte Körperoberfläche wurde von einer schwarzbraunen Behaarung bedeckt. Dennoch handelte es sich nicht mehr um ein Fell im Sinne des Wortes. An manchen Stellen war der Haarwuchs wesentlich schwächer, als es bei einem typischen Affenmenschen der Fall gewesen wäre.

Er war zwei Meter zwanzig groß und in den Schultern ein Meter fünfzig breit. Die Beine waren kurz, jedoch enorm stämmig. Die typischste Annäherung an den prähistorischen Affenmenschen waren die überlangen Arme mit ihren mächtigen Muskelwülsten.

Schädelform und Gesicht wirkten noch äffisch, aber Kinn, Mundpartie, Nase und die fliehende Stirn waren nicht mehr hundertprozentig mit einem Primaten der Menschenaffengattung identisch.

Der Gefühlsmechaniker lauschte auf die erwachenden Gehirnimpulse seines Schützlings. Die ersten Anzeichen des wiedererwachenden Lebens hatte er vor fünf Minuten vernommen.

Nochmals zehn Minuten später war es soweit. Der Neandertaler kam allmählich zu sich. Deighton beobachtete die ersten Reflexbewegungen des Körpers. Die weit und tonnenartig nach vorn gewölbte Brust bewegte sich plötzlich.

Die zweite Reflexhandlung des Urmenschen bestand im instinktiven Griff nach seiner Waffe. Es war eine meterlange, schwere Holzkeule von plumper Form. Sie lag neben seiner rechten Hand auf dem Tisch. Die Greifzehen bewegten sich ebenfalls. Der große Zeh war noch wie ein Daumen ausgebildet. Dieses Lebewesen war fraglos ein vorzüglicher Kletterer.

Deighton gab einige Befehle. Der Bergungsroboter glitt auf seinem Energiekissen näher.

Als der Neandertaler mit dem gesamten Körper zu zucken begann, errichtete der Roboter sein Abschirmfeld. Deighton befand sich innerhalb des Schirms. Zusammen mit der Maschine ging er auf den Erwachenden zu.

Die fremden Medo-Robots – denn nur um solche konnte es sich handeln – zogen sich zurück. Das war für Deighton das Alarmzeichen. Die strahlende Kugel erlosch. Sie bewegte sich auch nicht mehr auf ihrer vorgezeichneten Kreisbahn.

Dann öffnete der Neandertaler den noch rachenartig ausgeprägten Mund. Fingerlange, gelblich schimmernde Augenzähne erschienen. Das Gebiß war makellos und kräftig wie bei Raubtieren.

»Umschließen, schnell!« ordnete der Gefühlsmechaniker an.

Als der Erwachende den ersten Atemzug tat, befand er sich bereits im Schutz des Abschirmfeldes. Reine, kühle und sauerstoffhaltige Luft strömte in seine mächtigen Lungen.

Deighton stand wegen des begrenzten Schirmvolumens dicht neben dem Tisch. Er nahm die Keule mit beiden Händen und stellte sie vorsichtshalber mit ihrem dicken Ende neben sich auf den Boden.

Draußen schien die Hölle ausgebrochen zu sein. Leuchtende Gasschwaden drangen in den Konservierungsraum. Explosionen über Explosionen zeugten vom bevorstehenden Ende dieser Station.

Deighton wartete, bis der Neandertaler die Lider öffnete. Er erblickte relativ kleine Augen mit bräunlich verfärbten Augäpfeln. So starrten sich die beiden Lebewesen einen Augenblick lang an.

Deighton lauschte angespannt auf die Gehirnimpulse des Urmenschen. Zu seiner größten Überraschung vernahm er nicht die erwarteten Wogen der Panik, Angst und des Unbegreifens, sondern Wellen der Resignation und des klaren Erkennens der Sachlage.

Der Neandertaler, soeben noch für primitiv gehalten, dachte in einigermaßen logischen Bahnen. Er hatte verloren; er gab auf. Er war außerdem friedfertig und bereit, den Anweisungen zu folgen.

Deightons Hand löste sich vom Griff seiner Kombiwaffe. Notfalls hätte er blitzschnell einen Lähmungsschuß abgeben müssen. Körperlich wäre er dem Neandertaler auf keinen Fall gewachsen gewesen.

Der Blick des behaarten Riesen klärte sich. Deighton begann mit ruhiger Stimme zu sprechen.

Nach weiteren zehn Minuten stieß der Urmensch den ersten Laut aus. Er klang wie »zwiehiebus«.

»Ich werde dich *Lord Zwiebus* nennen«, sagte Deighton lächelnd. »Komm, mein Freund, es wird Zeit. Hörst du?«

Der Neandertaler regte sich nicht. Als er jedoch Deightons hochgereckten Finger und seine angespannt lauschende Haltung bemerkte, drehte er den Kopf.

Deighton beobachtete mit Erstaunen, daß sich Lord Zwiebus weder vor dem Energiefeld noch vor dem gefährlich aussehenden Bergungsroboter scheute. Beim Anblick der Maschine knurrte der Neandertaler lediglich bösartig.

Deighton erfaßte seine riesige Pranke und zerrte daran. Lord

Zwiebus verstand. Er richtete sich langsam auf, duckte sich unter dem kugelförmigen Schirm und folgte dann willig Deightons Anweisungen.

Der SolAb-Chef gab dem Neandertaler die schwere Keule zurück. Zum ersten Male bemerkte Deighton eine Schockwirkung. Der Urmensch starrte ihn mit größter Verwunderung an. Spielerisch leicht wog er die Keule in seiner Hand. Deighton lachte. Die Freundschaft war geschlossen. Es war unglaubhaft; aber Deighton fühlte, daß er einen Freund gewonnen hatte. Vielleicht war es gerade die urmenschenhafte Primitivität, die dem Neandertaler sagte, daß dieser kleine, schwache Mensch alles riskierte, um ihn in Sicherheit zu bringen.

Sie hasteten im Schutzfeld des Roboters durch glühende Luftschichten. Als sie endlich die Bohröffnung erreichten, war das Labyrinth schon zu einem Hexenkessel geworden. Die Explosionen nahmen kein Ende mehr. Der Wassereinbruch verstärkte sich. Ein ständig anschwellendes Grollen wurde vernehmbar. Hier und da wölbte sich der Boden auf, und weißglühende Lava quoll aus den Rissen.

Sie fanden den zurückgelassenen Antigravgleiter, bestiegen ihn und glitten damit nach oben.

Als Deighton mit seinem Schützling die Energieblase erreichte, waren nur noch vier Feldzonentürme mit ihren Besatzungen vorhanden. Das kostbare Gerät war bereits auf dem Weg nach oben.

»Das war aber höchste Zeit!« vernahm Deighton Hasselets Stimme. »Sie können Ihren Helm öffnen. Die Luft ist hier gut. Wie benimmt sich Ihr Baby?«

»Großartig. Es hat mehr Verstand, als Sie glauben. Vor allem weiß Lord Zwiebus sehr genau, wo Gefahren lauern und wo nicht. Er besitzt noch Instinkte, die der heutige Mensch längst verloren hat.«

»Wie nennt er sich?«

»Lord Zwiebus. Ich habe mir erlaubt, ihm einen vornehmen Namen zu geben. Unter meinen Füßen bebt der Boden. Wo ist mein U-Boot?«

»Verschwunden. Kommen Sie in Turm drei. Wir steigen gemeinsam auf. Beeilen Sie sich. In spätestens einer halben Stunde ist hier der Teufel los. Turm drei, rechts von Ihnen.«

Der Bergungsroboter schaltete seinen Schirm ab. Der Neandertaler richtete sich aus seiner gebückten Haltung auf. Deighton klappte seinen Schutzhelm auf die Schultern zurück.

Er mußte den Kopf in den Nacken legen, um Lord Zwiebus in die

Augen sehen zu können. Wieder ließ der Urmensch ein tiefes Knurren hören. Er betastete den Boden und stampfte mit dem Fuß darauf. Er war nervös; er wollte warnen.

Deighton nickte nur, deutete auf den Feldzonenturm drei und begann zu rennen. Lord Zwiebus zögerte keine Sekunde. Er folgte, indem er sich auf die langen Arme sinken ließ und wie ein Vierbeiner davonsprang.

Deighton erkannte, daß bestimmte Verhaltensmerkmale der Affenmenschen doch noch nicht verschwunden waren. So schnell, wie der Neandertaler den Turm erreichte, hätte es kein moderner Mensch geschafft.

Die Atomreaktoren der Feldzonentürme liefen aus. Die Energieblase sank in sich zusammen. Dann dröhnten die unter Hochdruck stehenden Wassermassen gegen die Terkonitflanken der Türme.

Ihre großen Tauchtanks waren schon vor dem Zusammenbruch des Energiefeldes gelenzt worden. So geschah es, daß sie mit atemberaubender Geschwindigkeit nach oben glitten und bald darauf über der Wasseroberfläche erschienen.

In der Tiefsee aber fand das Wasser einen neuen Weg. Es schoß in den großen Bohrschacht hinein, verdrängte spielend die unter einem weit geringeren Druck stehenden Luftmassen und vermischte sich mit den anderen Elementen.

Der von Dr. Hasselet prophezeite Vulkanausbruch begann. Er zerstörte das rätselhafte Labyrinth unter der Meeresbodenkruste und verschüttete zu einem großen Teil den Tonga-Graben. Die Menschen auf den benachbarten Inselgruppen wurden evakuiert.

Zu dieser Zeit landete Galbraith Deighton bereits in Terrania. Dringende Nachrichten, die von der Hyper-Großfunkstation der solaren Hauptstadt ausgestrahlt wurden, durchrasten Raum und Zeit.

Sie galten Perry Rhodan.

Deighton jedoch beschäftigte sich mit seinem Schützling. Unmittelbar nach der Ankunft in Terrania hatte sich Lord Zwiebus verändert. Er war plötzlich ängstlich und zurückhaltend geworden. Er knurrte sogar Deighton an.

Die sachliche Erklärung für dieses Verhalten war schnell gefunden. Der Neandertaler hatte kurz nach seiner Erweckung aus dem Tiefschlaf angenommen, er sähe sich Lebewesen gegenüber, die ihn in diesen Zustand versetzt hatten. Daher sein Zutrauen, die fehlende Angst und das Selbstverständliche seiner Handlungen.

Nunmehr aber hatte er festgestellt, daß alles ganz anders war als zur Zeit seiner Einschläferung. Er fühlte instinktiv, daß etwas nicht stimmte. So zog er sich physisch zurück, ging in eine gewisse Abwehrstellung und sann darüber nach, was eigentlich mit ihm geschehen war.

Der Fall war für die routinierten Galaktopsychologen der Solaren Abwehr vollkommen klar. Die seelischen Beweggründe des Urmenschen gaben keine Rätsel auf. Dafür schwelte die ungelöste Frage nach seiner Herkunft nach wie vor.

Wer hatte ihn dazu verdammt, zweihunderttausend Jahre in einer Energiekonserve schlafen zu müssen? Wer hatte vor einer so langen Zeitspanne die dazu erforderlichen wissenschaftlichen Kenntnisse besessen?

Es mußte sich um Lebewesen gehandelt haben, die äußerlich dem Neuzeitmenschen glichen, oder Zwiebus hätte bei seinem Erwachen anders reagiert.

Galbraith Deighton hatte keine Zeit mehr, sich länger mit dem Problem zu beschäftigen. Die Wissenschaftler würden eine Lösung finden. Deighton hatte allerdings das bestimmte Gefühl, als wäre die Angelegenheit mit der Rettung des Neandertalers und dem glücklich überstandenen Untersee-Vulkanausbruch noch nicht abgeschlossen.

Der Fusionsreaktor ging ihm nicht mehr aus dem Sinn. Wohin war die Energie geflossen? Gab es eine Gefahr für die Erde?

Wenige Stunden nach diesen Ereignissen ließ sich Deighton bei Reginald Bull anmelden, dem Staatsmarschall und Vize-Großadministrator des Solaren Imperiums. Bull war außer Perry Rhodan der letzte noch lebende Mensch, der vor tausendvierhundertundneunundfünfzig Jahren mit einem primitiven Raumschiff den irdischen Mond angeflogen hatte. Er leitete während Rhodans Abwesenheit die Staatsgeschäfte.

Deighton nickte dem untersetzten, rothaarigen Mann zu und suchte sich einen Sessel. Bulls Zimmer glich eher einer Schaltzentrale als einem Raum, in dem man schriftliche Arbeiten erledigen konnte.

Solarmarschall Julian Tifflor, Oberbefehlshaber der Heimatflotte, Homer G. Adams, Erster Finanzsenator des Imperiums, und Professor Dr. Geoffry Abel Waringer, der Erste Wissenschaftssenator, waren ebenfalls erschienen.

Jeder von ihnen war Aktivatorträger und über tausend Jahre alt.

Bull faßte sich kurz. Deighton fühlte, daß der Staatsmarschall eine anormale Ruhe ausströmte.

»Schwierigkeiten, Sir?« erkundigte sich der Gefühlsmechaniker.
Bull warf ihm einen undefinierbaren Blick zu.

»Sie bemerken meine schlecht verborgene Nervosität, nicht wahr? Ja, es gibt Schwierigkeiten. Perry Rhodan befindet sich auf Epihilon III, dem Planeten Taura. Die Nachricht kam vor einer Stunde durch.«

»Wahnsinn!« erklärte Deighton.

»Sie sagen es. Die Tauraner sind einer der unsichersten Faktoren in unserer galaktischen Politik. Das System ist noch autark, jedoch wird es von den drei großen Reichen mit allen Mitteln umworben. Perry hat sich auf ein gewagtes Spiel eingelassen. Davon zeugt schon der Staatsempfang.«

Professor Waringer, der vor etwa tausend Jahren Rhodans Schwiegersohn geworden war, wirkte noch immer wie ein großer Junge mit linkischen Bewegungen. Er räusperte sich und fragte:

»Wie – äh – wie sah denn dieser Staatsempfang auf Taura aus? War man unhöflich? Wurden die gültigen Regeln der galaktischen Diplomatie durchbrochen?«

Reginald Bull, von seinen Freunden seit fast fünfzehnhundert Jahren »Bully« genannt, schüttelte den Kopf. Deighton fühlte, daß der Staatsmarschall um den Freund bangte.

»Im Gegenteil, Abel, im Gegenteil! Ihr verehrter Herr Schwiegervater ist mit einem Pomp empfangen worden, daß mir beim Betrachten der überspielten Bildberichte beinahe übel wurde. Die Tauraner sind weder machtlüstern noch wirtschaftlich ehrgeizig. Trotzdem lehnen sie großzügige Hilfeleistungen von allen Seiten niemals ab. Zu all diesen Gummieigenschaften – verzeihen Sie den Ausdruck – kommt eine Prunk- und Vergnügungssucht hinzu, die mich einigermaßen fassungslos werden läßt. Ein wirtschaftlich unterentwickeltes System, dessen Regierung allen Grund hätte, sich mit Terra zu liieren und vernünftige Handelsverträge abzuschließen, sollte darauf verzichten, achtzig Millionen Solar aufzuwenden, nur um einen galaktischen Staatsmann zu empfangen. Rhodan war schockiert und wahrscheinlich innerlich niedergeschlagen. Mein Gott – was ist aus den späten Nachkommen jener wagemutigen Kolonisten geworden, die wir vor etwa tausend Jahren mit erstklassigen Schiffen und kostspieligen Ausrüstungen starten ließen, damit sie sich eine neue Heimat suchen konnten.«

»Was ist denn nun geschehen, Sir?« unterbrach Deighton mit der ihm eigenen Ruhe.

Bull verlor die Beherrschung.

»Die Tauraner spielten verrückt. Perry Rhodan landete mit der INTERSOLAR auf einem Raumhafen, der teilweise mit einem Teppichboden aus echter Wolle ausgelegt war! Bitte, halten Sie mich nicht für verrückt, aber das entspricht den Tatsachen. Terranische Schafwolle gehört zu den teuren Handelsgütern der raumfahrenden Völker. Man scherte sich den Teufel um den glühenden Düsenstrahl des Ultraschlachtschiffes, der den Riesenteppich nahezu restlos verbrannte.«

Julian Tifflor begann zu lachen. Er tat es so intensiv, daß Homer G. Adams einfiel.

Bulls Gesicht rötete sich. Ergrimmt schaute er zu den beiden Männern hinüber.

»Wenn ein Raumfahrer über solche Scherze lacht, kann ich es noch verstehen. Ein Finanzminister sollte dagegen in Zahlen denken und möglichst in Schweiß ausbrechen. Sie enttäuschen mich, Homer! Nachdem der Teppich zu einer Masse verkohlt war, wurde Rhodan mit einem Ochsengespann abgeholt. Beherrschen Sie sich, Mr. Deighton. Ich sagte ›Ochsengespann‹! Sie sind ein relativ junger Mann von knapp sechshundert Jahren. Was ein Ochsengespann ist, könnten Sie eigentlich nicht mehr beurteilen. Die Tauraner jedoch hatten die terranische Geschichte studiert und festgestellt, daß viele Siedler im achtzehnten und neunzehnten Jahrhundert in Afrika und Amerika mit solchen Fuhrwerken in die Wildnis vorstießen. Was hat man getan! Acht terranische Ochsen – auf der Erde sind sie kaum noch zu haben – wurden angekauft oder gezüchtet, nur damit Rhodan achtspännig abgeholt werden konnte. Unser Herr Großadministrator saß also auf einem naturgetreu nachgebauten Planwagen der mittleren Entwicklungsepoche und mußte sich von schnaufenden Horntieren durch die Prachtstraßen der tauranischen Hauptstadt ziehen lassen. Wenn ich daran denke, wie sehr die ausgeklügelten Sicherheitsmaßnahmen darunter gelitten haben, läuft es mir jetzt noch kalt den Rücken hinunter. Was sagen *Sie* dazu, Herr Abwehrchef?«

Deighton war der dritte Mann, der zu lachen begann. Seine Antwort verstand niemand.

Reginald Bull resignierte. Anschließend berichtete er noch von weiteren Dingen, die von der tauranischen Regierung wahrscheinlich als besondere Gags zu Ehren ihres terranischen Gastes veranstaltet worden waren. Es war haarsträubend.

Rhodans ochsengezogener Prärie-Planwagen war von getreu maskierten Indianern und anschließend von schwarz angemalten Bewohnern des afrikanischen Kontinents überfallen worden. Die dazu erforderlichen Pferde, Wurfspeere und was der Dinge mehr waren, hatten Künstler nach historischen Vorbildern gefertigt. Homer G. Adams wußte am Ende der Besprechung, daß dieser Spaß bestimmt mehr als achtzig Millionen Solar gekostet hatte. Der konstant schwindsüchtige Staatshaushalt des Epihilon-Systems war ganz gewiß in Bedrängnis gekommen.

»Die Regierung von Taura dürfte bald um einen Aufbaukredit nachsuchen«, erklärte Adams nüchtern. »Aber nicht von uns, bitte sehr! Wenn das Imperium Dabrifa in die Kasse greift, soll es mir recht sein. Der Chef des Protokolls dürfte dem Wahnsinn nahe sein.«

Adams ahnte nicht, wie wahr er sich ausgedrückt hatte. Das Protokoll war nicht nur völlig durcheinander geraten, der dafür verantwortliche Mann hatte auch sein Amt niedergelegt. Taura, dritte Welt der gelben Sonne Epihilon, hatte seine Nerven zu sehr strapaziert.

3.

Perry Rhodan hatte versucht, das Unmögliche möglich zu machen.

Auf Taura, einer erdähnlichen Welt, lebten zwei Milliarden Menschen, die alle von terranischen Frühkolonisten abstammten.

Die gelbe Sonne besaß acht Planeten; Taura war die dritte Welt. Auch darin glichen die Verhältnisse den solaren Gegebenheiten.

Rhodan war vor drei Tagen Standardzeit auf Taura gelandet. Seine Berater hatten vor dem Unternehmen gewarnt. Es schien ausgeschlossen, die Bevölkerung dieses Planeten und die Menschenmassen, die auf den anderen Welten der gelben Sonne lebten, zu Vertragspartnern des Solaren Imperiums zu machen.

Rhodan hatte tagelang mit Tauras wichtigsten Persönlichkeiten verhandelt. Man war sehr höflich gewesen, ausgesprochen respektvoll, und der Jubel der Massen schien keine Grenzen mehr zu kennen.

Der Name »Perry Rhodan« war ein Begriff, der sich mit der Expansion und kulturellen Entwicklung der modernen Menschheit seit dem

Jahre 2000 so innig verband, daß eine Trennung nicht mehr möglich war. Außerdem wußte man, daß der mächtigste Staatsmann der bekannten Galaxis eingetroffen war.

Der Planet Terra, Mutterwelt der weitverstreuten Menschheit, war ein Symbol. Die Erde und die dort verbliebene Menschheit mit ihrem enormen wissenschaftlichen, technischen, wirtschaftlichen und kulturellen Entwicklungsstand wurden auf vielen Welten von der Art des Planeten Taura in höchsten Tönen gepriesen.

Die sozialen Einrichtungen der Terraner waren beispiellos in der gesamten Galaxis. Es gab kein anderes System, das seinen absolut freien und meinungsungebundenen Bürgern derart hohe Sozialzuwendungen bieten konnte. Ein erkrankter oder erholungsbedürftiger Terraner wurde auf Kosten des Imperiums ohne langwierige Amtsvorgänge zu den schönsten und für seinen speziellen Fall geeignetsten Planeten befördert, um dort unter einem hochwertigen Aufwand an Fachärzten und anderweitig spezialisierten Wissenschaftlern seine Genesung abzuwarten.

Die solare Großindustrie besaß die Fertigungskapazität von mindestens fünfhundert Sternsystemen, die auf Grund ihrer eigenen Warenerzeugung durchaus der Meinung sein konnten, fortschrittlich, preiswert und konkurrenzfähig zu sein.

Die Erde und mit ihr die anderen acht Planeten des Solsystems, die Monde eingeschlossen, war nach wie vor ein Faktor, der sich weder politisch, militärisch und wirtschaftlich übersehen ließ. Dazu kam das Bewußtsein, daß jedermann indirekt von dieser Erde stammte.

Die Tauraner hatten den Gegebenheiten Rechnung getragen. Sie hatten ihre Planung überspitzt; aber das würde ihnen folgerichtig bewußt werden.

Es grenzte schon an Irrsinn, einen Raumhafen teilweise mit einem riesenhaften Wollteppich auszulegen. Die Triebwerke der INTERSOLAR, des neuen Flaggschiffs der Solaren Flotte, hatten darauf keine Rücksicht nehmen können. Eine sonnenheiße Partikelflut, erzeugt von zwanzig Impulstriebwerken modernster Bauart, war nun einmal nicht zur Teppichpflege geeignet. Das hätten die tauranischen Empfangsplaner berücksichtigen sollen.

Rhodan war dem Weinen näher gewesen als dem Lachen. Die grinsenden Gesichter der Schiffsoffiziere hatten ihn noch stundenlang verfolgt. Er, der nüchterne Denker und Planer, hatte sich sofort mit den Kosten befaßt. Sie mußten erschreckend hoch sein.

Die Unzahl der angesetzten Empfänge hatten Rhodan an den

Rand seiner körperlichen Leistungsfähigkeit gebracht. Die fremdartigen Delikatessen aller Art hatten ihm Magenschmerzen beschert.

Am dritten Tage des offiziellen Staatsbesuches war der Großadministrator in politischer Hinsicht um keinen Schritt weitergekommen, doch dafür hatte er Land und Leute kennengelernt. Die Bevölkerung des Planeten Taura war friedfertig und begeisterungsfähig. Der Chef des Protokolls – er war dreißig Stunden nach Rhodans Ankunft mit einem Nervenschock in die Bordklinik der INTERSOLAR eingeliefert worden – bezeichnete die Tauraner als die vornehmsten Selbstmörder der Galaxis. Ihre Prunksucht und ihre Eßsitten waren beispiellos. Selbst Perry Rhodan hatte in seinem langen Leben noch nie so viele dickleibige und selbstzufriedene Menschen gesehen wie auf Taura. Zweihundertzwanzig Pfund Lebendgewicht gehörten zur gesellschaftsfähigen Norm. Ein hochgewachsener, schmalhüftiger Mann wie Perry Rhodan war im Grunde genommen eine Beleidigung für den Schönheitssinn der Tauraner.

Auf Grund dieser Tatsachen war es nicht verwunderlich, daß die Tauraner bei jeder passenden und unpassenden Gelegenheit versuchten, dem Regierungschef und Flottenbefehlshaber des Solaren Imperiums die fehlende Speckschicht möglichst schnell aufzuzwingen. Rhodan war noch nie in seinem Leben so satt gewesen wie während des Staatsbesuches auf Taura.

Oberst Hubert Maurice, Abwehroffizier und Chef des für Rhodans Sicherheit verantwortlichen Begleitkommandos, stand kerzengerade aufgerichtet vor dem Großadministrator.

Maurices Blick entging nichts. Er entdeckte ein Stäubchen auf der Uniform mit ebenso pedantischer Sicherheit wie Giftstoffe an der Verfärbung gewisser Speisen. Man sah ihn selten herzlich lachen. Seine heftigste Gefühlsäußerung bestand in einem dezenten Lächeln.

An Maurice war überhaupt alles dezent. Der Schnitt seiner grauen Haare, der Sitz seiner Kleidung; seine Umgangsformen und sogar seine Stimme hätten zu einem aristokratisch geschulten Superbutler gepaßt. Sein Räuspern war berühmt-berüchtigt. Es konnte alles bedeuten; auf jeden Fall aber eine Rüge.

Schlank, fast dürr, mit einer Haltung, als hätte er einen Spazierstock verschlungen, stand er in dem Ankleidezimmer.

Die tauranische Hotelverwaltung hatte den Riesensaal jedenfalls mit diesem Begriff gekennzeichnet.

Rhodan war wesentlich weniger dezent, vornehm und zurückhaltend als der Chef des Sicherheitskommandos.

Er zerrte fluchend an den Magnetverschlüssen der wadenhohen Prunkstiefel, die sich über der hautengen Uniformhose nicht zusammenfügen wollten.

»Ha – hämm . . .!« räusperte sich Hubert Maurice. Rhodan sah auf. Die Haare hingen ihm in die Stirn.

»Fangen Sie nur nicht an zu husten. Was gefällt Ihnen jetzt schon wieder nicht?«

»Wenn ich mir die Bemerkung erlauben darf, Sir, dann . . .!«

»Sie dürfen sich keine erlauben«, unterbrach Rhodan ihn gereizt. »Wer hat die verflixten Stiefel ausgesucht? *Muß* ich die Dinger anziehen? Herr, ich habe fünf Pfund zugenommen und meine Waden in Verdacht, als hätten sie sich an dem Fettablagerungsprozeß beteiligt.«

»Gewiß, Sir. Es wäre vielleicht vorteilhaft, die Quetschfalten aus den Verschlüssen zu entfernen. Wenn Sie die Bemerkung gestatten, Sir.«

Ein helles, fast quietschend klingendes Lachen ließ Rhodan den Kopf drehen. Er nahm den rechten Fuß von dem Prunklager herunter. Maurice blieb gelassen, zog noch gelassener ein Tuch aus der Tasche und wischte über die Stelle, wo Rhodan seinen Stiefel aufgesetzt hatte.

Das Lachen wurde noch schriller. Rhodan stand schweratmend und schweißwischend vor dem Lager und starrte zu dem anderen Sofa hinüber, auf dem es sich der Mausbiber Gucky bequem gemacht hatte.

Gucky unterdrückte seine Heiterkeit, wälzte sich herum und lag nun auf dem Bauch.

»Deine Blicke zeugen von bösen Gedanken«, kicherte er. »Warum so nervös? Übermorgen geht es nach Hause. Wird auch Zeit! In Ordnung – ich höre ja schon auf zu lachen. Wer wollte denn unbedingt auf Taura landen, eh? Ich vielleicht? Paß auf, großer Freund: Die Brüder werden dir die Kosten für deinen Besuch irgendwie in Rechnung stellen.«

Rhodan schloß endlich die Stiefelverschlüsse. Maurice musterte ihn aufmerksam.

»Sind der Herr zufrieden?« erkundigte sich Rhodan mit beginnender Resignation.

»Es wäre hinsichtlich verschiedener Vorkommnisse und der

Ermittlungsergebnisse der Sicherheitsorgane erforderlich, eine handliche Spezialwaffe zum Zwecke der Selbstverteidigung zu führen, Sir. Ich darf darauf hinweisen . . .«

»Mein Gott, seien Sie doch nicht so entsetzlich schwülstig, Maurice. Ich kann es nicht mehr hören.«

»Wie Sie meinen, Sir. Ich darf dennoch mit gebotenem Respekt raten, einen Röhrennadler mit intermittierender Schnellschußfolge und halbautomatischer Ausfahrmechanik zu tragen.«

Rhodan seufzte. Gucky meinte, die Klimaanlage versage schon wieder. In dem Saal herrschte eine Hitze von einundvierzig Grad Celsius.

»Maurice, wie Sie scharfäugig bemerken werden, bin ich bereits angekleidet! Ein Röhrennadler wird auf der Haut des rechten Unterarmes getragen.«

»Bei Rechtshändern, Sir!«

»Ich bin Rechtshänder«, entgegnete Rhodan, und seine Zähne knirschten.

»Ich verdrücke mich«, meinte Gucky und kletterte von dem Sofa. »Hier wird es mir zu brenzlig. Nein, ich bleibe doch. Vielleicht bekommt Maurice Prügel?«

Der hoffnungsvolle Blick des Kleinen erfaßte die beiden Männer. Maurice blieb unbewegt. Über solche Worte hörte er hinweg, besonders dann, wenn sie von dem als respektlos geltenden Mausbiber ausgesprochen wurden.

Rhodan begann plötzlich zu grinsen.

Er öffnete die Uniformjacke, zerrte sie auseinander und bemühte sich, die Ärmel abzustreifen.

Maurice schien zu erstarren. Seine Augen quollen aus den Höhlen hervor.

Gucky lachte so schrill wie selten. Rhodan hatte plötzlich jede Nervosität verloren.

»Fehlt Ihnen etwas, Herr Oberst?«

»Aber – aber Sir, Sie tragen ja weder Unterwäsche noch Oberhemd! Sir, ich – ich bin entsetzt. Wenn ich mir erlauben dürfte, Sie auf die unumgängliche Etikette hinzuweisen, so . . .«

Es war an diesem Tage Maurices Schicksal, ständig unterbrochen zu werden. Rhodan schlug sich mit beiden Händen auf die nackte Brust, atmete tief ein und reckte sich.

»Herrlich. Ich pfeife auf Ihre Etikette. Wohl fühlen will ich mich! Und wenn Sie noch länger protestieren, erscheine ich in der Badehose. Das dürfte in den Annalen der tauranischen Geschichtsschreibung als unüberbietbarer Gag nachzulesen sein. Also, wo ist der Röhrennadler?«

»Er liegt hinter Ihnen, Sir, auf dem kleinen Tisch«, gab Maurice innerlich gebrochen Auskunft.

Rhodan nahm die seltsame Verteidigungswaffe und überprüfte sie. Sie bestand aus einem Hochenergie-Abstrahlungsrohr, das von einem blitzschnell reagierenden Schleudermechanismus um fünfunddreißig Zentimeter ausgefahren werden konnte. Somit befand sich die Mündung weit genug vor den Fingerspitzen.

Die Reaktionskammer war flach, schmiegte sich der Muskulatur des Unterarmes an und wurde durch zwei selbstspannende Klammern gehalten.

Der Ausfahrmechanismus wurde durch eine bestimmte Handbewegung betätigt. Es gehörte Übung dazu, um den Abstrahllauf des Röhrennadlers nicht bei einem harmlosen Händedruck aus dem Ärmel hervorschnellen zu lassen. Eine Zielvorrichtung gab es nicht. Sie mußte durch das kunstfertige Ausrichten des gesamten Armes ersetzt werden.

Rhodan schaltete auf Sofortschuß. Wenn er die Waffe zur Selbstverteidigung benötigte, kam es auf Zehntelsekunden an.

»Das – das ist aber sehr gefährlich, Sir«, bemängelte Maurice mit einer Spur von Nervosität in der sonst so gelassen klingenden Stimme. »Wenn der Nadler versehentlich ausfährt . . .!«

Diesmal unterbrach sich der Sicherheitsoffizier selbst. Rhodans Blick hatte ihn zum Verstummen gebracht.

»Diese USO-Spezialwaffe ist noch niemals ohne meinen Willen ausgefahren«, wurde Maurice belehrt. »Bitte, helfen Sie mir in die Jacke. Was steht heute auf dem Programm?«

Das zu erklären, wäre eigentlich Sache des Protokollchefs gewesen. Da er jedoch erkrankt war, hatte sich Maurice auch diesen Dingen gewidmet. Er erledigte sie gewissenhaft und ohne sich jemals zu irren.

»Ein Uhr dreißig Ortszeit, nach dem Essen, zu dem Seine Weisheit, der Hohe Vertreter aller Hafenanlagen, Emined Bain-Bain, eingeladen hat, erfolgt die Besichtigung der neuen vollautomatischen Be- und Entladestation des Raumhafens von Aghiktare. Ich darf darauf hinweisen, daß Emined Bain-Bain als sehr einflußreiche Persönlichkeit im Regierenden Rat des Planeten Taura einzustufen ist. Es wäre ratsam, Sir, den dargereichten Gaumengenüssen mit besonderem Eifer zuzusprechen. Rülpser sind sehr erwünscht und ein Gebot der Höflichkeit.«

Rhodan stöhnte und betastete seinen Magen.

»Gut, ich werde es versuchen. Noch etwas?«

Hubert Maurice erklärte die nachfolgenden Programmpunkte. Der Zeitplan würde erfahrungsgemäß nicht eingehalten werden. Rhodan hoffte, dadurch unter Umständen die beiden großen Essen gegen fünfzehn und siebzehn Uhr umgehen zu können.

»Andere Völker, andere Sitten«, kicherte Gucky. »Ich werde auf dich aufpassen.«

»Das wäre ratsam!« beteuerte Maurice. »Taura ist ein Sammelpunkt für Agenten der drei großen Sternenreiche. Durch die bevorstehenden Neuwahlen im Solaren Imperium könnte man sich dazu hinreißen lassen, den aussichtsreichsten Kandidaten für das Amt des Großadministrators auszuschalten.«

»Sie denken an Mord?«

»Jawohl, Sir. Ihr stärkster Rivale, der Kandidat Herp Isidonis, Administrator des Planeten Mars, wäre unseren politischen Gegnern als neuer Großadministrator wesentlich willkommener als Sie, Sir. Isidonis ist meiner Auffassung nach nicht der Mann, der Sie auch nur annähernd ersetzen könnte. Seine politischen Ziele sind teils absurd, überwiegend aber gefährlich. Sein Radikalismus würde fraglos zu einem galaktischen Krieg führen. Sie wissen, daß Isidonis die unschlüssigen Systemstaaten gewaltsam unter die Solare Oberhoheit zwingen möchte.«

Rhodan verzichtete auf eine Antwort. Erinnerungen bedrängten ihn. Er sah sich nochmals zum irdischen Mond fliegen. Er glaubte, die Stimmen der Arkoniden Thora und Crest zu hören.

Er entsann sich an das Donnern startender Raumschiffe, mit denen er in den Jahren zwischen 2200 und 2400 Milliarden Auswanderern den Weg zu neuen, unbesiedelten Planeten mit guten Lebensbedingungen geebnet hatte.

Schon damals hatte er gewußt, daß es ihm auf die Dauer nicht gelingen würde, mehr als fünftausend besiedelte Sonnensysteme als Kolonien der Erde zu erhalten. Die Geschichte der Menschheit bewies, daß es immer und zu allen Zeiten zu Freiheitsbestrebungen gekommen war, die durch Gewalt nur kurzfristig unterdrückt werden konnten.

Rhodan hatte darauf verzichtet, die abfallenden Völker zu bedrohen, oder sie gar durch die Solare Flotte angreifen zu lassen.

Die heutige Situation war vorausberechenbar gewesen. Rhodan hatte sich frühzeitig darauf eingestellt und den besten Weg gefunden, der überhaupt gefunden werden konnte. Darüber waren aber nur wenige Vertraute informiert.

Rhodan griff zur prunkvoll bestickten Dienstmütze. Er wog sie nachdenklich in der Hand.

»Maurice – solange ich lebe und solange ich die geringste Chance habe, für weitere sechs Jahre das Staatsschiff des Solaren Imperiums lenken zu können, solange wird kein Mensch auf einen anderen Menschen schießen! Ich werde auch dann nicht den Feuerbefehl geben, wenn sich die drei großen Reiche entschließen sollten, gemeinsam über das Solare Imperium herzufallen. Anzeichen für ein solches Vorhaben sind leider vorhanden. Ich werde sie ins Leere stoßen lassen.«

»Wie, Sir?«

Rhodan lächelte nur.

»Sie sind ein ehrenhafter und vertrauenswürdiger Terraner, Maurice. Ich habe seit fünfhundert Jahren für diesen Fall gewisse Vorbereitungen getroffen. Sie werden rechtzeitig davon hören. Gehen wir? Emined Bain-Bain – seltsamer Name! – soll uns nicht der Unpünktlichkeit bezichtigen können. Whisper . . .!«

Rhodan sah sich suchend um.

»Whisper, nun komm schon.«

Auf einer Skulptur ruhte ein tennisballgroßer Gegenstand. Er bewegte sich. Aus dem dunklen Ball schoben sich glitzernde Pünktchen hervor. Sie glichen weißblauen Brillanten und brachen tausendfältig das Licht.

Das Gebilde entspannte sich. Je mehr es seine runde Form verlor, um so durchsichtiger und strahlender wurde es.

Nach einigen Augenblicken hatte sich Whisper vollkommen entfaltet. Jetzt glich er einem ein Meter zwanzig langen und siebzig Zentimeter breiten Gespinst von höchster Feinheit und Transparenz.

Etwa zweihundert strahlende Organe bedeckten den schwarzschimmernden Körper eines Lebewesens, das Rhodan vor Jahren auf dem Planeten Khusal gefunden und vor dem Hungertod bewahrt hatte.

Whisper richtete die eine Ecke seines Körpers auf Rhodan aus und begann unbeholfen zu flattern. Es sah aus, als triebe ein Schal oder ein Umhang von feinster Webart im Wind.

Whisper war hochintelligent und seiner Natur nach ein Symbiont.

Er war nicht fähig, seine Grundnahrung selbst zu beschaffen. Lebewesen dieser Art waren gezwungen, mindestens alle einundzwanzig Tage mit ihrem gesamten Körper in eine Flüssigkeit einzutauchen, die unbedingt eiweißhaltig sein mußte.

Rhodan hatte es mit konzentriertem terranischem Milchpulver versucht. Whisper hatte die Nahrung angenommen und war als zusammengefaltete Kugel in dem Topf verschwunden.

Als er wieder erschienen war, hatte die Flüssigkeit nicht abgenommen, aber sie besaß kein Eiweiß mehr.

Whisper flatterte in all seiner durchsichtigen Schönheit und der strahlenden Pracht seiner zweihundert Außenorgane auf Rhodan zu. Er legte sich mit einem Ende über Rhodans linke Schulter, saugte das andere Ende unterhalb der rechten Achselhöhle an der Uniform fest und ließ sodann seinen entfalteten Körper nach unten gleiten.

So bildete Whisper einen kurzen Schulterumhang von exotischer Pracht. Er tastete mit seinen telepathischen Sinnen nach Rhodans Wachbewußtsein.

»Du mußt wieder fort?« vernahm Rhodan die lautlose Stimme des Wesens. Whisper projizierte seine Gedanken, Botschaften und Fragen direkt in sein Bewußtsein und las die Antworten.

»Leider«, dachte Perry. Gleich darauf fühlte er Whispers Tätigkeit. Das Lebewesen wirkte wie ein Verstärker, der in der Lage war, Rhodans Sinneseindrücke und die Schnelligkeit seiner Überlegungsvorgänge zu steigern. Die Anhebung des Gesichtssinnes war so stark, daß Rhodan in gewissem Umfang infrarotempfindlich und daher nachtsichtig geworden war.

Whisper war zufrieden. Er brauchte nur auf der Schulter zu hängen und den Kontakt aufrechtzuerhalten. Die geringe Energie, die er zur Verstärkung der Sinnesleistungen aufwenden mußte, konnte durch ein Eiweißbad leicht ersetzt werden; und – an Bord der INTERSOLAR gab es genug konzentrierte Eiweißstoffe.

Der Raumhafen von Aghiktare, der Hauptstadt des Planeten Taura, war ein Gelände von nur mittelmäßiger Ausdehnung. Dennoch wurden hier Handelsgüter im Werte von etwa zweihundert Millionen Solar pro Planetentag umgeschlagen. Das relativ hohe Zollaufkommen ließ die ewigen Finanzkrisen verwunderlich erscheinen; dies besonders deshalb, weil Taura weder eine Raumflotte noch anderweitige feste militärische Einrichtungen unterhielt.

Nach Rhodans Auffassung und der seiner Sachberater wurde auf Taura einfach zuviel Geld für abstrakte Zwecke ausgegeben. Dieses von Terranern asiatischer Prägung abstammende Volk hatte keinen Sinn für die Realitäten des Daseins.

Die neuen Be- und Entladungseinrichtungen entsprachen einem technischen Standard, den man auf Terra und dem Handelsplaneten Mars schon vor vierhundert Jahren zum alten Eisen gelegt hatte. Rhodan war tolerant und liebenswürdig genug, den Stolz der Tauraner wegen der »neuen« Errungenschaft nicht zu schmälern. Er fühlte sich nach dem üppigen Mahl im Prunkpalast Seiner Weisheit Bain-Bain zwar dem Erstickungstod nahe; aber das war kein Grund, das höfliche und liebenswerte Volk durch abwertende Bemerkungen vor den Kopf zu stoßen.

Rhodan hatte es sogar über sich gebracht, die Dichtervorlesung eines tauranischen Meisters anzuhören und nach dem Ausruf: »Ich bewundere mich«, mit aller Gewalt zu rülpsen und von unten gegen die niedrigen Tische zu treten.

Gucky hatte per Teleportation fluchtartig den Saal verlassen, um nicht unangenehm aufzufallen. Rhodans Rundreise des guten Willens hatte mit dem Besuch auf Taura fraglos eine gewisse Krönung erfahren.

Rhodan wankte im Sinne des Wortes zwischen den robotgesteuerten Entladungseinrichtungen hindurch. Emined Bain-Bain, ein mittelgroßer Mann von annähernder Kugelgestalt, erklärte schnaufend, rülpsend und schweißüberströmt die Funktion eines Niederenergie-Nahtransmitters, von dem die robotisch gelöschten Handelswaren der gelandeten Raumschiffe zu Einheiten von je tausend Tonnen aufgenommen, zieljustiert und direkt in die Empfänger der Lagerhallen abgestrahlt wurden, für deren Besitzer sie bestimmt waren.

Rhodan war hochinteressiert. Seine Bewunderung war grenzenlos. Die Männer des Sicherheitsdienstes, zu denen auch jene vier Mutanten gehörten, die als einzige Aktivatorträger die Second-Genesis-Krise lebend überstanden hatten, achteten weniger auf die überschwenglichen Erklärungen des Hohen Verwesers.

Ihre Aufmerksamkeit galt der unübersichtlichen, von Maschinen eingeengten Umgebung, in der sich leicht hundert und mehr Attentäter verstecken konnten.

Gucky und Fellmer Lloyd, die einzigen Telepathen, die dem weit zurückliegenden Chaos entgangen waren, lauschten mit ihren Parasinnen aufmerksam auf Hirnimpulse von anomaler Prägung.

Politische Attentate waren neuerdings an der Tagesordnung. Darüber war man sogar auf Taura informiert. Man sah jedoch über das Wachkommando hinweg, als wäre es nicht vorhanden.

Rhodan stand vor dem rotmarkierten Warnkreis des Versandtransmitters. Vor einigen Augenblicken war ein Güterschub hindurchgegangen und offenbar richtig am Ziel angekommen.

»Wir werden die hohen Lagerkosten erheblich senken können«, erklärte Bain-Bain strahlend. »Wie Sie wissen, Exzellenz, ist dieser Faktor entscheidend für einen Hafen mit hohem Umschlag. Noch bedeutender jedoch für einen Planeten, der überwiegend vom Handel, weniger aber durch die Eigenerzeugung von Gütern aller Art lebt. Lagerkosten und Hafengebühren gehen Hand in Hand. Je schneller ein Schiff gelöscht werden kann, um so rascher kann es wieder starten. Also: Ersparnisse in jeder Form. Wir . . .«

Emined Bain-Bain stieß einen Entsetzensschrei aus. Nur einem zuspringenden Wächter des terranischen Kommandos hatte er es zu verdanken, daß er nicht ebenfalls vom Antigrav- und Saugfeld eines blitzschnell niederstoßenden Lastenhebers erfaßt und in die Höhe gerissen wurde.

Perry Rhodan befand sich näher am Wirkungsbereich. Er wollte sich noch zur Seite werfen, aber es gelang ihm nicht mehr.

Ehe er die Sachlage folgerichtig erfassen konnte, wurde er bereits angehoben und mit einem Schwenk des Hebers über die Gefahrenlinie des Großtransmitters befördert.

Zwischen den rotleuchtenden Energiesäulen des Warentransmitters wogte das wesenlose Auflösungsfeld. Rhodans erster und vordringlichster Gedanke war, daß dieses Entstofflichungskraftfeld ganz sicher nicht mit einem Empfangsgerät synchron geschaltet war. Bei einer Abstrahlung bedeutete das den Tod im Hyperraum.

Oberst Hubert Maurice hatte die Situation ebenfalls sofort erfaßt. Seine Männer jedoch starrten hilflos und mit angeschlagenen Waffen zu ihrem obersten Chef hinauf, der soeben von dem Antigravheber über die Linie gezogen wurde.

Rhodan hörte die Kommandos. Er vernahm auch das Schreien der Tauraner und Maurices Stimme. Was gesagt und gerufen wurde, verstand er nicht. Die beiden Teleporter Gucky und Ras Tschubai waren in der Nähe eines arbeitenden Transmitters hilflos. Die hyperenergetischen Streustrahlungen verboten einen Teleportersprung von selbst.

Perry Rhodan hörte Ras Tschubai etwas schreien. Er verstand den

Sinn nicht. Seine Überlegungsvorgänge liefen mit atemberaubender Schnelligkeit ab.

Er konnte sich in dem tragenden und saugenden Feld noch recht gut bewegen. Nur wenige Meter entfernt bemerkte er die flammenden Energiesäulen des Warentransmitters.

Er hatte es Whispers Verstärkungsimpulsen zu verdanken, daß er sich in diesen wenigen Sekunden an die Schaltstation des Lastenhebers erinnerte. Er war daran vorbeigegangen, hatte sie ohne großes Interesse registriert.

Nun wußte er es wieder. Er warf sich in dem tragenden Energiefeld herum.

Weiter vorn, etwa dreißig Meter entfernt, endeten die Energie-Zuführungsleitungen an dem verkleideten Kasten, in dem auch der Antigravprojektor installiert war. Das war das einzige bemerkenswerte Ziel, denn es gab keine organisch lebenden Attentäter, die seine Männer hätten vertreiben können.

Die Mechanik des Lastenhebers reagierte weder auf Zurufe noch auf schußbereite Waffen. Sie erfüllte lediglich eine programmierte Aufgabe, die allerdings mit teuflischer Schlauheit ausgeklügelt war.

Rhodan sah sein Ziel. Der Lastenheber war so weit herumgeschwenkt, daß die Schaltanlage in Perrys Blickfeld geriet.

Rhodans rechte Hand fuhr mit einem so scharfen Ruck nach unten, daß sich die Unterarmmuskeln ruckartig anspannten. Das war der Auslöser für den Mechanismus seines Röhrennadlers.

Das Rohr wurde ausgefahren. Die Feldtrichtermündung schrammte über Rhodans Handwurzel, drückte die Finger zur Seite und kam etwa fünfzehn Zentimeter vor den Fingerspitzen zum Stillstand.

Im gleichen Sekundenbruchteil begann die programmierte Mechanik zu feuern. Ultrahelle Energieblitze zuckten aus der Mündung. Der Strahler erreichte pro Sekunde dreißig Schußfolgen.

Rhodan riß den rechten Arm hoch und visierte mit ihm die Schaltstation an. Die sonnenheißen Intervallschüsse zuckten über den Boden hinweg, warfen kleine Glutvulkane auf und wanderten dann in die Höhe.

Nach einer Viertelsekunde hatte Rhodan sein Ziel gefunden. Die zweite Thermogarbe berührte den unteren Rand der Schaltstation, kletterte noch etwas höher und schlug anschließend mit all ihrer Energieentfaltung in die Verkleidung hinein.

Rhodan sah eine Stichflamme emporschießen. Weißglühende

Gegenstände flogen davon und explodierten noch vor dem Aufschlag in der Luft. Beim letzten Schuß der zweiten Nadlergarbe detonierte das große Gerät.

Der Schwenkarm stand plötzlich still; das tragende Energiefeld erlosch. Rhodan reagierte instinktiv. Er warf sich herum, zog die Beine an und versuchte, den Aufprall zu mildern.

Er schlug schwer auf dem Stahlplastikbelag des Geländes auf. Ein stechender Schmerz durchzuckte sein rechtes Bein. Dennoch gelang es ihm noch, sich nach links davonzuwälzen, um dem Entstofflichungsfeld zu entgehen.

Zwei Männer seines Wachkommandos zogen ihn aus dem Gefahrenbereich. Weiter hinten lagen Verletzte. Sie waren von Splittern des explodierenden Schaltelementes getroffen worden.

»Alles in Ordnung?« vernahm Rhodan eine laute Stimme. Er sah nach oben. Hubert Maurice kniete neben ihm.

»Ja, ja, es sieht so aus«, entgegnete Rhodan mit kratziger Stimme. »Mein rechtes Bein scheint gebrochen zu sein. Maurice, teilen Sie der Regierung mit, daß ich aufgrund der Vorkommnisse in zwei Stunden starte. Alles absagen – alles! Das geht zu weit!«

Maurice ließ seine Männer einen Schutzwall bilden. Die Gäste sahen in die Mündungsfelder terranischer Waffen.

»Das war der ausgeklügeltste Mordanschlag, den ich je erlebt habe«, behauptete Maurice bitter. »Es tut mir leid, Sir. Mit dem Lastenheber habe ich nicht gerechnet. Jemand muß gewußt haben, daß Sie an dieser Stelle stehen würden.«

»Natürlich. Verdächtigen Sie aber nicht Bain-Bain. Er wäre ums Haar ebenfalls erfaßt worden. Raten Sie ihm, er sollte sich seine Mitarbeiter ansehen.«

Die INTERSOLAR startete genau zwei Stunden nach dem mißlungenen Attentat. Die Regierung des Planeten Taura und des Epihilon-Systems war untröstlich; aber Rhodan hatte sich nicht erweichen lassen.

Der Staatsbesuch war schneller beendet worden, als es die daran Beteiligten angenommen hatten.

Rhodan sah den Planeten auf den Bildschirmen kleiner und kleiner werden. Schließlich wurde er zu einem Leuchtfleck unter Milliarden anderer Leuchterscheinungen.

Die Oberschenkelfraktur, die er sich bei dem Absturz zugezogen hatte, schritt bereits dem Heilungsprozeß entgegen. Das nach der Einrichtung eingespritzte Biomolplast-Kunstgewebe arbeitete schnell und sicher. Druckfelder mit individuell angepaßter Stärke und Formgebung hielten die beiden noch getrennten Knochenenden haargenau in der natürlichen Streckung.

Andere Mittel, die direkt das harte Knochengewebe angriffen und es zu einer tausendfach schnelleren Neubildung über der Bruchstelle anregten, sorgten für einen raschen Heilungsverlauf.

Die INTERSOLAR ging in den Linearraum mit Kurs auf das Solsystem. Die Reise des guten Willens war beendet.

4.

Unter der Bevölkerung des Solsystems gab es einige hunderttausend Sektierer und ewig Unbelehrbare, die der Auffassung waren, die beste Regierungsform für ein großes Sternenreich mit seinen gewaltigen Problemen sei eine Diktatur.

Perry Rhodan, die Minister seiner Regierungsmannschaft und zahlreiche Fachwissenschaftler hatten seit Jahren dagegen anzureden versucht. Besonders Rhodan, der bereits vor fünfzehnhundert Jahren Diktaturen in all ihrer Verwerflichkeit, Brutalität und Menschenunterdrückung kennengelernt hatte, war als ständiger Mahner aufgetreten.

Seine Argumente waren einleuchtend. Hätte er zu Menschen sprechen können, die Mitte des 20. Jahrhunderts, also zu Rhodans Jugendzeit, ihr Haupt vor uniformierten Verbrechern hatten beugen müssen, so hätte er es einfacher gehabt.

Nun aber, im Jahr 3430, konnte man sich nach einer fünfzehnhundertjährigen demokratischen Regierungsform mit ihren Vorteilen für jedermann nicht mehr vorstellen, man könnte beispielsweise gezwungen werden, auf das Recht der Beschwerde und freien Meinungsäußerung zu verzichten.

Ein Argument jedoch gab zu denken: nämlich das Beispiel des Imperiums Dabrifa. Rhodan hatte beweisen können, daß eine sogenannte Gemäßigte Diktatur immer in einer Gewaltdiktatur endete.

Totalitäre Herrscher, die aus Gründen der politischen Zweckmäßigkeit und der Massenverdummung genügend Intelligenz und psychologisches Einfühlungsvermögen aufbrachten, um so lange wie möglich den Anschein einer gewissen persönlichen Freiheit ihrer Bürgerschaft zu wahren, wurden in dem Augenblick zu gnadenlosen Bestien, sobald ihre Macht gefährdet war.

Dann zeigten sie ihr wahres Gesicht. Dann ließen sie ihre Geheimpolizei ohne richterliche Verfügung schalten und walten; dann marschierten ihre Armeen und starteten ihre Raumflotten zu Blitzkriegen und Überfällen ohne vorangegangene Kriegserklärung oder sonstige Warnungen.

Ein Diktator dieser Art war Imperator Dabrifa, Herrscher über das große Sternenreich mit der offiziellen Bezeichnung Imperium Dabrifa.

Er war ein kluger, gewandter Mann mit nach außen hin gepflegten Manieren; ein geistvoller Plauderer mit umfangreichen Kenntnissen auf vielen Gebieten und der strahlenden Herzlichkeit eines duldsamen Vaters der Nation.

Dabrifa war in der Lage, jeder Situation gerecht zu werden; auch solchen Dingen, die weit außerhalb seines Interesses lagen. Diese allerdings wurden blitzschnell, möglichst unauffällig und mit gnadenloser Härte bereinigt.

Seine Zurschaustellung war eine Mischung aus Absolutismus und gemäßigter Diktatur. Sein Wort galt; seine Meinung hatte die Meinung der von ihm beherrschten Völker zu sein.

Rhodan hatte Dabrifa als typisches Beispiel eines Machthabers gewählt, der bis zum Extrem eine demokratisch freiheitliche Regierungsorientierung vorgaukeln konnte. Man hielt ihn für gemäßigt, aber er war es nicht.

Perry Rhodan hatte die Zweifler im eigenen Sonnensystem gewarnt. Er war auf Unglauben gestoßen. Gerissene Diktatoren waren und blieben glänzende Schauspieler.

Die Grotte war klein, dürftig beleuchtet und spartanisch eingerichtet. Notfalls fanden in ihr jedoch fünfzig bis sechzig Personen Platz.

Der einzige Zugang lag unter der Wasseroberfläche eines Meeres, das auf Nosmo, dem Zentralplaneten des Imperiums Dabrifa, den Ruf seltener Schönheit und herrlicher Küstenlandschaften genoß.

Dabrifala, die Hauptstadt des Planeten und des Sternenreiches, lag nur wenige Kilometer entfernt an den Flanken einer großen Bucht.

Die terranischen Kolonisten, die vor etwa neunhundert Jahren auf Nosmo gelandet waren, hatten gewußt, warum sie ihre erste Ansiedlung an der Küste dieser Bucht erbauten.

Sie war landschaftlich reizvoll, bot ein gesundes Klima und weite Strände. Die umschließende Bergkette hielt die heißen Winde der Hochebene ab.

Diese Hochebene wiederum war mit einem Luftfahrzeug in wenigen Minuten zu erreichen. Sie wies einen durchgehenden felsigen Untergrund auf und hatte dadurch die Festigkeit und Stabilität, die man zur Errichtung eines Raumhafens benötigte.

Dabrifala war die Perle des Imperiums Dabrifa, das im Jahr 3430 sechshundertvierzehn Sonnensysteme mit vielen bewohnbaren Planeten beherrschte.

In der Grotte hielten sich etwa zwanzig Personen auf. Man hätte sie für Terraner halten können.

Sie besaßen moderne Strahlwaffen irdischer Fertigung und schienen entschlossen zu sein, sie im Gefahrenfalle auch anzuwenden. Die Läufe waren auf den Wasserspiegel eines fast runden Beckens gerichtet.

»Sichern Sie doch Ihre Waffen«, bat einer der Männer mit steigender Nervosität. »Eine unbedachte Bewegung, und Sie erschießen eine der größten Persönlichkeiten der Galaxis.«

Einer der Bewaffneten drehte den Kopf. Er schaute den Mahner düster an.

»Wenn er *vor* seinem Auftauchen nicht die Kodesonde mit dem für heute gültigen Signal ablaufen läßt, *werden* wir schießen. Sie sind auf Nosmo, mein Bester! Hier kann ein Widerstandskämpfer nur dann überleben, wenn er jeweils um eine Zehntelsekunde schneller ist. Das sollten Sie als USO-Spezialist wissen. Außerdem sind Sie doch wohl schon lange genug hier, um die Verhältnisse zu kennen. Dabrifas Polizei ist hart im Nehmen, noch härter im Geben. Also verzichten Sie bitte auf Belehrungen, die auch Ihr Leben kosten können.«

Major Arfin Stregman, aktiver USO-Spezialist und Chef des USO-Geheimkommandos auf der Hauptwelt des Imperiums Dabrifa, preßte die Lippen zusammen. Er trug noch den Froschmannanzug, mit dem er den Kanal zwischen dem Ozean und der Grotte durchschwommen hatte. Sie lag auf dem Niveau der Meeresoberfläche.

Er versuchte es noch einmal.

»Lordadmiral Atlan ist unter größten Schwierigkeiten und in Maske auf Nosmo gelandet, um mit Ihrer Organisation Verbindung aufzunehmen. Sie sollten nicht das Risiko eingehen, ihn durch ein denkbares Versagen der Sonden zu töten.«

»Sie versagen niemals«, wurde Stregman abgewiesen. »Seitdem die Khonan-Tap existiert, hat es noch nie technische Mängel gegeben. Sollte es jedoch einmal dazu kommen, dann werden wir entsprechend handeln.«

»Also feuern?«

»Was dachten Sie! Die Gesetze einer Unterorganisation mit weitverzweigten Verbindungen, zahlreichen Nebengruppen und lebenswichtigen Geheimdepots sind streng. Wir können es nicht wagen, den Fall eines Versagers in Betracht zu ziehen und deswegen um eine Sekunde zu spät zu schießen. Sicherheit geht über alles. Sehen Sie jetzt klar?«

Omarin Ligzuta, der geheimnisvolle, seit Jahren gesuchte Chef der Widerstandsbewegung gegen den Imperator Dabrifa, hatte laut und sachlich gesprochen. Es war ein älterer, grauhaariger Mann mit zerfurchten Zügen und klugen Augen.

»Dann wollen wir hoffen, daß Ihre überholungsreifen Signalsonden auch in diesem Fall funktionieren«, resignierte der USO-Major.

Ligzuta konterte schnell und vorwurfsvoll.

»Wenn die USO und die Solare Abwehr unseren dringenden Bitten um Lieferung von Waffen, Material aller Art und Nahrungskonzentraten schneller und besser entsprochen hätten, brauchten Sie sich jetzt nicht um die Funktionstüchtigkeit eines schwimmenden Kodegeräts zu sorgen. Sie haben sich erst an uns erinnert, als wir Ihnen die bevorstehende Geheimkonferenz auf unserem Planeten meldeten. Da sind Sie munter geworden, nicht wahr? Das scheint typisch zu sein. Man wird erst dann reichlich unterstützt, wenn es gefährlich wird. Ich sage Ihnen nochmals, daß Dabrifa, die Herrscher des Carsualschen Bundes und einige Kalfaktoren der Zentralgalaktischen Union hier zusammenkommen, um das Solsystem zu überfallen. Das dürfte gar nicht mehr so lange dauern. Haben Sie wenigstens unsere Berichte und Erkundungsergebnisse an den Lordadmiral durchgegeben?«

»Wort für Wort«, bestätigte der Major peinlich berührt. Die Kämpfer gegen die Diktatur auf Nosmo waren in der Vergangenheit tatsächlich etwas vernachlässigt worden.

Arfin Stregman entschloß sich, dazu noch etwas zu sagen.

»Was die Lieferung von Verteidigungswaffen und sonstigen Gütern anbelangt, mußten wir vorsichtig sein. Atlan und Rhodan sind strikt dagegen, Hochenergiegeräte aller Art an . . . sagen wir . . . Gruppen auszuhändigen, deren Zielsetzung nicht in jedem Fall mit dem Interesse der gesamten Menschheit identisch ist.«

Omarin Ligzuta blieb auffallend sachlich.

»Akzeptiert, Herr Major! Nur deshalb haben wir nicht härter gedrängt. Mittlerweile sollten Sie aber wissen, was hier gespielt wird. Wenn es uns gelingt, Dabrifa zu stürzen und mindestens fünfzig Prozent seiner Mordschergen zu isolieren, wird es kein Imperium Dabrifa mehr geben. Wir haben beste Verbindungen zu maßgeblichen Flottenbefehlshabern. Glauben Sie nur nicht, auf Nosmo und den anderen Planeten des Imperiums wäre jedermann mit dem Terror einverstanden.«

»Der Chef der USO wird Ihnen alles erklären. Wollen Sie nicht doch Ihre Strahler sichern?«

Ligzuta schüttelte den Kopf. Die Selbsterhaltungsgesetze der Khonan-Tap waren tatsächlich hart.

Das dunkle Wasser wurde plötzlich aufgewühlt. Ein nur fingerlanger, torpedoförmiger Körper schoß infolge seiner Geschwindigkeit aus dem nassen Element hervor, fiel zurück und kam zur Ruhe. Die winzige Schraube lief aus.

Aus dem verdickten Vorderteil zuckten Lichtblitze. Sie waren von rhythmischer Folge.

»Gut, Tageskode erkannt«, erklärte ein Techniker, der die Lichtsignale mit einem röhrenförmigen Tastergerät aufgenommen und sie in der elektronischen Klarschrift identifiziert hatte.

Die Vertreter der Khonan-Tap schoben die Sicherungen herum. Die Feldmündungen der Strahler flimmerten zwar immer noch, aber jetzt konnte wenigstens nicht aus Nervosität geschossen werden.

Nur wenige Augenblicke später wurden die Konturen eines Schwimmers erkennbar. Auf seiner Brust hing ein leistungsfähiges Atemgerät, das keine Luftblasen aufsteigen ließ. Sie konnten bereits das Leben kosten.

Die zahlreichen Schnellboote und Küstengleiter der Polizei warfen augenblicklich hochexplosive Wasserbomben, sobald ein nicht registrierter Sporttaucher geortet wurde.

Atlans Körper glitt durch den Schraubendruck des Ottergerätes halbwegs aus dem Wasser hervor.

Omarin Ligzuta schaute unvermittelt in die Mündung eines Hyperschallstrahlers, der auch unter Wasser angewendet werden konnte. Atlan hatte *nicht* gesichert!

»Vorsichtig ist er auf alle Fälle«, meinte der alte Mann, und ein Lächeln erschien auf seinen Lippen. »Willkommen, Sir. Wir . . . Nanu, Sie tragen ja nur eine Badehose? Das ist gefährlich! Zehn Meter unter der Küste verläuft eine eiskalte Strömung.«

Mehrere Männer reichten dem Arkoniden die Hand und zogen ihn aus dem Wasser. Atlans weißblonde Haare wurden im Nacken von einem elastischen Band zusammengehalten.

Er zog das Mundstück des Atemgerätes zwischen den Lippen hervor, atmete tief ein und sah sich um. Jemand legte ihm eine Decke um die Schultern.

»Danke, das tut gut. Das Wasser ist ab acht Meter tatsächlich eisig.«

»Gut gegen Ortungen aus der Luft«, erklärte Ligzuta. »Man kann nicht vorsichtig genug sein. Sie sind also der sagenhafte Ex-Imperator des Arkonidenreiches?«

Atlan wischte sich das Gesicht ab. Stregman massierte seinen Rücken.

»Sie sagen es. Das ist seit tausend Jahren vorbei. Habe ich das Vergnügen mit dem Chef der Khonan-Tap, Professor Omarin Ligzuta?«

Der grauhaarige Widerstandskämpfer lachte bitter auf.

»Vielen Dank für den schönen Titel. Den gibt es hier nicht mehr. Ich bin dem Rang nach ein Fachlehrer; Dozent für neuere Geschichte auf Nosmo. Selbstverständlich gibt es keinen linientreueren Mann als mich. Ich verkehre im Palast des Imperators, besitze Auszeichnungen über Auszeichnungen und was der Dinge mehr sind.«

»Ich verstehe, Professor.«

»Ich hoffe es. Wie ich hörte, sind Sie in der Maske eines galaktischen Freihändlers gelandet. Sehr gut. Kennen Sie unsere letzte Liste?«

»Wenn Sie die Aufstellung über Ausrüstungsgüter aller Art meinen – ja!«

Ligzutas Gesicht spannte sich.

»Und? Wie ist die Meinung der unendlich Reichen und Mächtigen?«

Atlan musterte den Wissenschaftler.

»Für Sie positiv. Unendlich reich sind weder Perry Rhodan noch ich, aber wir werden bedeutende Mittel aufwenden, um Sie und Ihre Leute zu versorgen. Die Berichte über Ihre Tätigkeit lauten zufriedenstellend. Sie gehören offenbar auch nicht zu jenen Hitzköpfen, die seit allen Zeiten der Meinung waren, mit einem politischen Attentat die Galaxis umkehren zu können. Sie handeln überlegt, gewinnen daher Freunde über Freunde und unterminieren ein System, das wir verurteilen müssen. Sie erhalten die angeforderten Waffen und Geräte. Die KULAMORT, mein angeblicher Freifahrer-Frachter ist mit dreißig Prozent seiner Ladekapazität für Sie bestimmt.«

»Ich – ich kann es kaum glauben!« zweifelte der Wissenschaftler, und seine Stimme bebte.

»Sie dürfen es glauben. Wenn das Solare Imperium erst einmal entschlossen ist, geknechteten Menschen, die schließlich indirekt von der Erde abstammen, zu helfen, dann leistet man hundertprozentige Arbeit. Das trifft auch für die USO zu. Wir haben Ihre Aufstellung noch etwas ergänzt.«

»Inwiefern?«

»Wir liefern Ihnen Kleintransmitter mit autarker Energieversorgung. Sehen Sie sich diese Grotte an. Sie besitzt nur einen Zugang. Wenn Sie hier einmal während einer Versammlung geortet werden, sitzen Sie in der Mausefalle. Um das zu verhindern, stellen wir Ihnen Kleintransmitter mit einer Transportkapazität von zweihundert Masseneinheiten zur Verfügung. Das entspricht dem Gewicht und der Körpermasse von zwei voll ausgerüsteten Personen. Dazu kommen noch siganesische Mikroausrüstungen, mit denen Sie der hiesigen Geheimabwehr größte Sorgen bereiten können. Sind Sie zufrieden?«

Omarin Ligzuta streckte zögernd die Hand aus. Atlan drückte sie fest.

»Der Frachter ist ein speziell präpariertes Versorgungsschiff für Widerstandskämpfer. Die Ausrüstungsgüter sind in der Ladung verborgen. Befürchten Sie keine Entdeckung. Wir wissen, wie wir die Zolluntersuchungen des Imperiums Dabrifa zu umgehen haben. Das wäre alles, was Sie in dieser Hinsicht interessieren könnte. Nun berichten Sie mir bitte, ob die Meldungen über eine bedeutungsvolle Zusammenkunft der Machthaber von Carsual, Dabrifa und der ZGU richtig sind, ob man übertrieben hat, oder ob Sie gar übervorsichtig in der Beurteilung waren. Was wird auf Nosmo gespielt?«

Der Chef der Khonan-Tap begann mit seinen Erklärungen.

Atlan lauschte zwei Stunden lang, sah sich Pläne an und hörte anschließend den Kommentar des USO-Kommandeurs auf Nosmo.

Major Arfin Stregman verschleierte nichts. Er war ein routinierter Mann.

»Hier, das ist der Sonnenpalast des Imperators; so genannt, weil dreißig in Antigravfeldern kreisende Atomsonnen den hundert Quadratkilometer großen Park beleuchten. Ein atemberaubendes Schauspiel bei Nacht. Der Park ist quadratisch. Fast genau im Mittelpunkt erhebt sich der Palast; ein Gebäude mit modernsten technischen Einrichtungen und in der Trichterform der Arkoniden erbaut. Sokkeldurchmesser fünfhundert Meter, lichte Weite der obersten Trichterrundung dreitausend Meter; Höhe ebenfalls dreitausend Meter. Ringstraßen in Serpentinwindungen sind an den Außenwandungen vorhanden. Der obere Kranz ist durchweg als Landeplatz für Luftgleiter ausgebildet.

Weitere Gebäude dieser Art, jedoch wesentlich kleiner, sind vorhanden. Die Sicherungsmaßnahmen sind atemberaubend.«

»Kostenpunkt fünfhundert Millionen Solar, ungefähr«, stellte Atlan trocken fest. »Der Herr versteht zu leben.«

»Und wie! Der Trichterbau enthält in seiner gewaltigen Innenrundung die phantastischsten Geräte der bekannten Galaxis. Schwimmbäder, Studien, Wandelgänge, interne Lauben, einen kleinen See mit importierten Saurierungeheuern, und was der Vergnügungen mehr sind, wurden eingebaut. Ein Eindringen in den Sonnenpalast ist für normale Menschen unmöglich. Mutanten versagen wegen der hochgezüchteten mechanischen Para-Abwehr. Lebewesen mit anomalen Hirnfrequenzen, die ja für echte Mutanten typisch sind, werden augenblicklich und warnungslos angegriffen. Es gibt Tausende von Spezialrobotern, die lediglich auf Mutanten reagieren. Wenn also die von Ligzuta ausgekundschaftete Besprechung der Regierungschefs tatsächlich im Sonnenpalast stattfindet, können weder Normalmenschen noch Mutanten eingesetzt werden. Außerdem verfügen wir nur noch über vier parapsychisch begabte Lebewesen.«

»Wem sagen Sie das! Ich habe die Second-Genesis-Krise erlebt. Dabrifas Zellaktivator stammt fraglos von einem Mutanten, der in diesem Wahnsinn verstarb. Wie geht es weiter?«

»Die Besprechung der Machthaber von Carsual, Dabrifa und der Zentralgalaktischen Union ist für heute angesetzt. Uhrzeit einundzwanzig, Planetenrhythmus. Nosmo rotiert in 27,3 Stunden um seine Polachse. Es wird offiziell ein pompöser Empfang stattfinden. Alles, was Rang und Namen hat, dürfte in den inneren Gärten lustwandeln. Professor Ligzuta ist ebenfalls eingeladen.«

Atlan nickte dem Wissenschaftler anerkennend zu. »Maßarbeit, Professor. Ich bedaure nicht, meinem Freund Perry Rhodan geraten zu haben, Sie rückhaltlos mit Material zu unterstützen. Was können Sie persönlich tun, um das Ergebnis der Konferenz zu erfahren?«

»Überhaupt nichts«, bedauerte Omarin Ligzuta. »Es ist ausgeschlossen. Der Palast ist ein Labyrinth, das wir nur annähernd kennen. Sie müssen Ihre besten Spezialisten einsetzen, oder wir erfahren nie, was dort geplant wird. Die Installation von Abhöranlagen oder die Anwendung von strahlgerichteten Fernmikrophonen ist wegen der Störstrahlung und der Eigenfrequenzortung unmöglich. Dabrifa versteht es, sich abzusichern. Leider hat mir Major Stregman nicht mitteilen wollen, welche Maßnahmen er bereits ergriffen hat. Das haben Sie doch getan, oder?«

Atlan begann zu lächeln. Stregman warf ihm einen bezeichnenden Blick zu.

»Sie unterschätzen die Kommandooffiziere der USO, Professor.« Atlan schaute Stregman an.

»Wenn ich mich nicht irre, haben Sie an eine siganesische Erkundung gedacht?«

»Genau, Sir. Nur die kleinen Männer von Siga haben eine Chance, überhaupt in den Palast vorzudringen. Sie werden mit Ligzutas Gleiter die äußeren Sperrzonen durchdringen und dann versuchen, die Unterredung zu belauschen. Hier sind die genauen Details. Ich bitte um Ihre ungeteilte Aufmerksamkeit, meine Herren . . .!«

USO-Spezialist Captain Szark Kalutsin war ein Siganese und 15,1 Zentimeter groß. Er galt seiner Ausbildung nach als Fachmann zum Durchdringen von Energiefeldern.

USO-Spezialist Leutnant Barna Olphener stammte ebenfalls von Siga und war 15,3 Zentimeter groß. Er war der Maskenkünstler des Zweimann-Teams.

Die beiden umweltangepaßten Menschen standen seit achtzig Jahren in den Diensten der USO. Sie waren zuverlässig, tausendfach bewährt und hielten überhaupt nichts von der gewaltsamen Unterdrückung des menschlichen Individuums.

Beide »Männer« hatten einen Auftrag erhalten, der sie das Leben kosten konnte. Daran aber war man unter den USO-Spezialisten seit einem Jahrtausend gewöhnt. Lordadmiral Atlan hatte selten Einsätze anzubieten, die *nicht* lebensgefährlich gewesen wären.

Nur solche Lebewesen, die weder ein mutiertes und daher anpeilbares Mutantengehirn, noch die normale Körpergröße eines Terraners besaßen, konnten in der Lage sein, in den Sonnenpalast des Imperators Dabrifa unerlaubt einzudringen und überdies Ermittlungen einzuleiten, die man nur durch Unauffälligkeit und blitzschnelles Ausweichen im Gefahrenfall zu Ende führen konnte.

Die zwei Siganesen waren ein Team mit ausgefeilten Fähigkeiten und einem großen Erfahrungsschatz.

Professor Omarin Ligzuta war pünktlich erschienen.

Für die Siganesen war es eine Kleinigkeit gewesen, sich in dem angemeldeten, positronisch registrierten und daher unverfänglichen Luftgleiter zu verstecken, obwohl er von Spürgeräten durchsucht worden war. Ligzuta war zwar ein offiziell geladener Gast, was aber nicht ausschloß, daß man ihn trotzdem genau kontrollierte. Er hätte keine Bombe in den Palast bringen und sie in selbstmörderischer Absicht zünden können.

Verzweiflungstäter dieser Art hatte es auf Nosmo schon mehr als einmal gegeben. Keiner hatte sein Ziel erreicht: die Beseitigung des Diktators.

So waren die beiden Mikro-Spezialisten unauffällig durch die Schutzschirme und in den Innenhof des riesigen Bauwerkes gekommen. Es glich einem gewaltigen, auf seinem dünnen Stil stehenden Trichter, der seine weite Eingußöffnung vertikal in die Luft reckte.

Der Innenhof durchmaß drei Kilometer. Je tiefer man kam, um so geringer wurde der Abstand zwischen den schräg abfallenden Seitenwandungen.

Ganz unten, dort, wo der fünfhundert Meter durchmessende Sokkel endete, gab es den ebenfalls fünfhundert Meter durchmessenden See, in dem sich die Ungeheuer tummelten.

Die Anlage war architektonisch bedeutsam und statisch überragend. Niemand wußte allerdings, wie tief der Trichtersockel in den Boden reichte und wie er sich dort ausbreitete. Man ahnte nur, daß dort die großen Maschinenanlagen untergebracht waren. Dazu zählten noch einige Tiefbunker, die man dem Hörensagen nach kannte.

Szark Kalutsin und Barna Olphener kümmerten sich nicht um die Energieversorgung des Sonnenpalastes. Ihnen kam es darauf an, sich nach dem geglückten Durchdringen der Außensperren an jene Personen zu heften, die wenig später eine Geheimkonferenz im unauffälligen Rahmen einer gesellschaftlichen Veranstaltung abhalten würden.

Die Art der Zusammenkunft war typisch für einen phantasiebegabten Mann wie Dabrifa. Natürlich hätte er auch mit einem Raumschiff starten und im freien Raum seine Bundesgenossen treffen können. Er hätte überhaupt die Möglichkeit besessen, die Besprechung an allen nur denkbaren Orten abzuhalten, oder sie gar offiziell als Staatsbesuch zu tarnen.

Er hatte nichts dergleichen getan. Seiner Wesensart entsprach das Ränkespiel mit tausend Hintertüren. Er berauschte sich an dem Gedanken, vor aller Öffentlichkeit etwas durchzuführen, was normalerweise anderweitig hätte geregelt werden können.

Das war ein Fehler gewesen; ein Fehler, wie er für durchaus kluge und vorsichtige, hier und da aber selbstüberhebliche Diktatoren typisch war. Dabrifa hatte das Stadium der gewissenhaften Selbstkontrolle bereits überschritten. Er näherte sich der Periode des Siegesbewußtseins.

Im weitgeöffneten Kelch einer exotischen Pflanze lag ein kleiner Mann. Die Pflanze war so kräftig, daß sie die wenigen hundert Gramm Körpergewicht tragen konnte. Die geringfügige Neigung des Kelches war unauffällig. Er war ohnehin erst aufgegangen, als die dreißig Atomsonnen über dem weiten Park ihr künstliches Feuer entzündet hatten.

Im Innenraum des Trichterpalastes gab es keine andere Leuchtquelle. Die Kunstsonnen ersetzten das Tageslicht.

Allein die Räume, die sich alle zwischen der äußeren und inneren Trichterwandung befanden, wurden künstlich erhellt. Das war aber immer so. Die in der Mitte gelegenen Säle erhielten nie wirkliches Sonnenlicht.

Ein Ziervogel von leuchtender Gefiederpracht überflog den See der Ungeheuer. Niemand achtete auf ihn. Es war ein Barracu, im Rumpf dreizehn Zentimeter lang und mit einem Federschweif von zweiundzwanzig Zentimetern ausgestattet.

Das metallisch leuchtende Rot seiner Bauchseite, das blauschwarze Rückengefieder und die ockergelben Schwingenfedern waren von einmaliger Schönheit.

Barracus waren Exportvögel einer fremden Welt. Sie galten als gelehrig, zutraulich und sprachbegabt. Hunderte ihrer Art bevölkerten den terrassenförmig abgestuften Innengarten des Trichterpalastes.

Der Vogel landete mit kräftig flatternden Schwingen auf dem Zweig, an dessen Ende sich der Kelch mit dem USO-Spezialisten befand.

In der Bauchseite öffnete sich ein Luk. Ein kleines, grünhäutiges Gesicht schaute hervor. Es wurde von den künstlich hergestellten Federn eingerahmt.

Kalutsin drehte sich um und richtete sich auf die Knie auf. Er trug einen Kampfanzug siganesischer Fertigung. Die meisten Teile waren so klein, daß sie ein menschliches Auge kaum noch hätte wahrnehmen können. Siganesen dachten in anderen Größenverhältnissen.

Der angebliche Vogel, in Wirklichkeit eine Flugmaschine der siganesischen Maskenkunst, hüpfte näher. Der Zweig beugte sich nach unten.

»Vorsicht!« schrie Captain Szark Kalutsin.

Er konnte es wagen, zu »schreien«. Sein Stimmchen war so dünn, daß sogar ein Wächter mit sehr scharfem Gehör aus nächster Nähe nichts mehr vernommen hätte.

»Wie sieht die Lage aus?« erkundigte sich der Einsatzleiter gemäßigter. »Hast du sie gesehen?«

»Alle«, rief Barna Olphener, der Maskenfachmann, aus dem Brustluk zurück. »Dabrifa gefällt sich noch in der Rolle des exzellenten Gastgebers. Er macht die Honneurs. Ich saß übrigens auf seiner Schulter und ließ mich füttern.«

»Bist du wahnsinnig geworden?«

Olphener kicherte.

»Durchaus nicht. Keine Beleidigungen, bitte. Was hätte ich mit meiner Außenaufnahme sonst anfangen sollen? Das Stimmengewirr der Riesen überlagerte jedes interessante Wort. So aber konnte ich zusammen mit Dabrifa Wege beschreiten, die ich sonst nie entdeckt hätte. Er fühlte sich geschmeichelt, denn ich knabberte zärtlich an seinem Ohrläppchen herum und nannte ihn ›süßer Spitzbube‹. Es gefiel ihm so, daß er beinahe einen Lachkrampf bekam. Nehmen muß man diese widerlichen Burschen. Sie sind in neunundneunzig Prozent aller Fälle eitel.«

Captain Kalutsin grinste. Barna war ein Meister seines Faches. Außerdem war es nicht einfach, eine Vogelimitation so exakt zu beherrschen, daß selbst ein Kenner an dem Flügelschlag nichts auszusetzen hatte. Die Schwingenmechanik, im Rumpf eingebaut, war ein Wunderwerk der Super-Feinmechanik.

»Was also war los? Hast du exakte Ergebnisse mitgebracht?«

»Ja. Dabrifa begrüßte die drei Ertruser des Carsualschen Triumvirats. Es handelt sich um Nos Vigeland, Terser Frascati und Runeme Shilter.«

»Also nach wie vor die alte Garde?«

»Genau. Die lassen sich auch nicht ausbooten. Außerdem sind sie biologisch unsterbliche Aktivatorträger. Jeder besitzt einen Hochleistungsschutzschirm auf der Basis unserer HÜ-Abwehr. Sie scheuen sich nicht, die riesigen Tornisteraggregate auf dem Rücken zu tragen. Das wäre ein vorzügliches Versteck für dich.«

»Wurde über die Konferenz gesprochen?«

»Ja, in unverfänglicher Form. Drei Kalfaktoren der Zentralgalaktischen Union sind ebenfalls angekommen.«

»Welche?«

»Die drei Ersten Sprecher: Kartch Tain, Roser Sakilate und Fereth Haynesto. Es sind die besten Köpfe der einundzwanzig regierenden Kalfaktoren. Ihr Gespräch mit Dabrifa konnte ich nicht belauschen. Es ist jedoch sicher, daß die Konferenz eine Stunde nach dem Essen beginnen soll. Dabrifa läßt sich vorübergehend durch ein Robotdouble vertreten. Das wäre alles.«

Captain Szark Kalutsin überlegte schnell und gründlich. Die Zeit drängte.

»Ich werde handeln. Unterrichte Omarin Ligzuta. Die einzige Möglichkeit, den Überwachungstastern und Schutzschirmen des inneren Palastes zu entgehen, besteht darin, mich von einem der Konferenzteilnehmer tragen zu lassen. Funkverkehr ist ausgeschlossen. Die Geräte orten alles. Ich werde auch meinen Energieblock stillegen.«

»Und meine Aufgabe?«

»Du bleibst in deiner Vogelmaske hier. Es genügt, wenn ein Mann in den Direkteinsatz geht. Sollte ich entdeckt werden, gebe ich die gewonnenen Ergebnisse mit einem Rafferimpuls durch. Bleibe auf Empfang. Die Ertruser eignen sich tatsächlich hervorragend als Transporteure.«

Von dem blühenden Zweig erhob sich ein Barracu. Er überflog die Menschenmassen, landete hier und da in direkter Nähe diskutierender Gäste auf einem Ast oder sonstigen Gegenstand und hörte die Gespräche ab. Das Mikroaufzeichnungsgerät lief fast ununterbrochen.

Allein durch diese Tätigkeit erfuhr Barna Olphener Dinge, die ihn erblassen ließen.

Besonders die dem Imperator nahestehenden Männer, darunter hohe Offiziere der Dabrifaschen Flotte, schienen bereits eine Ahnung von den bevorstehenden Ereignissen zu haben.

Nach einer halben Stunde erreichte der Pseudo-Vogel den Chef der Widerstandsbewegung. Er unterhielt sich mit Künstlern des Reiches. Für Kalutsin jedoch begann eine der gefahrvollsten Phasen des Einsatzes.

Ein Fluggerät auf der Basis eines Antigravgleiters konnte der siganesische USO-Spezialist wegen der hohen Ortungsgefahr nicht verwenden. Selbst einen Mikroreaktor von Fingerhutgröße hatte er nicht mitnehmen können. Auch damit wäre er augenblicklich ausgemacht worden.

So hatte er als Stromversorger für seine Rückenhubschraube einen Batterieblock erhalten. Er besaß eine geringe Lebensdauer. Die Energieabgabe war so bemessen, daß der Aufbau eines Deflektorfeldes unmöglich war. Der Block wäre in wenigen Minuten erschöpft gewesen. Es war eine Hochladerbatterie, in der keinerlei Kernprozesse abliefen.

Der Captain war durch diese einsatzbedingten Schwierigkeiten gezwungen, mit äußerster Behutsamkeit vorzugehen. Er war klein, gewiß! Er konnte sich auch jederzeit verstecken, dafür garantierte schon die enorme Geschwindigkeit seiner Bewegungsabläufe.

Je kleiner die Siganesen von Generation zu Generation wurden, um so schneller wurden ihre Reaktionen. Dennoch bestand Entdekkungsgefahr. Niemand hätte den trainierten Siganesen mit der Hand einfangen können. Das war bei ihm, da er Intelligenz und Geschick besaß, noch unmöglicher, als wenn ein Terraner hätte versuchen wollen, eine Maus im unübersichtlichen Gelände mit der Hand zu erhaschen.

Ein Strahlschuß war jedoch noch schneller – und haargenau, sobald er von einem Roboter abgegeben wurde.

So sahen Szark Kalutsins Probleme aus.

Die beiden gegenläufigen Hubrotoren seiner Rückenschraube erzeugten ein verhaltenes Pfeifen. Nachdem er an den Terrassen entlanggeflogen war, kam er weiter oben in die Region der galaktoexotischen Zierpflanzungen.

Hier konnte er sich noch leichter verbergen, doch dafür tauchte eine andere Gefahr auf. Es gab fremdartige Tiere und größere Vögel, die vor einem umweltangepaßten Menschen durchaus keinen Respekt zeigten. Für ihren Instinkt war er ein kleines, fliegendes Etwas, das man unter Umständen fressen konnte.

Olphener hatte die Schwierigkeiten des Freundes erkannt. Ihn störte vordringlich das Pfeifen der Rotoren.

So war er wieder zurückgekehrt und kreiste nun über dem fliegenden Menschlein. Er zeigte Kalutsin nicht nur den Weg zu den drei Ertrusern, sondern sorgte auch noch durch lauten Flügelschlag und krächzende Vogelschreie für die akustische Überlagerung des Gerätegeräusches.

Nach einer halben Stunde hatte Kalutsin die Prunkterrasse des Imperators erreicht. Sie lag unterhalb des sogenannten Abwehrringes, über dem das straßenähnliche Rund der Trichterzinne begann. Dort waren die Luftgleiter abgestellt.

Der Captain ging in der Astgabelung eines Zierbaumes in Dekkung und schaltete die Hubschraube aus. Olphener landete neben ihm.

Beiden USO-Spezialisten bot sich aus dieser Höhe ein prächtiger Ausblick über die Innenrundung des Sonnenpalastes. Es war taghell. Direkt über dem Gebäude kreisten zwei flammende Atomsonnen, die ihr Licht verschwenderisch über der kostspieligen Anlage abstrahlten.

Weit unten, etwa zweieinhalbtausend Meter tiefer, begannen die Wasserspiele.

»Das Essen wird serviert«, schrie Olphener aus dem Brustluk der Maschine. »Jetzt kannst du die Ertruser nicht anfliegen. Sie sitzen oder liegen im hellen Licht, und du findest keine Anflugdeckung. Wir müssen warten. Ich gehe auf Erkundung. Es steht fest, daß die führenden Raumoffiziere und Politiker schon etwas ahnen. Man munkelt von einem baldigen Ende der solaren Vormachtstellung in der Galaxis. Die neuesten Perry-Rhodan-Witze habe ich auch aufgezeichnet. Du wirst Tränen lachen. Ernster ist die Nachricht von einem Mordanschlag auf den Großadministrator. Die Meldung kam soeben durch. Perry Rhodan konnte sich retten, aber er hat den Staatsbesuch auf Taura sofort abgebrochen. Warte hier auf dem Baum. Die Deckung ist gut, und du kannst beobachten, was sich ereignet.«

Barna Olphener schwirrte wieder davon.

Die prunkvolle Zeremonie war beendet. Dabrifa trug ein togaähnliches Kleidungsstück mit eingewebten Howalgoniumkristallen. Sie strahlten in unwirklichem Feuer.

Das Fest stand unter dem Motto prähistorischer Sitten des Planeten Erde. Diese Fassung schien einen Sinn zu haben.

Die Gäste waren gezwungen, die Mahlzeit nach den Gebräuchen altrömischer Vornehmen einzunehmen. Man lag halbwegs auf flachen Polstern, amüsierte sich über den neuen Einfall des Imperators und zeigte offen seine Erheiterung, wenn jemandem ein Mißgeschick unterlief. Schließlich machte man sich einen Spaß daraus, die kostbarsten Delikatessen der Galaxis mit den Fingern zu ergreifen und sie in den Mund zu schieben.

Die drei Ertruser des Carsualschen Triumvirats waren in ihrem Element. Sie zerrissen riesige Bratenstücke und aßen wie Barbaren der Frühzeit. Dann aber, nach einer guten Stunde, begann für Captain Kalutsin der eigentliche Einsatz. Das Mahl war beendet.

Dabrifa, ein schlanker Mann mit vollendeter Körperbeherrschung, gab einige unauffällige Zeichen.

Er verschwand zuerst in den Torbogen. Die drei Kalfaktoren der ZGU folgten ihm einzeln in Abständen. Niemand achtete darauf.

Die Ertruser erhoben sich zuletzt. Sie hatten ungeheure Speisenmengen verschlungen und schienen daher guter Laune zu sein. Sie trennten sich voneinander und verkündeten lautstark, sich etwas bewegen zu müssen.

Kalutsins Hubschraube begann wieder zu surren. Sprungbereit kauerte er auf der Astgabel. Einer der Ertruser, es war das Triumviratsmitglied Nos Vigeland, lenkte seine Schritte auf den exotischen Park zu.

Plötzlich erschien auch wieder die Vogelnachahmung aus den siganesischen Werkstätten der USO. Er flog dem Ertruser nach und begann krächzende Rufe auszustoßen. Captain Kalutsin startete.

Der kleine Spezialist wußte, daß er nun alles auf eine Karte setzen mußte. Er hatte die riesigen Rückenaggregate der Ertruser studiert. Es waren Geräte von fast einem Meter Höhe und siebzig Zentimeter Breite.

Kalutsin wußte aus dem Schulungsprogramm der USO, wie es innerhalb der Verkleidungen aussah. Er flog den Ertruser von hinten an. Der Vogel schrie noch schriller und umflatterte den breiten Schädel des zweieinhalb Meter großen Giganten. Nos Vigeland schlug unwillig nach dem zudringlichen Barracu.

Genau zu diesem Zeitpunkt landete Kalutsin auf dem Verschluß einer breiten Klappe, hinter der die Kontroll- und Justierungsschaltungen des Energietornisters untergebracht waren.

Kalutsin warf sich mit dem gesamten Körper gegen die Sperre der Magnethalterung. Als er sie trotzdem nicht niederdrücken konnte, nahm er die Vortriebsleistung seiner Hubschraube zur Hilfe. Jetzt knackte es, und die Klappe fiel federnd nach unten.

Der Captain schlüpfte hinein. Verschiedene Kontrollen leuchteten. Dem Siganesen genügte der Lichtschein.

Wieder nahm er die Hubschraube als Hilfsmittel, um die Klappe hochziehen zu können. Der lärmende Vogel belästigte den Ertruser immer noch.

Barna Olphener flog erst davon, als sich die Klappe wieder geschlossen hatte. Kalutsin war in Sicherheit.

Der verfügbare Raum war auch für einen Siganesen eng. Dennoch begann der Captain unverzüglich mit der Arbeit.

Er bohrte ein winziges Loch in die Kunststoffklappe. Für ihn war die Öffnung groß genug, um durch sie ausreichend viel wahrnehmen zu können. Dann wartete er.

Er lag langgestreckt auf der Halteleiste der Klappe. Es war einigermaßen bequem. Es durfte nur niemand auf die Idee kommen, das Gerät zu überprüfen. Dann wäre er verloren gewesen. Nos Vigeland jedenfalls spürte nichts von dem geringen Gewicht des Siganesen.

Szark Kalutsin ahnte nicht, wohin er mit seinem seltsamen Transportbehälter gebracht worden war.

Seine Meßgeräte hatten ihm lediglich verraten, daß der Ertruser zahlreiche Sperren aller Art durchschritten hatte. Selbst ein Siganese mit voller Hochenergieausrüstung wäre dort niemals hindurchgekommen.

Besonders sorgfältig war die Parapsi-Ortung gewesen. Der Spezialist erkannte daran mit erschreckender Deutlichkeit, daß die große Zeit der Unüberwindlichen, nämlich die der terranischen Mutanten, auch in dieser Hinsicht vorbei war. Sie konnten nur noch dort eingesetzt werden, wo es eine solche Paraortung nicht gab. Terras Macht, vor knapp fünfzehnhundert Jahren überwiegend durch fähige Mutanten gestützt, hatte einen weiteren Rückschlag erlitten.

Die drei Ertruser waren argwöhnisch. Sie besaßen zwar die biologische Unsterblichkeit, aber man konnte sie ebenso leicht töten wie jeden anderen Menschen. Sie waren Giganten, aber einem gezielten Strahlschuß würden auch sie zum Opfer fallen.

Sie hatten ihre Energietornister nicht abgelegt. So waren sie weiterhin jederzeit in der Lage, enorm starke Abwehrfelder um sich zu errichten.

Der USO-Spezialist hatte nur wenig erspähen können. Sein »Träger« Nos Vigeland wandte Dabrifa und den anderen Konferenzteilnehmern natürlich das Gesicht zu.

Kalutsin konnte nur dann einen der Beteiligten durch das Bohrloch sehen, wenn jemand mehr oder weniger erregt aufstand und durch den Konferenzsaal schritt.

Dieser Saal war eine Abschirmeinheit für sich. Kein Agent der SolAb, kein Spezialist der USO hätte jemals in diesen Raum vordringen können.

Er war absolut abhörsicher und außerdem derart durch Schutzfelder, Spezialroboter und Leibgardisten abgeschirmt, daß normalerweise nicht die geringste Aussicht bestanden hätte, ein Wort der Unterredung zu erfahren.

Sie hatte nur zwei Stunden gedauert. Daraus ging hervor, daß die wichtigen Vorgespräche zwischen den Beteiligten schon längst geführt worden waren. Hier, im Sonnenpalast, ging es nur noch um die Beschlußfassung.

Szark Kalutsin hatte jedes Wort mit seinen Mikrogeräten aufgenommen. Hier und da waren ihm Fotografien geglückt.

Es handelte sich um eine militärische Planung von allergrößter Tragweite. Die Daten lagen fest; das Einverständnis der Partner galt als selbstverständlich.

Dabrifa hatte seine Liebenswürdigkeit völlig verloren. Er hatte mit klarer und scharfer Stimme gesprochen. »Verluste an Menschenmaterial« waren mit der grausamen Sachlichkeit alter Armeebefehlshaber erörtert worden. Die Verbündeten hatten untereinander um jedes Detail gefeilscht. Ausdrücke und Begriffe waren gefallen, die man außerhalb dieses Spezialraumes niemals gebraucht hätte.

Niemals zuvor hatte Szark Kalutsin die Erbärmlichkeit dieser verschiedenartigen Machthaber so eindringlich gespürt und im Wort gehört. Sie unterschieden sich in keinem Detail von anderen Menschen. Dennoch wollten sie nach außen hin als Übermenschen gelten.

Die drei bevollmächtigten Kalfaktoren der Zentralgalaktischen Union hatten sich noch am vernünftigsten verhalten. Dieses Sternenreich wurde einigermaßen nach demokratischen Richtlinien geführt. Trotzdem hatten sie sich beeinflussen lassen und schließlich ihre Einwilligung gegeben.

Dabrifas abschließende Erklärungen hatten bewiesen, daß er, der absolute Alleinherrscher, die Triebfeder des Komplotts war.

»Das Solare Imperium existiert nur noch dem Namen nach. Niemand kann uns das Recht streitig machen, die Heimat unserer Vorfahren zu annektieren und den lebenden Anachronismus, genannt Perry Rhodan, zu beseitigen. Seine Politik ist der Menschheit, der wir alle entstammen, wegen seiner ständigen Kompromißbereitschaft, militärischer Rückzieher und wegen der Vergeudung ungeheurer Steuersummen für sogenannte Soforthilfe unwürdig. Rhodans Regierungsform, die wegen ihrer begrenzten, durch Wahlen eingeengten Befehlsperioden keine harten Maßnahmen erlaubt, ist für das hochstehende Individuum Mensch ein ständiger Hemmschuh. Die Machtentfaltung der Solaren Flotte wird eingeengt. Die von uns gegründete Antiterranische-Koalition wird mit diesen Mißständen aufräumen. Erfolg hat nur der Starke. Ich lege mit Ihrem Einverständnis den 30. Oktober 3430 Standardzeit als Tag X fest. Wir sind uns einig, daß der Angriff auf das Solsystem erst dann mit äußerster Schlagkraft stattfinden darf, wenn unsere vorher gelandeten Spezialkommandos die Herstellungsgeheimnisse der neuen terranischen Transformkanone, des terranischen Paratron-Schutzschirms und des terranischen Dimetrans-Triebwerks für Fernflüge von Galaxis zu Galaxis sichergestellt haben. Perry Rhodan hat diese technisch-wissenschaftlichen Errungenschaften von den ehemaligen Schwingungswächtern, den Uleb, übernommen und sie im Verlauf der letzten Jahrhunderte wesentlich verbessern lassen. Die Konstruktionsdaten des neuen terranischen Linearkonverters, nach Professor Waringer ›Waringer-Konverter‹ genannt, sind für uns ebenfalls interessant. Weisen Sie bitte Ihre Flottenbefehlshaber an, den entscheidenden Angriff erst dann zu befehlen, wenn die Einsatzkommandos zum Ziel gekommen sind.«

Kalutsin hatte nur noch gestaunt. Dabrifas Brutalität war grenzenlos. Anschließend hatten die Konferenzmitglieder den Saal verlassen. Sie waren möglichst unauffällig in den Palastgarten zurückgekehrt, wo sie sich unter die Gäste gemischt hatten.

Captain Kalutsin und Barna Olphener jedoch hatten sich sofort zum Luftgleiter des Widerstandskämpfers Omarin Ligzuta zurückgezogen. Es gab nichts mehr zu erkunden. Die Würfel waren gefallen.

Kalutsin hatte bei seinem abschließenden Einsatzbericht lediglich noch erwähnt, er habe es nicht versäumt, das winzige Bohrloch in der Wartungsklappe so sorgfältig zu verschließen, daß davon nichts mehr zu bemerken wäre. Irgend jemand hätte sonst argwöhnisch werden können.

Atlan startete mit der KULAMORT bei Tagesanbruch. Das Fest des Imperators war beendet. Ziel des angeblichen Freifahrer-Frachters war das Sonnensystem, in dem die Erde als dritter Planet ihren Platz einnahm. Atlan wußte, daß der seit Jahrhunderten vorausberechnete Zeitpunkt gekommen war. Der »Fall Laurin« war eingetreten. Terra und Perry Rhodan sollten ausgeschaltet werden.

5.

Die Kalenderuhren zeigten den 14. Oktober des Jahres 3430 nach Christi an.

Parlament und Großadministrator wurden an diesem Tag von dreizehneinhalb Milliarden stimmberechtigten Menschen für weitere sechs Jahre gewählt.

Nachdem Perry Rhodan von seiner Rundreise zurückgekehrt war, hatte er nur noch wenige Tage für seinen Wahlkampf aufwenden können. Die anderen Kandidaten für das höchste Amt des Solaren Imperiums, acht Persönlichkeiten, darunter der Administrator des Mars, Herp Isidonis, hatten dagegen wesentlich mehr Zeit gehabt, ihre Person und ihr politisches Programm vorzustellen.

Das Amt des Großadministrators, das den Oberbefehl über alle Waffengattungen des Imperiums in sich einschloß, wurde nach der mit Zweidrittelmehrheit erfolgten Änderung der Solaren Verfassung im Jahr 2930 nicht mehr von den Parlamentsmitgliedern, sondern von der gesamten Menschheit in direkter Personenwahl vergeben.

Rhodan hatte seine Regierungsmannschaft erst in letzter Sekunde vorstellen können. Es waren Namen mit gutem Klang darunter.

Nun liefen die Wahlen auf allen besiedelten Planeten und Monden des Sonnensystems. Bürger, die sich zur Zeit auf fremden Welten oder mit ihren Raumschiffen im All befanden, gaben ihre Stimmen bei den zuständigen Botschaften oder bei den jeweiligen Bordgremien ab.

Die Ergebnisse wurden nach positronischer Kontrolle mittels Hyperfunk an die Hauptpositronik in Terrania übermittelt.

Für die Mitglieder des Parlaments war die einfache Stimmenmehrheit gültig.

Allein der Großadministrator mußte die absolute Mehrheit, nach der Solaren Verfassung also mindestens 50,01 Prozent aller Stimmen auf sich vereinen. Falls das nicht sofort möglich war, wurde im dritten Wahlgang ebenfalls mit der einfachen Mehrheit entschieden.

Perry Rhodan stand vor dem Problem, mindestens 6,76 Milliarden Wähler für sich zu gewinnen.

Die Meinungen waren geteilt. Größere Gruppen der solaren Menschheit hatten an Rhodans Regierung nichts zu bemängeln, bis auf die Tatsache, daß man ihm zu große Toleranz im Umgang mit abgefallenen Kolonialvölkern und zu weitgehende Rücksichtnahme beim Einsatz der Raumflotte vorwarf. Das konnte zu einem entscheidenden Faktor werden, nämlich zu einer Niederlage.

Der radikale Administrator des Mars, erst vor einem Jahr wiedergewählt, hatte den Einsatz der terranischen Machtmittel zum Programmpunkt Nummer Eins erhoben. Es war fraglich, ob die Wählerschaft gewillt war, einen voraussehbaren galaktischen Krieg zu fördern, oder ob man begriff, wie richtig Perry Rhodan gehandelt hatte.

Hätte er bei den ersten Anzeichen der Menschheitszersplitterung in drei Riesenreiche und viele lockere Bünde mit aller Härte eingegriffen, wäre es wahrscheinlich nicht dazu gekommen. Das hatte er in seinen überhastet abgefaßten Wahlreden auch über Solar-Television eingestanden.

Was aber wäre danach geschehen? Wie hätten sich die unterdrückten Völker später verhalten? Hätte man sie dauernd in die schußbereiten Kanonen terranischer Schlachtschiffe blicken lassen sollen? Wäre nicht ein kosmischer Guerillakrieg größten Ausmaßes provoziert worden? Wären terranische Raumfrachter nicht angegriffen, gekapert oder vernichtet worden?

Es gab noch viele andere Argumente, die Rhodan zur Verteidigung seiner gemäßigten Politik angeführt hatte.

Außerdem hatte er zu bedenken gegeben, daß die Flotte sofort eingegriffen hatte, wenn es zu verbrecherischen Handlungen gekommen war.

Niemals zuvor in der Geschichte des Solaren Imperiums war der Wahlausgang so ungewiß gewesen wie an diesem 14. Oktober 3430.

Die Bewohner der abgefallenen Kolonien, autarken Reiche und der lediglich in wirtschaftlicher Hinsicht von Terra abhängigen Welten waren seit der Verfassungsänderung vom 30. April 2930 nicht mehr zur Wahl zugelassen. Nur die im Solsystem heimischen Menschen waren berechtigt, ihren Großadministrator zu bestimmen.

Rhodans Wahlhauptquartier lag im dreißigsten Stockwerk eines Hotels. Es befand sich in der Nähe der Solar-Hall, in der sofort nach Beendigung der Wahlen die Vereidigung vorgenommen wurde.

Die Bildschirme liefen ununterbrochen. Die von der Hauptpositronik ermittelten ersten Ergebnisse trafen ein. Es sah nicht gut aus. Herp Isidonis lag weit vorn. Dabei handelte es sich allerdings nur um die Stimmen der Marsbevölkerung. Die Ergebnisse der Erde, der anderen Planeten und Monde sowie der Schiffsbesatzungen standen noch aus.

Genau zu diesem Zeitpunkt kam Atlan auf der Erde an. Er brachte Nachrichten mit, die so bestürzend waren, daß sich Reginald Bull weigerte, sie vorzulegen.

»Bitte, warten Sie noch einige Stunden, Atlan. Perry gleicht einer Salzsäule. Er ist zwar ansprechbar, aber seine Gedanken beschäftigen sich nur mit der Menschheit, die sich ohne sein Wirken wahrscheinlich schon vor vierzehnhundert Jahren gegenseitig die Köpfe eingeschlagen hätte. Warten Sie, alter Freund.«

Und Atlan wartete. Er wartete bis spät in die Nacht hinein, aber die Entscheidung war noch immer nicht gefallen. Das positronische Wahlgehirn hatte festgestellt, daß drei Monde und große Einheiten der Wachflotte noch keine Meldungen abgegeben hatten.

Gegen acht Uhr früh lief jedoch der letzte Funkspruch ein. Perry Rhodan war von der Solaren Menschheit erneut zum Regierungschef gewählt worden.

Die Vereidigung erfolgte nur wenige Stunden später. Ein todmüder Mann wankte in seine Räume. Er hatte dem neuen Vize-Großadministrator und stellvertretenden Flottenchef, Staatsmarschall Reginald Bull, die gesellschaftlichen Pflichten übertragen.

6.

Zwanzigster Oktober 3430, 10:32 Uhr.

Solare Kreuzer der Fernerkundungsverbände durchrasten Raum und Zeit. Die zehn geheimen USO-Stationen, die von Atlans ehemaligem Stützpunkt-System noch übriggeblieben waren, dienten in vielen Fällen als Relaissender für eingehende Funksprüche.

Von Nosmo wurden regelmäßig neue Informationen übermittelt. Die Männer und Frauen der Khonan-Tap arbeiteten eng mit dem Spezialistenkommando der USO zusammen.

Imperator Dabrifa führte fast ununterbrochen Besprechungen. Hohe Offiziere der Flotte gingen im Sonnenpalast ein und aus. Kuriere flogen die Hauptplaneten des Carsualschen Bundes und der Zentralgalaktischen Union an.

Die Flottenverbände der drei großen Reiche wurden zusammengezogen. Angeblich handelte es sich um Manöver an den Grenzen jener Raumsektoren, die von den nichtmenschlichen Blues und neuerdings auch von eingewanderten Tefrodern beansprucht wurden.

Die Nachrichten über die Raummanöver wurden betont harmlos gehalten. Es gab jedoch tausenderlei Einzelheiten und Beobachtungen, die auf ganz andere Absichten schließen ließen.

Jede noch so unbedeutend erscheinende Einzelheit wurde von dem Mammutgehirn NATHAN auf dem irdischen Mond koordiniert und ausgewertet. Daraus ergab sich plötzlich das Bild eines Flottenaufmarsches von hervorragender strategischer Planung. Selbst die kleinsten Verbände schienen Sonderbefehle erhalten zu haben. Es gab nirgends auffällige Massierungen; aber wenn man die Koordinaten zog, die Beschleunigungs- und Flugzeiten der verschieden schnellen Schiffstypen berechnete und den bekannten Ausbildungsstand der Besatzungen einkalkulierte, ergab sich ein erschreckendes Bild.

Rhodan traf daher im engsten Vertrautenkreis alle Vorbereitungen für die Erklärung des solaren Notstands. Ferner wurde der seit fünfhundert Jahren erwartete Fall Laurin ausgerufen. Damit war alles entschieden. Ein Zurück gab es nicht mehr.

Die Strategen der Antiterranischen Koalition rechneten sicherlich mit einer terranischen Aufklärungstätigkeit. Schließlich kannte man Rhodan und seine Flottenbefehlshaber.

Man mußte auf der anderen Seite annehmen, Terra wäre argwöhnisch geworden, und diese Erkenntnis in die Gesamtplanung einbeziehen.

Selbst wenn man Rhodan als genau unterrichtet eingestuft hätte, mußte ihm der Zeitpunkt des Angriffs unbekannt sein. Das war ein Faktor, mit dem man in Dabrifas Hauptquartier kalkulierte.

Die terranische Auswertung der Gegebenheiten richtete sich danach. Der Gegner wurde auf keinen Fall unterschätzt, jedoch besaß Rhodan den Trumpf, den man in der Koalition nicht kannte: Er war auf die Stunde genau über den Angriffstermin informiert.

Die Kommandeure der terranischen Flottenverbände erhielten die seltsamsten Anweisungen ihrer Laufbahn. Wichtige Wachtpositionen mußten sofort verlassen und weit weniger bedeutungsvolle Raumgebiete angeflogen werden.

Planetensysteme, die weder strategisch noch wirtschaftlich wertvoll waren, wurden als Ziele angegeben.

Nur die wenigen Wissenden unter den Stabsoffizieren der Solaren Flotte wunderten sich nicht.

Etwa vierzigtausend terranische Frachtraumschiffe erhielten ebenfalls bestimmte Anweisungen. Passagierraumer und Schiffe mit besonders wertvollen Rohstoffladungen wurden nach Hause beordert. Andere Einheiten hatten sich in Raumsektoren einzufinden, wo sie wenig später oder fast zum gleichen Zeitpunkt, von solaren Kampfverbänden aufgenommen wurden.

Innerhalb einer Woche zeichnete sich im freien Raum eine Schiffsbewegung ab, die den Kommandeuren der Antiterranischen Koalitionsflotte rätselhaft blieb. Es ließ sich kein Schema hineinbringen.

Am erstaunlichsten war aber die Tatsache, daß Perry Rhodan nur zehntausend Kampfschiffe in das Solsystem befahl. Über vierzigtausend Einheiten blieben draußen im Raum und verschwanden dort in Sektoren, die kein Mensch genau kannte.

So landeten starke Verbände auf Planeten, die bislang nur von Schiffen der Explorerflotte angeflogen worden waren. Seltsamerweise fand man dort Verbindungsoffiziere der Solaren Abwehr und der USO vor.

Man entdeckte plötzlich streng geheime Funkstationen, Ausrüstungsdepots und Werften, die weit unter der Oberfläche des jeweiligen Himmelskörpers lagen.

Allein auf der Hundertsonnenwelt der Posbis, einem Planeten tief im Leerraum, trafen fünftausend schnelle Einheiten des Solaren Imperiums ein.

Am 28. Oktober 3430 schien es im galaktischen Raum keine terranischen Schiffe mehr zu geben. Es war, als wären sie von Schwarzen Löchern verschlungen worden.

Die Folge dieser Operationen war eine steigende Unruhe in jenen Systemen, die bisher noch mit Terra sympathisiert hatten.

Noch nervöser wurden die Regierungen der vierzehnhundertfünf Systeme, die sich als absolut autark bezeichneten und weder mit Terra noch mit den drei großen Reichen irgendwelche Handels- oder Bündnisverträge abgeschlossen hatten.

Die Abwesenheit der als unschlagbar geltenden Solaren Flotte wirkte wie eine Ernüchterung. Man sah sich unvermittelt schutzlos den Ansprüchen von Machtgruppen ausgesetzt, die bislang vor der neuen terranischen Transformkanone, dem einzigartigen Paratronschutzschirm und der überragenden Kampfkraft solarer Schiffe Respekt gezeigt hatten.

Das allgemeine Unbehagen führte zu hastigen Besprechungen zwischen den Regierungen der absolut freien Systeme.

Die dreizehnhundertfünfundachtzig Systeme, die Terra nahestanden, ohne jedoch eine terranische Ratgebung in außenpolitischen Angelegenheiten zu dulden, erhielten Besuch von Rhodans Bevollmächtigten.

Die Regierungen wurden darauf hingewiesen, Terra wäre stets bereit, gesetzwidrige Übergriffe zu ahnden.

Im Weltraum herrschte ein allgemeines Chaos. Vielen Völkern, die gestern noch über ihre wirtschaftliche Bindung an Terra gemurrt hatten, gingen die Augen auf. Man nahm an, Perry Rhodan wolle ein Exempel statuieren. Wie und weshalb er es tat, war unklar.

Unter den hohen Offizieren der Koalitions-Raumflotte gab es mindestens hundert verschiedene Ansichten. Wenn Rhodan die bevorstehende Offensive ahnte, oder wenn er gar durch seine vorzüglichen Geheimdienste konkrete Daten erfahren hatte – warum zog er dann seine fünfzigtausend schweren Einheiten nicht dort zusammen, wo sie am nötigsten gebraucht wurden; nämlich an den Grenzen des Solsystems?

Der Fall war verworren. Niemand begriff, daß Rhodan mit diesen Maßnahmen zwei Zwecke verfolgte.

Einmal wollte er eindringlich mahnen, ohne jedoch eine einzige

Note zu wechseln oder offen über die Dinge zu sprechen; andererseits mußte er aufgrund der Situation jene Schritte unternehmen, die seit fünfhundert Jahren vorbereitet worden waren.

In den späten Abendstunden des 28. Oktobers traf Perry Rhodan im Bunkerhauptquartier von Terrania mit seinen engsten Mitarbeitern zusammen.

Die Aktivatorträger waren schon früher erschienen. Es waren Reginald Bull, Julian Tifflor, Homer G. Adams und Professor Dr. Abel Geoffry Waringer.

Rhodan schaute den Gatten seiner längst verstorbenen Tochter Suzan Betty Rhodan-Waringer lange an. Suzan war an der Seite ihrer Mutter, Mory Rhodan-Abro, während des Panither-Aufstandes im Jahre 2931 ermordet worden. Das war vor etwa fünfhundert Jahren gewesen; dem Jahr, in dem die Krise begonnen hatte, die nun ihrem Höhepunkt zustrebte.

Damals waren die Kolonien und verbündeten autarken Systeme abgefallen. Plophos hatte auch dazu gezählt. Mory als Regierender Obmann hatte es nicht verhindern können, daß die plophosischen Panither die Macht an sich rissen.

Vorher war es zur sogenannten Second-Genesis-Krise unter den Mutanten gekommen. Es waren Jahre des Schreckens gewesen. Selbst Gucky war es nicht mehr gelungen, das Verbrechen an Mutter und Tochter zu verhindern. Er trug heute jenen Zellaktivator, der einmal Rhodans Frau gehört hatte.

Perry sah die Schreckensbilder dieser Zeit vor seinem geistigen Auge aufsteigen. Immer, wenn er Waringer begegnete, überfielen ihn die Erinnerungen.

»Wie geht es, Abel?«

Der Wissenschaftler drückte zögernd Rhodans Hand.

»Den Umständen entsprechend. Ich fühle mich nicht wohl in meiner Haut.«

»Ich auch nicht«, bestätigte Rhodan mit einem bitter klingenden Unterton. »Aber das hatten wir kommen sehen, nicht wahr? Als damals die geschädigten Mutanten Amok liefen, warst du der erste Wissenschaftler, der den Anfang vom Ende prophezeite. Nun kommt dieses Ende auf uns zu. Es liegt an dir und den Wissenschaftlern deines Teams, ob unser Fünfhundertjahresplan gelingt, oder ob wir ausgeschaltet werden.«

Der Konferenzraum hatte sich gefüllt. Solarmarschall Julian Tifflor, Befehlshaber der Heimatflotte, warf unwillig ein:

»Von einem Ausschalten kann keine Rede sein. Wenn das Unternehmen Laurin nicht den gewünschten Erfolg bringt, werde ich nicht tatenlos in die feuernden Mündungen der Koalitionsschiffe sehen. Die anderen Kommandeure auch nicht. Darüber sollten Sie sich keinen Illusionen hingeben.«

Rhodan schaute den Marschall sinnend an.

»Ja, ich weiß. Eine kleine Palastrevolte, nicht wahr?«

»Auf keinen Fall. Sagen wir besser: berechtigte Notwehr. Wir verfügen über fünfzigtausend moderne Einheiten, vom Städtekreuzer angefangen bis hinauf zum Ultraschlachtschiff der Galaxis-Klasse. Wir haben die wesentlich verbesserte Transformkanone mit Kernschußweiten bis zu fünfzehn Millionen Kilometern und mit dem Paratronschirm eine Defensivwaffe, die kaum zu überwinden ist. Von den Fernflug-Dimetranstriebwerken wollen wir gar nicht reden. Wir sind dem Gegner in jeder Hinsicht weit überlegen. Sie werden begreifen, daß sich die Kommandeure weigern, tatenlos zuzusehen, wie fünfundzwanzig Milliarden freie Menschen getötet oder versklavt werden.«

»Ich weiß seit Wochen, Julian, daß Sie mit verschiedenen Befehlshabern eine Geheimkonferenz abhielten. Fragen Sie unseren tüchtigen Galbraith Deighton nach dem Wortlaut. Er hat ihn auf Tonband.«

Tifflor drehte nicht einmal den Kopf.

»Wir haben damit gerechnet. Es handelt sich nicht um einen geplanten Sturz Ihrer Regierung, sondern lediglich um Vorsichtsmaßnahmen, die im Plan Laurin viel zu wenig berücksichtigt wurden. Nochmals – überdies in aller Eindringlichkeit: Wenn der wissenschaftliche Versuch mißlingt, wird die Flotte mit allen Mitteln zuschlagen. Wir können die Zerstörung unseres Sonnensystems durch verbrecherische Diktatoren nicht dulden.«

»Dann haben wir den Krieg, Tiff!«

»Genau. Wir werden ihn notfalls führen müssen. Mein Flaggschiff nimmt es mit sieben Schlachtschiffen des Imperiums Dabrifa auf. Sie können sicher sein, daß die Herren nicht zu einem konzentrischen Punktbeschuß kommen werden.«

Etwa dreihundert Männer, Regierungsmitglieder und Flottenoffiziere hielten die Luft an.

Rhodan schaute gelassen in die Runde.

»Sehen Sie, meine Herren, diese Offenheit ist einer der Gründe, warum Julian Tifflor seit vielen Jahrhunderten Solarmarschall ist. Ich verstehe Sie vollkommen, Tiff. Wenn Laurin mißlingt, erhalten Sie weitere Befehle. Ich bin aber überzeugt, daß niemand unter Ihnen gezwungen sein wird, auf die Nachkommen unserer galaktischen Auswanderer zu schießen. Noch etwas, Tiff: Ich nehme Ihnen Ihre Geheimbesprechung nicht übel. Ihre Abwehrplanung für den Fall der Fälle ist exzellent.«

Tifflor sah ihn etwas fassungslos an. Reginald Bull schmunzelte diskret, zwinkerte Tifflor zu und folgte Rhodan.

Die Endbesprechung begann. Rhodan gab letzte Erklärungen ab.

»Der solare Notstand tritt nach Paragraph hundertneun der Verfassung am 29. Oktober, zwölf Uhr Terrazeit, in Kraft. Ich übernehme in meiner Eigenschaft als Großadministrator und aufgrund der verfassungsmäßig verankerten Sondervollmachten für den amtierenden Regierungschef die alleinige Verantwortung. Die Mitglieder des Kontrollrates sind anwesend. Sind die Herren mit der Anordnung des Notstandes einverstanden? Haben Sie nach der vorangegangenen Unterrichtung über meine Absichten untereinander abgestimmt?«

Homer G. Adams meldete sich.

»Die Abstimmung ist erfolgt. Wir stimmen der Ausrufung einheitlich zu. Wir sind ebenfalls einstimmig zu der Auffassung gelangt, daß wir keine Wahl mehr haben. Wir hoffen jedoch zuversichtlich, daß die Abwehr der bevorstehenden Offensive nicht mit Waffengewalt durchgeführt werden muß.«

»Ich danke Ihnen, Mr. Adams. Solarmarschall Galbraith Deighton hat Ihnen noch etwas zu erklären.«

Der Chef der Solaren Abwehr erhob sich. Ein großer Bildschirm leuchtete auf. Die Szenen waren den meisten Anwesenden unbekannt. Es handelte sich um Filmaufnahmen, die während der Unterwasserbohrung im Tonga-Graben angefertigt worden waren.

Deighton erklärte die Vorgeschichte. Dann kam er zu seinem Anliegen.

»Die Abwesenheit des Regierungschefs zwang mich, nach eigenem Ermessen zu handeln. Ich glaube immer noch, damit einen wesentlichen Beitrag zum Unternehmen Laurin geleistet zu haben. Wenn der Gegner im Verlauf seiner Offensive ins Leere stößt, wird er nach den Ursachen fragen. Mir liegt daran, eine einigermaßen plausible Erklärung anzubieten. Das ist gelungen.«

Die Bildfolge wechselte. Zwei Männer in Schutzanzügen erschienen. Einer filmte mit einer Mikrokamera.

»Sie sehen zwei Agenten des Imperiums Dabrifa. Ich habe sie gewähren lassen. Sie beobachteten die Bergung der fremdartigen Geräte und die Rettung des Neandertalers. Die Abwehr hat anschließend für die Verbreitung von fingierten Geheiminformationen gesorgt. Sie sind von den Agenten weitergeleitet worden. Daraus kann man ableiten, daß die terranischen Wissenschaftler den Verdacht hegen, bisher noch unbekannte Invasoren nichtmenschlicher Herkunft wären für die Vorkommnisse verantwortlich. Ich ließ später Pseudonachrichten durchsickern. Man sollte nun annehmen, wir befürchteten eine Offensive aus der Vergangenheit. Sie soll in der Form eines hyperenergetischen Ausbruchs von größter Gewalt erfolgen.«

Lord Zwiebus, der Neandertaler, wurde auf dem Schirm erkennbar. Er ruhte auf einem Spezialager. Tasterprojektoren waren auf seinen Kopf gerichtet. Wissenschaftler standen vor Meßgeräten.

»Sie sehen die schmerzlose Abhörung des bewußten und unterbewußten Gedächtnisinhaltes auf paramechanischer Basis. Alle Erlebnisse werden in einem Geisterfilm wiedergegeben.«

Eine weite Landschaft erschien. Die Wogen eines großen Meeres brandeten gegen die Steilklippen. Zwiebus und andere Angehörige seines Stammes standen in einem erbitterten Abwehrkampf gegen Lebewesen, die dem Neuzeitmenschen glichen. Sie waren bewaffnet, besaßen bereits Wurfspeere sowie Pfeile und Bogen. Steinäxte hingen in Ledergürteln.

Zwiebus floh mit anderen seines Stammes. Das Bild wechselte. Moderne Gebäude erschienen. Fluggeräte unbekannter Form landeten auf ausgebauten Pisten. Menschenähnliche Lebewesen in Schutzanzügen hatten Zwiebus eingefangen. Ihre Gesichter waren hinter Helmen nicht erkennbar. Ab und zu wallten Nebel. Zwiebus hatte die Fremden niemals genau gesehen. Sie waren nicht so vollendet in seinem Gedächtnis verankert wie die Neuzeitmenschen, die den Fremden behilflich waren.

Zwiebus wurde durch einen endlosen Schacht in die Tiefen der Erde gebracht. Labors erschienen. Auch hier waren die verwaschenen Formen wieder vorherrschend. Der Urmensch hatte die Geräte und Maschinen nicht begreifen können.

Er kam in einen Raum. Ein anderer Neandertaler lag angeschnallt auf einem Tisch. Das schmerzverzerrte Gesicht wurde auf dem Geisterfilm überdeutlich dargestellt. Das hatte Zwiebus als besonderen Eindruck aufbewahrt.

Die letzten Szenen zeigten einen Fluchtversuch. Zwiebus schlug zwei Bewacher nieder. Er rannte durch Gänge und Hallen. Schließlich kam er vor einer großen Stahlkammer an. Fremde in Schutzanzügen standen davor. Zwiebus schlug auf sie ein, suchte Schutz in der offenstehenden Kammer, wo er schließlich durch Lähmstrahlen bewegungsunfähig gemacht wurde.

Der Gedächtnisfilm endete mit einer Diskussion zwischen den Fremden. Zwiebus lag auf einem schmalen Tisch. Über ihm kreiste eine strahlende Kugel. Roboter gaben Injektionen.

Die Fremden verließen die Kammer. Der Bildschirm verdunkelte sich. Der Film war zu Ende.

Deighton ergriff wieder das Wort.

»Eine Kopie dieses Geisterfilms ist den Dabrifa-Agenten zugespielt worden. Er beweist, daß menschenähnliche Intelligenzwesen vor zweihunderttausend Jahren die Erde, und zwar den Kontinent Lemuria, besuchten. Unsere Fachwissenschaftler sind jedoch beunruhigt. Es sollte so schnell wie möglich herausgefunden werden, was die Fremden mit ihren Experimenten bezweckten und ob Gefahr für die Erde besteht. Eins der geborgenen Geräte strahlt ununterbrochen auf sehr kurzen Hyperfrequenzen. Ein Empfangsgerät, oder ein Verbraucher, konnte nicht gefunden werden. Zu dem Rätsel zählt auch der Hochleistungsreaktor, der kurz vor der Bohrung angelaufen war. Diese Ungereimtheiten haben wir dem Dabrifa-Geheimdienst zugespielt. Man vermutet dort bereits die tollsten Dinge. Wenn also das Unternehmen Laurin plangerecht abläuft, kann man auf Nosmo mit gutem Grunde annehmen, ein Langzeitunternehmen der Fremden sei erfüllt worden. So wird es möglich sein, die wahren Geschehnisse zu verschleiern, bis wir es für richtig halten, sie preiszugeben. Wann das sein wird, habe ich nicht zu entscheiden. Vielen Dank, meine Herren.«

Die Konferenz währte bis in die frühen Morgenstunden. Die letzten Vorbereitungen wurden getroffen.

Rhodan endete mit den Worten:

»Sie werden mich ab zwölf Uhr des heutigen Tages jederzeit in der Hauptschaltzentrale Merkur erreichen können. Die Durchführung der letzten Systemschaltungen auf den Planeten, Monden und spezialisierten Außenstationen wird von besonders vereidigtem Fachpersonal aus Professor Waringers Team vorgenommen. Waringer selbst leitet die Primäraktion auf Merkur. Die solare Menschheit wird spätestens beim Auftauchen der ersten antiterranischen Koalitionsverbände erfahren, was wir in fünfhundertjähriger, mühevoller Arbeit unter allerstrengster Geheimhaltung auf dem Merkur und den anderen acht Planeten aufgebaut haben. Der Kostenaufwand war enorm. Ein fünfhundert Jahre altes Rätsel wird seine Lösung finden. Begeben Sie sich nun bitte auf Ihre Positionen. Die zehn Herren des Notstands-Kontrollrates begleiten mich bitte zur Schaltzentrale Merkur. Das wäre alles.«

Waringer schaute auf die Uhr. Es war drei Uhr früh, am 30. Oktober des Jahres 3430.

Für die Kommandeure der Antiterranischen Koalitionsflotte war der Tag X angebrochen, für Professor Abel Waringer der Tag Laurin.

Waringer stand mit seinem Panzerschutzanzug einige hundert Meter jenseits der Schattengrenze im grellen Sonnenlicht. Hier, so nahe der Librationszone am nördlichen Pol des Planeten Merkur, herrschte eine Hitze von einhundertachtundzwanzig Grad Celsius.

Merkur war ein Einseitendreher. Während eines Sonnenumlaufes rotierte er nur einmal um seine Polachse. So drehte er dem Muttergestirn des Solsystems immer die gleiche Kugelfläche zu.

Waringer lauschte auf das Summen des Energietornisters. Er mußte unwillkürlich an die kleinen Ingenieure von Siga denken, die in der Lage waren, Mikroreaktoren mit einer so hohen Leistung zu bauen.

Dann schaute er wieder durch die verdunkelte Helmscheibe zur Sonne hinauf. Von Merkur aus betrachtet war sie ein flammender Atomofen, der ungestüm weißglühende Gasmassen von sich schleuderte und eine Strahlungsenergie ausschickte, die noch viele Millionen Jahre lang die neun Planeten erwärmen und das Leben auf ihnen erhalten würde.

»Hoffentlich!« sagte Waringer im Selbstgespräch vor sich hin.

Im Helmfunk knackte es.

»Haben Sie gerufen, Professor?«

Waringer schreckte aus seinen Gedanken auf.

»Nein, danke. Alte Männer sprechen manchmal mit sich selbst. Können Sie die Sonne sehen?«

»Nur die Korona über der Polrundung.«

»Sie ist schön; atemberaubend schön und gewaltig. Dabei ist sie nur ein kleiner Stern, der unter den blauen und roten Riesen der Galaxis soviel bedeutet wie ein atomarer Schneidbrenner auf der Erde. Ich meine damit die Energieverschickung.«

»Ich verstehe, Professor.«

»Hoffentlich verstehen Sie es in voller Konsequenz. Was wir vorhaben, wird Mutter Sonne doch etwas erschüttern. Sie wird nicht daran erkranken, aber sie wird sich wundern. Aber lassen wir das. Sind neue Meldungen hereingekommen?«

»Ja. Die Verbände des Carsualschen Bundes sind plötzlich von ihren Sammelpositionen verschwunden. Carsual teilt über die Hyperfunkbrücken öffentlich mit, die Manöver nahe der Eastside wären beendet. Auch Dabrifas Einheiten sind nicht mehr da.«

»Also will man es doch wagen! Sind diese Leute denn wahnsinnig geworden? Was stört sie an Terra und der solaren Menschheit? Tun wir ihnen etwas? Bevormunden wir sie? Drohen wir ihnen die Unterdrückung an?«

In Waringers Helmlautsprecher klang eine andere Stimme auf. Rhodan hatte sich eingeschaltet.

»Diese Fragen stelle ich mir seit einigen hundert Jahren, Abel. Kennst du das uralte terranische Sprichwort: Je mehr man hat, je mehr man will?«

»Nein. Es scheint aber symptomatisch zu sein.«

»Du bist ein kluger Mann, Abel. Ich weiß gar nicht, weshalb ich dich seinerzeit nicht als Schwiegersohn haben wollte.«

Waringer lachte leise. Es klang etwas wehmütig.

»Ich war linkisch, unselbständig, ständig verlegen und dürr wie ein Laternenpfahl. Wenn ein Mensch von diesem Typ mit Ideen aufkreuzt, die wissenschaftliche Erkenntnisse radikal umwerfen, dann muß man ihn zwangsläufig als Narren, mindestens aber als Träumer einstufen. Das hast du getan.«

»Es tut mir leid. Die Sonne meint es gut, junger Mann. Atlan möchte dich sprechen.«

»Wie – ist er doch gekommen?«

»Nein, er steht außerhalb der Plutobahn. Die Ortung der IMPERATOR spricht bereits an. Die ersten Verbände unserer Freunde tauchen auf.«

Waringer ging langsam und schwerfällig auf die riesenhaften Bauwerke zu, die sich über einen Teil des Merkurpols erstreckten.

Er erreichte die Zwielichtzone mit ihren harten Schatten. Merkur besaß keine Atmosphäre. Er war überhaupt der ungemütlichste Planet in der Trabantenfamilie der Sonne. Experimentierfreudige Terraner hatten es lieber mit Eisplaneten vom Plutotyp zu tun.

Waringer blieb stehen. Die Gebäude duckten sich flach in die Geröllwüste. Die wichtigsten Anlagen waren tief unter der Oberfläche errichtet worden.

Die solare Menschheit rätselte seit fünfhundert Jahren daran herum, welchem Zweck diese Anlagen dienen könnten. Noch interessierter waren die außersolaren Machtgruppen gewesen. Sie hatten alles versucht, herauszufinden, weshalb Rhodan Billionen Solar aufwendete, um ausgerechnet auf dem lebensfeindlichen Merkur Bauwerke zu erschaffen, die ohne weiteres die Ausdehnung der größten terranischen Industriekomplexe besaßen. Man konnte stundenlang laufen und erreichte kein Ende.

Besonders die hochragenden Türme hatten die Gemüter erregt. Sie standen weit außerhalb des bebauten Geländes. Welchem Zweck dienten sie?

Der in der Second-Genesis-Krise gefallene Abwehrchef Allan D. Mercant hatte es meisterhaft verstanden, die neugierigen Gemüter zu beruhigen. Sein Nachfolger, Galbraith Deighton, hatte noch phantastischere Parolen in Umlauf gebracht.

Schließlich aber, dreißig Jahre nach dem Baubeginn auf Merkur, hatten sich ähnliche Vorkommnisse auf allen anderen Planeten und Monden ereignet.

Auch dort waren rätselhafte Konstruktionen in den Himmel geschossen, oder sie waren in den Boden hineingeglitten. Es war kein Geheimnis geblieben, daß Geoffry Abel Waringer mit einem Team von zweihunderttausend Männern und Frauen die Arbeiten leitete.

Nur wenige Menschen hatten je erfahren, *was* sie eigentlich entwarfen, konstruierten und schließlich in die Tat umsetzten. Waringer hatte bei einer galaktischen Pressekonferenz einmal eine Auskunft gegeben, die noch Jahrzehnte später belacht wurde.

Er hatte gemeint, die Schubkarre eines Gärtners wüßte schließlich auch nicht, warum sie schmutzige Erde anstatt Brillanten befördern müsse.

Dann aber, kurz nach dem Baubeginn auf der Erde, dem Mars, Jupiter und Saturn, war Professor Arno Kalup bei einem Experiment mit Paratronkonvertern tödlich verunglückt.

Der neue Abwehrchef hatte dieses Ereignis als Aufhänger genommen, um ganz allmählich durchsickern zu lassen, Waringer beabsichtige das gesamte Sonnensystem nach dem Vorbild der schon historisch gewordenen Uleb in einen undurchdringlichen Paratronschirm einzuhüllen.

Das war eine Auskunft gewesen, die man als glaubwürdig angesehen hatte.

Nun waren die Arbeiten längst beendet. Die Schaltungen konnten jederzeit von einem Fachmann aktiviert werden.

Waringer ging weiter, fuhr mit einem mechanisch betriebenen Fahrstuhl in die Tiefen des Labyrinths und betrat wenig später die Funkstation.

Sie war wesentlich größer und leistungsfähiger als die eines Ultraschlachtschiffes. Rhodan saß vor einem der vielen Bildschirme.

Waringer ließ sich aus dem Schutzpanzer helfen und winkte Atlan zu, der auf dem Schirm erkennbar war.

»Hallo, Abel. Wie geht es Ihnen?« klang die Stimme des Arkoniden auf. »Runzeln Sie nicht so besorgt die Stirn. Mein Richtstrahl ist schärfer gebündelt als ein Laser. Die Ortung weist überdies aus, daß sich kein fremder Körper nähert. Wir können also sprechen. Ich habe letzte Nachrichten mitgebracht. Sie kommen von Nosmo.«

»Da bin ich aber neugierig«, entgegnete Waringer fahrig. »Hoffentlich sind die Leute vernünftig geworden. Unsere Flottenmanöver müssen ihnen doch zu denken geben. Oder ist der Mensch von heute schon so weit, daß er Warnungen nicht mehr versteht?«

Atlan lachte trocken auf.

»Verstehen schon; aber würdigen, das ist eine andere Sache. Dabrifa hat sich deshalb zum Angriff entschlossen, weil er seit einiger Zeit über das von Ihnen entwickelte FpF-Gerät verfügt, mit dem Sie vor tausend Jahren die Paratronschirme der Zweitkonditionierten durchschossen haben. Was sagen Sie dazu?«

Waringer rang nach Luft. Die Augen hatte er weit aufgerissen.

»Was . . .?«

»Ja, Ihr schönes FpF-Gerät. Dabrifa ist der Auffassung, damit die Paratronschutzschirme der solaren Raumschiffe durchschlagen zu können.«

»Verrückt! Wir haben den von den Uleb angewendeten Kontrafeldstrahler ums Hundertfache verbessert. Eine frequenzmodulierte Transformladung wird in den Hyperraum abgestrahlt, als wäre nichts geschehen.«

»Das wissen Sie, nicht aber Dabrifa. Außerdem nimmt er an, daß Ihre seltsamen Bauwerke auf den Solplaneten durch sein FpF-Gerät ebenfalls ausgeschaltet werden können. Seine Wissenschaftler haben den Modulator allerdings erheblich verbessert.«

»Bei einer Kontrafeldschaltung hilft keine Verbesserung.«

»Wie dem auch sei, Professor, man ist der Ansicht, den günstigsten Zeitpunkt gefunden zu haben. Ich bleibe außerhalb des Solsystems. Viel Glück. In wenigen Stunden werden die Spezialschiffe der sogenannten Beutekommandos aus dem Hyperraum hervorbrechen und exakt über den Planeten materialisieren. Man will mit Emotionsstrahlern arbeiten, die Willenskraft lähmen, landen, Ihre technischen Geheimnisse sicherstellen und anschließend den Großangriff starten. Falls die Kommandos auf stärkeren Widerstand stoßen als gedacht, beginnt die Offensive augenblicklich. Der Plan ist gut, sogar hervorragend. Er hätte alle Aussichten auf Erfolg, wenn wir nicht vorbereitet wären. Dabrifa hat Raumschiffe mit längst überholten Transitionstriebwerken bauen lassen. Damit kann er unter Umgehung des linearen Anfluges wie hingezaubert mitten im Sonnensystem erscheinen. Passen Sie auf. Mehr habe ich nicht mehr zu berichten. Perry . . .«

Rhodan hatte unbewegt zugehört, aber er war erblaßt. Er schnitt dem Lordadmiral die Rede ab.

»Soll das etwa heißen, daß wir durch die Bautätigkeit und die fingierten Parolen über einen systemumspannenden Paratronschutzschirm einen entsetzlichen Fehler begangen haben? Soll das heißen, daß Dabrifa und die anderen Machthaber mit fieberhafter Eile aufgerüstet haben, nur um noch *vor* der angeblichen Errichtung des Paratronschirmes das Solsystem überfallen und annektieren zu können? Sind wir den Herren plötzlich als so unendlich mächtig erschienen, daß sie ihrer Meinung nach gar keine andere Wahl mehr hatten, als uns lahmzulegen, ehe es zu spät dazu war? Atlan – ist das so? Haben deine Spezialisten in dieser Hinsicht Ermittlungen angestellt?«

Rhodan hatte sich erhoben. Er stand weit nach vorn gebeugt vor der Aufnahme. Im Gesicht des Arkoniden zuckte kein Muskel.

»Ja. Psychologisch betrachtet, war eine derartige Überlegung der Auslöser. Ich darf dich aber beruhigen. Ehe du in Selbstvorwürfen versinkst, sollte ich dir mitteilen, daß die Offensive gegen Terra auf jeden Fall gekommen wäre. Du hast sie lediglich um etwa zehn Jahre beschleunigt. Wäre das Märchen mit dem Riesen-Energieschirm nicht verbreitet worden, hätte Dabrifa abgewartet, bis seine neuen Waffenkonstruktionen einsatzklar gewesen wären. Von der Seite betrachtet, hast du ihn zu einem überhasteten Vorgehen gezwungen.

Das halte ich für strategisch günstig. Zehn Jahre spielen in der Geschichte der Menschheit keine besondere Rolle. Der Augenblick der Entscheidung ist gekommen. Aufpassen! Es dürften mindestens dreitausend Schiffe mit Transitionstriebwerken eingesetzt werden. Sie leiten den Schlag ein. Dann folgen achtzigtausend Einheiten nach.«

»Achtzigtausend . . .?«

»Eher noch mehr. Die drei großen Reiche haben alles aufgeboten, was sie besitzen. Es sind Bombenfrachter dabei; ausgediente Kisten mit automatischer Steuerung. Ihre Ziele sind die Transmiformstationen. Es wird Zeit, Perry! Laurin muß kommen, oder du mußt doch noch auf Menschen schießen.«

7.

Solarmarschall Julian Tifflor blickte auf die Bordchronometer. Es war dreizehn Uhr zweiunddreißig am 30. Oktober 3430. Er befand sich an Bord des Flaggschiffs der Heimatflotte, des Ultraschlachtschiffs LEMURIA.

Die weit vorgeschobenen Einheiten, Kleine Kreuzer der USO, erfüllten die vorgezeichnete Ortungsaufgabe voll und ganz. Ihren Strukturtastern konnte nicht die geringste Erschütterung des Normaluniversums entgehen.

Tifflor verließ sich trotzdem nicht auf die Erkunder außerhalb des Sonnensystems. Er sprach über eine Sammelschaltung zu den Kommandanten der zehntausend Raumschiffe, die zwischen den Planeten kreuzten.

»Sie kennen die letzten Nachrichten der Geheimdienste. Die Koalitionsflotte fliegt an. Der Überraschungsangriff durch Beutekommandos mit veralteten Transitionstriebwerken wird von uns an Ort und Stelle aufgefangen. Das gilt für den Fall, daß Laurin versagt. Die Gruppierung B bleibt vorerst bestehen. Sollten Hyperschocks geortet werden, bedeutet das den Absprung der dreitausend Fremdschiffe. Sie werden fast ebenso schnell ankommen, wie die Hyperfunksprüche unserer Erkunder bei uns einlaufen können. Eröffnen Sie daher augenblicklich das Feuer auf materialisierende Fremdeinheiten. Nochmals: Das gilt für den Fall eines Laurin-Versagers. Ende . . .«

Die solare Menschheit saß seit zwei Stunden in den Atomtiefbunkern der Planeten und Monde. Nach der Verkündung des Ausnahmezustandes und dem Alarm erster Stufe hatte es kein Zögern gegeben. Rhodan hatte über Solar-Television die Ursachen für diese Maßnahmen erklärt. Er hatte damit keinen großen Überraschungseffekt erzielt. Man wußte seit Monaten, daß die Lage gespannt war.

Die Abwehr hatte im gleichen Augenblick zugegriffen. Einige hundert Agenten der Antiterranischen Koalition waren verhaftet worden. In den vergangenen Jahren und Monaten hatte man die Männer und Frauen ungestört arbeiten lassen. Selbstverständlich waren sie ständig mit fingierten Informationen versorgt worden. Galbraith Deighton war der Auffassung, eine erkannte Gefahr sei leichter zu beherrschen als eine unbekannte.

Es war sicher, daß es keinem der Koalitionsagenten mehr gelungen war, Nachrichten aus dem Solsystem herauszuschmuggeln. Einige Funksprüche waren von starken Sendern sofort überlagert und unverständlich gemacht worden.

Die Uhr der Geschichte schien wieder einmal besonders langsam zu laufen. Von den Erkundungskreuzern trafen in kurzen Abständen Richtstrahlsendungen ein. Sie wurden entweder von den Raumschiffen der Heimatflotte oder direkt von den großen Planetenstationen empfangen und augenblicklich an die Hauptschaltzentrale Merkur weitergeleitet.

Vor den rätselhaften Bauwerken auf den Planeten und Monden waren Kampfroboter und spezialisierte Einheiten der solaren Raumlande-Armeen aufgezogen. Jedes noch so winzige Detail, seit Jahrhunderten geplant und ausgeklügelt, lief programmgemäß ab.

Der Saal war sehr groß. Er lag achthundert Meter unter der Oberfläche des Planeten Merkur. Es handelte sich um die geheimnisvolle Hauptschaltzentrale, von der aus Laurin eingeleitet werden konnte.

Weitere Säle, von der Hauptschaltzentrale lediglich durch transparente Panzerplastwände getrennt, schlossen sich an den großen Raum an. Überall saßen Wissenschaftler und Techniker vor ihren Kontrollgeräten und Schalteinheiten.

Professor Geoffry Abel Waringer hatte neben Rhodan Platz genommen. Vor ihnen wölbte sich ein riesiger Bildschirm, auf dem das exakt projizierte Sonnensystem mit allen Planeten zu sehen war.

Es handelte sich um eine Sammelübertragung von einigen tausend im Raum stationierten Robotkameras, die ihre Sektorbilder zu dem Merkur-Sammler abstrahlten. Ausschnittschaltungen konnten jederzeit vorgenommen werden.

Rhodan blendete die Totalaufnahme ab und holte das Bild des Planeten Jupiter auf den Schirm. Grüne Pünktchen zeigten den Standort der dort stationierten Flotteneinheiten an.

»Tifflor meint es ernst«, erklärte Rhodan. »Sieh dir das an! Er hat nur die schwersten und modernsten Einheiten der Solaren Flotte im System zusammengezogen. Die draußen im Ortungsschutz verweilenden Verbände bestehen überwiegend aus Leichten und Schweren Kreuzern. Wenn unser Vorhaben nicht gelingt, Abel, werden wir die Hölle erleben. Die vereinte Flotte der drei Sternenreiche dürfte zu fünfundneunzig Prozent vernichtet werden. Du könntest mich jetzt fragen, warum ich mich nicht für diese Alternative entschied.«

Waringer sah Rhodan von der Seite her an.

»Du bist anscheinend zu klug dazu.«

»Inwiefern klug?« Rhodan drehte den Schwenksessel.

»Psychologen fänden eine bessere Antwort. Ich meine, daß ein Raumoffizier von deinem Können zwangsläufig vor der Frage stehen muß, ob er den unanfechtbaren Verteidigungsfall zur Vernichtung seiner Gegner benutzen will oder nicht. Niemand könnte dir einen Vorwurf machen, nicht wahr?«

»Doch, ich mir selbst.«

»Das ist ein anderer Faktor. Würdest du die Flotte einsetzen, wenn der Plan Laurin nicht existierte?«

Rhodan schwieg einen Moment.

»Mir bliebe wahrscheinlich keine andere Wahl.«

»Schön. Dann sollten wir mit den Schaltungen beginnen. Es wird Zeit.«

»Zu früh«, lehnte Rhodan ab. »Ich . . .«

Sirenen begannen zu gellen. Über den Schalttischen flammten violette Lampen auf. Ihr Licht kündete von Unheil und höchster Gefahr. Eine Robotstimme ertönte.

»Auswertungssektor Merkur-Zentrale spricht. Fall Laurin wird akut. Der Gegner greift mit der Offensivflotte an. Die Verbände gehen soeben in den Linearraum. Laurin ist erforderlich, Ende.«

Die Sirenen heulten immer noch. Einige verstummten mit einem zermürbenden Ton, der dem Wimmern gequälter Kreaturen glich.

Rhodan war aufgesprungen. Seine Finger huschten über Schaltleisten. Auf einem Bildschirm erschien Solarmarschall Julian Tifflor.

»Tiff, was ist los?« schrie Rhodan in das Mikrophon des Hypersenders. »Ich dachte, zuerst sollten die Beuteverbände auftauchen.«

»Man hat uns überlistet«, erklärte Tifflor erregt. »Wahrscheinlich sind Atlans Erkunder zu häufig in der Nähe der Transitionsschiffe geortet worden. Man hat daraus den Schluß gezogen, daß der Einsatz der Vorhut zu ihrer Vernichtung führen kann. Dabrifa greift an. Ich erinnere an meine Mahnung. Ich ziehe die Einheiten über den Planeten zurück.«

»Auf keinen Fall«, verbot Rhodan. Seine Stimme klang jetzt so beherrscht, wie man es von ihm in solchen Situationen erwartete. »Der Anflug mit dem Gros kann geplant sein. Man will uns verleiten, den Planetenschutz aufzugeben. Dann könnten die Transitionsschiffe doch noch kommen. Das wäre überhaupt der geschicktere Weg. Ich hätte mich von vornherein dazu entschlossen. Man verwickelt die Abwehrverbände in harte Gefechte, bindet sie, und dann kommen die Spezialkommandos. Sie ziehen kein einziges Schiff ab. Ist das klar, Tiff?«

Der Solarmarschall lachte stoßartig.

»Verstanden. Die Einheiten bleiben, wo sie sind. Soll ich die Alarmstart-Anweisungen an die Außenverbände durchgeben?«

»Sie kennen meine Befehle. Erst dann, wenn Laurin nicht den gewünschten Erfolg bringt.«

»Habe ich in diesem Falle Ihr Einverständnis? Mein Gott, wir wollen nicht revoltieren! *Sie* müssen die Flotte führen. Sie können doch nicht zusehen, wie unser System vernichtet wird.«

»Sie werden meine Anweisungen ganz gewiß rechtzeitig hören. Ende, Tiff . . .«

In diesen Sekunden lief ein Hyperfunkspruch ein. Er stammte von einem USO-Kreuzer. Der Wortlaut brachte die Entscheidung.

»USO-Kreuzer MATARO an GADMI, Merkur. Habe Angreifer mit Halbraumspürer verfolgt. Kurs auf Solsystem liegt an. Ankunft bei bleibender Fahrtstufe in zehn Minuten. Habe Linearflug zur Nachrichtenabgabe unterbrochen, gehe erneut in Zwischenraum. Gezeichnet Mirulet, Kommandant MATARO.«

Rhodan zögerte keine Sekunde länger. Die Befehlshaber der Koalition hatten ihren Angriffsplan umgeworfen. Sie waren argwöhnisch geworden. Unter Umständen hatte man sich sogar entschlossen, auf die Erbeutung der terranischen Geheimnisse zu verzichten und den Angriff zu starten, ehe er infolge weiterer Vorkommnisse unbekannter Art gänzlich unmöglich wurde.

Rhodan überschaute die Sachlage vollkommen. Er war ein Mann, der sich mit brillanter Geistesklarheit in die Situation eines anderen Menschen versetzen konnte.

Es war sogar möglich, daß die Planung mit den sogenannten Beutekommandos nur ein großangelegtes Täuschungsmanöver gewesen war. Der Gedanke war nicht abwegig. Unter Umständen waren auch Atlans Spezialisten bewußt auf eine derartige Berichterstattung hingelenkt worden.

Rhodan sah plötzlich klar. Die Flottenmassierung über den angeblich gefährdeten Planeten schwächte die Abwehrkraft der anderen Einheiten. Trotzdem konnte man nicht das Risiko eingehen, Tifflors Planeten-Verbände abzuziehen und sie überhastet zum Gros vorstoßen zu lassen. Sie mußten an Ort und Stelle bleiben. Die Wahrscheinlichkeit, daß dreitausend Sprungschiffe auftauchten, war wesentlich geringer geworden, aber sie existierte nach wie vor.

Rhodan gab die entscheidenden Befehle. Der Fünfhundertjahresplan wurde vollendet. Laurin erwachte.

Jemand reichte Rhodan einen Funkhelm. Er setzte ihn auf, schlug die Klappen über die Ohröffnungen und schaltete den Helmfunk ein. Die Hauptschaltzentrale Merkur war von einer Sekunde zur anderen nicht mehr wiederzuerkennen.

Überall rumorten Maschinen. Ein dumpfes Grollen, das jede normale Verständigung unmöglich machte, erschütterte sogar die Tiefbunker.

Einige hundert Großbildschirme flammten auf. Der wichtigste unter ihnen war jener, vor dem Rhodan, Waringer und dessen engste Mitarbeiter saßen. Das in einer Sammelschaltung geraffte Direktbild des Sonnensystems verblaßte plötzlich.

Ein ungeheures Gleißen, heller als die Sonne, breitete sich aus. Zwischen den Riesentürmen auf Merkurs Nordpol glitt ein mehrere hundert Meter durchmessender Energiestrahl hervor. Er war hyperschnell und nicht an Zeit und Raum des Einsteinkontinuums gebunden.

Er vereinte sich in Gedankenschnelle mit der Sonne des Systems. Das war der kritische Augenblick. Rhodan hörte Robotdurchsagen. Sie waren klar verständlich, gefühllos und rein sachlich.

Ganz anders klangen die Stimmen der Männer und Frauen, die ihre Meßergebnisse an Waringer weiterleiteten.

»Hypertronzapfer läuft. Störungen in temporaler Feldspannungs-Außenzone pendeln ein auf Normwert. Gasausbrüche auf der Sonne. Freiwerdende Normalmaterie und -energie wird abgeleitet. Hypertron-Umformer erhalten von der Automatik Grünwert. Energiefluß beginnt. Achtung – Hypertronzapfung steht auf Normal! Energiefluß beginnt . . .!«

Waringer wandte den Kopf. Rhodan sah in ein angespanntes Gesicht, in dem nur die Augen zu leben schienen.

Andere Bildschirme zeigten die Planeten, Monde und Außenstationen. Sie standen tief im Raum.

Die Hauptschaltmeister der solaren Himmelskörper waren auf den Schirmen zu sehen. Sie gaben nochmals die Meßergebnisse ihrer Stationen durch, obwohl sie von den verschiedenen Positroniken längst abgestrahlt und vom Robotgehirn auf Merkur empfangen worden waren.

»Schaltzentrale Jupiter. Unsere Empfangsblöcke laufen jetzt einwandfrei. Der Antitemporale-Gleichrichtungs-Konverter reagiert. Energetische Stoßfronten kommen durch. Was ist mit Ihrem Haupt-Gezeitenwandler los? Achtung, ich berichtige. Stoßkontakte lassen nach, der Energiefluß wird gleichmäßig. Gut so, Merkur, wir erhalten von Ihnen volle Normspannung auf Hyperebene. Ende . . .«

Hunderte derartiger Meldungen liefen auf Merkur ein. Waringer hörte kaum darauf. Er starrte auf einen runden Spezialschirm, auf dem die Vorgänge als energetische Reliefzeichnung optisch erkennbar wurden.

Pluto bekam noch keine volle Temporalspannung. Die Monde Ganymed und Oberon schlossen kurz. Sie wurden nicht versorgt.

Waringer schaltete blitzschnell. Der Energiezufluß für Jupiter und Uranus wurde variiert.

Merkur selbst glich einem explodierenden Planeten. Die ewige Nachthalbkugel wurde von gleißenden Strahlungsschauern überschüttet.

Vierundzwanzig Sekunden nach der Stabilisierung des Hypertronzapfers war die Para-Verbundleitung zu den Planeten und Monden aufgebaut.

Der Haupt-Gezeitenwandler auf Merkur nahm die Energie, die man der Sonne direkt entzog, in sich auf. Das Antitemporale Gezeitenfeld entstand.

Allmählich mäßigte sich das Dröhnen. Auch die Bodenerschütterungen ließen nach. Auf Waringers Spezialschirm zeichnete sich umrißhaft ein Gebilde ab, das aus Billionen Energielinien zu bestehen schien. Es stabilisierte sich atemberaubend schnell zu einer Kugel-Hohlschale, in der die Planeten des Solsystems schwebten. Auch die Sonne wurde von dem Feld umschlossen.

Letzte Klarmeldungen liefen ein. Waringer schaute wieder zu Rhodan hinüber. Dessen rechte Hand lag auf einer rotleuchtenden Kontaktfläche.

»Die Zukunft wartet, Perry!« sagte Waringer erstaunlich gelassen.

Rhodan drückte den Kontakt. Ein heftiger Stoß warf ihn zu Boden. Merkur schien ein zweites Mal bersten zu wollen.

Die Bildschirme verblaßten. Man vernahm nur noch ein ungeheures Tosen. Als es sich mäßigte und der normale Arbeitston wieder vernehmbar wurde, stand Rhodan auf.

Auf den Schirmen war ein rötliches Glühen zu sehen. Die Milliarden Sterne der Milchstraße waren verschwunden. Das Antitemporale Gezeitenfeld, eine Weiterentwicklung jenes Zeitfeldes, das vor tausend Jahren die Bestien aus M 87 geschützt hatte, war entstanden.

Es hatte die Sonne mit all ihren Trabanten um fünf Minuten in die Zukunft versetzt. Tifflors Heimatflotte, die sich innerhalb des entstehenden ATG-Feldes befunden hatte, war mitgenommen worden.

Das Solsystem und fünfundzwanzig Milliarden Menschen waren einer Riesenflotte ausgewichen, die nur wenige Augenblicke später aus dem Linearraum auftauchte.

Die Feuerleitoffiziere fanden jedoch kein Ziel mehr. Dort, wo soeben noch die Sonne Sol, der Planet Terra und acht andere große Welten gestanden hatten, gab es nichts mehr. Es war, als hätte dieses Sonnensystem niemals existiert.

Nur wenige Augenblicke später, es waren genau 5,03 Sekunden, geschah ein Unheil. Es war in dieser Form weder von Rhodan noch von Galbraith Deighton geplant worden.

Das Solsystem war bereits vor rund tausend Jahren gegen plötzliche Überfälle aus dem Raum mit sechzigtausend Robotforts ausgestattet worden. Man hatte diese fliegenden Geschützplattformen »Transmiformstationen« genannt.

Am Tage X waren sie schon jahrhundertelang veraltet gewesen. Ihre Transformkanonen besaßen zu kleine Kaliber, zu geringe

Schußweiten; die Fernsteuerung von den Planeten aus hatte sich als zu langwierig erwiesen, und es waren noch viele Dinge mehr zu bemängeln. Außerdem hatten sie sich zu einer Gefahr für die Raumfahrt entwickelt. Es war zweimal zu Kollisionen gekommen.

Die Transmiformstationen hatten bereits auf der Verschrottungsliste gestanden. Dann waren sie jedoch in den Plan Laurin einbezogen worden.

Schutzfeldprojektoren gegen die Einwirkung des Antitemporalen Gezeitenfeldes waren installiert worden. Die alten Stationen sollten den Sprung in die Zukunft nicht mitmachen, sondern im Normalraum verbleiben, explodieren und eine natürliche Katastrophe vortäuschen. Zu einfach wollte Rhodan den Gegnern die Enträtselung der Geschehnisse doch nicht machen.

Die sechzigtausend Geschützforts waren überdies mit Munitionsbeständen der Solaren Flotte ausgerüstet worden. Es waren schrottreife Lagerbestände, die aber noch funktionstüchtig waren.

Jede Station war durchschnittlich mit tausend Fusions-Sprengkörpern von einer Energieentwicklung zwischen zweitausend und viertausend Gigatonnen TNT ausgerüstet worden.

Insgesamt handelte es sich um sechzig Millionen Sprengkörper, die in dem Augenblick ferngezündet wurden, als das Solsystem durch die Errichtung des Antitemporalen Gezeitenfeldes um fünf Minuten in die Zukunft verschwand.

Zurück blieben sechzigtausend alte Plattformen.

Sie explodierten in dem Augenblick, als die dreitausend Transitionsschiffe des Beutekommandos dort materialisierten, wo soeben noch die Planeten ihre Bahn gezogen hatten. Die Spezialeinheiten waren also doch noch eingesetzt worden. Sechzig Millionen Sprengkörper, auch wenn sie durchschnittlich zweieinhalb Gigatonnen freigaben, konnten bei weitem nicht die Explosion der Sonne vortäuschen. Dies zu glauben wäre unsinnig gewesen.

Die Energieentfaltung war aber so stark, daß die dreitausend Raumschiffe von einer Flut atomarer Energie erfaßt wurden.

Die einzelnen Glutbälle vereinigten sich mit ihren Randgebieten und bildeten einen flammenden Kreis mit zahlreichen kugelförmigen Ausbuchtungen. Aus großer Entfernung betrachtet, glich die riesige Explosion einer plötzlich entstandenen Kleingalaxis von diskusartiger Form. Nur wenige Transitionsschiffe entgingen dem Unheil. Die Transmiformeinheiten waren besonders in der Nähe gefährdeter Planeten stationiert gewesen.

Es geschah aber noch etwas! Nahe der Sonne hatte es ein großes, ausgedientes Raumschiff gegeben. Es war früher für Versuche mit neuartigen Paratronkonvertern verwendet worden.

Der Einsatz dieses Frachters entsprach Deightons Planung. Die Explosion der Transmiformstationen war schon seit Jahrhunderten beschlossen gewesen. Die Detonation der alten Paratronkonverter hatte der Abwehrchef ausgeklügelt.

Zweck des Unternehmens war es, eine hyperphysikalisch auswertbare Katastrophe vorzutäuschen.

Das Experimentalschiff reagierte zusammen mit den Transmiformstationen. Die vorher aufgebauten Paratronschirme wurden überladen. Die Konverter detonierten. Als Folge davon entstand dort, wo soeben noch die Sonne sichtbar gewesen war, ein typischer Strukturriß. Eine hyperenergetische Flammensäule spaltete das Normaluniversum auf. Die gezackten Ränder in einem imaginären Sektor des Raumes verrieten, daß es sich um eine gewaltige Stoßfront gehandelt hatte.

Alle Dinge ereigneten sich in der gleichen Sekunde. Der Raum flammte. Das Solsystem war verschwunden.

Imperator Dabrifa war ein Mann, dem man persönlichen Mut nicht absprechen konnte. Er befand sich an Bord des Flottenflaggschiffs.

Er flog nicht in den vordersten Linien, aber er war immerhin dabei. Die drei Ertruser des Carsualschen Triumvirats hatten sich geweigert, das Unternehmen mitzumachen. Die Kalfaktoren der Zentralgalaktischen Union hatten ebenfalls abgelehnt.

Dabrifa hatte den Oberbefehl übernommen. Nun sah er auf seinen Bildschirmen plötzlich ein atomares Chaos, dem er nur mit knapper Not entgehen konnte.

Die mit halber Lichtgeschwindigkeit anfliegende Riesenflotte drehte ab. Einige Schiffe konnten den explodierenden Transmiformstationen nahe der Plutobahn nicht mehr ausweichen. Sie flogen in ihr Verderben.

Der Imperator, dessen Gesicht totenblaß geworden war, wandte sich an seine Berater, doch sie waren völlig fassungslos.

Allein der ertrusische Kommandant des Flaggschiffs wahrte die Fassung.

»Der Angriff erübrigt sich, Euer Weisheit. Darf ich an die Agentenmeldungen bezüglich der Anbohrung einer unterseeischen Stadt erinnern? Terranische Wissenschaftler äußerten Bedenken. Es wurde von einer Langzeitwaffe unbekannter Intelligenzwesen gesprochen. Ich bin kein Hyperphysiker, aber ich möchte Euer Weisheit empfehlen, die Dinge überprüfen zu lassen. Diese schlauchartige Erscheinung . . .« der Kommandant deutete auf die Panoramabildschirme, »diese Erscheinung ist fraglos mit dem totalen Zusammenbruch eines hyperenergetischen Feldes identisch.«

Dabrifa starrte ihn völlig verstört an. Er schritt zu den Schirmen hinüber und klammerte sich an der Schaltleiste fest.

»Das Solsystem – wo ist das Solsystem geblieben? Wo ist Terra?«

»Das System existiert nicht mehr, Euer Weisheit«, erklärte ein Wissenschaftler.

»Ich glaube es nicht«, wurde er von dem Diktator abgewiesen. Sein Atem ging schwer und keuchend. »Sie kennen Perry Rhodan nicht! Ich habe seine teuflische Taktik, seinen ungeheuren Wagemut, sein staatsmännisches Genie und die unberechenbare Art seiner Flottenführung einige hundert Jahre lang genossen. Er hat die Galaxis erobert. Er hat sie für die Menschheit erschlossen. Schön – wir waren mit ihm nicht mehr einverstanden. Ich dulde keinen Mächtigen neben mir. Ich frage mich, weshalb er in den letzten Jahrhunderten so duldsam war. Meine Herren, wenn dieser Mann eines Tages wieder auftauchen sollte, dann ziehen Sie sich in die dunkelsten Tiefen der Galaxis zurück. Dann wird er nämlich nicht mehr so tolerant sein. Stellen Sie fest, was mit dem Solsystem geschehen ist. Ich verlange in spätestens vier Stunden Meldung. Die Flotte hebt ihre Fahrt auf und bleibt auf Warteposition.«

»Euer Weisheit, es könnte Überlebende aus den Reihen des Beutekommandos geben«, wagte der Kommandant des Flaggschiffes einzuwerfen. Er erntete einen unfreundlichen Blick.

»Sie mißverstehen die Situation, Herr Kapitän! Ich lege keinen Wert darauf, noch weitere Schiffe zu verlieren. Wenn noch jemand aus den explodierenden Einheiten herausgekommen ist, was ich bezweifle, ist er in diesem Inferno untergegangen. Wir beginnen mit der Suche, sobald die künstlichen Sonnen erloschen sind und die Sekundärstrahlung verweht ist.«

Imperator Dabrifa verließ die Zentrale seines Flaggschiffs. Es glich den terranischen Ultrariesen der Galaxis-Klasse – aber nur äußerlich.

Die Stabsoffiziere sahen dem Mächtigsten der Koalition schweigend nach. Man räusperte sich und ging zur Tagesordnung über. Kritiken waren lebensgefährlich.

8.

Die Menschen, die das Ereignis einer gesteuerten Zeitverschiebung auf den Tageshalbkugeln ihrer Wohnwelten miterlebt hatten, bemerkten vorerst nichts von dem düsterroten Leuchten und Wallen.

Nur jene, die nach dem Verlassen der Schutzbunker einen dunklen Nachthimmel über sich sahen, vermißten plötzlich das gewohnte Flimmern der Sterne. Sie sahen dieses rote Leuchten, und sie wußten, daß sie ein Phänomen des Hyperraumes erblickten.

Alle anderen Gegebenheiten waren normal. Die Sonne schien wie immer, und der Herbstwind wehte wie immer. Funkgespräche aller Art, Transmittersprünge von Planet zu Planet und die intersolare Raumschiffahrt wurden in keiner Weise behindert.

Die Verschiebung in die sogenannte Labilzone war fast unmerklich verlaufen. Nur die Männer und Frauen auf Merkur hatten es heftiger zu spüren bekommen.

Am kosmonavigatorischen Standort des Solsystems hatte sich nichts geändert. Es stand nach wie vor an Ort und Stelle, nur war es von Bewohnern der Normalzeit-Ebene nicht mehr zu sehen. Es mußte auch jedermann völlig unmöglich sein, das Solsystem jemals wieder zu erblicken, es sei denn, es wäre in die Normalzeit zurückgefallen, oder ein genialer Wissenschaftler wäre auf die Idee gekommen, Waringers Experiment genau nachzuvollziehen.

Die Labilzone war im Grunde genommen bereits ein Bestandteil des übergeordneten Hyperraumes. Das Antitemporale Gezeitenfeld verhinderte jedoch eine Entstofflichung und stellte die erforderliche Stabilität her. Die Sonne diente als Kraftquelle.

Perry Rhodan stand vor dem Problem, fünfundzwanzig Milliarden Menschen die technischen Vorgänge des Fünfhundertjahresplanes zu erklären. Er hatte ferner Rechenschaft darüber abzulegen, weshalb er den durch Agentenmeldungen bekanntgewordenen Angriff nicht durch die Solare Flotte mit aller Härte und Gnadenlosigkeit aufgefangen hatte.

Die Sendung von Solar-Television lief. Rhodan war auf einigen Milliarden Bildschirmen zu sehen.

». . . stand es nach der Second-Genesis-Krise und dem Abfall der bisherigen Kolonien fest, daß die Nachkommen der Früh-Auswanderer ihren eigenen Weg zu gehen beabsichtigten. Ich gewährte ihnen die absolute Souveränität, obwohl Anzeichen für die Entstehung einiger Diktaturen bereits im Jahre 2931 erkennbar waren. Wie Ihnen aus der Geschichte der Menschheit bekannt ist, gelang es uns im Jahr 2437, die technischen Geheimnisse der sogenannten Ersten Schwingungsmacht zu erbeuten. Dazu gehörten auch Unterlagen über einen Zeitgenerator auf der Wirkungsbasis eines Paratronkonverters.

Meinen Mitarbeitern und mir war es klar, daß wir uns eines Tages mit Gegnern zu messen haben würden, die ebenfalls menschlicher Abstammung waren. Die drei großen Sternenreiche bildeten sich. Wir hätten diesen Vorgang mit Waffengewalt unterdrücken können. Freunde hätten wir dadurch nicht gewonnen. Die Kampfhandlungen wären entsetzlich gewesen und hätten sich über Jahrhunderte erstreckt. Ich habe daher auf eine gewaltsame Erhaltung der gewohnten Ordnung verzichtet und mir ein Beispiel an der Frühgeschichte der Menschheit genommen. Nach Freiheit strebende Völker können immer nur für einige Zeit beherrscht werden. Sie kennen aus früheren Diskussionen meine Begründung. Sie wurde von der Wählerschaft honoriert.«

Rhodan unterbrach seine Ansprache, um die Filmeinblendungen abzuwarten. Die Entstehung der Hauptschaltzentrale Merkur wurde gezeigt. Ein Sprecher erläuterte die Vorgänge.

»Das vom Waringer-Team entwickelte Antitemporale Gezeitenfeld basiert in der Energieversorgung auf einem hyperschnellen Leitstrahl, Hypertronzapfer genannt. Die der Sonne entzogene Energie wird von dem Haupt-Gezeitenwandler auf Merkur aufgenommen, in hyperenergetische Schwingungseinheiten umgewandelt und mittels einer Para-Verbundleitung überlichtschnell an die Planetenstationen weitergegeben.

Diese Kraftanlagen sind mit Großfeldprojektoren zu vergleichen. Man nennt sie Antitemporale Gleichrichtungskonverter.

Sie erzeugen das ATG-Feld, das infolge seiner Struktur in der Lage ist, das Niveau der Normalzeitebene aufzuheben und eine neutrale Existenzebene zu schaffen, die jedoch zeitlich um fünf Minuten in der Zukunft existiert. Das Solsystem steht nach wie vor an Ort und Stelle, nur kann es von Bewohnern der Realzeit nicht mehr gesichtet, geortet oder gar angegriffen werden. Körper, die sich in der Labilzone des ATG-Feldes befinden, sind für die Realzeit nicht vorhanden.«

Rhodan lauschte auf die Worte des Sprechers. Der Film dauerte zwei Stunden. Er enthielt die Geschehnisse der letzten fünfhundert Jahre.

Rhodan wartete die letzte Folge ab. Er ergriff wieder das Wort.

»Das Projekt erhielt die Tarnbezeichnung Laurin. Vor einigen Wochen wurde ich aus gut unterrichteten Kreisen über ein Vorhaben der drei großen Sternenreiche informiert. Man hatte die Antiterranische Koalition gegründet, mit dem Ziel, Terra auszuschalten, die Planeten zu erobern und den solaren Einfluß für alle Zeiten zu brechen. Ich stand vor der Frage, ob die Solare Flotte einzusetzen sei, oder ob Laurin ausgerufen werden müsse. Ich habe den Weg in die Zukunft gewählt. Eine militärische Auseinandersetzung mit Menschen, die von Terranern abstammen, hätte ein Blutbad ohnesgleichen bedeutet. Die Kommandeure der Solaren Flotte waren zwar der Auffassung, achtzigtausend gegnerische Einheiten vernichtend schlagen zu können. Aber die eigene Verlustquote wurde zu optimistisch eingestuft. Terra hätte mindestens zwölf- bis fünfzehntausend Raumschiffe verloren. Millionen Menschen hätten ihr Leben opfern müssen. Ich habe daher das Solsystem in die Zukunft versetzt, mit der Gewißheit, daß sich die drei großen Reiche nach dem Verschwinden des gemeinsamen Gegners sehr schnell untereinander entfremden werden. Meine fast fünfzehnhundertjährige Erfahrung lehrt, daß sich Gruppen, die von Natur aus rivalisieren, nur dann zu einer Allianz zusammenfinden, wenn es darum geht, einen Übermächtigen zu schlagen. Dieser Faktor ist durch das Verschwinden unseres Systems nicht mehr existent. Es wird zu Streitigkeiten kommen; die Koalitionsflotte wird sich zersplittern. Die freien Systeme werden ihre Souveränität behalten, vorausgesetzt, die jeweiligen Regierungen verstehen es einigermaßen geschickt, die Machthaber der drei großen Reiche gegeneinander auszuspielen. Ich zweifle nicht daran.

Terra wird jedoch zum unangreifbaren Symbol im Hintergrund der Ereignisse. Sobald sich die Verhältnisse stabilisiert haben, werden unsere Handelsraumschiffe ihre Transportdienste wieder aufnehmen.

Wahrscheinlich werden kluge Köpfe früher oder später auf die richtige Lösung kommen. Man wird die Ereignisse rekonstruieren und vermuten, daß wir einen Weg gefunden haben, um aus der Anonymität der Zukunft heraus wirken zu können. Das sollte uns nicht stören. Wir sind jederzeit in der Lage, die zeitlich versetzte Labilzone zu verlassen und durch die sogenannte Temporalschleuse die Gegenwart aufzusuchen. Nähere Informationen darüber werden Sie in den nachfolgenden Kommentaren erhalten.«

Rhodan wechselte den Platz mit einem Wissenschaftler des Waringer-Teams. Waringer winkte dem Großadministrator zu und deutete auf einen Bildschirm. Rhodan trat näher. Weiter vorn erklärte der Sprecher technische Details.

»Es ist gelungen«, sagte Waringer fast flüsternd. »Mein Gott – auch das ist gelungen. Die Temporalschleuse steht. Ich weiß nicht, wie man ihre lichte Weite oder ihre Länge messen sollte. Sie gleicht aber einer Röhre. Die hyperphysikalischen Vorgänge erlauben keinen normaldimensionierten Maßstab. Es ist aber sicher, daß wir in das Temporalfeld einfliegen können. Eine Orientierung, wie weit die Relativzeit überwunden wird, bieten die Farbunterschiede innerhalb der Schleuse. Dunkelrot ist unsere Labilzeit. Danach folgen die Farben hellrot, gelb, hellgrün und anschließend weiß. Damit ist die Realzeit wieder erreicht. Die Zustandsebene ist beim Durchflug gewechselt worden.«

»Ein Lob der Theorie«, spöttelte Rhodan, ohne daß er es eigentlich wollte. »Eine Etappenreise in Farben, schön. Und wenn das letzte, wahrscheinlich schwierigste Detail nicht gelingt, Abel? Was dann?«

Waringer deutete auf einen anderen Bildschirm. Auf ihm war plötzlich das Lohen zahlloser, in sich verwehender Atomwolken zu sehen.

»Die erste Beobachtungssonde ist in die Realzeit zurückgekehrt. Das sind Aufnahmen von dort. Die Transmiformstationen haben gezündet.«

Waringer ging schweigend davon. Er mußte mit sich und seinem wissenschaftlichen Triumph allein sein.

Rhodan stand lange vor dem großen Bildschirm, der die Außenwelt zeigte. Das normale Universum, fünf Minuten in der Relativvergangenheit, war zu einer solchen geworden.

»Die neue Epoche hat begonnen. Wie wird sie enden?« überlegte Rhodan, ohne jemand direkt anzusprechen. »Mir scheint, als hätten wir den ersten Schicksalskreis durchwandert. Nun fangen wir wieder von vorne an. Diesmal dürfte es schwieriger sein, die Menschheit zu einen. Wir wollen es versuchen, und immer wieder versuchen. Die Menschheit ist es wert, daß man sich um sie bemüht.«

Rhodan ging ebenfalls. Über Merkur aber stand der hypertronische Zapfstrahl. Er brachte die Energie, die man zur Erhaltung des Antitemporalen Zeitfeldes benötigte.

9.

Ein Jahr später – Oktober 3431

Der Posbi-Raumer BOX-23114 näherte sich mit einer Geschwindigkeit, die etwa ein Zehntel des Lichtes betrug, dem Solsystem. Um es genauer auszudrücken: Er näherte sich der Stelle im Universum, an der noch vor einem Jahr das Solsystem gewesen war.

Es existierte nicht mehr.

Wenigstens nicht mehr im Normalraum und im Jetzt.

Die sechs lebenden Steuergehirne der BOX und vor allen Dingen der Robotkommandant wußten das, denn sie waren die engsten Verbündeten Perry Rhodans und seiner Terraner. Für sie bedeutete es kein Navigationsproblem, den riesigen und mit abenteuerlichen Auswüchsen versehenen Riesenwürfel durch die Temporalschleuse fünf Minuten in die Zukunft und damit ins Solsystem zu bringen.

BOX-23114 gehörte zur Nachschub- und Versorgungsflotte der Posbis, die das völlig isolierte Sternensystem der Terraner mit Gütern und Rohstoffen aller Art belieferten.

In dem Würfelschiff herrschte höchste Alarmbereitschaft. Der Robotkommandant flog nicht zum erstenmal diesen Einsatz, aber diesmal warnte ihn sein organisches Plasmagehirn eindringlich vor der drohenden Gefahr. Nur die Tatsache, daß ihm diese Gefahr von Natur aus unbekannt war, hatte ihn bisher daran gehindert, den Kurs zu ändern und den Versuch zu unternehmen, im Linearraum unterzutauchen und dem Verfolger zu entkommen.

Hinzu kam noch ein Grund:

Der Robotkommandant wußte, daß der Versuch zwecklos war.

Seit seinem Start von dem Planeten Salem, auf dem er Hogaltan geladen hatte, beziehungsweise nach der zweiten Linearetappe, hatte er diesen Versuch unternommen. Der geheimnisvolle Verfolger war ihm selbst durch den Linearraum unbeirrt gefolgt. Die ganze Hoffnung des Posbis konzentrierte sich auf die letzte Etappe, die er doppelt so lang wie alle bisherigen ansetzte und programmierte. Sie führte ihn direkt bis kurz vor das Ziel.

Seine Taktik schien richtig gewesen zu sein. Von dem hartnäckigen Verfolger war nach der Rückkehr ins Normaluniversum nichts zu sehen gewesen. Der Posbi entschloß sich also, weiterhin sein Ziel anzusteuern, obwohl er die damit verbundene Gefahr einer Entdekkung des Solsystems kannte. Notfalls konnte er noch immer, wenn der Unbekannte wieder auftauchte, einfach weiterfliegen.

Die Orterschirme blieben leer. Das grellstrahlende Objekt, das der BOX über Tausende von Lichtjahren gefolgt war, konnte nicht festgestellt werden. Trotzdem blieb die höchste Alarmstufe bestehen.

Nicht nur die Entdeckung des verschwundenen Sonnensystems stand auf dem Spiel, sondern auch die wertvolle Ladung des Posbiraumers. Hogaltan war ein geringfügig hyperstrahlendes Element, das als Zusatz für wichtige Metallegierungen verwendet wurde. Es wurde nur auf Riesenplaneten mit extrem hohen atmosphärischen Druckverhältnissen gefunden.

Salem war ein solcher Planet. Aber er war fast fünfundzwanzigtausend Lichtjahre von der Erde entfernt.

Der Posbi verringerte seine Geschwindigkeit noch weiter, denn er näherte sich den unsichtbaren und nicht zu ortenden Beobachtungsstationen in der Nähe des Planeten Merkur.

Die Messungen konnten auch bei größter Exaktheit niemals so genau sein, daß ein direkter Anflug der Zeitschleuse möglich war. Selbst die relativ langsame Eigenrotation der Milchstraße war in die Berechnungen einbezogen worden, da sie die Stellung des Solsystems ständig veränderte. Doch auch hier gab es geringfügige Abweichungen, die nicht einkalkuliert werden konnten.

Schließlich wurde die Fahrt ganz aufgehoben. Relativ zur galaktischen Rotation stand der Posbi unbeweglich im Raum – und wartete.

Die Funkgeräte waren auf Empfang geschaltet, aber noch kam kein Signal über die Lautsprecher. Die Bildschirme blieben dunkel. In der Orterzentrale lief der Erkennungsdienst auf höchsten Touren. Im Umkreis von Lichtjahren gab es kein Objekt, das sie nicht hätten erfassen und identifizieren können.

Der Verfolger hatte sie anscheinend verloren.

Aber dann, nach zwei Minuten ergebnislosen Wartens, geschahen zwei Dinge gleichzeitig.

Rhodans temporale Beobachtungsstationen nahmen Kontakt auf,

und der unheimliche Verfolger erschien auf den Orterschirmen von BOX-23114.

Es war reiner Zufall, daß Perry Rhodan gerade vierundzwanzig Stunden vor diesen Ereignissen den Merkur aufsuchte. Seit der Inbetriebnahme des Antitemporalen Gezeitenfeldes am 30. Oktober 3430 und der damit verbundenen Isolation des Solsystems stellte Rhodan zu seiner Überraschung fest, daß ihm auf einmal mehr Zeit blieb, sich um die internen Verhältnisse auf der Erde und innerhalb des Systems selbst zu kümmern. Es kam oft vor, daß er die Planeten besuchte und mit den gewählten Vertretern dieser Welten sprach.

Am Himmel der Erde und der übrigen acht Planeten gab es keine Sterne mehr, nur noch die Sonne und die Planeten selbst. Sie standen vor dem Hintergrund eines düsterroten Glühens, das aus dem Hyperraum stammte.

Und doch gab es durch die Temporalschleuse noch eine Verbindung zurück in die ursprüngliche Gegenwart und damit zum Universum.

Am Ende des Zeittunnels befand sich das Zeitfenster, verbunden mit Beobachtungsstationen, die zwar in der Normalzeit verankert waren, jedoch vom hyperenergetischen Streuungsfluß der Schleuse derart eingehüllt wurden, daß ihre Ortung von draußen her unmöglich wurde.

Die kleinen Satelliten vermittelten optische Eindrücke durch die Temporalschleuse in die Zukunft, so daß Rhodan stets in der Lage war, von Merkur aus, wo er sich fünf Minuten in der Zukunft aufhielt, hinaus in die Jetztzeit zu blicken, Ortungen vorzunehmen und näher kommende Objekte genau zu identifizieren.

So auch jetzt.

»Ein Posbi, Sir. Hat sich soeben gemeldet, allerdings auf ungewöhnliche Art. Ein Notruf, Sir.«

Rhodan sah auf die Bildschirme.

»Ein Notruf, Major Igenberg? Wie soll ich das verstehen?«

»Kein eigentlicher Notruf, Sir, mehr eine Warnung. Der Posbi gibt an, während seines ganzen Fluges von einem unbekannten Objekt verfolgt worden zu sein. Er behauptet weiter, den Verfolger nun abgeschüttelt zu haben, und bittet um Einweisung in die Temporalschleuse.«

Rhodan sah wieder auf den Schirm.

Der Posbi war deutlich zu erkennen. Umgekehrt konnte natürlich der Robotkommandant des Fragmentraumers selbst mit seinen hervorragenden Instrumenten weder den Eingang zur Zeitschleuse noch die Beobachtungsstationen sehen oder auch nur orten.

»Haben Sie unsere Stationen angewiesen, nach dem geheimnisvollen Verfolger des Posbis zu forschen?«

»Selbstverständlich, Sir. Das Ergebnis traf eben ein. Im Umkreis von zwei Lichtjahren gibt es kein erfaßbares Objekt – außer dem Posbi.«

»Danke, Major Igenberg. Dann muß sich der Verfolger noch im Linearraum aufhalten, oder er hat den Posbi verloren. Ich glaube, wir sollten Kontakt aufnehmen.«

Der Major nickte und nahm die entsprechenden Schaltungen vor.

Als sich der Posbi-Robotkommandant meldete, tauchte der Verfolger aus dem Linearraum auf und raste mit knapper Lichtgeschwindigkeit auf den Fragmentraumer zu.

Blitzschnell unterbrach Major Igenberg den Kontakt.

Sein Gesicht war plötzlich ganz weiß geworden.

Fassungslos starrte er Perry Rhodan an.

Nur neun Menschen hatten die letzten tausend Jahre mit Hilfe der Zellaktivatoren überleben können. Dies waren außer Perry Rhodan und Atlan noch Julian Tifflor, Reginald Bull, Homer G. Adams, Geoffry Abel Waringer und die Mutanten Ras Tschubai, Fellmer Lloyd und Iwan-Iwanowitsch Goratschin.

Dazu kam noch der Mausbiber Gucky.

Damit war er der letzte existierende Ilt.

Ebenfalls überlebt, wenn auch auf gänzlich andere Art und Weise, hatte Lord Zwiebus, der Neandertaler. Seit einigen Monaten war er Rhodans ständiger Begleiter und Guckys spezieller Freund.

Lord Zwiebus war ein Typ für sich. Zur Überraschung aller Wissenschaftler lernte er schnell Interkosmo, sprach es aber holprig und oft unverständlich. Er verwechselte die Worte und Begriffe, rief dadurch manches Mißverständnis hervor, konnte sich jedoch auf die Dauer recht gut verständigen. Sein gewaltiger Brustkasten war, wie der übrige Körper, mit einem braunschwarzen Fell bedeckt. Dicke Muskelpakete zierten seine langen Affenarme, und hinter der fliehenden Stirn saß ein leistungsfähiges Gehirn.

Er wurde nicht nur Rhodans Freund, sondern auch sein sogenannter Instinktwächter, denn er besaß alle Eigenschaften, die man dem Menschen der terranischen Frühzeit nachsagte. So konnte er eine drohende Gefahr ahnen, ehe der normale Mensch sie bemerkte.

Riechen konnte er wie ein Hund, sehen wie ein Adler und hören wie ein Luchs.

Er stützte sich auf seine schwere und plumpe Holzkeule, die er allen modernen Waffen vorzog, zupfte an seinem roten Trikot, das nur mit einem Schulterband auf der linken Seite gehalten wurde. Die rechte Schulter blieb frei und unbedeckt.

»Krrrch . . .!« machte er wütend und stampfte mit dem linken Fuß auf. »Schummes Liff!«

Gucky seufzte abgrundtief und nahm seine Beschäftigung wieder auf.

Er knackte Haselnüsse und saß dabei auf seinem Bett.

»Was ist ein Liff?« erkundigte er sich, obwohl er natürlich in den Gedanken des Neandertalers las, was dieser damit meinte. Die übliche Verballhornung und Verwechslung der Buchstaben. »Und warum bist du wütend wie ein Höhlenbär?«

»Nicht nur wütend, ich auch böse!« knurrte Zwiebus und setzte sich vorsichtig auf einen Stuhl, um ihn nicht zu zerbrechen. »Chef geht in die Zeitschleuse, ich hocke dei bir.«

»Bei dir«, verbesserte Gucky und kaute auf einer Nuß herum. »Du hast also ›dummes Schiff‹ gemeint. Warum? Die INTERSOLAR ist ein großartiges Schiffchen, und gar nicht dumm. Höchstens du bist dumm.«

Lord Zwiebus erhob sich drohend und baute sich vor Gucky auf. Er war mehr als zweimal so groß wie der Mausbiber.

»Eines Tages, mit meinen Händen, zerdrücke ich dich wie eine . . . eine . . . na, wie was eine?«

»Laus«, meinte Gucky hilfreich, hielt aber die vorsintflutliche Keule Lord Zwiebus' vorsichtshalber telekinetisch fest, damit sie nicht ausrutschen konnte. »Kennst du bestimmt.«

Lord Zwiebus überlegte einige Sekunden, dann glitt Erkennen über sein Gesicht.

»Ja, Zwicki-Zwicki, Krabbel-Krabbel!«

Gucky verzog das Gesicht und ließ die Keule wieder los.

»Ja, so kann man sie auch nennen.« Er deutete auf den Bildschirm des Interkoms. »Sieh dir Korom-Khan, unseren Kommandanten, an. Er wird wieder die ganze Mannschaft aufwecken und ihr mitteilen, daß sie weiterschlafen darf. Das nennt er dann Ruhepause.«

Oberst Elas Korom-Khan, der Kommandant der INTERSOLAR, war achtundvierzig Jahre alt und damit relativ jung. Er stammte aus einer Gegend, die vor anderthalb Jahrtausenden einmal Pakistan genannt wurde. Seine Haare waren schwarz, seine Hautfarbe dunkel. Seine kühle und gelassene Redeweise konnte nicht darüber hinwegtäuschen, daß er ein Mann blitzschneller Entschlüsse und Handlungsweisen war.

»Achtung, an die Besatzung! Ruheperiode beendet. Start steht kurz bevor. Die diensthabende Mannschaft und die Offiziere begeben sich sofort auf ihre Posten. Ende der Durchsage.«

Der Bildschirm wurde dunkel.

Lord Zwiebus sah Gucky hilflos an.

»Was hatter sagt?«

Gucky schüttelte den Kopf.

»Deine Radebrecherei geht mir allmählich auf die Nerven. Ist ja ganz anerkennenswert, daß du überhaupt sprechen kannst, aber auch wenn du zweihunderttausend Jahre geschlafen hast, könntest du dich so langsam mal umstellen und dich meiner gepflegten Sprechweise bedienen. Kapiert, du Höhlenbewohner?«

»Ich habe nicht gebrochen, und was bedeutet ›pakieren‹?«

Gucky faltete die Hände und setzte sich wieder.

»Bei allen guten und bösen Geistern, die es im Kosmos gibt, ist denn keiner dabei, der Mitleid mit mir hat?« Er sah Zwiebus an. »Gegen dich ist ja ein Ohrwurm eine Intelligenzbestie.«

Es war sein Glück, daß Lord Zwiebus ihn abermals nicht verstand. Er grinste nur und nickte zustimmend. Dann sagte er kehllautig:

»Start! Das habe ich verstanden. Wann Start?«

Gucky gab keine Antwort. Er hatte gerade versucht, Rhodan telepathisch auszuhorchen.

»Mund halten!« fuhr der Ilt den verblüfften Lord Zwiebus an. »Da ist was passiert, in der Zeitschleuse. He, hiergeblieben! Rhodan kann uns nicht gebrauchen, außerdem starten wir bald. Willst du vielleicht hinterherlaufen, wenn wir abhauen?«

Zwiebus sagte:

»Aha!«

Ein Zeichen dafür, daß er kein Wort verstanden hatte und automatisch das tat, was auch Gucky tat.

Und Gucky blieb sitzen.

Das helle, blauweiße Feuer war unverkennbar. Es strahlte so hell wie eine kleine Sonne, und wenn man die Größenverhältnisse berücksichtigte, sogar noch heller. Keine Materie konnte so hell leuchten. Es handelte sich also zweifellos um einen Schutzschirm, der das darin befindliche Raumschiff völlig von der Außenwelt isolierte.

»Ein Accalaurie!« sagte Rhodan ruhig, aber er konnte ein leichtes Beben in seiner Stimme nicht ganz verbergen. »Er muß den Posbi verfolgt haben, um sein Ziel kennenzulernen. Hoffentlich ist es dem Robotkommandanten noch nicht gelungen, unser Ortungssignal auszuwerten und die Zeitschleuse anzufliegen.«

»Kaum möglich«, beruhigte ihn Major Igenberg. »Ich habe sofort unterbrochen. Der Erkennungsimpuls wurde nur zur Hälfte abgestrahlt.«

Rhodan nickte ihm zu.

»Vielen Dank, Major. Sorgen Sie dafür, daß Oberst Korom-Khan die INTERSOLAR startbereit machen läßt. Dazu vier weitere Schiffe.«

Während der Offizier die Meldung weitergab, beobachtete Rhodan durch das Zeitfenster.

Der Posbiraumer stand noch immer bewegungslos im Raum. Er schien auch weiterhin damit zu rechnen, daß man ihn in die Schleuse manövrieren würde. Er hatte sogar seinen schützenden Energieschirm abgeschaltet.

Aber es war etwas anderes, das Rhodans ganze Aufmerksamkeit nun in Anspruch nahm. Trotz der schon regelrecht ungewohnten Sterne, sah er sofort den Accalaurie, der mit fast lichtschnellem Flug näher kam. Er mußte noch sehr weit entfernt sein, aber seine intensive Leuchtstärke machte ihn über viele Millionen Kilometer hinweg deutlich sichtbar.

Eigentlich war es weniger das geheimnisvolle Auftauchen dieser kosmischen UFOS, die seit etwa einem Jahr überall in der Milchstraße gesichtet wurden und irgendwann und aus unerfindlichen Gründen »Accalauries« getauft worden waren, das Rhodan und die Menschheit beunruhigte, sondern vielmehr ein unerklärliches Phänomen, das eng mit ihrem Erscheinen verknüpft zu sein schien.

Nämlich die verheerenden Explosionen, die immer dann entstanden, wenn die Leuchtblasen auf Planeten landeten oder Kontakt mit anderen Schiffen suchten. Explosionen, die zweifellos atomarer Natur sein mußten.

Dies konnte natürlich bedeuten, daß die Unbekannten, wer immer sie auch sein mochten, keinen friedlichen Kontakt mit den Terranern oder den anderen Machtgruppen und Intelligenzen der Galaxis suchten. Sie brachten Tod und Verderben und wurden daher fast automatisch als Feinde angesehen und behandelt.

Und doch war da etwas im Unterbewußtsein, das Rhodan warnte. Es warnte ihn davor, allzu eilige Schlüsse zu ziehen und in Voreingenommenheit Fehler zu begehen. Das Verhalten der Accalauries konnte Gründe haben, die der menschlichen Psychologie nicht entsprachen, ihr vielleicht sogar zuwiderhandelten. Außerdem vertraten bedeutende Wissenschaftler die Ansicht, daß es sich bei den Accalauries um Wesen oder Maschinen aus Antimaterie handelte, die bei der Berührung mit Normalmaterie entsprechend katastrophal reagierte.

Rhodan war geneigt, dieser These zu glauben, die auch sein Chefphysiker Dr. Renus Ahaspere energisch vertrat. Er beobachtete den grell aufleuchtenden Punkt zwischen den Sternen, der sich schnell näherte und dabei mehrmals die Flugrichtung änderte – ohne Zweifel ein Zeichen dafür, daß es sich um ein von intelligenten Lebewesen gesteuertes Objekt handelte. Dabei verringerte sich die Fluggeschwindigkeit konstant.

Der Posbi legte mehrere Kilometer in der Sekunde zurück und entfernte sich immer schneller. Aber er konnte dem wendigeren Lichtfleck nicht entkommen, der sich rasend schnell näherte und Kursänderungen mit einer Geschwindigkeit durchführte, die unglaublich schien. Es sah so aus, als würde der Accalaurie jedes Ausweichmanöver des Posbiraumers Sekunden im voraus ahnen und darauf reagieren.

Als die beiden Objekte noch zehntausend Kilometer voneinander entfernt waren, bildete die Leuchtblase eine Art Energietentakel. Der blauweiß schimmernde Finger tastete sich durch die Leere vor, schwankte ein wenig hin und her – und erreichte dann den Posbi.

Rhodan und Igenberg schlossen unwillkürlich die Augen, als der Blitz aufflammte und den Bildschirm zu einer weißen Strahlungsquelle werden ließ. In der Helligkeit wurde auch die Leuchtblase unsichtbar. Erst als die glühenden Gase sich im Vakuum auszudehnen begannen, als die ersten Sterne wieder sichtbar wurden, öffneten die beiden Männer vorsichtig ihre Augen, um die Geschehnisse der normalen Zeitebene weiter verfolgen zu können.

Der Posbi existierte nicht mehr. Eine Kernexplosion hatte ihn in Atome verwandelt, und in eine schwach glühende Wolke, die sich immer mehr ausbreitete und verdünnte.

Nun wurde auch der Accalaurie wieder sichtbar.

Er verringerte erneut seine Geschwindigkeit, änderte mehrmals den Kurs und kehrte in Richtung der Zeitschleuse zurück, wo er den Posbi nach seinem Eintauchen in das Einstein-Universum zuerst gesichtet hatte.

Zum erstenmal erhielt Rhodan so Gelegenheit, einen Accalaurie aus der Nähe und ohne direkte Gefahr beobachten zu können. Major Igenberg sorgte dafür, daß der Bildaufzeichner pausenlos lief und Aufnahmen machte.

Der ovale, fast runde Schirm leuchtete in einem hellen, blauweißen Feuer und erinnerte an eine Blase. Es war nicht zu erkennen, ob in ihrem Zentrum ein fester Körper existierte, den sie vielleicht schützen sollte.

Der Accalaurie verlangsamte seine Fluggeschwindigkeit, als suche er etwas. Rhodan wußte, daß es ausgeschlossen war, daß die Zeitschleuse in der Normalzeit geortet werden konnte. Das war auch der einzige Grund, warum er ruhig im Kontrollraum des Zeitfensters blieb und abwartete.

Es dauerte vielleicht zehn Minuten, dann nahm die energetische Leuchtblase wieder Fahrt auf und nahm Kurs auf die Bahn des Pluto.

Der Accalaurie schien die Absicht zu haben, den Ort zu verlassen, an dem einst das Solsystem gestanden hatte.

»Dicke Luft«, teilte Gucky seinem Busenfreund mit, der sich vergeblich damit abmühte, eine Fleischkonserve mit Hilfe seiner Holzkeule zu öffnen. »Laß die blöde Fresserei jetzt, Zwiebus!«

»Licke Duft?« Lord Zwiebus unterbrach seine Tätigkeit. »Was 'sn das?«

»Dreh's rum, dann weißt du es«, erklärte Gucky kurz angebunden. »Rhodan hat soeben das Schiff betreten. Wir werden starten und so einer Leuchterscheinung folgen. Accalaurie, weißt du . . .?«

»Zwiebus weiß«, behauptete Zwiebus selbstsicher und donnerte die Keule auf die Konservendose, die ihre Form veränderte und ihren Inhalt preisgab. »Ich habe es geschaffen.«

»Geschafft!« verbesserte Gucky automatisch. »In zehn Minuten werden wir starten und in die Normalzeit zurückkehren. Ich glaube, wir bleiben besser hier, bis wir gerufen werden.« Er drehte sich nach dem Neandertaler um und sah, wie der den breiigen Inhalt der Dose aufschlürfte. »Du wirst auch nie ein feiner Mann werden.«

»Krch – mpfff«, machte Lord Zwiebus und schleckte die Keule ab. Selbst das Aufleuchten des Interkomschirms veranlaßte ihn nicht dazu, seine Tätigkeit zu unterbrechen. Schließlich war ja Gucky noch da. Sollte der aufpassen. Und Gucky paßte auf.

»Notstart in wenigen Minuten«, gab der Kommandant bekannt. »An Bord besteht ab sofort Alarmstufe drei. Das bedeutet erhöhte Aufmerksamkeit und Ruhepausen nur in der eigenen Kabine beziehungsweise Sektormesse. Großadministrator an Bord. Ende der Durchsage.«

Gucky versuchte erneut, Rhodans Gedanken zu erhaschen, aber Whisper, das telepathische Relaiswesen vom Planeten Khusal, schirmte seinen Herrn ab. Gucky konnte nicht bis zu Rhodan vordringen.

Etwas eifersüchtig knurrte der Mausbiber:

»Na, dann eben nicht. Soll er uns holen, aber persönlich, wenn er uns braucht. Reich mir mal 'ne Dose her, Häuptling . . .«

Es gab an Bord der INTERSOLAR zwei Emotionauten, den Kommandanten und seinen Ersten Offizier, Oberstleutnant Senco Ahrat, der aus Grönland stammte.

Emotionauten waren von Natur aus befähigte Menschen, die auf einer Spezialakademie Terras noch besonders geschult wurden. Sie waren dadurch in der Lage, ähnlich wie der Siganese Harl Dephin, Gehirnimpulse mit Hilfe einer Übertragungsanlage direkt auf die Schaltkontrollen ihrer Raumschiffe zu übermitteln. Diese Methode resultierte in unglaublichen Reaktionsgeschwindigkeiten.

Es gab nur einige tausend dieser Emotionauten, und sie waren alle die Kommandanten der wichtigsten Raumschiffe. Sie hatten somit die ursprünglichen Astronauten und Kosmonauten abgelöst.

Als einziges Schiff besaß die INTERSOLAR gleich zwei Emotionauten. Wenn sie das gewaltige Gebilde aus Stahl mit einem Durchmesser von zweitausendfünfhundert Metern durch den Kosmos steuerten, saßen sie nur vor den Kontrollen unter der SERT-Haube (SERT bedeutete: Simultane Emotio- und Reflex-Transmission) und dachten ihre Befehle. Vollautomatisch und vollpositronisch wurden diese Gedankenbefehle durch die SERT-Haube auf die Ausführungsmechanik übertragen. Das wiederum geschah mit der Geschwindigkeit der Nervenimpulse des Gehirns, also annähernd Lichtgeschwindigkeit.

Die Folge war die bereits erwähnte Reaktionsschnelligkeit.

Wenn ein Emotionaut Schaltungen bediente, saß er reglos in seinem Kontrollsessel, die SERT-Haube auf dem Kopf, und dachte, daß sich die betreffende Schaltung aktivieren sollte.

Dann tat sie es. In derselben Sekunde.

Das ganze Schiff tat, was der Emotio-Kommandant wollte.

Chef der Emotio-Akademie auf Terra war der extrem langlebige General Harl Dephin, der tausendjährige, fünfzehn Zentimeter große Siganese. Er war der einzige Mensch außer Lord Zwiebus, der die letzten tausend Jahre auch ohne Zellaktivator überlebt hatte.

Rhodan nahm neben Korom-Khan Platz, nachdem dieser seine Durchsage beendet hatte.

»Sie haben die Ereignisse auf dem Bildschirm verfolgen können, Oberst?«

»Ja, ich war mit dem Zeitfenster verbunden. Scheußlich, diese Accalauries. Und da gibt es Wissenschaftler, die allen Ernstes behaupten, die armen Biester können überhaupt nichts dafür. Verstehen Sie das, Sir? Können nichts dafür, daß sie unsere Schiffe vernichten und ganze Planeten in strahlende Höllen verwandeln!«

Rhodan nickte in Richtung der Hangarschleuse, die sie von der Oberfläche des Planeten Merkur trennte.

»Starten Sie, Oberst. Durch den Zeitkorridor. Kümmern Sie sich nicht um die vier folgenden Schiffe. Die Kommandanten haben ihre eigenen Befehle und werden versuchen, in unserer Nähe zu bleiben. Gemeinsamer Treffpunkt ist das System Graper im Slackmann-Sektor, vierundzwanzigtausendsechshundertachtzehn Lichtjahre entfernt. Das aber nur, wenn wir den Kontakt untereinander verlieren.«

Korom-Khan nickte, sah auf die Kontrollen – und dann bewegte sich die INTERSOLAR, wie von Geisterhand angehoben.

Die Anti-Schwerkraftfelder hielten das Schiff solange, bis sich die eigenen Felder einschalteten und die Hangaranlage überflüssig machten. Auf dem riesigen Panoramaschirm der INTERSOLAR innerhalb der Kontrollzentrale waren die anderen Hangarluken deutlich zu erkennen. Vier weitere Einheiten der Solaren Flotte wurden sichtbar und nahmen Funkkontakt zu Major Donald Freyer auf, der in dieser Phase des Starts die Funkzentrale von Rhodans Schiff selbst leitete.

Die Sonne tauchte hinter dem Horizont des Merkur auf. Auf der anderen Seite stand das tiefrote Flimmern der Zeitschleuse über den scharfen Zacken eines Gebirges.

Die INTERSOLAR nahm Kurs darauf, gefolgt von den vier anderen Schiffen.

Dann tauchte das Schiff ein, und von Farbetappe zu Farbetappe glitt es in der Zeit zurück, bis ein weißes Leuchten die Ankunft in der relativen Gegenwart, der Normalzeit, ankündigte.

Mit hoher Fahrt schoß die INTERSOLAR aus der Temporalschleuse hinaus in den normalen Weltraum. Die Sonne und ihre neun Planeten waren verschwunden, denn hier und jetzt existierte sie nicht mehr. Dafür standen Tausende von Sternen am Himmel, früher für die Menschen ein vertrauter Anblick, heute eine seltene Gelegenheit.

Einer der Sterne bewegte sich und wurde von Sekunde zu Sekunde kleiner und lichtärmer.

Der Accalaurie.

Rhodan deutete auf den Bildschirm und die Orteranlage.

»Wir dürfen ihn nicht verlieren«, sagte er.

Zehn Minuten später zeigten die empfindlichen Meßinstrumente des Halbraumspürers an, daß der Accalaurie zum Linearflug ansetzte, und Sekunden später verschwand die leuchtende Energieblase vom Panoramaschirm.

»Linearflug!« sagte Rhodan und bewunderte zum hundertstenmal die unvorstellbare Geschwindigkeit, mit der Oberst Korom-Khan reagierte und die notwendigen Schaltungen vornahm. Und das, ohne daß der Offizier auch nur eine Hand rührte. Nahezu unbeweglich saß er in seinem Kommandosessel unter der SERT-Haube und gab lautlos seine Befehle, die weitergeleitet und positronisch ausgeführt wurden. »Wer sitzt an der Ortung?«

»Major Ataro Kusumi, Sir. Er hat den Halbraumspürer persönlich übernommen. Dort auf dem Schirm erscheinen die Daten . . .« Während nun auf dem Panoramaschirm auch die Sterne verschwanden und die INTERSOLAR durch den Linearraum weiterflog, war die Leuchtblase des Accalauries auf dem Spezialschirm des Halbraumspürers wieder sichtbar geworden. Beide Objekte bewegten sich mit einer Geschwindigkeit, die die des Lichtes millionenfach übertraf, aber die Gesetze des Einsteinschen Universums hatten hier keine Gültigkeit mehr. Hier gab es keine Geschwindigkeit, die unter der des Lichtes lag. Jeder Gegenstand, der langsamer wurde, fiel automatisch in das Normaluniversum zurück.

Rhodan wußte, daß er sich auf seine Offiziere verlassen konnte, und er wußte auch, daß sie von nun an gut ohne ihn auskommen würden.

Er stand auf.

»Wenn der Accalaurie den Linearflug aufgibt, ist besondere Vorsicht geboten. Er darf uns in keinem Fall orten; geschieht das doch, kehren Sie sofort in den Linearraum zurück und versuchen zu entkommen. Benachrichtigen Sie mich, wenn die Routine unterbrochen wird, Oberst.«

»In Ordnung, Sir.«

»Ich bin in meiner Kabine.«

Rhodan verließ die Kommandozentrale und atmete auf, als er im Korridor stand. Der Rauminhalt der INTERSOLAR war so groß, daß er viel mehr als nur fünftausend Menschen Platz geboten hätte. Mehr jedoch waren nicht notwendig, das zum größten Teil automatisch gesteuerte Schiff und seine positronischen Anlagen zu bedienen.

Der Korridor war wie leergefegt. Es kam vor, daß Rhodan sich Bewegung verschaffte und lange Spaziergänge unternahm, und fast nie begegnete er jemandem dabei. Und wenn, so wußte er es vorher.

Seine Hand strich liebevoll über den seidenartigen Vorhang, der um seine Schulter hing, scheinbar mit schimmernden Diamanten besetzt.

Whisper war der letzte seiner Art gewesen, als er von ihm gerettet wurde.

Zum Dank ging er mit Rhodan die Symbiose ein.

Gucky streitet sich mit Lord Zwiebus, projizierte Whisper in Rhodans Bewußtsein.

Wann tut er das nicht? dachte Rhodan zurück und lenkte seine Schritte zum nächsten Antigravschacht. *Wir müssen uns um die beiden kümmern, ehe sie vor Langeweile Dummheiten anstellen.*

Perry Rhodan besaß keine telepathischen Fähigkeiten, doch Whisper »lauschte« für ihn. Die engsten Vertrauten Rhodans kannten natürlich Whisper und seine Fähigkeiten, so auch Gucky und Zwiebus, die jetzt einträchtig nebeneinander auf dem Bett des Mausbibers hockten und die unschuldigsten Gesichter machten. Die schwere Holzkeule lag auf dem Tisch, daneben standen ein paar zerbeulte Konservendosen und eine Flasche mit Wasser. Rhodan wußte sofort, daß Gucky sein Kommen telepathisch erfahren und Zwiebus gewarnt hatte.

Er schloß die Tür und nahm den beiden gegenüber Platz.

»So friedlich? Seit wann habt ihr die Kriegskeule denn begraben?«

Lord Zwiebus sah Rhodan verblüfft an, dann murrte er:

»Keule nicht begraben. Brauche sie noch.«

Rhodan drehte sich um, als das Signal vom Interkom her ertönte. Der Bildschirm wurde hell, dann meldete sich Major Trec Lacuert, der III. Offizier.

»Kommandozentrale ruft Perry Rhodan. Bitte melden.«

Rhodan stand auf und drückte den Sendeknopf ein.

»Hier Rhodan. Was gibt's?«

Der Major wurde beiseite geschoben, und dann erschien Korom-Khans Gesicht. Es drückte Befriedigung aus.

»Wir haben den Accalaurie noch immer im Orter. Der Kurs wurde mehrmals geändert, jetzt verringert er die Geschwindigkeit. Wahrscheinlich steht das Zurücktauchen in den Normalraum bevor. Folgen wir?«

»Nur in einem Sicherheitsabstand. Wenn er Kurs auf uns nimmt, gehen Sie sofort wieder auf Linearflug. Wir riskieren keinen Kontakt. Was ist mit unseren anderen Schiffen?«

»Orterverbindung, Sir.«

»In Ordnung. Ich bin jederzeit hier oder in meiner Kabine zu erreichen. Im Rahmen der Richtlinien haben Sie sonst alle Vollmachten.«

»Danke, Sir.«

Der Bildschirm erlosch.

Gucky rutschte auf dem Bett hin und her, dann fragte er:

»Was versprichst du dir eigentlich von der Verfolgung, Perry? Wir können es nicht wagen, Kontakt aufzunehmen, ohne vernichtet zu werden, trotzdem sausen wir hinter dem Feuerheini her. Warum?«

»Wir müssen wissen, woher sie kommen. Die Accalauries bilden eindeutig eine Gefahr. Sicher, unser System können sie nicht gefährden, aber du hast heute selbst erlebt, daß sie sehr wohl unseren Nachschub in Frage stellen können. Ein Posbi wurde vernichtet, ob mit Absicht oder nicht, wissen wir nicht. Aber er hatte eine wertvolle Ladung an Bord. Hogaltan von Salem. Wir werden herausfinden müssen, ob der Accalaurie dem Posbi von dort aus gefolgt ist. Sollte das der Fall sein, besteht höchste Gefahr für unsere Leute im System Graper. Wir müssen sie in Sicherheit bringen.«

Es sah so aus, als hätte Lord Zwiebus kein Wort von dem verstanden, was Rhodan sagte. Zwar hörte er aufmerksam zu, aber viele der Begriffe mußten noch fremd für ihn sein. Vorsichtshalber hielt er also den Mund und mischte sich nicht in das Gespräch ein.

»Wie denn? Unsere fünf Schiffe können doch nicht . . .«, begann Gucky.

»Es sind nur fünfzig Techniker und Fachleute, mehr ist dort nicht notwendig. Alles voll automatisiert.«

»Aber zuerst verfolgen wir den Accalaurie?«

»Ganz richtig.«

»Na ja«, meinte Gucky dazu, womit er alle Zweifel ausdrückte, die er hegte.

Rhodan stand auf.

»Ich lege mich etwas hin. Bleibt ihr hier?«

Gucky warf Lord Zwiebus einen schnellen Blick zu.

»Kannst ihn ja mitnehmen, wenn du willst.«

Rhodan lächelte und ging zur Tür.

»Ich wollte schlafen, Kleiner«, sagte er und verließ den Raum.

Gucky seufzte.

»Das wollte ich gelegentlich ja auch mal«, murmelte er und überlegte, wie er Zwiebus aus dem Bett bugsieren konnte.

Der Accalaurie verblieb einige Zeit im Normalraum, verriet aber durch kein Manöver, daß er die hartnäckigen Verfolger bemerkt hatte. Seit zwei Stunden bewegte er sich mit annähernder Lichtgeschwindigkeit, ohne Kurswechsel und Beschleunigung, und es war Oberst Korom-Khan klar, daß Positionsmessungen vorgenommen wurden. Die Entfernung vom verschwundenen Solsystem betrug bereits viertausend Lichtjahre.

Oberstleutnant Senco Ahrat, der Erste Offizier, meldete sich zur Dienstübernahme. Er bemühte sich, seine hagere und etwas verbogene Gestalt einigermaßen normal aussehen zu lassen und rieb sich mit dem Zeigefinger den rechten Nasenflügel. Korom-Khan sah es mit Unbehagen.

»Der Accalaurie ist noch immer auf Kurs. Vielleicht hat er uns geortet und wartet ab, was wir unternehmen. Behalten Sie Verbindung zu den anderen Schiffen, Erster. Wecken Sie mich, wenn Sie es für notwendig halten.«

»Soll ich Sie auch stören, wenn der Acca in den Linearraum geht?«

»Natürlich nicht, denn das wäre eine normale Reaktion der Intelligenzen, die das Ding steuern. Hauptsache, Sie verlieren ihn nicht.«

»Wird gemacht, Sir.«

Oberst Korom-Khan verschwand in Richtung Ausgang, nachdem Senco Ahrat die SERT-Haube übergestülpt und so die Kontrolle der INTERSOLAR übernommen hatte.

Der Leitende Ingenieur Nemus Cavaldi, klein, fett und nahezu rund, dabei kahlköpfig und mit schwarzem Bart bis zur Brust, stapfte auf seinen kurzen Beinen quer durch die riesige Kommandozentrale und quetschte sich in den Sessel neben Senco Ahrat.

»Auch wieder mal zur Arbeit gekommen?« erkundigte er sich jovial und zwirbelte an seinem Bartzopf herum, dem er schon manche dumme Frage seiner Kollegen zu verdanken hatte. »Was halten Sie denn so von diesem Accalaurie, wenn ich fragen darf?«

Ahrat würdigte ihn kaum eines Blickes.

»Da sollten Sie sich lieber mal bei Ahaspere erkundigen, der ist für solche Rätselfragen zuständig.«

Cavaldi grinste.

»Sie werden lachen, aber von dem komme ich ja gerade. Ich wollte nur unabhängig von seinen Ansichten einmal Ihre eigene persönliche Meinung erfahren. Also?«

Ahrat saß unbeweglich in seinem Kommandosessel.

»Hören Sie, Doktor, ich bin Erster Offizier und Emotionaut. Ich vertrete den Kommandanten und verfolge ein unbekanntes Flugobjekt. Natürlich habe ich mir auch schon überlegt, was in der Leuchtblase drin ist, aber es ist nicht meine Aufgabe, das herauszufinden. Aber wenn Sie mich so fragen, sollen Sie auch eine Antwort bekommen: Es handelt sich um den neuartigen Energie-Schutzschirm eines wesentlich kleineren Raumschiffes aus Antimaterie, das selbstverständlich von intelligenten Lebewesen gesteuert wird. So, noch was?«

»Nein.«

»Und was meinte unser kundiger Freund Ahaspere?«

Cavaldi grinste noch immer.

»Genau dasselbe, Erster. Und ich denke das auch. Damit dürfte die Frage wohl erledigt sein. Vorerst wenigstens. Bis später.«

Er befreite sich mühsam aus der Umklammerung der Polsterpneus und verschwand in Richtung der Funkzentrale.

Ahrat beschäftigte sich wieder mit den Bildschirmen und seinen Instrumenten.

Der Accalaurie begann wieder zu beschleunigen.

Kurz bevor er in den Linearraum eintauchen konnte, schrillte ein Alarmsignal. Ahrat schaltete die Verbindung zur Funkzentrale ein, ohne den Finger zu rühren. Seine Aufmerksamkeit galt noch immer dem Accalaurie.

»Was ist los, Major?«

»Notsignale über die Hyperfunkbrücke, Sir. Ich habe sie aufgezeichnet, ehe sie abbrachen. Wollen Sie hören?«

»Moment, ich komme selbst.«

Ahrat nahm Verbindung mit Major Kusumi auf, der als Chef der Ortung für den Kontakt mit dem Accalaurie verantwortlich war. Er schärfte ihm ein, das leuchtende Objekt nicht aus den Geräten zu lassen und teilte ihm weiter mit, daß die INTERSOLAR in zwei Minuten ebenfalls zum Linearflug übergehen würde.

Dann erst verließ er den Kommandostand und lief in die Funkzentrale, um sich die Notsignale aus erster Hand vorspielen zu lassen. Major Freyer hatte alles vorbereitet. Er deutete auf den Bildschirm über der Speicheranlage.

»Keine Sichtverbindung, Sir. Nur abstrakte Farbmuster ohne jede Bedeutung, vielleicht Überlagerungen oder sichtliche Störungen. Das Signal kam über die Brücke zu uns und stammt aus dem Grapersystem. Aber hören Sie selbst . . .«

Er drückte auf einen Knopf.

Für einige Sekunden hörte Ahrat nur Störgeräusche. Und dann kam eine Stimme durch, verzerrt wie aus weiter Ferne, aber durch die Relaisverstärker der Funkbrücke laut und deutlich.

Die Stimme sagte:

» . . . spricht Screw Howard, Leiter der Gruppe Salem. Wir werden angegriffen und erbitten dringend Hilfe. Die Accalauries sind . . .«

Dann war wieder Ruhe.

Ahrat starrte auf das Gerät.

»Das war alles?«

»Leider, Sir. Die Sendung brach plötzlich ab.«

Ahrat überlegte nicht lange. Er bedankte sich und rannte zum Kommandostand zurück. Diesmal verzichtete er darauf, die SERT-Haube anzulegen. Mit seinen Händen stellte er den Interkomkontakt zu dem Kommandanten und Rhodan her und unterrichtete sie über den Funkspruch.

Noch ehe die INTERSOLAR in den Linearraum eintauchen

konnte, erschien Rhodan in der Kommandozentrale und ließ die Verfolgung des Accalauries abbrechen.

»Neuer Kurs, System Graper. Die Koordinaten sind bekannt. Entfernung zwanzigtausend Lichtjahre. Ich glaube, wir müssen uns beeilen, wenn wir noch etwas retten wollen.«

Oberst Korom-Khan übernahm wieder das Kommando.

Fünf Minuten später verschwand die INTERSOLAR im Linearraum.

10.

Der Planet Salem gehörte zu jenen Welten, die man als »Jupitertyp« bezeichnete. Er war der dritte Planet des Systems Graper und besaß einen Durchmesser von 141 632 Kilometern. In knapp dreizehneinhalb Stunden drehte er sich einmal um seine Achse, und seine mittleren Temperaturen lagen hundert Grad unter dem Gefrierpunkt. Die Schwerkraft betrug 2,49 Gravos. Die Ammoniakbestandteile der Wasserstoff-Methan-Atmosphäre hatten sich verflüssigt, so daß es weite Gebiete auf der Oberfläche dieses Planeten gab, die man als Meere bezeichnen konnte. In den Ammoniakozeanen lagen die Kontinente, von den ewigen Stürmen von Schnee und Eis meist freigefegt, felsig und ohne die geringste Spur einer Vegetation.

Auf Salem lastete ein sehr hoher Luftdruck, der das Betreten nur in besonderen Panzeranzügen oder in Raumanzügen mit eingeschalteten Energieschirmen erlaubte. Die fünfzig Menschen, die auf Salem lebten, wohnten in stählernen Schutzkuppeln, deren komfortable Einrichtung sie über die grenzenlose Einsamkeit einer leeren Welt hinwegtröstete.

Das Sonnensystem Graper war nur ein relativ kleines System, und bisher hatte es außer den Terranern noch niemand entdeckt. Salem selbst war reich an Hogaltanvorkommen und deckte einen Teil des terranischen Bedarfs, obwohl erst eine einzige Mine erschlossen worden war. Die Schürfung des fünfdimensional strahlenden Erzes, seine Säuberung von überflüssigen Rohstoffen und die Verladung der reinen Barren erfolgte automatisch. Die fünfzig Ingenieure fungierten lediglich als Wachpersonal und Verbindungsposten. Wenn sie

Besuch erhielten, dann handelte es sich meist um unbemannte Posbifrachter. Selten nur wagte sich ein Kreuzer der Solaren Flotte hierher.

Bergbau-Ingenieur Screw Howard war ein Mann von hundertdreißig Jahren. Bereits seit hundert Jahren lebte er auf Salem, von einigen Urlauben auf der Erde und anderen Planeten abgesehen. Zu jeder passenden und auch unpassenden Gelegenheit versuchte er seine Leute davon zu überzeugen, daß es eigentlich im ganzen Universum keinen schöneren Planeten als Salem gäbe, eine Behauptung, die ihm niemand abnahm. Aber vielleicht stimmte diese Behauptung zumindest für ihn. Er war alt, seine Haare schneeweiß und seine Gestalt bereits ein wenig gebeugt. Ohne die Antigravanlagen unter den Wohnkuppeln hätte ihn die ständige Schwerkraft des Riesenplaneten längst erdrückt, denn nur wenige Menschen hielten zweieinhalb Gravos ohne Hilfsmittel lange aus.

Sein Stellvertreter Ron Ronald war fünfzig Jahre jünger, ein Draufgängertyp mit dunklen Haaren und lebhaften Gesten. Er war ein wenig korpulent und versuchte das durch mehr Beweglichkeit zu vertuschen. Das gelang ihm allerdings nur innerhalb der Kuppeln. Jede Bewegung draußen mußte in den Panzeranzügen plump wirken, ob sein Träger das nun wollte oder nicht.

Es war immer nur wenige Stunden hell auf Salem, und die Arbeits- und Wacheinteilung hatte sich der schnellen Rotation angepaßt. Trotzdem rechnete man auch heute, nach einigen hundert Jahren, noch immer mit irdischen Maßeinheiten. Die Terra-Standardzeit galt heute wie früher.

Obwohl vor genau einem Monat ein Schiff auf Salem landete und die letzten Neuigkeiten mitbrachte.

So ein Besuch bedeutete natürlich eine willkommene Abwechslung für die einsamsten Männer des Universums, aber diesmal brachte er beunruhigende und fast bestürzende Neuigkeiten mit.

Bei den Besuchern handelte es sich um sogenannte Prospektoren, eine den Galaktischen Händlern ähnliche Gruppe, die sich bereits vor rund sechs Jahrhunderten vom Solaren Imperium losgelöst und selbständig gemacht hatte. Das hinderte sie nicht daran, immer wieder Verbindung zu den Kolonialwelten aufzunehmen und mit ihnen Handel zu treiben. Sie besaßen keine eigentliche Heimatwelt mehr, sondern lebten meist mit ihren Familien und Nachkommen auf ihren Schiffen. Ruhelos durchstreiften sie das Weltall, immer auf der Suche nach seltenen Rohstoffen und Mineralien.

Screw Howard hatte sie freundlich, wenn auch mißtrauisch empfangen. Auf ihre Fragen erklärte er, das Hogaltan und damit der ganze Planet Salem sei vom Solaren Imperium rechtmäßig in Besitz genommen worden und ein vereinbartes Kodesignal genüge, die halbe Flotte in kürzester Zeit erscheinen zu lassen. Das sei natürlich keine Warnung, fügte Howard freundlich lächelnd hinzu, nur ein gutgemeinter Hinweis.

Der Anführer der Prospektoren hatte ebenso freundlich zurückgelächelt.

»Wir sind nicht an Hogaltan interessiert«, sagte er dann mit einer wegwerfenden Handbewegung. »Und was das Solare Imperium angeht, so scheinen Sie seit längerer Zeit keine Verbindung mit diesem imaginären Sternenreich gehabt zu haben. Es existiert nämlich kein Solares Imperium mehr, und Perry Rhodan . . . nun, den gibt es auch nicht mehr.«

»Das ist doch Unsinn!« erklärte ihm Howard energisch und verbarg seine Überraschung. »Wir haben noch vor einigen Tagen eine Ankündigung über Hyperfunk erhalten. Und zwar im Auftrag Rhodans. Na, was sagen Sie nun?«

Der Prospektor blieb skeptisch.

»Gar nichts. Wahrscheinlich war Ihr Funker besoffen.«

Screw Howard blieb ruhig, aber Ron Ronald brauste auf:

»Wenn hier jemand besoffen ist, dann wohl Sie! Kommen hierher und wollen uns einen Bären aufbinden! Natürlich gibt es Rhodan! Was glauben Sie denn, wohin die Posbis die Ladungen Hogaltan bringen? In die Hölle vielleicht?«

Der Prospektor hatte mit den Schultern gezuckt.

»Vielleicht sogar das«, sagte er, ohne das Thema noch einmal anzuschneiden.

Das Schiff war dann wieder gestartet und hatte fünfzig Menschen zurückgelassen, an denen Zweifel zu nagen begannen. Dann hatte Howard über den Hypersender eine Anfrage losgeschickt, und die Antwort, die er kurze Zeit später erhielt, beruhigte ihn wieder:

»Arbeiten Sie weiter, Gruppe Salem. Glauben Sie keinen Gerüchten. Das Solare Imperium existiert, und sein Fortbestand wird auch davon abhängen, daß Sie weiterhin Ihre Pflicht erfüllen. Perry Rhodan hat einer Ablösung der Techniker auf Salem zugestimmt, wenn eine solche gewünscht wird.«

Niemand, auch Screw Howard nicht, wußte, daß die empfangene Sendung von einem der vielen Schiffe stammte, die im Auftrag

Rhodans noch immer die Galaxis durchstreiften, um die Verbindung zu den Kolonialwelten nicht abreißen zu lassen und die weitere Entwicklung der anderen interstellaren Gruppen zu beobachten.

Für Howard kam die Nachricht direkt über die Relaisbrücke von der Erde.

An diesem Abend hatten sie noch lange in der Kantine zusammengesessen. Der Kalender zeigte den 2. Oktober des Jahres 3431 Terrazeit an. Ronald hatte dem starken Wein zugesprochen, von dem die Prospektoren ein Faß zurückgelassen hatten. Er redete wie ein Buch und war nicht zu bewegen, das Bett aufzusuchen. Einer der Männer erhob sich und blinzelte dem hilflosen Howard zu, dem die ganze Sache ja eigentlich egal sein konnte, der aber am anderen Tag einen frischen Mann für einen Ausflug ins nahe Gebirge benötigte.

»Ja, was ist, Farrell?«

Der erst vierzig Jahre alte Techniker legte den Zeigefinger auf seine Lippen und flüsterte:

»Gleich ist er verschwunden – einen Augenblick. Ich hole nur seine Frau.«

Heddy Ronald war nicht nur eine hübsche, sondern auch eine sehr resolute Gattin. Niemand fürchtete sie mehr als ihr eigener Mann. Kaum hatte dieser im Unterbewußtsein den Namen seiner Holden registriert, da war er auf einen Schlag wieder nüchtern. Er sprang auf und hielt Farrell am Rockärmel fest.

»Bleib, das kannst du mir doch nicht antun . . .«

»Doch, kann er«, belehrte ihn Howard todernst. »Wenn du nicht sofort nach Hause gehst, tut er es auch. Und du kennst ja Heddy. Ich möchte dann nicht an deiner Stelle sein, Ron . . .«

Ron wollte das selbst nicht.

»Sie schläft schon, und wenn man sie weckt, ist sie doppelt so wütend. Seid ruhig, Freunde, ich gehe ja schon. Und ich muß so leise sein, daß sie mich nicht hört. Wir hatten noch eine Besprechung wegen – hicks – wegen morgen, nicht wahr . . .?«

Er ging.

Einige der Männer lachten, aber dann dachten sie an ihre eigenen Frauen, mit denen sie das entbehrungsreiche Leben teilten, und lachten dann nicht mehr.

Howard sagte:

»Schluß für heute. Morgen haben wir einen anstrengenden Tag vor uns. Schlaft euch aus.«

Er selbst war nicht verheiratet, wenigstens nicht mehr. Es lag schon lange zurück, da hatte auch er eine Familie gehabt, aber seine Frau war gestorben, und sein Sohn hatte sich vom nächsten Schiff nach Terra bringen lassen, wo er die Raumakademie besuchen wollte. Seitdem waren die Nachrichten immer spärlicher und seltener geworden, die der alte Howard von seinem Sohn erhielt.

Im letzten Jahr blieben sie dann ganz aus.

Als er sein Quartier betrat, fiel sein Blick wie jeden Abend auf die beiden Bilder, die an der Wand hingen – seine Frau, sein Sohn. Für sie arbeitete er nicht mehr, nur noch für sich selbst und seine längst vergangenen Ideale. Er war einfach zu schwach, aufzuhören. Außerdem benötigte die kleine Kolonie auf Salem eine starke Hand. Er hielt sich für diese starke Hand.

Im Gebirge mußte es reiche Lager an Hogaltan geben, dessen war er sicher, und erste Untersuchungen und Strahlmessungen schienen das zu bestätigen. Morgen würde er mehr wissen. Dann hatte er wieder einen Grund, Funkkontakt zur nächsten Hyperstation aufzunehmen.

Die alte Mine galt zwar noch als ertragreich, aber es konnte kein Fehler sein, schon jetzt für neue Nachschubquellen zu sorgen. Hogaltan würde in Zukunft noch wichtiger werden, als es heute schon war.

Die Nacht dauerte ebenfalls nur wenige Stunden. Howard ließ die Männer vor Morgengrauen wecken und bat sie, ihn in einer halben Stunde marschbereit in der Südschleuse zu erwarten. Ein Fußmarsch würde bei den herrschenden Naturverhältnissen zu anstrengend sein, also hatte Howard den Antigravgleiter startbereit machen lassen. Dieser Gleiter vereinigte mehrere Vorteile in sich, ganz davon abgesehen, daß er seine Passagiere schnell zum Ziel brachte. Sein Laderaum reichte aus, genügend Erzproben unterzubringen. Die drucksichere Kabine faßte acht Personen. In dieser Kabine betrug die Schwere automatisch nur ein Gravo.

Sie stiegen ein, und der Physiker Dr. Palmers setzte sich hinter die Flugkontrollen. Die Luft wurde aus der Schleusenkammer gepumpt, und dann öffnete sich vor ihnen die schwere Außenluke.

Wer unvorbereitet und zum erstenmal die Oberfläche von Salem betrat, mußte sich in eine wahre Todeswelt versetzt fühlen, auch dann, wenn er in der drucksicheren Kabine eines Fluggleiters saß und nichts zu befürchten hatte. Ständig umkreiste eine dicke Wolkenschicht den Planeten, zum Glück in beträchtlicher Höhe. Dazu kamen die klimatischen Stürme, die den Rotationsstürmen in keiner

Weise nachstanden. In jeder Mulde lag vereister Schnee, während die zugänglicheren Stellen nackt und kahl blieben. Die Gipfel des nahen Gebirges waren bis zu zehntausend Meter hoch, während jene der Südberge, in denen man weitere Hogaltanvorkommen vermutete, bis hinauf in die fünfzehn Kilometer herabreichende Wolkenschicht stießen.

Auf der anderen Seite des nahen Gebirges, das man einfach »Westberge« nannte, lag die jetzt erschlossene Mine. Und am Nordrand der »Südberge« gab es ein drei Kilometer hoch gelegenes Plateau, das heute das Ziel der Expedition darstellte.

»Du bist doch schon mehrmals dort gewesen, Redskin. Kann Palmers ohne Schwierigkeiten landen?«

Der Gleiter wurde von einer Bö erfaßt und gegen die Westberge abgedrängt. Palmers glich die heftige Luftströmung geschickt aus und stieg höher.

»Natürlich kann er das. Kleinigkeit für den. Aber ich glaube, daß auf dem Plateau nur eine dünne Schicht Fels über den reichsten Hogaltanvorkommen liegt, die wir uns vorstellen können. Die Strahlungsmessungen geben uns leider keinen Hinweis, wieviel Kilo oder Tonnen von dem verteufelten Zeug dort liegen; sie zeigen uns nur, *daß* es vorhanden ist, mehr nicht. Na, in ein paar Stunden werden wir klüger sein, hoffe ich.«

Palmers verzichtete darauf, das Westgebirge zu überqueren. Da es nicht sehr langgestreckt war, umflog er es einfach und näherte sich von Nordwesten her dem Plateau am Rand der Südberge. Es war von den Wohnkuppeln fünfundzwanzig Kilometer Luftlinie entfernt, und etwa fünfzehn von der Hogaltanmine, allerdings in einer anderen Richtung.

Die Berge türmten sich vor ihnen auf, und da ein Teil ihrer Gipfel bis zu den Wolken reichten, sah es so aus, als wolle der Gebirgszug den Planeten an dieser Stelle absperren. Howard selbst war schon auf der anderen Seite gewesen, und jeder glaubte seiner Versicherung, daß es dort genauso aussah wie auf dieser. Niemand war besonders neugierig darauf, Howards Behauptung nachzuprüfen.

»Dort ist es«, sagte Dr. Redskin und deutete nach vorn. »Am Fuß des Kegels, drei Kilometer über der Eisebene. Palmers, mehr nach links. Ja, so ist es besser. Auf der rechten Seite erzeugen die Felseinschnitte zuviel Turbulenz. Also aufpassen.«

Zehn Minuten später konnten sie glatt landen.

Das Plateau eignete sich nicht besonders gut für einen Abbau, aber wenn die alte Mine erschöpft war, mußten die automatischen Bergbauanlagen eben mit Hilfe von Antigravfeldern hierher geschafft werden. Die reinen Hogaltanbarren konnten dann auf dem Luftweg zum Landeplatz der Posbifrachter befördert werden.

Durch die kleine Schleusenkammer gelangten sie ins Freie. Die schweren Schutzanzüge behinderten die Bewegungsfreiheit der Männer, aber daran hatten sie sich schon gewöhnt. Auch daran, daß ständig die Energiefelder eingeschaltet bleiben mußten. Nur sie konnten den gewaltigen Druck der Atmosphäre ausgleichen.

Redskin und Palmers stellten ihre mitgebrachten Spezialgeräte auf, und als sie die ersten Messungen erhielten, riefen sie Howard:

»Komm her und sieh dir das an! Das Zeug muß ja tonnenweise im Gebirge liegen. Eigentlich strahlt das ganze Gebirge.« Redskin konnte sich vor Begeisterung kaum noch fassen. »Ich wette, da sind nur ein oder zwei Meter Fels abzutragen, und wir stehen vor einem unerschöpflichen Lager an Hogaltan. Wer hätte das gedacht!«

»Ihr«, erwiderte Howard trocken. »Warum seid ihr nur so überrascht?«

»Mann, kann man sich nicht auch einmal über seine Bestätigung freuen? Sicher, wir hatten Messungen vorgenommen und positive Resultate erhalten, aber so ein paar kleine Zweifel bleiben ja doch. Es konnte ja auch sein, daß es nur geringe Mengen Hogaltan hier gab. Aber jetzt wissen wir, daß es mehr davon hier gibt, als wir uns vorzustellen vermögen. Tausende von Tonnen, wenn mich jemand fragt . . .«

»Der Transport der Anlage wird noch Schwierigkeiten bereiten«, dämpfte Howard die Begeisterung seiner Männer. Aber dann fügte er hinzu: »Doch das schaffen wir auch noch, wenn es sein muß.«

Sie blieben fünf Stunden auf dem Plateau, dann wurde es schon wieder dunkel. Die schnelle Rotation des Planeten brachte sie wieder zur Nachtseite. Howard mahnte zum Aufbruch.

Sie starteten, als es völlig dunkel geworden war. Abgesehen von den Navigationsinstrumenten hatte der Pilot Palmers zwei weitere Orientierungsmöglichkeiten, die er natürlich ausnutzte. Sowohl die Hogaltanmine als auch die Wohnkuppeln waren hell erleuchtet und wiesen ihm den Weg durch die Nacht.

Wohlbehalten landeten sie wieder im Hangar, entledigten sich ihrer unbequemen Schutzkleidung und eilten in ihre Quartiere. Später trafen sie sich noch mit den anderen in der Kantine und diskutierten das Ergebnis des Ausfluges. Auch die Frauen waren dabei, denn sie nahmen Anteil an der Arbeit ihrer Männer und jede von ihnen hatte ihre spezielle Aufgabe in der kleinen Gemeinschaft.

Als sie endlich schlafen gingen, war es noch immer der 2. Oktober des Jahres 3431 Terrazeit.

Normalerweise erfreute sich Howard eines guten und tiefen Schlafes, aber heute lag er noch lange wach. Er spürte in sich eine Unruhe, für die es einfach keine Erklärung gab. So sehr der Planet Salem auch einer eiskalten Hölle glich, wenn man ihn kannte und Vorsorge traf, bedeuteten er und seine Naturverhältnisse keine Gefahr für die Menschen, die auf ihm lebten. Die stählernen Kuppeln boten Schutz gegen die Witterung, gegen den atmosphärischen Überdruck und sogar gegen theoretisch mögliche Beben. Salem war unbewohnt, also drohte auch von dieser Seite her keinerlei Gefahr.

Und doch konnte Howard nicht einschlafen, weil er die unbekannte Gefahr regelrecht fühlte. Er spürte, wie sie näher schlich und immer stärker wurde. Aber auch das war Unsinn. Selbst wenn sich vom Weltraum her unangemeldet ein Schiff näherte, würden die automatischen Orteranlagen das sofort registrieren und Alarm geben. Solange das nicht geschah, gab es auch kein fremdes Raumschiff.

Damals, als die Prospektoren kamen, hatte sich die Warnanlage bewährt. Sie hatte das fremde Schiff gemeldet, noch bevor es die obersten Schichten der Atmosphäre streifte.

Howard wälzte sich auf die andere Seite und überlegte, ob er ein Schlafmittel nehmen sollte, als das schrille Läuten ihn regelrecht aus dem Bett warf.

Die Alarmanlage!

Also doch!

Ohne sich vollständig anzuziehen, rannte er hinaus auf den Rundgang und erreichte knapp eine Minute später den Tunnel zur Funk- und Orterkuppel. Redskin kam aus seinem Quartier und wäre fast über ihn gestolpert. Er trug nur eine lange Unterhose.

»Ein Schiff!« meinte er atemlos.

»Bestimmt kein Walfisch«, sagte Howard sarkastisch und rannte weiter.

Der Tunnel zur anderen Kuppel war fast fünfzig Meter lang, aber der alte Mann war überzeugt, die Strecke noch nie in seinem langen Leben so schnell zurückgelegt zu haben. Dabei lebte er schon hundert Jahre hier.

Mit einem Blick sah er, in der Orterkuppel angelangt, daß einige Schirme sich automatisch eingeschaltet hatten. Sie gaben Bilder wieder, die von den Kameras der Beobachtungssatelliten eingefangen wurden, die in großer Höhe Salem umkreisten. Wegen der Dichte der Atmosphäre gab es keine andere Möglichkeit, den Weltraum von der Oberfläche aus zu beobachten.

Auf einem der Schirme waren sehr merkwürdige Gebilde zu sehen.

Howard blieb mit einem Ruck stehen, als er begriff, was sie vielleicht waren.

Redskin rannte gegen ihn.

»Mensch, Screw, das sind doch . . .!«

Howard ging langsam weiter. Hinter sich hörte er die Geräusche von Schritten. Auch die anderen Männer waren wach geworden und kamen in die Orterzentrale, um herauszufinden, was den Alarm ausgelöst hatte.

»Keine voreiligen Schlüsse, Redskin. Sie sehen zwar so aus, aber wir können nicht wissen, ob es sich auch darum handelt. Sie sind kleiner, viel kleiner. Die Prospektoren erzählten uns, daß die geheimnisvollen Leuchtblasen, die seit einem halben Jahr beobachtet werden, einen Durchmesser bis zu vier Kilometern haben. Rakowski, schalten Sie die Aufzeichnungsgeräte ein und besetzen Sie die Hyperfunkstation. Aber warten Sie noch mit dem Senden. Vielleicht ist alles nur halb so schlimm.«

»Die Dinger haben einen Durchmesser von vierzig bis fünfzig Metern«, sagte Palmers. »Noch nie gehört, daß Accalauries so klein sind.«

Howards Gesicht wurde von Sekunde zu Sekunde besorgter. Er schien selbst nicht daran zu glauben, daß alles »nur halb so schlimm« sei.

Die vier eigenartigen Gebilde verbreiteten ein grelles Leuchten. Dieses Leuchten wurde nur wenig schwächer, als sie in die Atmosphäre eintauchten und mit gleichbleibender Geschwindigkeit weiter absanken. Sie änderten ein wenig die Richtung, dann wurde ihr Kurs wieder stabil.

Die Satelliten verloren sie aus ihrem Meßbereich. Der betreffende Bildschirm zeigte nur noch ein schwaches Glimmen innerhalb der Atmosphäre, das schnell abnahm.

Dann, nach endlosen Sekunden, tauchten die vier Leuchtkörper in fünfzehn Kilometern Höhe unter der ewigen Wolkendecke auf. Sie hatten den Kurs abermals geändert und nun wurde endlich klar ersichtlich, welches Ziel sie anflogen.

Die Hogaltanmine.

Screw Howard wurde plötzlich sehr lebendig. Er schrie einige Befehle und lief dann durch den Tunnel in die rechte Wohnkuppel zurück. Die Männer folgten ihm, während andere ihre Alarmposten in der Orterkuppel besetzten.

Howard überzeugte sich davon, daß die für den Alarmfall Eingeteilten bei ihm in der Schleuse waren und ihre Druckanzüge oder Druckpanzer anlegten. Sie halfen sich gegenseitig, damit sie schneller fertig wurden. Über die Lautsprecheranlage kam zwischendurch die Bestätigung, daß auch die anderen Abwehrstationen innerhalb der Kuppeln besetzt worden waren. Rakowski meldete, daß er einen Funkspruch für die Hyperfunkanlage vorbereitet habe und auf den Befehl warte, ihn absenden zu dürfen. Ronald gab bekannt, daß sich die vier Leuchtkörper der Mine bis auf drei Kilometer genähert hätten und ihre Geschwindigkeit weiter verringerten.

Howard zögerte nicht mehr länger.

Zusammen mit seinen neun Begleitern verließ er die Schleuse.

Sie hatten die Antigravregler so eingestellt, daß sie sich mit einer Leichtigkeit bewegen konnten, die unter normalen Bedingungen auf der Erde unmöglich war. Die einzelnen Abwehrstationen lagen auf dem Weg zur Mine an besonders geschützten Stellen. Ihre automatischen Einrichtungen konnten von einem Mann bedient werden, und auf Salem zählten in einem solchen Fall auch die Frauen als Männer.

Fünf Kilometer vor dem Bergwerk blieben nur noch Howard und Heddy Ronald übrig. Sie erreichten den kleinen Kuppelbau und betraten ihn durch die Schleuse. Mit wenigen Handgriffen schaltete Howard die Bildschirme und Telekomgeräte ein, die ihn mit der Außenwelt und den anderen Stationen verbanden.

Zwei der vier Leuchtkörper standen schräg über dem Minengelände, noch zwei Kilometer hoch. Die anderen beiden sanken langsam tiefer, genau auf das gepanzerte Gebäude zu, das während der Arbeitszeit als Notunterkunft diente.

Sie wechselten oft den Kurs, wenn auch nur geringfügig, und es sah so aus, als zögerten sie, eine Landung vorzunehmen. Howard begann zu ahnen, daß seine Theorie über die Accalauries immer mehr an Boden gewann, so sehr die Kollegen und Wissenschaftler auch darüber lachten. Wie oft schon seit dem Besuch der Prospektoren und ihren Berichten hatte er sich mit ihnen darüber unterhalten, aber jeder hielt seine Ansichten für unlogisch und wissenschaftlich nicht für vertretbar. Sie nannten ihn sogar einen Phantasten.

Aber die beiden Leuchtblasen zögerten zu landen, und das konnte Howards Theorie nur bekräftigen. Sie kannten also die Gefahr, die ihnen drohte.

Und Howard kannte sie auch.

»Wenn die beiden Blasen die Oberfläche berühren – Augen schließen, nicht auf die Bildschirme sehen!« rief er über Telekom seinen Leuten in allen Stationen zu. »Und vor allen Dingen Ruhe bewahren. Solange sie nur bei der Mine landen, kann uns nichts passieren. Noch keine Funkmeldung absenden, Rakowski. Das erfolgt später.«

Selbst der Orkan konnte die vier Leuchtblasen nicht davontreiben, ein weiterer Beweis dafür, daß es sich um lenkbare und vielleicht sogar bemannte Objekte handelte. Die beiden oberen veränderten ihre Position nicht mehr. Es war, als wären sie in der Atmosphäre verankert.

Die beiden anderen jedoch waren nur noch hundert Meter hoch.

Die Sinkgeschwindigkeit betrug noch einen Meter pro Sekunde.

Howard nickte Heddy Ronald zu.

»Gleich wird es passieren – es ist eigentlich immer passiert bis heute, sagten die Prospektoren. Für mich ist das ein Beweis, und zwar ein hundertprozentiger.«

»Beweis? Wofür?«

Screw Howard sagte:

»Antimaterie, Heddy.«

Die hundert Sekunden wurden zur Ewigkeit.

»Antimaterie? Screw, du nimmst also tatsächlich an, diese leuchtenden Körper bestünden aus Antimaterie?«

»Es sind keine leuchtenden Körper, Heddy. Der eigentliche Körper aus Antimaterie, so glaube ich, wird nur von einem schützenden Energiefeld eingehüllt, das jeden Kontakt mit unserer normalen Materie verhindert. Wenigstens soll es das. Nur funktioniert es nicht, wenn die Masse der normalen Materie einen kritischen Punkt überschreitet, und bei Salem ist das sicherlich der Fall. Die Accalauries wissen das auch, sie sind vorsichtig, aber sie probieren es immer wieder. Es ist Neugierde, kein Akt der Böswilligkeit.«

Heddy starrte auf die Bildschirme und durch das Sichtfenster der kleinen Kuppel. Die beiden Leuchtkörper waren nur noch fünfzig Meter hoch.

Sie sanken weiter.

»Warum haben wir sie früher nie entdeckt?«

Howard zuckte die Schultern.

»Ich glaube, sie stammen nicht aus unserer Galaxis. Täten sie das, wären wir ihnen schon begegnet. Vielleicht gibt es eine ganze Galaxis, die aus Antimaterie besteht. Aber nun aufpassen, Heddy. Es ist gleich soweit. Denke daran: Augen schließen. Ich weiß nicht, ob der automatische Dunkelschutz wirksam genug sein wird.«

Die beiden Leuchtkörper standen nur noch wenige Meter hoch über dem felsigen Boden Salems, und dann, nach einem letzten Zögern sanken sie weiter und landeten.

Auch ohne Warnung hätte Heddy Ronald die Augen geschlossen, denn der doppelte Lichtblitz war so grell, daß er die Nacht auf Salem zum Tag machte. Beide Körper detonierten zur gleichen Zeit, und die Wirkung war größer als die Explosion einer normalen Atombombe. Die Druckwelle richtete große Verwüstungen in der näheren Umgebung an, konnte aber weder den Abwehrstationen noch den Wohnkuppeln etwas anhaben.

Allerdings war die Notunterkunft bei der Mine verschwunden, als der Feuerball höher stieg und verblaßte und Howard die Augen wieder öffnen und etwas sehen konnte.

Dort, wo einmal die Bergwerksanlage gestanden hatte, war nur noch ein riesiger Krater.

Die beiden vorsichtigeren Leuchtblasen waren von der Druckwelle der Explosion beiseite geschleudert und hochgedrückt worden, aber es schien so, daß sie keinen Schaden erlitten hatten. Mit steigender Geschwindigkeit schossen sie hinauf in die Nacht und verschwanden dann in der dichten Wolkendecke. Wenig später erschienen sie auf den Bildschirmen der Satelliten.

»Ich glaube, wir haben genug gesehen«, sagte Howard und verschraubte den Helmverschluß. Dann half er Heddy. »Wir kehren zur Wohnkuppel zurück. Hier bei der Mine sind wir unnötig geworden.«

»Glaubst du, daß sie wieder aufgebaut werden kann?«

»Wenn der entsprechende Nachschub geliefert wird, ja. Sonst nicht. Aber die Entscheidung liegt kaum bei uns. Ich werde Terra benachrichtigen müssen.«

»Und wenn es Terra nicht mehr gibt?«

Er warf ihr einen undefinierbaren Blick zu.

»Nun fängst du auch mit dem Unsinn an«, knurrte er und schob sie zur Schleuse. »Marsch!«

Obwohl es inzwischen Tag geworden war, dachte niemand an Arbeit oder gar ans Schlafen. Sie waren viel zu aufgeregt. Außerdem hatte Screw Howard die gesamte Belegschaft zu einer Aussprache mit Beschlußfassung in den Kantinenraum gebeten. Als sich das Stimmengewirr legte, stand er auf und sagte:

»Ich habe vor einer halben Stunde den Notruf gesendet. Ich erhielt keine Bestätigung und kann nur hoffen, daß er von einer Relaisstation oder einem Schiff der Solaren Flotte aufgefangen wurde. Wenn innerhalb einer Woche keine Reaktion erfolgt, senden wir den Spruch noch einmal, diesmal aber unverschlüsselt, damit ihn jeder verstehen kann. Ist jeder damit einverstanden?«

Niemand protestierte. Howard nickte zufrieden.

»Um nun auf den eigentlichen Zwischenfall zu sprechen zu kommen – Ihr wißt schon, was ich sagen will. Ja, Antimaterie! Wir hatten die Gelegenheit, eine direkte Berührung zwischen einem Accalaurie und normaler Materie zu beobachten. Es kann kein Zweifel daran bestehen, daß ich recht mit meiner Vermutung hatte. Was ein Accalaurie berührt, muß explodieren. Die Kernteilchen werden ausgetauscht – oder sie versuchen es wenigstens. Die Reaktion ist so heftig, daß sie wie eine Explosion wirken muß. Nun war es in unserem speziellen Fall aber so, daß die Masse Salems größer ist als die der beiden Accalauries. Die Folge ist, daß sie vernichtet wurden. Und nun noch etwas: Ich nehme an, daß es sich bei den beiden Leuchtkörpern um Landungsschiffe der Accalauries handelt, oder gar um die unbekannten Lebewesen selbst, die sich zum Schutz gegen unsere Materie – also ihre Antimaterie – in einen Schutzschirm hüllten. So hofften sie keine Explosion hervorzurufen. Es war also einwandfrei ein Unfall. Das jedoch soll uns nicht trösten. Die Mine ist zerstört, und wenn die Accalauries das nächstemal auf die Idee kommen, näher bei den Wohnkuppeln niederzugehen, sind wir verloren. Noch schlimmer würde es sein, wenn das eigentliche Schiff eine Landung versuchte.«

Im Kantinenraum entstand Unruhe. Jemand meldete sich. Howard nickte ihm zu. »Ja, Palmers, was ist?«

»Ich habe immer über deine Theorie gelacht, das weißt du, aber nun beginne ich zu glauben, daß du recht haben könntest. Was also soll geschehen? Wir müssen uns schnell entschließen, ehe es zu spät ist.«

»Wir können nicht viel tun, Palmers. In den Kuppeln sind wir noch relativ sicher, und wir können auch nur hier auf die Dauer überleben. Ich weiß nicht, wie lange es dauern wird, bis unser Notruf weitergeleitet wird, wenn man ihn überhaupt aufgefangen hat. Rakowski wird laufend weitersenden. Er hat starke Störungen festgestellt, die den Empfang unserer Sendungen fraglich werden lassen. Eine Bestätigung erfolgte auch noch nicht, wie ich bereits betonte. Ich schlage trotzdem vor, daß wir die Kuppeln verlassen und uns ins Südgebirge zurückziehen. Selbst bei größeren atomaren Explosionen finden wir dort genügend Schutz. Wir nehmen die Gleiter und beladen sie mit Vorräten, damit wir nicht auf die hier eingelagerten angewiesen sind. Einige Zeit dürften wir es draußen aushalten. Wenn nichts passiert, kehren wir hierher zurück.« Er holte tief Luft. »Hat jemand bessere Vorschläge?«

»Warum bleiben wir nicht hier?« Das war Denver, der Ingenieur. »Selbst wenn wir im Gebirge die Zerstörung der Kuppeln überleben, nützt uns das überhaupt nichts. Wir müßten dort draußen nach einigen Wochen zugrunde gehen.« Er zögerte und fügte hinzu: »Dann lieber gleich hier in den Kuppeln, die vielleicht doch noch etwas Schutz bieten.«

Howard schüttelte den Kopf.

»Ich bin für die Flucht. Du sagst, daß wir im Gebirge einige Wochen überleben können, und genau das stimmt auch. Bis dahin aber kann ein Schiff eingetroffen sein. Die Wohnkuppeln jedoch können schon heute oder morgen vernichtet werden. Wir haben also eine größere Überlebenschance, wenn wir sie vorerst verlassen. Ich bin überzeugt, daß die Accalauries wiederkommen werden. Das Hogaltan muß sie angelockt haben, sonst hätten sie keine Landung ausgerechnet bei der Mine versucht.«

»Ich stimme Howards Plan zu«, sagte Dr. Palmers.

Damit war die Entscheidung gefallen. Selbst Denver hatte nun keine Bedenken mehr.

»In zwei Stunden starten wir«, entschied Howard. »Die Unverheirateten beladen inzwischen die Gleiter. Rakowski, du bleibst vorerst in der Funkzentrale und gibst Alarm, wenn die Accalauries erneut eine Annäherung vornehmen. Sende noch einmal den Notspruch, verschlüsselt.«

Er überlegte. »Nein, sende ihn gleich unverschlüsselt. Den Text hast du ja noch.«

Rakowski nickte und verschwand. Die anderen gingen an die Arbeit.

Dr. Redskin, der zusammen mit Howard früher mehrere Ausflüge unternommen hatte, kannte einen geeigneten Schlupfwinkel im Südgebirge. Es handelte sich um eine große Naturhöhle, deren Eingang nach Norden zeigte, wobei er durch Felsvorsprünge nach Osten und Westen gegen den Sturm abgesichert wurde. Ein davorliegendes Plateau eignete sich vorzüglich zur Landung der sechs Gleiter.

Sie flogen so niedrig wie möglich, um nicht dem Orkan ausgesetzt zu sein. Rakowski war auf eigenen Entschluß in der Funkkuppel zurückgeblieben und stand mit den Gleitern in ständigem Kontakt. Unaufhörlich schickte er den Notruf ins Weltall, aber er erhielt keine Bestätigung, daß sein Hypersignal irgendwo aufgefangen wurde.

Die Kabinen der Gleiter konnten die Wohnkuppeln natürlich nicht ersetzen, aber wenigstens war es möglich, in ihnen die schweren Schutzanzüge auszuziehen. Die kleine Bodenschleuse ermöglichte das Ein- und Aussteigen einzelner Personen, ohne daß die anderen ihre Anzüge wieder anlegen und die Helme schließen mußten.

Sie landeten wohlbehalten auf dem Plateau und schafften alle Gleiter bis auf einen in die geräumige Vorhöhle. Hier waren sie vor einer atomaren Explosion relativ sicher.

Howard blieb im Gleiter.

»Ronald, Farrell, Palmers und Denver werden mich begleiten. Wir werden zur Mine zurückfliegen. Redskin übernimmt hier solange das Kommando. Unternehmt während meiner Abwesenheit nichts, Leute. Bleibt mit Rakowski in Verbindung und gebt mir Bescheid, wenn er Kontakt zu einem terranischen Schiff erhält. Auch dann, wenn er Accalauries beobachtet.«

Als sie unterwegs waren, fragte Palmers:

»Was hast du vor? Wir hätten von der Höhle aus genausogut beobachten können, wenn ein Accalaurie bei der Mine landet. Die Sicht ist gut.«

»Nicht gut genug, Palmers. Mir ist da ein Gedanke gekommen, weißt du . . . Ist es nicht merkwürdig, daß die Accalauries zu landen versuchen, obwohl sie die Gefahr genau kennen? Sie müssen also schon auf anderen Planeten unserer Milchstraße ungefährdet gelandet sein. Vielleicht ist es das Hogaltan, das die unerwartet heftige

Reaktion hervorrief, oder eine andere Besonderheit von Salem. Wenn die Accalauries intelligent sind, was ich keine Sekunde bezweifle, werden sie einen zweiten Versuch unternehmen und entsprechend vorsichtiger sein. Ich muß es sehen. Das könnte uns wertvolle Hinweise für spätere Gegenaktionen unsererseits geben.«

Palmers nickte. »Vielleicht hast du recht, Screw. Ich kann nur hoffen, daß wir später einmal Gelegenheit erhalten werden, unsere Erfahrungen weiterzugeben.«

»Terra läßt uns nicht im Stich«, sagte Howard überzeugt.

Niemand antwortete ihm.

Sie näherten sich auf einem Umweg der Mine beziehungsweise dem Krater, an dessen Rändern nun das Hogaltan frei zu Tage trat.

»Wollen wir nicht lieber hier landen?« erkundigte sich Palmers, der wieder hinter den Kontrollen saß. »Dort bei den Felsen wären wir einigermaßen sicher. Wir könnten sogar aussteigen und uns näher an die Mine heranpirschen, ohne gesehen zu werden.«

In diesem Augenblick meldete sich Rakowski aus der Orterkuppel.

»Howard, hörst du mich?«

»Sehr gut. Was gibt's?«

»Zwei riesige Leuchtblasen umlaufen Salem in großer Höhe. Wahrscheinlich die eigentlichen Mutterschiffe, aus denen die kleineren Leuchtblasen absteigen. Und genau das passiert gerade. Ich kann nicht sagen, ob es dieselben Blasen wie vorher sind, aber sie sehen genauso aus. Sie sinken tiefer und nähern sich der Atmosphäre, während die großen Leuchtblasen weiterfliegen.«

»Danke, Rakowski. Was ist mit dem Notruf?«

»Noch keine Antwort.«

»Weitermachen.«

Palmers lenkte den Gleiter auf die Felsen zu und setzte ihn in einer Mulde sanft ab. Ringsum waren Steilwände, die die Sicht nach allen Seiten versperrten. Sie mußten aussteigen, wenn sie die Mine und die Accalauries beobachten wollten.

Denver nahm einen klobigen Handstrahler mit.

Howard schüttelte den Kopf.

»Was willst du denn damit? Hast du vielleicht vor, die Accalauries anzugreifen? Das würde ich dir nicht raten. Erstens wäre es völlig zwecklos, und zweitens darfst du nicht vergessen, daß sie wahrscheinlich keine böswilligen Absichten haben. Sie verursachen die Explosionen völlig unfreiwillig und bringen sich sogar selbst damit in Gefahr.«

»Das ist mir ziemlich egal«, erwiderte Denver wütend. »Sollen sie bleiben, wo sie hergekommen sind. Ich werde jedenfalls versuchen, ihnen einen Energiestrahl auf den Pelz zu brennen.«

»Und wenn ich das verbiete?«

»Kannst du nicht, Howard. Zwar bist du der Boß, aber niemand kann mir verbieten, mich selbst zu verteidigen. Außerdem noch etwas: Einmal muß es ja wohl versucht werden, und warum soll nicht ich derjenige sein, der es tut? Ihr seht dann wenigstens, welchen Erfolg ich habe, und könnt euch später danach richten.«

Dagegen konnte auch Howard nichts einwenden. Er sagte nur:

»Aber schieße nur, wenn du von ihnen deutlich angegriffen wirst, Denver. Auch das liegt in unserem Interesse.«

»Keine Sorge, wird gemacht.«

Der Energiestrahler war schwer. Denver konnte ihn nur tragen, nachdem er den Antigravitationsprojektor seines Anzugs auf höhere Leistung gestellt hatte. Gleichzeitig gab er sich damit eine größere Bewegungsfreiheit. Fast schwebend erklomm er die Felswände, die das Tal von allen Seiten einschlossen.

In diesem Augenblick erschienen die beiden angekündigten Leuchtblasen. Fast direkt über ihnen durchstießen sie die Wolkendecke und sanken tiefer, auf den Krater der zerstörten Mine zu.

Das Versteck war nur zwei Kilometer davon entfernt. Dazwischen lag ein mit Felsbrocken und Spalten bedecktes Gelände, das unzählige Verstecke bot. Denver winkte von oben zurück.

»Beeilt euch. Sie landen gleich.«

Howard ließ niemand beim Gleiter zurück. Die Vorsichtsmaßnahme erschien ihm unnötig. Außerdem hatte er nicht die Absicht, sich allzuweit von ihm zu entfernen. Zusammen mit seinen übrigen Begleitern erkletterte er die Felsen und erreichte Denver.

Ronald trug die Filmkamera und richtete sie ein. Die beiden Accalauries waren deutlich zu erkennen. Im Mittelpunkt der grellweißen Energieblasen sahen die Männer eine gewisse Verdichtung, die jedoch ohne Formen blieb. Vielleicht war das feste Materie – Antimaterie.

Ronald ließ die Kamera laufen. Ein spezieller Kristall speicherte jede Einzelheit der nun folgenden Ereignisse. Das Spezialobjektiv brachte Dinge, die zwei Kilometer entfernt waren, bis auf scheinbar zehn Meter heran.

Über sein Helmfunkgerät setzte sich Howard mit den in der Höhle Zurückgebliebenen in Verbindung.

»Redskin, sag Rakowski, er soll es mit den Ortern versuchen. Vielleicht kann er etwas in den Blasen erkennen. Sie setzen zur Landung an.«

»Wir können es von hier aus sehen. Seid vorsichtig.«

»Sind wir.«

Durch eine Schlucht gelangten sie bis einen Kilometer an den Krater heran, dann gab es keine Deckungsmöglichkeiten mehr. Sie lagen in einer kleinen, flachen Mulde. Ronald filmte wieder. Denver untersuchte das Energiemagazin seiner Strahlwaffe.

Der erste Accalaurie hielt dicht über der Oberfläche an und bildete Leuchttentakel, die er vorsichtig ausstreckte. Als sie den Boden berührten, gab es keine Explosion. Zwar schienen die Tentakel intensiver aufzuleuchten, aber das war auch alles.

»Mensch, Howard, sieh dir das an!« Farrell schnappte nach Luft und schien es nicht begreifen zu wollen. »Sie bilden richtige Hände, mit denen sie Gesteinsproben einsammeln und in der Leuchtblase verschwinden lassen! Warum explodieren sie denn nicht, wenn deine Theorie richtig ist?«

»Daß sie nicht explodieren, beweist nur die Richtigkeit meiner Annahme, daß es sich bei den Accalauries um Antimaterie handelt. Die Energieblase schützt sie, einverstanden?« Als Farrell nickte, fuhr er fort: »Als man auf Terra mit künstlich hergestellter Antimaterie experimentierte, mußte dieses Material ebenfalls in besonders abgeschirmten Behältern aufbewahrt werden, damit es mit der normalen Materie, nicht einmal mit Luft, in Berührung kam. Man entwickelte dazu spezielle Energiefelder, ähnlich denen der Accalauries, nur mit umgekehrten Vorzeichen. Die unbekannten Lebewesen sind natürlich daran interessiert, eine Verbindung zu uns herzustellen, aber das ist nur möglich, wenn sie einen wirksamen Schutz finden, der die ›explosionsartigen Beziehungen‹ neutralisiert. Darum die Gesteinsproben. Die Leuchttentakel sind nichts anderes als Energiefelder innerhalb eines anderen Energiefeldes. Sie isolieren die eingesammelten Proben und verhüten so eine Detonation.«

Und so sah es wirklich auch aus. Immer wieder streckten sich die suchenden Energietentakel aus, umklammerten vorsichtig herumliegende Gesteinsbrocken und zogen sich dann mit ihnen in den leuchtenden Mutterkörper zurück. Auch die zweite Energieblase folgte nun dem Beispiel der ersten. Manchmal erfolgten kleinere Explosionen, die wahrscheinlich auf eine Unvorsichtigkeit zurückzuführen waren, aber sie richteten keinen sichtbaren Schaden an.

»Jetzt macht sich das eine Biest doch tatsächlich an die zerstörten Maschinenteile heran«, sagte Denver wütend. »Wollen die denn alles untersuchen?«

»Natürlich wollen sie das, Denver. Behalte bitte die Nerven, ja.«

Denver behielt sie, wenigstens vorerst noch.

Aber dann hob einer der gelandeten Accalauries plötzlich ein wenig vom Boden ab und schien mit seinen Energietentakeln in Richtung der Männer tasten zu wollen.

Denver stieß einen unartikulierten Schrei aus und sprang aus seiner Deckung. Mit dem Energiestrahler in beiden Händen und verminderter Schwerkraft bewegte er sich so schnell, daß keiner der anderen ihn zurückzuhalten vermochte. Howard kam halb hoch, aber Palmers drückte ihn in die Mulde zurück.

»Sinnlos, Screw. Du holst ihn nicht mehr ein. Du würdest uns alle in Gefahr bringen. Warten wir ab, was geschieht.«

Ronald ließ die Kamera ununterbrochen weiterlaufen.

Denver segelte den Abhang hinunter und näherte sich in irrsinnigem Tempo den beiden Accalauries. Er schaltete seinen Strahler auf Höchstleistung, schoß aber noch nicht.

Bis auf hundert Meter näherte er sich der Leuchtblase, die sich verdächtig bewegt und ihn so in Panik versetzt hatte.

Sie hatte ihn bemerkt und schwebte näher an ihn heran.

Da verlor Denver restlos die Nerven.

Er richtete den Strahler auf die Leuchtblase und eröffnete das Feuer.

Es gab eine Lichtexplosion am Rand des fremden Energiefeldes, so daß der Eindruck entstand, als sei der Strahl aus der Waffe bei der Berührung mit der Leuchtblase regelrecht detoniert. Das war ein Phänomen, das sich Denver nicht erklären konnte. Er begriff nur, daß jeder Angriff auf den Accalaurie sinnlos war.

Als er an diesem Punkt seiner Überlegung angelangt war, bemerkte er den Energietentakel, der über ihm entstand und der sich ihm unaufhaltsam näherte. Wahrscheinlich wollte man ihn einfangen.

Denver ließ seine Waffe fallen und rannte davon. Aber der Accalaurie folgte ihm und sank dabei tiefer.

Er landete regelrecht auf Denver.

Auf dem Bildschirm der Spezialkamera konnten Howard und seine Begleiter verfolgen, was nun geschah. Die ganze Leuchtblase fiel auf Denver und schloß ihn ein, aber wiederum mußte dem

Accalaurie ein Fehler unterlaufen sein, denn Denver verwandelte sich in eine Bombe, die in spontaner Kernreaktion explodierte. Der Lichtblitz schleuderte den Accalaurie in die Höhe, aber das Wesen konnte seinen Flug schon nach einigen hundert Metern wieder stabilisieren und kehrte zur Stätte des Unfalls zurück.

Howard war blaß geworden.

»Verdammt, Ronald, hast du das auch gefilmt?«

»Die Kamera läuft ununterbrochen. Schrecklich war das! Aber vielleicht können die Fachleute etwas mit dem Kristall anfangen.«

»Denvers Tod soll nicht umsonst gewesen sein«, versprach Howard. »Ich schlage vor, wir kehren in die Höhle zurück. Moment, mal hören, ob Rakowski etwas Neues erfahren hat.«

Die Verbindung kam zustande. »Unser Notruf wurde gehört, Howard.« Rakowskis Stimme verriet seine ungeheure Erleichterung. »Ich erhielt soeben die Bestätigung von einem Schlachtschiff. Es erhielt unsere Meldung über eine Relaisstation und kündigt seinen Besuch an. Vier weitere Einheiten begleiten es. Na, die werden ja wohl mit den Accalauries fertig werden.«

»Ich würde da nicht so sicher sein, Rakowski.«

»Bin ich aber, Howard. Das Schiff, das sich meldete, ist die INTERSOLAR.«

»Was?« Howard holte tief Luft. »Rhodans neues Flaggschiff?«

»Genau das! Was sagst du nun?«

»Nichts mehr. Vielleicht hast du recht. Wenn überhaupt einer mit den Accalauries fertig wird, dann Rhodan.«

»Er wird innerhalb von vierundzwanzig Stunden hier sein.«

Howard konnte seine Erleichterung nicht verbergen, und er hatte auch nicht die Absicht.

»Gott sei Dank! Damit sind wir gerettet.«

Ronald packte die Kamera zusammen.

»Screw, mach Schluß! Wir müssen hier fort. Die Accalauries scheinen uns gesehen zu haben. Sie nehmen Kurs auf uns.«

Howard erkannte die Gefahr und befahl den Rückzug zum Gleiter. Sie kletterten durch die Schleuse und behielten die Schutzanzüge an. Palmers war besonnen genug, nicht sofort zur Höhle im Südgebirge zu fliegen, sondern er machte einen Umweg um die Westberge. Dadurch verloren sie die beiden Accalauries aus dem Sichtbereich.

Als sie dann, von Norden kommend, an der anderen Seite der Westberge entlangflogen und sich dem Südgebirge näherten, mußten sie feststellen, daß ihre Vorsicht umsonst gewesen war.

Die beiden grelleuchtenden Energieblasen schwebten dicht über dem Landeplateau vor der Höhle und schienen den Versuch unternehmen zu wollen, in sie einzudringen.

Howard rief Palmers zu:

»Wir müssen sie ablenken. Los, geh ganz dicht an sie ran und locke sie fort, aber vorsichtig. Vermeide jede Berührung, sonst sind wir erledigt. Man könnte fast glauben, sie besäßen Ortergeräte, mit denen sie Menschen aufspüren.«

Palmers erhöhte die Geschwindigkeit und nahm Kurs auf die beiden Accalauries.

11.

Major Trec Lacuert hatte den Kommandanten in der Zentrale abgelöst. Er war kein Emotionaut, was ihn jedoch keineswegs zu stören schien. Zwar wirkte der knapp zwei Meter große Riese fast immer mürrisch und ungehalten, aber wer ihn näher kannte, der wußte, daß man sich keinen zuverlässigeren und besseren Freund vorstellen konnte.

Rhodan wartete, bis der Linearflug beendet war und die INTERSOLAR ins normale Universum zurücktauchte. Kurz darauf meldeten sich auch die vier Begleitschiffe.

Auf dem Panoramaschirm wurde das Grapersystem sichtbar.

Salem war noch vier Lichtstunden entfernt.

Lacuert deutete mit der rechten Hand auf einen der Orterschirme.

»Zwei Accalauries, Sir. Sie umlaufen Salem wie Satelliten. Fliegen wir weiter, oder ändern wir den Kurs und nähern uns von der anderen Seite?«

»Zwecklos.« Rhodan dachte einige Sekunden nach. »Wir fliegen mit Lichtgeschwindigkeit weiter, genau auf Salem zu. Ich möchte die Reaktion der Accalauries beobachten. Vielleicht können wir daraus wertvolle Schlüsse ziehen. Geben Sie Einsatzalarm für die Waffenleitzentrale.«

Für einen Augenblick schien es so, als sei Lacuert unsicher, dann nickte er ruhig und gelassen wie immer.

»Einsatzalarm für Feuerleitstelle, Sir.« Er drückte auf einen

Knopf. »Erledigt.« Er drehte sich Rhodan ein wenig zu und strich sich kurz über die kurzen, dunklen Stoppelhaare. »Wollen Sie die Dinger angreifen, Sir?«

Rhodan nickte. »Falls sie nicht auf unsere Funkanrufe reagieren und sich identifizieren, ja. Wir sind davon überzeugt, daß diese Energieblasen und ihre wahrscheinlichen Insassen keine bösen Absichten hegen, aber ihr Erscheinen ist für uns beunruhigend genug, Gegenmittel zu entwickeln. Darum habe ich mich zu diesem Experiment entschlossen. Auch wenn wir im Schutz des Zeitfeldes ungefährdet sind, wenigstens das Solsystem, so kann man das von der übrigen Milchstraße nicht behaupten. Und wir haben noch immer Verpflichtungen.« Er sah wieder auf die Bildschirme. »Ich hoffe, Major, Sie billigen meinen Entschluß.«

»Selbstverständlich, Sir. Ich würde genauso handeln. Wir haben einfach keine andere Wahl. Außerdem haben die Leute von Salem den Notruf gesendet, das bedeutet einwandfrei, daß sie sich in Gefahr befinden.«

Rhodan nickte, sagte aber nichts mehr.

Er hatte Zweifel, ob er auch wirklich richtig handelte.

Nach vier Stunden näherten sich die fünf Schiffe Salem. Rhodan hatte mehrere Anrufe an die Fremden abstrahlen lassen, aber keine Reaktion erhalten.

Die beiden Accalauries waren nun deutlich auf dem Panoramaschirm der INTERSOLAR zu erkennen. Wenn sie die terranischen Schiffe geortet hatten, so ging das aus ihren Bewegungen jedenfalls nicht hervor. In einer stabilen Kreisbahn umliefen sie den Riesenplaneten. Rhodan hatte noch nie Gelegenheit gehabt, die seltsamen Erscheinungen aus so großer Nähe und so lange zu beobachten. Abgesehen von dem Accalaurie, der den Posbifrachter vor der Zeitschleuse vernichtete, war er noch niemals einem von ihnen direkt begegnet.

Rhodan wollte inzwischen kaum noch ausschließen, daß es sich um Intelligenzen aus antimaterieller Materie aus einer fremden Galaxis handelte. Der Notruf von Graper lieferte wohl die letzte Bestätigung.

»Feuerleitzentrale einsatzbereit«, sagte er und nickte Oberst Korom-Khan zu, der Major Lacuert inzwischen abgelöst hatte. »Wer hat Dienst?«

»Major Pecho Cuasa, Sir.«

»Gut.«

Auch wenn die Accalauries nicht in böser Absicht kamen, mußte ihnen klargemacht werden, daß ein Kontakt solange unerwünscht war, bis eine Methode gefunden wurde, eine atomare Explosion bei Berührung der beiden feindlichen Elemente zu verhindern.

Es blieb Rhodan keine andere Wahl, als das Experiment durchzuführen.

»Bestätigung?«

»Ist da, Sir.«

Es war das erstemal in seinem Leben, daß Rhodan zuerst das Feuer eröffnete, ohne daß er in direkter Notwehr handelte. Er wußte, daß er seine Handlungsweise vor dem planetarischen Parlament des Solaren Imperiums zu verantworten hatte. Er war davon überzeugt, daß man ihm die Zustimmung nachträglich erteilen würde. Ohne diese Gewißheit im Herzen hätte er den Feuerbefehl nicht gegeben und nicht geben dürfen.

Die beiden Accalauries flogen nicht dicht zusammen, sondern waren voneinander etwa zwanzig Kilometer entfernt. Ihre Umlaufbahnen allerdings waren identisch. Rhodan befahl den Kommandanten der anderen vier terranischen Schiffe, sich in Warteposition zu begeben. Sie sollten nur dann eingreifen, wenn der INTERSOLAR ernsthafte Gefahr drohte.

Sie näherten sich dem hinteren Accalaurie mit geringfügig höherer Geschwindigkeit und schoben sich immer näher an die Leuchtblase heran. Wenn Rhodan noch unentschlossen gewesen wäre, so beseitigte ein Funkspruch, den die Zentrale von Salem auffing, seine letzten Zweifel.

Auf Salem war ein Mann von einem Accalaurie getötet worden. Die Überlebenden befanden sich auf der Flucht.

Major Pecho Cuasa feuerte die Impulsstrahler ab.

Kurz zuvor war Chefphysiker Dr. Renus Ahaspere in die Kommandozentrale gekommen. Rhodan unterrichtete ihn von seinen Absichten und fragte ihn nach seiner Meinung.

Der Wissenschaftler machte ein sorgenvolles Gesicht. »Der Energiestrahl einer Impulskanone kann physikalisch als normale Materie betrachtet werden. Die leuchtenden Energiefelder des Accalauries besitzen eine gewisse neutralisierende Wirkung, aber ich möchte bezweifeln, ob das auch im Fall eines Angriffs wirksam bleibt. Thermonukleare Energiemassen von unserer Seite müssen von den

Antimateriellen abgewehrt werden, also wird es zur üblichen Explosion kommen.«

Das waren Dinge, die Rhodan auch befürchtete. Aber er wollte sie bestätigt haben.

Als Major Cuasa seinen Befehl ausführte, sah er zusammen mit Dr. Ahaspere auf den Panoramaschirm. Das zuckende Energiebündel traf den leuchtenden Abwehrschirm des Accalaurie, wurde von ihm regelrecht aufgesogen – und den Bruchteil einer Sekunde später in Form einer spontanen Nuklearreaktion wieder ausgespien. Die Explosion fand demnach *hinter* dem Accalaurie statt, der ruhig auf seiner Bahn weiterflog, als sei nichts geschehen.

»Was war das?« fragte Rhodan und ließ Oberst Korom-Khan die Geschwindigkeit der INTERSOLAR herabsetzen. »Ich habe den Vorgang aufzeichnen lassen. Wir müssen ihn uns noch einmal ansehen, und zwar mit Zeitverzögerung.« Er wandte sich an den Kommandanten: »Durchstoßen Sie die Atmosphäre von Salem und versuchen Sie, Kontakt zu den Überlebenden aufzunehmen. Sie sollen sich zur Übernahme bereithalten.«

Mit Dr. Ahaspere ging er zu den Bildaufzeichnern. Auf einem großen Wiedergabeschirm konnten die beiden Männer die Geschehnisse noch einmal in aller Ruhe und stark verlangsamt verfolgen. Nun erst wurde klar, was wirklich passiert war und welche Reaktionen erfolgten. Dr. Ahaspere kleidete sie in Worte:

»Da haben wir es, Sir! Was ich sagte: Das Schutzfeld der Fremden absorbiert unsere Energie und bringt sie danach noch einmal zur Explosion. Unser Energiestrahl reagiert praktisch zweimal, und zwar in sich selbst. Das ist ein Phänomen, das physikalisch nur damit erklärt werden kann, daß die Accalauries in der Tat aus fremdmaterieller Stofflichkeit bestehen – aus Antimaterie. Antiatome, Antiprotonen, Antielektronen – na, Sie wissen schon. Ich glaube, der Schuß war nicht ganz umsonst. Unsere Spezialisten werden mit dem Material etwas anfangen können.«

Rhodan bedankte sich und fühlte Erleichterung. Er kehrte in die Kommandozentrale zurück.

In diesem Augenblick kam abermals eine Funkmeldung von Salem.

Ihr Inhalt veranlaßte Rhodan, seine Absichten zu ändern.

Howard sah, daß Palmers zu den Feuerknöpfen der Bordgeschütze schielte. Zwar besaß der Gleiter nur relativ kleine Thermokanonen, aber zur Verteidigung gegen einen gleichwertigen Gegner oder zum Abschmelzen von Hindernissen bei einem Unfall reichte es.

»Laß den Unsinn, Palmers«, rief er ihm zu. »Ablenken, nicht mehr. Redskin hat Kontakt zu Rhodan, das genügt. Wir wollen unsere Frauen nicht unnötig in Gefahr bringen – und uns selbst auch nicht.«

Es schien, daß die beiden Energieblasen beziehungsweise ihre Besatzungen die Kontrolle über ihre Bewegung verloren hatten. Immer öfter ereigneten sich kleinere Explosionen, die zwar keinen Schaden anrichteten, aber doch erraten ließen, daß der isolierende Energieschirm der Accalauries nicht absolut zuverlässig war.

Die eine Energieblase schien das Interesse an der Höhle zu verlieren. Sie glitt schräg über den Abhang hinab in die Ebene, hielt sich dicht über dem Boden und hielt mehrmals an, um Gesteinsproben einzusammeln. Nie ging das ohne Leuchterscheinungen ab, die aber nicht ernsthafter Natur zu sein schienen.

Die zweite Leuchtblase näherte sich weiter dem Höhleneingang, wobei sie nur wenige Zentimeter über der Plateaufläche blieb. Wenn sie jetzt explodierte, gab es keine Überlebenden mehr.

Das schien sich auch Dr. Redskin gedacht zu haben, der als Stellvertreter Howards zurückgeblieben war und damit die Verantwortung für die restlichen Männer und Frauen trug. Was er tat, geschah ohne Überlegung. Er handelte einfach aus dem Instinkt heraus, und der sagte ihm, daß der Accalaurie einen Menschen einfangen wollte. Und damit gefährdete er nicht nur einen, sondern mehr als vierzig Menschen.

Howard sah vom Gleiter aus, wie Dr. Redskin aus der Höhle gelaufen kam und auf den Accalaurie zurannte.

Er ahnte, was der Wissenschaftler plante und konnte es nicht verhindern, ohne sich, seine Begleiter und den Gleiter in höchste Gefahr zu bringen. Palmers handelte blitzschnell und zog das Gefährt hoch, um es aus der unmittelbaren Gefahrenzone zu bringen. Dr. Redskin aber blieb dicht vor dem Accalaurie stehen.

Das erwartete Pseudoglied aus unbekannter Energie bildete sich, näherte sich dem wartenden Terraner und umschloß ihn, vorsichtig und fast behutsam. Howard konnte genau beobachten, wie die Umrisse von Redskin erhalten blieben, während er in der Leuchtblase selbst eintauchte.

Dann wurde er unsichtbar, verborgen hinter dem grellweißen Vorhang.

Sofort änderte der Accalaurie seine Richtung. Er folgte dem anderen hinab in die Ebene, wo er ihn schnell einholte.

Palmers landete. Howard verließ als erster den Gleiter und lief in die Höhle zu den anderen.

»Schnell, die Verbindung zu Rakowski! Wir müssen Rhodan unterrichten. Der Accalaurie muß abgefangen werden, bevor er sein Mutterschiff erreichen kann, sonst sehen wir Redskin nie wieder.«

Die Verbindung kam zustande. Rakowski seinerseits schickte der INTERSOLAR, mit der er nun regelmäßigen Kontakt unterhielt, einen Funkspruch.

Es war der Spruch, der Rhodan zur Änderung seiner ursprünglichen Absicht veranlaßte.

»Zwei kleinere Landeboote der Accalauries sind auf dem Weg von der Oberfläche hierher. Eins von ihnen hat einen Mann von Salem eingefangen, wahrscheinlich zu Untersuchungszwecken. Wir müssen ihnen den Weg abschneiden und durch die Informationen Howards herausfinden, in welcher Blase sich der entführte Mann befindet. Genau die, Oberst Korom-Khan, werden wir angreifen.«

Der Kommandant nickte gelassen. Er wunderte sich über nichts mehr.

Wenige Minuten später erschienen die beiden Accalauries auf dem Panoramaschirm. Von Howard wußte Rhodan, daß Dr. Redskin im zweiten war. Er ließ also den ersten unbehelligt und konzentrierte seine ganze Aufmerksamkeit auf die Energieblase, die etwa drei Kilometer hinter der ersten herflog, mit Kurs auf die noch weit entfernten Mutterschiffe.

»Major Cuasa, starkes Impulsfeuer vor den Bug des Accalauries. Er wird keinen Schaden nehmen. Vielleicht gelingt es uns trotzdem, ihn abzudrängen und dazu zu bewegen, den Mann wieder freizulassen. Wir müssen es versuchen.«

Die INTERSOLAR näherte sich der bezeichneten Leuchtblase von der Seite her, so daß der Feuerleitoffizier ein gutes Ziel hatte. Mehrere Sekunden lang flammte das Energiebündel genau im Kurs des Accalauries, der überhaupt keine Notiz davon nahm und unbeirrt weiterflog. Unvermeidlich mußte der Augenblick eintreten, in dem er in das tödliche Feld eintauchte.

Und er tat es auch.

Rhodan konnte beobachten, wie gewaltige Energieentladungen, das Schiff umzuckten, ohne sichtbaren Schaden anzurichten. Aber der Flug wurde unsicherer, der Kurs nicht mehr genau eingehalten. Wahrscheinlich war der Schutzschirm des kleineren Accalauries nicht mehr in der Lage, die unvorstellbaren Energiemengen des Impulsbeschusses zu absorbieren und zu verarbeiten. Der Flugmechanismus geriet in Unordnung.

Ein leuchtendes Tentakel bildete sich. Rhodan konnte deutlich den dunklen Fleck an seinem Ende erkennen. Er besaß die Umrisse einer menschlichen Gestalt.

»Feuer einstellen!« befahl er.

Der Impulsstrahl erlosch.

An seinem Ende wurde der Leuchttentakel breiter, fast fächerartig. Die Umrisse des gefangenen Mannes wurden noch deutlicher, und dann löste sich die Gestalt plötzlich vollkommen aus der energetischen Umklammerung und stürzte hinab in die rasenden Turbulenzen der Atmosphäre. Sekunden später war er darin verschwunden.

Aber Rhodan hatte noch kurz zuvor beobachten können, daß der Mann die Flugaggregate einschaltete und den Sturz abzufangen versuchte.

Der Accalaurie aber erhöhte seine Fluggeschwindigkeit und folgte dem anderen, der hinter dem Horizont der Dunstatmosphäre untergetaucht war. Rhodan verzichtete auf eine sofortige Verfolgung.

Dr. Redskin handelte in voller Überlegung, als er sich opferte. Er rechnete nicht damit, gerettet zu werden, aber er wußte, daß sie ohnehin alle verloren waren, wenn der herangleitende Accalaurie nicht genügend abgelenkt wurde. Es war Redskin klar, daß der Accalaurie es auf einen Menschen abgesehen hatte. Nach den eingesammelten Gesteinsproben war nun lebendige Materie dran.

Er spürte nichts, als der Energiefinger ihn umschloß und anhob. Vielleicht lag das an seinem schützenden Anzug, aber wahrscheinlicher schien ihm die Theorie, daß die Energieblase und damit auch die Pseudoglieder aus isolierenden Feldern bestanden, die einen direkten Kontakt zwischen Materie und Antimaterie verhinderten. Nur so konnte es den Accalauries möglich sein, Gesteinsproben und auch lebendige Wesen eines Universums einzusammeln, das ihnen gegenüber von Natur aus konträr eingestellt war.

Er landete in einem Hohlraum, der sich ständig veränderte und dessen Wände labil waren. Sie bestanden zweifellos ebenfalls aus energetischen Feldern, die Materie hielten. Er erkannte Gesteinsproben, einige Maschinenteile und Hogaltanbrocken. Alles lag wahllos verstreut in dem Hohlraum herum.

Er konnte nicht nach draußen sehen, und auch der Funkkontakt zu Howard und den anderen war unterbrochen. Das bedeutete keine Überraschung für ihn, denn damit hatte er rechnen müssen. Er verspürte einen geringen Andruck, als der Accalaurie zu steigen begann, aber Sekunden später wurde er neutralisiert und verschwand. Redskin hatte noch immer die Möglichkeit, die Schwerkraft mit seinem Antigravregler nach Belieben zu verändern.

Lange Minuten geschah nichts. Redskin würde der erste Mensch sein, der ein Wesen aus Antimaterie zu Gesicht bekommen würde, aber er konnte bei dem Gedanken nicht recht froh werden. Er mußte daran denken, was sie mit ihm machen würden. Das Problem jedoch, wie sie es schaffen würden, eine Explosion zu verhindern, begann ihn ernsthaft zu interessieren.

Dann spürte er die Schwankungen im Flug des Accalauries. Er konnte nicht ahnen, daß Rhodan auf ihn schießen ließ, um ihn zu retten, aber dann wölbte sich plötzlich ein Teil der energetischen Wand nach außen, wie eine Beule, und eine unsichtbare Kraft stieß ihn regelrecht hinein. Der Rückweg wurde sofort durch eine neu entstandene Wand abgeschnitten.

Er saß wieder im verdickten Ende eines Energietentakels.

Die Wandungen mußten dünner sein und damit durchsichtiger. Verschwommen konnte er die Außenwelt wahrnehmen und er sah sofort die riesige Kugel der INTERSOLAR im All stehen. Auch der gleißende Strahl des Impulsfeuers war zu erkennen, und Redskin begann zu ahnen, was geschehen war.

Aber noch ehe er weiter überlegen konnte, wurde er freigelassen.

Haltlos stürzte er in die Tiefe, denn der Accalaurie flog mit viel zu geringer Geschwindigkeit, um eine stabile Kreisbahn zu erlauben. Die Anziehungskraft von Salem war stärker als die geringe Zentrifugalkraft.

Redskin schaltete das Flugaggregat ein, dann verschwand er eintauchend in der Atmosphäre, ehe er den Kurs zu ändern vermochte. Er wußte, daß die obere Wolkendecke Dutzende von Kilometern dick war. Solange flog er blind. Aber er konnte inzwischen Funkverbindung zu Rakowski oder den anderen in der Höhle aufnehmen, falls sich Salem nicht zu weit unter ihm weggedreht hatte.

Rakowski meldete sich erst nach drei vergeblichen Versuchen und nachdem Redskin mit westlichem Kurs mehrere hundert Kilometer zurückgelegt hatte. Er bekam ein Peilsignal und erkannte schon nach weiteren zehn Minuten Flug unter sich die beiden typischen Höhenzüge – das Westgebirge und die Südberge. Der Krater war ebenfalls deutlich zu erkennen, und wenig später auch das Höhlenplateau.

Wohlbehalten landete er und wurde von einen Freunden begeistert in Empfang genommen. Schließlich hatten sie ihn für tot gehalten.

Auch wenn Rhodan von einer Verfolgung der accalaurieschen Landeboote absah, so wollte er doch nicht darauf verzichten, sie weiter zu beobachten. Die vier Begleiteinheiten erhielten den Befehl, die leuchtenden Mutterschiffe im Auge zu behalten und sie bei einer Flucht zu verfolgen. Das galt jedoch nicht für eine Flucht in den Linearraum.

Oberst Haltenbach, der Kommandant einer der vier Einheiten, schleuste zehn Minuten später einen Lightningjäger mit zwei Mann Besatzung aus, da er es für zu riskant hielt, sich selbst mit dem schweren Schlachtschiff den gefährlichen Energieblasen zu nähern. Er handelte richtig und überlegt. Niemand hätte ihm einen Vorwurf machen können.

An und für sich auch nicht den beiden Piloten des Jägers.

Sie hielten sich für besonders umsichtig, als sie ihren hochwertigen Schutzschirm einschalteten und dann hinter den beiden kleinen Beibooten der Accalauries herrasten. Über die Funkverbindung konnte ihr Vorgehen auf den Bildschirmen der vier schweren Einheiten genau verfolgt werden.

Das war der Grund, warum Rhodan mit seiner Landung auf Salem noch zögerte. Er erfuhr von seiner Funkzentrale, daß sich Howard und seine Männer in Sicherheit befanden und ihnen im Augenblick keine Gefahr drohte. Redskin war gelandet und hielt sich in der Höhle auf.

Rhodan sah keinen Grund, die Rettungsaktion sofort einzuleiten. Die Gelegenheit, zwei große Schiffe der Accalauries aus derartiger Nähe zu studieren, ergab sich nicht so schnell wieder.

In großem Abstand folgte er den vier Begleitschiffen und entfernte sich dabei immer weiter von dem Planeten Salem, um eine bessere Übersicht zu erhalten. Schweigend und voller Zweifel sah er, daß Oberst Haltenbach einen Jäger auf die Fährte ansetzte.

Er wußte nicht, wer der Pilot des Jägers war, aber am Kurs und den Manövern ließ sich leicht erkennen, daß es ein erfahrener und mutiger Mann sein mußte. Er ignorierte die kleineren Leuchtblasen und stieß auf eins der vier Kilometer durchmessenden Mutterschiffe zu.

Rhodan spürte mehr als er es sah, daß Lord Zwiebus mit Gucky die Kommandozentrale betrat. Der riesige Mann mit dem roten Trikot trug den Mausbiber auf seinen kräftigen Armen. Schweigend setzte er sich auf einen freien Sessel und beobachtete zuerst Rhodan und dann die Geschehnisse auf dem Bildschirm. In seinen klugen Augen spiegelte sich das langsame Verstehen dessen, was sich da abspielte.

In Tausenden von Kilometern Entfernung zog der Jäger eine Schleife und flog direkt auf eine der großen Leuchtblasen zu. Der Schutzschirm war eingeschaltet, und Rhodan atmete unwillkürlich erleichtert auf, daß der Pilot weder mit dem Impulsstrahler noch mit der Transformkanone das Feuer eröffnete.

Trotzdem folgte die Katastrophe.

Als der Jäger noch wenige Kilometer von dem Accalaurie entfernt war, schien er urplötzlich vor eine unsichtbare Wand zu prallen. Auf dem Panoramaschirm der INTERSOLAR war deutlich zu erkennen, wie er regelrecht plattgedrückt und zerschmettert wurde. Und dann erfolgte eine Explosion, begleitet von einem Lichtblitz, der an die Detonation mehrerer Vieltausend-Gigatonnen-Bomben erinnerte. Eine kleine und leuchtende Sonne entstand an der Stelle, an der die Ausstrahlungen der beiden gegensätzlichen Schutzschirme sich berührt und eine gewaltige Energieentladung hervorgerufen hatten.

Der Feuerball verglühte langsam und wurde dabei größer.

Es war Rhodan klar, daß kein absichtlicher Angriff des Accalauries vorlag. Die Vernichtung des terranischen Jägers konnte auch nicht als Notwehr von seiten des Fremden bezeichnet werden. Es war einfach ein Unglücksfall, eine Naturkatastrophe, nicht mehr und nicht weniger.

Über Telekom ließ Rhodan die Anordnung ergehen, daß sich die vier Großeinheiten den Accalauries nicht weiter nähern sollten. Außerdem verbot er das Ausschleusen von Jägern. Die beiden Leuchtblasen sollten aus sicherer Entfernung beobachtet werden. Erst wenn sich Anzeichen dafür ergaben, daß sie eine erneute Landung durch Beiboote beabsichtigten, sollte Alarm gegeben werden.

Die beiden kleinen Leuchtblasen hatten sich der Geschwindigkeit des zweiten Accalauries angepaßt und näherten sich ihm nur langsam. Das Aufnahmemanöver schien nicht so einfach zu sein. Rhodan warf Dr. Ahaspere einen fragenden Blick zu. Der Chefphysiker nickte.

»Ich weiß, was Sie wissen möchten, Sir. Eigentlich weiß ich es auch nicht, aber ich habe eine Vermutung. Selbst im Vakuum des Raums, und besonders in unmittelbarer Nähe eines so riesigen Planeten, gibt es noch Materieteilchen. Die Accalauries müssen natürlich vorsichtig sein und darauf achten, daß kein einziges Atom in ihr Schiff gerät, bevor es entsprechend abgesichert worden ist. Ich muß gestehen, daß uns die Accalauries in dieser Hinsicht offenbar weit überlegen sind. Sie haben immerhin eine einigermaßen wirksame Methode zum Schutz relativer Antimaterie entwickelt, wir noch nicht. Sie wagen sich in ein Universum aus Antimaterie! Wir könnten das nicht tun, ohne Gefahr zu laufen, sofort vernichtet zu werden.«

Rhodan gab keine Antwort. Gebannt sah er zu, was draußen bei den Schiffen der Accalauries geschah.

Die beiden Beiboote waren noch wenige hundert Meter von ihrem Mutterschiff entfernt, als eine Art Energieaustausch erfolgte. Er erfolgte in Form feiner Leuchtfäden, die zwischen den einzelnen Objekten entstanden. Und dann wurden die Beiboote regelrecht von einer Sekunde zur anderen verschluckt.

Unbeirrt setzte das Mutterschiff seinen Flug fort.

In gebührender Entfernung folgten die vier Raumer Terras.

Und dann änderten die Accalauries plötzlich ihre Richtung und erhöhten die Geschwindigkeit. Sie nahmen Kurs in den freien Raum.

Rhodan wollte feststellen, wie lange sie benötigten, bis sie die Eintauchgeschwindigkeit erreichten.

Er ordnete die Verfolgung an und teilte Howard über Funk mit, daß er sobald wie möglich zurückkehren würde.

Im Grapersystem gab es so gut wie keine Asteroiden. Zwar waren einige bei Entdeckung des Systems geortet worden, aber ihre Zahl war so gering, daß sie für die Navigation keine Rolle spielten. Zur Besiedelung eignete sich keiner von ihnen, dazu waren sie zu klein.

Einer von ihnen umlief die Sonne Graper in riesigem Abstand weit außerhalb des Systems. Unter anderen Umständen wäre er vielleicht gut geeignet gewesen, zum Stützpunkt ausgebaut zu werden. Sein Durchmesser betrug zwanzig Kilometer, und seine fast schwarze

Oberfläche erzeugte nur eine kaum wahrnehmbare Albedo. Ohne technische Hilfsmittel war er im Raum kaum zu erkennen.

Diese Umstände führten zur Katastrophe.

Es war Rhodan schon nach wenigen Minuten klar, daß die Accalauries nach ihrem erfolgreichen »Raubzug« das System Graper so schnell wie möglich verlassen wollten. Sie taten es sicherlich nicht aus Furcht vor den terranischen Schiffen, sondern einzig und allein aus dem Grund, keine weitere Verwirrung mehr zu stiften und damit zu dokumentieren, daß man lediglich zu Forschungszwecken gekommen sei. Rhodan wußte, daß nicht alle Offiziere und Wissenschaftler der INTERSOLAR seine Meinung teilten, aber seiner Ansicht nach hatten die Accalauries durch ihr Verhalten eindeutig diese Theorie bestätigt.

Ein weiterer Punkt in seinen Überlegungen galt der Art ihrer fast überstürzten Flucht. Das konnte mehrere Ursachen haben. Zuerst einmal das Hogaltan. Die fremden Lebewesen mußten inzwischen festgestellt haben, daß es sich um ein hyperdimensional strahlendes und daher äußerst seltenes Element handelte, das ihnen vielleicht einen wertvollen Hinweis zur Kontaktaufnahme gab. Der zweite Grund waren die fünf großen terranischen Schiffe. Wenn sie ernsthaft einen Angriff durchführten, würden die Accalauries gezwungen werden, sich mit allen ihnen zur Verfügung stehenden Mitteln zu verteidigen. Das wiederum konnte dazu führen, daß ein nicht mehr wiedergutzumachendes Mißverständnis herbeigeführt wurde.

Rhodan war überzeugt, daß die Accalauries das verhindern wollten, und wenn seine Überlegungen bis hierher stimmten, würde eines Tages ein friedlicher Kontakt zwischen den beiden unterschiedlichen Lebensformen hergestellt werden können.

Die Geschwindigkeit lag noch weit unter Licht, als Oberst Korom-Khan auf die Orterschirme deutete.

»Ein Asteroid, vier Millionen Kilometer auf unserem Kurs. Die Accalauries fliegen genau darauf zu. Sie müssen ihren Kurs in den nächsten zwanzig Sekunden ändern, oder der zweite kollidiert.«

Rhodan sah nicht auf den Orterschirm. Er blickte weiter auf den großen Panoramaschirm, auf dem die Accalauries überdeutlich zu erkennen waren. Der angekündigte Asteroid blieb unsichtbar.

»Sie haben doch auch Geräte«, sagte Rhodan. »Warum bemerken sie den Asteroiden nicht?«

Der Kommandant zuckte nur mit den Schultern und gab keine Antwort.

Und dann geschah es.

Der erste Accalaurie veränderte plötzlich mit unwahrscheinlicher Schnelligkeit seine Flugrichtung, als habe er das Hindernis im letzten Augenblick noch rechtzeitig erkannt. Aber ihm blieb wahrscheinlich keine Zeit mehr, das ihm dichtauf folgende andere Schiff zu warnen.

Außerdem behinderte das erste Schiff mit aller Wahrscheinlichkeit die Sicht des zweiten. Der grellflammende Leuchtschirm mußte den Rest des Weltalls tiefschwarz erscheinen lassen.

Der Accalaurie stieß mit dem Asteroiden zusammen.

Rhodan schloß die Augen, denn die automatisch funktionierende Blendschutzanlage des Panoramaschirms arbeitete mit Verzögerung. Durch die Lider hindurch sah er, was geschah.

Knapp eine halbe Million Kilometer vor der INTERSOLAR entstand im bisher leeren Raum eine Sonne, die sich mit irrsinniger Schnelligkeit vergrößerte und dabei heller wurde. Oberst Korom-Khan änderte den Kurs, so daß die neue Sonne seitwärts an dem Schiff vorbeiglitt. Sie flammte in einem grellen weißblauen Licht und erzeugte zusätzlich überlichtschnelle Energiebündel, die in der gleichen Sekunde, in der sie entstanden, in den Hyperraum glitten und wieder verschwanden. Rhodan wußte, daß die Gefahr eines Kontinuumrisses bestand.

Aber zum Glück geschah das nicht.

Die neue Sonne blieb im normalen Universum und verlor vorerst nichts an Leuchtkraft, abgesehen davon, daß sich die INTERSOLAR schnell von ihr entfernte. Dadurch entstand der Eindruck, als würde ihr Lichtschein schwächer.

Neben Rhodan sagte Dr. Ahaspere:

»Sie können sich vorstellen, was geschehen würde, wenn ein solches Schiff aus Antimaterie ohne Schutzschirm auf der Erde landete. Ich befürchte, es könnte eine Kettenreaktion geben, die unseren ganzen Planeten vernichten würde. Vielleicht haben die Accalauries friedliche Absichten, das ist durchaus anzunehmen. Trotzdem sind sie die gefährlichsten und tödlichsten Wesen, denen wir je begegneten. Das ist die Tragik an dieser Begegnung.«

Rhodan nickte. Er wußte nicht, was er darauf entgegnen sollte.

Oberst Korom-Khan fragte:

»Zurück nach Salem, Sir?«

»Ja, Oberst. Wir müssen uns um die Leute dort kümmern. Die anderen Schiffe sollen dem übriggebliebenen Accalaurie in großem Sicherheitsabstand folgen, bis er in den Linearraum geht.«

Die INTERSOLAR wendete kurz danach und nahm Kurs auf das System und den Planeten Salem.

Nach menschlichem Ermessen gab es jetzt und hier keine Antimaterie mehr.

Die Gefahr war vorerst gebannt.

12.

Die INTERSOLAR durchstieß die Wolkendecke Salems und landete auf Howards Rat in der großen Ebene zwischen den Wohnkuppeln und den Südbergen. Das Westgebirge gab Schutz vor den Strahlungen des Kraters.

Die sechs Gleiter der Gruppe Howard landeten dicht bei dem gigantischen Schiff. Ein wissenschaftliches Untersuchungsteam mußte die Menschen und ihre Ausrüstung genauestens überprüfen, ehe sie hineingelassen wurden. Das war eine Vorsichtsmaßnahme, die nur im äußersten Notfall umgangen werden konnte. Und zum Glück gab es jetzt diesen akuten Notfall nicht mehr.

Rhodans vier Begleitschiffe umkreisten Salem und sorgten dafür, daß es keine Überraschungen gab.

Die Borduhr zeigte den 3. Oktober an. Nachmittags.

Auf Salem dämmerte gerade der Morgen.

Nachdem feststand, daß kein Grund zur Besorgnis vorhanden war, wurde die Quarantäne aufgehoben. Howard teilte einige seiner Leute ein, die in die Wohnkuppeln zurückkehren sollten. Er würde später mit den anderen nachkommen. Für ihn gab es nur zwei Möglichkeiten: Entweder entschloß sich Rhodan dazu, den Minenbetrieb auf Salem wieder neu aufzubauen und somit weiterzuführen, oder er gab Salem vorerst auf. Im zweiten Fall mußte er ihn und seine Gruppe mit nach Terra zurücknehmen.

Er hoffte, in der nächsten Stunde darüber Klarheit zu erhalten.

Zusammen mit Dr. Redskin und Dr. Palmers wurde er ein wenig später von Rhodan und einigen Wissenschaftlern zu einer Lagebesprechung gebeten. Sie fand in einem Raum der INTERSOLAR statt.

»Meine Leute teilten mir mit«, begann Rhodan nach der Vorstellung das Gespräch, »daß die eigentliche Mine vernichtet wurde. Ein Wiederaufbau würde Arbeit, Zeit und Mittel in Anspruch nehmen. Die Frage ist: Lohnt sich das?«

»Wir haben neue Vorkommen von Hogaltan in den Bergen entdeckt.«

»Und die Accalauries haben Salem entdeckt«, sagte Rhodan trokken. »Ich glaube, wir geben Salem vorerst auf. Ehe wir keinen Kontakt mit den fremden Intelligenzen herstellen, wird es immer wieder zu Zusammenstößen kommen, bei denen wir im Nachteil sind. Ich habe unsere Spezialisten daher angewiesen, sich vordringlich mit diesem Problem zu befassen. Dazu brauchen wir Ihre Erfahrungen, Mr. Howard, und später Ihren Rat. Teilen Sie mir alle Ihre Beobachtungen der letzten Tage mit, auch wenn sie Ihnen unwichtig erscheinen. Jede Kleinigkeit kann entscheidend sein.«

Howard berichtete, und dabei vergaß er auch nicht, das Schiff der Prospektoren zu erwähnen und die Behauptung ihres Kommandanten, es gäbe Terra, das Solare Imperium und Perry Rhodan nicht mehr. Bevor er seinen Bericht fortsetzte, fragte er Rhodan, woher das Gerücht stamme.

Rhodan antwortete:

»Mein lieber Mr. Howard, sobald wir über das Schicksal der Kolonie auf Salem entschieden und Sie sich entschlossen haben, uns mit Ihren Leuten zu begleiten, werden Sie alles erfahren. Für mich war in diesem Zusammenhang nur wichtig, daß allgemein an die Vernichtung des Solsystems geglaubt wird. Und Sie hatten doch sicherlich den Eindruck, daß der Prospektor von dem überzeugt war, was er behauptete?«

»Ganz sicher sogar. So sicher, daß ich selbst fast zu zweifeln begann.«

»Ausgezeichnet. Dann haben wir erreicht, was wir wollten.« Er lächelte Howard begütigend zu, als wolle er noch um etwas Geduld bitten.

»Berichten Sie weiter. Besonders interessieren mich die Erlebnisse und Beobachtungen Dr. Redskins, den die Accalauries mitnehmen wollten.«

Howards Gruppe holte alles aus den Wohnkuppeln, was zu ihrem persönlichen Besitz gehörte und auch sonst wertvoll genug schien, mitgenommen zu werden.

Am 5. Oktober war die INTERSOLAR startbereit.

Die vier anderen Einheiten erwarteten das Flaggschiff in der Umlaufbahn und erhielten die Rückflugdaten, die von den Positroniken gespeichert und bei den späteren Linearetappen ausgewertet wurden. Oberst Korom-Khan leitete das Startmanöver selbst.

Vor dem Monitorschirm in der Offiziersmesse saßen Rhodan, Howard, Palmers, Redskin, Dr. Ahaspere und noch einige Wissenschaftler. Abseits an einem kleineren Tisch tranken Lord Zwiebus und Gucky Fruchtsaft und hörten zu, was gesprochen wurde.

Hauptthema waren natürlich die Accalauries.

»Ich habe da noch eine Idee«, sagte Dr. Ahaspere, während der Riesenplanet Salem auf dem Bildschirm allmählich kleiner wurde. »Wir haben selbst erlebt, wie nutzlos der Energieschirm des Lightning-Jägers war. Ich frage mich nun, was geschehen wäre, hätte er einen Paratronschirm besessen und eingeschaltet. Vielleicht wäre dieser Schirm in der Lage gewesen, die verheerende Wirkung beim Zusammentreffen mit Antimaterie zu verhindern. Vielleicht haben wir die Gelegenheit versäumt, das auszuprobieren.«

»Ich hatte ähnliche Überlegungen angestellt, kam aber auch zu keinem Ergebnis«, gab Rhodan zu. »Ich bin jedoch überzeugt, daß wir noch früh genug eine solche Gelegenheit erhalten. Vielleicht bringt es der Paratronschirm fertig, die freiwerdenden Energien bei einer solchen Begegnung gleich in den Hyperraum abzuleiten, ehe sie in unserem Universum wirksam werden können.«

»Theoretisch möglich«, sagte Dr. Ahaspere und versank in nachdenkliches Schweigen.

In der Kommandozentrale saß Oberst Korom-Khan unbeweglich vor den Schaltkonsolen, die SERT-Haube auf dem Kopf.

Längst war Salem zu einem kleinen Stern geworden, der nur wenig heller als die Sonne Graper strahlte. Die Orterschirme zeigten außer den vier Begleitschiffen nichts an. Die Geschwindigkeit der INTERSOLAR stieg von Sekunde zu Sekunde.

Nur noch Minuten bis zur ersten Linearetappe.

Im Umkreis von Lichtjahren gab es keinen Accalaurie. Das war beruhigend, auch für Oberst Korom-Khan. Aber der Kommandant ahnte, daß die Begegnung mit ihnen im Grapersystem nicht die letzte gewesen war. Es würden noch viele andere folgen.

Das Universum war nicht groß genug, um eine fremde Zivilisation aus Antimaterie verborgenhalten zu können.

»Noch dreißig Sekunden«, gab er über Interkom die Warnung durch.

Vierundzwanzigeinhalbtausend Lichtjahre vor der INTERSOLAR lag das Solsystem.

Vierundzwanzigeinhalbtausend Lichtjahre – und fünf Minuten Zukunft.

13.

November 3431

Perry Rhodan räusperte sich ungehalten.

»Starren Sie mich doch nicht so an, Oberst!« flüsterte er, um den für seine Sicherheit verantwortlichen Mann nicht in Verlegenheit zu bringen, indem er rangniedere Offiziere mithören ließ.

Hubert Maurice gestattete sich ein dezentes Lächeln.

In einer Lage wie dieser durfte man sich einfach keine Sorglosigkeit gestatten!

Kein Zweifel: Noch nie in ihrer langen Geschichte hatte sich die solare Menschheit in einer Lage wie dieser befunden.

Seit nunmehr rund dreizehn Monaten existierte das Solsystem mit seinen neun Planeten, diversen Monden und zahllosen Planetoiden für die Galaxis nicht mehr.

Fraglos sprach es für eine gewisse Reife der solaren Menschheit, daß sie sich, nachdem sie mit allen Tatsachen bekannt gemacht worden war, freiwillig und mit großer Mehrheit für die Isolation in der Zukunft entschieden hatte.

Aber die Entscheidung gegen den Bruderkrieg und für den Frieden ist eine Sache – die Hinnahme der damit verbundenen Einschränkungen eine andere.

Dinge, die so selbstverständlich gewesen waren, daß niemand auf den Gedanken gekommen wäre, darüber zu diskutieren, wie Freizügigkeit im interstellaren Reiseverkehr, reibungslos funktionierende interstellare Kommunikation, freie Wahl des Arbeitsplatzes innerhalb tausender besiedelter Systeme und was der Dinge mehr waren, das alles gab es nicht mehr. Niemand durfte mehr ohne weiteres das Versteck in der Zukunft verlassen. Niemand durfte von draußen herein. Es gab keine Hyperkomverbindung mehr zu anderen von Menschen besiedelten Sonnensystemen.

Kurzum: Die Menschheit hatte sich gegen den interstellaren Bruderkrieg entschieden und für die Isolation; die Konsequenzen aber wurden ihr erst allmählich klar.

Psychische Spannungen waren gezielt aufgebaut, gelenkt und gelöst worden. Dokumentarberichte aus der Normalzeit gaben den fünfundzwanzig Milliarden Bewohnern des Solsystems die Gewißheit, daß ihre Entscheidung richtig gewesen war, daß sie sich zum Segen aller vernunftbegabten humanoiden Lebewesen der Galaxis auswirkte. Noch mehr: Die drei größten Tochterimperien der Menschheit, der Carsualsche Bund, das Imperium Dabrifa und die Zentralgalaktische Union gerieten mehr und mehr in einen Entwicklungssog, den ihre Machthaber indirekt selber ausgelöst hatten, als sie den Krieg und die Liquidierung der solaren Mutterwelten beschlossen. Drei gänzlich vom Militarismus beherrschte Imperien hatten plötzlich keinen gemeinsamen Gegner mehr, ganz wie von Perry Rhodan vorausgesehen. Damit entfielen die Faktoren, die sie bisher – in typisch imperialistisch-militaristischer Scheinlogik – zur Zusammenarbeit gezwungen hatten.

Was tun drei hungrige Wölfe, vor deren geifernden Rachen plötzlich der Bär verschwindet?

Langsam, aber stetig, begann das Bündnis zu zerbröckeln, sichtbar nur für diejenigen, die hinter die Kulissen zu schauen vermochten – und der Solare Abwehrdienst schaute hinter die Kulissen.

Die gesamte solare Menschheit wurde Zeuge, wie ihre Entscheidung Früchte trug, wie die Entwicklung zuungunsten der Diktatoren und zugunsten der Unterdrückten lief.

Das, was nur wenige geglaubt hatten, erfüllte sich: Die solare Menschheit fühlte sich durch eine Verschwörung miteinander verbunden: einer Verschwörung für die Freiheit und gegen die Unfreiheit, für den Frieden und gegen den Krieg, und gegen die Diktatoren.

Natürlich blieben die Menschen auf den solaren Planeten im Grunde die gleichen wie zuvor. Sie waren nicht plötzlich besser, edler oder reifer als die Menschen der extrasolaren Welten. Doch sie besaßen nun etwas, was die anderen Menschen nicht besaßen: das

Kollektivbewußtsein ihrer gemeinsamen Verschwörung. Als Folge davon entwickelte sich ein Ehrenkodex. Es war eine Ehre, im »Ghost-System« zu leben, und es wäre unehrenhaft gewesen, durch unbedachte oder egoistische Handlungen das große Geheimnis der solaren Menschheit zu gefährden.

So – oder so ähnlich – dachte jedenfalls die überwiegende Mehrheit.

Dennoch gab es natürlich, wie überall, Minderheiten, die nicht tolerant genug waren, Mehrheitsbeschlüsse zu akzeptieren und die demokratische Regel zu beachten, daß nach einer Abstimmung der Unterlegene seine Kräfte zur Verwirklichung der Mehrheitsbeschlüsse einzusetzen hat.

Nur wenige Menschen wußten das besser als Oberst Hubert S. Maurice. Er wußte, daß es genügend Fanatiker und Verschwörergruppen auch im Solsystem gab und daß das ihm anvertraute Leben Perry Rhodans immer und überall gefährdet sein würde, sobald er, Hubert Maurice selber, oder einer seiner Leute in ihrer Wachsamkeit nachließen.

Maurice zwängte sich zwischen zwei miteinander flüsternden Männern hindurch; der kleinere, mit dem ungewöhnlich großen Schädel und der schiefen Schulter, war Homer G. Adams. Der andere war Reginald Bull, trotz seines hohen Ranges und Alters impulsiv bei Debatten wie eh und je.

Jetzt jedoch brach Reginald Bull mitten im Wort ab und starrte hinter dem Abwehrspezialisten her.

Oberst Maurice kam bereits wieder zurück, in seinem Schlepptau einen Ausrüstungstechniker mit hochrotem Kopf, einen silbrig schimmernden Helm in der Hand.

Hubert Maurice trat Bull im Vorbeigehen auf den Fuß, sagte mechanisch und geistesabwesend »Verzeihung« und hielt dicht vor dem Großadministrator an. Eine Fingerbewegung von ihm, und der Ausrüstungstechniker reichte ihm den Helm. Maurice überprüfte ihn und reichte ihn an Rhodan weiter.

»Bitte, Sir!«

Rhodan blickte den Oberst verwundert an.

»Was soll ich mit diesem Ding?«

»Setzen Sie ihn bitte auf, Sir«, flüsterte Hubert Maurice. Eine Schweißperle rann aus dem gepflegten Haar, einziges Anzeichen dafür, daß auch ein Mann wie Oberst Maurice Nerven besaß. »Es handelt sich um einen Emotio-Schirm-Aktivator.«

Noch leiser, praktisch unhörbar, fügte er hinzu:

»Olymp meldet Anwesenheit feindlicher Agentengruppe.«

Perry Rhodan las die Meldung von Maurices Lippen ab und erblaßte leicht. Sicher, damit hatten sie alle gerechnet. Es kam nur etwas früh. Wahrscheinlich Geheimdienstleute des Dabrifa-Imperiums. Sinnlos, jetzt Maurice zu fragen, was der Emotio-Schirm-Aktivator damit zu tun hatte. Was war ein Emotio-Schirm-Aktivator überhaupt? Schluß damit. Dort hinten blinkten die Kontrollampen der Aufnahmeobjekte von Solar-Television.

»Vielen Dank«, flüsterte Rhodan und lächelte das inhaltslose Lächeln des Staatsmanns, der nie genau weiß, wie viele Leute ihn in diesem Augenblick beobachten.

Oberst Hubert S. Maurice trat wortlos zurück und machte sich »unsichtbar« wie er es nannte. Er brachte es fertig, sich so unscheinbar zu machen, zu einer so unwesentlichen Randfigur, daß Außenstehende ihn nicht bewußt wahrnahmen. Für die Zuschauer von Solar-Television auf den Planeten, Monden und Planetoiden des Solsystems war Hubert Maurice von nun an bestenfalls ein kaum wahrnehmbarer Bestandteil der grauen Randerscheinung der Statisten.

Gowan R. Nuriman, Senator für Wirtschaftspsychologie und Stellvertreter von Homer G. Adams, schob sich unauffällig in den Vordergrund. Hinter und neben ihm bauten sich fünf Herren in konservativ geschnittenen Anzügen auf, jovial in die Feldobjektive der Kameras lächelnd. Niemand sah ihnen an, daß sie an ihren Körpern Waffen und Ausrüstung verborgen trugen, mit der man eine halbe Armee des 20. Jahrhunderts schachmatt hätte setzen können. Ihre einzige Aufgabe war, einen lebenden Schutzwall zwischen den Feldobjektiven und dem Großadministrator zu errichten. Man hatte auch mit so harmlos wirkenden Dingen wie Feldobjektiven bittere Erfahrungen sammeln müssen.

Nichts von alledem entging der Aufmerksamkeit Maurices. Dieser Mann, der so kalt und desinteressiert wirken konnte, der sich niemals Illusionen hingab, zitterte innerlich um Rhodans Leben. Die »Mißgunst des Schicksals« hatte, wie Hubert Selvin Maurice es manchmal zynisch auszudrücken pflegte, ihm den Fluch der genialen Befähigung zu Extrapolationen mitgegeben. Und er bangte vor dem Moment, in dem der Mann, der der Menschheit die freiheitlichste

Verfassung ihrer gesamten Geschichte und die humansten Ideale gegeben hatte, nicht mehr sein würde.

Die Möglichkeit, daß ein Attentat gelang, bestand immer.

Obwohl er getönte Kontaktlinsen trug, kniff Hubert Maurice die Augen ein wenig zusammen, als die Sonnenoberfläche ins Erfassungsfeld der Panoramaschirmwand der Kommandokuppel des ehemaligen Flottentenders vom Typ DINOSAURIER geriet.

Hier, in Höhe der Merkurbahn, wirkte das gefilterte Sonnenlicht wie eine Sturzflut flüssigen Kupfers, das sich unablässig im Bereich von Kraftströmen wand, durcheinander wirbelte und manchmal hinaus in die Leere des Weltraums leckte.

Mit tiefem Brummen sprangen verborgene Maschinenanlagen an. Ein scheinbar nur haardünner Strahl flüssigen Kupfers zuckte aus der aufgewühlten Farbe, während er zum ehemaligen Flottentender hinüber sprang und aus dem Blickfeld der Menschen in der Kommandokuppel verschwand. Tiefer wurde das Brummen der Maschinen.

Seltsam! dachte Hubert S. Maurice. Man hat ihn kaum bemerkt, den Zapfstrahl. Dennoch leitet er das zweite umwälzende Ereignis dieses Jahrhunderts ein – vielleicht dieses Jahrtausends.

Gowan R. Nuriman stand im Brennpunkt eines guten Dutzends von Aufnahmeobjektiven. Sein breitflächiges Gesicht strahlte Optimismus und Freude aus, während er den Zuschauern an den Televideogeräten erklärte, was in diesen Sekunden geschah.

»Sie alle haben sich in den verflossenen dreizehn Monaten wieder und wieder gefragt, was mit dem gewaltigen Wirtschaftspotential der solaren Welten geschehen soll. Vielen von ihnen war natürlich klar, daß wir den interstellaren Güteraustausch nicht einfach durch die Temporalschleuse abwickeln durften. In diesem Fall wäre das Versteck der solaren Menschheit . . .«, er lächelte mit typischer Verschwörermiene . . . »nicht lange geheim geblieben. Zumindest durften keine Transportschiffe ohne weiteres zwischen Normalzeit und unserer Zeit verkehren. Damit fiel der Planet Mars als bisher größter interstellarer Umschlagplatz aus.«

Senator Nuriman legte eine Pause ein, um die folgenden Eröffnungen desto stärker wirken zu lassen.

»Wie Sie aus den verschiedenen Aufzeichnungen der Geschichte des Imperiums wissen«, fuhr er dann fort, »besiedelte vor mehr als tausend Jahren die Zunft der Galaktischen Freihändler ein Sonnensystem außerhalb des Hoheitsgebiets des Solaren Imperiums. Es handelte sich um eine kleine rote Sonne mit zwei Planeten. Die

Sonne erhielt den Namen Boscyks Stern, nach dem sogenannten Kaiser Lovely Boscyk, der die Zunft der Freihändler begründete. Der erste Planet war unbrauchbar, den zweiten Planeten nannten die Freihändler Olymp. Diesen Planeten ließ Großadministrator Perry Rhodan aufgrund seiner Sondervollmachten und eines Abkommens mit dem damaligen und heutigen Regierungschef von Olymp, dem Patriarchen Anson Argyris, als Ausweichplaneten für den galaktischen Güterumschlagplatz Mars herrichten. Die Details entnehmen Sie bitte den ausführlichen Nachrichten und Presseveröffentlichungen. Nunmehr darf ich Ihnen den Ersten Finanzsenator ankündigen, der einige Worte zu Ihnen sprechen möchte.«

Hubert S. Maurice verschränkte die Arme vor der Brust. Gleichgültig glitt sein Blick über die verkrümmte Gestalt des legendären Finanzgenies Homer G. Adams hinweg, wanderte über das von Lichtreflexen veränderte Gesicht Perry Rhodans und heftete sich anschließend auf die hellrot leuchtenden Energiesäulen, die aus den Projektorblöcken der Tenderplattform waberten und sich völlig lautlos in sechshundert Metern Höhe zur Torbogenform der modernsten Ferntransmitter vereinigten.

Die Transmitterbögen des Normzeit-Verteilers erreichten ihre stärkste Intensität.

»Ich eröffne . . .«, rief Homer Gershwin Adams mit seiner hellen Stimme, » . . . die Straße der Container! – Weg aus der Zukunft in die Gegenwart unserer Brüder und Schwestern, und Weg von ihnen zu uns, die wir uns freiwillig hierher begaben, ins inzwischen oft so genannte ›Ghost-System‹, um das galaktische Chaos zu vermeiden . . .!«

Ich habe nie gewußt, daß ein Mann wie Adams sich so begeistern kann, dachte Hubert S. Maurice verwundert und ein wenig amüsiert, weil der Erste Finanzsenator sich in poetischen Ergüssen erging.

Unvermittelt stand Perry Rhodan neben Homer G. Adams. Gegen die leicht verkrüppelte Gestalt des Finanzsenators wirkte er wie ein Riese. Sein Symbiont Whisper hatte sich wieder zu einem kurzen Schulterumhang geformt, der wie in einer leichten Brise zitterte und wogte und mit seinen Nerventastern den funkelnden Glanz zahlloser Mikrodiamanten vortäuschte.

Perry Rhodan hob die Hand.

Das Arbeitsgeräusch der schweren Energieumformer und Felderzeuger schwoll an, bis es einem fernen Donnern glich.

Plötzlich schwebten fünf gigantische Gebilde im freien Raum.

Hubert Selvin Maurice schluckte trocken.

Alles war viel zu schnell für die unvollkommenen menschlichen Sinne gegangen. Er hatte zwar das Flackern der Transmitterbögen bemerkt, er hatte gesehen, wie sich das dunkelgraue wesenlose Wallen des Entstofflichungsfeldes verändern wollte – doch dann war es bereits vorbei gewesen.

Die Feldobjektive der TV-Kameras schwenkten hierhin und dorthin, erfaßten alles und jeden.

»Liebe Mitbürger des Solsystems!« begann Perry Rhodan. »Was Sie in diesem Augenblick auf Ihren Bildschirmen sehen, sind fünf Container von fünf verschiedenen Planeten unseres Systems. Jeder mißt fünfzehnhundert mal dreihundert Meter – und Millionen davon werden in den nächsten Wochen und Monaten zwischen Normalzeit und unserer Zeit, die wir auch ›Ghostzeit‹ nennen, hin- und herwandern.«

In seinem Gesicht zuckte es, als draußen der Schlund der Temporalschleuse entstand. Natürlich entstand die Temporalschleuse nicht wirklich, denn sie war seit rund dreizehn Monaten vorhanden. In Wirklichkeit war sie nur soeben zusammen mit dem Planeten Merkur hinter der wabernden Sonnenscheibe hervorgekommen.

Die fünf Riesencontainer ordneten sich hintereinander an. Die Kraftlinien von Zug- und Druckstrahlprojektoren waren dafür verantwortlich. Sie waren es auch, die die Container schneller und immer schneller auf das Zeitfenster zufliegen – und darin verschwinden ließen.

Oberst Maurice schloß sekundenlang die Augen und versuchte sich den weiteren Weg durch die Temporalschleuse vorzustellen. Er kannte die verschiedenartigen Eindrücke, die dort auf den Menschen einstürmten. Ganz nüchtern betrachtet, »durchflog« man fünf verschiedene Sektoren oder Etappen. Den tiefroten Sektor »hinter« dem Eingang, dann den rot leuchtenden Sektor, einen gelb leuchtenden und danach einen grellweiß strahlenden Sektor.

Wahrscheinlich besaß er im normalen Sinne weder einen Durchmesser noch eine Länge. Hier galten ganz andere Dimensionen als im festgefügten Bereich einer fixierten Existenzebene. Es stand lediglich fest, daß »nach« dem grellweiß strahlenden Sektor das kam, was man Normalraum und Normalzeit nannte.

Auf den Monitoren der Kommandokuppel erschienen die fünf Container erneut. Die Übertragung erfolgte von Beobachtungs- und Kontrollstationen innerhalb der Temporalschleuse aus.

Oberst Maurice erlebte mit, wie die Container im tiefroten Sektor dahinschossen. Diese Riesenbehälter besaßen keinen eigenen Antrieb und keine Besatzung. Sie waren nichts als Hüllen, deren Innenausstattung lediglich der Aufbewahrung ganz bestimmter Waren diente. Die Fortbewegung erfolgte auf einer von Fremdprojektoren erzeugten »Energiestraße«, einem kaum vorstellbaren Kraftfeld, das seinen Anfang in der Zukunft nahm und jeden erfaßten Gegenstand mit gleichmäßiger Geschwindigkeit durch Raum und Zeit in die »Normalzeit« beförderte. Der Vorgang konnte selbstverständlich umgepolt werden.

»Jetzt!« stieß der Mann neben Hubert Maurice hervor. »Der rote Sektor! Ist es nicht faszinierend?«

Nicht, daß Maurice einem Gespräch abgeneigt gewesen wäre, aber seine Aufmerksamkeit hatte in erster Linie der Umgebung des Großadministrators zu gelten.

Oberst Hubert S. Maurice sah, wie die fünf Großcontainer das letzte Stück der grellweißen Zone durchliefen und am Ende der Temporalschleuse nacheinander in das Entstofflichungsfeld des »Äußeren Ferntransmitters« flogen.

»Wir schreiben den 2. November 3431, 21.37 Uhr, Sir«, erklärte Maurice ohne jede Betonung. »Der letzte Container traf vor fünf Minuten, also um 21.32 Uhr Normalzeit, auf dem Planeten Olymp ein.«

14.

Die kleine rote Sonne hing über dem westlichen Horizont. Blaugrau gefärbte faserige Wolkenbänke zogen unmerklich von Norden heran und verhängten den trübroten Sonnenball fast gänzlich.

Kaiser Anson Argyris stand auf der westlichen Hochplattform seines Palastes und beobachtete den Sonnenuntergang von Boscyks Stern. Die aus Wolkenlöchern hervorblinkenden rötlichen Strahlen tasteten Argyris' Gesicht ab und ließen es wie aus Granit gemeißelt erscheinen: grobschlächtig, mit grauen Schatten, blendenden Lichtreflexen – und unbeweglich.

Ein Hayhondor strich mit rauschendem Flügelschlag vorbei, den schnabelbewehrten Kopf nach vorn gereckt, den einsamen Mann auf der hohen Plattform mit ruckendem Schädel und aus gelbleuchtendem Auge musternd, bevor er sich höher schwang und in den schnell hereinbrechenden Schatten der Nacht verlor.

Ringsum flammten die Leuchtwände und die schwebenden Tiefstrahler des Kaiserpalastes auf, machten die Nacht Olymps zum Tage. Stimmengewirr drang aus den Gärten herauf. Nur oben blieb es dunkel.

Anson Argyris verschränkte die muskelstrotzenden Arme vor der breit gewölbten Brust und lachte lautlos und verächtlich.

Plötzlich wirbelte er herum, geduckt und kampfbereit.

Im nächsten Augenblick entspannte er sich wieder.

Das grün und gelb gefleckte Tier glich halb einem terranischen Bären, halb einem Tiger. Was die Größe anging, so addierte sie sich aus einem ganzen Tiger und einem ganzen Bären.

Der mächtige Schädel mit den kurzen, zuckenden Ohren preßte sich schmeichelnd gegen Argyris' Hüfte. Der Kaiser griff mit seinen Händen, die den Pranken des Maorghy kaum nachstanden, in das Fell hinter den Ohren und massierte es kraftvoll.

Ein dunkles »Aaaooaah« war die Antwort. Der Laut schien direkt aus der imaginären Unterwelt des Planeten Olymp zu kommen.

Anson Argyris lachte: tief, grollend, in dröhnendes Gelächter übergehend. Abrupt brach er wieder ab, kauerte nieder und blickte dem Maorghy in die bernsteinfarbenen Augen.

Der Riese aus der Menschenwelt flüsterte zärtlich zu dem Riesen der Tierwelt. Zwischen den beiden Wesen schien sich eine unsichtbare geistige Brücke tiefen Verstehens zu spannen.

Dann summte der Türmelder – und das Tier verschwand mit wenigen lautlosen Sätzen im Schatten, unsichtbar und doch immer da, für den Fall, daß der menschliche Freund es brauchte.

»Was gibt es?« fragte Anson Argyris ungehalten. Hochempfindliche Mikrophone nahmen seine Stimme auf und leiteten sie weiter.

»Ein Oberst Maurice, Herr!« kam die Antwort aus dem Dunkel. »Er sagt, es sei dringend und Sie wüßten Bescheid.«

»In Ordnung!« rief Argyris zurück. »Sperre abschalten!«

Abrupt lag die Plattform in weißgelbe Helligkeit gebadet da.

Der Maorghy erhob sich grollend hinter einer Strauchgruppe und schlenderte dem getarnten Eingang seiner Behausung zu, wohl wissend, daß er jetzt nur störend gewirkt hätte. Einige Insekten umkreisten die gelblichweiß strahlende Kugel auf der blauen Energiefontäne, die aus dem Seerosenteich bis in eine Höhe von dreißig Metern über der Plattform stieg.

Kaiser Anson Argyris warf einen letzten Blick über den ungeschützten Rand der Plattform, hinab auf die dreihundert Meter tiefer liegenden Terrassen, die sich tiefer und tiefer erstreckten, bis sie in die prunkvollen Palastgärten übergingen.

Dann riß sich Argyris von dem Anblick los und ging zu der Nachbildung eines altterranischen Tempels. Das Innere des vermeintlichen Tempels enthielt allerdings Dinge, die niemals auf das Äußere hätten schließen lassen.

Eines davon war die Doppelmündung des Antigravschachtes, dessen gepolte Kraftfelder zusammen mit den Staubpartikeln der Luft ein charakteristisches Flimmern erzeugten.

Argyris trat über die Mündung des abwärts gepolten Schachtes. Während er langsam nach unten sank, schloß er den Magnetsaum seines bunten, enganliegenden Synthetikhemdes. Er fluchte unterdrückt, als einige Kräuselfäden seiner schwarzen Brustbehaarung sich dabei einklemmten.

Anschließend überprüfte er den Kombistrahler im offenen Holster an der rechten Hüfte. Befriedigt registrierte er, daß die Waffe ihm wie immer bei der Auslösungsbewegung wie ein lebendes Wesen in die geöffnete Rechte »sprang«.

Zum Schluß klopfte Anson Argyris gleichsam liebkosend auf die riesige Gürtelschnalle, in der – für menschliche Ohren unhörbar – der Mikrogenerator siganesischer Fertigung brummte.

Auf der unteren Plattform wartete bereits die Leibwache. Argyris scheuchte die beiden Bewaffneten mit einer Handbewegung fort und verzog spöttisch die breiten Lippen, als sie die Köpfe einzogen.

Danach betrat er seine Arbeitsräume. Eigentlich waren es Säle, und sie glichen verblüffend jenen Räumlichkeiten, die man auch auf hochwertigen Raumschiffen oder in den Denkzentralen planetarer Regierungen antraf.

Durch eine transparente Wand hindurch musterte Argyris einen halbkreisförmigen Saal, der ein Kommandostand eines Ultraschlachtschiffes hätte sein können. Nur wurden von dort aus keine Waffen bedient, sondern Mechanismen und Energieaggregate, die dem galaktischen Handel dienten.

Zwei Panzerschotte glitten auf. Argyris ließ sich auf dem Transportband bis unmittelbar an die Tür tragen, dann legte er die letzten Schritte zu Fuß zurück.

In dem luxuriös ausgestatteten Empfangssaal erhob sich ein Mann aus einem Kombisessel. Ein großer, hagerer Mann mit beherrschtem Gesichtsausdruck und klugen Augen, ein Mann, den so leicht nichts erschüttern konnte. Nur das ruckhafte Aufwölben einer Braue deutete an, daß hinter der Stirn des Mannes die Gedanken einen Wirbel vollführten.

Kaiser Anson Argyris blieb einige Meter vor dem Mann stehen, dann breitete er die massigen Arme aus und rief dröhnend:

»Willkommen an Kaiser Argyris' Hof, Oberst Maurice!«

Hubert Selvin Maurice hielt den Oberkörper so steif, als hätte er ein unbiegsames Stahlrohr verschluckt. Unter dem angewinkelten linken Arm zerquetschte er seine funkelnagelneue Dienstmütze, während seine Augen auf den barbarisch gekleideten Riesen starrten, der durch die aufgleitende Panzerpforte getreten war.

Das konnte, das durfte einfach nicht wahr sein!

Dieser mindestens zwei Meter große, bullig gebaute Kerl mit dem Stiernacken, der aus dem Hemd quellenden schwarzen Behaarung, dem grobschlächtigen Gesicht mit der Boxernase, dem durch eine zwei Finger breite Rasur gescheitelten schwarzen schulterlangen Haar, diesem offensichtlichen Relikt aus barbarischer Vorzeit, das sollte der Erbe von Kaiser Lovely Boscyk und König Roi Danton sein . . .!

Jetzt breitete das Monstrum auch noch die Arme aus, riß den Mund auf und ließ zwei Reihen großer gelber Zähne sehen.

»Willkommen an Kaiser Argyris' Hof, Oberst Maurice!« brüllte das Scheusal.

Hubert Maurice stand kurz vor einem Nervenzusammenbruch, was sich wie üblich durch das Wölben einer Braue äußerte. Er empfand instinktive Abneigung gegen jegliche Feudalherrschaft.

Maurice räusperte sich dezent.

»Guten Tag, Mr. Argyris«, sagte er steif und mit penetrant distanzierter Höflichkeit. Dabei musterte er die klobigen, grünblau leuchtenden Epauletten auf den Schultern des Kaisers und überlegte, ob sie tatsächlich aus reinem Howalgonium bestünden. Die beiden geflochtenen Bartenden von Anson Argyris waren darunter festgeklammert. Bei jedem anderen Menschen hätte das lächerlich gewirkt, nur bei Argyris nicht.

Zur Zeit zog Kaiser Anson Argyris eine säuerliche Miene.

»Sie scheinen etwas gegen meinen Titel zu haben, Oberst«, stellte er fest.

Hubert S. Maurice warf ihm einen Seitenblick zu, während er neben dem Kaiser auf eine Tür zuging.

»Private Gefühle stehen wohl hier nicht zur Debatte«, erwiderte er kühl zurechtweisend. »Mein Auftraggeber befahl mir, mich von Ihrer Identität zu überzeugen, bevor ich . . .«, er hüstelte, » . . . mich meines Auftrags entledige.«

Anson Argyris' Gesicht wirkte plötzlich finster. Seine Stimme klang tonlos, als er sagte:

»Ihr Auftraggeber sollte eigentlich wissen . . .!« Er winkte resignierend ab. »Also gut, kommen Sie mit, Oberst Maurice!«

Maurice hatte Mühe, Argyris zu folgen. Der Kaiser und Patriarch der Freihändler schritt rasch aus. Er führte seinen Gast über mehrere Gänge durch eine Halle und zum Schluß in einen Raum, der gegen jede Abhörgefahr gesichert war.

Nachdem die Panzerschotte sich geschlossen hatten, blieb Anson Argyris noch einige Sekunden lang in der Mitte des Raumes stehen, mit dem Rücken zu Oberst Maurice.

Maurice vernahm nur ein reißendes Geräusch, dann wandte sich Anson Argyris blitzschnell um.

Hubert Selvin Maurice schluckte trocken.

Er hatte alles gewußt. Er war genauestens instruiert gewesen. Nur das Äußere von Kaiser Argyris hatte er nicht gekannt – aus mehreren Gründen.

Das Innere dagegen war unverwechselbar. Es war der Roboter vom Typ Vario-500 – oder doch zumindest der wichtigste Teil davon.

»Sie können die . . . ähem . . . Maske wieder schließen«, stotterte Hubert Maurice.

Trotz seiner Verlegenheit war Maurice jedoch zu sehr Abwehrspezialist, um nicht die Gelegenheit zu benutzen, den freiliegenden Teil des Vario-Roboters genauestens zu mustern. Nachdem der Roboter seine »Kaiser-Anson-Argyris-Biomaske« wieder verschlossen hatte, musterte Maurice nicht weniger interessiert den Kopf des »Kaisers«. Es war der erste menschliche Kopf ohne Gehirn, den er zu sehen bekam, von Köpfen mit völlig nutzlosen Gehirnen einmal abgesehen. Anson Argyris' Gehirn befand sich im Rumpf des Roboters.

Mit einem Geräusch, das Maurices Zähnen schmerzte, schloß der Roboter die Biomaske wieder.

»Zufrieden, Oberst?« fragte Anson Argyris.

Hubert S. Maurice lauschte mit halbgeschlossenen Augen dem Tonfall nach, dann wandte er den Kopf und musterte Argyris durchdringend, bis ihm die ganze Sinnlosigkeit seines Bemühens bewußt wurde. Gleichzeitig wurde ihm aber auch klar, daß er der Sache auf den Grund gehen mußte. Er war für Perry Rhodans Sicherheit verantwortlich, und jeder Faktor, der auch nur die geringste Instabilität aufwies und sich dadurch nicht absolut verläßlich in die Sicherheitsplanung einfügte, mußte ausgemerzt werden.

»Lassen Sie die Hände von der Selbstvernichtungsschaltung, Oberst Maurice«, sagte Argyris sanft. »Bevor Sie auch nur auf zehn Zentimeter Entfernung herankämen, würde ich Ihnen die Arme von den Schultern trennen. Mich könnte nur *ein* Mensch überwältigen, und das ist Ihr Chef, Galbraith Deighton.«

Maurice ließ die Arme schlaff herabhängen.

»Sehen Sie«, erklärte Argyris, »ich bin zwar ein Roboter, aber Sie vergessen, daß ich nicht nur ein Roboter bin. Mein Gehirn besteht aus zwei Komponenten: dem positronischen Teil und dem komprimierten organischen Zellplasma von der Hundertsonnenwelt der Posbis.«

»Ich weiß.« Maurices Stimme klang belegt. »Wenn ich Sie recht verstehe, wollen Sie dadurch ausdrücken, daß Sie nicht nur ein denkendes, sondern auch ein fühlendes Wesen sind . . .«

»Verwundert Sie das?« fragte Kaiser Anson Argyris vorwurfsvoll. »Junger Mann, lange bevor Sie gezeugt wurden, haben Perry Rhodan und ich schon gemeinsam den sogenannten Fünfhundertjahresplan ausgearbeitet. Sie mögen die größtmögliche Garantie für Rhodans persönliche Sicherheit darstellen, seine unterschwelligen Motive und eigentlichen Beweggründe begreifen Sie nicht immer.«

»Wer könnte schon alles begreifen!« versuchte Hubert Maurice sich mit einer Phrase über die Sekunden der Unsicherheit zu retten.

Anson Argyris lachte. Diesmal klang es wieder voll und dunkel, aber nicht mehr grollend.

»Junger Mann, soeben merke ich, daß ich mich überschätze. Plötzlich weiß ich, warum der Großadministrator Sie nicht ausreichend über mich aufklärte. Hah! Wahrscheinlich hat Galbraith Deighton eine Unstimmigkeit in meinem Gefühlsleben entdeckt und einen verwickelten Plan gesponnen, mich geistig wieder ›zurechtzurücken‹!«

Hubert S. Maurice schwieg, weil er erkannte, daß es das beste war, was er augenblicklich tun konnte.

»Rhodan wußte und weiß«, fuhr Anson Argyris nachdenklich fort, »daß die Galaktischen Freifahrer von Olymp seinetwegen niemals ihre selbstgewählte Gesellschaftsordnung aufgeben würden. Schließlich hat er ihnen vor mehr als tausend Jahren selber das Recht auf Selbstbestimmung gewährt. Die Freifahrer aber bevorzugen das patriarchalische Regierungssystem. Sie nennen ihren obersten Patriarchen stets Kaiser, und zusammen mit neun anderen Patriarchen übt der jeweilige Kaiser die absolute Regierungsgewalt aus. Perry Rhodan hätte diese Verantwortung niemals einem seelenlosen Roboter übertragen. Da er andererseits aus vielerlei Gründen auf einen Roboter angewiesen war und ist, sorgte er dafür, daß dieses Monstrum wenigstens menschlich fühlt und seinen ›Untertanen‹ emotionell verbunden ist.« Der Kaiser schüttelte langsam den Kopf. »Ich fühlte mich bereits so sehr als Mensch, daß ich mich in meiner ›Menschenwürde‹ verletzt fühlte, als Sie mich aufforderten, mich zu identifizieren.«

»Es tut mir leid«, murmelte Hubert Maurice. »Ich hatte keine Ahnung . . .«

»Es braucht Ihnen nicht leid zu tun«, widersprach Kaiser Anson Argyris. »Dies alles war, wie ich Ihren Chef kenne, genau geplant, um mir durch einen gelinden seelischen Schock das Gleichgewicht zwischen Positronik und Zellverband zurückzugeben.«

Hubert Selvin Maurice nickte. Nachdenklich starrte er auf die schwarzen, enganliegenden Lederstiefel Argyris', dann hob er den Kopf.

»In diesem Falle, denke ich«, sagte er näselnd, »kann ich es wohl verantworten, Sie mit dem Großadministrator zusammenzubringen.«

Kaiser Anson Argyris fragte sich zum wohl tausendsten Male, warum er sich persönlich so stark zu diesem Terraner Perry Rhodan hingezogen fühlte, obwohl er doch durch Welten von ihm getrennt war.

Und zum wohl tausendsten Male fand er keine Antwort darauf.

Sekundenlang spürte sein Plasma-Bewußtsein das typische sanfte Prickeln, das immer dann auftrat, wenn das telepathische Lebewesen vom Planeten Khusal ihn esperte.

Argyris mochte das seltsame Wesen. Er bewunderte den seidigen Glanz, der erst dann voll zur Geltung kam, wenn Whisper sich gleich einem Schulterumhang über Rhodans Oberkörper legte. Gegen den unirdischen irisierenden Schimmer der etwa zweihundert Nerventaster wären sogar geschliffene Howalgonium-Kristalle matt erschienen.

Perry Rhodan blickte ungeduldig auf, als Anson Argyris nicht weitersprach.

Da dem hypersensiblen Ortungskopf im Schädel der Robotermaske nichts entging, reagierte der Kaiser sofort.

Er aktivierte die Großbildübertragung aus der Raumstation Quintett-One. Argyris brauchte sich dazu um keinen Millimeter zu bewegen; die Fernsteuerungsanlage in seinem eiförmigen Basiskörper strahlte lediglich einen entsprechenden Befehl an den Computer des Beobachtungs-Saales aus.

Die freie Wand veränderte sich. Hunderttausende von beweglichen Segmenten änderten ihre Lage, bis eine maßstabgetreue Wölbung der Oberfläche von Olymp entstand, wie sie aus Quintett-One gesehen wurde.

»Sie sehen jetzt das Übersichtsfeld des Hauptkontinents«, erläuterte Anson Argyris. »Wie Sie vielleicht noch wissen, besitzt dieser Kontinent ungefähr die Fläche des terranischen Erdteils Asien, genau 44,362 Millionen Quadratkilometer. Der Äquator teilt ihn in zwei fast gleiche Teile.«

Er strahlte einen neuen Befehl aus, und die Wand wurde wieder nahezu eben, während die Sektorvergrößerung eine gewaltige Hochebene auf dem Hauptkontinent erfaßte. Der südliche Teil der Hochebene wurde von einem weitgespannten Ring kreisförmiger Raumhäfen bedeckt. Innerhalb des »Hafenringes« war ein riesiges Gebiet ausgespart, eine Kreisfläche mit rotglühendem Rand, an die sich andere befestigte Flächen anschlossen.

Fünf riesige Körper lagen innerhalb des rotglühenden Kreises; jene fünf Großcontainer, die vor wenigen Stunden durch den Normzeitverteiler des Solsystems gelaufen waren.

»Normalerweise werden ankommende Container sofort weiterbefördert«, erklärte Anson Argyris. »Diese fünf sind auf meinen ausdrücklichen Befehl im Transmitterkreis geblieben, damit ich Ihnen die Art des Abtransports demonstrieren kann.«

Diesmal strahlte er seine Anweisung nicht an den Steuerungscomputer der Übertragungsanlage ab, sondern direkt an die Container-Verteilerstelle.

Auf der Übertragung setzten sich die fünf Container in Bewegung, von unsichtbaren Kraftfeldern geschoben und gesteuert. Die Kraftfelder wiederum wurden von einem außerordentlich engmaschigen und komplizierten Energieschienennetz erzeugt, das im Bodenbelag verlegt war. Jäh bauten sich an verschiedenen Stellen Transmittertore auf; jeder Container glitt in das Entstofflichungsfeld eines anderen Transmitters.

»Es ist die einfachste und zeitsparendste Methode, die Waren in die entsprechenden Lagerhallen zu befördern«, sagte Argyris. »Schade, Sir, daß Sie nicht länger auf Olymp bleiben und sich die Demonstration der wirklichen Leistungsfähigkeit ansehen.«

Perry Rhodan lächelte verstehend. Was hier auf Olymp geschaffen worden war, war überragend. Und Anson Argyris hatte viel zum Gelingen dieses Werkes beigetragen. Kein Wunder, daß er stolz darauf war.

»Ich werde mir die Hypervideo-Übertragung ansehen, Argyris.« Er wechselte das Thema. »Was ist mit den Agenten, die Ihre Leute auf Olymp feststellen konnten? Sind es Dabrifa-Leute?«

Anson Argyris nickte.

»Leider haben wir nur drei von ihnen erkennen können, Sir, relativ unwichtige Leute, wie es scheint. Die eigentliche Aktionsgruppe wartet offenbar auf etwas, was sie selber noch nicht weiß.«

»Sie lassen sie unauffällig beobachten?«

Argyris lachte unterdrückt.

»Offenbar unterschätzen Sie ebenfalls die Genialität Ihres Abwehrchefs.«

»Ich vermag ihn recht gut einzuschätzen, Argyris«, erwiderte Rhodan. »Selbstverständlich ist mir klar, daß Solarmarschall Deighton seine besten Leute in die Ermittlungen eingeschaltet hat.«

»Nichts für ungut, Sir«, sagte Kaiser Anson Argyris. »Aber Galbraith Deighton ging noch ein wenig weiter, als Sie vermuteten. Er bat mich, die Dabrifa-Agenten etwas zu auffällig beobachten zu lassen. Sie sollen bemerken, daß meine Leute sie beschatten – und dadurch davon abgelenkt werden, daß Deightons Leute sie beobachten.«

»Ich verstehe«, sagte Rhodan. Unwillkürlich lächelte er, als er sich das durchgeistigte Gesicht des Gefühlsmechanikers vorstellte. Galbraith Deightons Gehirn vermochte geradezu unheimlich vorauszudenken. Da, wo andere Menschen bestenfalls zwei Züge und zwei Gegenzüge »gesehen« hätten, plante er mit eiskalter Ruhe zehn und mehr Züge seiner Gegenspieler in die eigene Strategie ein. Dabei kam ihm nicht einmal zu Bewußtsein, daß das für andere Menschen höchst kompliziert war.

»Es beruhigt mich, daß Deighton offenbar schon einen festen Plan verfolgt. Besonders freut es mich, daß Sie so gut mit ihm zusammenarbeiten. Ich kehre jetzt ins Solsystem zurück.«

Er blieb stehen und sah anscheinend durch Anson Argyris hindurch. Sekundenlang gab er sich der Illusion hin, er könne oder dürfe irgendwo, wo es ihm besonders gut gefiele, länger verweilen als die Pflicht es geböte.

Dann ließ er resignierend die Schultern hängen.

Die Entscheidung war gefallen, als er sich zur letzten Großadministrator-Wahl wiederum als Kandidat hatte aufstellen lassen. Die Entscheidung der Wähler hatte seinen eigenen freien Entschluß lediglich in ein hartes, unerbittliches Muß umgewandelt, die Pflicht, im Auftrag der solaren Menschheit alle seine Fähigkeiten und Kräfte herzugeben.

In Gedanken versunken steuerte er die Transportkapsel abwärts. Allein der positronische Teil seines Gehirns beschäftigte sich mit dem Ziel der Fahrt und erteilte dem Kapsel-Computer die entsprechenden Befehle; der Bioponblock zwischen Positronik und Zellplasma war blockiert. Der Teil von Kaiser Anson Argyris, der von der Hundertsonnenwelt der Posbis stammte, meditierte.

Die Blockierung des Bioponblocks wurde sofort aufgehoben, als ein Zeichen die Ankunft vor der Biostation ankündigte. Positronik und Zellplasma wurden wieder zu einer Funktionseinheit, zu einem mechanisch-biologischen Kollektiv.

Anson Argyris erhob sich, als die Kapsel sich öffnete. Vor ihm flimmerte der tödliche Energievorhang. Argyris ging gelassen darauf zu. Kurz davor streckte er die Hände aus und legte sie auf elektronisch markierte Stellen der stählernen Türsäulen. Der Türcomputer »blickte« über hyperenergetische Kanäle unmittelbar in Argyris' Bewußtsein und verglich es mit dem Erinnerungsmuster.

Dieser Wächter ließ sich nicht betrügen. Er prüfte nicht nur die Identität jedes Besuchers, sondern auch die geistige Einstellung. Hätte eine verbrecherische Organisation Anson Argyris' Bewußtsein beeinflußt – was ohnehin nahezu unmöglich gewesen wäre –, so daß der Patriarch eine Schädigung der Menschheit anstrebte, wäre er sofort paralysiert worden. Eine Kopie Argyris' dagegen wäre gnadenlos getötet worden.

Der Energievorhang erlosch.

Ohne, daß er sich dazu hätte umdrehen müssen, erteilte Anson Argyris der Transportkapsel den Befehl, in einem bestimmten Bereitstellungssektor auf seine Rückkehr zu warten.

Sekunden später war der Schacht leer. An seinem Ende stand ein schwach grünliches Flimmern: das hyperenergetische Verteilerfeld, von dem aus der Kapselcomputer den jeweiligen Weg wählte. Die Erbauer dieser Anlage waren nicht in den Fehler verfallen, einen senkrecht verlaufenden Antigravschacht zur Biostation anzulegen. Das Geheimnis, das dort schlummerte, war viel zu bedeutsam, als daß man es nur mit konventionellen Mitteln hätte schützen dürfen. Zwischen dem Verteilerfeld »oben« und dem in rund fünfhundert Metern Tiefe gab es ein Labyrinth von Leitschächten und Transmitterpunkten, in dem ein Unbefugter bis an sein Lebensende umherirren konnte, ohne den Ausgang zu finden.

Kaiser Anson Argyris ließ sich vom energetischen Gleitband durch die Halle der letzten Prüfungen befördern. Er registrierte die ungezählten Taststrahlen nur im Unterbewußtsein. Innerlich bereitete er sich bereits auf seine neue Rolle vor.

Zischend öffnete sich die sogenannte Dienerschleuse. Da sie nur beim Austritt benötigt wurde, glitt das gegenüberliegende Schott ohne Verzögern auf.

Anson Argyris befand sich in der Biostation.

Prüfend musterte er die Reihe der an den Schultern aufgehängten Körper. Sie hingen vollkommen erschütterungsfrei an Spezialhalterungen, teils mit offenen, teils mit geschlossenen Augen.

Argyris blickte durch den geöffneten Rumpf ins Innere des nächsten Körpers. Eine transparente Folie schützte die Organe wie Magen, Lunge und Herz vor Staub und eventuellen Keimen. Dünne Schläuche versorgten die sogenannten Kokonmasken, mit Sauerstoff, Nahrung und Vitalstoffen und entfernten die Stoffwechselprodukte wieder.

Bei der achtzehnten Maske hielt Anson Argyris an.

Er musterte das ebenholzfarbene Gesicht, das kurzgeschnittene blauschwarze Haar und die kaum merklich aufgeworfenen Lippen.

»Jargo Capothan . . .«, murmelte Argyris.

Der hagere Körper Capothans mit den schlanken Gliedmaßen, dem federnden Gang und der stolzen Kopfhaltung vermittelte der Synthese zwischen Positronen- und Organgehirn immer wieder von neuem das Erlebnis höchster Selbstbestätigung. In Zeiten der physischen Inaktivität hatten Positronik und Zellplasma von Vario-500 oft miteinander korrespondiert und sich Traumerlebnisse geschaffen, in denen Jargo Capothan fast nackt unter sengender Sonne durch mannshohes Steppengras geschlichen war, den Massaispeer in der Faust und dem dumpfen Grollen des Löwen lauschend, den die Freunde ihm zutrieben . . .

Anson Argyris reckte sich.

Gleich darauf glitt eine Halterung heran. Spezialklammern legten sich um die Schultern des Patriarchen, sanft und dennoch unerbittlich fest. Mit schnalzendem Geräusch fuhr Argyris' Rumpf auseinander, das zuckende Herz und die sich aufblähenden und wieder zusammenfallenden Lungenflügel wurden vom Grundkörper beiseite gedrängt. Die Rumpföffnung erweiterte sich.

Vario-500 hatte den Kontakt zum Argyris-Körper gelöst. Nun zog er den Ortungskopf und die teleskopartig ausgefahrene Gliedmaßensteuerung ein. Dadurch wurde automatisch ein Antigravaggregat im ovalen Roboterrumpf aktiviert.

Vario-500 schwebte aus dem Körper des Kaisers. Von allen Seiten griffen Servoarme zu, wuschen den Roboterkörper, überprüften die Festigkeit des Atronital-Compositums und ergänzten den Vorrat an Kernbrennstoff.

Anschließend schwebte der Roboter – noch immer mit eingezogenem Kopf und eingezogenen Gliedmaßen – auf den geöffneten Rumpf Jargo Capothans zu und zwängte sich hinein. Die Rumpföffnung schloß sich, und die Reizkontakte an der Roboterhülle aktivierten den Eigenkreislauf der Biomaske. Das Herz begann zu pumpen. Die Lungen füllten sich mit Luft und reicherten das Blut mit Sauerstoff an. Die Versorgungsleitungen fielen nacheinander ab.

Die Halterung fuhr Jargo Capothan zu einem Podest. Dort lösten sich die Schulterklammern, während der Körper noch von energetischen Stützfeldern gehalten wurde.

Jargo Capothan öffnete die Augen. Sein schwarzes Gesicht verzog sich zu einem Lächeln. Er bewegte die Finger, die Zehen, die Schultern. Es wirkte, als erwache hier tatsächlich ein konservierter Mensch zum Leben. In Wirklichkeit waren alle achtundvierzig Biomasken des Vario-Roboters weder Menschen noch verfügten sie über eigenes Bewußtsein. Sie waren ganz einfach biologisch gezüchtete Zellverbände, deren äußere Form humanoid gehalten war und deren Inneres aus künstlich herangezüchteten Organen bestand, die den Maskenkörper zu einem biologischen Selbstversorger machten – sofern das Gehirn des Vario-Roboters ihn steuerte.

Ausdruckslos blickte Jargo Capothan dem geöffneten Körper Anson Argyris' nach, der gleich einem ausgeweideten Tier schaukelnd an der Halterung davonglitt.

Dann überprüfte Capothan sich. Jede der Masken war vollständig bekleidet und ausgerüstet. Die Capothan-Maske trug die Kleidung eines Fürsten der Galaktischen Freifahrer, eine schwarze Lederkombination mit rotem Schulterumhang, breitem Kombigürtel – und die große Gürtelschnalle mit dem eingeprägten Kopf des legendären Roi Danton.

Die Gürtelschnalle diente drei Zwecken: zum ersten wies sie den Träger als Freihändler mit Wohnrecht auf Olymp aus, zum zweiten enthielt sie Aggregate, mit deren Hilfe der Träger einen Schutzschirm um sich errichten konnte, und zum dritten überlagerten die Emissionen dieser Energieaggregate die Streustrahlung der Roboteraggregate.

Jargo Capothans Augen funkelten unternehmungslustig.

»Also los, Fürst«, murmelte er grimmig. »Auf ins Hafenviertel!«

Doch an diesem Abend wurde er enttäuscht. Überall dort, wo subversive Elemente zu vermuten waren, blieb es ruhig.

Vielleicht *zu* ruhig . . .

Früh am anderen Tag betrat Kaiser Anson Argyris das Hauptstudio des Hypervideo-Senders von Trade City, der Hauptstadt des Planeten Olymp.

Alles war vorbereitet. Argyris würde die Schaltleisten an den Armlehnen des baldachingezierten schweren Drehsessels selbst bedienen und damit die einzelnen Vorgänge einleiten. Für die technischen Möglichkeiten des Vario-Roboters war das natürlich primitiv, aber es ließ sich nicht umgehen, wenn er nicht seine wahre Identität preisgeben wollte.

Argyris setzte sich zurecht. Ein Kopfnicken von ihm, und der technische Leiter der Hypervideo Trade City drückte eine leuchtende Schaltplatte nieder. Ein Kontakt wurde geschlossen.

Überall in der Galaxis begannen geheime Hypervideo-Relaisstationen zu arbeiten. Sie nahmen die Sendung aus dem Studio von Hypervideo Trade City auf, verstärkten sie und strahlten sie wieder aus. Die Sendeenergie war stark genug, um die aller anderen normalen Hypervideosender zu überlagern.

Überall in der Galaxis, wo Menschen ihre Empfänger eingeschaltet hatten, erschien das bisher unbekannte Symbol von Hypervideo Trade City auf den Bildschirmen. Ein Sprecher gab die Eröffnung des Sendebetriebs bekannt und kündigte eine wichtige Ansprache des Kaisers Anson Argyris an.

Dann erschien das dreidimensionale farbige Videobild des Freihändlers.

Auch auf einem großen Bildschirm im Wohnsitz eines gewissen Imperators in der Hauptstadt des Planeten Nosmo . . .

15.

Imperator Dabrifa hatte seine Gesichtszüge vollkommen in der Gewalt. So verengten sich lediglich seine Pupillen, als der Hypervideo-Bildschirm nach einem chaotischen Farbenwirbel plötzlich ein unbekanntes Symbol zeigte, dreidimensional-abstrakt und mit den grün leuchtenden großen Buchstaben HTC im Vordergrund.

Zuvor hatte der Imperator sich die Wiederholung seiner programmatischen Rede an die Bürger des Imperiums Dabrifa angesehen. Neben ihm saß Raummarschall Gideon Olath, gelegentlicher Zechkumpan und einziger Vertrauter des Diktators.

Olath stellte sein Glas hart auf die Tischplatte zurück. Die Bewegung erfolgte mit der Abruptheit des Angetrunkenen und ließ etwas von dem teuren alten Cognac überschwappen.

»Was, zum Teufel . . .!« begann er.

Ein verweisender Blick Dabrifas ließ ihn verstummen. Er kämpfte verzweifelt gegen einen Schluckauf an und umklammerte die Lehnen seines Sessels.

Dabrifa hörte aufmerksam zu, während Hypervideo Trade City die Ansprache des Kaisers Anson Argyris ankündigte.

Als Argyris' dreidimensionales Abbild auf dem Hypervideo-Schirm erschien, wölbte Imperator Dabrifa die Brauen. Anson Argyris war ihm kein Unbekannter. Aber diesmal schien der alte Hüne etwas ganz Außergewöhnliches vorzuhaben.

Dennoch fühlte sich Dabrifa nicht beunruhigt. Man würde selbstverständlich dem Freifahrerboß einen geharnischten Protest gegen die Einblendung seines Programms in das von Hypervideo Dabrifala schicken, doch ansonsten konnte man von dem Freihändler kaum Sensationen erwarten. Deshalb trafen die nächsten Worte des Kaisers den Imperator wie ein körperlicher Schlag.

Dabrifa sprang auf und starrte haßerfüllt auf den Bildschirm.

». . . hat Perry Rhodan mich in seiner Eigenschaft als demokratisch gewählter und von der solaren Menschheit bevollmächtigter Großadministrator als seinen politischen Erben und als politischen und wirtschaftlichen Erben der solaren Menschheit eingesetzt . . .«

Anson Argyris hielt einen Bogen bläulich schimmernder Folie hoch, so daß sie von den Aufnahmekameras erfaßt wurden. Dabrifa erkannte, daß es sich um Carrudos-Folie handelte, ein nahezu unzerstörbares und teures Material mit einer ganz besonderen Eigenschaft: Es zeichnete das individuelle Gehirnimpulsmuster derjenigen Person auf, die ihre Handfläche mindestens zehn Minuten lang dagegen preßte.

Imperator Dabrifa brauchte nicht lange hinzusehen, um das Gehirnimpuls-Siegel Perry Rhodans zu erkennen; er hatte es oft genug studiert, um eine Lücke in dem Psychogramm seines größten Gegenspielers zu finden.

»Brief und Siegel des Großadministrators können selbstverständlich von Interessenten kontrolliert werden«, fuhr Kaiser Anson Argyris fort. »Außerdem existiert eine Mehrfachaufzeichnung von Perry Rhodans Testament, dessen wirtschaftlicher Teil ebenfalls kontrolliert werden kann.«

Man konnte Imperator Dabrifa einen skrupellosen Demagogen, Diktator und Menschenverächter nennen – sein Geist arbeitete mit der seltenen Klarheit des Genies. Im Grunde genommen ahnte er bereits jetzt, was den einleitenden Worten des Freihändler-Patriarchen folgen würde. Er trat schnell zum Empfänger und drückte eine Schaltleiste nieder. Damit sorgte er dafür, daß jedes weitere Wort Argyris' von einer speziellen Auswertungspositronik gespeichert und anschließend genauestens analysiert wurde.

Mit maskenhaft starrem, totenbleichem Gesicht hörte Dabrifa zu, wie Anson Argyris die Vorgeschichte seiner »Erbschaft« erzählte. Demnach hatten sowohl Perry Rhodan als auch die betreffenden Wissenschaftler des Solaren Imperiums rechtzeitig erkannt, daß dem Solsystem Gefahr aus der Vergangenheit drohe.

Um Dabrifas Lippen spielte ein wissendes Lächeln.

Durch seinen Geheimdienst kannte er zahlreiche jener Fakten, die der Freihändler-Kaiser soeben erzählte.

»Immerhin . . .«, fuhr Anson Argyris fort, » . . . war es Rhodan noch gelungen, zahlreiche Geheimplaneten als Nachfolge-Wirtschaftszentren der Menschheit auszurüsten. Unter kaum vorstellbarem Kostenaufwand wurde das Wirtschaftspotential des Solsystems an anderen Orten neugeboren. Neugeboren auch im Sinne der Technologie, die selbstverständlich nach dem neuesten Stand von Wissenschaft und Forschung geschaffen wurde.

Leider gelang es nicht mehr, das Gros der Menschheit zu retten. Die Katastrophe trat zu früh ein. Aber die wirtschaftliche Nachfolge war gesichert. Ich darf allen Menschen der Galaxis mitteilen, daß die Produktion auf den Geheimplaneten inzwischen angelaufen ist. Alles das, was Sie bis vor rund dreizehn Monaten von den solaren Planeten bezogen haben, können Sie ab sofort in gleicher Qualität, zu kleineren Preisen und zu absolut verläßlichen Terminen von Olymp geliefert bekommen.«

Dabrifas Gesicht verzerrte sich zu einer Grimasse.

Der Imperator stand breitbeinig vor dem Empfangsgerät, die Arme vor der Brust verschränkt. Seine Zähne kauten gedankenlos auf der Unterlippe.

Das Blut rauschte in Dabrifas Ohren. Zuerst hatte der Diktator Ärger und Neid verspürt, dann sogar so etwas wie Triumph. Das war, als er daran dachte, dem alten Patriarchen »sein« Erbe wegzunehmen und es für das Imperium Dabrifa arbeiten zu lassen.

Doch je länger Anson Argyris sprach, desto mehr mußte Dabrifa einsehen, daß er Rhodans Voraussicht unterschätzt hatte. Der Freihändler-Patriarch machte seinen Zuhörern klar, daß die Chancen für Räuber verschwindend gering waren.

Imperator Dabrifa erlebte die Übertragung vom Planeten Olymp. Er sah, wie in dem gigantischen Transmitter die raumschiffgroßen Container gleichsam am Fließband materialisierten und von einem unsichtbaren Leitschienensystem schnell und reibungslos zu den zwölf Raumhäfen befördert wurden. Nachdem die Verladehallen der Raumhäfen belegt waren, öffneten sich Tore in der Oberfläche Olymps und nahmen die nächsten Container auf. Wieder andere Container glitten zu Kurzstreckentransmittern und rematerialisierten praktisch im gleichen Augenblick in Lagerhallen, die überall auf dem Hauptkontinent des Planeten Olymp existierten.

Es wurden auch die Waren gezeigt: hochwertige Aggregate, Instrumente, positronische Elemente und andere Dinge, wie sie seit Jahrhunderten von den solaren Welten ausgeführt worden waren.

Eine Flotte von fünftausend Großraumschiffen erschien plötzlich über den Raumhäfen Olymps. Es waren Frachter, aber sie trugen weder die vorgeschriebenen Hoheitssymbole noch die Namen der Herkunftsorte. Sie landeten auf den zwölf Raumhäfen. Ihre Ladeluken öffneten sich. Und dann erhielt die Galaxis eine Demonstration von perfekt durchorganisiertem Güterumschlag im Großmaßstab. Innerhalb von siebenundzwanzig Minuten waren die Frachtraumschiffe entladen und wieder beladen. In der achtundvierzigsten Minute starteten sie.

Kaiser Anson Argyris hatte während dieser Übertragung geschwiegen. Nun erschien er wieder im Bild. Mit freundlichem Lächeln lud er alle Interessenten ein, den Planeten Olymp zu besuchen und sich genau umzusehen. Beiläufig erwähnte er die Hafengebühren, was Dabrifa zusammenzucken ließ. Die Hafengebühren in seinem Imperium und den anderen Imperien waren fünfzehnmal so hoch. Sie stellten eine beachtliche Einnahmequelle für den jeweiligen Staat dar. Vielmehr: Sie hatten sie einmal dargestellt, denn man würde sie senken müssen, wenn die freien Händler und großen Handelskompanien nicht samt und sonders zu Kaiser Anson Argyris laufen sollten.

Als Argyris dann noch mitteilte, die Transmittertransporte der Waren erfolgten völlig kostenlos, knirschte Dabrifa vor ohnmächtiger Wut mit den Zähnen. Er sah sich dennoch mit an, wie der blaßblaue Zapfstrahl gezeigt wurde, mit dem eine Station auf dem olympischen Nordpol die kleine rote Sonne anzapfte und ihr die Energie entzog, die für das Transmittersystem von Olymp gebraucht wurde.

Imperator Dabrifa ballte die Fäuste und atmete dreimal tief durch. Dann stellte er das Hypervideo leiser und ging hinüber zur Hyperkomkonsole, um den Chef seines Nachrichtendienstes anzurufen.

Der Mann würde eine gute Begründung dafür brauchen, daß er nichts von dem ermittelt hatte, was auf Olymp tatsächlich vorbereitet worden war!

Nach dem kurzen Gespräch kehrte Dabrifa zum Tisch zurück.

Gideon Olath hockte noch da und stierte nur schweigend vor sich hin. Dabrifa kümmerte sich nicht um ihn. Inzwischen hatte er sich etwas beruhigt.

Er starrte den Freihändlerpatriarchen auf dem Hypervideo-Schirm nachdenklich an, dann flüsterte er drohend:

»Heute magst du triumphieren, Bursche. Aber du wirst es noch bereuen, daß du dich so aufgebläht hast!«

Und das war genau die Reaktion, die Kaiser Anson Argyris mit der Art seines Auftritts bezweckte – unter anderem.

16.

Januar 3432

»Meine Damen und Herren. Die GLYATON ist soeben auf Raumhafen XI des Planeten Olymp gelandet. Wir schreiben nach Standardzeit den ersten Januar 3432, null Uhr sechzehn. Im Namen des Kapitäns und der Crew wünschen wir Ihnen ein erfolgreiches, glückliches neues Jahr.«

Kuszo Tralero verzog spöttisch die Lippen.

Er musterte sich kritisch vor dem Feldspiegel.

Andere Männer wiesen in seinem Alter oft deutliche Wohlstandsrundungen auf, er dagegen trug noch immer kein unnützes Gramm Speck am Körper. Seine Schultern waren breit, die Hüften schmal, Kreislauf und Muskeln durchtrainiert.

Tralero zupfte an seiner Bandkrawatte, streifte die schwarzen Handschuhe über und rückte seinen Hut zurecht. Dann griff er nach dem flachen Aktenkoffer und verließ die Kabine, ohne noch einen Blick zurückzuwerfen.

Mit dem gleichgültigen Gesicht des Geschäftsmannes, der alles gesehen hat, was sehenswert ist, ließ er sich vom Transportband zum nächsten Antigravschacht tragen. Er schwebte die achtunddreißig Stockwerke hinab, durchquerte die große Schleusenhalle und betrat die Energierampe, die ihn in das unterirdisch angelegte System des Raumhafens brachte.

Fast alle Abzweigungen waren mit dem Namen Trade City markiert. Kuszo Tralero sah sich die Leuchtreklamen an den Wänden der Halle und Gänge an. Beinahe jede Handelsgesellschaft der Galaxis, die etwas auf sich hielt, war hier vertreten.

Tralero bestieg das nächste Gleitband. Es endete nach etwa hundert Metern vor einem Personen-Transmitter. Wer nach Trade City wollte, brauchte nur in das Entstofflichungsfeld hineinzugehen. Abgesehen von dem ziehenden Ent- und Rematerialisierungsschmerz war der Vorgang etwa mit dem Durchgang durch ein Tor zu vergleichen. Auf der einen Seite lag der Raumhafen, auf der anderen die Stadt Trade City, und die Entfernung dazwischen war zu einem schwarzen wesenlosen Wallen komprimitiert worden.

Tralero lachte trocken. Aber das war bereits im Empfangstransmitter der Stadt. Auch diese Anlage befand sich unter der Oberfläche. Schilder wiesen darauf hin, daß es mehrere Arten gab, ein bestimmtes Ziel in Trade City zu erreichen: Man konnte an die Oberfläche fahren und ein Gleitband wählen oder ein Flugtaxi. Man konnte auch die unterirdischen Gleitbänder benutzen oder einen der zentral gesteuerten Gleiter.

Kuszo Tralero trat an den Rand der nächsten Straße. Bis zur gegenüberliegenden Seite mochten es dreihundert Meter sein, und die Gleiter schwebten dicht an dicht vorüber, teils besetzt, teils leer, aber niemals stillstehend.

Tralero spürte den sanften Widerstand der energetischen Sicherheitsbarriere. Er hob eine Hand.

Sofort änderte sich in nächster Nähe der Fluß der Fahrzeuge. Eines scherte aus der Masse aus und hielt neben Tralero. Die Seitentür öffnete sich und bewirkte dabei gleichzeitig, daß sich ein gleich großer Durchgang in der Sicherheitsbarriere öffnete.

Tralero stieg ein.

»Hotel Eridanus!« befahl er der Zentrale über die Kommunikationsanlage.

Der Gleiter schwebte wieder in den Verkehrsstrom zurück, beschleunigte und glitt etwa zehn Minuten lang zwischen den anderen Fahrzeugen dahin. Dann befand er sich plötzlich auf einer sanft geschwungenen Abfahrt. Die anderen Gleiter blieben hinter ihm zurück. Es ging durch einen erleuchteten Tunnel, einen Etagenverteiler und direkt in eine Ausstiegshalle.

Als Kuszo Tralero ausstieg, leuchtete die Frontscheibe eines fest installierten Servogeräts an der Wand auf. Eine angenehm klingende Automatenstimme fragte nach besonderen Wünschen.

»Ich möchte zur Rezeption!« erwiderte Tralero.

Neben dem Servogerät entstand eine Öffnung in der Wand. Gelbes Licht fiel aus einem Schacht in die Halle.

»Benutzen Sie bitte den Kraftfeldschacht!« sagte das Servogerät.

Tralero trat in das gelbe Leuchten. Augenblicklich wurde er von unsichtbaren Kraftfeldern erfaßt und mit hoher Beschleunigung in einen schräg ansteigenden Tunnel gerissen. Er spürte allerdings nichts davon. Die ausgleichenden Kraftfelder sorgten dafür, daß der Benutzer in jeder Lage und bei jeder Geschwindigkeit das Gefühl hatte, reglos in wenigen Millimetern Höhe über dem Boden zu schweben. Nur der, der das Funktionsprinzip von Kraftfeldschächten ziemlich genau kannte, vermochte an winzigen Kleinigkeiten auf die tatsächliche Lage und Geschwindigkeit zu schließen.

Etwa zehn Sekunden später fühlte sich Kuszo Tralero sanft aus dem Schacht und in die Empfangshalle des Hotels geschoben. Er nannte einem der Rezeptionscomputer seinen Namen und seine besonderen Wünsche hinsichtlich der Zimmerflucht, erfuhr, daß sein Gepäck bereits im Verteilerfeld wartete und er Appartement 3747 beziehen konnte. Vor ihm entstand auf der Theke ein mattleuchtendes Viereck. Tralero legte die Handfläche darauf, damit der Computer sein Impulsmuster registrieren und an das Impulsschloß seines Appartements übermitteln konnte.

Endlich im Appartement angekommen, kleidete Tralero sich aus. Es war fast ein Uhr, und um diese Zeit pflegte man auch in Trade City meist zu schlafen. Kuszo Tralero duschte, ließ sich von den farbigen Strahlen abtrocknen und schaltete seinen Schlaftank ein. Wohlig entspannt stieg er in die Wandöffnung, wurde von schwach vibrierenden Kraftfeldern erfaßt und sozusagen in den Schlaf gewiegt, während die Beleuchtung matter und matter wurde.

Als er erwachte, schaltete die Beleuchtung des Schlaftanks ein. Tralero fühlte sich mitten in einer rosa Wolke schweben.

»Möchten Sie aufstehen, Sir?« ließ sich der Appartement-Computer vernehmen. »Im Hotel Eridanus brauchen Sie nur Ihre Wünsche auszusprechen, und schon werden sie erfüllt.«

Sofern man zahlungskräftig genug ist! dachte Tralero spöttisch.

»Bitte, Rasieren, Duschen und Vollmassage!« befahl er.

»Duschen, Rasieren und Vollmassage«, korrigierte der Computer höflich, aber bestimmt die Reihenfolge.

Ausgeschlafen, mit rosiger Hautfarbe und glänzend gelaunt verließ Kuszo Tralero eine halbe Stunde später seinen Schlaftank. Er ließ sich ein Sektfrühstück bringen, dann rief er eine Vermittlungsagentur an und bat um Angebote von Geschäftshäusern bis zu dreihundert Etagen zwecks Errichtung einer Handelsniederlassung.

Es wurde ein Termin vereinbart. Kuszo Tralero begab sich pünktlich in den Hoteltransmitter und materialisierte praktisch im gleichen Moment im Gegengerät der Vermittlungsagentur.

Dennoch hielt er den Termin nicht ein. Und seltsamerweise kümmerte sich niemand in der Agentur darum. Scheintermine brauchten nicht eingehalten zu werden, denn Tralero war nur deshalb per Transmitter zur Agentur gereist, um von dort aus schnell und unauffällig in einen zweiten Transmitter umzusteigen.

Als er erneut materialisierte, wurde er von zwei hünenhaft gebauten Männern erwartet. Sie eskortierten ihn schweigend und lieferten ihn zwecks Identifizierung bei ihrem Vorgesetzten ab.

Der starrte lange auf die Karte, die der Gehirnwellendetektor ausgeworfen hatte.

»Sie scheinen sich über etwas zu wundern«, bemerkte Kuszo Tralero nach einer Weile belustigt.

»Die Kontrollkarte ist weiß geblieben«, murmelte der andere. »Eigentlich müßte ich Sie verhaften lassen, aber . . .«

Tralero grinste.

»Sie können denken. ›Gehorchen Sie Weiß‹, hat der Imperator Ihnen per Hypergramm übermitteln lassen, nicht wahr?«

»Allerdings. Nur hatte ich daraufhin einen Mann mit dem Decknamen ›Weiß‹ erwartet.«

»Statt dessen erhielten Sie nur dessen Visitenkarte«, erwiderte Tralero.

»Hm! Sagen Sie, wie hat man das bewerkstelligt, mit . . .«

»Keine überflüssigen Fragen!« befahl Kuszo Tralero scharf. Als sein Gegenüber zusammenzuckte, lächelte er versöhnlich. »Ich darf darüber nicht sprechen.«

Er ließ sich in einen Sessel fallen. Sein Gesicht wurde übergangslos ernst.

»Der Imperator will, daß wir noch in dieser Woche handeln. Übermorgen wird ein Springerschiff auf Olymp landen. Seine für einen Industrie-Geheimplaneten dieses Argyris bestimmte Ladung besteht unter anderem aus fünf unserer besten Einsatzagenten.«

»Noch eine Agentengruppe!« stöhnte sein Gegenüber. »Glauben Sie mir, hier auf Olymp finden wir nicht heraus, wo . . .«

»Nicht hier auf Olymp«, erklärte Tralero. »Unsere neue Truppe wird sich auf dem Geheimplaneten selbst umsehen. Und eines Tages wird der Freifahrer-Kaiser sich wundern, wenn sein Zaubertransmitter plötzlich leer bleibt . . .«

Der Telekom schaltete sich an, und eine Automatenstimme rief:

»Oberst Maurice bitte zum Chef!«

Hubert Selvin Maurice schnellte aus seinem Drehsessel hoch und fegte mit der ruckhaften Bewegung der Hände einen Stapel Symbolfolien vom Befehlspult.

Maurice stieß eine Verwünschung aus. Er ließ die Folien liegen, wo sie lagen, schlug einen Bogen um sie und eilte zur Tür.

Perry Rhodan befand sich allein in seinem Arbeitsraum. Er sah auf, als Hubert Maurice eintrat.

»Bitte, nehmen Sie doch Platz, Oberst!« sagte er freundlich.

Hubert Selvin Maurice setzte sich auf die Kante des nächsten Sessels.

»Setzen Sie sich lieber richtig«, warf Perry Rhodan in beiläufigem Tonfall hin. »Was ich Ihnen zu sagen habe, könnte ihr seelisches Gleichgewicht erschüttern.«

Errötend rutschte Maurice im Sessel nach hinten, bis er mit dem Rücken an die Lehne stieß.

»Sir . . .?«

Rhodans Miene wurde ernst.

»Ich habe neue Nachrichten von Deighton erhalten, Oberst Maurice. Er ist bereits vierzehn Agentenringen auf die Spur gekommen. Offenbar interessiert sich eine Menge Leute dafür, wo die geheimen Produktionswelten liegen, die ich dem Freihändler-Patriarchen ›vererbt‹ habe.«

»Das war zu erwarten, Sir«, bemerkte Maurice.

Rhodan nickte. »Interessanterweise gehören zwei der Agentenringe dem Imperator Dabrifa. Und das stimmt nicht nur Deighton, sondern auch mich sehr nachdenklich, Oberst.«

Hubert S. Maurice sagte:

»Mich ebenfalls, Sir.«

Perry Rhodan wölbte verärgert die Brauen. »Ach, hören Sie doch auf, den Naiven zu spielen, Oberst! Ich habe eine viel zu hohe Meinung von Ihnen, um darauf hereinzufallen. Und Galbraith Deighton hält Sie anscheinend sogar für ein Genie.«

»Auf welchem Gebiet, Sir?« fragte Maurice.

»Schon gut! Sie haben mich schon einmal darauf hingewiesen, daß Lobsprüche aus dem Munde von Vorgesetzten Sie mißtrauisch machen.«

Er beugte sich vor und sah dem Chef des »Sicherungskommandos Großadministrator« in die Augen.

»Die erste Gruppe der Dabrifa-Agenten war so ›leichtsinnig‹, sich bereits zwei Tage nach der Landung auf Olymp aufspüren zu lassen, worauf wir sie beobachteten. Einige Zeit später ließ Deighton die Dabrifa-Agenten merken, daß sie beobachtet wurden – woraufhin sich ein einzelner Dabrifa-Agent ›zufällig‹ eine Blöße gab. Was schließen Sie daraus, Oberst?«

Hubert Maurice entspannte sich und schlug die Beine übereinander. Dies war ein Thema nach seinem Geschmack.

»Nun, die Solare Abwehr rechnete natürlich damit, daß Dabrifa Agenten nach Olymp schickt. Sie suchte also nach ihnen. Eine allzu gute Tarnung hätte aber zur Folge gehabt, daß die SolAb ihre Bemühungen verstärkt hätte. Folglich spielte man ihr einen ›Erfolg‹ zu. Als Dabrifas Geheimdienst allerdings merkte, daß wir mit der entdeckten Agentengruppe nur Katz und Maus spielten, warf er uns einen neuen Köder hin.« Maurice zuckte die Schultern. »Beides sind nur taube Nüsse, behaupte ich, Sir. Die angeblichen geheimen Industriewelten sind für Dabrifa so wichtig, daß er zu hohen Opfern bereit sein wird, um ihre Position zu ermitteln. Ich rechne damit, daß in Kürze eine dritte Gruppe Dabrifa-Agenten aktiv werden wird – und zwar so raffiniert aktiv, daß man sie für den eigentlichen Einsatztrupp halten wird. In Wirklichkeit wird Dabrifas Geheimdienst mit ganz anderen Leuten und an einer ganz anderen Stelle zuschlagen. Die anderen drei Gruppen opfert er, um der vierten Gruppe eine Erfolgschance zu geben.«

Perry Rhodan lächelte.

»So ähnlich drückte sich auch Deighton aus. Deshalb verlängert er seinen Aufenthalt auf Olymp, um die Erkennungs- und Abfangaktionen persönlich leiten zu können. Als vorsichtiger Mann hält er sich natürlich nicht für unfehlbar. Er kalkulierte in seine Überlegungen ein, daß es dem Dabrifa-Geheimdienst gelingen könnte, seine Leute zu überlisten. Aus diesem Grund bat er mich, ein besonderes Abwehrkommando für den Normzeit-Verteiler aufzustellen. Als Chef dieses Kommandos empfahl er Sie.«

Maurices Haltung versteifte sich.

»Sir, ich bin für Ihre persönliche Sicherheit verantwortlich . . .!«

»Und ich bin mit Ihnen als Chef des SGA vollkommen zufrieden, Oberst«, entgegnete Rhodan. »Aber nachdem ich mir Ihre brillanten Extrapolationen anhören durfte, stimme ich Deighton zu. Sie sind der beste Mann für diese Aufgabe, Oberst.«

Hubert Selvin Maurice ließ betrübt die Schultern hängen.

»Wer soll auf Sie aufpassen, wenn ich nicht bei Ihnen bin, Sir? Sie sind ja, verzeihen Sie meine Kritik, so furchtbar leichtsinnig, wenn es um Ihre persönliche Sicherheit geht. Erst neulich wollten Sie eine Kombination so anziehen, wie sie aus dem Bügelautomaten kam – ohne sie zuvor prüfen zu lassen . . .!«

»Ich weiß!« Rhodan winkte ab. »Sie sind eben ein Sicherheitsfanatiker.«

»Es gibt . . .«, erklärte Hubert Maurice in belehrendem Tonfall, ». . . zahlreiche Möglichkeiten, eine Kleidung tödlich zu präparieren: Mikrothermbomben, nicht größer als Staubkörner. Giftfasern, die sich nach dem Körpergeruch orientieren und in die Haut wandern, um nur zwei zu nennen.«

»Hören Sie bitte auf, Oberst!« bat Perry Rhodan lächelnd. »Ich verspreche Ihnen, daß Sie nicht länger als vier Wochen beim Abwehrkommando bleiben müssen. Während dieser Zeitspanne wird, so glaubt jedenfalls Deighton, Entscheidendes geschehen. Spätestens also in vier Wochen wird Deighton zurückkehren und Sie ablösen lassen.« Er räusperte sich, als er Maurices fragenden Blick bemerkte. »Versuchen Sie erst gar nicht, weitere Informationen von mir zu erhalten. Sie wissen: Im Kampf der Geheimdienste ist es oft besser, wenn die Linke nicht weiß, was die Rechte tut.«

»Ich verstehe«, antwortete Hubert Maurice und erhob sich. »Gestatten Sie mir nun, mich in mein Befehlszimmer zurückzuziehen. Ich muß meinen Stellvertreter noch genau instruieren. Sie erhalten dann von mir die Liste jener Dinge, die das Abwehrkommando Normzeit-Verteiler benötigt, um seine Aufgabe erfüllen zu können.«

Er grüßte leger und verließ den Raum, wie schon so oft einen leicht verwirrten Großadministrator zurücklassend.

Seit wann, überlegte Rhodan, setzen meine Mitarbeiter mich zur Beschaffung der Dinge ein, die sie brauchen?

Lupo Cazzuli war sehr blaß, als er die Haube des Informationstransmitters abstreifte. Allmählich wich die leichte Benommenheit, die sich stets bei dieser Art der Informationsübertragung einzustellen pflegte.

Cazzuli wandte den Kopf und sah nacheinander in die Gesichter seiner Kameraden:

In das schmale, sommersprossige Gesicht von Abram Noel, das

breite kaffeebraune von Hit Clairon, das gelbe von Mantu San und das gnomenhaft wirkende Gesicht von Chillu Ross.

Befriedigt registrierte Lupo Cazzuli, daß auch die Gesichter seiner Kameraden Erschrecken zeigten.

»Das können sie mit uns doch nicht machen«, flüsterte Mantu San tonlos. »Die Erfolgschancen sind so gering, daß wir lieber gleich unsere Giftkapseln zerbeißen sollten.«

»Nur nicht die Ruhe verlieren!« erscholl die Stimme Raummarschall Olaths von der Tür her.

Gideon Olath sah so aus, wie ihn die Soldaten und Bürger des Dabrifa-Imperiums kannten: ein kleiner, aber sehr zäher Mann, dem die Marschallsuniform ausgezeichnet stand und der vor allem durch sein siegeszuversichtliches Lächeln einen mitreißenden Optimismus verströmte.

Wie er aussah, wenn er mit Imperator Dabrifa trank, erfuhr kein Außenstehender.

Die fünf Spezialagenten sprangen auf und nahmen Haltung an.

Olath winkte gönnerhaft ab.

»Lassen wir die Förmlichkeiten beiseite. Wir sind schließlich unter uns, Männer.« Er sah Mantu San aufmerksam an, dann verzog er das Gesicht zu einem breiten, verständnisvoll wirkenden Grinsen. »Genau die Reaktion, die ich erwartet hatte.«

Er warf sich in einen freien Sessel.

»Setzt euch, Männer! Sprechen wir ganz offen. Wenn ihr anders reagiert hättet, wären mir gelinde Zweifel an eurem Verantwortungsbewußtsein gekommen.«

Er beugte sich vor und boxte Cazzuli in die Rippen.

»Ein guter Spezialagent kalkuliert genau, nicht wahr?«

Gegen seinen Willen mußte Cazzuli lächeln. Dennoch empfand er Olaths Verhalten als nicht ganz echt. Hit Clairon lachte schallend.

»Das war gut, Chef! Aber sind Sie sicher, daß unsere Gehirne keinen bleibenden Schaden nehmen? Ich meine, wenn wir tiefgefroren werden und vielleicht nicht schnell genug wieder auftauen . . .«

Gideon Olath kniff die Augen zusammen, damit niemand das wütende Funkeln darin sehen konnte. Er würde es Clairon heimzahlen, Zweifel an der Durchführbarkeit seines Planes zu äußern. Außerdem: Wie kam dieser Kerl dazu, ihn mit »Chef« anzureden? Derartige Vertraulichkeiten hatten sich früher die Mitarbeiter des verschwundenen Rhodan herausnehmen dürfen. Bei ihm, Olath, würde es das bald nicht mehr geben.

»Ich freue mich, daß Sie mitdenken, Hit«, erklärte er. »Aber Sie dürfen ganz beruhigt sein. Alles ist dreimal durchgerechnet worden – von drei verschiedenen Positronengehirnen. Der Rematerialisierungsschock auf dem Zielplaneten aktiviert die Erweckungsautomatik der Tiefkühlbehälter. Danach sollt ihr euch nur umsehen, den Transmitter zusammenbauen und anlaufen lassen. Inzwischen haben wir anhand der Schockwellen die ungefähren Koordinaten des Empfangstransmitters ausfindig gemacht. Sobald euer Transmitter Grünwerte anzeigt, geht ihr hindurch. Alles andere übernimmt die Flotte.«

»Das klingt recht einfach«, sagte Abram Noel bedächtig. Sein schmales Gesicht wandte sich Olath zu. »Aber was tun wir, wenn es den Meßschiffen nicht gelingt, die Transmitterschockwellen bis zum Empfangstransmitter zu verfolgen – oder wenn es der falsche Empfangstransmitter sein sollte . . .?«

»Durchhalten, weiter nichts.« Gideon Olath senkte die Stimme. »Die Hälfte unserer Raumflotte steht vor Olymp und ortet. Es ist nur eine Frage der Zeit, bis wir sämtliche Empfängerplaneten aufgespürt haben. Ihr sollt es uns nur erleichtern. Wenn nötig, holen wir euch schon heraus.«

Er stand auf.

Mit strahlendem Lächeln schüttelte er den Spezialagenten die Hände.

»Alles Gute also!«

Lupo Cazzuli blickte dem Raummarschall sinnend nach, als er den Raum verließ.

»Ich weiß nicht«, murmelte er mehr zu sich selbst, »aber ich habe das Gefühl, als wäre es Marschall Olath völlig egal, ob wir zurückkommen oder verheizt werden . . .«

»Lupo!« flüsterte Chillu Ross erschrocken. »Bist du verrückt? So etwas zu sagen ist Defätismus. Eigentlich müßten wir dich melden.«

»Ganz recht!«

Hit Clairon trat vor und versetzte Cazzuli einen Fausthieb in den Magen. Cazzuli krümmte sich zusammen, und Clairon hieb ihm die Handkante ins Genick. Cazzuli rollte sich noch über die Schulter ab, obwohl er bereits bewußtlos war, bevor er auf den Boden prallte.

»Warum hast du das getan, Hit?« fragte Abram Noel.

Hit Clairon massierte seine Hand. Er starrte ausdruckslos auf den Bewußtlosen.

»Wer sich wie ein Verräter benimmt, wird auch so behandelt.« Er blickte die anderen an, dann schrie er plötzlich. »Was sollte ich machen? Ihn anzeigen? Indem ich ihn bestrafte, wollte ich die Angelegenheit unter uns regeln. Seid ihr nicht auch der Meinung, wir können ihn allein wieder zurechtbiegen?«

»Nach dem Einsatz können wir darüber reden«, entschied Abram Noel mit ruhiger Stimme. »Ich bin sicher, Lupo wird sich bewähren. Wahrscheinlich ist ihm nur ein falscher Zungenschlag durchgegangen.«

Die anderen nickten. Sie waren froh, daß einer unter ihnen eine Entscheidung gefällt und ihnen die Verantwortung abgenommen hatte. Hit Clairon trug Cazzuli zur Couch, öffnete den Magnetverschluß seiner Kombination und fächelte dem Kameraden frische Luft zu.

Nach wenigen Minuten kam Lupo Cazzuli wieder zu sich. Er richtete sich auf, nahm schweigend das Glas Wasser, das Hit ihm reichte, und trank es aus.

»Wir gehen jetzt zur Ausrüstungskammer«, erklärte Abram Noel.

Cazzuli erhob sich, von Hit Clairon gestützt. Niemand erwähnte den Zwischenfall. Alle taten so, als wäre überhaupt nichts geschehen – oder als könnte man unangenehme Dinge totschweigen.

Im Imperium Dabrifa war das Rad der Geschichte um einige Jahrhunderte zurückgedreht worden.

Anson Argyris dirigierte seine Transportkapsel diesmal nicht zur Biostation, sondern zu einem Trakt von Geheimräumen, der ganz in der Nähe lag.

Nachdem er die Kapsel verlassen hatte, mußte Argyris eine Kontrollschleuse passieren. Anschließend durfte er die Geheimzentrale des SolAb-Chefs Galbraith Deighton betreten.

Deighton stand vor dem Positronikanschluß seines Befehlszimmers und wandte sich um, als der Freihändler-Patriarch hereinkam.

»Willkommen, Majestät! Was macht die werte Gesundheit?«

Argyris lachte schallend.

»Ausgerechnet Sie müssen danach fragen! Und dann ›Majestät‹! Warum nennen Sie mich nicht einfach Vario-Roboter?«

»Weil das nicht so einfach ist«, antwortete Deighton ernst. »Sie sind schließlich kein simpler Roboter, sondern eigentlich ein Doppelwesen: Ein Mensch mit dem Körper eines Roboters und einem zusätzlichen Positronengehirn.«

»Jetzt vereinfachen Sie wieder«, sagte Argyris. »Ich bin froh, daß ich kein Mensch bin. Manchmal seid ihr Menschen mir geradezu unheimlich.«

Galbraith Deighton bot seinem Besucher einen Schalensessel an und nahm ebenfalls Platz.

»Wem sagen Sie das, Argyris! Wenn ich manchmal verfolgt habe, wie eine große Menschenmasse ein Massenbewußtsein annahm, beispielsweise bei Großveranstaltungen, dann erschauere ich immer wieder vor den Abgründen, die sich einem auftun. Auf der anderen Seite hab' ich aber auch miterlebt, wie die Bevölkerung eines ganzen Planeten sich zu erstaunlichen geistigen Höhenflügen aufschwang . . .«

Er seufzte.

»Dennoch, es ist nicht leicht, mit den Emotionen anderer Menschen zu leben. Da haben Sie es leichter.«

Er wechselte das Thema.

»Wie gehen die Geschäfte? Ich hatte leider keine Zeit, mich darum zu kümmern. Olymp erlebte in den letzten Tagen eine wahre Invasion von Geheimagenten aller galaktischen Machtgruppen. Ich spiele mit dem Gedanken, einen Villenvorort nur für Geheimagenten zu reservieren. Dann wären die Herrschaften wenigstens unter sich. Die meisten von ihnen sammeln ihr Geheimmaterial ohnehin aus Zeitungsberichten und an der Warenbörse.«

Anson Argyris schmunzelte. Deighton übertrieb zwar leicht, aber es stimmte schon: Eine ganze Menge unbedeutender Machtgruppen schickten Geheimagenten nach Olymp, die kaum eine Ahnung von wirklicher Geheimdiensttätigkeit hatten.

Bis auf einige gewichtige Ausnahmen. Eine davon waren die Agentengruppen des Imperiums Dabrifa. Aber auch der Carsualsche Bund und die Zentralgalaktische Union waren höchst aktiv. In letzter Zeit zogen diese drei Mächte sogar beachtliche Flottenverbände im Raum um Olymp zusammen.

»Ich bin zufrieden«, erwiderte Argyris. »Gestern betrug der Warenumschlag neun Milliarden Tonnen. Dabei ist die Kapazität der Containerstraße erst zu sechzig Prozent ausgelastet. Fast jede raumfahrttreibende Zivilisation dieser Galaxis unterhält inzwischen Handelsvertretungen in Trade City. Vor einer Woche mußte ich einem Stadterweiterungsplan zustimmen. Die Geschäftshochhäuser, Bankgebäude und repräsentativen Botschaftspaläste sind größtenteils vermietet. Aber noch immer wenden sich interstellare Handelsgesellschaften oder Regierungen an uns und bitten darum, daß wir ihnen Bauten zur Verfügung stellen. Und diejenigen, die sich bereits etabliert haben, fangen damit an, nach größeren, schöneren und protzigeren Gebäuden zu suchen. Die Staatliche Handelsgenossenschaft des Dabrifa-Imperiums beispielsweise bezieht jetzt ein Rundhochhaus von fast tausend Metern Höhe.«

»Ich weiß«, erklärte Deighton lächelnd, und nickte dazu: »Ich weiß auch, daß die Funktionäre der Handelsgenossenschaft auf dem Dach ein Freiluftrestaurant geplant hatten. – Sind Sie schon einmal in nur einigen hundert Metern Höhe nach draußen gegangen, Argyris?«

»Dort bläst ein ganz schöner Wind«, meinte Argyris trocken. »In tausend Metern Höhe würde einem der Luftzug das Hemd über den Kopf ziehen.«

»Einen Menschen würde es glatt vom Dach blasen«, korrigierte Deighton trocken. »Wußten Sie übrigens, daß in der Botschaft des Dabrifa-Imperiums ein nicht registrierter Transmitter arbeitet?«

»Nein . . .!« entfuhr es Argyris. Dann schüttelte er den Kopf. »Unmöglich. Das hätten meine Leute längst gemerkt.«

»Sie konnten es nicht bemerken, mein Lieber. Der Dabrifa-Geheimdienst war nämlich besonders schlau. Wenn der geheime Transmitter arbeitet, dann arbeitet zur gleichen Zeit auch der offiziell genehmigte Kurzstreckentransmitter, und zwar stets mit der gleichen Intensität. Nur unsere neuesten Spezialgeräte vermochten die winzigen Abweichungen in den Transportmateriemustern aufzuspüren.«

»Was werden Sie dagegen unternehmen? Das können wir doch nicht auf sich beruhen lassen!«

Der Gefühlsmechaniker zuckte die Schultern. »Ich überlege noch. Vor allem möchte ich nicht vorschnell handeln. Wer weiß, ob wir den Transmitter nicht eines Tages selber brauchen!«

Lupo Cazzuli erkannte plötzlich, daß sie von Gideon Olath getäuscht worden waren. Er versuchte, diesen Gedanken festzuhalten. Aber die fürchterliche Kälte lähmte sein Gehirn schlagartig und ließ das Bewußtsein erlöschen.

Weder Cazzuli noch seine vier Kameraden merkten, wie der Springerfrachter auf einem Raumhafen von Olymp landete und wie die Ladung gelöscht wurde.

Die Ladung, so stand auf den Spezialbehältern und in den Frachtpapieren, bestand aus tiefgefrorenem Proteinkomprimat. Zusammen mit der Ladung von drei weiteren Springer-Frachtschiffen wurde sie in einem Groß-Container verstaut und auf den Weg zum Ferntransmitter gebracht.

Unterwegs prüften Detektoren der verschiedensten Art den Inhalt des Containers auf Waffen und blinde Passagiere. Es waren Routinekontrollen, und die betreffenden Detektoren vermochten nicht zwischen tiefgefrorenen Menschen und tiefgefrorenem Proteinkomprimat zu unterscheiden. Selbst die empfindlichen Gehirnwellendetektoren sprachen nicht an. Die fünf Spezialagenten des Dabrifa-Imperiums waren klinisch tot.

Der Container mit den Agenten verschwand im Entstofflichungsfeld des großen Container-Transmitters auf Olymp und materialisierte im Empfangstransmitter innerhalb der Temporalschleuse.

Der Rematerialisierungsschock aktivierte die Erweckungsautomatik. Fast so schnell, wie sie eingefroren worden waren, wurden die fünf Männer wieder aufgetaut, während die unterschiedlichsten Geräte ihre Zellen aufluden und den Organismus zum Arbeiten brachten.

Lupo Cazzulis Bewußtsein baute sich neu auf. Allmählich reagierte es wieder auf die Umweltreize, die das Nervensystem ihm übermittelte.

Cazzuli bemerkte, daß sein Spezialbehälter sich bewegte. Er versuchte, sich an die letzten Gedanken vor dem Einfrieren zu erinnern, doch es mißlang ihm. Immerhin kannte er seine Befehle noch recht gut.

Ob bereits alle Kontrollen durchlaufen waren?

Höchstwahrscheinlich, sonst wäre die Fracht doch nicht zum Zielplaneten geschickt worden und die Erweckungsautomatik hätte noch nicht ansprechen können.

Ich hatte es mir schwieriger vorgestellt, dachte Lupo Cazzuli, und eigentlich kann ich nicht so recht daran glauben, daß alles nach Plan abgelaufen ist.

Vorsichtshalber ließ Cazzuli seinen Raumanzug noch geöffnet. Die primitive Lufterneuerungsanlage arbeitete vorerst einwandfrei, und man konnte sie wenigstens nicht anmessen. Die hochwertigen Aggregate eines modernen Raumanzuges dagegen gaben Streustrahlung ab.

Am schlimmsten war, daß jeglicher Kontakt zur Außenwelt fehlte.

Cazzuli und seine Kameraden sollten ihre Spezialbehälter verlassen, sobald keine Fortbewegung mehr festgestellt werden konnte. Vorher mußte aus Sicherheitsgründen sogar Funkstille eingehalten werden.

Endlich, nach einer Zeitspanne, die ihm wie eine halbe Ewigkeit vorgekommen war, verspürte Cazzuli einen Ruck. Das kleine Armbandmeßgerät zeigte an, daß der Container sich im Zustand relativer Ruhe befand.

Lupo Cazzuli wälzte sich herum und streckte die Hand nach der Öffnungsschaltung aus.

Plötzlich erstarrte er.

Sein Telekom-Armband hatte angesprochen. Aber es war nicht die Stimme eines seiner Kameraden gewesen, die aus dem Lautsprecherteil schallte.

»Hier spricht das Abwehrkommando Normzeitverteiler«, wiederholte die Stimme in Interkosmo. »Die fünf blinden Passagiere im Container CKO-6776 werden aufgefordert, ihre Verstecke zu verlassen und mit erhobenen Armen durch die Frontladeluke zu kommen. Widerstand ist sinnlos. Wir geben Ihnen zehn Minuten Zeit, dann greifen wir an. Achtung: Hier spricht das Abwehrkommando Normzeitverteiler . . .«

Die Stimme wiederholte die Aufforderung.

Lupo Cazzuli lauschte ihr wie betäubt.

Wieso hatte man sie plötzlich entdeckt, nachdem sie unbehelligt bis zum Empfangstransmitter des Zielplaneten gekommen waren? Und was bedeutete Normzeitverteiler?

»Hier spricht Abram Noel«, wisperte eine Stimme mit schwächster Senderleistung. »Kameraden, wir steigen aus und sammeln uns zum Angriff. Vorwärts!«

Cazzuli gehorchte automatisch. Er schloß seinen Raumkampfanzug, überprüfte die Energieaggregate, nahm den Kombistrahler in die Hand, schaltete auf Desintegrationswirkung und betätigte die Öffnungsschaltung.

Verbittert starrte er auf die Wandung des nächsten Behälters. Er war gefangen. Als man auf Olymp die Spezialbehälter in den Großcontainer verfrachtet hatte, waren andere Behälter neben und auf ihm verstaut worden.

»Seien Sie vernünftig«, ertönte wieder die Stimme von draußen. »Der Container steht auf einer Antigravplattform im freien Raum. Wir könnten ihn einfach sprengen oder warten, bis Ihnen die Luft ausgeht. Imperator Dabrifa wird Ihnen nicht helfen.«

»Seine Flotte ist schon unterwegs!« schrie Hit Clairon in höchster Lautstärke. »Einen Transmitterschock kann man schließlich anmessen.«

Der andere lachte. Offenbar erheiterte ihn Clairons Drohung, wenn Cazzuli sich auch nicht denken konnte, warum. Die Bewacher eines Industrieplaneten würden schließlich gegen einen Flottenverband des Dabrifa-Imperiums nichts ausrichten können.

»Wo bleibt ihr?« fragte Noel wütend. »Ah, Chillu, ich sehe dich. Aber Hit, San und Lupo, wo seid ihr?«

»Mein Behälter ist eingeklemmt«, gab Cazzuli niedergeschlagen zurück. »Ich werde versuchen, mich freizuschießen.«

Hit Clairon meldete, er würde innerhalb der nächsten Sekunden freikommen. Mantu San und Chillu Ross dagegen hatten mit ähnlichen Schwierigkeiten zu kämpfen wie Lupo Cazzuli.

»Hier spricht Oberst Maurice!« meldete sich eine neue Stimme. »Meine Herren Dabrifa-Agenten, Sie werden vergeblich auf die Hilfe Ihrer Flotte warten. Hierher wird niemals ein Schiff des Dabrifa-Imperiums kommen, es sei denn, als thermalkomprimierte Schrottlieferung. Dagegen verspreche ich Ihnen, daß Sie nicht bestraft werden, wenn Sie sich widerstandslos stellen.«

»Der Kerl lügt!« schrie Clairon. »Hallo, Sie neunmalkluger Oberst Maurice! Wollen Sie uns weismachen, wir dürften unbehelligt nach Hause fliegen, falls wir uns ergeben.«

»Ich werde Ihnen diese Frage beantworten, obwohl sie ausgesprochen dumm gestellt ist«, kam die Stimme Maurices zurück. »Selbstverständlich dürfen Sie nicht nach Hause fliegen. Sonst könnten wir Ihrem Dabrifa gleich mitteilen, wo unser geheimer Industrieplanet liegt. Ich verspreche Ihnen lediglich Straffreiheit. Wir halten hier nämlich wenig von Vergeltung. Um eine Inhaftierung dagegen werden Sie nicht herumkommen.«

Lupo Cazzuli arbeitete sich unterdessen mit Desintegrationsstrahlen weiter. Er vergaste die Materie vor sich und zwängte sich durch die so entstandene Röhre.

Plötzlich erscholl ein Schrei. Er brach abrupt ab.

Abram Noel lachte triumphierend.

»Ich habe einen von ihnen erwischt!« rief er.

»Sie wollen es nicht anders!« kam die Stimme von Oberst Maurice durch. Diesmal klang sie weder versöhnlich noch ironisch, sondern unbeugsam hart. »Greift an, Leute!«

Nach einer Weile jedoch fügte Oberst Maurice leiser hinzu:

»Dennoch: Wer die Waffen wegwirft und mit erhobenen Händen herauskommt, wird geschont. Ende!«

Lupo Cazzuli registrierte es nur am Rande. Soeben war er durch die Wandung des Großcontainers gestoßen. Keuchend arbeitete er sich bis zum Rand des Loches vor.

Was er sah, ließ ihn sekundenlang die Augen schließen: schwaches rötliches Glimmen zur Rechten, ganz weit hinten eine Art Blinkfeuer – und zur Linken eine brodelnde, blendende Sonnenscheibe.

Cazzuli blickte an der Außenwandung des riesigen Containers hinab. Mit seinem Boden ruhte der Behälter auf einer Antigravplattform. Soeben stieß sich ein Mensch im Raumanzug dort unten ab und schwebte nach oben.

Cazzuli richtete den Strahler auf ihn und schoß. Er verfehlte ihn, weil der andere mit einem Impulsstoß aus den Tornisteraggregaten seine Richtung geändert hatte. Im nächsten Augenblick griffen von zwei anderen Stellen der Plattform grellweiße Strahlenfinger nach Cazzuli. Der Spezialagent mußte sich hastig zurückziehen.

Während die Hitzestrahlen seinen Ausgang zuschweißten, dachte Lupo Cazzuli über das seltsame rötliche Glimmen nach, das er draußen gesehen hatte. Es war praktisch überall gewesen, abgesehen von der ziemlich nahen Sonnenscheibe und dieser Art Blinkfeuer.

Das konnte doch unmöglich der Weltraum sein!

Andererseits – was sollte es sonst sein? Das matte rötliche Glühen erstreckte sich so weit in die Unendlichkeit wie sonst die Schwärze des Weltraums mit seinen Myriaden von Sternen.

Von Sternen . . .?

Draußen waren keine Sterne gewesen!

Lupo Cazzuli bekam es mit der Angst zu tun. Er kroch rückwärts den engen Schacht zurück, den er sich durch die Fracht geschossen hatte. Als er an seinem Spezialbehälter anlangte, war er versucht, sich darin zu verkriechen, die Augen zu schließen und so zu tun, als durchlebe er nur einen bösen Traum.

Doch Cazzuli wußte, daß es kein Traum war. Es war Wirklichkeit, wenn auch teilweise noch unverständliche Wirklichkeit.

Im Helmtelekom erscholl erneut ein Schrei, langgezogen und in einem erstickten Gurgeln endend.

»Chillu!« schrie Abram Noels Stimme. »Chillu!« Ein Fluch folgte, dann: »Sie haben Chillu erwischt.«

»Mein Raumanzug hat ein Loch . . .!«

Die Stimme war heiser gewesen, bis zur Unkenntlichkeit verstümmelt. Wahrscheinlich durch den Unterdruck im Raumanzug. Der Mann mußte kurz vor dem Ende sein.

»Wer war das?« fragte Mantu San.

»Meldet euch!« rief Noel.

»Also Hit«, stellte Cazzuli tonlos fest. »Hit, wo bist du? Wir helfen dir, hörst du. Wir lassen einen Kameraden nicht im Stich.«

»Ent . . . schul . . . dige, Lu . . .« Die Stimme sank zu unverständlichem Flüstern herab und schwand ganz.

»Es hat keinen Sinn, wenn wir uns ebenfalls opfern«, flüsterte Mantu San. »Hört ihr, Abram, Lupo?«

»Schweig!« brüllte Abram Noel. Er heulte fast. »Erbärmlicher Feigling! Du beschmutzt unsere Ehre und die Ehre aller treuen Bürger des Imperiums Dabrifa.«

Mantu San schwieg.

Auch Lupo schwieg. Er hätte nicht gewußt, was er sagen sollte. In seinen Augen hatte Mantu San versagt. Andererseits stießen ihn Abrams Argumente ab. Es waren keine aufrichtigen Argumente.

Erneut flüsterte jemand. Cazzuli hatte Mühe, die Worte zu verstehen. Dann rieselte es ihm kalt über den Rücken.

» . . . gut!« flüsterte Mantu San tonlos. »Niemand soll mich einen Feigling nennen dürfen, auch du nicht, Abram. Ich werde bis zum Ende kämpfen und so viele Feinde wie möglich mit in den Tod nehmen!« Er schluchzte, dann stieß er hervor: »Es lebe der Imperator Dabrifa!«

»Er muß den Verstand verloren haben«, murmelte Lupo.

Er richtete die Mündung seiner Waffe nach oben. Seine Lippen preßten sich zusammen, als der grünlich flimmernde Strahl einen Schacht nach oben fraß.

Ich werde nicht tatenlos hier unten warten! dachte Cazzuli verbissen. Mein Platz ist da, wo meine Kameraden sind. Es ist alles verfahren, so verfahren, daß nur der Tod noch Erlösung bringen kann!

Der Desintegrationsstrahl stieß ins Leere.

Lupo Cazzuli nahm den Daumen vom Feuerknopf und begann den Aufstieg.

Er kam keine zehn Meter weit. Dann traf ihn ein Energiestrahl.

Nach wenigen Minuten war der Kampf zu Ende. Drei von Maurices Männern waren gefallen. Von den Dabrifa-Agenten konnten die beiden letzten paralysiert und abtransportiert werden.

Ihre Kameraden hatten für ihren Fanatismus mit dem Leben bezahlt.

17.

Kuszo Tralero hatte die Sektionschefs der Geheimdienstzentrale in Trade City um sich versammelt. In der Aussparung des ringförmigen Tisches stand eine metallen blitzende, sich auf verschiedenen Ebenen unterschiedlich drehende Konstruktion, von der ein unablässiges Klicken und Summen ausging. Sie stellte eine der zahlreichen Absicherungen gegen unerwünschte Mithörer dar.

Tralero ging im Raum auf und ab, so daß ihm seine Zuhörer ständig mit den Augen folgen mußten. Er war nervös, und das mit gutem Grund.

Abrupt blieb er stehen.

»Wir müssen damit rechnen, daß das ›Unternehmen Kühltruhe‹ fehlgeschlagen ist, meine Herren. Es ist weder unseren fliegenden Transmitterspürern gelungen, auch nur einen einzigen Rematerialisierungsschock anzumessen, noch haben die fünf Spezialagenten eine Möglichkeit gefunden, sich mit uns in Verbindung zu setzen. Es gibt meiner Ansicht nach nur eine einzige Möglichkeit, sich die Geheimunterlagen über die Industriewelten zu beschaffen . . .«

»Kaiser Argyris . . .«, flüsterte ein anderer Sektionschef.

Tralero lächelte. Es sah aus, als fletschte ein Gorilla die Zähne.

»Genau!« rief er. »Dieser Freihändlerpatriarch hat selbst behauptet, nur er allein sei über die Positionen der geheimen Industriewelten informiert. Das nehme ich ihm zwar nicht ab. Kosmonautische Koordinaten sind viel zu kompliziert, als daß man sich mehr als fünf oder sechs merken könnte, und selbst dafür braucht man ein fotografisches Gedächtnis. Nein, Argyris wird uns kaum sagen können, wie die Koordinaten lauten, aber er wird wissen, wo die Daten gespeichert sind und wie man sie abrufen muß.«

»Man sagt, Argyris könnte einen extrem starken Hochenergie-Überladungsschirm um sich legen«, warf ein dicker Mann ein.

»Das wäre keine Schwierigkeit. Wir haben in letzter Zeit eine Möglichkeit gefunden, Individualschirme leichter als sonst zu zerstören. Aber wir wollen Argyris schließlich nicht umbringen.«

Er schaltete ein Aufzeichnungsgerät ein.

»Brain Trust!«

Die Sektionschefs versuchten sich zu entspannen. Auch Kuszo Tralero setzte sich in einen Sessel, schloß die Augen und konzentrierte sich auf die Entspannung sämtlicher Muskeln. Schon nach wenigen Sekunden kam das angestrebte Gefühl, nur noch aus Bewußtsein zu bestehen, eine Einbildung zwar, aber eine sehr nützliche.

»Man muß Argyris überwältigen, wenn er allein ist. Eine Gelegenheit wäre die Mittwochsjagd. Argyris fährt jeden Mittwoch in die Wälder der Nordberge und geht dort auf Sapponbärenjagd.«

»So lange können wir nicht warten«, entschied Tralero.

»Hat er keine Geliebte?«

»Nichts bekannt. Wenn, dann hält er es geheim.«

»Er fährt täglich zweimal zwischen seinem Palast und dem Verwaltungsgebäude der Kosmischen Wirtschaftskooperation hin und her. Übrigens eine seltsame Gesellschaft hochtrabender Titel.«

»Unsinn! Werbemittel!«

»Außerdem hat die KWK ihre Fäden zu ungezählten Handelsorganisationen gezogen. Wir wissen andererseits recht wenig über sie.«

»Zurück zum Thema. Argyris' Gleiter passiert während genannter Fahrt dreimal unübersichtliche Stellen mit wenig Verkehr. Kidnapping dort möglich.«

»Fahrtdauer?«

»Etwa zwischen dreißig und vierzig Minuten. Genaue Daten liegen im Speicher.«

»Konstant . . .?«

»So ziemlich.«

»Dann ist es nichts. Man wird ihn zu schnell vermissen, schneller als wir ihn in ein Versteck bringen können. Die Galaktischen Freihändler unterhalten seit etwa einem Jahr eine erstaunlich gut organisierte Polizei und Geheimpolizei. Das widerspricht eigentlich ihrer Mentalität.«

»Stimmt . . .!« warf Kuszo Tralero nachdenklich ein. »Eine vergleichsweise ebenbürtige Arbeit hat damals nur die Solare Abwehr geleistet. Eigentlich komisch. Ob die Freihändler von der SolAb geschult worden sind?«

»Man müßte in den Kaiserpalast eindringen und . . .«

»Stopp!« rief Tralero. »Bleiben wir beim letzten Vorschlag. Er ist gar nicht so übel. Wir müßten nur ein Double beschaffen, das wenigstens für einige Zeit Anson Argyris' Rolle spielt.«

»Das ist die Idee!«

»Ein Robotdouble. Wie wäre es damit?«

»Einverstanden«, erklärte Tralero. Er blickte den Mann an, der den letzten Vorschlag gemacht hatte. »Sie sind mir verantwortlich dafür, daß das Robotdouble bis morgen früh bereitsteht.«

»Was . . .?« schrie Anson Argyris überwältigt. »Die Herrschaften wollen einen Robotdoppelgänger eines Roboters anfertigen . . .?«

Er ließ sich in den nächsten Sessel fallen.

Um Deightons Lippen zuckte es verdächtig.

»Sie sind tatsächlich der erste Roboter, den ich total fassungslos erlebe, Argyris.«

Er hob beschwichtigend die Hand, als Anson Argyris die Augen aufriß.

»Nicht wörtlich nehmen, bitte. Wissen Sie . . .«, er war jetzt wieder völlig ernst bei der Sache, » . . . für einen Menschen wie mich, der darauf trainiert ist, die Emotionen anderer Menschen zu erfassen und zu analysieren, ist es doppelt schwer, sich an das Phänomen Anson Argyris zu gewöhnen. Ich weiß einesteils, daß das, was Anson Argyris darstellt, nur eine seelenlose Biomaske ist, daß das Ding aber, wenn Sie es tragen, in ganz eigentümlicher Weise mit Ihrem Bewußtsein verschmilzt . . .«

Er stockte und fuhr sich mit der Hand über die Stirn.

»Können Sie mir folgen?«

»Selbstverständlich.«

»Dann können Sie mehr als ich. Nun, warum wundere ich mich bloß darüber. Ich wollte sagen: Ihr Bewußtsein identifiziert sich jedesmal mit der Biomaske, die Sie tragen. Wenn Sie nun ohne Biomaske sind, identifizierten Sie sich dann mit Ihrem Roboterkörper?«

»Nein. Im Gegenteil. Dann habe ich das Empfinden, als läge mein Bewußtsein bloß. Ich versuche stets, die Austauschzeit der Masken so kurz wie möglich zu halten.«

»Das habe ich schon lange bemerkt. Wie gesagt, Sie sind ein Phänomen, jedenfalls aber sind Sie für mich nicht weniger menschlich als ein organisch ›hergestellter‹ Mensch.«

»Danke, Sir.«

Galbraith Deighton schüttelte den Kopf.

»Ich mußte Ihnen das einfach sagen, und es sollte keine Schmeichelei sein. Noch etwas, Anson: Wollen wir Freunde sein?«

Anson Argyris stand wie erstarrt. In seinem Biozuchtgesicht zuckte es.

Deighton erhob sich und streckte die Hand aus.

»Wenn Sie mich zum Freund haben möchten, schlagen Sie ein.« Er lächelte flüchtig. »Aber bitte vorsichtig. Ich bin sehr schwach konstruiert.«

Argyris streckte zögernd seine prankenhafte Hand aus, ergriff behutsam die Hand des Gefühlsmechanikers und schüttelte sie leicht.

»Ich heiße Galbraith, Kurzform für Freunde: Gal«, sagte Deighton.

»Gal . . .«, murmelte Anson Argyris. »Nenne mich Argy, ja?« Er grinste. »Es macht meinen Namen menschlicher.«

Beide Männer lachten herzlich.

Aber sie entsannen sich rasch wieder der Pflicht.

»Setzen wir uns, Argy«, sagte Galbraith Deighton. »Wo waren wir stehengeblieben?«

»Du hattest mir den Speicherkristall vom ›Brain Trust‹, der Dabrifa-Agenten vorgespielt. Eine Frage: Wie bist du daran gekommen?«

Der Gefühlsmechaniker grinste breit.

»Die ›Kollegen‹ arbeiten mit einer neuartigen Absicherungsanlage. Sie wurde von einem Spitzenwissenschaftler des Dabrifa-Imperiums konstruiert. Der Mann ist Mitarbeiter der SolAb. Genügt dir das?«

»Allerdings.« Anson Argyris schüttelte den Kopf. »Ich werde immer noch nicht damit fertig, daß die Kerle den Doppelgänger eines Roboters erzeugen wollen.«

»Nun, sie ahnen nicht, daß du ein Roboter bist. Entschuldige: daß du teilweise aus robotischen Funktionseinheiten bestehst, wollte ich sagen. Eingefahrene Denkschemata brechen immer wieder durch. Nimm es mir nicht übel, wenn es hin und wieder geschieht, Argy.«

»Genügt. Du brauchst nicht vor mir niederzuknien, Gal. Ich soll mich also, wie ich deine Taktik einschätze, entführen lassen. Da du einkalkuliert haben wirst, daß man mich sehr bald durchschaut haben wird, soll ich demnach meine Entführer liquidieren.«

»Du drückst es zu kraß aus, Argy«, antwortete Galbraith Deighton verlegen. »Ich will der Sache natürlich kein moralisches Mäntelchen umhängen, aber hier geht es um die Sicherheit der fünfundzwanzig Milliarden Menschen im Solsystem – und wer diese Sicherheit bedroht, muß ausgeschaltet werden. Selbstverständlich mußt du versuchen, deine Entführer lebend zu fangen. Aber das sind alles zähe und kampferprobte Burschen. Sie werden es dir nicht leicht machen.«

»Ich verstehe«, sagte Argyris tonlos. »Es ist natürlich klar, daß ich ausreichend Hyperamnesin Forte mitnehmen werde. Wenn die Burschen mich nahe genug an sich herankommen lassen, werde ich ihnen nur das Gedächtnis nehmen, damit sie niemandem verraten können, was ich wirklich bin.«

»Die entsprechenden Injektionspistolen sind vorbereitet«, erwiderte Deighton.

Er hob die Hände und ließ sie anschließend schwer auf die Tischplatte fallen.

»Wir könnten die Entführung selbstverständlich vereiteln, Argy. Doch dieser Kuszo Tralcro scheint intelligent und zielstrebig zu sein. Falls der eine Versuch scheitert, brütet er etwas anderes aus. Und wir können es nicht darauf ankommen lassen, daß er eines Tages damit durchkommt. Nichts ist lückenlos, auch nicht die Absicherung der SolAb.«

»Alles klar«, meinte Anson Argyris. Er blickte auf die Uhr. »Ich fahre jetzt hinauf. In rund vierzig Minuten fahre ich zur Kosmischen Wirtschaftskooperation alias General Cosmic Company. Falls du nichts mehr von mir hören solltest, waren die anderen eben besser.«

Deighton runzelte die Stirn.

»Eigentlich sollte ich jetzt beleidigt sein. Wenn ich nicht genau wüßte, daß du besser bist als alle Dabrifa-Agenten zusammen, dann würde ich dich nicht in die Falle fahren lassen. – Noch etwas: Ich habe dir neulich von dem nicht genehmigten Transmitter in der Dabrifa-Botschaft berichtet. Unterdessen haben wir herausbekommen, daß es sich dabei unter anderem um einen Fluchttransmitter handelt. Er unterscheidet sich von dem genehmigten Transmitter durch ein grün gefärbtes Energiefeld. Wer von den Agenten diesen Transmitter benutzen will, der soll ihn benutzen. Am Empfänger werden meine Leute stehen.«

Argyris lächelte.

»Ich vermute, einige Leute werden sich heute noch sehr wundern.«

Anson Argyris stellte sich in die Prüfkammer. Hunderte von Teststrahlen richteten sich auf seinen Körper, drangen durch ihn hindurch und suchten nach Fehlerquellen. Vor allem wurde der Mikroreaktor in der zwanzig Zentimeter durchmessenden Gürtelschnalle geprüft. Er mußte ständig, auch im Leerlauf, genügend Strahlung emittieren, um die schwache Streustrahlung der eigentlichen Robotaggregate zu überlagern.

Das war der einzige schwache Punkt des Vario-Roboters – oder der Vario-Kombination, wie man eigentlich sagen müßte. Am Gewicht konnte er nicht entlarvt werden; der robotische Kernkörper hatte ein Gewicht von zweiundfünfzig Kilogramm. Dazu kam das Gewicht der benutzten Biokörpermaske. Zusammen mit »Anson Argyris« beispielsweise betrug das Gewicht neunundachtzig Kilogramm.

»Überprüfung – zufriedenstellend«, sagte die Automatenstimme des Prüfcomputers. »Kombination einsatzbereit.«

»Zufriedenstellend . . .!« entrüstete sich Anson. »Das klingt, als wäre ich gerade noch so einsatzbereit, oder?«

»Stimmbildende Funktionskreise arbeiten ebenfalls zufriedenstellend«, gab der Computer zurück.

»Sie arbeiten ausgezeichnet!« schrie Argyris und stemmte die Fäuste in die Hüften.

»Bitte, verlassen Sie die Prüfkammer. Sie ist wegen notwendiger Reparaturen der Tonaufnahmegeräte bis auf weiteres geschlossen.«

Kaiser Argyris lachte schallend, als er die Kammer verließ. Schon lange hatte er den Prüfcomputer aus der Ruhe bringen wollen, diesen impertinenten seelenlosen Automaten. Heute war es ihm zum erstenmal gelungen. Der Computer hatte ihn mit »Sie« angesprochen . . .!

Vor dem Feldspiegel musterte Argyris noch einmal seinen kohlschwarzen Bart. Er strich mit der Hand darüber. Dann zuckte er die Schultern.

»Wer sich in Gefahr begibt«, murmelte er, »darf sich schließlich nicht wundern, wenn ihm ein paar Barthaare gekrümmt werden.«

Die Wachen salutierten, als er seinen Palast durch das Hauptportal verließ. Sein Privatgleiter schwebte bereits über dem Glasfaserplastbelag der Straße. Argyris warf sich auf den Vordersitz, wie man das von einem Patriarchen seines Körperbaus erwartete. Das Prallfeld wurde um einige Zentimeter zusammengepreßt, und der Gleiter schaukelte etwas.

Anson Argyris schnallte sich an und schaltete das Pulsatortriebwerk ein. Heulend fauchten die hocherhitzten und komprimierten Luftmassen aus den beiden Vortriebs-Felddüsen. Argyris ergriff die beiden Griffschalen der Steuerung. Er steuerte seinen Privatgleiter fast immer selbst, obwohl hinter dem Armaturenbrett auch ein hochwertiger Steuerungscomputer saß.

Das Fahrzeug fegte über die Abfahrt zur öffentlichen Gleiterstraße. Anson Argyris steuerte es auf den speziell abgesicherten Streifen für Selbstlenker. Die Absicherung diente dem Schutz der vernünftigen Menschen, die freiwillig darauf verzichteten, ihre schnellen Gleiter selber zu steuern. Bei den hohen Geschwindigkeiten kam es immer wieder zu Unfällen durch menschliches Versagen. Aber der Mensch ist nicht permanent vernünftig. Deshalb herrschte auf dem Streifen für Selbstlenker stets reger Verkehr.

Vorübergehend trennte sich das Plasma-Bewußtsein vom Positronik-Bewußtsein. Das Positronik-Bewußtsein übernahm die Steuerung der Körpervorgänge und Bewegungen, während das Plasma-Bewußtsein die optischen Wahrnehmungen verarbeitete, die die robotischen Rezeptoren ihm übermittelten.

Voller Stolz sah es die Silhouette der Stadt Trade City, einer Stadt, die von Tag zu Tag größer wurde. Die Turmbauten reckten sich gleich Riesenfingern aus Metall, Plastik und Glassit in den Himmel, Monumente menschlicher Stärke und Schwäche.

Das Plasma-Bewußtsein vereinigte sich wieder mit dem Positronik-Bewußtsein. Der Gleiter jagte mit vierhundertsechzig Stundenkilometern dahin. Niemand überholte ihn. Aber im Grunde genommen konnte das auch niemand, denn Argyris' Gleiter war ständig positronisch gesteuert und daher den Selbstlenkern naturgemäß hoch überlegen.

Anson verzögerte, als in wenigen Kilometern Entfernung die erleuchteten Rohrmündungen des Varuzzi-Tunnels auftauchten. Die Verkehrsströme erzeugten an diesen Ein- und Ausfahrten unablässig starke Turbulenzen, die sich in einem Donnern und Tosen wie von einer starken Brandung äußerten.

Argyris' Gleiter wurde von einer imaginären Faust kräftig durchgeschüttelt, als er in die Luftwirbel stieß. Dann war er hindurch. Fünf Minuten lang schoß er durch den Tunnel, verließ ihn wieder und lenkte den Gleiter nach rechts. Er kam zu einer kaum befahrenen Abzweigung und wieder in ein Tunnelsystem hinein.

Plötzlich leuchtete die Ruflampe des Telekoms.

Anson Argyris runzelte die Stirn, drückte die Aktivierungstaste und sagte vorsichtig:

»Ja . . .?«

Deightons Identifizierungsmuster erschien auf dem Bildschirm. Seine Stimme ertönte:

»Hier spricht Gal. Habe Nachricht erhalten, daß Dabrifa tausend Kampfschiffe hierher schicken will. Rechne mit Intervention.«

»Na und?« gab Argyris unwillig zurück. »In dem Fall soll Amant die Flotte rufen.« Amant war sein Sekretär. »Weshalb rufst du mich wirklich an, Gal?«

Galbraith Deighton lachte leise.

»Um dich zu überreden, den Märtyrer zu spielen. Wenn du ›dort‹ alles kurz und klein schlägst, würde Dabrifa in der ganzen Galaxis ein großes Geschrei anstimmen und erhielte einen Vorwand für die geplante Intervention. Es muß also so aussehen, als wärst du das Opfer und nicht der Sieger.«

»Fein hast du dir das ausgedacht!« sagte Argyris. »Ich soll mich in Stücke schneiden lassen und anschließend um Hilfe schreiend über die Straße laufen. Was wird dann aus meinem Image?«

»Wie ich dich kenne, wirst du das Opfer schon so spielen, daß dein Image eher noch verbessert wird. Und nun Schluß. Soeben trifft eine Meldung von meinem Chef ein.«

Anson Argyris schaltete den Telekom aus. Er dachte einige Zeit nach, dann schüttelte er lachend den Kopf. Er wußte jetzt, wie er vorgehen würde, um die Agenten in der Dabrifa-Botschaft auch öffentlich als brutale Gangster hinzustellen.

Offenbar hatte sich nun Perry Rhodan in die Planung der Aktion eingeschaltet, denn Galbraith Deighton kannte nur einen einzigen Chef: den Großadministrator selbst, als dessen Stellvertreter er normalerweise im Solsystem fungierte.

Argyris vermutete, daß Rhodan einen viel umfassenderen Schachzug gegen den Diktator Dabrifa eingeleitet hatte, als sie alle bisher ahnten. Das erhöhte selbstverständlich den Grad seiner, Argyris', Verantwortung.

Er konzentrierte sich wieder stärker auf die Strecke. In wenigen Minuten mußte er die Stelle erreichen, an der die Dabrifa-Agenten den Überfall und den Austausch vorgesehen hatten.

Die Stelle war ein alter Gleitertunnel, der noch aus der Zeit stammte, als Trade City noch nicht existierte. Damals hatte es hier eine Forschungsstation gegeben. Die Station war ausgeschlachtet und unbrauchbar. Ihr ehemaliger Unterführungstunnel wurde nicht mehr benutzt, weil die neuen Verkehrsverbindungen besser waren. Man schrieb es einer romantischen Ader Argyris' zu, daß er täglich zweimal durch den alten unbeleuchteten Tunnel fuhr. Nur er selber und Deighton wußten, weshalb er das wirklich tat. Es war direkt ein Witz, daß seine Entführer ihm ahnungslos in unmittelbarer Nähe des dritten Geheimnisses der solaren Menschheit auflauerten.

Anson Argyris schaltete die starken Scheinwerfer des Gleiters ein, als er in die unbeleuchtete Tunnelstrecke abbog. Er lächelte ironisch. Mitten auf der Strecke lag ein umgestürzter Luxusgleiter. Die transparente Kanzel gab den Blick auf eine junge Dame frei, die bewußtlos in den Sesselgurten hing. Es wirkte alles sehr echt. Ein junges neugieriges Ding, das in den Seitentunnel abgebogen war und vergessen hatte, die Scheinwerfer ihres Gleiters anzuschalten. Von einem Augenblick zum anderen aus der Helligkeit in völliges Dunkel geraten, verlor sie die Kontrolle über ihr Fahrzeug, kollidierte mit den Tunnelwänden – und schon war es passiert.

Ob sie ahnte, daß hinter den Tunnelwänden ein ganzes Waffenarsenal für die Sicherheit des Freihändlerpatriarchen garantierte, der täglich zweimal diese Stelle passierte? Wahrscheinlich nicht. Wenn Argyris nicht von der geplanten Entführung wüßte, befänden sie und ihre verborgenen Komplizen sich allerdings längst im Gewahrsam der Solaren Abwehr.

Kaiser Anson Argyris reagierte, wie man es von einem »Kavalier« erwarten durfte. Er hielt an, stieg aus und eilte der Bewußtlosen zu Hilfe.

Als er den Notausstieg im Heck der Kanzel öffnete, spürten seine Rezeptoren sofort das starke Nervengas auf. Sie analysierten es im Bruchteil einer Sekunde und der positronische Gehirnteil aktivierte im nächsten Sekundenbruchteil das Wissen über die spezifische Wirkung des Nervengases und ließ – praktisch im gleichen Augenblick – Anson Argyris spezifisch reagieren.

Das Plasma-Bewußtsein wollte sich ausschütten vor Heiterkeit, als es über die Robot-Rezeption beobachtete, wie sich der Boden der Gleiterkanzel öffnete und das Double von Kaiser Anson Argyris auftauchte. Vor allem erheiterte es die Feststellung, daß die Dabrifa-Agenten dem falschen Anson Argyris echte Howalgonium-Epauletten verpaßt hatten. Zwar hatten sie nicht das gleiche klare grünblaue Feuer wie die des Patriarchen, aber zweifellos handelte es sich um Material, das etwa halb soviel Wert besaß wie das der Original-

Epauletten. Und dafür konnte man schon eine kleine Raumflotte kaufen!

Der weitere Ablauf der Aktion war reibungslos. Das Robotdouble lief zu Argyris' Gleiter und startete. Anson Argyris wurde von zwei Männern in leichten Raumanzügen im Hohlraum unter dem Kanzelboden verstaut. Ein Gebläse lief an und reinigte die Luft von dem Nervengas. Die junge Dame zog die Filter aus ihren Nasenlöchern, warf sie mit verächtlicher Gebärde in den Abfallvernichter und drückte eine Taste nieder. Die Gyrotrone sprangen summend an und richteten das kaum beschädigte Luxusgefährt wieder auf. Es wendete und kehrte zum erleuchteten Hauptverkehrstunnel zurück. Dort beschleunigte es stark.

Anson Argyris befand sich auf dem Weg in die Geheimdienstzentrale Dabrifas auf Olymp.

Argyris beobachtete über seinen Ortungskopf, wie er in eine Tiefgarage gebracht wurde. Von dort aus transportierte man ihn in einem Kunststoffbehälter einen Antigravschacht hinauf und in einen Transmitter.

Als er im Gegentransmitter rematerialisierte, waren seine Rezeptoren aufs äußerste angespannt. Sie registrierten eine große Anzahl atomarer Kraftquellen, Bündelfelder von Hochenergiewaffen und Taststrahlen.

Zweifellos unterzog man ihn einer sehr genauen Prüfung. Falls man entdeckte, was er wirklich war, würde man ihn sofort vernichten. Zumindest würde man den Versuch unternehmen. In diesem Fall hatte er nur dann eine Überlebenschance, wenn er wenigstens einige Sekundenbruchteile vorher merkte, daß man ihn durchschaut hatte. Nur dann konnte er rechtzeitig einen starken HÜ-Schirm um sich aufbauen und die Hochenergiewaffen in den Armen aktivieren.

Er fühlte sich erleichtert, als er endlich auf einer Antigravplattform in ein Laboratorium gebracht wurde. Eine Injektionspistole zischte. Die feinverteilte Flüssigkeit wurde in den Blutkreislauf der Biokörpermaske gejagt. Der positronische Gehirnsektor wußte, daß zwischen fünfzehn und zwanzig Sekunden bis zur Aufhebung der Nervenlähmung vergehen mußten. Er aktivierte die Feldsteuerung der Gliedmaßen nach sechzehn Sekunden, da man von einem kraftstrotzenden Kerl wie Anson Argyris eine kurze Reaktivierungsspanne erwarten durfte.

Kaum hatte er die Augen aufgeschlagen, als zwei kräftige Männer seine Arme ergriffen und ihn mit Schwung in einen Kontursessel warfen. Sofort fuhren an den Seiten des Sessels Bänder heraus und legten sich um Argyris' Körper. Getreu seiner Rolle blickte er wild um sich und schrie die beiden Männer an:

»Was soll das? Wißt ihr nicht, daß niemand einen Freihändler seiner persönlichen Freiheit beraubt, ohne dafür zu büßen!«

Die beiden Männer grinsten, sagten aber nichts. Dafür betrat ein dritter Mann das Zimmer. Er war unauffällig angezogen, aber die durchtrainierte Gestalt, die intelligent blickenden Augen und ein zynischer Zug um die Mundwinkel zeigten Anson Argyris, daß er es mit einem erfahrenen, kampferprobten Staragenten zu tun hatte.

Der Mann schwang sich auf die schwebende Antigravplatte vor dem Kontursessel. Eine kaum sichtbare Augenbewegung von ihm, und die beiden anderen Männer verschwanden. Sekunden später ertönte ein schwaches Summen.

Der Mann auf der Antigravplatte lächelte auf eine seltsame Art, weder drohend noch kalt, sondern einfach undefinierbar, nicht normal.

»Mein Name ist Kuszo Tralero«, sagte er mit samtweicher Stimme, die an das behagliche Schnurren einer Katze erinnerte. »Ich entschuldige mich in aller Form für die Art, in der man Sie behandelt.« Er seufzte tief. »Sehen Sie, Majestät, viele Kollegen von mir vergessen diese höfliche Geste. Ich hoffe, Sie als Mann von Lebensart werden es zu schätzen wissen.«

Anson Argyris sah das lauernde Funkeln in Kuszo Traleros Augen und fragte sich, ob der Agent Dabrifas ihn auf die Probe hatte stellen wollen.

Kaiser Anson Argyris lachte bösartig.

»Für diese Ihre Höflichkeit werde ich Ihnen den Kopf mit einem besonders kostbaren Schwert meiner Ahnen abschlagen lassen. Nennen Sie Ihre Lösegeldforderungen. Vielleicht gehe ich darauf ein, vielleicht auch nicht. Ihnen wird weder das eine noch das andere etwas nützen. Aber, falls Sie jetzt vor mir auf die Knie fallen, um Vergebung und Gnade flehen und diese Schnallen entfernen, werde ich Sie eventuell am Leben lassen.«

Tralero nickte, offensichtlich beruhigt. Der schlaue Geheimagent hatte also eine für Argyris typische Reaktion herausgefordert, um absolut sicher zu sein, daß der Gefangene tatsächlich identisch mit Argyris war.

»Schön, Argyris, lassen wir das Theater!«

Plötzlich richtete er einen Strahler auf den Freihändler. Der Vario-500 sagte:

»Gut, legen wir die Karten auf den Tisch. Ich befinde mich in Ihrer Gewalt. Was erhoffen Sie sich von mir?«

»Eine Information, nämlich wie ich an die Koordinaten Ihrer Zulieferungswelten komme.«

»Sie verblüffen mich. Weiter wünschen Sie nichts?«

Kuszo Tralero kniff die Augen zusammen. Seine Stimme blieb dennoch erstaunlich ruhig, als er sagte: »Gut, dann werden wir . . .«

Buchstäblich im letzten Augenblick hatte die Kombination aus Positronik und Zellplasma das Verhalten Traleros folgerichtig ausgewertet.

Anson Argyris spannte die Muskeln und startete sein Antigravtriebwerk. Gleich einem Geschoß verließ er den Sessel, streifte Kuszo Tralero und hielt vor der Tür an.

Als er sich umwandte, sah er gerade noch, wie Tralero zu Boden schlug. Die Waffe, die er hatte abfeuern wollen, entglitt seiner Hand.

»Fast hätte ich Sie unterschätzt, Tralero«, sagte Anson leise. »Es ist schade, daß ein Mann mit Ihrem Verstand auf der falschen Seite steht. – Übrigens, Sie dürfen sich wieder erheben, und keine unbedachten Handlungen. Ein Thermointervallnadler und ein Hochenergie-Desintegrator sind auf Sie gerichtet.«

Er wölbte die Brauen, als Tralero sich nicht rührte. Argyris hatte ihn bei der hastigen Flucht aus dem Sessel gestreift und zu Boden geworfen.

Argyris kam erstmals der Gedanke, daß er seinen Gegner verletzt haben könnte. Vorsichtig schlich er zu dem verkrümmt daliegenden Körper Traleros, packte mit eisenhartem Griff die linke Schulter und riß den Mann herum.

Kaiser Anson Argyris schluckte.

Kuszo Tralero war tot. Die linke Schädelhälfte war vollkommen zertrümmert.

Argyris stellte eine Berechnung an. Er lachte bitter. Es hatte gar nicht anders ausgehen können. Bei der Beschleunigung, mit der er aus dem Sessel geschnellt war, hatte er den Dabrifa-Agenten mit der Kraft eines Dampfhammers gerammt. Eigentlich wäre das nicht geschehen, denn normalerweise stellte Argyris die notwendigen Berechnungen an, bevor er handelte. Traleros Überrumpelungsversuch hatte ihm dazu keine Zeit mehr gelassen.

»Tut mir leid, mein Junge«, murmelte Argyris. »Du hast mir keine andere Möglichkeit gelassen.«

Er wirbelte herum und huschte zur Tür, als er ein rumpelndes Geräusch vernahm. Dann trat ein nachdenklicher Zug in sein Gesicht.

Dieser Raum war absolut schalldicht und abhörsicher. Seine Taster bewiesen es ständig. Wie konnte dann ein Geräusch von draußen eindringen – oder besser: Wie stark mußte ein Geräusch sein, daß es die Schallisolierung eines Sicherheitsraumes durchdrang?

Die nächste Sekunde brachte die Antwort.

Die Panzertür neben Anson Argyris erbebte unter einem furchtbaren Aufprall. Der nächste Aufprall zerschmetterte die Tür.

Argyris wich an der Wand entlang zurück.

Ein Zwischending von Flugpanzer und Kampfroboter dröhnte auf Gleisketten in den Raum, Stahlfäuste an langen Tentakelarmen hieben nach dem Freifahrer, Impulsstöße aus Energiewaffen zerstoben knatternd in seinem HÜ-Schirm.

Anson Argyris hob die Arme und schoß mit Thermointervallnadler und Hochenergie-Desintegrator gleichzeitig.

Das stählerne Monstrum hüllte sich in einen blauweiß glühenden Schutzschirm und schoß auf Argyris zu, offenbar in der Absicht, ihn zu zermalmen.

Anson stieg bis zur Decke empor und flog über das Monstrum hinweg. Aus seinen Beinwaffen lösten sich zwei ZFK-Raketen. Sie durchschlugen den Schutzschirm des Monstrums, fraßen sich durch die Panzerung und explodierten Sekunden später, gerade als Argyris sich in Sicherheit gebracht hatte.

Das Botschaftsgebäude von Dabrifa wurde um sechseinhalb Zentimeter angehoben und krachte in die Verankerungsfelder zurück. Sämtliche Verglasungen barsten, schwere Maschinen durchschlugen Zimmerdecken, und im Justierungscomputer eines nicht genehmigten Transmitters gerieten einige Feldschaltungen durcheinander.

Unterdessen stürmte Kaiser Anson Argyris von Zimmer zu Zimmer, von Stockwerk zu Stockwerk. Die Geheimagenten des Diktators Dabrifa wehrten sich tapfer, doch einer nach dem anderen wandte sich schließlich zur Flucht.

Bis auf einen Mann, der sich selbst erschoß, als er sich in die Enge gedrängt sah, gelang es Argyris, alle Dabrifa-Agenten in den Fluchttransmitter zu treiben.

Am Empfänger warteten, so wußte er ja, die Männer der Solaren Abwehr.

Sie warteten vergebens.

Es ist niemals zufriedenstellend geklärt worden, was mit den achtunddreißig Dabrifa-Agenten geschah, die in den Fluchttransmitter gegangen waren. Einige Zeit nach diesen Ereignissen trafen je ein Wissenschaftlerteam von Nosmo und von Olymp an einem neutralen Ort zusammen, um sich um das Schicksal der Verschollenen zu bemühen. Die größte Wahrscheinlichkeit erhielt jene Hypothese, die besagte, die Unglücklichen seien infolge Fehlfunktion des Justierungscomputers in entstofflichter Form in den Hyperraum geschleudert worden und wären vermutlich in die energetische Struktur dieses Kontinuums aufgegangen . . .

Die schwere Explosion im Botschaftsgebäude des Dabrifa-Imperiums hatte dem Plan von Anson Argyris und Galbraith Deighton zusätzlich in die Hände gespielt.

Als Kaiser Argyris aus dem Portal der Botschaft taumelte, standen draußen Gerätegleiter der Feuerwehr und Ambulanzgleiter mit zukkenden roten Lichtern. Die Polizei drängte die Massen der Neugierigen zurück, unternahm jedoch nichts gegen die Antigravplattformen der großen galaktischen Televideo-Gesellschaften, die das Gebäude umkreisten und mit aufnahmebereiten Kameras auf weitere Sensationen warteten.

Argyris mußte an sechs bewaffneten Botschaftsangestellten vorbei, die sowohl der Feuerwehr als auch Ärzten und ihren Helfern den Zutritt zum Botschaftsgebäude verwehrten. Die sechs Männer hatten offenbar keine Ahnung davon, daß Anson Argyris von ihren Kollegen entführt worden und in gewissem Sinne Urheber des ganzen Durcheinanders war. Sie sahen nur, daß jemand aus der Botschaft flüchtete. Da es strafbar und verwerflich war, aus eigenem Entschluß das Territorium des Dabrifa-Imperiums zu verlassen, versuchten sie, den vermeintlichen Deserteur aufzuhalten.

Es gab ein Handgemenge, das von mindestens dreißig Televideo-Kameras gefilmt wurde und in dem zu sehen war, wie bewaffnete Männer der Dabrifa-Botschaft brutal auf einen einzelnen Mann einhieben, der offenbar entführt worden war und zu flüchten versuchte. Jedenfalls war das den Hilferufen dieses einzelnen Mannes zu entnehmen.

Einige unbekannte Zivilisten griffen schließlich ein und verschafften dem Bedrängten Luft. Inzwischen hatte die Menge vor der Botschaft längst Kaiser Anson Argyris erkannt. Die Freihändler unter ihnen machten ihrer Empörung durch wildes Geschrei Luft. Zweifellos hätten sie die Botschaft gestürmt. Doch daran wurden sie von der Polizei gehindert. Die Nachricht von den Geschehnissen jedoch raste mit der Geschwindigkeit einer Flutwelle durch die Stadt, und bevor sie den letzten Einwohner von Trade City erreichte, waren auch die Bevölkerungen einiger tausend Planeten per Hypervideo informiert.

Imperator Dabrifa vermochte nicht rasch genug einzugreifen, um seinen Interventionsplan abzuändern. Der Plan – eben noch von den Kosmopsychologen des Diktators befürwortet – wurde infolge der Entrüstungswelle, die durch die Galaxis tobte, zu einem Bumerang.

Anson Argyris verließ den Schauplatz des Tumults in einem Ambulanzgleiter. Allerdings ließ er sich nicht in eine Klinik fahren, sondern unmittelbar zu seinem Kaiserpalast.

Bereits während der Fahrt unterrichtete Deighton ihn über die Annäherung eines Kampfverbandes aus fünfhundert Dabrifa-Schiffen, und während Argyris zu seiner Befehlszentrale im Palast eilte, senkte sich ein Ultraschlachtschiff der Galaxis-Klasse mit donnernden Triebwerken auf den Raumhafen der Stadt Trade City herab.

In seiner Befehlszentrale angekommen, aktivierte Anson Argyris die Bildübertragung vom Raumhafen. Es handelte sich nicht um einen der zwölf Raumhäfen des Containtrans-Systems, sondern um den reinen Passagierhafen der Hauptstadt des Planeten.

Argyris preßte die Lippen zusammen.

Das Ultraschlachtschiff ragte mit seinen 2500 Metern Durchmesser wie ein gigantisches Gebirge aus Stahl in den Himmel. Im Vergleich dazu wirkten die größten Bauten von Trade City nichtig.

Argyris aktivierte die Sektorvergrößerung und las den Namen des Schiffes: DABRIFALA.

Dabrifala hieß auch die Hauptstadt des Imperiums Dabrifa. Die Intervention war also ganz offen und ohne den Anschein einer Gesetzmäßigkeit erfolgt.

Der Türmelder summte.

Anson Argyris betätigte den Öffner.

Er wandte sich lächelnd um, als zwei Männer seine Befehlszentrale betraten: Galbraith Deighton und Oberst Hubert S. Maurice.

Maurice grüßte steif, dann entspannte er sich.

»Es freut mich, Sie bei guter Gesundheit zu sehen, Mr. Argyris«, sagte er. »Nach den Hypervideo-Ausstrahlungen zu urteilen, hat man Sie in der Dabrifa-Botschaft gefoltert und schwer verletzt. Angeblich liegen Sie in einer Klinik.«

Argyris zuckte die Schultern.

»Wäre ich ein Mensch, hätte ich meine Entführung nicht überlebt, Oberst Maurice.« Er räusperte sich. »Ihre Anwesenheit auf Olymp überrascht mich. Ich dachte, Sie überwachten den Normzeit-Verteiler im Solsystem.«

»Meine Aufgabengebiete wechseln in letzter Zeit häufig«, erwiderte Hubert Maurice. Er berichtete von dem Versuch des Dabrifa-Geheimdienstes, fünf Spezialagenten auf einem der vermeintlichen Geheimplaneten einzuschleusen. »Die beiden Gefangenen waren erschüttert, als sie die Wahrheit erfuhren. Der Großadministrator hat sich mit ihnen selbst unterhalten. Einer der beiden Agenten wird sich wohl einer Hypnobehandlung unterziehen müssen. Der andere scheint aus eigener Kraft umdenken zu können.«

Er warf einen Blick auf die Bildübertragung aus dem Raumhafen. Um die DABRIFALA hatten sich einige tausend Freifahrer versammelt. Sie drohten mit den Fäusten und schrien Schmähungen. Die DABRIFALA gab aus den kleineren Impulsgeschützen der Steuerbordseite eine Salve in die Luft ab.

»In dreihundert Kilometern Höhe über Trade City kreisen weitere fünfhundert Kampfschiffe«, berichtete Deighton. »Ich nehme an, Imperator Dabrifa wird uns sehr bald ein Ultimatum übermitteln und uns auffordern, wir sollen uns unter den ›Schutz‹ seiner Raumstreitkräfte stellen.«

»Das wird seinen Verbündeten aber nicht besonders gefallen«, meinte Argyris ironisch. »Übrigens: Was ist mit meinem Robot-Double geworden?«

»Wir haben es desaktiviert«, sagte Deighton. »Es war ziemlich primitiv. Man hatte sich nicht einmal die Mühe gemacht, einen Mikroreaktor in seine Gürtelschnalle einzubauen.«

Er deutete zur Bildübertragung.

»Eben ist das Maß voll.«

Anson Argyris wandte sich um und sah, wie die DABRIFALA eine Salve aus ihren Paralysegeschützen auf die Demonstranten abfeuerte. Die Freifahrer brachen bewußtlos zusammen. Aber dann eröffneten die Paralysatoren des Ultraschlachtschiffes auch das Feuer auf die Plattformen mit den Televideomannschaften. Eine der Plattformen wurde vermutlich manuell gesteuert; sie taumelte und stürzte ab, nachdem der Pilot gelähmt worden war. Beim Aufprall auf den Raumhafenbelag brach sie auseinander.

»Das wird Dabrifa noch leid tun!« versicherte Argyris.

Er schaltete den Interkom ein. Das lächelnde Gesicht von Phyl Amant erschien auf dem Bildschirm. Amant war auch Chef der Geheimpolizei von Olymp.

»Patriarch . . .?«

»Ist der Kode für den Hilferuf vorbereitet?« fragte Argyris.

Phyl Amant neigte leicht den Kopf.

»Es ist alles vorbereitet, Patriarch. Wie ich sehe, befindet sich Oberst Maurice bei Ihnen. Darf ich daraus schließen, daß der Großadministrator persönlich . . .«

»Er befindet sich bei der Flotte in der Normalzeit«, beantwortete Maurice die Frage selbst. »Senden Sie den kodierten Hilferuf, und der erste Flottenverband wird in wenigen Stunden über Olymp eintreffen.«

Amant lächelte höflich.

»Da wird sich Dabrifa aber wundern, Oberst.«

Maurice lächelte zurück.

»Nicht nur er, Amant.«

Viereinhalb Stunden später.

Der Kommandant der DABRIFALA hatte soeben die Verlesung eines Ultimatums angekündigt, als die über Trade City kreisenden Schiffe meldeten, ein Verband von eintausend schweren Kampfschiffen näherte sich ihnen.

Sekunden später wurde er über Hyperkom vom Flaggschiff dieses Flottenverbandes angerufen. Er ahnte allerdings nicht, daß von nun ab jedes Gespräch, das er mit dem Anrufer führte, über Hypervideo Trade City in alle Bereiche der von Menschen besiedelten Galaxis übertragen wurde.

Auf dem Hyperkombildschirm in der DABRIFALA erschien das hellbraune Gesicht eines hageren Mannes, der dem Kommandanten der DABRIFALA bekannt vorkam.

»Zerbrechen Sie sich nicht unnötig den Kopf«, sagte der Hagere lächelnd. »Ich bin tatsächlich General Riekhouse, Kommandeur der 11. Einsatzflotte des Solaren Imperiums. Und Sie sind General Bencraft Leitmeritz. Einen schönen guten Tag auch. Würden Sie bitte so freundlich sein und Ihren fünfhundert veralteten Schiffen befehlen, sich etwas von Trade City zurückzuziehen. Ich benötige den Platz für meine tausend Schiffe.«

»Riekhouse . . .!« stieß Leitmeritz fassungslos hervor. Selbstverständlich kannte er seine »Kollegen« aus den anderen Imperien, folglich auch die aus dem Solaren Imperium. Aber er hatte bisher geglaubt, die Imperiumsflotte wäre zusammen mit dem Solsystem untergegangen.

»Starren Sie mich nicht an, als wäre ich ein Geist«, sagte Vasga Riekhouse sarkastisch. »Ich lebe. Sie können sich bald davon überzeugen, denn ich werde mit meinem Flaggschiff TERRANIA neben Ihnen landen.«

»Das . . . das ist unmöglich!« stammelte Bencraft Leitmeritz. »Der Planet Olymp ist . . . – ich wollte sagen, das Imperium Dabrifa . . .«

» . . . hat sich den Planeten Olymp unter den Nagel reißen wollen«, ergänzte General Vasga Riekhouse.

Er schüttelte den Kopf. Seine braunen Augen strahlten Mitleid mit dem irregeleiteten Kollegen aus.

»Der arme Dabrifa«, erklärte er und seufzte. »Er wird einen Nervenzusammenbruch erleiden, wenn Sie unverrichteter Dinge nach Nosmo zurückfliegen.«

Leitmeritz schnappte nach Luft. Er gab seinem Stellvertreter einen Wink, damit dieser die fünfhundert Schiffe zu einem Ausweichmanöver veranlaßte. Bencraft Leitmeritz war zwar kein Genie, aber er verstand sein Handwerk zu gut, als daß er sich mit einer Übermacht der viel kampfkräftigeren Imperiumsschiffe angelegt hätte.

Überhaupt: Imperiumsschiffe!

Niemand in der Galaxis hatte geahnt, daß es noch Kampfschiffe des Solaren Imperiums gab, geschweige denn ganze Einsatzflotten . . .!

»Ich weiß, was Sie fragen möchten, Kollege Leitmeritz«, sagte Riekhouse und strich seinen Spitzbart glatt. »Aber darauf wird Ihnen Kaiser Anson Argyris antworten, sobald er aus der Klinik entlassen ist. Das war auch wieder so eine unverständliche Sache. Wie kann der Dabrifa-Geheimdienst sich einbilden, er dürfe das Regierungsoberhaupt eines autarken Planeten einfach entführen und mißhandeln. Mir scheint, Dabrifa wird allmählich größenwahnsinnig . . .«

Das Gesicht von General Leitmeritz verfärbte sich.

Kaiser Anson Argyris nickte zufrieden und schaltete auf Bildübertragung vom Raumhafen Trade City um.

Soeben senkte sich das Ultraschlachtschiff TERRANIA herab. Es landete nur wenige hundert Meter neben der DABRIFALA. Allein das beinahe lautlose Herabsenken machte die technische Überlegenheit zur DABRIFALA deutlich, die mit fürchterlichem Getöse niedergegangen war. Dazu kam die deutlich erkennbar stärkere Bewaffnung mit Transformgeschützen und der allgemein gepflegtere Zustand der TERRANIA. Sie sah nicht wie ein Schiff aus, dessen Heimatsystem nicht mehr existierte, sondern weckte genau gegensätzliche Überlegungen.

»Es wird Zeit, Argy«, sagte Galbraith Deighton über Interkom.

Anson Argyris nickte. Er schaltete die Aufnahme- und Übertragungsgeräte ein, die seine Ansprache direkt an Hypervideo Trade City abstrahlten, von wo aus sie den Weg zu allen Menschen in der Galaxis fand.

»Wie Sie sehen, verehrte Zuschauer, habe ich mich recht gut erholt. Es mag Imperator Dabrifa vielleicht betrüben, daß ich die Gastfreundschaft seiner Untergebenen ablehnte; ich biete ihm als Ausgleich an, mich einmal in meiner Residenz zu besuchen.« Er lachte in seiner unnachahmlichen, barbarischen Art. »Ich weiß andererseits zu schätzen, daß der hochherzige Dabrifa dem Planeten Olymp fünfhundert seiner besten Kampfraumschiffe zur Verfügung stellen wollte, um uns gegen Neider zu schützen. Wie konnte er ahnen, daß Perry Rhodan mir nicht nur das wirtschaftliche Erbe des Solaren Imperiums anvertraute, sondern auch die zahlreichen Kampfraumschiffe, die dem Untergang des Solsystems entgangen sind. Da wir Freihändler nun einmal auf Qualität achten, möchte ich zum Schutze Olymps doch lieber auf die supermodernen, zuverlässigen Einheiten der ehemaligen 11. Einsatzflotte des Solaren Imperiums und jetzigen 11. Einsatzflotte Olymps zurückgreifen.«

Er schaltete eine Verbindung zum Kommandanten der DABRIFALA dazu.

»Hallo, General Leitmeritz!« rief er freundlich. »Bitte, nicht beleidigt sein. Aber es beunruhigt die Bürger von Trade City, daß über ihnen im nahen Raum fünfhundert Schiffe hängen, die eigentlich nur noch Schrottwert besitzen. Wie leicht könnte eines von ihnen abstürzen und Verwüstungen anrichten!«

»Sie . . .!« schnappte Bencraft Leitmeritz empört. »Meine Schiffe sind . . .«

» . . . eben nicht mehr die jüngsten, ich weiß«, meinte Argyris beschwichtigend. »Wir alle haben auch volles Verständnis für Ihre

Lage. Dennoch: Man sollte sich niemandem aufdrängen, der einen nicht zum Gast wünscht. Und Sie sind nun einmal nicht von mir eingeladen worden, General Leitmeritz.«

»Hören Sie, bitte!« sagte Leitmeritz beschwörend.

»Aber selbstverständlich!« rief Anson Argyris. Er lachte dröhnend. »Wenn Sie es wünschen, werden die Schiffe der 11. Einsatzflotte Ihren Schiffen gern beim Abflug behilflich sein. Soll ich mich mit General Riekhouse in Verbindung setzen?«

»Nicht nötig«, gab Bencraft Leitmeritz zurück. Er war blaß, schien aber wohl endlich eingesehen zu haben, daß seine Blamage mit jeder Sekunde, die er länger auf Olymp blieb, nur immer größer wurde. »Ich verstehe, Patriarch Argyris. Da Sie unsere Hilfe nicht benötigen, werden wir in einer halben Stunde aufbrechen.«

»Meine besten Wünsche werden Sie begleiten, General«, antwortete Kaiser Argyris.

»Ach, ich hätte da noch eine Frage . . .«, meinte Leitmeritz zögernd. »Wie viele Kampfraumschiffe gehören Ihnen eigentlich insgesamt?«

»Eine gute Frage«, erwiderte Anson Argyris. Er machte ein geheimnisvolles Gesicht. »Ich möchte sie aber lieber nicht beantworten. Und wissen Sie auch warum . . .?«

»Nein, warum?«

»Weil ich nicht unmenschlich eingestellt bin«, gab Argyris trocken zurück. »Ich möchte unserem lieben Imperator Dabrifa nicht noch mehr schlaflose Nächte bereiten . . .«

Kaiser Anson Argyris grinste, als Bencraft Leitmeritz hastig die Verbindung unterbrach. Er wandte sich um und blickte Galbraith Deighton ins Gesicht.

»Meinst du, es wird klappen, Gal?«

Der Abwehrchef des Solaren Imperiums nickte.

»Die Lawine ist ins Rollen gekommen. Lächerlichkeit tötet, sagt ein altes terranisches Sprichwort – und nichts wirkt lächerlicher als die Machtlosigkeit eines Gewaltherrschers.«

Aus keiner Geschichtsepoche liegen so viele Erzählungen über geheimnisvolle Menschen vor wie aus der Zeit von 3200-3600. Man muß unterstellen, daß das Fehlen exakter Daten manche Berichterstatter zu Spekulationen veranlaßte. Sicher ist jedoch, daß Menschen wie Tipa Riordan, Alaska Saedelaere und Anson Argyris tatsächlich leb-

ten. Kein Name jedoch vermochte die Phantasie der Autoren so zu beleben wie der Ribald Corellos. Von allen Menschen der oben genannten Gruppe war er der geheimnisvollste. (Aus »Die großen Krisen der Menschheit« von Sallan Wayne.)

18.

Februar 3432

Jene, die behaupteten, Alaska Saedelaere ohne Maske gesehen zu haben, waren Lügner, denn ein Blick in das Gesicht des Transmittergeschädigten war tödlich.

Vor vier Jahren war Alaska Saedelaere in den Transmitter der Handelsstation Bonton gegangen, um nach Peruwall zu gelangen. Mit einer Zeitverzögerung von vier Stunden war er in Peruwall angekommen, aber während der vollkommenen Auflösung war es durch irgendwelche Einflüsse zu einer Umgruppierung der atomaren Zellstruktur von Saedelaeres Körper gekommen. Der Mann, der in der Transmitterhalle von Peruwall aufgetaucht war, hatte mit Alaska Saedelaere nur noch den Namen gemeinsam. Techniker, die sich damals zufällig in der Transmitterhalle aufgehalten hatten, waren nach einem Blick in Saedelaeres Gesicht zunächst dem Wahnsinn verfallen und dann später gestorben. Danach hatte man Saedelaere nur noch mit einer flachen Plastikmaske gesehen, in der es als Öffnungen nur zwei Augenschlitze und einen Mundspalt gab.

Befragt, wie ihm sein eigenes Gesicht im Spiegel vorkomme, pflegte Saedelaere zu sagen: »Sehr schön, voller Farben, die ständig in Bewegung sind.«

Mehr sagte er nie.

Wissenschaftler, die sich über das Problem Saedelaeres den Kopf zerbrachen, behaupteten, der Transmittergeschädigte sei der erste Mensch überhaupt, dem ein materieller Durchbruch in eine überlagerte Dimension gelungen war. Andere meinten, Saedelaeres Zellmoleküle hätten sich mit denen eines anderen Wesens vermischt.

Die Wahrheit jedoch war vier Jahre nach dem Unfall noch immer nicht entdeckt. Saedelaere wußte nicht, was mit ihm geschehen war, und er hatte aufgehört, sich darüber Gedanken zu machen. Seine geistigen Fähigkeiten hatten im gleichen Maße zugenommen wie seine Popularität. Vor vier Jahren noch Techniker, galt Alaska Saedelaere jetzt als einer der besten Logiker der Menschheit. Kaum ein anderer konnte eine Gedankenkette so schnell zu Ende bringen wie er.

Manchmal kam es vor, daß er unverständliche Äußerungen von sich gab – *zunächst* jedenfalls erschienen sie anderen Menschen unverständlich. Wochen und Monate später erhielten solche Aussprüche des Transmittergeschädigten oft eine neue Bedeutung, so daß Saedelaeres Auftraggeber anfingen, jedem von ihm gesprochenen Wort aufmerksam zuzuhören.

Am 8. Februar hielt Saedelaere sich in Quinto-Center, dem Hauptquartier der USO, auf. Diese Organisation trug ihren Namen seit längerer Zeit zu Unrecht, denn sie war ausschließlich dazu da, für die im Solsystem versteckte Menschheit einzutreten.

Saedelaere hatte vor seiner Ankunft in Quinto-Center ein Jahr auf der Erde gelebt. Ein Geheimauftrag Perry Rhodans hatte ihn in das Hauptquartier der USO geführt. Saedelaere sollte Atlan dabei unterstützen, die Hauptwelten der großen Sternenreiche zu beobachten. Nach dem fehlgeschlagenen Angriff auf das Solsystem waren die Spannungen zwischen dem Imperium Dabrifa auf der einen und dem Carsualschen Bund auf der anderen Seite weiterhin ständig gestiegen. In den letzten Tagen hatte diese bisher nur mit Worten geführte Auseinandersetzung eine überraschende Wendung genommen, denn die Zentralgalaktische Union, offenbar angespornt durch die Ereignisse auf Olymp, hatte in aller Deutlichkeit ihre Verbundenheit mit dem Carsualschen Bund bekanntgegeben.

Perry Rhodan und Atlan ahnten, daß Dabrifa nun anfing, nervös zu werden. Die Flotten des Imperators mußten ständig beobachtet werden. Ein Krieg zwischen den drei großen Sternenreichen hätte für die Menschheit einen neuen Rückschlag bedeutet.

Rhodan und Atlan machten sich außerdem Sorgen über die Accalauries, die man erneut in verschiedenen Systemen der Galaxis beobachtet hatte. Auch war das Rätsel des aus einer unterseeischen Station geborgenen Neandertalers Lord Zwiebus weiterhin ungelöst.

Hätte Atlan geahnt, daß innerhalb der nächsten Tage eine neue große Gefahr auftauchen würde, – die gelassene Freundlichkeit, mit der er Alaska Saedelaere begrüßte, wäre nachdenklichem Ernst gewichen.

Saedelaere, fast zwei Meter groß und so dürr, daß die Uniform schlaff an seinem Körper hing, grüßte lässig und warf einen Packen gebündelter Papiere auf den Schreibtisch des Lordadmirals. Wie immer trug Saedelaere seine Maske; er wirkte dadurch wie das Mitglied einer drittklassigen Theatergruppe.

»Ich stehe zu Ihrer Verfügung, Sir«, sagte Saedelaere in seiner holprigen Sprechweise. »Der Großadministrator entbietet Ihnen freundschaftliche Grüße.«

Atlan hob den Blick.

»Wie geht es Ihnen, Alaska?«

»Ausgezeichnet, Sir«, erwiderte der Transmittergeschädigte.

Atlan nickte und deutete auf einen freien Stuhl. Zahlreiche Bildschirme und Anzeigetafeln bedeckten die Wände. Der Tisch war mit Sprech- und Ortungsgeräten übersät.

Saedelaere deutete auf die Papiere, die er mitgebracht hatte.

»Das sind verschiedene Studien über die augenblickliche Situation innerhalb der Galaxis sowie die Unterlagen, die dazugehören.«

Atlan bedachte das Paket nur mit einem kurzen Blick.

»Hören Sie zu, Alaska. Die Situation ist uns beiden klar. Wir müssen keine klugen Aufsätze lesen, um zu wissen, was Dabrifa oder die anderen tun könnten. Ich erwarte die Berichte mehrerer Agenten aus dem System Normon. Die siganesischen USO-Spezialisten sind in Dabrifas Palast verteilt. Der Diktator kann nicht einmal husten, ohne daß dies von uns registriert wird. Wir . . .«

Atlan unterbrach sich, weil der Bildschirm eines kleinen Sprechgeräts hell wurde. Das schmale Gesicht eines jungen Raumfahrers zeichnete sich darauf ab.

»Smonks!« rief Atlan. »Ich hatte befohlen, daß man mich nur wegen wichtiger Ereignisse anrufen soll. Was ist geschehen?«

»Da ist eine Frau, Sir«, erwiderte Smonks unsicher. »Sie kennt den USO-Kode und ruft uns über Hyperfunk.«

Atlan hob die Augenbrauen.

»Eine Frau? Smonks, sind Sie sicher, daß Sie sich nicht täuschen?«

»Absolut, Sir«, erwiderte Smonks eifrig. »Sie läßt sich nicht abweisen. Sie sagte, daß ich sie auf jeden Fall mit Ihnen verbinden soll. Sie bezeichnete Sie als . . . äh . . . Beuteterraner und Arkon-Scheich. Entschuldigen Sie, Sir, aber das waren ihre Worte.«

Atlan richtete sich auf.

»Tipa!« stieß er hervor. »Tipa Riordan, die alte Giftnatter.«

»Was soll ich tun, Sir?« fragte Smonks.

Atlan überlegte einen Augenblick, dann zuckte er mit den Schultern. »Ich werde mit der Piratin sprechen«, entschied er. »Sie muß einen bestimmten Grund haben, wenn sie sich mit uns in Verbindung setzt.«

Während Smonks die notwendigen Umschaltungen vornahm, wandte sich Atlan an Saedelaere.

»Kennen Sie Tipa?«

»Flüchtig«, klang Saedelaeres Stimme hinter der Maske hervor.

»Ich verstehe nicht, daß Perry Rhodan ihre Piraterie duldet«, sagte Atlan ärgerlich. »Sie setzt sich über die Zollbestimmungen hinweg und ist außerdem in einige Entführungen verwickelt. Bis heute ist noch nicht geklärt, welche Rolle sie während der Second-Genesis-Krise spielte. Auf jeden Fall war sie schlau genug, um sich damals einen Zellaktivator zu sichern.«

Saedelaere wurde einer Antwort enthoben, denn in diesem Augenblick wurde ein weiterer Bildschirm hell. Auf ihm war die Piratin Tipa Riordan in voller Größe zu sehen. Die alte Frau war etwas über eineinhalb Meter groß. Sie hielt sich nach vorn gebeugt und stützte sich auf einen Stock. Sie war vollkommen in Leder gekleidet. Ihr zahnloser Mund wurde von keiner Prothese ausgefüllt, so daß ihre Lippen wie eine schmale Kerbe wirkten. Das vorspringende Kinn und die scharfrückige gekrümmte Nase verliehen ihr eine gewisse Ähnlichkeit mit einem Raubvogel. Ihre grauweißen Haare waren zu einem großen Knoten geformt, der genau in der Mitte des Kopfes saß.

»Wer ist der Bursche mit der Maske?« fragte Tipa Riordan anstelle einer Begrüßung. »Hältst du dir neuerdings Leibwächter?«

»Mein Name ist Alaska Saedelaere«, sagte Alaska belustigt. »Ich bin Logiker.«

»Er spricht die Wahrheit«, fügte Atlan hinzu.

»Warum tragen Sie keine Bioplastmaske?« erkundigte sich Tipa. »Das würde Sie menschlicher aussehen lassen, Saedelaere.«

»Die Art meiner Verletzungen verbietet mir das Tragen einer Bioplastmaske«, gab Saedelaere zurück.

»Hmm«, machte Tipa Riordan und wackelte mit dem Kopf. »Ich möchte mehr über Sie erfahren, Saedelaere.«

Atlan hielt den Zeitpunkt für gekommen, in dieses Gespräch einzugreifen.

»Kommst du nicht auf den Gedanken, daß Saedelaere diese Unterhaltung unangenehm sein könnte, Tante Tipa?« fragte er.

Tipa Riordan hob ihren Stock und fuchtelte damit herum. Sie war wütend.

»Nenn mich nicht Tante, du Kindskopf«, sagte sie. »Ich habe im Alter von einhundertfünfundzwanzig Jahren einen Zellaktivator bekommen und seither mein Aussehen nicht verändert. Mancher Bursche in der Flotte wäre glücklich, wenn er mich ehelichen könnte.«

»Aber nur deines Geldes wegen«, versetzte Atlan.

»Ich habe mich nicht mit dir in Verbindung gesetzt, um mich mit dir zu streiten, Beuteterraner«, sagte Tipa Riordan. »Es ist etwas geschehen, was mich veranlaßte, dich umgehend anzurufen. Wir müssen uns treffen.«

»Was ist passiert?«

»Das kann ich dir nicht über Funk mitteilen. Ich schlage vor, daß wir uns am zwölften Februar auf Olymp treffen.«

Atlan schüttelte den Kopf.

»Du erwartest doch nicht etwa, daß ich aufgrund dieser vagen Andeutungen Quinto-Center verlasse?«

»Wenn du nicht völlig verkalkt bist, wirst du es tun«, sagte Tipa.

Bevor Atlan antworten konnte, wurde die Verbindung unterbrochen. Smonks' Gesicht erschien wieder auf dem Bildschirm. Der junge Mann wirkte aufgeregt.

»Die Verbindung wurde von der Dame unterbrochen, Sir.«

»Schon gut, Smonks«, sagte Atlan. »Machen Sie sich keine Sorgen wegen dieser . . . äh . . . Dame.«

Smonks schaltete sich aus.

»Eine bemerkenswerte Frau«, meinte Saedelaere und lehnte sich bequem in seinem Stuhl zurück. »Ich habe nicht gewußt, daß sie Verbindung mit offiziellen Stellen hat.«

»Daran bin ich unschuldig«, sagte Atlan mürrisch. »Hätte ich eine Entscheidung zu treffen, würde ich diese Giftnatter hinter Schloß und Riegel bringen. Aber Perry ist dagegen. Manchmal könnte man glauben, sie sei für ihn so etwas wie eine Mutter.«

»Eine Mutter mit dreitausend schwerbewaffneten Schiffen«, sagte Saedelaere nicht ohne Ironie.

Atlans Hände beschäftigten sich mit einem Papier, aber seine Blicke blieben auf Saedelaere gerichtet.

»Perry läßt sich von Tipas Kampf für eine geeinte Menschheit beeindrucken«, sagte der Arkonide. »Gewiß, sie hat bisher nur Schiffe und Niederlassungen unserer Gegner überfallen und Blutvergießen vermieden. Deshalb ist sie trotzdem in meinen Augen ein Mensch, der sich außerhalb des Gesetzes gestellt hat.«

Saedelaere schlug die Beine übereinander.

»Ich glaube, Sie mögen sie, Sir«, sagte er.

»Was?« entfuhr es Atlan. »Sie müssen verrückt sein, Alaska, wenn Sie so etwas behaupten!«

Saedelaere senkte den Kopf.

»Tipa Riordan hat bessere Verbindungen zu den überall in der Galaxis verstreuten Nachkommen der Terraner als irgendein anderer Mensch«, sagte der Logiker. »Meines Wissens hat sie in den vergangenen Jahrhunderten Perry Rhodan immer wieder mit wertvollen Informationen geholfen.«

»Das ist richtig«, mußte Atlan zugeben. »Sie soll sogar Verbindungen zu der geheimnisvollen Gruppe der Wissenschaftler haben, die wir seit Jahrzehnten vergeblich suchen.«

Saedelaere schob mit den Händen seine Maske nach oben, die sich durch das Sprechen etwas nach unten gesenkt hatte.

»Ich entnehme Ihren Worten, daß Sie dem Ruf der Piratin folgen werden, Sir.«

»Ich muß es wohl tun«, sagte Atlan nachdenklich. »Ohne wichtigen Grund würde mich Tipa nicht nach Olymp bestellen. Was ist, Alaska? Wollen Sie mich begleiten?«

Saedelaere erhob sich. Er wirkte so dünn und zerbrechlich, daß man Angst haben mußte, ihn nur zu berühren. Und doch ging eine seltsame Kraft von ihm aus.

»Mit dem größten Vergnügen, Sir«, sagte Saedelaere erfreut.

Atlan strich sich über sein Kinn und blickte auf die Sternenkarte, die an der dem Schreibtisch gegenüberliegenden Wand befestigt war und auf der alle Stützpunkte der USO als Leuchtzeichen eingetragen waren.

»Ich möchte wissen, was passiert ist«, sagte der Arkonide.

Zehn Stunden bevor sie sich mit Atlan in Verbindung setzte, hatte Tipa Riordan die Nachricht über die Vernichtung eines ihrer Schiffe erhalten.

Tipa Riordan hatte den Ersten Wesir, Kawa Dantroff, in ihre Kabine bestellt. Die Piratin hielt sich selten in der Zentrale ihres Flaggschiffs DREADFUL auf. Die Wände ihrer Kabine waren mit Fellen seltener Tiere bedeckt. Auf dem Tischchen neben der bequemen Liege stand ein uralter Bronzeleuchter. Eine Galerie großblütiger Blumen reichte von der einen Seite des Eingangs bis zum Wandschrank, in dem Tipa ihre liebsten Schätze aufbewahrte.

Kawa Dantroff betrat die Kabine der Piratin, nachdem Tipa ihn auf sein heftiges Klopfen hin zum Eintreten aufgefordert hatte.

Dantroff blieb am Eingang stehen und schlug sich mit der rechten Faust dreimal fest gegen das Kinn. Das war der unter den Piraten übliche Gruß. Gerüchte wollten wissen, daß Anhänger Tipas, die die Piratin besonders verehrten, sich bei solchen Begrüßungsszenen schon bewußtlos geschlagen hatten.

»Schließ die Tür, Kawa!« befahl Tipa Riordan dem Ersten Wesir.

Dantroff war ein kleiner, achtzig Jahre alter Mann mit einem Kahlkopf und einem feuerroten Schnurrbart mit zwanzig Zentimeter langen und gedrehten Enden. Er trug weite Pluderhosen von blauer Farbe, rote Stiefel, eine weiße Kosakenbluse und einen Waffengürtel mit ovaler Schnalle.

Dantroff galt als genialer Techniker und Stratege. Überdies war er ein Kosmonaut mit überragenden Kenntnissen.

»Ich mache mir Sorgen«, eröffnete Tipa mit ihrer keifenden Stimme das Gespräch.

Dantroff nickte zustimmend und behielt seine abwartende Haltung bei.

»Wegen unseres geplanten Einsatzes«, fügte Tipa hinzu.

Weder Tipa noch einer ihrer Piraten wären je auf den Gedanken gekommen, einen ihrer zahlreichen Überfälle anders als einen »Einsatz« zu bezeichnen.

»Das Gal-System wird nicht abgesichert«, sagte Dantroff. »Außerdem hat Dabrifa jetzt andere Sorgen, als sich um seine weit über die Galaxis verstreuten Waffenlager zu kümmern. Wir werden unbehelligt auf Ursus landen und die wenigen dort stationierten Soldaten Dabrifas mit Paralysestrahlern ausschalten. Bis sie wieder zu sich kommen, können wir schon verschwunden sein.«

Tipa Riordan erhob sich und stützte sich auf ihren hydraulischen Stock. Dantroff wußte, daß seine Chefin in diesem Stock mehrere Waffen und Funkgeräte untergebracht hatte. Außerdem konnte Tipa mit Hilfe des hydraulischen Stockes sechs Meter hoch springen und auf diese Weise Hindernisse überwinden.

Auch der Knoten, zu dem Tipa Riordan ihre Haare gebunden hatte, diente als Versteck für mehrere Mikrowaffen und ein Ortungsgerät.

Nur Kawa Dantroff wußte genau, welches Arsenal an Waffen und Geräten die alte Frau mit sich herumzuschleppen pflegte.

»Hol die Karte!« befahl Tipa.

Dantroff ging zum Wandschrank und entnahm ihm einige Karten, von denen er eine auf Tipas Liege ausbreitete. Tipa sah, daß die Hände des Ersten Wesirs zitterten. Sie warf ihm einen Seitenblick zu.

»Was ist los, Kawa?« erkundigte sie sich. »Du bist doch nicht etwa nervös wegen des bevorstehenden Einsatzes?«

Verlegen senkte Dantroff den Kopf.

»Das ist es nicht.«

»Sondern?«

Dantroff schwieg. Tipa berührte ihn mit dem Stock, und der Elektroschock, den er erhielt, ließ ihn einen Satz zur Seite machen.

»Laß das, Tipa!« fauchte er.

»Ich will wissen, was los ist«, forderte die Piratin.

»Es ist die alte Geschichte«, sagte Dantroff widerwillig. »Ich habe dich schon wiederholt gebeten, mich nicht allein in diese Kabine zu rufen.«

Einen Augenblick war Tipa Riordan verblüfft, dann begann sie schallend zu lachen. Sie schlug sich vor Vergnügen mit der freien Hand auf ihre dürren Schenkel.

»Hat wieder jemand behauptet, wir hätten ein Verhältnis?«

»Ja«, sagte Dantroff errötend.

»Köstlich, köstlich«, sagte die Piratin. »Du glaubst doch nicht im Ernst, daß ich etwas gegen diese albernen Gerüchte unternehme? Ich bin hundertfünfundzwanzig und du achtzig. Abgesehen davon, daß ich bei meinem Aussehen noch manch jungen Burschen verwirren könnte, halte ich es für absurd, daß man ausgerechnet einen vertrockneten Zwerg wie dich für meinen Liebhaber hält.«

Dantroff starrte sie an.

»Du bist so hübsch wie eine tote Maus«, sagte er.

Die grünen Augen der Piratin schienen den Ersten Wesir durchbohren zu wollen.

»Wiederhole das noch einmal!«

Trotzig sagte Dantroff: »Du bist so hübsch wie eine tote Maus.«

»Du widerlicher, stinkender Pirat!« schrie sie. »Alles, was du besitzt, verdankst du mir. Trotzdem wagst du es, mir mit solchen Worten . . .« Ihre Stimme überschlug sich, und sie rang nach Atem.

»Schon gut, Tipa«, sagte Dantroff besänftigend. »Wir wollen uns nicht länger streiten. Sehen wir uns lieber die Karte an.«

Sie beugten sich über die Karte, die den größten Kontinent des Planeten Ursus im Gal-System zeigte. Den Ort der dabrifanischen Waffenlager hatte Tipa rot angekreuzt.

»Fast der gesamte Kontinent wird von dichtem Dschungel überzogen«, sagte Tipa. »Nur hier und hier, neben dem Fluß und an den Berghängen, haben wir freie Sicht. Die Lager sind in diesem Tal untergebracht.«

»Wir werden nicht im Tal landen können«, gab Dantroff zu bedenken.

»Nein«, stimmte Tipa zu. »Wir werden also zunächst mit Paralysatoren von der Luft aus angreifen. Sobald die Soldaten ausgeschaltet sind, landen wir neben dem Fluß und fliegen mit Beibooten ins Tal. Auf diese Weise wird es etwas länger dauern, bis wir die Magazine ausgeräumt haben, aber das ist nicht so tragisch.«

»Einverstanden«, sagte Dantroff. »Ich werde mir noch über die Einzelheiten Gedanken machen.«

Der Interkom summte und unterbrach ihr Gespräch. Aus der Funkzentrale der DREADFUL meldete sich Romon Moxon.

»Drei feste Faustschläge, Mylady.«

»In Ordnung, Moxon! Was gibt's?«

»Hilferufe von der ARPEGE, Mylady. Die ARPEGE wird von einem Kugelschiff angegriffen und ist schwer in Bedrängnis. Der Kommandant glaubt nicht, daß er durchkommen kann.«

Tipa und Dantroff blickten sich an. Die ARPEGE war mit einer Botschaft der Piratin ins Summalla-System unterwegs.

»Ich könnte wetten, daß die ARPEGE von einem USO-Kreuzer angegriffen wird!« stieß Tipa hervor. Ihre Augen verengten sich. »Moxon, haben Sie von der ARPEGE alle Koordinaten erhalten?«

»Ja, Mylady.«

Tipa wandte sich an Dantroff.

»Hör zu, Kawa. Ich möchte, daß wir mit der DREADFUL und drei anderen bewaffneten Schiffen sofort ins Kampfgebiet fliegen. Veranlasse das. Alle anderen Schiffe sollen inzwischen den Flug zum Gal-System fortsetzen.«

»Wir werden die ARPEGE nicht mehr retten können.«

»Tu, was ich dir gesagt habe. Ich hoffe, daß wir noch ein paar Überlebende finden können.«

Dantroff zögerte, die Kabine zu verlassen.

»Ich möchte dir nicht widersprechen, Tipa«, sagte er. »Es

erscheint mir jedoch mehr als unwahrscheinlich, daß die ARPEGE von einem Schiff der USO beschossen wurde. Atlan würde niemals den Befehl zur Zerstörung eines Schiffes geben, wenn er vorher nicht alle Verbindungsmöglichkeiten ausgeschöpft hat. Der Kommandant der ARPEGE ist außerdem zu klug, um sich in einen solchen Kampf einzulassen.«

»Ich traue diesem arkonidischen Schwachkopf noch andere Fehler zu«, gab Tipa zurück.

Dantroff sah die Sinnlosigkeit weiterer Argumentation ein und verließ die Kabine. Während er sich der Zentrale näherte, gab er über sein Armbandgerät die ersten Befehle. Tipa blieb in ihrer Kabine. Sie würde sie nur verlassen, wenn es zu einer gefährlichen oder interessanten Situation kommen sollte.

Dantroff stieß eine lautlose Verwünschung aus. Er sah Komplikationen voraus.

Wer immer die ARPEGE angegriffen hatte, mußte mit Gegenschlägen der Piraten rechnen. Geduld und Nachsicht gehörten nicht zu den Charaktereigenschaften Tipa Riordans.

»Hübsch wie eine tote Maus«, sagte der Erste Wesir, als er die Zentrale der DREADFUL betrat und sich im Kommandostand niederließ.

Der Erste Navigator beugte sich erstaunt zu ihm herüber.

Dantroff winkte ab.

»Nichts!« sagte er. »Es ist nichts.«

Zuerst fanden sie Trümmer der ARPEGE, nur eine kurze Strecke von jenem Punkt entfernt, den der Kommandant des Kurierschiffes an die Besatzung der DREADFUL als Kampfplatz angegeben hatte. Dantroff preßte die Lippen zusammen, als sich herausstellte, was für das Ansprechen der Massetaster verantwortlich war. Er sagte nichts. Die Suche nach Überlebenden schien aussichtslos, doch Dantroff ließ die DREADFUL und die drei anderen Schiffe den Sektor mehrmals durchfliegen.

Sie fanden drei halbtote Piraten in Kampfanzügen. Die Männer hatten sich aus einer Rettungsschleuse der ARPEGE katapultiert und waren entkommen. Sie schienen nicht zu begreifen, daß man sie gerettet hatte. Es handelte sich um zwei Hangartechniker und einen Gunner. Sie stammelten undeutliche Sätze, als man ihnen die Raumanzüge auszog.

Dantroff schaltete den Interkom ein.
»Wenn du nicht willst, daß wir aus deiner Kabine eine Krankenstation machen, wirst du dich jetzt in die Klinik der DREADFUL begeben müssen«, sagte er boshaft, als Tipa sich meldete.
»Überlebende?« keifte die alte Frau.
»Ja. Drei. Ziemlich am Ende mit den Nerven. Sie scheinen einige unangenehme Dinge erlebt zu haben.«
»Sagen sie etwas über den Angreifer?«
»Wirres Zeug. Aber eines steht fest: Atlan hat mit dieser Sache nichts zu tun.«
Ein paar Sekunden war es still. Dann erfolgte ein Knacken. Tipa hatte die Verbindung unterbrochen. Dantroff winkte die Sanitäter herbei und deutete auf die Geretteten.
»Schafft sie in die Klinik!« befahl er. »Seid vorsichtig. Sie dürfen nicht sterben.«
An den Trümmern der zerstörten ARPEGE vorbei, raste die DREADFUL mit ihren Begleitschiffen in Richtung des Gal-Systems davon.

Dr. Koy Kiyomi preßte die Injektionspistole einen Augenblick gegen den Oberarm des Geretteten, dann trat er einen Schritt zurück. Der Ausdruck seines Gesichts zeigte, daß er auf eine Reaktion wartete.
»Nun?« grollte Tipa ungeduldig und stieß die Spitze ihres hydraulischen Stocks heftig auf den Boden. »Haben Sie mich nur hierhergelockt, um mich mit Ihren medizinischen Praktiken vertraut zu machen?« Sie vollführte eine unwillige Handbewegung. »Verdammt will ich sein, wenn ich Sie jemals an mich heranlasse.«
Dr. Kiyomi, Bordarzt der DREADFUL, blieb völlig unbeeindruckt. Er war solche Anfälle von seiner Chefin gewohnt und ignorierte sie in den meisten Fällen. Diesmal konnte er sich jedoch eine Antwort nicht verkneifen.
»Als Zellaktivatorträgerin sind Sie noch nicht mal ein hypothetischer Patient für mich, Mylady!«
Die grünen Augen der Piratin flackerten. Ihre Wangen schienen noch tiefer einzufallen. Plötzlich kicherte sie.
»Was?« Sie gab dem Arzt einen gutmütigen Schubs. »Sie alter Gauner, Doc.«
Kiyomi deutete auf den Patienten.
»Er ist unsere einzige Hoffnung«, sagte er. »Die beiden anderen

haben so starke psychische Störungen, daß wir in den nächsten Wochen kaum ein vernünftiges Wort von ihnen hören werden.«

Tipa starrte nachdenklich auf den Mann hinab, der zur Besatzung der ARPEGE gehört hatte und nun bewegungslos vor ihr in einem Bett der Bordklinik lag.

»Ich kann nicht verstehen, daß allein die Tatsache eines Angriffs einen so starken Schock in diesen drei Männern ausgelöst hat«, sagte Dr. Kiyomi. »Als Besatzungsmitglieder eines Piratenschiffs mußten sie immer mit einem solchen Zwischenfall rechnen. Sie waren seelisch darauf vorbereitet. Es sei denn . . .«

»Fahren Sie fort, Doc!« befahl Dantroff.

»Es sei denn, jemand hätte gegen die ARPEGE eine uns bisher unbekannte Waffe eingesetzt«, beendete der Mediziner seinen Satz. »Eine psychische Waffe.«

»Wann werden wir erfahren, was wirklich los war?« fragte Tipa ungeduldig.

Kiyomi beugte sich über den Kranken und fühlte dessen Puls. Er nickte zufrieden.

»Er ist jetzt ganz ruhig«, sagte er. »Er wird in wenigen Augenblikken aus der Ohnmacht erwachen, dann werden wir ihn verhören. Ich hoffe, daß er in der Lage sein wird, uns einige Auskünfte zu geben.«

»Ich warte hier, bis es soweit ist«, verkündete Tipa und ließ sich auf einem Stuhl nieder.

Dantroff zuckte mit den Schultern und verließ die Bordklinik. Er hatte jetzt in der Zentrale wichtigere Dinge zu tun. Die DREADFUL und die drei anderen Schiffe hatten wieder zum Hauptverband aufgeschlossen. In wenigen Stunden würde die kleine Flotte das Gal-System erreichen und die dabrifanischen Waffenlager auf Ursus angreifen.

»Dantroff sagte mir, daß Sie ein USO-Schiff des Angriffs auf die ARPEGE verdächtigen, Mylady«, bemerkte Kiyomi, nachdem der Erste Wesir gegangen war.

»Das ist richtig, Doc«, stimmte die Piratin zu.

»Ich kann das nicht glauben«, erwiderte der Arzt. »Natürlich weiß ich, daß unser Verhältnis zur USO schon immer gespannt war, und es ist durchaus möglich, daß Lordadmiral Atlan nach dem Untergang des Solsystems und Rhodans Tod strenger durchgreift.«

Tipas Blicke verloren sich irgendwo im Raum; sie schaute den Arzt nicht an, als sie wieder sprach. »Manchmal glaube ich, daß Perry noch am Leben ist.« Sie umklammerte mit beiden Händen ihren Stock.

»Das sind doch nur Gerüchte, die aus dem Wunschdenken zahlreicher Menschen resultieren«, meinte Dr. Kiyomi.

»Glauben Sie?« Tipa erhob sich und ging unruhig auf und ab.

Der Kranke begann zu stöhnen und lenkte die Aufmerksamkeit Tipas und des Arztes auf sich. Sie traten an das Bett. Der Raumfahrer war zu sich gekommen. Er blickte wild um sich und schien sich nicht zurechtzufinden. Kiyomi klopfte ihm beruhigend auf die Brust.

»Ganz ruhig«, sagte er. »Sie befinden sich in Sicherheit, Bradin. Sie sind an Bord der DREADFUL.«

Der Name des Flaggschiffs schien Bradin zu beruhigen. Er richtete den Oberkörper auf und erblickte Tipa Riordan.

»Mylady!« stammelte Bradin.

Tipa gab ihm einen Klaps. »Armer Junge«, sagte sie mitfühlend. »Was hat man mit Ihnen gemacht?«

»Ich weiß . . . nicht . . .« antwortete Bradin. Sein Gesicht verzerrte sich, als er sich zu erinnern versuchte. Er sank in das Kissen zurück. Kiyomi warf der Piratin einen warnenden Blick zu. Bradin hatte beide Hände von sich gestreckt und sie gefaltet, als wollte er einen Gott um Hilfe anrufen.

»Es war ein kleines Schiff«, sagte er leise. »Es durchmaß nicht einmal sechzig Meter. Wir wollten uns gegen den Beschuß zur Wehr setzen, aber eine innere Stimme hinderte uns daran.«

»Eine innere Stimme?« wiederholte Tipa. »Erklären Sie das, Bradin.«

Bradin preßte beide Hände gegen die Stirn und stöhnte.

»Ein Druck«, murmelte er. »Ja, es war ein dumpfer Druck, der sich auf meinen Kopf legte und mich beinahe handlungsunfähig machte. Unsere Gunner hockten wie gelähmt in ihren Sitzen.«

»Eine psychische Waffe«, mischte sich Dr. Kiyomi ein. »Ich vermutete es bereits. Vielleicht handelte es sich sogar um einen parapsychischen Angriff.«

»Mutanten?« Tipa bewegte unruhig ihre Füße.

Dr. Kiyomi antwortete nicht. Er beugte sich über Bradin, dessen Lippen bebten und auf dessen Stirn sich kalter Schweiß gebildet hatte. Kiyomi wischte dem Kranken über das Gesicht und reichte ihm etwas zu trinken. Dann gab er Tipa einen Wink, die Klinik zu verlassen. Tipa wartete draußen auf dem Gang, bis Kiyomi auftauchte.

»Bradin schläft jetzt«, sagte er. »Wir dürfen ihn nicht überanstrengen, sonst erleidet er einen Rückfall.«

»Glauben Sie, daß es stimmt, was er sagt?«

Dr. Kiyomi nickte.

»Werden Sie den Einsatz jetzt verschieben, Mylady?« wollte er wissen.

Tipa blickte ihn von unten herauf an.

»Nein«, sagte sie.

Ungehindert drang die kleine Flotte der Piratin in das Gal-System ein. Schnell durchgeführte Ortungen ergaben, daß sich innerhalb dieses Raumsektors keine anderen Schiffe aufhielten. Tipa war zufrieden. Sie befahl Dantroff, den Einsatz wie geplant fortzuführen.

Unmittelbar vor der Landung der Piratenschiffe auf Ursus geschah jedoch etwas, das die Piratin veranlaßte, ihre Pläne zu ändern.

An Bord der DREADFUL wurde ein Funkspruch aufgefangen, der von der Oberfläche des Planeten Ursus kam und den ein Verbindungsmann der Piraten abgestrahlt hatte.

Kawa Dantroff kam mit dem Klartext des Funkspruchs in Tipas Kabine.

»Lies mir den Text vor«, sagte Tipa zu dem Ersten Wesir.

»Geheimnisvolles Kugelraumschiff von sechzig Meter Durchmesser auf Ursus gelandet«, las Dantroff. »Empfange Schwingungsimpulse auf paramechanischer Basis.«

»Allerhand!« entfuhr es Tipa. Dann brach es aus ihr hervor. »Das ist das Schiff, das die ARPEGE vernichtet hat. Bradin berichtete, daß sein Geist durch psychischen Druck beeinflußt wurde. Auch seine Schilderung des angreifenden Schiffes stimmt mit der Beschreibung im Funkspruch überein.«

»Ich habe das Landemanöver vorläufig stoppen lassen«, sagte Dantroff.

Tipa nickte. Sie überlegte angestrengt, was nun zu tun war. Es ging ihr weniger darum, die Besatzung der ARPEGE zu rächen, als herauszufinden, wer der Kommandant des geheimnisvollen Schiffes war. Der Fremde mußte über ungewöhnliche Waffen verfügen. Es war jedoch unwahrscheinlich, daß das kleine Kugelraumschiff einem Angriff aller im Gal-System versammelten Piratenschiffe standhalten würde.

Warum war dieses mysteriöse Schiff ausgerechnet auf Ursus gelandet, nachdem es die ARPEGE zerstört hatte? fragte sich Tipa Riordan. Hatte der fremde Kommandant auf geheimnisvolle Weise erfahren, wo das Ziel der Piratenschiffe lag?

Sie gab sich einen Ruck. Sie war ärgerlich über sich selbst. Natürlich gab es nur eine Möglichkeit, das Rätsel zu lösen: Angriff!

»Hör zu, Kawa! Ich möchte, daß du ein Dutzend Beiboote klarmachst. Damit werden wir auf Ursus landen und uns vorsichtig dem feindlichen Schiff nähern. Alle Mutterschiffe bleiben im Orbit und greifen nur bei Gefahr an.«

Dantroff zwirbelte die Enden seines Schnurrbarts.

»An Bord eines der Beiboote werden du und ich sein«, fuhr Tipa fort. »Ich will sehen, was auf Ursus gespielt wird.«

Der Erste Wesir stieß einen Seufzer aus, protestierte jedoch nicht. Wenn Tipa sich entschlossen hatte, an dieser gefährlichen Operation teilzunehmen, konnte sie niemand davon abbringen.

Tipa humpelte zum Schrank und legte ihren Waffengürtel an.

»Worauf wartest du noch?« fauchte sie Dantroff an. »Wenn ich im Hangar ankomme, erwarte ich, daß alle Beiboote bereitstehen.«

Dantroff eilte davon. Inzwischen traf Tipa die letzten Vorbereitungen, die DREADFUL zu verlassen. Da die Piraten keinen festen Heimatplaneten besaßen, war Tipa gewohnt, an Bord der DREADFUL zu leben. Es war für sie ein seltenes Erlebnis, dieses Schiff zu verlassen. Diesmal blieb ihr jedoch keine andere Wahl. Sie ahnte, daß sie die Entwicklung von Ereignissen mit kosmischer Bedeutung miterlebte.

Als sie eine halbe Stunde später im Hangar ankam, wartete Dantroff bereits auf sie. Elf Beiboote hatten den Hangar schon verlassen. Tipa blickte sich um und registrierte befriedigt die grüßenden Faustschläge, die die Hangartechniker gegen ihre eigenen Gesichter führten. An Bord der Piratenschiffe gab es keine einheitlichen Uniformen. Die Männer und Frauen, die zur Besatzung gehörten, nutzten diese Freiheit und trugen bunte Phantasieuniformen.

Ächzend kletterte Tipa in das Beiboot und ließ sich in einen Sitz sinken.

»Sie haben eine kostbare Last an Bord«, sagte sie zu dem jungen Piraten, der an den Kontrollen saß. »Denken Sie daran, wenn wir in die Atmosphäre von Ursus eintauchen.«

Der Pirat unterdrückte ein Grinsen.

»Jawohl, Mylady«, sagte er.

»Los!« befahl Dantroff, nachdem die Hangarschleuse aufgeglitten war.

Getragen von seinen Antigravfeldern, schwebte das Schiff in den Weltraum. Tipa blickte durch die Kanzel. Ursus nahm fast das gesamte Blickfeld ein. Riesige Wolkenbänke versperrten die Sicht auf die Oberfläche. Weit entfernt sah Tipa ein paar Punkte im Sonnenlicht aufblitzen: die elf anderen Beiboote der DREADFUL.

Mit steinernem Gesicht kauerte Tipa in ihrem Sitz, beide Hände auf den Knauf ihres Spezialstocks gestützt. Sie war froh, daß sie keinen Raumanzug anzulegen brauchte. Die Atmosphäre des Planeten Ursus war atembar.

»Ich möchte nicht, daß wir zu nahe bei dem unbekannten Schiff landen«, sagte Tipa zu Dantroff. »Man soll uns nicht vorzeitig entdecken.«

Dantroff nickte. »Das habe ich schon befohlen«, sagte er. »Wir versammeln uns an der Quelle des großen Flusses, ein paar hundert Meilen von der Landestelle des Kugelraumschiffes entfernt. Von dort aus können wir uns dem gegnerischen Raumer im Gleitflug nähern.«

Das Beiboot durchstieß die Wolkendecke des Planeten, und Tipa konnte den ausgedehnten Dschungel sehen. Ursus war von den Dabrifanern als ausgezeichnetes Versteck für ein Waffenlager angesehen worden, und sie hatten nichts getan, um die Natur dieser Welt zu verändern. Dabrifa besaß einige hundert solcher Stationen. Der Vorteil lag auf der Hand. Schiffe im Einsatz brauchten nicht jedesmal bis ins System Normon zurückzukehren, um alle Vorräte aufzufrischen. Sie flogen den nächstgelegenen Stützpunkt an und ergänzten Waffen und Nahrungsmittel.

Tipa Riordan und ihre Piraten hatten im Laufe der letzten Jahrzehnte mit Erfolg einige Dutzend dieser Lager überfallen und ausgeraubt. Jedesmal, wenn man Imperator Dabrifa die Nachricht von einem solchen Überfall überbrachte, begann er zu toben und versicherte, daß er von nun an alle Stationen mit Schiffen absichern würde. Aufgrund der hochfliegenden Pläne des Diktators brauchte er seine Flottenverbände jedoch an anderen Stellen dringender, und so kam er nie dazu, seine Drohung wahr zu machen.

Stationen der Zentralgalaktischen Union und des Carsualschen Bundes waren ebenfalls nicht sicher vor Tipas Piraten.

Tipa lächelte befriedigt, als sie an verschiedene Raubzüge der letzten Jahre dachte. Dann verfinsterte sich ihr Gesicht. Sie erinnerte sich an das Ende des Solsystems und im Zusammenhang damit an Rhodans Tod. Mehr noch als »ihr Junge«, wie sie Rhodan genannt hatte, war Tipa Riordan eine Anhängerin einer vereinten Menschheit. Deshalb kämpfte sie gegen alle Gruppen, die von einer solchen Einheit nichts wissen wollten.

Die Nachricht vom Untergang des Solsystems war für Tipa ein schwerer Schlag gewesen, und mehr als viele andere Menschen klammerte sie sich an die hoffnungsvollen Gerüchte, die seit einiger Zeit in der Galaxis kursierten.

Perry Rhodan, so wurde behauptet, sei noch am Leben. Die Zerstörung des Solsystems sei ein gelungener Trick gewesen. In Wirklichkeit befänden sich die Menschheit und ihr Heimatsystem an einem sicheren Platz.

Solche Vorstellungen waren alles andere als real, aber Tipa träumte davon, daß sie wahr sein könnten. Ihre Gedanken konzentrierten sich auf das Geschehen außerhalb des Beibootes. Sie schwebten jetzt über der Flußquelle in einem kleinen Talkessel. Auch die elf anderen Beiboote hatten das Ziel erreicht.

»Da wären wir«, sagte Dantroff. »Ich hoffe, daß wir unentdeckt geblieben sind. Ich bin gespannt, wie nahe wir an das fremde Schiff herankommen.«

»Das werden wir bald wissen«, sagte Tipa ungeduldig. »Machen wir weiter.«

Dantroff wollte gerade seine Befehle geben, als das Ortungsgerät zu summen begann. Auf dem Bildschirm zeichneten sich die Umrisse eines Diskusschiffes ab, das sich langsam auf die Oberfläche des Planeten herabsenkte.

»Eine Space-Jet!« erkannte Kawa Dantroff verblüfft. »Woher mag sie kommen?«

»Ein Modell der Solaren Flotte!« sagte Tipa. Ihr Gesicht rötete sich vor Zorn. »Also steckt doch Atlan dahinter.«

Dantroff hob einen Arm, um sie zum Schweigen zu bringen, denn in diesem Augenblick sprach das Funkgerät des Beiboots an.

»Die Space-Jet versucht, mit dem Kugelraumschiff in Funkkontakt zu treten«, flüsterte Dantroff. »Hören wir zu, was man sich zu sagen hat.«

Sofort trat innerhalb des Beiboots Stille ein. Tipa beugte sich gespannt nach vorn. Aus dem Empfänger kam ein Rauschen, dann ertönte die nervöse Stimme eines Mannes.

»Hier ist Sergeant Antony Larall«, rief das Besatzungsmitglied der Space-Jet. »Ich war Funktechniker auf dem Flaggschiff der siebenundsechzigsten Strategischen Flotte unter General Hiram Kassandy. Der Name des Schiffes ist REDHORSE.«

Tipa und Dantroff wechselten einen schnellen Blick. Noch stand nicht fest, was der Sergeant auf Ursus wollte.

»Sprechen Sie weiter, Sergeant«, sagte eine unbeteiligt wirkende Stimme, die nur von Bord des Kugelraumschiffs kommen konnte.

Man hörte Luralls schweres Atmen. Gleich fuhr der Sergeant fort: »Ich habe im Konferenzraum der REDHORSE Abhörgeräte installiert. Dadurch ist es mir gelungen, ein Gespräch zwischen General Kassandy und einigen Kommandanten des Flottenverbandes zu belauschen.«

Tipa ballte die Fäuste.

»Ein Deserteur!« rief sie empört.

»Still!« zischte Dantroff. »Der Kerl spricht weiter.«

»Perry Rhodan lebt«, sagte Larall zu seinen unbekannten Zuhörern. »Ich habe nur Bruchstücke dieser Unterhaltung verfolgen können und kenne nicht alle Zusammenhänge. Der Großadministrator des Solaren Imperiums muß einen sogenannten Fünfhundertjahresplan entwickelt haben. Außerdem hörte ich mehrfach den Begriff Ghost-System, das durch eine Containerstraße versorgt wird.«

Tipa sprang auf und warf sich dem verblüfften Kawa Dantroff an den Hals.

Ihr Stock fiel zu Boden.

»Er lebt!« jubelte sie. »Hast du gehört, Kawa? Perry lebt.«

Sofort wurde sie wieder ernst. Ihre Augen verengten sich.

»Und dieser Schurke von einem Sergeant will Perry verraten. Das werden wir verhindern.«

Eine neue Stimme klang aus den Empfängern. Tipa vermutete, daß sie dem Kommandanten des geheimnisvollen Kugelschiffs gehörte, denn der Mann sagte: »Nun gut, Larall. Es sieht so aus, als hätten Sie brauchbare Informationen für uns. Sie können in der Nähe unseres Schiffes landen und an Bord kommen.«

Tipa war aufgeregt wie selten zuvor in ihrem Leben. Hastig griff sie nach ihrem Stock.

»Los!« schrie sie den Piloten an. »Wir schneiden diesem Larall mit seiner Space-Jet den Weg ab.«

»Das ist riskant, Tipa«, warnte Dantroff.

»Wäre ich nicht bereit, Risiken einzugehen, würde ich mich nicht Tipa Riordan, die Piratin nennen«, sagte Tipa.

Die elf Beiboote rasten los. Gleichzeitig begann die Space-Jet zu beschleunigen.

»Sie ist schneller!« rief Tipa außer sich. »Sie hat den kürzeren Weg.«

Sie ließ sich zwischen dem Piloten und Dantroff nieder und griff entschlossen nach dem Mikrophon des Funkgerätes.

»Hier ist Tipa Riordan!« rief sie. »An alle Piratenschiffe. Greift das fremde Kugelschiff mit Fesselfeldern an und verhindert, daß es mit Larall an Bord startet.«

Die Space-Jet war unmittelbar neben dem fremden Schiff gelandet. Antony Larall war herausgesprungen und rannte auf das Kugelschiff zu.

Dantroff starrte auf den Bildschirm.

»Wir könnten Larall jetzt erschießen«, sagte er dumpf.

»Nein!« Tipa legte eine Hand auf die Schulter des Ersten Wesirs. »Wir sind keine Mörder. Außerdem brauche ich Larall lebend.«

»Wenn er erst in der Schleuse verschwunden ist, sehen wir ihn nicht wieder«, prophezeite Dantroff.

Sie beobachteten, wie Larall zur Polschleuse hinaufschwebte; ein gehetzter Mensch, der sich ständig nach allen Seiten umblickte. In diesem Augenblick begann das Kugelschiff das Feuer auf die näher kommenden Beiboote zu eröffnen. Der Pilot wand sich in seinem Sessel.

»Was ist?« schrie Tipa ihn an. »Haben Sie plötzlich Bauchschmerzen bekommen?«

Der Mann schüttelte wütend den Kopf.

»Ein Druck im Kopf«, sagte er mühsam. »Ich glaube, ich verliere die Kontrolle über mich.«

Tipa stieß einen höchst undamenhaften Fluch aus und gab Dantroff ein Zeichen, daß er sich der Steuerung annehmen solle.

»Das ist wieder die geheimnisvolle parapsychische Waffe«, sagte Dantroff.

Die großen Piratenschiffe tauchten über dem Land auf. Unsichtbare Energiefinger griffen nach dem gegnerischen Schiff. Der Pilot des Beiboots richtete sich auf. Er atmete schwer und war blaß. Er versuchte Tipa anzulächeln.

»Es geht jetzt wieder besser«, sagte er.

»Kein Wunder«, versetzte Dantroff. »Unsere Gegner müssen ihren suggestiven Angriff jetzt gegen mehrere Ziele richten, so daß der mentale Druck gegen den einzelnen nachläßt.«

Obwohl sie und Dantroff mentalstabilisiert waren, begrüßte Tipa diese Entwicklung. Die Kommandanten der Piratenschiffe berichteten ihrer Chefin über Funk, daß sie einen starken geistigen Druck verspürten, der sie zur Umkehr veranlassen wollte. Der Befehl war jedoch nicht stark genug.

»Der Fremde sitzt in der Falle«, sagte Tipa triumphierend, als mehrere Startversuche des kleinen Kugelschiffs mißglückten. »Jetzt holen wir uns Larall.«

Sie gab den Landungskommandos den Befehl zum Ausschleusen. Die Schleusen der großen Schiffe öffneten sich. Gleich darauf regneten Tausende von bewaffneten Piraten in ihren flugfähigen Kampfanzügen auf das Land hinab. Tipa stieß einen Pfiff aus.

»Dringt in das Schiff ein!« befahl Tipa den Piraten über Funk. »Macht so viele Gefangene wie möglich.«

Inzwischen waren alle Beiboote zurückgekehrt. Die parapsychische Beeinflussung hatte weiter nachgelassen, so daß alle Piloten die Steuerung wieder vollkommen beherrschten.

Tipa und Dantroff sahen zu, wie die landenden Piraten mit ihren Strahlern gewaltsam eine Schleuse des gegnerischen Schiffes öffneten. Als die ersten Männer eindrangen, begann das Kugelschiff plötzlich aufzuglühen.

»Sehen Sie!« rief der junge Pilot Tipa zu. »Das Schiff leuchtet.«

»Selbstvernichtung!« erkannte Tipa grimmig. Sie befahl ihren Männern den Rückzug. Die Piraten flohen aus dem Schiff. Ein paar von ihnen zerrten Besatzungsmitglieder mit ins Freie.

Da explodierte das Kugelschiff.

Der Luftdruck war so gewaltig, daß alle in der Nähe befindlichen Piraten zu Boden geworfen wurden. Eine Stichflamme breitete sich nach allen Seiten aus. Rauch und Flammen stiegen in die Höhe. Auch die elf Beiboote wurden von der Druckwelle erfaßt und erschüttert.

»Landen!« schrie Tipa dem Piloten zu. »Ich will nicht, daß uns die Gefangenen in diesem Chaos entkommen.«

Geistesgegenwärtig tauchte der junge Pirat mit dem Beiboot in die sich rasch ausdehnenden Rauchschwaden. Unter ihnen taumelten Männer aus dem Gefahrenbereich. Tipa kniff die Augen zusammen um besser sehen zu können. Dantroff gab pausenlos Befehle über Funk.

»Da unten ist Larall!« rief Tipa. »Er wird von zwei Piraten festgehalten.«

Das Beiboot landete. Da Larall keinen Schutzanzug getragen hatte, wäre er durch die Explosion des Schiffes fast getötet worden. Die beiden Piraten, die ihn aus dem Schiff geholt hatten, mußten ihn stützen. Der Deserteur schien dem Wahnsinn nahe. Seine Augen waren weit aufgerissen.

Tipa sprang behend aus der Schleuse des Beiboots und hüpfte mit ihrem Hydraulikstock auf die drei Männer zu.

»Bringt ihn an Bord!« befahl sie den Piraten. »Wir werden bald wissen, was hier überhaupt gespielt wurde.«

Eine heftige Detonation ließ sie herumfahren. Unweit der Explosionsstelle bildete sich eine zweite Rauchwolke.

Dantroff tauchte in der Schleuse des Beiboots auf und wedelte wie verrückt mit den Armen.

»Schnell!« schrie er. »Wir werden von den dabrifanischen Wachmannschaften angegriffen.«

Tipa warf dem Ersten Wesir einen mißbilligenden Blick zu.

»Du wirst mich niemals dazu bringen, daß ich mich undamenhaft bewege«, murmelte sie.

Mit diesen Worten schwang sie sich auf ihren Stock und sprang mit drei gewaltigen Sätzen zum Beiboot zurück.

Als Dantroff die Kabine der Piratin betrat, merkte Tipa sofort, daß der Erste Wesir schlechte Laune hatte.

»Sind die sechs Gefangenen gut untergebracht?« erkundigte sie sich.

Natürlich«, sagte Dantroff. Er ging wie ein gereiztes Tier in der Kabine auf und ab, die Hände auf dem Rücken und sein Kinn angriffslustig vorgestreckt.

»Ist dir nicht gut?« erkundigte sich Tipa.

»Ich verstehe nicht, warum wir den Einsatz im Gal-System abgebrochen haben«, packte Dantroff aus. »Wegen der Wachmannschaften hätten wir uns keine Sorgen zu machen brauchen. Es wäre einfach gewesen, sie zu paralysieren. Wenn ich daran denke, welche intensiven Vorbereitungen uns dieser Einsatz gekostet hat, muß ich das Ergebnis als unbefriedigend bezeichnen.«

Tipa sagte nichts. Manchmal war es gut, wenn Kawa Dantroff sich austoben konnte. Natürlich hatte er nicht unrecht. Die Piraten hatten für die Planung dieses Einsatzes nicht nur Zeit, sondern auch Geld geopfert. Nun verließen sie das Gal-System ohne jede Beute.

Der erboste Dantroff schimpfte unablässig weiter.

»Ich frage mich, was mit dir los ist«, sagte er. »Hast du plötzlich Sympathien für Dabrifa entdeckt?«

»Setz dich hin!« sagte Tipa.

Dantroff ließ sich auf einen Stuhl sinken. Er beobachtete Tipa, die zum Schrank gegangen war und eine Liste hervorholte.

»Wir können annehmen, daß Larall die Wahrheit sprach, als er den unbekannten Kommandanten des Kugelschiffes davon unterrichtete, Perry Rhodan sei noch am Leben«, sagte sie.

»Was hat das mit unserem Rückzug aus dem Gal-System zu tun?« brauste der Erste Wesir auf.

Tipa hob den Arm.

»Hör mir zu, Kawa. Wir haben keine Möglichkeit, uns mit Perry in Verbindung zu setzen und ihm von den geheimnisvollen Vorgängen im Zusammenhang mit der Zerstörung der ARPEGE zu berichten. Auch von den Vorfällen auf Ursus können wir ihn nicht informieren. Also werde ich ein Hyperfunkgespräch mit meinem speziellen Freund, dem arkonidischen Schwachkopf, führen.«

»Hältst du es für gut, solche Informationen über Hyperfunk durchzugeben?« wandte Dantroff ein.

»Natürlich nicht!« sagte Tipa. »Ich werde Atlan nach Olymp bestellen.«

»Er wird nicht kommen.«

Tipa lächelte verschlagen.

»Er wird kommen, verlasse dich darauf, Kawa. Wir werden uns mit dem Beuteterraner in vier Tagen auf Olymp treffen, also am zwölften Februar.«

Auf Dantroffs Stirn erschien eine steile Falte.

»Wir brauchen doch keine vier Tage, um Boscyks Stern zu erreichen«, sagte er.

»Das ist richtig«, stimmte Tipa zu. Ein listiger Ausdruck erschien auf ihrem Gesicht. »Ich schätze jedoch, daß wir so lange brauchen, um Antony Larall und die fünf anderen Gefangenen in aller Form zu verhören.«

Jetzt lachte auch Dantroff.

»Ich verstehe«, nickte er.

»Bemühe dich jetzt um eine Hyperfunkverbindung nach Quinto-Center!« befahl Tipa.

Dantroff stand auf und verbeugte sich. Bevor er hinausging, schmetterte er dreimal die Faust gegen sein Kinn.

19.

Vor einer Stunde waren Lordadmiral Atlan und Alaska Saedelaere auf Olymp angekommen. Sie waren mit der IMPERATOR auf einem der zwölf kreisförmig angeordneten Raumhäfen gelandet und hatten sich sofort an Bord eines Gleiters begeben, der sie nach Trade City gebracht hatte.

Saedelaere zeigte sich beeindruckt, als er die praktisch aus dem Boden gestampften Anlagen von Olymp zum erstenmal zu Gesicht bekam. Er hatte auf der Erde von diesem Handelsplaneten gehört, aber nicht geglaubt, eine derartige Perfektion vorzufinden.

Unmittelbar nach der Landung hatte Atlan sich mit Anson Argyris in Verbindung gesetzt und erfahren, daß Tipa Riordan noch nicht eingetroffen war.

»Wenn mich die Giftnatter betrogen hat, wird sie es bereuen«, sagte Atlan zu Saedelaere, als sie aus dem Gleiter stiegen und eines der Gebäude der als »Kosmische Wirtschaftskooperation« getarnten GCC betraten.

»Sie wird kommen, Sir«, sagte Saedelaere überzeugt.

Sie durchquerten die große Eingangshalle, wo Saedelaere wegen seiner Maske von vielen Menschen angestarrt wurde. Er schien jedoch daran gewöhnt zu sein, allgemeine Aufmerksamkeit zu erregen, und zeigte keinerlei Reaktion.

»Wir gehen sofort zu Argyris«, sagte Atlan. »Haben Sie ihn schon kennengelernt?«

»Nein«, sagte Saedelaere.

Atlan lächelte schwach.

»Ein ungewöhnlicher . . . Mensch«, sagte er. »Ich bin gespannt, was Sie von ihm halten.«

Ein Sekretär des Kaisers Argyris führte sie zu den Haupträumen. Atlan und Saedelaere wurden höflich aufgefordert, inzwischen Platz zu nehmen und sich ein paar Sekunden zu gedulden. Der Kaiser sprach gerade vor dem Handelsrat, der gleichzeitig die Regierung von Olymp bildete.

Saedelaere stand am Fenster und blickte auf die riesige Stadt hinaus. Seine Gedanken weilten in der Vergangenheit. Atlan hatte am Schreibtisch Platz genommen und blätterte interessiert in einigen Papieren.

Saedelaere hörte das leise Zischen der Tür und wandte sich um.

Ein zwei Meter großer, ungewöhnlich muskulöser Mann stampfte in den Raum.

Saedelaere nahm blitzschnell alle Einzelheiten in sich auf und verarbeitete sie zu einem Gesamtbild.

In der Tat: Anson Argyris war ein ungewöhnlicher Mann.

Die Stimme des Kaisers dröhnte in den Ohren: »Entschuldigen Sie, daß Sie einen Augenblick warten mußten, Sir.«

»Schon gut«, sagte Atlan. »Kaiser, dieser Mann ist Alaska Saedelaere. Alaska, vor Ihnen steht Kaiser Anson Argyris.«

Saedelaere mußte unwillkürlich an eine Urgewalt denken, als Argyris auf ihn zukam, um ihm die Hand zu schütteln.

»Der Mann mit der Maske«, sagte Argyris. »Ich habe schon von Ihnen gehört. Halten Sie es für möglich, daß ich einen Blick auf Ihr Gesicht werfen könnte, ohne dadurch Schaden zu erleiden?«

Es kam selten vor, daß Alaska Saedelaere schockiert wirkte. Jetzt geschah es. Er blickte Argyris mißtrauisch an.

»Ich habe nichts gegen Masken«, sagte Argyris polternd.

Sofort sah Saedelaere eine Möglichkeit, zurückzuschlagen.

»Vielleicht, weil Sie selbst welche benutzen, Sir?«

Argyris fuhr herum und blickte Atlan an.

»Kennt er mein Geheimnis?«

»Nein«, sagte Atlan. »Aber jedes weitere Wort, das Sie von sich geben, wird ihn mit Sicherheit auf die richtige Spur bringen. Er ist unser bester Logiker.«

Argyris griff unter seine Bluse und manipulierte einen Augenblick an seiner Brust. Dann riß er die Bluse auseinander und zeigte auf eine Schicht aus Atronital-Kompositum.

Saedelaere sagte zu Atlan: »Ein Roboter als Regent auf Olymp. Damit hätte ich nie gerechnet.«

Argyris lachte und schloß seine Maske und die Bluse.

»Wir sind uns ähnlich, Sie und ich«, sagte Argyris. »Beide können wir nicht verantworten, unser wahres Gesicht zu zeigen – wenn auch aus völlig verschiedenen Gründen.«

Atlan erhob sich und trat zwischen Saedelaere und den Vario-500-Roboter.

»Bevor Sie sich beide verbrüdern, möchte ich daran erinnern, warum wir hier sind«, sagte er. »Anson, ich bin ungeduldig, daß Tipa noch nicht eingetroffen ist. Alaska bezweifelt zwar, daß sie uns hintergeht, aber ich traue diesem Hutzelweibchen alles zu.«

Argyris wirkte einen Augenblick ratlos.

»Was ist ein Hutzelweibchen, Sir?«

Zwei Stunden nach der IMPERATOR landete die achthundert Meter durchmessende DREADFUL auf einem der Raumhäfen von Olymp.

Über Funk beschwerte sich Tipa Riordan über die zahlreichen Sicherheitsmaßnahmen und drohte den Verantwortlichen mit einem Prozeß. Da fast alle Piraten Nachkommen von Freihändlern waren, betrachtete Tipa das System von Boscyks Stern als ihren Besitz. Sie hatte Olymp als wilden Planeten mit wenigen Städten und Stationen in Erinnerung. Nun war aus dieser Welt die größte bekannte Handelsstation der Galaxis geworden.

»Die alte Dame wirkt gereizt, Lordadmiral«, bemerkte Anson Argyris, als er das Gespräch mit dem Raumhafen abgebrochen hatte. »Trotzdem fand sie sich bereit, zusammen mit ihrem Ersten Wesir hierherzukommen.«

»Wappnen wir uns«, schlug Atlan vor. »Sie wird sich wie der Teufel persönlich aufführen, bevor sie mit ihren Informationen auspackt. Wenn sie in schlechter Stimmung ist, kann sie unmögliche Dinge tun.«

Saedelaere war auf sein erstes persönliches Zusammentreffen mit der Piratin gespannt. Tipa Riordan war eine legendäre Gestalt; man sagte ihr Taten nach, die sie wahrscheinlich niemals begangen hatte. Aber so erging es allen bekannten Persönlichkeiten.

»Wenn sie keine Vernunft annehmen sollte, lasse ich sie verhaften«, kündigte Atlan an.

»Glauben Sie, daß das klug ist?« fragte Argyris.

Atlan maß den Roboter mit einem finsteren Blick.

»Sie sind wie Perry und Saedelaere«, warf er dem Kaiser vor. »Warum ergreifen Sie Partei für diese Giftnatter?«

»Man hat mich erbaut, damit ich für die Menschheit arbeite«, erinnerte Argyris. »Warum sollte ich jemandem feindlich gesinnt sein, der im Grunde genommen die gleichen Ziele verfolgt wie ich.«

»Es kommt immer noch darauf an, auf welche Weise man ein Ziel zu erreichen versucht«, antwortete Atlan heftig. »Tipa Riordan ist für mich eine gefährliche Kriminelle, der man das Handwerk legen muß.«

Jeder weitere Widerspruch hätte die Kompetenz des Vario-500 überschritten. Anson Argyris hüllte sich von nun an in Schweigen. Auch Saedelaere sprach nicht viel. Nur Atlan stieß ab und zu eine Drohung aus, die der Piratin galt.

Endlich erhielt Argyris über die Sprechanlage die Nachricht, daß die Piratin und Kawa Dantroff eingetroffen waren und darauf warteten, von Atlan empfangen zu werden.

»Soll ich mich zurückziehen, Sir?« erkundigte sich der Robot-Kaiser.

Atlan schüttelte den Kopf.

»Es ist mir lieber, wenn Sie und Saedelaere in der Nähe bleiben«, sagte er. »Sie können mich eventuell davor bewahren, einen Mord zu begehen.«

Wenig später riß der Erste Wesir der Piratin die Tür auf und brüllte in den Raum: »Mylady Tipa Riordan!«

Auf ihren Stock gestützt, humpelte Tipa herein. Anson Argyris schlug sich dreimal so fest mit der Faust auf das Kinn, daß es explosionsartige Geräusche gab. Zögernd folgte Atlan dem Beispiel des Kaisers. Tipas grüne Augen erblickten Saedelaere, und sie sagte mit schriller Stimme: »Auch Sie sollten mich grüßen, wie es sich gehört, junger Freund.«

Alaska deutete eine Verbeugung an.

»Bedaure, Mylady. Ein Schlag könnte meine Maske verschieben, und ein solches Mißgeschick wäre weder in Ihrem noch in meinem Sinne.«

»Dann tupfen Sie eben leicht dagegen«, verlangte Tipa.

Saedelaere führte ihren Wunsch aus. Nun schien Tipa befriedigt zu sein. Ihre Blicke erfaßten den bequemsten Sessel im Raum, und sie steuerte zielsicher darauf zu. Als sie sich gesetzt hatte, nahm Kawa Dantroff hinter der Lehne Aufstellung und schleuderte wilde Blicke um sich.

»Zunächst«, eröffnete Tipa das Gespräch, »möchte ich erfahren, was mit diesem Planeten geschehen ist. Kaiser Argyris, wollen Sie mir bitte antworten?«

Bevor der Roboter etwas sagen konnte, sprach Atlan.

»Das ist jetzt unwesentlich, Tipa«, sagte er. »Wir wollen wissen, weshalb du mich hierherbestellt hast. Später können wir uns dann über alle anderen Probleme unterhalten.«

Tipa warf ihm einen verächtlichen Blick zu.
»Du sprichst nur, wenn du gefragt wirst, Beuteterraner.«
Das war selbst für den beherrschten Arkoniden zuviel.
»Hier gebe ich die Befehle!« rief er. »Im Interesse deiner eigenen Sicherheit empfehle ich dir, Zurückhaltung zu üben, Tante Tipa. Ich bin jederzeit in der Lage, dich zu verhaften. Es gibt keinen Perry mehr, der dich vor einer Verbannung auf einen Strafplaneten retten könnte.«
Tipa kicherte und blickte sich belustigt zu Kawa Dantroff um, der in ihr Lachen einstimmte.
»Hör dir den Arkon-Scheich an, Kawa«, sagte Tipa zu ihrem Ersten Wesir.
Ihre Blicke richteten sich wieder auf den Lordadmiral.
»Perry Rhodan lebt!« stieß sie hervor. »Das Schauspiel hat ein Ende.«
Nur mühsam gelang es Atlan, seine Überraschung zu verbergen. Saedelaere verließ seinen Platz am Fenster und näherte sich der Piratin. Seine Augen hinter der Maske schienen zu glühen.
»Du mußt verrückt sein, Tante Tipa«, sagte Atlan und täuschte Gelassenheit vor. »Seit wann verfällt eine Realistin wie du in Wunschdenken?«
Der Stock der Piratin knallte ein paarmal gegen den harten Boden. Aus den Augenwinkeln beobachtete Saedelaere, daß Anson Argyris unentwegt grinste und mit beiden Händen über seinen Bart strich. Vario-500 war tatsächlich ein perfekter Roboter mit einer noch perfekteren Maske.
»Schon einmal was von einem Fünfhundertjahresplan gehört?« schnaubte Tipa. »Oder muß ich erst Begriffe wie Ghost-System und Containerstraße nennen, um dich zum Reden zu bringen?«
Atlan schwieg. Er überlegte, woher die Piratin ihre Informationen haben konnte. War ihr Wissen der Grund, warum sie mit ihm auf Olymp zusammengetroffen war?
»Ich bin kein Dummerchen«, fuhr Tipa fort. Sie erhob sich und ging zum Fenster. Mit ihrem dürren Arm deutete sie auf die Stadt hinaus. »Ich wette, Olymp ist ein Teil des Fünfhundertjahresplans. Vermutlich wird von hier aus das Ghost-System versorgt.«
»Du ziehst voreilige Schlußfolgerungen«, sagte Atlan.
»Wirklich?« Tipa kam dicht an Atlan heran. Ihr Atem ging stoßweise, und ihre abstoßend klingende Stimme überschlug sich fast, als sie sagte: »Perry lebt, und ich werde ihn finden. Auch ohne deine Hilfe.«

»Ich kann dich nicht daran hindern, die Galaxis unsicher zu machen«, sagte Atlan. Er wandte sich von ihr ab und ging hinter den Schreibtisch, wo er sich niederließ. Saedelaere sah, daß sich die Hände des Arkoniden um die Armlehnen des Sessels schlossen. Er schien Mühe zu haben, Tipa Riordan gegenüber Zurückhaltung zu üben.

»Wir wollen uns doch nicht streiten«, sagte Anson Argyris und trat vor. »Gnädige Frau, bedenken Sie bitte, wie kostbar die Zeit des Lordadmirals ist. Haben Sie ihn nur nach Olymp bestellt, um ihn mit Gerüchten zu bombardieren?«

Tipa starrte böse vor sich hin.

»Sprich du für mich«, sagte sie zu Kawa Dantroff.

Dantroff trat hinter dem Sessel hervor und malträtierte die Enden seines Bartes. Von Anfang an war Anson Argyris dem Ersten Wesir unsympathisch gewesen, denn er fühlte sich ihm, was die Schönheit ihrer Bärte betraf, grenzenlos unterlegen.

»Ist die Veränderung Olymps vielleicht ein Gerücht?« fragte Dantroff. Er schnippte mit den Fingern. »Wir sagen – nein!«

Saedelaere sagte ruhig: »Mir scheint, wir sind an einem toten Punkt angelangt. Erlauben Sie, daß ich mit Mylady spreche, Lordadmiral?«

»Ja«, sagte Atlan. »Ich bin dankbar, wenn das Gezische der Giftnatter ausnahmsweise einem anderen gilt.«

Bevor Tipa Riordan aufbrausen konnte, sprach Saedelaere weiter, aber seine Worte waren an die Piratin gerichtet.

»Sie sind hierhergekommen, weil Sie von dem, was Sie sagten, überzeugt sind«, erklärte der Logiker. »Sie glauben also, zuverlässige Informationen erhalten zu haben. Vermutlich haben Sie sogar Beweise oder glauben im Besitz von solchen zu sein. Ich nehme an, an Bord Ihres Schiffes halten sich Menschen auf, die uns mehr erzählen könnten.«

Mit offenem Mund starrte Tipa auf den Transmittergeschädigten. Dann blickte sie ratlos zu Kawa Dantroff, der jedoch geflissentlich aus dem Fenster schaute, als seien dort im Augenblick ungeheuer interessante Geschehnisse zu beobachten.

»Sieh an«, murmelte Tipa schließlich. »Hinter dieser billigen Plastikmaske steckt ein kluges Köpfchen.«

»Ich bedanke mich für dieses Kompliment«, sagte Saedelaere. »Ich habe jedoch weiter nichts getan als verschiedene Daten ausgewertet. Wie Sie ja bereits erfahren haben, bin ich Logiker.«

Tipa ging zum Schreibtisch und fegte mit einer Handbewegung alle dort liegenden Papiere zur Seite.

»Also gut, Arkonide«, sagte sie. »Folge mir mit diesem Saedelaere an Bord meines Schiffes. Dort werde ich dir jemand vorstellen.«

»Einverstanden.« Atlan stand auf.

»Haben Sie etwas gegen meine Begleitung einzuwenden?« mischte sich Anson Argyris ein.

»Ich bin dafür, daß er hierbleibt«, sagte Dantroff hastig. Er war voller Sorge, die Besatzung der DREADFUL könnte den herrlichen Bart des Kaisers zu Gesicht bekommen.

»Unsinn, Kawa!« sagte Tipa. »Er kommt mit.«

Atlan war nicht sicher, ob die DREADFUL dasselbe Schiff war, das er vor einhundertdreiundzwanzig Jahren schon einmal unter wenig erfreulichen Umständen betreten hatte. Tipa Riordan war reich und einflußreich genug, um sich alle drei Jahrzehnte ein neues Flaggschiff auswählen zu können. Ihre Verbindungen zu der geheimnisvollen Gruppe der Wissenschaftler gestatteten ihr, alle Schiffe der Piratenflotte mit den neuesten technischen Errungenschaften auszurüsten. An Bord der DREADFUL gab es Anlagen, wie man sie auch innerhalb der Solaren Flotte nicht besaß. Auch das war ein Grund, warum Atlan der alten Frau nicht besonders wohlgesinnt war.

Als sie das Schiff durch die Hauptschleuse betraten, zog Atlan Anson Argyris zu sich heran und flüsterte ihm zu: »Sehen Sie sich gut um, Anson.«

Argyris gab durch ein Zeichen zu verstehen, daß er aufmerksam sein würde.

Tipa und Dantroff führten ihre drei Begleiter in die Bordklinik des Schiffes. Atlan war enttäuscht, daß er die Zentrale nicht zu sehen bekam, aber er war entschlossen, sich dort noch umzusehen.

Vor dem Eingang der Klinik blieb Tipa stehen.

»Machen Sie sich auf einen unangenehmen Anblick gefaßt, meine Herren«, sagte sie.

Dantroff stieß eine Tür auf und trat zur Seite, damit Tipa und ihre Gäste eintreten konnten. Dr. Koy Kiyomi kam ihnen entgegen. Tipa stellte den Arzt vor.

»Führen Sie uns zuerst zu den vier Toten, Doc!« befahl Tipa.

Kiyomi ging voraus. Er brachte Tipa und ihre vier Begleiter in einen Seitenraum der Klinik. Zu beiden Seiten an der Wand standen

Betten. In jedem Bett lag ein toter Mann. Die Toten hatten alle die gleiche Haltung. Ihre Arme wiesen starr zur Decke. Ihre Hände wirkten wie Krallen. Als Atlan näher kam, sah er, daß die Augen der Männer hervorstanden und blutunterlaufen waren.

Der Arkonide wandte seine Blicke ab.

»Kein schöner Anblick«, sagte Dr. Kiyomi und zog die Laken über die Leichen.

»Wer sind diese Männer?« fragte Atlan. »Gehören Sie zur Besatzung der DREADFUL?«

Tipa schüttelte den Kopf.

»Es sind vier von insgesamt sechs Gefangenen, die wir auf Ursus im Gal-System gemacht haben«, sagte die Piratin.

Sie berichtete, was im Gal-System geschehen war. Niemand unterbrach sie.

»Was ist mit Antony Larall?« fragte Saedelaere, als Tipa geendet hatte.

»Der Deserteur ist am Leben«, antwortete Tipa grimmig. »Bis auf eine psychische Störung ist er völlig gesund.«

»Und was ist mit dem fünften Besatzungsmitglied, das Sie gefangengenommen haben?« wollte Atlan wissen.

»Wir haben ihn im letzten Augenblick in Tiefnarkose versetzen und einfrieren können«, sagte Tipa. »Nur so blieb ihm das gleiche Schicksal wie diesen vier Männern erspart.«

»Wie ist es passiert?« Diesmal war es Anson Argyris, der die Frage stellte.

»Während des Verhörs«, antwortete Dr. Kiyomi anstelle Tipas. »Die Gehirne der Männer sind explodiert.«

»Was heißt das?«

Kiyomi zuckte mit den Schultern.

»Ich habe so etwas noch nie erlebt«, gestand er. »Zunächst strahlten alle fünf parapsychische Impulse aus. Dann passierte es. Keiner von ihnen antwortete auf unsere Fragen.«

»Und Larall?«

»Larall weiß nicht viel«, sagte Tipa. »Ich nehme an, daß er nicht freiwillig desertierte, sondern parapsychisch beeinflußt wurde.«

Kiyomi ging zum Eingang.

»Wollen Sie jetzt den eingefrorenen Gefangenen sehen?« fragte er.

Tipa kicherte.

»Du kannst mit diesem lebenden Leichnam machen, was immer du möchtest«, sagte sie zu dem Arkoniden.

Atlan begriff, daß die Piratin einer Sache auf die Spur gekommen war, die von großer Bedeutung für die gesamte Menschheit sein konnte. Nicht nur, daß ein Sergeant der Solaren Flotte desertiert war, sondern vor allem die Umstände, unter denen Tipas Gefangene gestorben waren, wirkten alarmierend auf den Arkoniden.

Er wandte sich an Saedelaere.

»Was halten Sie davon, Alaska?«

Saedelaere sagte: »Zu viele Daten, Sir. Ich muß noch überlegen.«

Atlan drehte den Kopf in Richtung des Roboters. »Anson?«

»Ja«, sagte Argyris gedehnt. »Ich glaube nicht, daß das geheimnisvolle Schiff, das Tipa auf Ursus angegriffen hat, zur Flotte des Imperators Dabrifa gehört. Ich sehe auch keine Verbindung zu einem anderen Sternenreich.«

»Accalauries?« fragte Atlan.

Argyris schüttelte entschieden den Kopf.

Atlan bezweifelte es ebenfalls. Wahrscheinlicher war, daß sie zum erstenmal mit einer bisher unbekannten Macht zusammengeprallt waren.

Die Tatsache, daß diese Macht Kontakt mit einem Deserteur der Solaren Flotte aufnahm, bewies, daß sie an den Geschehnissen innerhalb des Ghost-Systems interessiert war. Zum Glück war Larall nicht mehr dazu gekommen, Einzelheiten zu verraten.

Aber schon in diesem Augenblick konnte an anderer Stelle ein zweiter Deserteur dem unbekannten Gegner ins Netz gehen.

Dieser Gedanke alarmierte den Arkoniden. Es mußte sofort etwas unternommen werden. Vor allem mußten sie herausfinden, wer der Gegner war und welche Ziele er verfolgte.

»Bist du damit einverstanden, wenn ich die Sache jetzt in die Hand nehme?« fragte Atlan die Piratin.

»Ich hoffe, daß du etwas unternimmst«, versetzte Tipa.

»Anson«, sagte Atlan zu dem Vario-500. »Sorgen Sie dafür, daß alle Verbindungsmöglichkeiten nach Quinto-Center und ins Ghost-System nur mir zur Verfügung stehen. Außerdem brauche ich ein Dutzend zuverlässige Kuriere.«

Anson Argyris verschwendete keine Zeit mit einer Antwort, sondern stürmte davon.

Tipa Riordan maß Atlan und Saedelaere mit kritischen Blicken.

»Ghost-System«, sagte sie ironisch. »Ich dachte, das gibt's nicht.«

Antony Larall sah nicht wie ein Deserteur aus. Er war ein sechzigjähriger korpulenter Mann mit rosigen Wangen und schütteren Haaren. Seine Lippen bebten, als Atlan und Alaska Saedelaere die Kabine betraten, in der er gefangengehalten wurde. Es war unverkennbar, daß Larall eine weitere Nervenprobe nicht überstehen würde.

Der Arkonide zog sich einen Stuhl heran und ließ sich rittlings darauf nieder, wobei er seine Ellenbogen auf die Lehne stützte. Saedelaere blieb stehen. Larall konnte seine Blicke nicht von der Maske des Logikers wenden.

»Sergeant Antony Larall«, eröffnete Atlan das Verhör. »Sie wissen, wer ich bin?«

Larall schluckte hörbar. »Ja, Sir.«

»Von dem, was Sie in den nächsten Minuten sagen, wird es abhängen, ob wir Sie als Verräter an der Menschheit oder als Opfer einer feindlichen Macht behandeln«, sagte Atlan eindringlich. »Denken Sie daran! Lügen sind sinnlos. Sie wissen, daß wir alle Ihre Antworten leicht überprüfen können.«

»Sie werden mir nicht glauben«, sagte Larall verzweifelt. »Während meiner Laufbahn habe ich mir niemals etwas zuschulden kommen lassen.«

»Ihre Vergangenheit interessiert uns nicht«, sagte Atlan. »Wichtig ist allein, warum Sie zum Verräter wurden. Schildern Sie uns, was sich an Bord der REDHORSE abgespielt hat.«

»Es war nicht an Bord der REDHORSE«, begann Larall stockend zu erzählen. »Bei einer Zwischenlandung auf DeFrisackers Planet nutzte ich meinen zehnstündigen Urlaub zu einem Stadtbummel. Meine Kameraden, die mich begleiteten, interessierten sich für das berühmte Robot-Museum in Salartan. Mein Fehler war, daß ich sie nicht zu der Ausstellung begleitete, sondern die Auslagen der großen Geschäfte betrachtete. Ich wollte Geschenke für meine Frau und die Kinder kaufen.« Larall unterbrach sich und befeuchtete die Lippen mit der Zungenspitze. Er war sehr verstört. Es schien ihn anzustrengen, die Ereignisse von damals zu rekapitulieren.

»Weiter«, drängte Atlan. »Was geschah dann?«

»Ich betrat ein kleines Teppichgeschäft«, nahm Larall den Faden wieder auf. »Heute glaube ich, daß es kein Zufall war, daß ich jenes Geschäft betrat, denn ich wurde von zwei Männern bedient, die für alles verantwortlich sind, was danach geschah.«

»Welche Männer? Kolonisten von DeFrisackers Planet?« Atlans Stimme klang schroff.

»Ich glaube nicht, daß es Kolonisten waren«, sagte Larall. »Sie breiteten einen Teppich vor mir aus, dessen Muster seltsame Kreise bildeten, die sich vor meinen Augen zu drehen schienen. Ich wurde bewußtlos.«

»Wann kamen Sie wieder zu sich?« fragte Saedelaere.

»Nach über fünf Stunden. Mir war elend. Ich lag in einer Ecke des Ladens auf einem Teppich. Niemand war in der Nähe. Ich mußte mich übergeben und fürchtete, das Schiff zu versäumen, denn ich drohte abermals das Bewußtsein zu verlieren. Ich ging auf die Straße, entschlossen, jemand um Hilfe zu bitten. Doch ein innerer Zwang hinderte mich daran, einen der vielen Passanten anzusprechen. Auch später, als ich die REDHORSE erreichte und es mir wieder besserging, sprach ich zu keinem Besatzungsmitglied über mein seltsames Erlebnis. Jedesmal, wenn ich es versuchte, entstand ein dumpfer Druck in meinem Kopf. Zu meinem Entsetzen begann ich unmittelbar nach dem Start der REDHORSE in einem der Konferenzräume Abhöranlagen einzubauen. Es war entsetzlich. Ich wollte schreien, aber es gelang mir nicht. Meinen Kameraden fiel auf, daß ich verstört war, aber wenn sie mich nach den Gründen fragten, täuschte ich eine Magenverstimmung vor. Gegen meinen Willen blieb ich auch während der Ruhezeiten wach und hörte die Gespräche ab, die General Hiram Kassandy führte. Dann kam jenes Gespräch, das mich veranlaßte, mit einem Beiboot die REDHORSE zu verlassen und ins Gal-System zu fliegen.« Laralls Kopf sank nach vorn.

Larall versuchte, seine zitternden Hände zu beruhigen, indem er sie um seine Arme legte.

Atlan sah, daß der Deserteur ein gebrochener Mann war.

»Was halten Sie von der Geschichte, Alaska?« fragte der Arkonide.

Saedelaere zögerte mit einer Antwort. Der Bericht Laralls wirkte unvollständig. Es war wahrscheinlich unmöglich, Einzelheiten zu erfahren.

»Müssen wir ihn noch einmal verhören, während er unter dem Einfluß eines Wahrheitsserums steht?« erkundigte sich Atlan.

»Das wird nicht nötig sein«, gab Saedelaere zurück. »Dazu ist die Geschichte zu logisch. Es erscheint mir unglaubhaft, daß ein Sergeant, der sich bis zu diesem Zeitpunkt nie etwas zuschulden kommen ließ, plötzlich desertieren sollte.«

»Können Sie sich erinnern, wie die Männer aussahen, mit denen Sie in dem Laden auf DeFrisackers Planet zusammengetroffen sind?« fragte Atlan den Sergeanten.

»Sie waren groß«, beschrieb Larall die Unbekannten. »Gekleidet waren sie wie Kolonisten. Sie machten einen völlig normalen Eindruck. Ich meine, sie sahen nicht ungewöhnlich aus.«

»Fiel Ihnen eine eigenartige Sprechweise bei einem oder beiden auf?« mischte sich Saedelaere ein.

»Nein, Sir«, sagte Larall.

»Nun gut«, sagte Atlan und stand auf. »Weitere Verhöre durch unsere Spezialisten werden Ihnen nicht erspart bleiben, Larall. Ich werde Sie an Solarmarschall Galbraith Deighton übergeben. Er wird über Ihr weiteres Schicksal entscheiden.«

»Ich möchte dazu beitragen, meinen Fehler wiedergutzumachen, Sir«, sagte Larall.

Atlan und Saedelaere verließen die Kabine.

»Er tut mir leid«, sagte der Transmittergeschädigte unvermittelt, als sie die Tür hinter sich verschlossen hatten.

20.

Inzwischen war ein USO-Team von mehreren Wissenschaftlern sowie ein Dutzend Agenten der Solaren Abwehr auf Olymp eingetroffen. Unauffällig, um jede Aufmerksamkeit fremder Händler zu vermeiden, kamen die Frauen und Männer in Frachtkisten an und wurden ins Hauptquartier von Anson Argyris gebracht, wo man sie aus ihren unbequemen Verstecken befreite. Auch die vier Toten und beide überlebenden Gefangenen Tipas befanden sich jetzt in der Zentrale des Planeten Olymp. Mehrere Kuriere waren durch das Container-Transmittersystem zur Erde gereist, um Perry Rhodan über den Stand der Entwicklung zu unterrichten.

Am 14. Februar traf Abwehrchef Galbraith Deighton, ausgerüstet mit mehreren Vollmachten des Großadministrators, auf Olymp ein. Deightons erste Handlung bestand in der Verhaftung des Deserteurs Antony Larall. Der Sergeant wurde auf Befehl Deightons über die Containerstraße ins Ghost-System abgeschoben.

Danach kümmerte sich der SolAb-Chef um den in Tiefschlaf gelegten, fünften Gefangenen.

Der Fremde begann zu erwachen. Seine lebenswichtigen Organe

waren an Spezialmaschinen angeschlossen. Der Kopf des Mannes wurde durch antimentale Störfelder abgeschirmt. Die Paramechaniker, die von der Erde nach Olymp gekommen waren, erklärten, daß für die Sicherheit des Gefangenen alles Erdenkliche getan worden sei.

Etwa zwanzig Menschen umstanden das Lager des Unglücklichen. Tipa Riordan hatte es sich nicht nehmen lassen, einen Platz unmittelbar am Kopfende des Bettes einzunehmen. Daß sie dadurch unmittelbar neben Atlan zu stehen kam, faßte der Arkonide als eine jener zahlreichen Herausforderungen auf, mit der Tipa ihn zu ärgern pflegte.

Zincgref Macaulay, der führende terranische Paramechaniker, saß an den Kontrollen der Detektoren und beobachtete den Ausschlag der Anzeigenadeln. Macaulay war ein unscheinbar wirkender Mann, der es verstanden hatte, sein zwölf Mann starkes Team vorzüglich aufeinander abzustimmen. Die Paramechaniker verständigten sich durch kaum sichtbare Handzeichen.

Die Umstehenden blickten gespannt auf den vor ihnen liegenden Fremden. In dem Augenblick, da er endgültig aus der Tiefnarkose erwachen würde, konnte der Vernichtungsblock innerhalb seines Gehirns in Tätigkeit treten. Starb der Gefangene, gab es keine Aussicht mehr, etwas über jene Macht zu erfahren, die Larall zum Verräter gemacht und die ARPEGE vernichtet hatte. Allein von der Geschicklichkeit des Paramechanikers hing das Leben des Mannes ab.

Tipa Riordan stieß Atlan in die Seite.

»Seine Augen!« stieß sie mit ihrer durchdringenden Stimme hervor. »Sieh dir seine Augen an, Beuteterraner.«

»Wollen Sie bitte ruhig sein, Mylady«, verwies Macaulay die Piratin. »Ich muß Sie sonst aus diesem Raum entfernen lassen.«

Tipa wollte herumfahren und mit ihrem Stock auf den Paramechaniker losgehen, doch diesmal war Atlan schneller. Mit festem Griff packte er die Piratin und hielt sie fest.

»Loslassen!« zischte Tipa. »Ich verspreche, daß ich ruhig bin.«

Der Mann auf dem Bett schlug die Augen auf, aber er schien seine Umgebung nicht wahrzunehmen. Sein Gesicht wirkte schlaff. Die Augen lagen in tiefen Höhlen. Die Gesichtshaut schimmerte gelblich. Macaulay nahm ein paar Schaltungen an den Kontrollen vor.

»Die Tiefnarkose wird jetzt endgültig aufgehoben«, sagte der Paramechaniker gelassen.

Man merkte Macaulay die Erfahrung an. Wenn dies auch ein besonderer Fall war, so arbeitete Macaulay doch mit der Sicherheit eines Mannes, der fast immer Erfolg bei seinen schwierigen Aufgaben hatte.

In den folgenden Minuten begann ein schweigsamer Kampf der Paramechaniker und ihrer Geräte gegen den Vernichtungsblock im Gehirn des Gefangenen. Die Stille wurde nur einmal unterbrochen, als Macaulay sagte: »Dem Gehirn des Mannes entströmen fünfdimensionale Impulse.«

Alaska Saedelaere, der am Fußende des Bettes stand, wurde von dieser dramatischen Auseinandersetzung gefesselt. Die unbekannte Macht, die die vier anderen Gefangenen getötet hatte, griff nun auch nach dem Leben dieses Mannes. Die Anzeigetafeln der Kontrollanlage zeigten deutlich, unter welcher Anspannung das Gehirn des Fremden stand.

Der unheimliche Kampf dauerte an, ohne daß eine Seite sich einen Vorteil verschaffen konnte. Manchmal erschien es, als sollte sich das Geschehen stabilisieren, dann wieder bewiesen die Meßinstrumente, daß das Gehirn der Kontrolle der Detektoren zu entgleiten drohte.

Macaulay bot ein Bild äußerster Konzentration. Saedelaere suchte im Gesicht des Paramechanikers vergeblich nach einem Zeichen, das Rückschlüsse auf den Ausgang des Kampfes gegeben hätte.

Nach zwanzig Minuten deutete sich jedoch eine gewisse Entspannung in Macaulays Haltung an.

Auch Tipa Riordan schien das zu spüren, denn sie platzte heraus: »Wann können wir endlich mit dem Verhör beginnen? Der Kerl ist schon eine halbe Stunde wach.«

Macaulay nickte. »Ich glaube, daß wir ihn gerettet haben«, sagte er. »Es fragt sich jedoch, was mit ihm geschieht, wenn wir ihn nicht mehr unter Kontrolle halten. Ich befürchte, daß er nur weiterleben kann, wenn er ständig an diese Anlage angeschlossen bleibt.«

Galbraith Deighton warf Atlan einen fragenden Blick zu.

»Möchten Sie das Verhör führen, Lordadmiral?«

Atlan zögerte.

»Ich überlasse es Ihnen«, sagte er dann mit einem raschen Entschluß. »Als Chef der Abwehr und als Gefühlsmechaniker haben Sie vielleicht mehr Glück.«

Deighton wußte, daß der Arkonide kein Mann war, der die Verantwortung scheute. Es lag Atlan nur daran, bei diesem Verhör möglichst viel zu erreichen.

Deighton beugte sich über das Bett.

»Hören Sie mich? Wenn Sie mich verstehen und nicht sprechen können, bewegen Sie die Augen.«

»Ich . . . verstehe Sie . . . gut«, sagte der Mann mit schwacher Stimme.

»Sie sind sehr krank, aber wir hoffen, daß wir Sie retten können«, sagte Deighton. »Dazu ist es jedoch notwendig, daß Sie uns ein paar Informationen geben.«

»Sieben große . . . Tiere«, flüsterte der Fremde. »Sie treten auf mich mit ihren . . . goldenen Hufen.« Sein Gesicht verzerrte sich, sein rechter Arm zuckte konvulsivisch.

Deighton warf Macaulay einen fragenden Blick zu, aber der Paramechaniker gab ihm ein Zeichen, das soviel wie »Weitermachen« bedeutete.

»Er spricht irre«, sagte Tipa zu Atlan. »Wer werden keinen Erfolg haben.«

»Wer hat die Tiere auf Sie losgelassen?« fuhr Deighton mit dem Verhör fort.

»Geht weg!« schrie der Kranke plötzlich auf. »Ich kann es nicht ertragen!«

»Weitermachen, Sir!« rief Macaulay dazwischen.

»Können Sie uns wenigstens Ihren Namen nennen?« fragte Deighton. »Wie heißen Sie?«

Der Mann auf dem Bett kicherte und spielte mit seinen Fingern. Er war so intensiv damit beschäftigt, daß er den Umstehenden keine Beachtung schenkte. Offenbar hatte er jede Beziehung zur Realität verloren. Saedelaere befürchtete, daß sie kein vernünftiges Wort aus ihm herausbekommen würden.

»Nennen Sie uns Ihren Namen«, forderte der Solarmarschall geduldig.

Keine Antwort.

Deighton senkte seinen Kopf bis dicht vor das Gesicht des Mannes.

»Wie heißt Ihr Anführer oder wer immer Sie zu dem gemacht hat, was Sie sind?« Deighton sprach laut und deutlich. »Sprechen Sie! Wie heißt der Mann, der Ihr Gehirn verändert hat?«

»Eine feine Suppe«, sagte der Kranke und schnalzte genießerisch. »Bringen Sie uns noch einen Gang, Edwards.«

Mit einem Ruck richtete sich Deighton auf.

»Ich glaube, es ist aussichtslos, Sir«, sagte er zu Atlan.

»Machen Sie trotzdem weiter«, schlug der Arkonide vor.

Das Verhör wurde zu einer Qual für den Gefangenen und alle, die auf ein vernünftiges Wort von ihm warteten. Eine Stunde verstrich, ohne daß etwas aus dem Mann herauszubekommen war. Immer wieder blickte Deighton zu Macaulay, aber die Antwort des Paramechanikers blieb die gleiche: »Sie können weitermachen, Sir.«

»Ich geb's auf«, sagte Deighton schließlich und wischte sich den Schweiß von der Stirn. »So kommen wir nicht weiter.«

»Ich werde Sie ablösen«, sagte Atlan.

Das Verhör nahm seinen Fortgang. Allmählich wurde die Stimme des Gefangenen immer schwächer. Es war klar, daß er dieser Belastung nicht mehr lange standhalten konnte. Macaulays Geräte zeigten jedoch an, daß dem Gehirn des Unglücklichen noch keine akute Gefahr drohte.

Saedelaere horchte auf, als plötzlich der Begriff »Herrscher über die Galaxis« fiel. Der Fremde hatte mit diesen Worten auf eine Frage des Arkoniden geantwortet.

»Wer ist dieser Herrscher über die Galaxis?« stieß Atlan sofort nach. »Los! Sprechen Sie! Wer beherrscht die Galaxis?«

»Es ist alles . . . in der Schwebe«, lautete die kaum hörbare Antwort. »Aber Ribald Corello wird die endgültige Ordnung . . .«

»Sofort aufhören!« rief Macaulay.

Einer der Paramechaniker drückte auf einige Schalter, und der Kranke fiel wieder in tiefe Bewußtlosigkeit.

»Es war der Name«, sagte Macaulay. »Als er den Namen nannte, verstärkte sich die Kraft des Vernichtungsblocks.«

»Ribald Corello«, sagte Atlan nachdenklich. »Ich dachte immer, dieser Name sei nur eine Legende.«

»Corello?« fragte Tipa stirnrunzelnd. »Was für ein Kerl ist das? Ich habe nie von ihm gehört.«

»Auf entlegenen Planeten hat dieser Name seit einigen Monaten eine unheimliche Bedeutung«, erinnerte sich Atlan. »Aber niemand scheint zu wissen, ob es diesen Corello tatsächlich gibt. Auch über die Ziele dieses mysteriösen Mannes weiß niemand etwas. Bisher glaubte ich immer, er sei eine Phantasiefigur.«

»Und jetzt?« erkundigte sich Tipa.

»Ich befürchte, daß wir Arbeit mit ihm bekommen, wer auch immer er sein möge«, antwortete der Lordadmiral.

Ein paar Stunden später überbrachte Anson Argyris Solarmarschall Deighton eine Botschaft Perry Rhodans, in der dieser eine Verlegung des Gefangenen zum medizinischen USO-Center, dem Planeten Tahun, befahl. Rhodan hatte die Spezialisten auf Tahun bereits über diesen Fall informiert. Nur auf Tahun, wo es die modernsten medizinischen Einrichtungen gab, konnte der an der Grenze des Todes schwebende Fremde gerettet und völlig von seinem Suggestivblock befreit werden. Erst dann konnten die Verantwortlichen hoffen, umfassende Informationen zu erhalten.

Dieser Teil von Rhodans Nachricht wurde von Atlan vollkommen akzeptiert. Anders jedoch stand es mit Rhodans ausdrücklichem Wunsch, daß der Fremde an Bord der DREADFUL transportiert werden sollte.

Rhodans letzter Befehl lautete, daß Galbraith Deighton der DREADFUL mit einem Verband von fünfzig schweren Einheiten der Solaren Flotte in größtmöglichem Ortungsabstand folgen sollte. Darüber sollte jedoch keiner der Piraten unterrichtet werden.

»Ich sehe in diesen Anordnungen keinen Sinn«, erklärte Atlan, nachdem er sich mit Deighton, Argyris und Saedelaere in einen Büroraum des Kaisers zurückgezogen hatte.

»Offenbar glaubt Perry Rhodan, daß unsere unbekannten Gegner die DREADFUL angreifen werden«, sagte Anson Argyris. »Wenn dieser Fall eintreten sollte, muß Solarmarschall Deighton mit seinen fünfzig Schiffen eingreifen.«

»Die IMPERATOR könnte die gleiche Aufgabe erfüllen wie die DREADFUL«, sagte Atlan.

»Ein Schiff der USO könnte Corello mißtrauisch machen«, sagte Deighton. »Immer vorausgesetzt, daß es diesen Ribald Corello überhaupt gibt.«

»Wie denken Sie über dieses Problem, Alaska?« fragte Atlan.

Saedelaere war überrascht, daß Atlan ihn in dieser Angelegenheit als Berater in den Vordergrund spielte. Jede ehrliche Antwort mußte den Ansichten des Arkoniden widersprechen, denn für Saedelaere gab es keine Zweifel an der Tatsache, daß die Bedenken Atlans weniger gegen die DREADFUL als gegen die Besitzerin dieses Schiffes gerichtet waren.

»Warum zögern Sie, Alaska?«

Der Mann mit der Maske hoffte, daß Argyris oder Deighton ihm Hilfestellung leisten würden, aber der Solarmarschall und der Vario-500 schienen ebenso auf seine Antwort zu warten wie der Arkonide.

»Würden Sie die DREADFUL auch ablehnen, wenn Tipa Riordan nicht an Bord käme, Sir?« beantwortete Saedelaere Atlans Frage mit einer Gegenfrage.

Atlans Gesicht verfinsterte sich.

»Anscheinend glaubt hier jeder, daß ich an einem Komplex leide, der sich Tipa Riordan nennt«, sagte er mürrisch. »Meine Herren, ich werde Ihnen das Gegenteil beweisen. Alaska Saedelaere und ich werden mit diesem Schiff nach Tahun fliegen. Damit wird Rhodans Wünschen Rechnung getragen.«

Anson Argyris sagte: »Man kann sich mit Tipa großartig vertragen, Sir.«

»Das gilt vielleicht für einen Roboter«, gab Atlan zurück. »Für mich ist sie nach wie vor eine raffinierte Kriminelle, deren Anwesenheit innerhalb unserer Stützpunkte meinen Blutdruck steigen läßt.«

Voller Groll blickte Atlan in die winzige Abstellkammer, zu der ihn Kawa Dantroff geführt hatte. Der Raum war zwei auf eineinhalb Meter groß; seine Grundfläche reichte gerade, um ein Bett, einen Klappstuhl und einen Hängeschrank aufzunehmen.

»Das ist Ihre Kabine, Sir«, sagte Dantroff verlegen. »Klein, aber gemütlich.«

»Richten Sie Ihrer feinen Chefin aus, daß ich hier nicht einziehen werde«, sagte Atlan. »Ich suche mir eine Kabine, die mir gefällt. Zumindest muß sie so ausgestattet sein wie die von Saedelaere.«

»Vielleicht können Sie mit Mr. Saedelaere tauschen«, schlug Dantroff vor, der schon vor dem Start der DREADFUL neue Streitigkeiten vorausahnte.

»Weder mein Begleiter noch ich werden während des Fluges in einem solchen Rattennest leben«, versetzte Atlan. Er schlug die Tür so fest zu, daß es krachte. Ohne sich um Dantroff zu kümmern, ging er zur nächsten Kabine und inspizierte sie.

»Dieser Raum ist wesentlich größer«, sagte er. »Hier werde ich bleiben.«

»Aber in diesem Raum sind zwei unserer Ingenieure untergebracht«, wandte Dantroff ein und zwirbelte aufgeregt seine Schnurrbartenden.

»Das ist mir egal«, sagte Atlan und zog die Tür hinter sich zu. Er packte die Sachen der beiden Ingenieure zusammen und warf sie auf den Gang hinaus. Ein paar Minuten später hörte der Arkonide das charakteristische Pochen von Tipas Stockspitze auf dem harten Boden. Ohne anzuklopfen kam Tipa herein.

»Dantroff hat mir schon berichtet, was passiert ist«, keifte sie. »Du wirst dich daran gewöhnen müssen, daß an Bord dieses Schiffes nur einer Befehle gibt – und das bin ich.«

Atlan ließ sich mit genüßlichem Lächeln auf das bequeme Bett fallen und verschränkte die Arme hinter dem Kopf.

»Mir gefällt es hier ausgezeichnet«, sagte er. »Ich werde hier in dieser Kabine bleiben.«

»Ha!« machte Tipa. Mit erhobener Stimme rief sie dann: »Kommt herein, Jungs!«

Sechs kräftige Piraten traten ein. Nachdem sie Atlan in der üblichen Form begrüßt hatten, fielen sie über ihn her und trugen ihn zur Abstellkammer zurück. Schwungvoll warfen sie ihn dort auf das schmale Bett.

Tipa Riordan streckte den Kopf herein.

»Ich würde nicht protestieren«, sagte sie. »Für dich allein reicht der Platz, aber wenn du sprichst, mußt du rausgehen, um deiner Stimme Platz zu machen.«

Die Tür knallte zu. Atlan stieß eine Verwünschung aus. Sobald sie auf Tahun waren, sollte Tipa erleben, wozu ein Mann fähig war, den man auf diese Weise gedemütigt hatte.

Als Alaska Saedelaere eine halbe Stunde später vorbeikam, um den Lordadmiral zu besuchen, war Atlans Zorn verraucht. Saedelaere zwängte sich zwischen Stuhl und Bett und nahm Platz. Atlan war sicher, daß er hinter seiner Maske lächelte.

»Nicht gerade luxuriös«, bemerkte Saedelaere und blickte sich um.

»Ich lege auf die Gastfreundschaft dieser Hexe keinen Wert«, sagte Atlan grimmig.

Saedelaere kratzte sich am Hinterkopf.

»Ich hörte vorhin auf dem Gang Geräusche«, sagte er. »Hatten Sie Schwierigkeiten, Sir?«

Atlan musterte sein Gegenüber prüfend. Bei Saedelaere war man nie sicher, ob er spottete oder nicht.

»Ein Glück, daß wir Tahun bald erreichen werden«, sagte Saedelaere, um das anhaltende Schweigen zu unterbrechen.

Er konnte nicht ahnen, daß sie nie auf dem Stützpunkt der USO-Mediziner ankommen würden.

Mit halbgeschlossenen Augen lag Tipa Riordan auf einem weichen Fellbündel inmitten ihrer Kabine. Als Zellaktivatorträgerin brauchte sie nur wenig Schlaf, aber sie liebte es, ab und zu ein paar Stunden vor sich hin zu träumen. Diesmal mußten ihre Träume erheiternd sein, denn um ihren zahnlosen Mund spielte ein boshaftes Lächeln. Wenn sie sich bewegte, dann nur, um sich ihre runzligen Hände zu reiben.

Tipas Ruhe wurde gestört, als Kawa Dantroff anklopfte und gleich darauf eintrat. Dantroff schlug sich fest gegen das Kinn.

»Er hat wieder eine Eingabe gemacht, in der er gegen die Art seiner Unterbringung protestiert«, eröffnete der Erste Wesir das Gespräch.

»Herrlich!« sagte Tipa. Sie griff nach ihrem Stock und richtete sich ächzend auf.

»Wir sollten es nicht übertreiben«, meinte Dantroff. »Vier Stunden sind wir jetzt mit der DREADFUL unterwegs, und der Arkonide sitzt noch immer in der Abstellkammer.«

Tipa deutete mit der Stockspitze gegen die fellbehangene Wand.

»Eines Tages werde ich dem Arkon-Scheich das Fell über die Ohren ziehen und hier aufhängen«, prophezeite sie.

»Von solchen Trophäen halte ich nicht viel«, erklärte Dantroff.

»Ich will . . .« Tipa unterbrach sich und hob lauschend den Kopf. Dantroff blickte sie an. In seinem Gesicht begann sich Bestürzung abzuzeichnen.

»Spürst du das?« fragte Tipa entsetzt.

Dantroff war schon an der Tür.

»Ich muß schnell in die Zentrale«, sagte er. »Außer uns beiden ist kein Besatzungsmitglied mentalstabilisiert.«

»Ich komme mit!« entschied Tipa und packte ihren Stock fester.

Atlan riß die Tür zu Saedelaeres Kabine auf und wäre fast mit dem Transmittergeschädigten zusammengeprallt.

»Ich wollte gerade zu Ihnen kommen, Sir«, sagte Saedelaere.

»Sie spüren es also auch?«

Saedelaere bejahte.

»Wir müssen sofort in die Zentrale«, sagte Atlan. »Außer uns beiden sind nur Tipa und ihr Erster Wesir mentalstabilisiert. Sie können sich denken, was das bedeutet.«

Saedelaere blieb stehen.

»Die Impulse werden stärker«, sagte er. »Es handelt sich um eine starke Suggestivfront.«

»Wir werden die Befehle bald verstehen, die man uns auf diese Weise geben will«, sagte Atlan. »Kommen Sie jetzt, Alaska.«

Die beiden Männer rannten zum nächsten Antigravschacht. Auf dem Wege dorthin begegneten sie ein paar Piraten, die alle einen benommenen Eindruck machten und offenbar jede Initiative verloren hatten. Atlan preßte die Lippen zusammen. Der geheimnisvolle Angreifer mußte die DREADFUL durch die fünfdimensionalen Gehirnausstrahlungen des kranken Gefangenen aufgespürt haben.

Vielleicht war es Ribald Corello persönlich, der da angriff.

Atlan vermutete, daß irgendwo in der Nähe der DREADFUL ein Schiff der fremden Macht aufgetaucht war. Corello wollte wahrscheinlich unter allen Umständen verhindern, daß die Terraner Kenntnis von seinen Plänen bekamen.

Es war ein beruhigendes Gefühl, fünfzig Schiffe der Solaren Flotte in der Nähe zu wissen. Atlan glaubte nicht, daß die Suggestivfront stark genug war, um fünfzig von allen Seiten angreifende Einheiten aufzuhalten.

Noch aber wußte Galbraith Deighton nichts von den Schwierigkeiten, die man an Bord der DREADFUL hatte. Der von dem Solarmarschall befehligte Verband war noch zu weit entfernt, als daß man die suggestiven Impulse dort schon wahrgenommen hätte.

Atlan und Saedelaere stürmten in die Zentrale. Dantroff und Tipa schienen gerade angekommen zu sein, denn der Erste Wesir schwang sich in einen Sessel an den Kontrollen, während Tipa einen der für die Ortung zuständigen Männer an den Schultern gepackt hatte und heftig schüttelte.

»Ich habe mir erlaubt, meine Kabine zu verlassen«, sagte Atlan spöttisch, als er sich neben Dantroff niederließ.

»Ich bin froh, daß Sie gekommen sind«, sagte Dantroff erleichtert. »Wir vier sind die einzigen mentalstabilisierten Menschen an Bord.«

»Das wird nicht ausreichen, um das Schiff zu retten«, sagte Atlan. »Sobald die Impulse stärker werden, müssen wir mit größeren Schwierigkeiten rechnen.«

Zwei klatschende Geräusche ließen Atlan in Tipas Richtung blikken. Die Piratin hatte den Ortungsingenieur geohrfeigt.

»Reiß dich zusammen!« schrie Tipa den Mann an. »Wir brauchen einwandfreie Meßergebnisse. Wo bleibt die Übertragung der Raumortung auf den Bildschirm?«

Der Mann starrte sie an und reagierte nicht.

Wütend stieß ihn Tipa zur Seite und machte sich selbst an den Kontrollen zu schaffen. Die Bildschirme der Außenbeobachtung erhellten sich. Atlan und Dantroff erblickten die Konturen eines einhundert Meter durchmessenden Kugelraumschiffs, das auf gleicher Höhe mit der DREADFUL durch den Raum raste.

»Das sind die Fremden!« stieß Saedelaere hervor. »Von diesem Schiff kommen die parapsychischen Impulse.«

»Feuerleitzentrale!« schrie Tipa Riordan ins Mikrophon der Interkomanlage. »Feuerleitzentrale!«

»Keine Antwort!« sagte Dantroff erbittert.

»Geh nach oben und sieh nach, was los ist!« befahl Tipa dem Ersten Wesir. »Sollte es notwendig sein, mußt du die Kerle an die Impulskanonen prügeln.«

Atlan sprang auf.

»Halt!« rief er. »So geht es nicht, Tipa. Die beeinflußten Besatzungsmitglieder lassen sich auch nicht mit Gewalt zur Ausführung deiner Befehle veranlassen.«

Zum erstenmal erlebte Saedelaere die Piratin verzweifelt und ratlos.

»Aber was sollen wir tun?« fragte sie.

Atlan überlegte angestrengt. Wenn sie einen Funkspruch an Deighton absetzten, mußten sie damit rechnen, daß die Angreifer die Impulse anpeilten. Damit war die Chance vergeben, einen Stützpunkt Corellos aufzuspüren.

»Corello weiß nicht, daß sich an Bord der DREADFUL vier mentalstabilisierte Menschen aufhalten«, sagte Atlan. »Ich schlage deshalb vor, daß wir keine Gegenmaßnahmen treffen, sondern abwarten, was die Fremden vorhaben. Wenn wir zum Schein auf alles eingehen, was der Besatzung befohlen wird, können wir Deighton und seine fünfzig Schiffe vielleicht zu einem Stützpunkt Corellos führen.«

»Das ist ein gefährlicher Plan, Sir«, gab Saedelaere zu bedenken.

»Es ist Tipas Schiff«, meinte Atlan. »Sie muß die endgültige Entscheidung treffen.«

Man konnte der Piratin ansehen, daß es ihr schwerfiel, einem Vorschlag Atlans zuzustimmen.

»Gut«, sagte sie widerwillig. »Vorläufig unternehmen wir nichts. Ich behalte mir jedoch vor, bestimmte Maßnahmen zu ergreifen, wenn es gefährlich für uns werden sollte.«

Atlan beobachtete die Piraten, die sich innerhalb der Zentrale aufhielten. Die Männer und Frauen standen bereits völlig unter dem Einfluß der Suggestivfront. Sie warteten jetzt auf Befehle. Selbst in der Blütezeit der terranischen Mutanten hatte Atlan nie eine solche Wirkung suggestiver Kraft erlebt. Die während der Second-Genesis-Krise umgekommenen Mutanten wären bis zu ihrem Amoklauf nicht in der Lage gewesen, einen solchen Angriff durchzuführen.

»Das Warten macht mich nervös«, sagte Tipa. »Hast du keine Idee, was wir tun können, Beuteterraner?«

»Was erwartest du von einem Mann, den du oft genug als Schwachkopf bezeichnet hast?«

Tipa deutete auf Saedelaere.

»Und Sie, mein geheimnisvoller Freund? Sie sind doch Logiker! Was schlagen Sie vor, das wir unternehmen könnten?«

Saedelaere schob seine Plastikmaske zurecht. Obwohl er sich daran gewöhnt hatte, sie ständig zu tragen, war sie ihm oft lästig.

Zum Glück war sein seltsames Gesicht gegen Schmerzen und Juckreiz unempfindlich. Er schwitzte auch nicht unter der Maske.

»Wenn genügend Zeit bliebe, könnten wir alle beeinflußten Besatzungsmitglieder paralysieren«, sagte Saedelaere. »Aber dazu werden wir nicht mehr kommen.«

Seine Worte wurden durch eine Verstärkung der Suggestivfront bestätigt. Gleichzeitig drangen die ersten telepathischen Befehlsimpulse in die Gehirne der Besatzungsmitglieder. Auch Atlan und die drei anderen mentalstabilisierten Menschen konnten die telepathischen Impulse verstehen, ohne ihnen jedoch nachgeben zu müssen.

Die Besatzung der DREADFUL erhielt auf parapsychischem Weg die Koordinaten eines nahe gelegenen Sonnensystems mitgeteilt. Es wurde ihr befohlen, auf der einzigen Welt dieses Systems zu landen.

»Jetzt läßt Corello die Katze aus dem Sack«, sagte Atlan befriedigt.

Die Piraten, die seit Beginn des parapsychischen Angriffs auf ihren Plätzen geblieben waren und sich kaum bewegt hatten, zeigten plötzlich Aktivität. Sie wollten offensichtlich den Suggestivbefehl ausführen. Die ersten Kursmanipulationen wurden vorgenommen. Von der Zentrale aus erhielten die einzelnen Decks über Interkom die nötigen Anweisungen. Den Befehl an Bord hatte der Zweite Wesir Sander Gray übernommen. Auch er war nur ein Werkzeug der Gegner.

Tipa erholte sich von ihrer Überraschung und drang mit erhobenem Stock auf Gray ein.

»Du Verräter!« schrie sie.

Atlan trat ihr in den Weg und packte ihren Stock.

»Wir dürfen die Beeinflußten nicht an der Ausführung von Corellos Befehlen hindern«, sagte der Arkonide eindringlich. »Wenn wir Sander Gray oder einen anderen Piraten angreifen, kann es passieren, daß sich die gesamte Besatzung gegen uns stellt. Dann sind wir verloren, denn Corello wird merken, daß etwas nicht in Ordnung ist, und von den beeinflußten Männern verlangen, daß sie uns töten.«

»Er hat recht, Tipa«, stimmte Kawa Dantroff zu.

»Soll ich vielleicht zulassen, daß mein Flaggschiff auf einen unbekannten Planeten entführt wird?« ereiferte sich Tipa.

Atlan führte sie zu ihrem Platz zurück und ließ sie nicht aus den Augen. Trotz ihres hohen Alters war Tipa eine impulsive Frau. Atlan mußte darauf achten, daß sie sich nicht zu unüberlegten Handlungen hinreißen ließ. Die Reaktion der Piratin war psychologisch verständlich. In der Vergangenheit hatten immer die Piraten andere Schiffe angegriffen und deren Besatzungsmitglieder zur Kapitulation gezwungen. Diesmal war es genau umgekehrt.

»Das fremde Kugelschiff folgt uns in gleichbleibendem Abstand«, bemerkte Alaska Saedelaere. »Es wird uns vermutlich zu jenem Planeten begleiten, auf dem die DREADFUL landen soll.«

Zwanzig Minuten später näherten sie sich einer kleinen grünen Sonne, deren einziger Planet zweifellos eine Eiswelt war, denn er besaß eine extrem weite Umlaufbahn.

Die Suggestivbefehle bewiesen eindeutig, daß die DREADFUL sich ihrem Ziel näherte.

Corello, oder wer immer für den Angriff verantwortlich war, verlangte, daß das Flaggschiff der Piraten auf dem Eisplaneten landen sollte. Sander Gray zögerte keinen Augenblick, die entsprechenden Vorbereitungen zu treffen.

Das Piratenschiff flog in das fremde Sonnensystem ein.

»Es wird Zeit, daß wir unsere Kampfanzüge anlegen«, sagte Atlan. »Ich befürchte, daß wir unmittelbar nach der Landung das Schiff verlassen müssen.«

»Du bist verrückt!« Tipa versuchte, sich aus dem Griff des Arkoniden zu befreien. »Ich werde nicht von Bord meines eigenen Schiffes fliehen.«

»Holen Sie die Kampfanzüge, Dantroff!« befahl Atlan dem Ersten Wesir. »Wir brauchen außerdem die beste Tragausrüstung, die Sie zur Verfügung haben.«

Dantroff zögerte und warf Tipa einen fragenden Blick zu.

»Geh nur!« brummte Tipa.

Atlan fragte sich, ob er jetzt einen Funkspruch an Deighton absetzen sollte. Er entschied sich dagegen. Inzwischen hatte man an Bord der verfolgenden Schiffe den Kurswechsel der DREADFUL bestimmt registriert, und der Solarmarschall würde die entsprechenden Befehle geben.

Die suggestiven Impulse, die von dem nachfolgenden Kugelschiff zur DREADFUL herüberströmten, verloren nicht an Intensität.

Dantroff kam mit den Kampfanzügen zurück und verschwand erneut, um eine zusätzliche Tragausrüstung zu holen. Atlan hatte sich auf eine längere Flucht vorbereitet; aber er sagte Tipa nichts davon, um sie nicht noch mehr zu beunruhigen.

Tipa Riordan nahm ihren Kampfanzug mit mißbilligenden Blicken in Empfang.

»Du hast keine Wahl, Tante Tipa«, sagte Atlan. »Nötigenfalls werden Alaska Saedelaere und ich dir in dieses hübsche Kleidungsstück hineinhelfen.«

»Schon gut, schon gut«, murmelte Tipa. »Ich werde nicht zulassen, daß du mich weiter handgreiflich belästigst.«

Sie schlüpfte in das Beinteil des Anzugs und zog das Oberteil nach oben. Atlan half ihr, den Helmaufsatz zu richten.

»Die Helme brauchen wir erst nach der Landung aufzusetzen«, sagte Atlan.

Dantroff kam mit der Tragausrüstung in die Zentrale. Atlan überprüfte, ob ein leistungsfähiges Funkgerät, Feldprojektoren und Ortungsgeräte dabei waren. Die Geräte, die Dantroff gebracht hatte, bewiesen ihm erneut, auf welch hohen Stand die Piraten die technische Ausrüstung ihrer Schiffe gebracht hatten.

Atlan ergriff ein kleines Peilgerät und hielt es Tipa vors Gesicht.

»Das neueste USO-Modell«, sagte er. »Waringer half es zu entwikkeln.«

Sofort erlangte Tipa ihre übliche Angriffslust zurück.

»Wir brauchen die USO nicht zur Entwicklung solcher Geräte, Beuteterraner«, sagte sie.

»Also stimmt es doch, daß du mit den geheimnisvollen Wissenschaftlern in Verbindung stehst«, sagte Atlan.

Tipa nahm ihm das Peilgerät aus den Händen und legte es zu den anderen Sachen zurück.

»Von mir erfährst du nichts«, sagte sie.

Atlan zuckte mit den Schultern. Jetzt war nicht der Zeitpunkt, um sich mit der Piratin über die Herkunft eines Peilgeräts zu streiten.

Inzwischen hatten auch die drei Männer die Kampfanzüge angelegt. Die beeinflußten Piraten schenkten ihnen keine Beachtung. Es war typisch für suggestive Mentalimpulse, daß die davon Betroffenen über den Rahmen der eigentlichen Befehlsgebung hinaus kaum Wahrnehmungsfähigkeit und Initiative entwickelten.

»Wir müssen sofort nach der Landung das Schiff verlassen«, sagte Atlan. »Ich nehme an, daß das gegnerische Schiff neben der DREADFUL landen wird. Das ganze Unternehmen wird von Corello wirklich nur deshalb durchgeführt, um den einzigen Gefangenen zu befreien, von dem wir noch Informationen erhalten können.«

»Warum befiehlt Corello den Beeinflußten nicht einfach, den Kranken zu töten?« erkundigte sich Saedelaere.

»Eine berechtigte Frage«, sagte Atlan. »Corello braucht ebenso wie wir Informationen. Deshalb will er den Gefangenen wahrscheinlich lebend. Vielleicht hat er auch andere Pläne.«

Inzwischen hatte sich die DREADFUL ihrem Ziel so weit genähert, daß der Planet deutlich auf den Bildschirmen zu sehen war.

»Es wird Zeit, daß wir eine Schleusenkammer aufsuchen«, sagte Atlan.

Saedelaere und Dantroff übernahmen den Transport der Zusatzausrüstung. Unmittelbar vor dem Aufbruch aus der Zentrale sträubte sich Tipa erneut.

»Ich bleibe hier«, erklärte sie entschlossen. »Ihr drei könnt das Schiff verlassen. Ich werde Corellos Handlangern eine beeinflußte Frau vorspielen.«

»Das wird dir nicht gelingen, Tipa«, warnte Atlan. »Corellos Fähigkeiten dürften ihm gestatten, dich sofort als unbeeinflußt zu erkennen.«

»Dann kämpfe ich gegen ihn«, sagte die Piratin.

»So kenne ich sie noch nicht«, sagte Dantroff bekümmert zu Atlan. »Sie ist völlig außer sich. Warum begreift sie nicht, daß wir keine Chance haben?«

Atlan legte der alten Frau eine Hand auf die Schulter. Zu seinem Erstaunen ließ sie es zu.

»Galbraith Deighton wird für dich kämpfen, Tipa«, sagte er. »Seine Möglichkeiten sind besser als die unseren.«

Sie blickte ihn von unten herauf an. Ihr hartes, faltiges Gesicht wirkte nachdenklich.

»Deightons Schiffe sind zu weit zurück«, sagte sie. »Bis der Verband hier ankommt, kann schon alles entschieden sein.«

Atlan wußte, daß Tipa recht hatte, aber er durfte nicht zulassen, daß sie an Bord ihres Schiffes zurückblieb. Das hätte ihren sicheren Tod bedeutet. Er war entschlossen, sie nötigenfalls mit Gewalt aus der DREADFUL zu bringen.

»Gehen wir«, sagte der Arkonide. »Komm, Tipa. Hier in der Zentrale gibt es nichts mehr für dich zu tun.«

Kawa Dantroff atmete erleichtert auf, als seine Chefin dem Arkoniden folgte.

Atlan hatte das tragbare Funkgerät so eingeschaltet, daß sie jederzeit hören konnten, was in der Zentrale und in der Klinik der DREADFUL geschah. In beiden Räumen waren Mikrophone aufgestellt. Aus der Klinik waren im Augenblick nur die Geräusche der Organmaschinen zu hören. Der Kranke schien vollkommen ruhig zu sein. Da er unter den Mentalprojektoren lag, wurde er ebenso wie die vier Mentalstabilisierten nicht von der Suggestivfront erfaßt.

Als Tipa Riordan und ihre drei männlichen Begleiter die Kammer der oberen Notschleuse betraten, schaltete der Arkonide das tragbare Ortungsgerät ein. Auf dem kleinen Bildschirm konnten sie die Oberfläche des Planeten erkennen, auf den die DREADFUL jetzt hinabsank. Das Schiff landete auf der Tagseite, so daß Einzelheiten der eisbedeckten Landschaft zu erkennen waren. Durch das Fehlen einer Atmosphäre waren Licht und Schatten scharf begrenzt.

Neben weiten Eiswüsten gab es zerklüftete Schluchten und langgestreckte Gebirgszüge. Atlan schätzte, daß die Temperaturen auf dieser Ödwelt bei durchschnittlich 120 Grad minus lagen. Auch mit den schweren Kampfanzügen würde ein Überleben auf diesem Planeten über längere Zeit hinaus unmöglich sein.

»Dort unten gibt es gute Versteckmöglichkeiten«, sagte Kawa Dantroff erleichtert, als er das Bild eines mit verschiedenen Eisformationen ausgefüllten Talkessels erblickte.

»Die DREADFUL wird aber auf einem Plateau landen«, wandte Tipa ein. »Das bedeutet, daß wir ein paar Meilen fliegen müssen, bevor wir ein Versteck aufsuchen können. Dabei können sie uns erledigen.«

»Ruhig Blut, Tante Tipa«, sagte Atlan. »Solange Corello nichts von unserer Existenz weiß, sind wir ungefährdet. Alles hängt davon ab, wann das fremde Schiff der DREADFUL nachfolgt. Vielleicht landet es erst ein paar Minuten später, wenn wir längst in Sicherheit sind.«

Tipa schien davon nicht überzeugt zu sein, aber sie antwortete nicht.

Ein kaum spürbarer Ruck bewies ihnen, daß die DREADFUL aufgesetzt hatte. Inzwischen hatten die vier Flüchtlinge ihre Helme geschlossen und die äußere Schleusentür geöffnet. Sie konnten auf die Eiswelt hinausblicken.

»Sieht nicht gerade einladend aus«, sagte Dantroff grimmig.

»Warum geben wir dieser einsamen Welt keinen Namen?« fragte Tipa. »Ich bin dafür, daß alles seinen Namen hat.«

»Wie wäre es mit *Tante Tipas Eisbox*?« fragte Atlan.

»Was fällt dir ein!« krächzte die Piratin. »Gerade ein so unterkühlter Arkonide wie du sollte zuerst *seinen* Namen mit einer Eiswelt in Verbindung bringen.«

Dantroff blickte ärgerlich von Tipa zu Atlan.

»Wollen wir uns streiten oder endlich losfliegen?«

»Ich übernehme die Spitze«, sagte Atlan. »Alaska, Sie verlassen das Schiff zuletzt.«

»Das ist meine Sache«, protestierte Tipa. »Wenn ich die DREADFUL schon verlassen muß, dann im letzten Augenblick.«

Atlan widersprach nicht, weil eine erneute Diskussion abermals kostbare Zeit gekostet hätte. Er schwang sich aus der Schleuse und flog in Richtung der Berge davon. Saedelaere und Dantroff folgten ihm.

Tipa stand in der Schleuse und blickte den drei Männern nach. In einer Hand hielt sie ihren Stock.

Als die Piratin sich aus der Schleuse löste, tauchte am Horizont das fremde Kugelschiff auf.

Mit hoher Geschwindigkeit näherte es sich der DREADFUL.

21.

Manchmal mußte Galbraith Deighton seine Wahrnehmungsfähigkeit gewaltsam unterdrücken, denn es bedeutete eine Belastung, ständig mit den Gefühlen anderer Menschen konfrontiert zu werden. Früher hatte ihm das Abschalten immer Schwierigkeiten bereitet, aber jetzt beherrschte er sein Gehirn so perfekt, daß er jenen besonderen Teil, der ihn zum Erkennen von Gefühlen seiner Umwelt befähigte, wie durch einen Knopfdruck zum Aussetzen bringen konnte. In jener Zeit, da er seine geistigen Fähigkeiten nicht hatte kontrollieren können, war es immer wieder zu Krisen gekommen. Ein paar Jahre hatte die Gefahr bestanden, daß Deighton zu einem verbitterten Einzelgänger würde, doch im gleichen Maße, wie man ihm Verantwortung übertragen hatte, war diese Gefahr geringer geworden.

Galbraith Deighton richtete seine Sinne einen Augenblick auf die Emotionen aller Besatzungsmitglieder der DRAGNET und spürte die Anspannung, unter der die Raumfahrer standen. Zunächst hatte es so ausgesehen, als sollte der Flug zu einer Routineangelegenheit werden, dann jedoch war die DREADFUL vom vorgesehenen Kurs abgewichen. Etwas später war eine Meldung von der Ortungszentrale eingetroffen, die besagte, daß man vorübergehend ein fremdes Schiff angepeilt hatte, das sich in der Nähe der DREADFUL durch den Raum bewegte. Dieses Schiff mußte über einen ungewöhnlich guten Ortungsschutz verfügen, denn bisher war keine neue Ortung gelungen.

Deightons erster Impuls war gewesen, sofort bis zur DREADFUL vorzustoßen, um die Gründe für den Kurswechsel zu erfahren und das Piratenschiff gleichzeitig vor einem eventuellen Angriff zu schützen. Der Solarmarschall hatte sich jedoch anders entschieden. Vielleicht bot sich ihnen hier bereits die Gelegenheit, einen Stützpunkt Ribald Corellos aufzuspüren. Solange die DREADFUL nicht unter Feuer genommen wurde oder auf einer unbekannten Welt landete, wollte Deighton sein Schiff zurückhalten.

Er hoffte, daß sein Entschluß kein Besatzungsmitglied des Piratenschiffs in Lebensgefahr bringen würde. Deighton überlegte jedoch, daß Atlan ihn über Funk benachrichtigen würde, wenn der DREADFUL akute Gefahr drohen sollte.

So kam es, daß Galbraith Deighton mit seinen fünfzig Schiffen erst eingriff, als die DREADFUL bereits auf der unbekannten Eiswelt gelandet war.

Das fremde Schiff schwebte jetzt über der DREADFUL. Tipa Riordan war hinter den drei Männern zurückgeblieben, um zu beobachten. Die Flüchtlinge hatten ihre Mikrodeflektoren eingeschaltet und waren dadurch unsichtbar. Man konnte sie jedoch noch immer orten.

»Schneller, Tipa!« rief Atlan, obwohl er wußte, daß die Benutzung des Helmsprechfunks ebenfalls ein Risiko war. »Du darfst nicht zurückbleiben.«

»Sie zerstören mein Schiff!« sagte Tipa verbissen. »Das kann ich nicht zulassen.«

»Unsinn!« gab Atlan zurück. »Warum sollte Corello die Zerstörung eines Schiffes befehlen, dessen Besatzung von ihm kontrolliert wird? Und selbst wenn er das vorhätte, könntest du es jetzt nicht mehr verhindern.«

Sie flogen weiter. Ein paar Meilen vor ihnen türmten sich gewaltige Eisblöcke übereinander. Dort lag Atlans Ziel. Er hoffte, daß sie ein ausgedehntes Höhlenlabyrinth finden würden, in dem sie sich bis zur Ankunft von Deightons Schiffen verstecken konnten.

Zu Atlans Erleichterung kamen sie unangefochten am Rand der Eiswüste an. Er fragte sich besorgt, ob die Besatzung des fremden Schiffes sie tatsächlich übersehen hatte oder ob Ribald Corello nur mit ihnen spielen wollte.

Atlan schaltete seinen Mikrodeflektor aus, damit die anderen ihn sehen konnten.

»Wir fliegen so flach, wie es nur geht«, sagte der Arkonide. »Zwischen dem Eis ist die Ortungsgefahr geringer.«

Sie landeten gemeinsam vor dem Eingang einer Eishöhle. Die anderen waren inzwischen Atlans Beispiel gefolgt und hatten ihre Deflektoren ausgeschaltet.

Tipa kratzte mit ihrer Stockspitze im Eis.

»Die Eisblöcke sind noch in Bewegung«, sagte sie.

»Das Eis wandert«, erklärte Atlan. »Die Bewegungen sind jedoch so geringfügig, daß es ein unglücklicher Zufall wäre, wenn die Höhle gerade dann zusammenbrechen würde, wenn wir uns im Innern befinden.«

»Befürchten Sie nicht, daß wir uns in eine Sackgasse begeben?« gab Kawa Dantroff zu bedenken.

»Ich bin sicher, daß diese Höhle mehrere Eingänge besitzt«, sagte Atlan. »Wir haben außerdem keine andere Wahl. Wir . . .«

Röchelnde Geräusche klangen in seinem Helmlautsprecher auf und ließen ihn verstummen.

»Was ist das?« fragte Tipa.

»Es kommt aus der Bordklinik der DREADFUL«, sagte Atlan.

»Der Gefangene!« stieß Tipa hervor.

Atlan nickte. Er schaltete seinen Flugprojektor ein und ließ sich in die Höhe tragen, bis er die DREADFUL sehen konnte. Noch immer schwebte das fremde Schiff unmittelbar über ihr.

Ein langgezogener Schrei ließ den Arkoniden zusammenzucken. Er ahnte, daß dieser Aufschrei voll höchster Not den Tod des Gefangenen einleitete. Irgendwie war es Corello gelungen, den Unglücklichen trotz der schützenden Detektoren zu töten.

Atlan sah, wie das fremde Schiff davonflog. Er ließ sich wieder auf das Eis hinabsinken.

»Was ist los?« erkundigte sich Tipa ungeduldig. »Was bedeutete der Schrei?«

»Ich befürchte, der Schrei wurde von einem Sterbenden ausgestoßen«, sagte Atlan. »Da er aus der Bordklinik der DREADFUL kam, müssen wir damit rechnen, daß unser wertvoller Gefangener jetzt nicht mehr am Leben ist.«

»Und Corellos Schiff?« wollte Dantroff wissen.

»Es fliegt davon«, berichtete Atlan. »Ich glaube, daß Corello sein Ziel erreicht hat. Wir können jetzt zur DREADFUL zurückkehren.«

Saedelaere blickte auf das tragbare Peilgerät und gab Atlan ein Zeichen.

»Das fremde Schiff kehrt zurück, Sir«, sagte er.

Damit hatte Atlan nicht gerechnet. Die DREADFUL konnte nicht der Grund sein, wenn der geheimnisvolle Angreifer zurückkam.

»Man hat uns geortet«, sagte Atlan. »Schnell in die Höhle. Dort können wir uns bis zum Eintreffen der anderen Schiffe verstecken.«

Sie schalteten ihre Scheinwerfer ein und drangen in die Höhle vor. Atlan übernahm die Führung. Er schaltete seinen Kombistrahler auf Hitzewirkung, um eventuelle Hindernisse aus dem Weg zu räumen. Der Boden war uneben. Überall bildete das Eis bizarre Formen.

Tipa blickte sich mißtrauisch um und ließ das Licht ihres Scheinwerfers über die Höhlendecke wandern.

»Dort hinten wird es enger«, stellte Atlan fest. »Bleibt dicht hinter mir.«

Nachdem sie ein paar Engstellen passiert hatten, gelangten sie in einen ausgedehnten Hohlraum, dessen Decke fast zehn Meter in die Höhe reichte.

»Wir müssen noch tiefer in das Höhlensystem vordringen«, entschied Atlan und suchte nach einem Ausgang aus der großen Höhle.

»Verteilt euch!« befahl er. »Die kleinste Öffnung kann wichtig für uns sein, denn sie kennzeichnet vielleicht den weiteren Weg.«

Während die anderen suchten, ergriff Atlan das tragbare Ortungsgerät und kehrte in den Gang zurück, aus dem sie gekommen waren. Ein Blick auf das Ortungsgerät bestätigte seine Vermutungen. Das gegnerische Schiff kreiste über der Höhle. Es war nur noch eine Frage der Zeit, bis Corello eine Suchmannschaft ausschleusen würde.

Atlan kehrte in den großen Hohlraum zurück.

»Ich habe die andere Seite abgesucht und nichts entdeckt«, berichtete Saedelaere.

»Schaltet die Flugprojektoren ein, und sucht die Wände auch in höherer Lage ab«, ordnete Atlan an. »Es wird nicht mehr lange dauern, bis uns Corellos Leute hierher folgen.«

»Wo bleibt nur Deighton?« fragte Tipa. »Ich fange an zu befürchten, daß er die DREADFUL verloren hat.«

Der Arkonide glaubte nicht an eine solche Möglichkeit. Galbraith Deighton wußte, was auf dem Spiel stand. Er würde keinen Fehler begehen. Vermutlich war der Solarmarschall mit seinen Schiffen bereits in dieses Sonnensystem eingedrungen und hatte mit Ortungen begonnen.

»Eine Öffnung!« rief Dantroff. »Kommen Sie zu mir, Lordadmiral!«

Atlan ließ sich zu dem Ersten Wesir hinaufgleiten. Der Lichtstrahl von Dantroffs Scheinwerfer beleuchtete einen handbreiten Spalt von einem Meter Länge.

»Fragt sich nur, wie es dahinter aussieht«, sagte Atlan. »Zurück, Dantroff!«

»Wollen Sie die Öffnung mit der Waffe erweitern?«

»Das habe ich vor.«

»Man wird die Energieströmung des Strahlers orten«, gab Dantroff zu bedenken.

Atlan lachte humorlos.

»Seien Sie sicher, daß unsere Gegner schon wissen, wo wir uns befinden«, sagte er. »Für uns kommt es nur darauf an, Zeit zu gewinnen.«

Er zielte und drückte ab. Der fingerdicke Energiestrahl traf auf das Eis, das unter der extremen Hitzewirkung sofort zu schmelzen begann. Atlan trennte mehrere Eisblöcke heraus, bis ein Durchgang in den benachbarten Höhlenraum geschaffen war. Vorsichtig näherte er sich dem Durchbruch.

»Alles in Ordnung!« rief er den anderen zu. »Dort drüben sieht es gemütlich aus.«

»Achtung!« rief eine fremde Stimme in seinem Helmempfänger. »Wir haben uns in Ihre Funkfrequenz eingeschaltet. Wir wissen, wo Sie sich aufhalten.«

»Corello!« sagte Tipa.

»Schnell!« befahl Atlan. »Wir dürfen uns von dem Geschrei nicht aufhalten lassen.

»Ich bin beeindruckt«, sagte der Unbekannte. »Es ist Ihnen nicht nur gelungen, von Bord der DREADFUL zu fliehen, sondern Sie kennen auch den Namen des Herrschers.«

»Sind Sie Corello?« fragte Atlan.

Der Fremde lachte unangenehm.

»Der Herrscher spricht nicht mit euch«, sagte er. »Wir fordern Sie auf, sich innerhalb der nächsten drei Minuten zu ergeben. Andernfalls werden wir angreifen.«

Drei Minuten! Das bedeutete einen neuen Zeitgewinn. Atlan hoffte, daß sie Corello lange genug hinhalten konnten.

»Wir fühlen uns hier unten sehr wohl«, sagte er.

»Lordadmiral Atlan, wenn wir nicht irren«, erwiderte der unsichtbare Raumfahrer. »Corello hat Sie an Ihrer Stimme erkannt.«

Atlan war verblüfft. Woher kannte der Geheimnisvolle seine Stimme? War es möglich, daß er schon einmal mit Ribald Corello zusammengetroffen war, ohne zu wissen, wem er gegenübergestanden hatte?

»Ja, ich bin Atlan«, gab er zu.

»Ihr mentalstabilisiertes Gehirn hat Sie gerettet«, kam die Antwort. »Vermutlich sind Ihre drei Begleiter in ähnlicher Weise immunisiert. Doch Ribald Corello verfügt noch über andere Waffen und wird sie einsetzen, wenn Sie sich nicht innerhalb der festgesetzten Frist ergeben.«

Atlan bezweifelte nicht, daß diese Drohung ernst gemeint war.

»Geben Sie uns Bedenkzeit, damit wir uns beraten können«, sagte er.

»Nein!« lautete die Antwort. »In einer Minute greifen wir an.«

Inzwischen hatten alle vier Flüchtlinge den anderen Höhlenraum erreicht. Er war nicht so groß wie die Höhle, aus der sie kamen. Neben der von Atlan gewaltsam geschaffenen Öffnung gab es mehrere Vertiefungen, von denen ein paar in Gänge mündeten, die weiter ins Eis führten.

Atlan ließ sich neben Saedelaere gleiten und gab dem Logiker zu verstehen, daß er sein Helmsprechgerät ausschalten sollte. Der

Arkonide hatte sein Gerät bereits abgeschaltet. Die beiden Männer preßten die Frontseiten ihrer Helme gegeneinander. Auf diese Weise war es möglich, sich auch auf einer atmosphärelosen Welt ohne Helmfunk zu verständigen.

»Corello macht zweifellos Ernst«, sagte Saedelaere, der genau zu wissen schien, welche Fragen Atlan beschäftigten.

»Wir brauchen vielleicht nur noch ein paar Minuten auszuhalten, dann ist Deighton hier«, gab Atlan zurück. »Wir müssen das Risiko eines Angriffs auf uns nehmen. Ich frage mich nur, ob dieser Angriff ebenfalls parapsychischer Natur sein wird.«

Darauf wußte auch Alaska Saedelaere keine Antwort. Die Minute verstrich. Atlan schaltete sein Helmfunkgerät wieder ein. Er brauchte nicht lange zu warten, bis die Stimme des Fremden wieder ertönte.

»Die Zeit ist abgelaufen, Lordadmiral! Wie haben Sie sich entschieden?«

»Wir ergeben uns«, sagte Atlan. »Wir kommen jetzt raus.«

»Ich wußte, daß Sie ein vernünftiger Mann sind.«

»Ich will verdammt sein, wenn ich mich ergebe!« schrie Tipa dazwischen.

Atlan schloß einen Moment die Augen. Die alte Lady hatte nicht verstanden, daß die Kapitulation nur ein Trick war, um noch mehr Zeit zu gewinnen. Mit ihrem Zwischenruf brachte sie die Flüchtlinge in große Schwierigkeiten. Jetzt half nur Gelassenheit.

»Hören Sie nicht auf die verrückte alte Lady«, sagte Atlan kaltblütig. »Wir werden sie gewaltsam mit ins Freie schleppen.«

»Sehr gut!« kam die Antwort. »Aber denken Sie daran, daß wir nicht lange warten.«

Tipa war herangeschwebt und versuchte Atlan mit ihrem Stock zu schlagen. Mit der Geschicklichkeit, die er im jahrtausendelangen Gebrauch von Flugprojektoren erworben hatte, wich Atlan aus und glitt hinter die Piratin. Er umklammerte sie mit einem Arm und hielt mit der freien Hand den Stock fest.

»Du elender Verräter!« zischte Tipa.

Atlan schaltete ihr Sprechgerät aus und preßte seinen Helm gegen den der alten Frau.

»Ich wußte schon immer, daß du eine giftige alte Hexe bist!« schrie er. »Aber es ist mir bisher immer entgangen, daß es dir an geistigen Fähigkeiten fehlt, dich auf eine solche Situation einzustellen.«

Er spürte, wie sie in seinen Armen schlaff wurde. Ihr Widerstand erstarb.

»Kann ich dich jetzt loslassen?«

Sie nickte ein paarmal.

Atlan schwebte auf einen der Seitengänge zu und bedeutete den anderen durch Handzeichen, ihm zu folgen. Der Gang, in den sie jetzt eindrangen, war gerade breit genug, um einen Mann von Atlans Größe durchzulassen. Ein paarmal kamen Stellen, wo er nur mühsam weiterkam. Der Boden sank leicht nach unten ab. Kurz darauf gelangten sie an eine Gabelung. Atlan winkte Tipa zu sich heran.

»Wir trennen uns hier!« schrie er der Piratin zu, nachdem sich ihre Helme berührten. »Saedelaere und ich nehmen den linken, Dantroff und du den rechten Gang.«

Ihre Lippen formten ein »Warum!«

Atlan schüttelte den Kopf. Er hatte für Erklärungen keine Zeit. Außerdem verdächtigte er Tipa, ganz genau zu wissen. warum er für eine Trennung war. Selbst in dieser Situation wollte sie sich ihm widersetzen.

Er kümmerte sich nicht länger um die Piratin, sondern folgte zusammen mit Saedelaere dem linken Gang. Als er sich umblickte, waren Tipa und Dantroff verschwunden.

Eine heftige Erschütterung des Eises ließ ihn anhalten. Er leuchtete die Umgebung ab. Über ihm hatten sich ein paar Risse gebildet. Er konnte sehen, daß sich das Eis bewegte.

Hastig schaltete er seinen Helmempfänger ein.

». . . diese Bombe war nur der Anfang!« hörte er den Fremden gerade noch sagen.

»Nicht so ungeduldig«, sagte er gepreßt. »Wir kommen heraus. Es gibt Schwierigkeiten mit Tipa.«

Der Fremde lachte ironisch.

»Unsere Ortungsgeräte zeigen uns an, daß Sie tiefer ins Eis eindringen, Lordadmiral. Halten Sie uns für so dumm, daß wir Ihren Trick nicht durchschauen? Corello könnte Sie auf der Stelle mit seinen Kräften töten, aber er zieht es vor, Sie durch ein Bombardement sterben zu lassen. Vom Eis erdrückt zu werden muß ein angenehmes Gefühl sein, Arkonide.«

»Ich sehe ein, daß es ein Fehler war«, sagte Atlan gedehnt. »Wir wollen miteinander verhandeln.«

Die Antwort war eine weitere Explosion auf der Oberfläche des Planeten. Wieder geriet das Eis in Bewegung. Ein paar Meter vor den Männern stürzte der Gang ein. Atlan warf sich zu Boden und verschränkte die Arme über dem Helm.

Saedelaere kroch an seine Seite.

»Was nun?« schrie der Logiker. »Noch zwei oder drei Bomben dieser Art, und das gesamte Höhlenlabyrinth bricht zusammen.«

»Ich weiß«, gab Atlan zurück. »Wir müssen umkehren. Vielleicht gelangen wir noch ins Freie.«

Der Gang war an mehreren Stellen eingestürzt, und Atlan mußte immer wieder seinen Strahler benutzen, um Saedelaere und sich einen Weg freizulegen. Als sie die Gabelung erreichten, sahen sie Kawa Dantroff, der verzweifelte Anstrengungen unternahm, Tipa Riordan unter mehreren Eisblöcken hervorzuziehen.

Der Erste Wesir wirkte erleichtert, als er die beiden Männer sah. Atlan bedeutete ihm, nicht zu sprechen. Er kletterte auf die zusammengerutschten Eisbrocken, unter denen Tipa begraben lag. Nur der Kopf und ein Arm der Piratin ragten heraus.

»Alles in Ordnung, Tante Tipa?«

»Schlaue Frage!« keifte sie. »Hilf lieber, mich hier herauszuholen!«

»In Eis verpackt, bleibst du länger frisch«, sagte Atlan grinsend. Er zog schnell seinen Kopf zurück, damit er die Antwort der Piratin nicht hören konnte. Gemeinsam mit Dantroff und Saedelaere räumte er die Hindernisse zur Seite. Tipa erhob sich ohne Hilfe. Sie war unverletzt. Sie gab den drei Männern durch Handzeichen zu verstehen, daß sie ohne ihren Stock, der noch irgendwo unter den Eistrümmern lag, die Höhlen nicht verlassen würde.

Dantroff zog Atlan zu sich heran.

»Ich glaube, sie meint es ernst«, sagte er, nachdem sich ihre Helme berührten.

Atlan verzog das Gesicht. Sie begannen nach dem Stock zu suchen. Saedelaere fand ihn und übergab ihn Tipa.

Sie gingen weiter und gelangten zum nächsten Höhlenraum. Dort erlebten sie eine unangenehme Überraschung. Der größte Teil der Decke war herabgekommen und versperrte den Zugang zu jener Öffnung, die Atlan während der Flucht ins Eis gestrahlt hatte.

Tipa und ihre drei Begleiter versammelten sich vor dem gewaltigen Eisberg, der ein unüberwindliches Hindernis zu bilden schien.

Saedelaere warf dem Arkoniden einen fragenden Blick zu.

Sie leuchteten die gesamte Umgebung mit ihren Scheinwerfern ab, ohne einen Durchgang zu finden.

Atlan trat neben Dantroff und berührte den Helm des Ersten Wesirs.

»Da hilft auch der Strahler nicht«, sagte er. »Wir sitzen fest. Nur Deighton kann uns hier herausholen.«

»Was geschieht, wenn Corello noch ein paar Bomben abwirft?«

Atlan deutete schweigend nach oben, wo das Licht der Scheinwerfer zahlreiche brüchige Stellen beleuchtete. Eine neue Erschütterung würde einen Eisrutsch auslösen.

Tipa kam heran und fuchtelte erregt mit ihrem Stock herum. Atlan mußte sich bücken, um seinen Helm gegen den der alten Frau zu drücken.

»Wir kommen nicht weiter, was?« erkundigte sie sich grimmig.

»Ja, Tante Tipa. Es sieht so aus, als säßen wir in der Falle.«

»Ich habe keine Lust, an deiner Seite zu sterben«, verkündete die Piratin.

»Auch ich kann mir eine schönere Grabgenossin vorstellen«, erklärte Atlan. »Deshalb werden wir versuchen, nach oben zu gelangen. Vielleicht ist zwischen der Decke und den Trümmern ein Zwischenraum erhalten geblieben.«

Unter den gegenwärtigen Bedingungen war es sinnlos, den Flugprojektor zu benutzen. Atlan suchte sich eine günstige Stelle zum Hochklettern. Das Eis war glatt, aber die vielen Bruchstellen und Vorsprünge gaben dem Arkoniden genügend Halt. Er arbeitete sich bis zur Decke hoch.

In diesem Augenblick erfolgte eine neue Explosion.

Atlan hielt inne. Er spürte, wie das Eis unter ihm nachgab. Mit beiden Händen hielt er sich fest. Die Totenstille, mit der alles geschah, machte die Katastrophe noch unheimlicher. Plötzlich entstand vor dem Arkoniden ein Spalt, und er wurde zusammen mit einigen Tonnen aufeinanderprallendes Eises hineingerissen.

»Seltsam«, murmelte Galbraith Deighton und starrte auf den Bildschirm der Außenbeobachtung. Und dann noch einmal: »Seltsam!«

»Was ist seltsam, Sir?« fragte Totten Aron, der Kommandant der DRAGNET.

Deighton schreckte aus seinen Gedanken hoch.

Er versuchte zu begreifen, was auf der fremden Eiswelt vor sich ging. Die DREADFUL stand unbeschädigt auf einem ausgedehnten Plateau. Das fremde Kugelschiff kreiste über einer Eisbarriere, die meilenweit von der DREADFUL entfernt war und ließ ab und zu eine Bombe auf der Planetenoberfläche explodieren.

»Es gibt nur eine Erklärung«, sagte Deighton. »Einige Besatzungsmitglieder der DREADFUL sind ins Eisgebirge geflohen und werden nun von den Fremden beschossen.«

»Dann wäre es an der Zeit, daß wir angreifen«, meinte Totten Aron.

Deighton nickte verbissen und beugte sich über das Mikrophon des Normalfunks. Die DRAGNET hatte pausenlos Funkverbindung zu allen anderen Schiffen des Verbandes.

»Wir fliegen einen Scheinangriff«, sagte Deighton. »Dann werden wir sehen, wie die Unbekannten reagieren.«

Die fünfzig Schiffe formierten sich und näherten sich in rasendem Flug dem Eisplaneten.

Deighton sah, wie Totten Aron sich plötzlich versteifte.

»Sir!« Die Stimme des Kommandanten klang alarmiert. »Ich spüre Suggestivimpulse.«

»Damit habe ich gerechnet«, versetzte Deighton grimmig. Wieder sprach er ins Mikrophon.

»Wir fliegen in eine Suggestivfront ein, die sich unter Umständen noch verstärken kann«, sagte er. »Niemand braucht sich Sorgen zu machen. Die Fremden können nicht die Besatzungen von fünfzig Schiffen gleichzeitig beeinflussen.«

Galbraith Deighton hoffte, daß dies den Tatsachen entsprach. Es nützte wenig, daß er und noch ein paar Offiziere mentalstabilisiert waren. Wichtig war allein, wie die Besatzungen reagieren würden.

Jetzt konnte Deighton die Impulse verstehen, die von dem fremden Schiff ausströmten.

Kehrt um! Kehrt um! Kehrt um!

Der Befehl wurde ständig wiederholt.

»Hier spricht Solarmarschall Deighton!« schrie Deighton ins Mikrophon. »Ich empfange den gleichen Suggestivbefehl wie Sie alle. Wir reagieren nicht darauf, sondern fliegen weiter.«

Er warf einen besorgten Seitenblick in Totten Arons Richtung. Die Stirn des Kommandanten war schweißbedeckt, aber er hatte sich noch unter Kontrolle. An Bord der anderen Raumschiffe des Verbandes spielten sich jetzt ähnliche Szenen ab.

»Aron, sind Sie in Ordnung?«

»Ja, Sir!« stieß Aron hervor.

Der Solarmarschall wußte, daß die Raumfahrer auf die Dauer vor der Suggestivfront kapitulieren würden. Er mußte sofort Gegenmaßnahmen ergreifen.

»Wir eröffnen das Feuer auf das fremde Schiff!« befahl er.

Kehrt um! Kehrt um! pulsierte es in seinem Gehirn.

Er hörte Aron stöhnen.

»An alle Feuerleitzentralen!« rief Deighton. »Feuer!«

Er atmete erleichtert auf, als die Impulskanonen der einzelnen Schiffe zu feuern begannen. Noch waren sie zu weit entfernt, um das fremde Schiff ernsthaft gefährden zu können, aber das würde sich innerhalb der nächsten Sekunden ändern.

Kehrt um! Kehrt um!

Die Männer, die zusammen mit Galbraith Deighton in der Zentrale der DRAGNET weilten, krümmten sich in ihren Sitzen. Verzweifelt kämpften sie um ihren Willen. Deightons Gesicht war blaß.

»Feuer!« schrie er abermals.

Diesmal feuerte nur noch die Hälfte aller Schiffe, aber da sie näher herangekommen waren, hatte der Beschuß größeren Erfolg. Der Gegner wurde zur Einschaltung eines Hochenergie-Überladungsschirms gezwungen.

Deighton schrie: »Feuer!«

Kehrt um! Kehrt um!

Täuschte er sich, oder kam der Suggestivbefehl diesmal schwächer?

»Sir!« schrie Aron in höchster Not. »Ich halte das . . .«

Deightons Stimme überschlug sich: »Schießt!«

Der letzte Feuerüberfall war entscheidend. Der HÜ-Schirm des fremden Schiffes glühte auf und drohte unter dem konzentrischen Beschuß zusammenzubrechen. Das Schiff beschleunigte und verschwand im Weltraum. Sekunden später tauchte es in den Linearraum.

Totten Aron sank im Sitz zusammen und atmete schwer. Auch die anderen Männer innerhalb der Zentrale machten einen erschöpften Eindruck. Der Suggestivbefehl war nicht mehr zu vernehmen.

»Es ist vorüber«, sagte Deighton erleichtert.

»Warum verfolgen wir dieses Schiff nicht?« fragte Aron.

»Für eine Verfolgung ist es jetzt zu spät«, sagte der Solarmarschall. »Trotz Halbraumspürer werden wir das Schiff nicht mehr einholen. Außerdem müssen wir uns um die DREADFUL und ihre Besatzung kümmern.«

Deighton befahl den Kommandanten, mit ihren Schiffen eine Kreisbahn um die Eiswelt einzuschlagen. Nur die DRAGNET würde neben der DREADFUL landen.

»Sind Sie fähig ein Landemanöver durchzuführen?« fragte Deighton den Kommandanten der DRAGNET.

»Natürlich, Sir«, erwiderte Aron. »Ich bin wieder vollkommen in Ordnung.«

Das Zittern seiner Hände bewies das Gegenteil, aber Deighton entschloß sich, dem Kommandanten zu vertrauen. Die Landestützen der DRAGNET wurden ausgefahren.

»Landungskommando bereitmachen!« befahl Deighton. »Kommandant, suchen Sie ein Dutzend Männer aus, die zusammen mit mir das Gebiet absuchen, wo das fremde Schiff die Bomben abgeworfen hat.«

Aron nickte.

»Glauben Sie, daß wir dort Flüchtlinge von der DREADFUL finden werden?« fragte er.

»Ich hoffe es«, gab Deighton zurück. »Wenn wir zu spät gekommen sind, werde ich mir ewig Vorwürfe machen.«

»Sie haben getan, was Sie konnten, Sir.«

Deighton antwortete nicht, sondern wartete ungeduldig auf das Ende des Landemanövers. Noch bevor die Landeteller der DRAGNET den vereisten Boden berührten, hatte der Solarmarschall bereits einen flugfähigen Kampfanzug angelegt.

»Schicken Sie dreißig Männer und ein paar Ärzte zur DREADFUL hinüber«, befahl er Aron. »Ich werde mich mit dem Suchkommando ins Eisgebirge begeben.«

»Haben Sie bestimmte Befehle, was die DREADFUL betrifft, Sir?«

Deighton überlegte einen Augenblick.

»Nein, Kommandant!« Er begab sich zum Ausgang. »Verständigen Sie mich über Funk darüber, wie es an Bord des Piratenschiffs aussieht. Lassen Sie feststellen, wer von der Besatzung fehlt.«

Über Interkom gab Totten Aron die notwendigen Befehle. Deighton begab sich in die Hauptschleuse, wo die Männer des Suchkommandos bereits auf ihn warteten. Befriedigt registrierte der Solarmarschall, daß Suchgeräte bereitstanden. Ein Arzt und zwei flugfähige Medo-Roboter würden den Suchtrupp begleiten.

Die äußere Schleuse glitt auf.

»Vorwärts!« befahl Deighton. »Wir haben keine Zeit zu verlieren.«

Während der Suchtrupp davonflog, versammelte Aron die Männer, die ihn an Bord des Piratenschiffs begleiten sollten.

22.

Die Rettungsaktion hatte fünf Stunden gedauert, dann waren alle vier Eingeschlossenen geborgen. Tipa Riordan bestand allerdings darauf, vor der Rückkehr in die DREADFUL ihren Stock zu suchen, den sie zum zweitenmal verloren hatte. Kawa Dantroff mußte ihr treu dabei helfen.

Sander Gray, der Zweite Wesir der DREADFUL, erwartete Atlan und Solarmarschall Deighton in der Hauptschleuse des Schiffes. Atlan und Deighton schlugen dreimal gegen den Halsansatz ihres Helmes, um Gray zu begrüßen. Die beiden Männer fühlten sich erleichtert, als sie sich im Innern des Schiffes befanden und ihre schweren Anzüge ablegen konnten.

»Ich bin froh, daß die Rettungsaktion abgeschlossen ist«, erklärte Gray.

»An Bord alles in Ordnung?« erkundigte sich Atlan.

»Ja«, sagte der Zweite Wesir. »Die Besatzung hat sich von der Beeinflussung gut erholt. Dr. Kiyomi ist sicher, daß niemand einen Schaden davongetragen hat. Die meisten Männer sind bekümmert, weil sie sich dem Willen des Unbekannten nicht widersetzt haben.«

»Sie brauchen sich keine Vorwürfe zu machen«, erwiderte Atlan.

»Soll ich Sie jetzt in die Bordklinik führen?« erkundigte sich Gray. »Ich glaube, Koy Kiyomi hat die Obduktion inzwischen abgeschlossen.«

Kiyomi erwartete sie bereits. Wieder mußten Atlan und Deighton den Piratengruß nachahmen.

»Eine schreckliche Art, einander zu begrüßen«, raunte Deighton dem Arkoniden zu. »Die Piraten sollten sich etwas Besseres einfallen lassen.«

Kiyomi, der die letzten Worte gehört hatte, trat den beiden Männern lächelnd entgegen.

»Mit solchen Vorschlägen werden Sie bei Tipa kein Glück haben«, prophezeite er. »Dieser Gruß ist alte Piratentradition.«

»Haben Sie eigentlich oft Männer in Behandlung, die sich zu intensiv gegrüßt haben?« wollte Atlan wissen.

»Es geht«, sagte Kiyomi.

Der Interkom summte, und Sander Gray ging davon, um mit der Zentrale zu sprechen. Er kam sofort zurück.

»Tipa hat von der Höhle aus die Zentrale angerufen«, sagte er. »Sie will dabeisein, wenn Sie sich den toten Gefangenen ansehen.«

»Das ist unnötige Zeitverschwendung«, erklärte Atlan. »Kommen Sie, Doc. Begleiten Sie uns ins Labor.«

Kiyomi blieb stehen und lächelte bedauernd.

»Tipa Riordan gibt mir die Befehle«, sagte er.

»Ich muß ebenfalls darauf bestehen, daß die Wünsche der Lady an Bord dieses Schiffes respektiert werden, meine Herren«, mischte sich Sander Gray ein.

Atlan und Deighton wechselten einen Blick. Sie hatten keine andere Wahl, als sich den Befehlen Tipas zu fügen. Keiner der Piraten würde gegen Tipas Willen eine Anordnung Atlans oder Deightons ausführen.

»Eines Tages drehe ich ihr den dürren Hals um«, versprach Atlan dem Solarmarschall.

Sie mußten eine halbe Stunde warten, bis Tipa Riordan und der Erste Wesir an Bord der DREADFUL eintrafen. Auf ihren wiedergefundenen Stock gestützt, humpelte Tipa in die Klinik. Weder die körperlichen noch die psychischen Belastungen der letzten Stunden hatten ihr Temperament zügeln können. Ihre Zähigkeit rang sogar Atlan widerwillige Bewunderung ab.

»Ich mache dich darauf aufmerksam, daß du zusammen mit dem Solarmarschall ohne meine Erlaubnis an Bord dieses Schiffes weilst!« begrüßte sie Atlan. »Ich könnte dich auf der Stelle hinauswerfen lassen.«

»Hör zu, Tipa. Jetzt ist nicht der Zeitpunkt für solche Streitigkeiten. Wir müssen den Toten sehen.«

»Er ist mein Gefangener«, sagte Tipa störrisch.

Dantroff, der verhindern wollte, daß der Streit schlimmere Formen annahm, versuchte zu vermitteln.

»Es schadet niemand, wenn der Lordadmiral und der Solarmarschall einen Blick auf den Toten werfen«, sagte er versöhnlich.

Tipas Augen richteten sich voller Zorn auf den Ersten Wesir.

»Ich entscheide hier, wer das Labor betreten darf«, sagte sie bissig.

»Ich muß Sie darauf aufmerksam machen, daß wir diese Angelegenheit als zu ernst betrachten, um Ihnen allein die weiteren Ermittlungen zu überlassen, Mylady«, sagte Galbraith Deighton mit Nachdruck. »Der Fall Ribald Corello interessiert die Solare Abwehr und die Administratur.«

»Ist er nicht ein Spaßvogel?« fragte Tipa den Arkoniden. »Ihr beiden seid wirklich ein wunderbares Gespann.«

Dr. Koy Kiyomi bemerkte: »Ich bin dafür, daß die beiden Männer das Labor betreten dürfen, Mylady. Was dort geschehen ist, übersteigt mein Begriffsvermögen.«

Noch zögerte Tipa, aber es war offensichtlich, daß sie nachzugeben gewillt war.

»Gut«, sagte sie schließlich. »Ich richte mich in diesem Fall nach den Wünschen des Arztes.«

»Danke, Mylady«, sagte Deighton.

Gefolgt von Tipa und den beiden Männern betrat Koy Kiyomi das Labor.

Atlans Blicke richteten sich auf die verschiedenen Organmaschinen, die entweder am Boden lagen oder an verschiedenen Stellen aufgeplatzt waren. Keines der Geräte war noch intakt.

»Haben Sie das getan, Doc?« erkundigte sich Deighton.

Kiyomi schüttelte den Kopf.

»Wer ist für die Zerstörung der wertvollen Geräte verantwortlich?« wollte Atlan wissen.

Kiyomi blieb gelassen.

»Das ist eine Frage, auf die auch ich gerne eine Antwort wüßte«, sagte er. »Ich habe die Anlage von unseren Spezialisten untersuchen lassen.«

»Zu welchem Ergebnis sind die Männer gekommen?« fragte Tipa, die jetzt neben dem Lager stand, wo vor wenigen Stunden noch der Gefangene gelegen hatte.

»Die Geräte wurden angeblich von Sprengkapseln zerstört«, eröffnete der Mediziner seinen Zuhörern.

Atlan runzelte die Stirn.

»Sprengkapseln? Völlig unmöglich!«

Kiyomi ergriff einen runden Leichtmetallbehälter, der an einer Stelle aufgeplatzt war. Er übergab ihn Atlan. Inzwischen hatte Deighton eine Pumpe vom Boden aufgehoben, die ähnliche Beschädigungen wie der Behälter aufwies.

»Rätselhaft«, murmelte Deighton. »Es muß innerhalb dieser Geräte zu Explosionen gekommen sein.«

»Unsere Spezialisten haben innerhalb der zerstörten Teile Überreste von Sprengkapseln gefunden«, berichtete Kiyomi. »Diese Kapseln waren nicht besonders groß aber ihre Sprengkraft genügte, um die gesamte Anlage funktionsunfähig zu machen.«

»Jetzt wissen wir also, woran der Gefangene gestorben ist«, sagte Dantroff, der ebenfalls hereingekommen war.

Kiyomi blickte sich zu dem Ersten Wesir um.

»Ich muß Sie enttäuschen«, sagte er. »Die Todesursache ist eine andere, das hat die Obduktion ergeben.«

»Langsam, langsam«, sagte Atlan. Er drehte den aufgeplatzten Behälter nachdenklich in den Händen. »Ich frage mich, wie die Sprengkapseln in die Geräte gekommen sind. Jemand muß sie hineingeschmuggelt haben. Sie wurden dann von Bord des fremden Schiffes aus durch Funkimpulse gezündet.«

»Macaulay würde niemanden an seine Geräte heranlassen«, sagte Deighton. »Es ist auch undenkbar, daß einer seiner Spezialisten ein Verräter ist.«

»Aber jemand muß die Sprengkörper in der Anlage versteckt haben«, sagte Atlan.

»Warten Sie, bis Sie wissen, was mit dem Toten passiert ist«, sagte Kiyomi. »Begleiten Sie mich ins Nebenzimmer.«

Atlan ahnte, daß sie in wenigen Augenblicken vor einem noch größeren Rätsel stehen würden.

Die Leiche lag auf einer Bahre. Kiyomi hatte sie mit einem Tuch zugedeckt.

Der Arzt holte ein Glas, das mit einer Flüssigkeit gefüllt war, in der ein roter Gewebeklumpen schwamm.

»Das Herz des Toten«, sagte Kiyomi und hielt das Glas in die Höhe, so daß jeder das Organ sehen konnte.

»Es ist an mehreren Stellen aufgeplatzt«, stellte Atlan mit einem Schaudern fest.

»Die gleichen Zerstörungen wie bei den Zusatzgeräten der Organmaschinen«, fügte Galbraith Deighton hinzu. »Doc, haben Sie in den Organen des Toten ebenfalls Sprengkapseln gefunden?«

»Nein«, sagte Kiyomi. »Aber etwas anderes.«

Er holte ein zweites Glas, in dem mehrere zerfaserte Klümpchen schwammen.

»Dies sind winzige zellähnliche Gebilde«, erklärte der Arzt. »Sie entstammen nicht dem Körper des Toten, obwohl ich sie dort gefunden habe. Ich habe diese Gewebeklümpchen untersucht und festgestellt, daß sie sich unter bestimmten Bedingungen blitzartig um das Vielfache ihrer normalen Größe ausdehnen können. Nicht nur im

Herzen des Toten fand ich solche Klümpchen, sondern auch in den Lungen, in den Nieren und im Magen.«

»Unheimlich!« sagte Atlan. Er hatte eine trockene Kehle bekommen.

»Es läßt sich unter Umständen erklären, wie die Sprengkapseln in die Organmaschinen gelangt sind«, sagte Dr. Kiyomi. »Für das Vorhandensein dieser mysteriösen Gebilde in den Organen des Toten habe ich jedoch keine Erklärung.«

»Wurde der Gefangene von diesen Dingern getötet?« erkundigte sich Tipa.

»Zweifellos«, erwiderte Kiyomi. »In den Organen des bedauernswerten Mannes erzielten diese Klümpchen denselben Effekt wie die Sprengkapseln innerhalb der Geräte.«

Für Atlan waren dies bestürzende Informationen. Er wußte ebenso wie Kiyomi keine Erklärung, aber in seinem Gehirn begann ein bestimmter Verdacht Gestalt anzunehmen. Sollte es sich herausstellen, daß ihn seine Ahnung nicht trog, dann bedeutete Ribald Corello eine schreckliche Gefahr für die gesamte Galaxis.

Atlan legte der Piratin eine Hand auf die Schulter.

»Tante Tipa, hier geht es um Dinge von kosmischer Bedeutung«, sagte er. »Du mußt uns erlauben, den Toten und die zerstörten Anlagen an Bord der DRAGNET zu bringen, damit unsere Spezialisten im Sol-System noch einmal alles gründlich untersuchen können.«

Die Piratin erklärte sich einverstanden. Wenn es darauf ankam, konnte sie sehr vernünftig sein.

»Doc, wir brauchen Ihre gesamten Unterlagen«, sagte Deighton zu dem Piratenarzt.

»Das dachte ich mir«, erwiderte Kiyomi. »Ich habe alles vorbereitet.«

Drei Stunden später waren alle Geräte und die Leiche an Bord der DRAGNET gebracht worden. Tipa Riordan, die keine Müdigkeit zu kennen schien, war zusammen mit Dr. Kiyomi an Bord von Deightons Schiff gekommen, um sich zu verabschieden.

Bevor die Piratin mit ihrem Begleiter die DRAGNET wieder verließ, fanden Atlan und Galbraith Deighton Gelegenheit zu einem kurzen Gespräch. Die beiden Männer trafen sich in einem Nebenraum der Bordklinik.

»Wir müssen Tipa ans Herz legen, daß vorerst niemand von den Ereignissen auf der Eiswelt erfahren darf«, sagte der Solarmarschall zu Atlan. »Ich halte es außerdem für angebracht, daß wir der Besatzung der DRAGNET vorläufig nichts vom seltsamen Tod des Fremden berichten. Ich will vermeiden, daß es bei späteren Kontakten mit Ribald Corello zu einer Panik kommt.«

»Sie glauben also, daß Corello für den Tod dieses Mannes verantwortlich ist?« fragte Atlan.

»Bestehen daran noch Zweifel?« Als Atlan den Kopf schüttelte, fuhr der Solarmarschall fort: »Ich frage mich nur, wie Corello es angestellt hat, den armen Burschen auf diese Weise umzubringen. Corello ging wirklich kein Risiko ein. Er hat nicht nur die Organe des Mannes, sondern auch die Maschinen zerstört, die jene Organe funktionsfähig erhalten sollten.«

»Corello hat also Angst, daß wir zuviel über ihn erfahren könnten«, sagte Atlan.

Deighton ging unruhig auf und ab.

»Ich glaube nicht, daß es Angst ist. Corello ist nur vorsichtig. Vielleicht will er früher oder später zu einem großen Schlag ausholen und muß deshalb vermeiden, daß wir Informationen bekommen.«

»Wie kann er es getan haben?« Atlan nagte nachdenklich an seiner Unterlippe.

Als aufmerksamer Beobachter stellte Deighton fest, daß der Arkonide von bestimmten Vermutungen oder Vorahnungen beunruhigt wurde.

»Sie haben einen Verdacht, Lordadmiral«, sagte Deighton.

Um Atlans Lippen erschien die Andeutung eines Lächelns.

»Ihnen bleibt auch nichts verborgen, was?«

»Ich bin Chef der Abwehr«, sagte Deighton. »Es ist meine Aufgabe, aus den Reaktionen der Menschen zu lesen.«

»Ich will Ihnen sagen, was ich vermute«, sagte Atlan. »Vielleicht halten Sie mich für verrückt. Corello dürfte ein Mutant sein.«

»Darüber bin ich mir im klaren«, sagte Deighton.

»Er muß außergewöhnliche Fähigkeiten besitzen.«

»Er ist ein Suggestor«, stimmte Deighton zu.

»Nicht nur das«, sagte Atlan. »Ich befürchte, daß Corello ein lebender Fiktivtransmitter ist.«

Deighton unterbrach abrupt seine Wanderung und starrte den Arkoniden an. Er schnippte mit den Fingern.

»Sie glauben, daß Corello die Sprengkapseln mit parapsychischen Kräften in die Organmaschinen befördert hat?«

»Ja«, sagte Atlan. »Auf dem gleichen Weg sind die Zellklümpchen in die Organe des Gefangenen gelangt.«

»Eine ebenso phantastische wie logisch erscheinende Erklärung«, sagte Deighton. »Dann wäre Corello ein . . . *Supermutant*, wie wir noch keinen erlebt haben. Ich hoffe im Interesse der Menschheit, daß Sie sich täuschen.«

»Das hoffe ich auch«, sagte Atlan.

23.

Juni 3432

Der Vorposten der Zivilisation auf dem Planeten Vinzsa im Al-Tont-System existierte nicht mehr. Die Kolonisten, Angehörige der Ross-Koalition, hatten die Leichtmetallhallen und Meßstationen mit Waffen oder mit bloßen Händen zerstört. Aus dem Tal, in dem nach dem Willen der Pioniere die erste Stadt entstehen sollte, stiegen Rauchwolken in den Himmel.

Die Menschen, die für die Zerstörung verantwortlich waren, hockten mit gleichgültigen Gesichtern zwischen den Trümmern ihrer Behausungen. Der Rausch, der über sie gekommen war, schien abgeklungen zu sein.

Perry Rhodan und Atlan, die mit einem Beiboot der INTERSOLAR auf Vinzsa gelandet waren, standen auf einer Anhöhe und blickten auf die zerstörten Anfänge einer Stadt hinab.

»Wir sind zu spät gekommen«, stellte Rhodan fest. »Ribald Corello hat bereits zugeschlagen.«

»Ich habe mit einem solchen Anblick schon gerechnet, als wir auf die zerstörten Schiffe der Kolonisten im Al-Tont-System stießen«, erwiderte der Arkonide.

Rhodan dachte an die Wracks, die jetzt um Vinzsa kreisten. Die Schiffe waren von ihren Besatzungen zerstört worden. Alle Menschen im Al-Tont-System waren vom Zwang der Zerstörung befallen. Ein paar Schiffe Ribald Corellos waren während des Chaos auf Vinzsa gelandet. Corellos Soldaten hatten alle wichtigen Instrumente und Geräte gestohlen.

»Dein Verbindungsmann hat uns zu spät informiert«, sagte Rhodan. »Wahrscheinlich hat Corello auch diesmal keine Spuren hinterlassen.«

»Gehen wir hinunter in die zerstörte Stadt«, schlug Atlan vor. »Vielleicht finden wir einen Kolonisten, mit dem wir vernünftig reden können.«

Rhodan warf seinem Freund einen Seitenblick zu.

»Du hoffst, daß du den USO-Agenten noch lebend findest«, sagte er.

Atlan nickte.

Sie versiegelten das Beiboot, so daß es nur mit einem Funkimpuls aus ihren Armbandfunkgeräten geöffnet werden konnte, und machten sich an den Abstieg ins Tal.

Vinzsa war der vierte Planet, den Ribald Corello in einer Woche überfallen hatte. Die Brutalität, mit der der immer noch geheimnisvolle Angreifer vorging, war erschreckend. Corello nutzte seine parapsychischen Kräfte rücksichtslos aus. Die Vinzsa-Kolonisten waren durch Suggestivbefehle gezwungen worden, ihre Raumschiffe und Energieanlagen auf der Oberfläche des Planeten zu zerstören.

Corello ging kein Risiko ein. Um in den Besitz einiger wertvoller Maschinen zu kommen, gab er Tausende von Menschen dem Wahnsinn preis. Der Traum, den die Kolonisten geträumt hatten, war zu Ende. Anstatt auf einer neuen Welt, würden diese Menschen die nächsten Jahre in Kliniken zubringen.

Rhodan und Atlan erreichten die ersten zerstörten Gebäude. Ein Mann in zerfetzten Kleidern taumelte an ihnen vorbei, ohne sie zu beachten. Atlan holte ihn mit wenigen Schritten ein und hielt ihn am Arm fest.

»Können Sie mich verstehen?« fragte der Arkonide.

Der Kolonist verdrehte die Augen und lallte ein paar unverständliche Worte. Atlan gab ihn frei.

»So sehen sie alle aus«, sagte er bitter. »Wir werden keinen finden, der uns Auskünfte geben kann.«

»Dort drüben liegen die Überreste der Funkstation«, sagte Rhodan. »Sehen wir uns an, was noch übrig ist.«

Atlan blieb stehen und starrte mit zusammengekniffenen Augen in Richtung eines eingestürzten Gebäudes, vor dem zwei Männer auf dem Boden saßen.

»Dort!« rief der Arkonide. »Einer dieser beiden Männer ist Leutnant Maltor.«

»Bist du sicher?«

»Natürlich«, sagte Atlan.

Keiner der beiden Männer reagierte, als Atlan und Rhodan sich ihnen näherten.

»Er ist es«, flüsterte Atlan, als sie vor den Männern standen.

»Beide sind krank«, sagte Rhodan.

»Leutnant Maltor!« rief Atlan. »Stehen Sie auf.«

Der Mann, den Atlan angesprochen hatte, hob den Kopf. Sein Gesicht war rußgeschwärzt. Er verdrehte die Augen.

Atlan beugte sich hinab und zog ihn mit einem Ruck hoch. Er schüttelte ihn ein paarmal.

»Leutnant Maltor!« schrie der Arkonide. »Reißen Sie sich zusammen.«

Maltor stöhnte. Plötzlich griff er nach Atlans Waffengürtel und versuchte, ihn zu zerreißen. Atlan stieß den Leutnant zurück.

»Sie stehen noch immer unter diesem Zerstörungszwang«, sagte Rhodan. »Wir werden von Maltor nichts erfahren.«

Atlan öffnete seine kleine Bereitschaftstasche und entnahm ihr eine Injektionspistole.

»Ich werde Maltor ein Medikament geben«, sagte er. »Das wird ihn beruhigen. Wir nehmen ihn mit an Bord der INTERSOLAR.«

Rhodan war einverstanden.

»Sobald wir an Bord der INTERSOLAR sind, setzen wir einen Funkspruch an die Ross-Koalition ab«, sagte er. »Sie sollen ein paar Schiffe ins Al-Tont-System schicken und diese Unglücklichen abholen.«

Die Ross-Koalition war einer der vier großen, lockeren Interessenbünde, die neben den drei großen Sternenreichen der Antiterranischen Koalition existierten. Sie bestanden aus jeweils zahlreichen autarken Sonnensystemen und hatten sich nicht, wie die großen Reiche, gegen Perry Rhodan und das Imperium gestellt. Neben der Ross-Koalition mit ihren insgesamt 311 Sonnensystemen, gab es noch die 223 Fracowitz-Systemstaaten, den Shomona-Orden und die Tarey-Bruderschaft mit 193, beziehungsweise 201 Sonnensystemen.

Atlan hatte Maltor die Injektion gegeben. Der USO-Leutnant hielt sich nur mühsam auf den Beinen. Atlan und Rhodan schleppten ihn zum Beiboot. Als sie das kleine Schiff betraten, blickte Atlan noch einmal ins Tal zurück.

»Corello wird allmählich zu einem Alptraum für die gesamte Galaxis«, sagte er. »Wir müssen etwas gegen ihn unternehmen.«

»Dazu brauchen wir Anhaltspunkte«, erwiderte Rhodan. »Bisher wissen wir kaum etwas über diesen geheimnisvollen Mann.«

»Corello ist machthungrig«, sagte Atlan. »Er wird früher oder später einen Fehler begehen.«

Sie banden Maltor auf einem Sitz fest und flogen zur INTERSOLAR zurück. An Bord des Schiffes hatte man inzwischen alle Meßergebnisse ausgewertet. Der Überall auf Vinzsa war vor sieben Stunden erfolgt. Corellos Schiffe waren nicht mehr einzuholen.

Leutnant Maltor wurde in die Bordklinik gebracht, wo sich die Ärzte seiner annahmen. Perry Rhodan ließ einen Funkspruch an die Hauptwelt der Ross-Koalition absetzen und schilderte kurz, was geschehen war. Er forderte die Verantwortlichen auf, ein Klinik-Schiff ins Al-Tont-System zu schicken.

»Mehr können wir für die Kranken nicht tun«, sagte er zu Atlan, der mit in die Zentrale gekommen war.

Der Arkonide antwortete nicht. Er saß an den Kontrollen. Sein Blick war starr geradeaus gerichtet.

»Woran denkst du?« erkundigte sich Perry.

Wieder erhielt er keine Antwort.

»Ist er krank, Sir?« fragte Kommandant Korom-Khan besorgt.

Rhodan beugte sich zu seinem Freund hinüber. Der Arkonide war in körperliche Starre verfallen. Als Rhodan ihn schüttelte, bewegte er sich nicht.

»Ich rufe einen Arzt!« sagte Korom-Khan alarmiert.

»Das ist nicht nötig«, erwiderte Rhodan. »Es wird ihm nichts geschehen. Ich kenne diesen Zustand. So sieht Atlan immer aus, wenn sich der Gedächtnisteil seines Extrahirns meldet.«

Korom-Khan runzelte die Stirn. »Ich verstehe nicht, Sir«, sagte er.

»Irgendein Geschehnis hat Atlans Extrahirn aktiviert«, erklärte Perry. »Atlan wird uns wahrscheinlich in wenigen Augenblicken einen Bericht über ein Ereignis in der Vergangenheit geben. Es muß mit unserem Erlebnis auf Vinzsa zusammenhängen.«

Der Kommandant der INTERSOLAR konnte seine Unruhe nicht verbergen.

Es wäre ihm lieber gewesen, wenn Rhodan einen Arzt in die Zentrale bestellt hätte.

Plötzlich begann der Arkonide zu sprechen.

»Ich erinnere mich an das Jahr zweitausendneunhundertneun«, begann er mit stockender Stimme zu berichten. »Damals begann die Second-Genesis-Krise . . .«

24.

März 2909

Zwei Stunden, nachdem er in unruhigen Schlaf gefallen war, erwachte John Marshall von einem Geräusch, das sich, als er sich alarmiert aufrichtete, um zu lauschen, als leises Tappen nackter Füße erwies. Schnell schlug Marshall die Decke zurück. Er vermied es, seine telepathischen Sinne tastend in die Schlafräume auszuschicken, denn die anderen hätten es sofort bemerkt. Marshall wollte unter allen Umständen vermeiden, daß sie in ihm einen Spion sahen.

Dabei *war* er ein Spion.

Seit zwei Wochen hielt er sich auf dem Saturnmond Mimas auf, um die erkrankten Mutanten zu beobachten.

Schon während der First-Genesis-Krise hatte man die Mutanten nach Mimas gebracht, um sie in einer Spezialklinik zu behandeln. Damals vor zwei Jahren war es Dr. Ern Kottena gelungen, die Veränderungen in den Gehirnen der kranken Mutanten zu stoppen.

Marshall preßte die Lippen zusammen. Jetzt war nicht die Zeit, darüber nachzudenken. Er mußte herausfinden, wer von den Kranken während der Ruhezeit sein Zimmer verlassen hatte.

Geräuschlos näherte sich John Marshall der Tür seines Zimmers und öffnete sie um einen Spalt. Er fuhr sofort zurück, als er bemerkte, daß das Licht draußen auf dem Gang nicht mehr brannte. Wer immer zu dieser Stunde sein Zimmer verlassen hatte, wollte sein Vorhaben bei Dunkelheit ausführen.

Marshall löschte die Lampe in seinem Zimmer, damit der Lichtschein nicht auf den Gang hinausfiel, dann öffnete er die Tür erneut. Er streckte den Kopf hinaus.

Alles war still.

Ich habe mich getäuscht! dachte Marshall erleichtert.

Als er die Tür zudrücken wollte, hörte er einen seltsamen Laut, als weinte ein Mensch still vor sich hin. Marshall fühlte, wie Angst in ihm hochstieg. Er war ein erfahrener Mann, der nicht leicht zu beunruhigen war, aber diesmal ging es um das Schicksal von acht

Mutanten aus dem Korps. John Marshall kannte die sieben Männer und Betty Toufry noch aus den Jahren, da Perry Rhodan die Dritte Macht gegründet hatte. Er fühlte sich mit diesen Menschen innerlich verbunden.

Marshall glitt in den Gang hinaus und tastete sich mit den Händen an der Wand entlang. Sein eigener Herzschlag kam ihm übermäßig laut vor. Obwohl er seine Atemzüge unterdrückte, war er überzeugt, daß man sie meterweit hören konnte.

Er blieb stehen. Seine Handflächen waren feucht, und die Finger, mit denen er die Wand berührte, zitterten.

Jemand stand neben ihm!

Obwohl er seine telepathischen Sinne völlig ausgeschaltet hatte, war er sensibel genug, um die Anwesenheit eines anderen Menschen in seiner unmittelbaren Nähe zu spüren.

Und dieser andere wußte, daß John Marshall neben ihm stand.

»Also gut!« Marshalls Stimme drang in die Stille hinein. »Laß uns das Licht anmachen.«

Er hörte ein Schluchzen und fuhr herum. Seine zugreifenden Hände bekamen zarte Arme zu fassen.

Eine Frau! schoß es durch Marshalls Gehirn.

»Betty!« zischte er. »Betty, geht es dir nicht gut?«

Er zerrte die Frau mit sich zum nächsten Lichtschalter. Als er das Licht anknipste, erkannte er, daß es nicht Betty Toufry war, die er gestellt hatte.

»Gevoreny!« sagte John Marshall überrascht. »Ich hatte dir verboten, dich heimlich mit ihm zu treffen.«

Das Anti-Mädchen senkte den Kopf.

»Was soll ich jetzt mit dir tun?« fragte Marshall. »Die Mutanten sind krank. Du weißt, daß du nicht zu Kitai Ishibashi darfst. Deine Anwesenheit wird ihn innerlich noch mehr erregen. Das ist nicht gut für ihn.«

Gevoreny Tatstun blickte auf. Ihre Augen waren groß und leicht schräg gestellt. Sie besaß eine fliehende Stirn, lange dunkle Haare und einen breiten Mund. Trotzdem wirkte ihr Gesicht zierlich. Für Marshall war sie eines der schönsten Anti-Mädchen, denen er jemals begegnet war. Sie gehörte zum Pflegepersonal. Es war ein offenes Geheimnis, daß Kitai Ishibashi, der Suggestor, und dieses Mädchen geheiratet hatten. Dr. Kottena wollte jedoch erst nach völliger Heilung des Mutanten erlauben, daß das Paar zusammenlebte.

»Werden Sie mich verraten, Mr. Marshall?« fragte Gevoreny.

Marshall war unentschlossen.

»Ich weiß nicht, was ich tun soll«, gestand er. »Wenn ich dich dem Arzt melde, wird er dafür sorgen, daß du nicht mehr mit Kitai zusammentreffen kannst. Das ist weder für Kitai noch für dich gut.«

Plötzlich sagte sie: »Ich habe Angst!«

»Wovor, Gevoreny?«

»Vor Kitai, Mr. Marshall.«

Verwundert sagte Marshall: »Ich dachte, du liebst ihn?«

Sie griff nach Marshalls Hand und drückte sie.

»Ich liebe und fürchte ihn«, sagte sie. »In letzter Zeit ist er mir unheimlich. Etwas scheint ihn zu bedrücken. Er sitzt oft stundenlang da und starrt vor sich hin, ohne etwas zu sagen.«

»Alle erkrankten Mutanten befinden sich jetzt in diesem Stadium«, sagte John Marshall. »Der Arzt glaubt, daß wir den Beginn der Second-Genesis-Krise miterleben.«

»Wird es wieder so schlimm werden wie vor zwei Jahren?«

Marshall wich ihren Blicken aus. Er starrte in den Gang.

»Ich weiß es nicht«, gestand er. »Vielleicht noch schlimmer.«

»Sie kennen diese Menschen doch«, sagte sie eindringlich. »Sie sind der Chef des Mutantenkorps. Können Sie ihnen nicht helfen?«

Er schüttelte den Kopf.

»Aber warum sind *Sie* nicht krank?« fragte sie. »Sie sind ebenso ein Mutant wie die acht anderen.«

»Es sind nur jene Mutanten erkrankt, deren Eltern eine Gen-Veränderung durch radioaktive Einflüsse erlebten«, erklärte Marshall. »Fellmer Lloyd, Ras Tschubai, Goratschin, die Woolver-Zwillinge und ich sind Mutanten, deren Eltern einer natürlichen Gen-Verformung unterlagen. Das scheint der Grund dafür zu sein, daß wir verschont blieben.«

Das, was er Gevoreny erklärt hatte, war alles, was die Ärzte bisher über die seltsame Krankheit herausgefunden hatten, die acht Mutanten aus dem Korps bedrohte.

»Ich will Kitai nicht verlieren«, sagte das Mädchen leise.

»Machen Sie sich keine Sorgen«, antwortete Marshall und legte ihr tröstend einen Arm um die Schultern. »Kommen Sie, ich bringe Sie in Ihr Quartier.«

Auf der anderen Seite des Ganges wurde eine Tür aufgerissen. Kitai Ishibashi blickte in den Gang. Der große Japaner trug nur seine Pyjamahose, so daß man den Zellaktivator auf seiner Brust sehen konnte. Die Haare hingen ihm wirr ins Gesicht.

»John! Spionieren Sie mir nach?«

Entsetzt hörte Marshall den haßerfüllten Unterton in der Stimme des Suggestors.

»Gehen Sie zurück in Ihr Zimmer«, sagte Marshall. »Ich bringe Gevoreny in ihr Quartier.«

Kitai kam auf den Gang heraus. Sein Gesicht war aufgequollen, die Augen traten hervor. Diese äußeren Symptome der rätselhaften Gehirnkrankheit waren bei allen betroffenen Mutanten gleich.

»Verschwinden Sie, John!« stieß Ishibashi hervor.

Gleichzeitig griff er Marshall mit einem Suggestivbefehl an. Marshall parierte die Psi-Strömung mühelos. Wie alle Mutanten besaß er ein mentalstabilisiertes Gehirn.

»Lassen Sie den Unfug, Kitai!« sagte Marshall. Es fiel ihm schwer, seiner Stimme jede Unsicherheit fernzuhalten.

Ishibashi wandte sich abrupt um und stürmte in sein Zimmer. Die Tür schlug mit einem Knall zu. Gevoreny begann zu schluchzen. Marshall ergriff sie am Arm und zog sie mit sich davon.

Nachdem er sie in ihr Zimmer gebracht hatte, begab er sich zur Wachstation. Dr. Joysell, einer von Kottenas Assistenten begrüßte ihn überrascht.

»Ich komme nicht ohne Grund während der Ruhezeit zu Ihnen, Doc«, sagte Marshall. Er berichtete Joysell, was geschehen war.

»Wir werden verhindern müssen, daß das Anti-Mädchen und Ishibashi sich weiterhin treffen«, sagte Marshall abschließend. »Jede Aufregung muß für die Kranken vermieden werden.«

Joysell strich sich über sein dichtes graues Haar und dachte einen Augenblick nach.

»Ich fürchte, jetzt ist es zu spät, die beiden zu trennen«, bekannte er.

»Was heißt das?«

»Gevoreny erwartet ein Kind«, erklärte Joysell.

»Das wußte ich nicht«, sagte Marshall betroffen.

Der Arzt zuckte mit den Schultern.

»Ich dachte, Dr. Kottena hätte mit Ihnen darüber gesprochen«, sagte er. »Aber anscheinend wollte er Sie nicht beunruhigen. Sie haben schon genug Verantwortung zu tragen.«

Marshall ließ sich auf einen Sessel sinken. Mehr noch als die Nachricht, daß Gevoreny bald Mutter wurde, beunruhigte ihn das Verhalten Kitai Ishibashis. Gerade mit dem Japaner hatte Marshall immer eine echte Freundschaft verbunden. Jetzt war ihm Kitai mit offenem Haß gegenübergetreten.

Zweifellos sahen die erkrankten Mutanten in ihrem Anführer einen Feind.

»Soll ich Dr. Kottena wecken?« fragte Joysell.

»Das wird nicht nötig sein«, sagte Marshall. Er blickte auf die Kontrollbildschirme hinter Joysells Schreibtisch. Alle kranken Mutanten hielten sich in ihren Zimmern auf.

»Ich habe einen Fehler begangen«, sagte Marshall. »Ich hätte niemals den Kontakt zu ihnen verlieren dürfen.«

Dr. Joysells dicke Hände spielten mit einem Schreibstift.

»Sie brauchen sich keinen Vorwurf zu machen, Mr. Marshall«, sagte er. »Die Kranken betrachten sich als Einheit, zu der kein Normaler Zutritt haben darf. Unsere Psychiater haben herausgefunden, daß die Mutanten während der First-Genesis-Krise nach Möglichkeit unter sich bleiben wollten. Sie sahen in allen anderen Menschen Gegner. Gegner, die sie verachteten. Das scheint sich nun zu wiederholen.«

Der Arzt, so erkannte Marshall, sah nur die medizinischen Schwierigkeiten. Es war sinnlos, Dr. Joysell von den politischen Verwicklungen innerhalb der Galaxis zu berichten, die ein Eingreifen der Mutanten notwendig erscheinen ließen. Man konnte die Kranken jedoch nicht in den Einsatz schicken, da niemand genau wußte, wie sie sich außerhalb der Klinik verhalten würden.

Zu einer Zeit, da sich Dabrifa zum Alleinherrscher über das System Normon aufgeschwungen und gleichzeitig dreißig weitere Systeme unterworfen hatte, brauchte das Korps dringend jeden Mutanten. Perry Rhodan sah in Dabrifa eine Gefahr, denn der Diktator hatte es verstanden, innerhalb kurzer Zeit einen großen Machtbereich aufzubauen.

Ein weiterer Machtblock war der Carsualsche Bund, der von den beiden Ertrusern Terser Frascati und Runeme Shilter diktatorisch regiert wurde. Gerüchte besagten, daß es außer diesen beiden noch einen dritten Mann gab, der später zusammen mit Frascati und Shilter ein Triumvirat bilden wollte.

Das dritte Sternenreich, das Perry Rhodan Sorgen bereitete, war die Zentralgalaktische Union, die von einundzwanzig sogenannten Kalfaktoren regiert wurde.

Das Solare Imperium fand sich seit einigen Jahren immer wieder in Abwehrkämpfe gegen diese Machtblöcke verwickelt, die sich immer dann verbündeten, wenn es gegen die Mutterwelt Terra ging. Rhodan lehnte es ab, auf die verschiedenartigen Angriffe mit Waffengewalt zu reagieren. Diplomatische Mittel reichten jedoch nicht aus, um die Gegner aufzuhalten.

In einer solchen Situation hätte ein vollständiges Mutantenkorps der Menschheit unschätzbare Dienste leisten können. Da John Marshall mit der Betreuung der Kranken beauftragt war, gab es einschließlich Gucky nur sechs einsatzfähige Mutanten.

»Ich bin sicher, daß wir auch mit der zweiten Krise fertig werden«, unterbrach Dr. Joysells Stimme Marshalls Überlegungen. »Dr. Kottena wird mit der bewährten Behandlung auch diesmal Erfolg haben.«

»Sie wissen ebenso wie ich, daß das krankhafte Wachstum der Mutantengehirne nur gestoppt, nicht aber rückgängig gemacht werden kann«, erwiderte Marshall. »Das bedeutet, daß meine Freunde auf unbestimmte Zeit in diese Klinik verbannt sind. Vielleicht sogar für immer.«

Mit einer gewissen Erleichterung dachte Dr. Joysell daran, daß, wenn die Befürchtung Marshalls zutreffen sollte, dies nicht allein ein Problem des Ärzteteams war, zu dem er gehörte, sondern daß er und seine Kollegen dieses Problem an die nächste Ärztegeneration weitergeben würden. Die kranken Mutanten trugen Zellaktivatoren; sie würden auf jeden Fall länger leben als die Mediziner, von denen sie jetzt behandelt wurden. John Marshall dagegen besaß ebenfalls einen Zellaktivator, was bedeutete, daß er sich, wenn das Schicksal es wollte, vielleicht Jahrhunderte um diese Kranken bemühen mußte.

Dr. Joysell schüttelte den Kopf, um diese unerfreulichen Gedanken zu vertreiben.

Ein Summen ließ ihn zur Kontrolltafel hinüberblicken. Sofort war er hellwach.

»Mr. Marshall! Einer der Mutanten hat sein Zimmer verlassen!«

»Wer ist es?« fragte Marshall.

»Tako Kakuta.«

»Können Sie von hier aus feststellen, wohin er geht?«

»Natürlich«, sagte Dr. Joysell. Er durchquerte den Raum und schaltete einen Bildschirm ein. Marshall blickte in einen Gang. Er sah den schmächtigen Teleporter auf dem Weg zu einem anderen Zimmer.

»Offenbar will er André Noir einen Besuch abstatten«, vermutete Dr. Joysell.

»Eine ungewöhnliche Zeit für einen Besuch«, meinte Marshall beunruhigt.

Ein Lächeln bildete sich um Joysells Mundwinkel.

»Schließlich sind es auch ungewöhnliche Menschen«, sagte er. Er richtete sich auf und griff nach dem Sprechgerät. »Ich halte es für besser, wenn ich jetzt Dr. Kottena rufe. Er soll entscheiden, ob wir eingreifen oder nicht.«

Marshall wandte seine Blicke nicht vom Bildschirm. Er hatte den Eindruck, unmittelbar vor Tako Kakuta zu stehen. Das Kindergesicht des Japaners hatte sich verändert. Kakuta schob das Kinn vor. Seine Augen waren kaum zu sehen. Seine Lippen bewegten sich. Marshall schloß daraus, daß er mit sich selbst sprach.

Wie Joysell vorausgesagt hatte, betrat Kakuta die Kabine des Hypno. Unmittelbar darauf öffnete sich Wuriu Sengus Kabinentür.

»Ich glaube, sie versammeln sich alle in Noirs Kabine«, bemerkte Dr. Joysell. »Noir bewohnt das größte Zimmer. Sie halten eine Zusammenkunft ab.«

»Eine heimliche Zusammenkunft«, fügte Marshall hinzu.

»Soll ich die Abhörgeräte einschalten?« fragte Dr. Joysell.

Der Telepath lächelte mitleidig.

»Sie würden es sofort merken und die entsprechenden Gegenmaßnahmen treffen«, sagte er.

»Und wenn Sie sie telepathisch belauschen?«

»Es ist sinnlos«, sagte Marshall.

Als Dr. Ern Kottena hereinkam, waren alle Mutanten bis auf Ralf Marten in Noirs Kabine gegangen. Kottena warf einen Blick auf den Bildschirm und stieß einen Pfiff aus.

»Jetzt geht es wieder los«, sagte er. »Auch bei der First-Genesis-Krise gab es diese geheimen Zusammenkünfte. Ich möchte wissen, worüber sie sich unterhalten.«

»Ich werde zu ihnen gehen«, sagte Marshall entschlossen.

Kottena versuchte vergeblich, den Kittel über seinem dicken Bauch zu schließen. Er blinzelte Marshall zu, aber es war ein Zeichen von Nervosität und nicht der Vertraulichkeit.

»Das kann gefährlich für Sie werden«, sagte der Paramechaniker.

»Ich weiß«, sagte Marshall. »Ich gehe trotzdem.«

Mimas, erster Mond des Saturn, durchmaß 400 Kilometer und besaß eine so geringe Schwerkraft, daß sie kaum ins Gewicht fiel. Schon vor Jahrhunderten waren auf Mimas die ersten Sanatorien entstanden. Riesige Projektoren, die man unter der Mondoberfläche aufgestellt hatte, erlaubten es, jede erwünschte Schwerkraft für die verschiedenen Heilstätten zu erzeugen. Unter den Kuppeln gab es unterschiedliche Atmosphären, so daß jeder Kranke die für ihn bekömmlichste Luftzusammensetzung wählen konnte. Hunderte von Badehallen und Erholungsstätten vervollständigten das Bild eines Riesensanatoriums, das jedes Jahr von mehreren Millionen Menschen aufgesucht wurde.

Um die Sanatorien auf Mimas ohne Zeitverlust mit allen Bedarfsgütern zu versorgen, hatte man einen großen Transmitter aufgestellt. Nur selten wurde dieser Transmitter auch zum Krankentransport benutzt, denn oft vertrugen die Kranken die totale Entstofflichung während eines Transmittersprungs nicht gut.

Im Jahr 2907 erkrankten alle Mutanten, die durch radioaktive Einwirkung gen-geschädigte Eltern besaßen. Die betroffenen Mutanten wurden von Bewußtseinsspaltung bedroht. Mit Fortdauer der Krankheit waren ihre parapsychischen Fähigkeiten gestiegen.

Dem Para-Mechaniker Dr. Ern Kottena und einem Team war es gelungen, das krankhafte Hirnwachstum der Mutanten einzudämmen. Dr. Kottena und die anderen Sachverständigen hatten Perry Rhodan jedoch davon abgeraten, die von der First-Genesis-Krise betroffenen Mutanten noch einmal einzusetzen. So wurden die sieben Männer und Betty Toufry nach Mimas gebracht, wo sie unter einer von den anderen Sanatorien abgeschlossenen Energiekuppel lebten. Man hatte für die besten Lebensbedingungen gesorgt, aber die Kuppel blieb doch eine Art Gefängnis.

Niemand – weder die kranken Mutanten noch die mit ihrer Pflege betrauten Ärzte – fühlten sich in dieser Lage besonders wohl.

»Wir haben die Krankheit eingedämmt«, hatte Dr. Ern Kottena nach der First-Genesis-Krise gesagt. »Aber wir leben alle auf einem Pulverfaß ganz besonderer Art. Hoffen wir nur, daß der zündende Funke niemals überspringt.«

Nun, zwei Jahre danach, schien die Second-Genesis-Krise unmittelbar bevorzustehen.

Die Lunte, die die Explosion auslösen sollte, glimmte schon.

Zum gleichen Zeitpunkt, als auf dem Saturnmond Mimas John Marshall sich anschickte, in André Noirs Unterkunft zu gehen, um das Vertrauen der kranken Mutanten zurückzugewinnen, erhielt auf der Erde der Chef der Solaren Abwehr, Allan D. Mercant, eine geheime Funkbotschaft von Dr. Ern Kottena.

Es war der 4. März 2909, acht Uhr morgens.

Wenn er sich auf der Erde aufhielt, betrat Mercant jeden Morgen zur gleichen Zeit sein Büro in der Administratur von Terrania-City. Seine ungewöhnliche Pünktlichkeit bildete bei seinen Assistenten und Mitarbeitern den Mittelpunkt zahlreicher mehr oder weniger geistreicher Witze. Einmal, als sich Mercant durch einen Unfall ein paar Minuten verspätet hatte, sollte ein Sekretär Mercants zwei Stunden lang damit beschäftigt gewesen sein, alle Uhren innerhalb des riesigen Gebäudes zurückzustellen.

Das pünktliche Erscheinen war jedoch alles in Mercants Tagesablauf, was sich jeden Tag wiederholte. Danach hing alles von der allgemeinen Lage ab. Gab es für die Abwehr zahlreiche schwierige Probleme zu lösen, dann pflegte Mercant lange Funkgespräche zu führen und Berichte der Agenten zu überprüfen. In ruhigen Zeiten – sie waren selten genug – widmete Mercant sich den anfallenden Routinearbeiten.

Am Morgen des 4. März 2909 fand Mercant die verschlüsselte Botschaft des Para-Mechanikers Ern Kottena auf seinem Schreibtisch vor.

Der Name Kottena war für Allan D. Mercant eng mit dem Schicksal der acht kranken Mutanten verbunden, deshalb griff er sofort nach der Nachricht, die ihm der Arzt übermittelt hatte.

Mit Hilfe des Dechiffriergeräts neben seinem Schreibtisch ermittelte Mercant innerhalb weniger Augenblicke den Klartext der Botschaft.

Bin in Sorge, befürchte Second-Genesis-Krise DR. KOTTENA.

Mercant starrte so lange auf den Zettel, bis die Buchstaben vor seinen Augen verschwammen. Obwohl er immer mit einer Verschlechterung des Gesundheitszustands der Mutanten gerechnet hatte, löste die Nachricht des Paramechanikers einen Schock in ihm aus. Mercant hatte in den vergangenen Wochen oft mit dem Gedanken gespielt, ein paar der Mutanten trotz ihrer Krankheit einzusetzen. Daran war nun nicht mehr zu denken.

Der Abwehrchef fragte sich, warum John Marshall ihn bisher noch nicht über die neue Entwicklung unterrichtet hatte. Marshall mußte von der neuen Krise noch früher gewußt haben als Dr. Kottena. Vielleicht verschloß der Chef des Mutantenkorps seine Augen vor der Wirklichkeit.

Mercant schaltete das Sprechgerät auf seinem Schreibtisch ein und bestellte seinen Sekretär herein.

»Swanson, ich möchte, daß Sie alle Verabredungen für die nächsten drei Tage absagen«, sagte Mercant, als sein Sekretär erschienen war. »General Tassuki soll sich um alles kümmern. Ich mache eine kleine Reise.«

Swanson war ein großer, unbeweglich wirkender Mann, der niemals lachte.

»Darf ich Sie an Ihre Konferenz mit den drei Administratoren von Purgat erinnern, die für heute angesetzt ist, Sir«, sagte er.

»Tassuki soll sich um die Herren kümmern«, sagte Mercant. »Verschwinden Sie jetzt, Swanson. Sie sind imstande und bringen mich mit Ihrem traurigen Gesicht noch zum Lachen, obwohl mir nicht danach zumute ist.«

Swanson zog sich beleidigt zurück.

Mercant beugte sich wieder über das Sprechgerät.

»Ich brauche eine Funkverbindung zur CREST XII«, sagte er. »Lassen Sie das Gespräch aufnehmen. Flottenkode Dreizehn-A-Siebzehn.«

Er lehnte sich zurück und wartete. Rhodan und Atlan hielten sich an Bord der CREST XII auf. Bis auf John Marshall befanden sich auch alle gesunden Mutanten an Bord des Flaggschiffs. Perry Rhodan befürchtete neue Übergriffe Dabrifas und wollte sofort eingreifen, wenn es sich als notwendig erweisen sollte.

Mercant mußte ein paar Minuten warten, bis sich Perry Rhodan über Funk meldete. Das Gespräch wurde in Mercants Zimmer gelegt.

»Mercant, Sir!« sagte der Abwehrchef. »Es gibt schlechte Nachrichten.«

»Was ist los, Allan?«

»Ich habe eine Botschaft von Dr. Kottena erhalten. Er befürchtet den Ausbruch der Second-Genesis-Krise.«

Einen Augenblick blieb es still. Mercant konnte sich vorstellen, daß Rhodan und Atlan ebenso betroffen waren wie er.

»Wissen Sie schon Näheres, Allan?« fragte Rhodan.

»Nein.« Mercant erhob sich. »Ich wollte um Genehmigung bitten, nach Mimas gehen zu dürfen, um mich persönlich über die Entwicklung zu informieren.«

»Glauben Sie, daß das nötig ist, Allan? John Marshall hält sich auf Mimas auf. Sie werden wegen der Aktivität unserer Gegner dringend auf der Erde gebraucht.«

»Dessen bin ich mir bewußt«, gab Mercant zurück. »Aber Marshall erscheint mir in dieser Angelegenheit befangen. Ich kehre sofort zur Erde zurück, wenn ich mir ein genaues Bild von der Lage gemacht habe.«

»Einverstanden«, sagte Rhodan. »Benutzen Sie den Transmitter, damit Sie keine Zeit verlieren. Unterrichten Sie mich über Ihre Eindrücke, sobald Sie sich auf Mimas umgesehen haben.«

Die Verbindung brach ab. Mercant wußte, daß Rhodan ihn nicht gern nach Mimas gehen ließ. Ein untrügliches Gefühl sagte Mercant jedoch, daß er auf dem Saturnmond gebraucht wurde. Außerdem erinnerte er sich noch an die Worte Dr. Kottenas, der einmal gesagt hatte, daß eine zweite Krise in jedem Fall schlimmere Folgen haben würde als die erste.

Mercant schaltete das Sprechgerät ein.

»Swanson, sorgen Sie dafür, daß ich mich in einer Stunde über den Haupttransmitter nach Mimas begeben kann.«

Swanson räusperte sich.

»Mimas, Sir? Darf ich fragen, ob Sie sich zur Behandlung dorthin begeben?«

»Unsinn«, erwiderte Mercant knapp. »Tun Sie jetzt, was ich Ihnen gesagt habe.«

Dieser Swanson machte ihn mit seiner übertriebenen Besorgtheit noch verrückt.

Mercant bedauerte, daß General Tassuki nicht vor zehn Uhr im Hauptquartier der Abwehr eintreffen würde. Er konnte sich deshalb mit seinem zweiten Stellvertreter nicht mehr unterhalten. Tassuki war jedoch ein Mann, der sich auf jede Situation einstellen konnte. Mercant sprach für den General eine kurze Botschaft auf Kristall und versiegelte das Gerät, so daß es kein Unbefugter abhören konnte.

Er verließ sein Zimmer, um die letzten Vorbereitungen zu treffen. Auf dem Gang stieß er mit Major Flanders zusammen. Flanders war einer der Agenten, die die Einsätze der Abwehr im Einflußgebiet des Carsualschen Bundes leiteten.

»Ich wollte gerade zu Ihnen, Sir«, begrüßte er Mercant.

»Tassuki wird mit Ihnen sprechen«, sagte Mercant und wollte weitergehen.

»Es . . . es handelt sich um eine wichtige Nachricht, Sir!« rief Flanders. »Wir haben mehrere Hinweise erhalten, die auf den Verrat eines USO-Agenten schließen lassen.«

Mercant blieb stehen.

»Verrat? Ausgerechnet bei der USO?« Er schüttelte entschieden den Kopf. »Daran glaube ich nicht, Major.«

Mit der Miene eines Mannes, der genau weiß, daß er überzeugende Beweise vorliegen hat, öffnete Flanders seine Schreibmappe und zog ein Bündel Papiere hervor.

»Es handelt sich um den dritten Mann, Sir.«

Mercant war in Gedanken bereits auf Mimas. Es fiel ihm schwer, sich auf das zu konzentrieren, was Flanders sagte. Er zog den Major mit in sein Büro.

»Setzen Sie sich!« forderte er Flanders auf. »Sprechen Sie schnell. Ich muß in einer knappen Stunde über den Transmitter nach Mimas.«

»Sie erinnern sich sicher an die Gerüchte, daß Terser Frascati und Runeme Shilter nicht die alleinigen Herrscher über den Carsualschen Bund sein sollen«, sagte Flanders. »Es wurde immer wieder von einem Triumvirat gesprochen. Nun berichtet einer unserer Agenten, daß der dritte Mann ein Major der USO sein soll. Ein Ertruser.«

»Beweise?«

»Eine verstümmelte Funkbotschaft, die von unserem Mann auf Camyam aufgefangen wurde. Wir wußten schon immer, daß die Zentrale des Carsualschen Geheimdienstes auf Camyam sitzt. Nur ist es uns erst vor einer Woche gelungen, dort einen Agenten einzuschleusen.«

»Dann hat Ihr Mann sehr schnell gearbeitet, Major«, bemerkte Mercant mißtrauisch.

»Was wollen Sie unternehmen?« fragte Flanders gespannt.

»Innerhalb der USO gibt es etwa dreitausend ertrusische Majore«, antwortete Mercant ironisch. »Was würden Sie an meiner Stelle tun?«

Flanders warf seine Mappe auf den Tisch. Er war enttäuscht. Offenbar spürte er, daß Mercant mit anderen Problemen beschäftigt war.

»Lassen Sie eine Nachricht an Quinto-Center durchgeben, daß mit der Überprüfung aller in Frage kommenden Personen begonnen wird«, sagte Mercant. »Mehr können wir jetzt nicht tun. Ich gestehe, daß mir diese Geschichte sehr phantastisch vorkommt. Wahrscheinlich hat man uns diese Informationen zugespielt, um uns auf eine falsche Spur zu locken.«

Es war Mercants Fehler, daß er sich nicht intensiver mit diesem Fall auseinandersetzte. Denn der Verräter war jener Mann, der das Pulverfaß auf Mimas zur Explosion bringen würde.

Ein noch größerer Fehler Mercants jedoch bestand darin, nach

Mimas zu gehen, denn er würde genau zu dem Zeitpunkt in der Mondklinik eintreffen, wenn der Funke übersprang und die Explosion auslöste.

Allan D. Mercant, Zellaktivatorträger und einer der zuverlässigsten Freunde Perry Rhodans, begab sich auf eine Reise, von der er nie zurückkehren sollte.

Der 4. März 2909 war der Tag, an dem der ertrusische USO-Major Nos Vigeland seinen seit zwei Jahren sorgfältig geplanten Verrat mit Erfolg beenden wollte. Es ging Vigeland zu diesem Zeitpunkt noch nicht darum, dem Solaren Imperium oder der Menschheit zu schaden. Sein ausschließliches Ziel war, sich in den Besitz eines Zellaktivators zu bringen und einer der mächtigsten Männer der Galaxis zu werden. Schon immer hatten Vigelands Vorgesetzte dem ertrusischen Riesen ungewöhnlichen Ehrgeiz zugeschrieben, aber niemand hatte je geahnt, welche Pläne der Major verfolgte.

Der Zufall hatte Vigeland bei der Verwirklichung seiner kühnen Träume geholfen. Eine Verwundung, die er bei einem Einsatz erlitten hatte, war von ihm auf dem Saturnmond Mimas auskuriert worden. Bei dieser Gelegenheit hatte er Kontakt zu den kranken Mutanten aufgenommen.

Auf Mimas, so hatte Vigeland schnell herausgefunden, gab es nicht nur einen Zellaktivator für ihn, sondern auch für die beiden ertrusischen Herrscher des Sternenbundes Carsual. Auch Dabrifa, dem Diktator des Systems Normon, hatte Vigeland Hoffnungen auf einen Zellaktivator gemacht. Dabrifa war dafür bereit, im entscheidenden Augenblick seine gesamte Flotte aufzubieten.

Als USO-Major besaß Vigeland Zugang zu Geheiminformationen. Er wußte über die First-Genesis-Krise Bescheid. Und er wußte noch etwas. Die Mutanten wollten nicht auf Mimas bleiben. Als Vigeland Kontakt mit den Kranken aufgenommen hatte, war es ihm leichtgefallen, sie von seiner Freundschaft zu überzeugen, nachdem er ihnen versprochen hatte, ihre Flucht zu arrangieren. Da Vigeland wie die meisten USO-Offiziere ein mentalstabilisiertes Gehirn besaß, erfuhren die Mutanten nie, daß sie hintergangen werden sollten.

Vigeland war nicht an den Mutanten, sondern ausschließlich an ihren Zellaktivatoren interessiert.

Der 4. März 2909 war der Tag, an dem er sie in seinen Besitz bringen wollte.

Nos Vigeland befand sich als Sonderbeauftragter an Bord des Wachkreuzers RODENSTAAD, der während eines Routineflugs auf Mimas landete. Eine Stunde nach der Landung erschien Vigeland in der Funkkabine, um einen Funkspruch an die Klinik der Mutanten durchzugeben. Die beiden Funker wurden nicht mißtrauisch, als Vigeland über Funk anfragte, ob die Klinik den Suggestor Kitai Ishibashi für einen Sondereinsatz im System Normon freigeben würde.

Es war ein scheinbar völlig unverfänglicher Funkspruch.

Für das Mutantenkorps, das über neunhundert Jahre für die Menschheit gekämpft hatte, bedeutete er den Anfang vom Ende.

25.

Auf dem Weg zu André Noirs Schlafraum stieß John Marshall mit Ralf Marten zusammen. Der Teleoptiker hatte als letzter Mutant sein Zimmer verlassen, um den Treffpunkt der Kranken aufzusuchen. Marshall kannte Marten als ruhigen und zuverlässigen Mann, der sich nur selten von seinen Emotionen leiten ließ.

Ein Blick in Martens Gesicht zeigte Marshall, daß das jetzt anders war.

Martens Augen glänzten wie im Fieber. Der Teleoptiker hielt sich leicht nach vorn gebeugt. Sein Gesicht vermittelte den Ausdruck ungeduldiger Erwartung.

»Hallo, Ralf!« rief Marshall.

Marten fuhr herum und starrte Marshall an. Auch dieser Mann, erkannte John Marshall, brachte ihm nichts als Haß entgegen. Der Anführer des Mutantenkorps gab sich einen Ruck. Wenn es sein mußte, wollte er eine Entscheidung erzwingen. Die Kranken sollten ihn als ihren Freund anerkennen, dem sie vertrauen konnten.

Marshall holte den Teleoptiker ein und legte ihm eine Hand auf die Schulter. Marten schüttelte die Hand brüsk ab.

»Was wollen Sie, John?« fragte er mit rauher Stimme.

»Die anderen sind bei André, nicht wahr?« fragte John. »Und Sie sind gerade dorthin unterwegs.«

»Was geht Sie das an?« fragte Marten unwillig.

»Ich werde Sie begleiten, Ralf«, sagte Marshall entschlossen.

Er glaubte, Marten würde sich auf ihn stürzen. Die Hände des Teleoptikers zitterten. Auf seinem verquollenen Gesicht erschienen Schweißtropfen. Sekundenlang standen sie beide nur da und starrten sich an.

»Es ist besser, wenn Sie dahin zurückgehen, woher Sie gekommen sind, John«, sagte Marten plötzlich. Seine Stimme hob sich. »Gehen Sie, bevor es zu spät ist.«

»Wollen Sie mir drohen, Ralf?« fragte Marshall ungläubig.

»Sie sind nicht mehr unser Anführer«, brach es aus Marten hervor. »Kitai Ishibashi bestimmt jetzt, was getan wird. Sie sind zu schwach, um uns noch länger zu bevormunden, John.«

»Ich bin nicht schwächer als früher«, entgegnete Marshall beherrscht. »Nur Sie und die sieben anderen haben sich verändert. Sie sind krank, Ralf.«

Marten taumelte ein paar Schritte zurück, bis er mit dem Rücken die Wand erreichte. Er lehnte sich dagegen. Sein Atem ging stoßweise. Er schien die Kontrolle über sich verloren zu haben.

Zum erstenmal wurde sich Marshall völlig über die Kluft klar, die ihn seit zwei Jahren von den acht kranken Mutanten trennte. Sie waren – *anders*. Vielleicht, dachte Marshall, waren sie überhaupt nicht krank, sondern nur in die nächsthöhere Stufe der Entwicklung des *Homo sapiens* eingetreten. Das, überlegte er, war zwar ein verrückter Gedanke, aber er war es wert, ernsthaft überprüft zu werden.

»Sagen Sie nicht noch einmal, daß ich krank bin«, sagte Marten schrill. »Sie und Ihre Helfershelfer haben Angst vor uns. Deshalb sperrt man uns auf Mimas ein. Wir sollen von der Menschheit isoliert werden, damit niemand erfährt, wie großartig wir jetzt sind.«

»Bei allen Planeten, Ralf!« sagte Marshall beschwörend. »Niemand will Sie einsperren. Wir wollen Sie hier nur . . .« er suchte verzweifelt nach Worten und schloß ein wenig hilflos: » . . . gesundpflegen.«

Weiter hinten im Gang öffnete sich die Tür von André Noirs Zimmer und Kitai Ishibashi blickte heraus.

»Kommen Sie endlich, Ralf!« rief der Suggestor.

Er ignorierte Marshalls Anwesenheit völlig. Marten stieß sich von der Wand ab und näherte sich mit unsicheren Schritten dem Japaner. Marshall blieb neben ihm.

»Ich begleite Sie, Ralf«, sagte er.

An Ishibashi vorbei ging Marten in Noirs Zimmer. Drinnen brannte nur eine Lampe, aber ihr Licht genügte Marshall, um die sechs anderen am Boden sitzen zu sehen. Son Okura, der japanische Frequenzseher, hatte beide Arme über dem Kopf verschränkt und vollführte mit dem Oberkörper kreisende Bewegungen. Marshall war der Sinn dieses Handelns nicht klar, aber die anderen blickten gespannt auf Okura, als seien seine Bewegungen Teil einer wichtigen Zeremonie.

Marshall erschauerte.

Kitai Ishibashi wollte die Tür schließen, aber Marshall schob seinen Fuß vor.

»Ich komme mit rein, Kitai«, sagte er.

Er schob sich an Ishibashi vorbei. Ohne zu zögern nahm er auf einem Stuhl Platz. Niemand beachtete ihn. Ishibashi schloß die Tür und ließ sich auf dem Boden nieder. Die Kranken bildeten jetzt einen Kreis um Son Okura.

»*Alschwen Savaren*«, sagte Ishibashi plötzlich mit veränderter Stimme.

Marshall horchte auf. Welche Sprache war das?

Die anderen beugten den Oberkörper nach vorn. Auch Son Okura gab seine Haltung auf, um wie die anderen mit dem Gesicht den Boden zu berühren.

Dann sah Marshall, wie in der Mitte des Kreises ein durchsichtiges Gebilde entstand. Zunächst sah es wie Spinngewebe aus, dann wie ein vom Wind bewegter Vorhang aus weißem Stoff.

Marshalls Herz hämmerte gegen die Brust.

Was er hier sah, war zwar theoretisch für möglich gehalten worden, aber niemand hatte wirklich daran geglaubt, daß es eines Tages eintreffen könnte.

Psi-Materie!

Materie, durch die parapsychische Kraft menschlichen Geistes geschaffen. Zwar war es nur ein formloses und durchsichtiges Nebelgebilde, aber wenn die kranken Mutanten genügend Übung besaßen, konnten sie zweifellos noch größere Erfolge erzielen.

Gebannt beobachtete Marshall das unheimliche Schauspiel.

Er fragte sich, ob er es riskieren konnte, sich kurz in die Gedanken eines seiner ehemaligen Freunde einzuschalten. Aber auch das würde nur ein sinnloser Versuch sein, in dieses Kollektiv einzudringen.

Die gasförmige Materie sank auf und nieder. In ihrer Peripherie war sie wellenförmig, während sie im Zentrum einer Kugel ähnelte. Marshall wünschte, Dr. Kottena wäre bei ihm gewesen, um dieses Schauspiel miterleben zu können.

Niemand würde ihm glauben, wenn er später von diesem Erlebnis berichtete. Man würde ihm vorwerfen, daß er unter einer Überreizung seiner Sinne gelitten hätte. Vielleicht war das sogar richtig. Es war möglich, daß ihm seine Phantasie einen Streich spielte, daß er Dinge sah, die überhaupt nicht existierten. Noch immer vollführte das Gebilde einen seltsamen Tanz. Die kranken Mutanten bewegten sich jetzt nicht mehr. Sie hatten sich an den Händen ergriffen und starrten mit aufgerissenen Augen auf den Nebel. In diesem Augenblick bildeten sie eine vollkommene Einheit.

Überrascht stellte Marshall fest, daß er ein Gefühl wie Neid verspürte, weil er nicht an diesem ungewöhnlichen Ritual teilhaben konnte. Er war ein Außenseiter, den man nur zusehen ließ, um ihn zu schockieren.

Erst als seine Anspannung langsam nachließ, konnte Marshall sich auf die Mutanten konzentrieren, während er bisher nur auf die Psi-Materie gestarrt hatte. Wenn er geglaubt hatte, in den Gesichtern der Mutanten Spuren von Triumph oder Freude zu entdecken, so sah er sich getäuscht. Ishibashis Gesicht, das er am leichtesten beobachten konnte, war bis zur Unkenntlichkeit verzerrt. Gewaltige geistige Anstrengungen ließen auch die Gesichter der anderen wie Fratzen aussehen. Ab und zu stöhnte einer der Mutanten dumpf.

Sie müssen aufhören! dachte Marshall.

Das Gefühl, den acht Mutanten helfen zu müssen, wurde in ihm so übermächtig, daß er sich mit zitternden Beinen in Bewegung setzte. Die anderen schienen ihn nicht wahrzunehmen. Dicht hinter Wuriu Sengu blieb Marshall stehen. Der Späher atmete so heftig, als hätte er ein paar tausend Meter im Laufschritt zurückgelegt.

Marshall legte eine Hand auf Wuriu Sengus Schulter – und zuckte zurück. Sengus Schulter war heiß. Glühend heiß!

Marshall unterdrückte einen Entsetzensschrei. Er hob seine Hand und blickte auf ihre verbrannte Innenfläche.

»Hört auf!« hörte er sich schreien. »Hört endlich auf!«

Das nebelartige Gebilde fiel in sich zusammen, löste sich in bizarre Fetzen auf und verflüchtigte sich rasch.

André Noir brach wimmernd zusammen. Die Anstrengung war zuviel für ihn gewesen. Auch die anderen stöhnten und zeigten deutliche Spuren vollkommener Erschöpfung.

»Ich rufe jetzt den Arzt«, sagte Marshall und wandte sich der Tür zu. »Dieser Sache muß ein Ende gemacht werden.«

Als er den Eingang fast erreicht hatte, materialisierte Tako Kakuta vor ihm und versperrte ihm den Weg.

»Gehen Sie mir aus dem Weg, Tako!« sagte Marshall.

Der Teleporter blieb stehen. Mit den erhobenen Armen und den aufgerissenen Augen ähnelte er mehr einem Dämon als einem Menschen.

Mit dem letzten Rest von Fassung, den Marshall noch bewahrt hatte, rief er: »Zur Seite, Tako!«

In diesem Augenblick wurde er von hinten gepackt und zu Boden gerissen. Kitai Ishibashi und Wuriu Sengu warfen sich auf ihn und hielten ihn fest. Zusammen mit ihren psychischen schienen auch ihre körperlichen Kräfte gestiegen zu sein, denn es war Marshall unmöglich, einen Fluchtversuch zu machen.

»Laßt mich los!« krächzte er außer sich.

»Wir können Sie hier nicht mehr rauslassen, John«, sagte Kitai Ishibashi.

»Ich bin euer Freund«, beschwor Marshall die Kranken. »Ich bin hierher gekommen, um euch zu helfen.«

Im Hintergrund des Raumes hörte er Betty Toufry spöttisch auflachen.

»Wir benötigen Ihre Freundschaft nicht, armer John«, sagte Ishibashi. »Wir haben uns im Gegensatz zu Ihnen weiterentwickelt. Das ist Ihr Pech.«

Sie packten ihn und zerrten ihn in die Mitte des Zimmers. Marshall fühlte die Nähe des Todes. Weniger als die akute Gefahr schockierte ihn das erbarmungslose Vorgehen von Menschen, mit denen er seit fast eintausend Jahren befreundet war.

Während Sengu ihn festhielt, beratschlagten die anderen, auf welche Weise sie ihn töten sollten. Sie benutzten diese eigenartige Sprache, die Marshall schon ein paarmal gehört hatte. Obwohl er kein Wort verstand, wußte er genau, worum es ging.

Kitai kam zu Marshall zurück und blickte auf ihn herab.

»Sein Zellaktivator«, sagte er. »Ich brauche ihn.«

Obwohl Marshall sich sträubte, öffnete Sengu ihm das Uniformhemd und riß den Zellaktivator von seiner Brust. Er übergab ihn Ishibashi, der ihn achtlos in die Tasche schob.

Marshall wußte, daß er jetzt zum Tode verurteilt war. Ohne das lebensspendende Gerät würde er innerhalb kurzer Zeit zu einem

Greis werden und sterben. Aber darauf würden sich die Kranken sicher nicht verlassen.

Wieder sprach Ishibashi.

»Tötet ihn!« befahl er. »Ich will nicht, daß er unnötig leidet. Haltet seinen Herzschlag an.«

Das kann nicht wahr sein! dachte Marshall.

Sengu und Noir hoben ihn hoch und stellten ihn mit dem Gesicht zur Wand. Er hörte, wie Ishibashi ihnen folgte. Der Suggestor ergriff seinen Arm.

»Sie verstehen das doch, armer John«, sagte Ishibashi.

Marshall unternahm einen letzten Versuch, sein Leben zu retten. Er beseitigte die Barriere in seinem Gehirn und tastete mit seinen telepathischen Sinnen nach den Gedanken der acht Mutanten. Er spürte den Wahnsinn, der von ihnen Besitz ergriffen hatte. Die meisten ihrer Überlegungen waren ihm unverständlich.

Marshall überwand sein Entsetzen und schickte einen telepathischen Ruf aus.

Hört auf! sendete er. *Laßt mich gehen. Es ist Mord.*

»*Rakschwan!*« befahl Ishibashi.

Marshalls Herz machte einen Sprung. Zusammen mit einem dumpfen Druck breitete sich ein unbeschreibliches Angstgefühl in ihm aus. Er starrte auf die helle Wand und wußte, daß sie das letzte war, was er in der kurzen Zeitspanne, die er noch zu leben hatte, sehen würde.

Dr. Ern Kottena blickte auf die Uhr.

»Wenn John Marshall in fünf Minuten nicht zurück ist oder uns zumindest eine Nachricht sendet, schalten wir die Fernsehkameras in Noirs Zimmer ein, um zu sehen, was dort geschieht«, sagte er zu Dr. Joysell.

Dr. Joysell spürte, daß sein Chef nervös war. Marshall hatte darum gebeten, daß Kameras und Abhörgeräte ausgeschaltet blieben, aber die Sicherheit des Mutantenführers verlangte, daß sich die Ärzte nach einer gewissen Zeit um ihn kümmerten.

»Ich mache mir um Mr. Marshalls Gesundheit ebensoviel Sorgen wie um die der Kranken«, sagte Dr. Joysell. »Dieser Mann steht unter einer ständigen seelischen Belastung.«

Das Interkomgerät auf dem großen Schreibtisch summte und enthob Dr. Kottena einer Antwort.

»Ich sehe nach, was los ist«, erbot sich Dr. Joysell.

Der Anruf kam von der Funkzentrale auf Mimas. Joysell erfuhr, daß USO-Major Nos Vigeland an Bord der RODENSTAAD auf dem Saturnmond gelandet war und den Leitenden Paramechaniker sprechen wollte.

»Ein Funkgespräch von der RODENSTAAD für Sie, Doc«, sagte Dr. Joysell. »Ein USO-Major will mit Ihnen sprechen. Er heißt Nos Vigeland.«

Kottena runzelte die Stirn. Er hatte diesen Namen nie gehört.

»Ich nehme an, daß Vigeland uns eine Botschaft Atlans überbringen will«, sagte Dr. Joysell.

»Schon möglich«, erwiderte Kottena.

Er fragte sich, ob er zuerst mit dem Major sprechen oder vorher die Kameras in Noirs Zimmer einschalten sollte. Er entschied sich für das Gespräch, ohne zu wissen, daß er damit John Marshall zum Tode verurteilte.

»Hier ist Dr. Kottena«, sprach er ins Mikrophon, nachdem er am Tisch Platz genommen hatte.

»Major Vigeland, Doc«, sagte eine tiefe Stimme. »Ich bin an Bord der RODENSTAAD nach Mimas gekommen. Ich möchte anfragen, ob Sie den Suggestor Kitai Ishibashi für einen Einsatz freigeben.«

Kottena glaubte, sich verhört zu haben.

»Soll das ein schlechter Scherz sein?« fragte er unfreundlich. »In wessen Auftrag sind Sie hier? Ich kann mir nicht vorstellen, daß der Lordadmiral Sie geschickt hat, denn er ist über den Zustand der Mutanten unterrichtet.«

»Ich kann nicht über die Gründe sprechen, die mich hierher geführt haben«, erwiderte Vigeland. »Ich bin in einem Geheimauftrag unterwegs und benötige dringend die Unterstützung des genannten Mutanten. Ich möchte nur von Ihnen wissen, ob Sie ihn freigeben können.«

Dr. Kottena sagte entschieden: »Das ist völlig unmöglich, Major. Der Zustand der Mutanten hat sich in den letzten Tagen verschlechtert.«

»Danke, Doc!« sagte Vigeland.

Die Verbindung wurde von Bord der RODENSTAAD aus unterbrochen.

Dr. Kottena hieb mit der flachen Hand auf den Tisch.

»Das hat uns noch gefehlt, daß ein paar übereifrige Agenten versuchen, die Mutanten hier herauszuholen«, sagte er. »Ich werde auf keinen Fall zulassen, daß einer der Kranken die Klinik verläßt. Eher trete ich zurück.«

»Ich nehme an, daß es sich um ein Mißverständnis handelt«, meinte Dr. Joysell.

»Ich werde mich beschweren«, kündigte Dr. Kottena an. »Zuvor wollen wir uns jedoch ansehen, was in Noirs Zimmer los ist.«

Er ging zur Kontrolltafel hinüber und schaltete die Bildschirme ein. Sie blieben dunkel. Kottena manipulierte hastig an den Knöpfen, ohne daß etwas geschah.

»Das verstehe ich nicht«, murmelte er. »Die Kameras arbeiten nicht.«

»Es ist, wie Marshall gesagt hat.« Dr. Joysell war jetzt ebenfalls an die Kontrollen getreten, um die Abhöranlage einzuschalten. »Da! Die Abhörgeräte sprechen ebenfalls nicht an.«

»Geben Sie Alarm für das Personal«, sagte Dr. Kottena. »Wir müssen herausfinden, was geschehen ist.«

Obwohl Gevoreny Tatstun nicht wieder eingeschlafen war, nachdem John Marshall sie in ihr Zimmer gebracht hatte, erschrak sie zutiefst, als die Tür plötzlich aufsprang.

Kitai Ishibashi stand im Eingang. Gevoreny fühlte sofort, daß eine Veränderung mit ihm vorgegangen war. Das drückte sich in seiner Haltung aus.

»Kitai!« rief das Anti-Mädchen. Sie glitt aus dem Bett und rannte auf den Mutanten zu.

»Halt!« befahl er. »Es ist besser, wenn du mich nicht anrührst. Bleib dort drüben stehen. Ich muß mit dir reden.«

Gevorenys Angst wuchs. Sie fühlte, daß Ishibashi jedes Interesse an ihr verloren hatte. Trotzdem war er hierher gekommen. Es war zum erstenmal, daß ein Mutant in die Abteilung des Pflegepersonals eindrang.

»Kitai!« stammelte sie. »Was ist geschehen?«

»Wir werden die Klinik zerstören«, kündigte er an. »Dann brechen wir aus und übernehmen die Herrschaft. Vigeland hat das Signal gegeben. Er hat uns ein Schiff besorgt.«

Sie war unfähig zu antworten. Ihre Blicke wanderten zur Tür, und für einen Augenblick spielte sie mit dem Gedanken, an ihm vorbei hinauszuhuschen und Alarm zu schlagen. Doch das hätte er sicher nicht zugelassen.

»Hier wird es bald Explosionen geben«, sagte Ishibashi. »Wir werden alle wichtigen Anlagen vernichten. Ich möchte, daß du sofort zum Hangar aufbrichst. Dort steht eine kleine Raumjacht. An Bord befindet sich ein Pilot. Er ist von mir beeinflußt und weiß, was er zu tun hat. Er wird dich von Mimas wegbringen.«

»Ich will nicht weg«, sagte sie mit erstickter Stimme. »Ich bin hier, um euch zu pflegen.«

Er beachtete ihren Einwand nicht. Er griff in die Tasche und zog einen eiförmigen Gegenstand mit einer Kette heraus.

»Das ist John Marshalls Zellaktivator«, sagte er. »Er soll eines Tages unserem Kind gehören. Vergiß das nicht, Gevoreny. Er ist für das Kind, nicht für dich. Solltest du meine Anordnungen nicht befolgen, werde ich dich finden und töten.«

Die Angst schnürte ihr die Kehle zu. Sie konnte nur nicken.

Er warf ihr den Zellaktivator zu. Sie fing ihn ungeschickt auf, so daß er fast zu Boden fiel.

»Zieh dich an und geh in den Hangar«, sagte er. »Du mußt dich beeilen.«

»Kitai!«

Er ging hinaus und verschwand im Gang, ohne sich noch einmal umzudrehen. Gevoreny ahnte, daß sie ihn nicht wiedersehen würde. Sie griff nach ihren Kleidern und zog sie sich mit zitternden Händen über. Den Zellaktivator verbarg sie an ihrer Brust. Bis das Kind auf der Welt und im Erwachsenenalter war, wollte sie ihn selbst tragen.

Ein Gefühl tiefer Einsamkeit übermannte sie. Sie warf sich aufs Bett und weinte. Nach ein paar Minuten hörte sie draußen Schreie und das Schrillen von Alarmsirenen. Sie erhob sich, um zum Hangar zu gehen.

Die Sirenen schreckten alle Bewohner der Mutanten-Klinik aus ihrer Ruhe. Niemand maß dem Lärm zunächst eine andere Bedeutung bei als die, daß sich der Zustand der Mutanten entschieden verschlechtert hatte. Kein Mensch dachte daran, daß die Mutanten gerade dabei waren, sich gewaltsam aus der Klinik abzusetzen.

Im großen Untersuchungsraum der Klinik warteten Dr. Kottena und Dr. Joysell, bis sich die zwölf Ärzte und die zwanzig anderen Mitglieder des Pflegepersonals versammelt hatten. Die Tatsache, daß Gevoreny Tatstun nicht gekommen war, trug noch dazu bei, die Unruhe Dr. Kottenas zu steigern. Er berichtete seinen Mitarbeitern in wenigen Worten was in den letzten Stunden geschehen war.

»Es kommt darauf an, daß wir vollkommen ruhig bleiben«, sagte er. »Die Mutanten dürfen nicht merken, daß wir uns Sorgen machen, denn das könnte zu einer Verschlechterung ihres Zustands führen. Alles muß nach einer Routineuntersuchung aussehen. Jeder von ihnen weiß, was er zu tun hat. Ich begebe mich jetzt mit Dr. Joysell in André Noirs Zimmer, um zu sehen, was sich dort zugetragen hat. John Marshall wird uns außerdem über die Entwicklung berichten können. Alle anderen Ärzte bis auf Dr. Blenson verteilen sich in den Aufenthaltsräumen der Kranken. Dr. Blenson bleibt hier in der Zentrale, um eventuelle Anrufe zu beantworten und Kontakt mit den anderen Kliniken aufzunehmen, wenn es sich als notwendig erweisen sollte.«

Die Ärzte und das Pflegepersonal gingen durch die verschiedenen Gänge davon. Dr. Joysell begleitete Dr. Kottena zum Zimmer André Noirs.

»Gevoreny war nicht dabei«, sagte Dr. Joysell, als sie außer Hörweite der anderen waren.

»Ich habe es bemerkt«, erwiderte Dr. Kottena. »Ich werde dafür sorgen, daß das Mädchen in eine andere Klinik gebracht wird. Dadurch will ich vermeiden, daß es zu Komplikationen während der Schwangerschaft kommt.«

Sie hatten André Noirs Zimmer erreicht. Dr. Joysell öffnete. Der Raum schien verlassen zu sein.

»Offenbar sind sie in ihre Zimmer zurückgekehrt«, sagte Joysell erleichtert.

»Dann müßte André Noir hier sein«, gab Kottena zu bedenken. Er schob sich an Joysell vorbei und betrat das Zimmer. An der dem Eingang gegenüberliegenden Wand lag jemand am Boden. Kottena beschleunigte sein Tempo und beugte sich zu der Gestalt hinab.

»Dr. Joysell! Kommen Sie! Es ist John Marshall.«

Mit Joysells Hilfe drehte er Marshall vorsichtig auf den Rücken. Joysell zog eine Lampe aus der Tasche und leuchtete in Marshalls Gesicht.

»Er ist tot!« sagte Dr. Kottena ungläubig.

Eine kurze aber gründliche Untersuchung bestätigte seinen fürchterlichen Verdacht.

»Sie haben ihn umgebracht«, fügte Dr. Joysell hinzu. Seine Stimme klang unsicher. Er ertappte sich dabei, wie er zum Eingang blickte.

Kottena sprang auf.

»Schnell!« rief er. »Wir müssen die Kranken finden und in Sicherheit bringen, bevor sie noch mehr Unheil anrichten können.«

Irgendwo in der Klinik erfolgte in diesem Augenblick eine heftige Explosion, die den Boden erschütterte.

»Ich fürchte, dazu ist es zu spät«, sagte Dr. Joysell. Er war blaß geworden. Übelkeit stieg in ihm hoch. Draußen auf dem Gang wurden Schreie laut. Ein paar Ärzte kamen gerannt, um Dr. Kottena darüber zu informieren, daß keiner der Mutanten aufzufinden sei.

»Es läßt sich nicht länger leugnen, daß wir uns mitten in der Second-Genesis-Krise befinden«, sagte Dr. Kottena. »Nach allem, was bisher geschehen ist, wird sie weitaus schlimmer verlaufen, als die erste Krankheitswelle.«

Dr. Joysell fühlte die Unentschlossenheit Dr. Kottenas. Er konnte seinen Chef verstehen. Auch er fühlte sich von lähmendem Entsetzen übermannt. Niemals zuvor hatte er so sehr gewünscht, an einem anderen Platz zu sein, wie in diesen Sekunden.

Das Entsetzen ging vorüber, die Starre lockerte sich.

Aber die Angst vor dem, was noch alles geschehen konnte, blieb bestehen.

Chefingenieur Ralsmeyer blickte auf die beiden Energiesäulen des Transmitters. Hatten sie vor wenigen Minuten noch in dunklem Rot geleuchtet, so glühten sie jetzt weiß, ein sicheres Zeichen, daß der Transmitter zu arbeiten begann. Während der Ruheperioden hatte jeweils nur einer der Transmittertechniker Dienst. Die Nachschubgüter für die einzelnen Kliniken trafen zu bestimmten Stunden ein, so daß die Männer auf Mimas ihre Arbeitszeit entsprechend einteilen konnten. Es war mehr als ungewöhnlich, daß der Transmitter während der Ruheperiode in Tätigkeit trat. Diesmal erwartete Ralsmeyer auch keine Waren, sondern den Chef der Solaren Abwehr, der seine Ankunft über Funk angekündigt hatte.

Ralsmeyer überblickte die große Transmitterhalle, um zu sehen, ob alles in Ordnung war. Allan D. Mercant erschien sicher nicht, um die Arbeit der Transmittertechniker zu überprüfen, aber Ralsmeyer war daran gelegen, daß Mercant einen guten Eindruck von der Station auf Mimas bekam.

Unmittelbar hinter dem Torbogen des Transmitters stand ein großer Feldprojektor, der die ankommenden Lieferungen auf eine Transferstraße weiterleitete. Die Anlage war vollautomatisiert, so daß die Anwesenheit Ralsmeyers und der anderen Transmittertechniker unnötig gewesen wäre, wenn nicht die Anfälligkeit solcher Anlagen immer wieder ein rasches Eingreifen von Spezialisten erforderlich gemacht hätte.

Ralsmeyer saß an der Kontrollschaltung des Transmitters. Von hier aus konnte er die gesamte Anlage schalten, so daß ein Unfall so gut wie ausgeschlossen war. Sollten in der Station auf Mimas Unregelmäßigkeiten auftreten, so genügte ein Knopfdruck, um die Sendestation davon zu unterrichten.

Innerhalb des Torbogens begann es zu wallen. Mercant mußte jeden Augenblick aus dem Transmitter treten. Ralsmeyer hörte ein Geräusch und drehte sich um. Hinter ihm stand ein Fremder.

Der Ankömmling trug einen Pyjama. Sein Gesicht war verquollen und wirkte fast wie das eines Kindes. Der Mann war zweifellos ein Asiate. Ein Blick in die Augen des Fremden genügte Ralsmeyer, um festzustellen, daß etwas nicht in Ordnung war.

»Wer sind Sie?« fragte der Chefingenieur. »Wie kommen Sie hier herein?«

»Ich bin Tako Kakuta«, sagte der Mann.

Ralsmeyer erinnerte sich, daß so einer der Mutanten hieß. Er wußte, daß auf Mimas ein paar kranke Mutanten lebten. Vielleicht hatte sich der arme Kerl verlaufen. Das konnte schließlich einmal passieren. Kakuta machte in der Tat einen verwirrten Eindruck.

»Ich werde mich sofort um Sie bemühen«, versprach Ralsmeyer. »Jetzt muß ich mich zunächst um unseren Besucher kümmern.«

Das Wallen innerhalb des Torbogens nahm an Intensität zu. Ralsmeyer kümmerte sich nicht länger um den Mutanten. Er beobachtete, wie Mercant materialisierte.

Mercant blickte in Ralsmeyers Richtung und lächelte. Dann wollte er seine Hand zum Gruß heben. Er kam nicht mehr dazu.

Aus dem Transmitter schoß eine Stichflamme, die Allan D. Mercant einhüllte und sofort tötete.

Chefingenieur Ralsmeyer lebte nur eine Sekunde länger. Er erlebte den Tod des Abwehrchefs noch mit. Dann erreichte die Flamme auch ihn.

Wenige Minuten später explodierte der Transmitter. Die Halle stürzte ein. Die Energiekuppel unter der man die Station errichtet hatte, zerbarst mit einer Explosion, die alle ringsum liegenden Kuppeln erschütterte. Die Männer, die zum Personal der Transmitteranlage gehörten, erstickten in ihren Betten.

Zu diesem Zeitpunkt hatte sich Tako Kakuta bereits mit einem Teleportersprung in Sicherheit gebracht.

Als sie den Hangar durch ein Seitenschott betrat, hätte Gevoreny Tatstun nicht zu sagen vermocht, ob ihr auf dem Weg hierher jemand begegnet war. Sie war so schnell gerannt wie niemals zuvor in ihrem Leben. Eine tiefempfundene Furcht hatte sie beflügelt. Die ganze Zeit über hatte sie nur Kitai Ishibashis Gesicht vor sich gesehen.

Mit den Händen tastete sie über ihre Brust, und sie fühlte den Zellaktivator, den sie umgehängt hatte. Es kam ihr zum Bewußtsein, daß auch ihr Alterungsprozeß aufgehalten wurde, bis sie das Gerät an ihr Kind weitergeben mußte.

Zum erstenmal, seitdem sie ihr Zimmer verlassen hatte, konzentrierte sie sich auf die Umgebung. Sie sah die Raumjacht, von der Kitai gesprochen hatte, ein schlankes Kleinstraumschiff mit gepfeilten Tragflächen und einem spitz zulaufenden Bug. Die Farbe der Jacht war weiß, aber dort, wo die seitlichen Steuerdüsen saßen, hatten die Flammen schwarze Narben in die Außenhülle gefressen. Gevoreny nahm an, daß es das Privatschiff Dr. Kottenas war. Die Werft, auf der man es gebaut hatte, schien größeren Wert auf ein wirkungsvolles Äußeres als auf Zweckmäßigkeit gelegt zu haben.

Die Schleuse stand offen, die kurze Gangway war herabgelassen. Gevoreny rannte darauf zu. Als sie eingestiegen war, glitt die Schleuse zu. Vorn an den Kontrollen des kleinen Schiffs saß ein Mann. Er wandte sich nicht einmal zu ihr um, als er sagte: »Setzen Sie sich!«

Aus irgendeinem Grund war er ihr unheimlich, vielleicht, weil Kitai ihn suggestiv beeinflußt hatte.

Gevoreny ließ sich in einen Sessel sinken und atmete schwer. Obwohl sie jetzt wahrscheinlich in Sicherheit war, fragte sie sich besorgt, wie ihre Zukunft aussehen mochte.

Sie richtete sich auf.

»Wohin bringen Sie mich?« fragte sie.

Draußen im Hangar glitten die doppelten Schleusentore auf. Der Pilot antwortete nicht. Es gab einen Ruck, als das Schiff vom Boden abhob und auf seinen Antigravfeldern hinausglitt.

Gevoreny neigte sich zur Seite, so daß sie hinausblicken konnte. Unter ihr lagen zahlreiche Kuppeln, die zum Teil voll beleuchtet waren.

Sie ahnte, daß sie nie mehr hierher zurückkehren würde.
Das Schiff gewann langsam an Geschwindigkeit.
Gevoreny hörte das Funkgerät knacken.
»Hier ist die Zentrale«, klang eine männliche Stimme aus dem Lautsprecher. »Nennen Sie uns bitte den Grund Ihres unangemeldeten Startes.«
Der Pilot schaltete die Funkanlage aus.
»Es gibt keine Schiffe, die uns verfolgen könnten«, sagte der Mann.
»Aber die Funkzentrale kann die Flotte benachrichtigen«, meinte Gevoreny. »Man wird uns verfolgen und einholen.«
»Das ist Dr. Kottenas Schiff«, sagte der Pilot. »Bevor man uns verfolgt, wird man erst mit dem Para-Mechaniker sprechen. Bis dahin sind wir längst aus dem Solsystem verschwunden, und die Funkstation ist zerstört.«
Unter ihnen blitzte es auf. Wieder blickte das Anti-Mädchen aus der Kuppel. Auf der Oberfläche von Mimas war eine leuchtende Wolke entstanden.
»Was ist das?« fragte sie.
»Die Transmitterstation«, erwiderte der Pilot gleichgültig. »Sie ist gerade explodiert.«

Kurz nach der Explosion des Transmitters schlossen sich die acht kranken Mutanten zu einem Willensblock zusammen und erzeugten eine Suggestivfront von unvorstellbarer Heftigkeit. Innerhalb von Sekunden gab es auf Mimas keinen freien Menschen mehr, von den wenigen mentalstabilisierten Bewohnern des Saturnmondes einmal abgesehen. Die Funkzentrale wurde von ihrer Besatzung vollkommen vernichtet. Bewaffnete Techniker und Ingenieure begannen mit der Zerstörung aller Kraftwerke. Im Verlauf einer halben Stunde explodierten auf Mimas vierzehn der insgesamt dreiundvierzig Kuppeln. Hunderte von Menschen fanden den Tod. Ärzte, die ebenso wie alle anderen dem Wahnsinn verfielen, unterbrachen die Behandlung ihrer Patienten und begannen mit einer systematischen Zerstörung aller Untersuchungs- und Heilgeräte. Die Patienten beteiligten sich an dieser Aktion. Schwerkranke rissen die Anschlüsse der Atemgeräte mit den Händen heraus und verurteilten sich damit selbst zum Tod. Ein Ärzteteam, das gerade eine Lungentransplantation vornahm, unterbrach diese Arbeit, um alle Organgeräte zu zerstören. Die Hände des narkotisierten Patienten zuckten, als wollte auch er seinen Beitrag zur Vernichtung liefern.

Nach einer Stunde waren die Sanatorien auf Mimas zerstört. Der blinde Wahn der Mutanten, die sich nicht mehr kontrollieren konnten, hatte die ersten Opfer gefordert.

Auch die Besatzung des Wachkreuzers RODENSTAAD war mit Ausnahme des mentalstabilisierten USO-Majors Nos Vigeland von den Mutanten übernommen worden.

Vigeland, der die Ereignisse auf Mimas verfolgte, war von der Wucht des Mutantenangriffs überrascht worden. Eine solche Entwicklung hatte er nicht vorausgeahnt. Nun war es jedoch zu spät, um den einmal gefaßten Entschluß zu ändern. Deshalb tat Vigeland nichts, um die allgemeine Zerstörung zu verhindern. Der RODENSTAAD drohte keine Gefahr, denn die Mutanten brauchten das Schiff, um von Mimas zu entkommen.

Sie brauchten vorläufig auch noch Nos Vigeland, den Verräter.

Der Ertruser hatte schon alle Vorbereitungen getroffen, daß sich dieses Abhängigkeitsverhältnis der Mutanten von ihm niemals ändern konnte.

Alles, was Dr. Kottena in den letzten Minuten getan hatte, war mehr oder weniger instinktiv geschehen. Das hatte ihm vielleicht das Leben gerettet. Er stand allein im Hauptkorridor der Klinik. Das Pflegepersonal und die Ärzte befanden sich bereits unter Kontrolle der Mutanten und begannen mit der Zerstörung der Krankenstation. Obwohl sein Gehirn mentalstabilisiert war, konnte Dr. Kottena die Befehle verstehen, die die Mutanten ihren Opfern erteilten.

Er war sich darüber im klaren, daß die Funkzentrale nicht mehr existierte. Auf diesem Weg war keine Hilfe herbeizuholen. Sein Privatraumschiff fiel ihm ein, und er setzte sich in Richtung des Hangars in Bewegung. Er mußte vorsichtig sein, denn jeden Augenblick konnte einer der Mutanten in seiner Nähe auftauchen und ihn angreifen. Auch vor den Beeinflußten mußte er sich in acht nehmen.

Kottena erreichte eine Kreuzung und verschwand in einem schmalen Seitengang, der direkt zum Hangar führte. Immer wieder wurde der Boden von Explosionen erschüttert.

Sie zerstören den gesamten Mond! dachte er entsetzt.

Er war ein dicker und schwerer Mann mittleren Alters, aber das merkte man ihm jetzt nicht an. Mit langen Schritten stürmte er durch den Gang. Als er in den Korridor vor dem Hangar gelangte, sah er ein paar Beeinflußte, die mit Eisenstangen auf alles einschlugen, was sich in ihrer Nähe befand. Kottena blickte sich um. Seine Augen entdeckten ein kurzes Rohr, das auf einem an der Wand aufgehängten Kasten lag. Er nahm es und stürzte auf den Gang hinaus. Er hieb wie verrückt um sich, um den Eindruck zu erwecken, er würde ebenfalls kontrolliert.

Auf diese Weise erreichte er das Hauptschott des Hangars. Bis hierher waren die Beeinflußten noch nicht vorgedrungen, so daß Kottena unzerstörte Kontrollen vor sich sah.

Das rote Licht über dem Eingang zeigte ihm, daß die Hangarschleuse geöffnet war. Es gab also keine atembare Luft da drinnen. Wütend vor Enttäuschung schleuderte Kottena das Rohrstück davon. Ohne Raumanzug konnte er den Hangar nicht betreten. Aber auch ein solches Unternehmen wäre wahrscheinlich sinnlos gewesen, denn die offene Schleuse konnte nur bedeuten, daß jemand ihm zuvorgekommen und mit der Jacht geflohen war.

Fluchend zog sich Kottena in einen Seitengang zurück. Die Tatsache, daß es jetzt ums Überleben ging, ließ ihn ruhiger werden. Er nahm das Chaos ringsum jetzt als unabänderlich hin.

Obwohl er keine Chance mehr hatte, mit seiner Jacht zu entkommen, hielt er die Idee mit dem Raumanzug nicht für schlecht. Wenn die Kuppel explodierte, konnte er nur mit einem solchen Anzug überleben.

Kottena erinnerte sich, daß es im Hauptlabor einige Raumanzüge gab. Während der First-Genesis-Krise hatte man die Mutanten oft außerhalb der Kuppeln spazierengeführt, um ihnen das Gefühl der Eingeschlossenheit zu ersparen. Später hatte man diese Therapie aufgegeben, denn es hatte sich herausgestellt, daß das Befinden der Mutanten mit dieser Methode nicht in positivem Sinn beeinflußt werden konnte. Zum Glück waren die Anzüge nie zurückgegeben worden, so daß Kottena hoffte, zumindest einen davon noch unbeschädigt vorzufinden.

Auf dem Weg ins Hauptlabor begegnete er drei tobenden Ärzten, die damit beschäftigt waren, die Verkleidung von den Wänden zu reißen. Sie waren so in ihre sinnlose Arbeit vertieft, daß sie nicht bemerkten, daß Kottena sich an ihnen vorbeischlich. Kottena kannte sie alle drei als besonnene und fähige Männer; sie in dieser Verfassung zu sehen, löste einen neuen Schock in ihm aus.

Die Tür zum Hauptlabor war aus der Halterung gerissen und lag im Gang. Durch den Eingang konnte Kottena das zerstörte Labor sehen. Ein junger Mann, der zum Pflegepersonal gehörte, kroch auf Händen und Knien auf dem Boden herum und zerschlug mit einem Stößel alle erreichbaren Gefäße. Seine Beine und Arme wiesen zahlreiche blutende Wunden auf, die er sich selbst zugefügt hatte. Sie schienen ihn jedoch nicht zu stören. Kottena beobachtete, wie der Mann einen Tisch erreichte und sich an der Platte hochzog. Mit einer Armbewegung wischte er alles herunter, was er erreichen konnte.

Außer dem Pfleger hielt sich niemand im Labor auf. Kottena rannte auf den jungen Mann zu und schlug ihm beide Fäuste in den Nacken. Der Angegriffene verlor den Halt und stürzte zusammen mit dem Tisch um. Er prallte hart mit dem Kopf gegen den Boden und blieb bewegungslos liegen.

Kottena blickte sich um. Die Türen der Wandschränke standen offen. Die Raumanzüge waren von den Haltern gezerrt und auf den Boden geworfen worden. Kottena erblickte vier zerstörte Helme. Er murmelte eine Verwünschung. Er war zu spät gekommen.

Trotzdem ging er zum Schrank hinüber, um Anzüge und Helme zu untersuchen. Er fand einen kaum beschädigten Anzug und einen brauchbaren Helm, der dazu paßte. Kottena suchte sich Verbandszeug und reparierte den Anzug notdürftig. Er hoffte, daß die primitiven Flicken halten würden, bis er eine andere Kuppel erreicht hatte.

Während Kottena den Raumanzug anlegte, kam der Pfleger zu sich. Er blickte wild um sich. Ohne sich um Kottena zu kümmern, schlug er blindlings auf alles ein, was neben ihm lag.

Der Arzt befestigte den Helm und stellte die Sauerstoffzufuhr ein. Er verließ das Hauptlabor, nachdem er sich überzeugt hatte, daß der Korridor vor ihm verlassen war.

Kottenas Ziel war die Versorgungskuppel, die etwa einen Kilometer von der Mutanten-Klinik entfernt lag. Dort, so hoffte er, gab es vielleicht noch ein intaktes Funkgerät, mit dem er ein Schiff nach Mimas rufen konnte.

Er schlug die Richtung zur Schleuse ein.

Bevor er sein Ziel erreichte, explodierte die Kuppel über der Mutanten-Klinik.

Eine grelle Stichflamme blendete den Para-Mechaniker. Mit einem Schlag entwich der Sauerstoff aus allen Räumen, die nicht hermetisch abgeschlossen waren.

Kottena wurde gegen eine zusammenstürzende Wand geschleudert. Völlig hilflos rutschte er über den Boden. Die größte Gefahr drohte ihm jetzt von vorstehenden Teilen, die seinen Anzug aufschlitzen konnten. Er prallte gegen eine Maschine und klammerte sich an einem Handrad fest. Seine Netzhäute waren voll farbiger Flecke, so daß er kaum etwas sehen konnte.

Alle Menschen, die sich im Augenblick der Explosion ohne Schutzanzug unter dieser Kuppel aufgehalten hatten, lebten nicht mehr. Kottena dachte an seine Mitarbeiter und biß sich so heftig auf die Unterlippe, daß es schmerzte.

Er zog sich hoch und blickte sich um. Die Wirkung des Explosionsblitzes hatte nachgelassen, trotzdem erkannte Kottena seine Umgebung kaum wieder. Um ihn herum gab es fast nichts als Trümmer. Er hob den Kopf. Durch das Metallgerüst der Kuppel sah er die Sterne. Am nahen Horizont war ein Teil der Saturnringe zu erkennen; wie eine Schwertspitze ragten sie nach »oben«.

Die benachbarten Kuppeln waren der Vernichtungswelle noch nicht zum Opfer gefallen, aber daran, daß unter ihnen kaum Lichter brannten, erkannte Kottena, daß die Zerstörung auch dort ihren Fortgang nahm.

Er kletterte über die Trümmer, um den Rand der Kuppel zu erreichen. Die Korridore konnte er nicht mehr benutzen, denn in ihnen türmten sich die eingestürzten Wände und Teile der Decke.

Kottena fühlte sich an dieser Zerstörung nicht schuldlos, denn seine Aufgabe hatte darin bestanden, jede Veränderung im Verhalten der Mutanten zu bemerken und entsprechende Maßnahmen zu ergreifen. Er hatte in dieser Beziehung vollkommen versagt.

Er preßte eine Hand auf die reparierte Stelle des Raumanzugs und ging weiter. Im Augenblick brauchte er keinen Angriff zu befürchten, denn weder die Mutanten noch jemand anders konnte ihm hier gefährlich werden.

In der äußeren Zone der Kuppel waren die Zerstörungen nicht so verheerend wie im Zentrum, so daß der Para-Mechaniker schneller vorankam. Ein Teil der Außenwände stand noch, und er mußte nach einer Öffnung suchen, durch die er nach draußen gelangen konnte. Schließlich stand er außerhalb der Mutanten-Klinik. Beim Bau der Sanatorien hatte man die Mondoberfläche eingeebnet und Straßen sowie freie Plätze geschaffen. Es gab Pläne, riesige Kuppeln zu errichten, die fast die gesamte Oberfläche des Saturnmondes abschließen sollten. Daran war vorläufig nicht mehr zu denken.

Zwei Jahre hatte er hier gearbeitet, dachte Kottena, als er auf die Kuppel blickte, aus der er nur mit viel Glück entkommen war. In

Anbetracht der jüngsten Entwicklung waren es zwei nutzlose und wenig erfolgreiche Jahre gewesen.

Kottena fühlte keinen Groll gegen die Mutanten; er wußte nur zu gut, daß es sich um kranke Menschen handelte, die man für ihr Tun nicht zur Verantwortung ziehen durfte. Trotzdem fürchtete er sie, denn er besaß genügend Phantasie, um sich ausmalen zu können, was diese Wahnsinnigen noch anrichten konnten.

Der Anzug, den er trug, besaß keine Flugprojektoren, so daß er den Weg zur Versorgungskuppel zu Fuß zurücklegen mußte. Das erschien ihm auch sicherer, denn er nahm an, daß die Mutanten die Mondoberfläche sorgfältig beobachteten. Kitai Ishibashi und die anderen wußten, daß es auf Mimas auch mentalstabilisierte Menschen gab. Auf sie würden die Mutanten Jagd machen.

Während Kottena zur Versorgungskuppel unterwegs war, explodierte ein paar Kilometer entfernt wieder eine Klinik. Kottena blickte geradeaus; er vermied es, an die Folgen solcher Explosionen zu denken.

Die erste Schleuse der Versorgungskuppel, durch die er eindringen wollte, war von innen zerstört, so daß der Öffnungsmechanismus nicht mehr funktionierte. Kottena ging weiter. Wie er befürchtet hatte, sah die nächste Schleuse nicht besser aus. Er blieb stehen, um nachzudenken. Er besaß keine Waffe, um gewaltsam eindringen zu können. Zur Hauptschleuse zu gehen war völlig sinnlos, denn sie war bestimmt zuerst den Angriffen der Beeinflußten zum Opfer gefallen.

Der Para-Mechaniker begab sich auf die andere Seite der Kuppel. Hier fand er eine Mannschleuse, die zwar ebenfalls zum Teil zerstört war, deren Mechanismus jedoch noch einwandfrei funktionierte. Kottena schleuste sich ein und gelangte auf den mit Trümmern übersäten Außenkorridor. Die Beeinflußten hatten alle Lager gestürmt und die Vorräte auf die Gänge geworfen. Die Vernichtung des wertvollen Materials hätte Kottena wenig Kopfzerbrechen bereitet, aber der Gedanke an die vielen Toten, die es auf Mimas bereits gegeben hatte, ließ ihn nicht los.

Überall stieß Kottena jetzt auf Männer und Frauen, die mit der Zerstörung der gelagerten Güter beschäftigt waren. Sie nahmen keine Notiz von dem Arzt. Kottena hatte sich in den vergangenen Jahren nur einmal innerhalb dieser Kuppel aufgehalten, um die Lieferung eines Bestrahlungsgerätes zu beschleunigen. Damals war er jedoch nur im Hauptbüro gewesen, so daß er keine Ahnung hatte, wo die Ersatzteile und positronischen Geräte aufbewahrt wurden. Es blieb ihm nichts anderes übrig, als alle Lagerhallen zu durchsuchen. Vielleicht fand er auf diese Weise ein Funkgerät, bevor die Mutanten ihn entdeckten.

Er drang in eine Lagerhalle ein. Schnell fand er heraus, daß hier nur chirurgische Geräte und Zubehör für die Bäderhallen gelagert wurden. Durch den Zwischengang erreichte er das nächste Lager. Diesmal hatte er mehr Glück. Er fand Ortungs- und Meßgeräte, verschiedene Relais und schließlich einige tragbare Funkgeräte. Ein paar Beeinflußte waren jedoch vor Kottena hierher gekommen und hatten alles von den Regalen geworfen. Kottena verstand nichts von Funktechnik. Daher brauchte er ein Gerät, das vollkommen intakt war.

Er ließ sich auf die Knie sinken und kroch unter die Regale. Hier fand er ein Funkgerät, das noch in Ordnung zu sein schien.

Er stellte es vor sich auf einen Tisch, um es zu untersuchen.

Dann begann er zu funken.

Er erfuhr nie, ob man seinen Notruf empfangen hatte, denn nachdem er dreimal die gleichen Sätze gesprochen hatte, materialisierte am anderen Ende der Halle ein kleiner Mann mit einem verquollenen Kindergesicht, der nur mit einem Pyjama bekleidet war.

Der Mann trug einen Strahler. Er legte damit auf Dr. Ern Kottena an und erschoß ihn.

Danach gab er noch einen zweiten Schuß ab, der das Funkgerät zerstörte.

Nos Vigeland wurde allmählich ungeduldig. Die Besatzung der RODENSTAAD war zwar einschließlich ihres Kommandanten Major Kirk von Hossen von den Suggestivbefehlen der Mutanten außer Gefecht gesetzt worden, doch der Ertruser befürchtete, daß früher oder später die ersten Schiffe der Solaren Flotte über Mimas auftauchen würden. Es wurde Zeit, daß die Mutanten an Bord kamen.

Inzwischen hatte Nos Vigeland alle Maßnahmen getroffen, um die Mutanten nach der Flucht unter Kontrolle zu halten. Er hatte im großen Aufenthaltsraum der RODENSTAAD ein Essen für die acht Kranken vorbereitet. Den Speisen und Getränken hatte der USO-Major zustandsvariable, anorganische Toxika beigefügt. Es handelte sich um auf Tahun erzeugte Giftstoffe, die bei einer bestimmten Modulationsstrahlung ihre molekulare Struktur veränderten. Sie wurden erst dann tödlich, wenn sie von einer bestimmten Strahlung auf einer bestimmten Wellenlänge von bestimmter Modulationsfolge getroffen wurden. Sie konnten auch Zellaktivatorträger töten. Nos Vigeland hatte keinen seiner Verbündeten auf Ertrus von diesem Vorhaben unterrichtet. Er allein wußte von den Giften, die die Mutanten zu sich nehmen sollten, denn nur er war aufgrund seines mentalstabilisierten Gehirns befähigt, das Geheimnis vor den Mutanten zu bewahren.

Vigeland trug einen kleinen Spezialsender bei sich, den er als Frequenzmodulator benutzen konnte. Er allein würde darüber bestimmen, wann die Gifte wirksam werden sollten.

Da alles davon abhing, daß die Mutanten die vergifteten Speisen auch zu sich nahmen, wollte Vigeland zu einem psychologischen Trick greifen. Er würde die Mutanten in den Aufenthaltsraum führen und ihnen sagen, daß dies das erste Essen nach zwei Jahren war, das sie als freie Menschen zu sich nehmen konnten. Vigeland war überzeugt, daß dieser Trick seine Wirkung nicht verfehlen würde.

Doch vorläufig befanden sich die acht Kranken noch außerhalb des Schiffes und beteiligten sich an der Zerstörung aller Anlagen auf Mimas. Vigeland konnte nichts tun, um die Mutanten an Bord der RODENSTAAD zu holen. Er konnte weder hinausgehen und nach ihnen suchen, noch eine Funkbotschaft an sie absetzen.

Allmählich begann er sich Sorgen zu machen. Es war durchaus möglich, daß die Mutanten in ihrem Wahnsinn das eigentliche Ziel ihrer Flucht vergessen hatten. Das wäre für den Ertruser einer Katastrophe gleichgekommen, denn Terser Frascati und Runeme Shilter würden ihn nur als gleichberechtigtes Regierungsmitglied aufnehmen, wenn er Zellaktivatoren besorgte.

Vigeland begab sich in die Zentrale und schaltete die Bildschirme der Außenbeobachtung ein. Der Landeplatz war verlassen. In den Kontrollgebäuden tobten ein paar beeinflußte Techniker herum und zerstörten alles, was sie in die Hände bekamen. Von den Mutanten war nichts zu sehen.

Die beeinflußten Besatzungsmitglieder hockten wie erstarrt in ihren Sesseln und warteten offenbar auf Befehle. Daran, daß sie sich der allgemeinen Zerstörungswut auf Mimas nicht angeschlossen hatten, glaubte Vigeland zu erkennen, daß die Mutanten die RODENSTAAD nicht vergessen hatten.

Vigeland schaltete die Raumortung des Schiffes ein. Noch hielt sich kein anderes Raumschiff in der Nähe des Saturnmondes auf. Das konnte sich jedoch schnell ändern. Die RODENSTAAD war startbereit. Die Besatzung war auf ihren Plätzen.

In einem ausgeschalteten Bildschirm spiegelten sich zwei Gestalten, die durch den Haupteingang die Zentrale des Wachkreuzers betraten. Vigeland fuhr herum.

Ein schmächtiger Mann im Pyjama war in Begleitung einer mädchenhaft wirkenden Frau hereingekommen. Vigeland wußte sofort, daß er zwei Mutanten vor sich hatte. Er ging ihnen entgegen.

»Ich bin froh, daß Sie endlich kommen«, sagte er. »Hat alles geklappt?«

Der Mann blickte ihn ausdruckslos an, und Vigeland fühlte, wie es ihm eiskalt über den Rücken rann. Hoffentlich hatte er nicht zuviel riskiert. Die Gefahr, daß die Mutanten ihn töteten, bevor er sie durch das Gift in seine Gewalt bekam, war nicht auszuschließen.

»Ich bin Tako Kakuta«, sagte der Mutant. »Das ist Betty Toufry. Ich bin mit ihr an Bord teleportiert.«

Vigeland umfaßte mit beiden Händen eine Sessellehne, um sein Zittern zu verbergen. »Und wo sind die anderen?« erkundigte er sich. Seine Stimme klang nicht so gelassen, wie er beabsichtigt hatte. Er spürte, wie sich in seiner Kehle ein Kloß bildete. Er brauchte die beiden Mutanten nur anzusehen, um den Wahnsinn zu erkennen, von dem sie beherrscht wurden.

»Öffnen Sie die Hangarschleuse!« befahl Kakuta dem Ertruser. »Meine Freunde sind mit einem Gleiter hierher unterwegs und werden jeden Augenblick eintreffen.«

»Sofort!« Vigeland war froh, daß er etwas tun konnte. Er hastete zu den Kontrollen und führte den Befehl aus.

»Ich bin froh, daß Sie unser verabredetes Signal verstanden haben«, sagte Vigeland, als er sich wieder zu den beiden Mutanten umdrehte. »Ich habe Dr. Kottena wie verabredet danach gefragt, ob ich Kitai Ishibashi für einen Einsatz bekommen könnte.«

Ohne auf Vigelands Bemerkung einzugehen, erwiderte der Teleporter: »Wir müssen uns beeilen. Dr. Kottena besaß ein mentalstabilisiertes Gehirn. Es ist ihm gelungen, einen Funkspruch abzusetzen, bevor ich ihn töten konnte. Wir müssen annehmen, daß dieser Notruf von Raumschiffen und den Stationen auf den anderen Saturnmonden empfangen wurde.«

»Dann haben wir keine Zeit zu verlieren«, sagte Vigeland nervös.

Ein Blick auf den Bildschirm der Außenbeobachtung zeigte ihm, daß sich ein Gleiter in rasender Fahrt der RODENSTAAD näherte.

»Bedauerlicherweise bleibt uns jetzt keine Zeit mehr, alle Kuppeln mit den darin lebenden Menschen zu zerstören«, sagte Kakuta gleichgültig.

Vigeland wich den Blicken des Teleporters aus. Er wußte, daß auch er sich in allerhöchster Gefahr befand. Aber noch brauchten die Mutanten seine Hilfe, um jenen Planeten zu erreichen, auf dem sie vorläufig untertauchen wollten. Die Welt, zu der die RODENSTAAD die acht Kranken bringen würde, gehörte zum immer schneller wachsenden Imperium Dabrifa.

Kaum hatten sich die Hangarschleusen hinter dem Gleiter geschlossen, als Kakuta Major Kirk von Hossen den Startbefehl gab.

Als die sechs anderen Mutanten in der Zentrale erschienen, hatte die RODENSTAAD bereits abgehoben und schoß mit zunehmender Beschleunigung in den Weltraum.

Es gelang Vigeland, die Mutanten mit einem zuvorkommenden Lächeln zu begrüßen.

»Willkommen an Bord!« rief er ihnen zu. »Da ich mir denken kann, wie glücklich Sie über Ihre Befreiung sind, habe ich ein kleines Essen im Aufenthaltsraum arrangiert. Nach zweijähriger Gefangenschaft wird dies Ihr erstes Essen in Freiheit sein.«

Kitai Ishibashi kam auf ihn zu. Seine glänzenden Augen wirkten starr und leblos. Die Blutgefäße im Gesicht des Mutanten traten hervor und bildeten ein häßliches Netzwerk.

»Erwähnen Sie nicht mehr, daß wir Gefangene waren«, sagte Ishibashi drohend. »Diese Zeit ist vorüber.«

Vigeland schluckte heftig. Er sah seinen Plan zum Scheitern verurteilt. Wenn es ihm nicht gelang, die Mutanten zum Einnehmen der vergifteten Speisen zu veranlassen, war er zum Tode verurteilt.

»Wir wollen uns nicht streiten«, sagte der demütig. »Ich erkenne Ihre Führungsrolle an.«

Tama Yokida, der japanische Telekinet, trat vor und ließ Vigeland unter die Decke schweben. Hilflos blickte der Major auf seinen Peiniger hinab.

»Dort oben bleiben Sie, bis wir zurück sind«, sagte Ishibashi. »Oder dachten Sie, wir würden es gestatten, daß Sie sich mit uns an einen Tisch setzen?«

Vigeland triumphierte, als die Mutanten die Zentrale verließen, um sich in den Aufenthaltsraum zu begeben. Sie sollten sich ruhig über ihn lustig machen. Sobald sie gegessen hatten, war er ihnen überlegen, denn er bestimmte dann, wie lange sie noch leben durften.

26.

Die Nachricht, die das Relaisschiff STÖRVANGER aufgefangen und an die CREST XII weitergegeben hatte, war ebenso kurz wie inhaltsschwer. Es handelte sich um eine Funkbotschaft von Dr. Ern Kottena, die er offenbar in höchster Not abgestrahlt hatte.

Die Second-Genesis-Krise ist da! lautete sie. *Die Mutanten brechen aus und zerstören alles. Schickt Hilfe. Kottena.*

Dieser Notruf, so berichteten die Funker der STÖRVANGER, war nur dreimal wiederholt worden und dann plötzlich abgebrochen.

Perry Rhodan hatte unmittelbar nach Eintreffen des Funkspruchs den Befehl gegeben, die CREST XII nach Mimas zu fliegen. Das Flaggschiff würde in wenigen Minuten im Solsystem eintreffen.

Nach seinem Gespräch mit Allan D. Mercant hatte Rhodan mit einer Verschlechterung im Befinden der Mutanten gerechnet, aber er hatte nie geglaubt, daß es so abrupt zur Katastrophe kommen würde.

Nach Bekanntwerden von Dr. Kottenas Funkbotschaft war es in der Zentrale des großen Kugelschiffs still geworden. Kommandant Zavet gab mit leiser Stimme seine Befehle.

Perry Rhodan saß abseits von den Kontrollen. Nur Atlan war bei ihm, aber auch der Arkonide sprach nicht. Er wußte, daß er seinem terranischen Freund jetzt Zeit geben mußte, um über den Schock hinwegzukommen, den Kottenas Nachricht ausgelöst hatte. Jeder der erkrankten Mutanten war ein persönlicher Freund Rhodans, den er fast seit tausend Jahren kannte. Die Gefahren, die der Großadministrator zusammen mit diesen Männern überwunden hatte, waren nicht zu zählen. Die Mutanten hatten Perry Rhodan geholfen, die Menschheit zu vereinen und das Solare Imperium aufzubauen. Ohne die Mutanten war das Solsystem in seiner jetzigen Form überhaupt nicht denkbar.

Jeder der acht Mutanten auf Mimas war untrennbar mit der Geschichte der Menschheit verbunden.

Rhodan war es schließlich, der das Schweigen brach.

»Vielleicht hat Kottena sich getäuscht«, sagte er. »Ich kann mir nicht vorstellen, daß die Krise so schnell ihren Höhepunkt erreicht haben soll.«

Atlan spürte, daß der Terraner die Wahrheit nicht sehen wollte. In wenigen Augenblicken würde Rhodan jedoch damit konfrontiert werden – nämlich dann, wenn sie mit der CREST XII ins Solsystem einflogen und die Verwüstungen auf Mimas über die Bildschirme beobachten konnten.

»Du weißt, daß er sich nicht getäuscht hat, Perry«, erwiderte Atlan. »Wenn die Mutanten ihre Klinik verlassen haben, müssen wir mit einer Katastrophe rechnen. Schon während der First-Genesis-Krise stiegen ihre parapsychischen Fähigkeiten. Diesmal wird es nicht anders sein.«

. . . und zerstören alles!

Dieser Teil des Funkspruchs beunruhigte Atlan besonders. Er versuchte sich vorzustellen, was sich auf Mimas abspielte, aber wahrscheinlich wurde seine Phantasie noch von der Wirklichkeit übertroffen.

»Wenn unsere Gegner von dieser Entwicklung erfahren, werden sie triumphieren«, sagte Rhodan. »Dabrifa und seine Verbündeten ahnten zwar, daß mit dem Mutantenkorps nicht alles in Ordnung war, aber sie mußten immer noch damit rechnen, daß wir die Mutanten einsetzen würden. Die Geschehnisse auf Mimas lassen sich nicht verheimlichen. Sobald Dabrifa und die führenden Männer von Carsual und der Zentralgalaktischen Union davon erfahren, werden sie noch rücksichtsloser ihre Ziele verfolgen als bisher.«

Atlan war froh, daß Rhodan sich bereits Sorgen um die zukünftige Entwicklung innerhalb der Galaxis machte. Das lenkte ihn vom eigentlichen Problem ab.

Die nächsten Worte Rhodans bewiesen Atlan jedoch, daß Rhodan die Schwierigkeiten zusammenhängend sah. Für ihn war die Second-Genesis-Krise gleichbedeutend mit einer politischen Krise innerhalb der Galaxis.

»Offenbar haben die Ärzte die Kontrolle über die Mutanten verloren«, sagte Rhodan. »Jetzt erhebt sich die Frage, wie wir die Kranken wieder in die Klinik zurückbringen können.«

Atlan starrte auf seine Fußspitzen.

»Ich befürchte, daß es keine Klinik mehr gibt«, sagte er.

»Es gibt im Solsystem Hunderte von Kliniken, in die wir die Kranken bringen können«, erwiderte Rhodan beinahe heftig. Gleichzeitig bereute er es, daß er sich zu einer so unfreundlichen Entgegnung hatte hinreißen lassen, denn er wußte genau, daß Atlan ihn nur auf eine Katastrophe vorbereiten wollte.

»Die Mutanten werden sich nicht ohne Gegenwehr einfangen lassen«, sagte der Arkonide.

Bei dem Wort »einfangen« zuckte Perry Rhodan zusammen. *Einfangen!* Das klang beinahe, als ob sie Jagd auf . . . Tiere machen müßten.

Rhodan war überzeugt davon, daß er die Mutanten zur Vernunft bringen konnte, wenn er ihnen gegenübertrat. *Ihm* würden sie sich nicht widersetzen.

Aber, so dachte er zweifelnd, waren nicht auch John Marshall und zuletzt Allan D. Mercant auf Mimas gewesen, um das Schlimmste zu verhüten? Diese beiden Männer waren mit den Kranken ebenso befreundet wie er. Er durfte nicht annehmen, daß sein Einfluß größer war als der Mercants oder Marshalls. Marshall war außerdem selbst Mutant und kannte die Mentalität der Korpsmitglieder am besten.

»Du glaubst also, daß wir Gewalt anwenden müssen?« fragte Rhodan zögernd.

»Auch dazu werden wir wahrscheinlich nicht kommen«, erwiderte der Lordadmiral. »Wir beide wissen genau, über welche Kräfte die acht Mutanten verfügen. Durch die Krankheit wurden ihre parapsychischen Fähigkeiten noch stärker. Wie sollen wir eine solche Gruppe besiegen?«

In einer düsteren Vision sah Rhodan ein Raumschiff vor sich, das aus seinen Transformkanonen den Saturnmond beschoß, um ihn zur Explosion zu bringen. Das würde die letzte Maßnahme sein, um die Menschheit vor acht Wesen zu schützen, die sich zu unbesiegbaren Monstren entwickelt hatten.

Rhodan holte tief Atem, um dieses Bild vor seinen geistigen Augen zu vertreiben.

So weit würde – so weit *durfte* es nicht kommen!

»Leichter Kreuzer vor uns!« rief Zavet diesmal mit lauter Stimme von den Kontrollen aus.

»Kursberechnungen ausführen!« befahl Rhodan.

Wenige Augenblicke später stand fest, daß das andere Schiff aus dem Solsystem kam. Da es noch nicht in Linearflug übergegangen war, lag die Vermutung nahe, daß es von einem der äußeren Planeten gestartet war.

Von Saturn! Vielleicht sogar von Mimas. Dieser Gedanke ließ Rhodan nicht los.

Er stand längst an den Kontrollen.

»Funkzentrale! Fordern Sie Identitätsangaben an!« Rhodans Stimme klang gefaßt und ließ nicht erkennen, was in ihm vorging.

»Schiff geht auf Gegenkurs!« rief Zavet alarmiert.

»Sie hauen ab!« fügte Gucky, der sich zusammen mit Ras Tschubai, Iwan Goratschin und den Woolver-Zwillingen ebenfalls in der Zentrale aufhielt, in seiner burschikosen Art hinzu.

»Folgen Sie diesem Schiff, Kommandant!« befahl Rhodan.

»Halbraumspürer einschalten!« ordnete Zavet an. »Wir wollen den Leichten Kreuzer nicht aus den Augen verlieren, auch wenn er in den Linearflug übergeht.«

Rhodan schaltete ein Mikrophon des Interkoms ein.

»Ortungszentrale! Hier spricht der Chef! Erbitte Identifizierung des Leichten Kreuzers vor uns. Das Schiff verweigert Identitätsangabe.«

Inzwischen war die CREST XII auf den gleichen Kurs gegangen wie das flüchtende Schiff. Es würde für die Besatzung des Leichten Kreuzers schwer sein, das Flaggschiff mit seinen überlegenen Triebwerken jetzt noch einmal abzuschütteln.

Die Ortungszentrale meldete sich.

»Bei dem fremden Schiff handelt es sich um den Leichten Kreuzer RODENSTAAD, Sir«, meldete Major Toyo Anakai, der Chef der Ortungszentrale. »Das Schiff wird vorwiegend für Überwachungsflüge eingesetzt.«

»Danke«, sagte Rhodan. »Sparks, schicken Sie eine Warnung zur RODENSTAAD hinüber, daß wir das Feuer eröffnen, wenn sie den Flug nicht verlangsamen.«

Der Funker führte den Befehl aus.

Atlan war hinter Rhodan getreten.

»Würdest du das Feuer eröffnen lassen?«

»Natürlich nicht«, gab Rhodan zurück. »Ein paar Warnschüsse genügen wahrscheinlich. Wenn die RODENSTAAD zu den Wachkreuzern gehört, die das Solsystem anfliegen, kann es sein, daß sie auf Mimas gelandet war. Ich nehme an, daß die Besatzung vor den Mutanten geflohen ist und sich noch in wilder Panik befindet.«

Atlan hob die Augenbrauen.

»Es gibt noch eine andere Erklärung«, sagte er. »Und sie erscheint mir wahrscheinlicher.«

»Nun?«

»Die Mutanten befinden sich an Bord der RODENSTAAD!«

Rhodan preßte die Lippen aufeinander. Auch er hatte schon an diese Möglichkeit gedacht. Sollten sich die Mutanten tatsächlich an Bord der RODENSTAAD aufhalten, kontrollierten sie wahrscheinlich die Besatzung.

»Ja, natürlich«, sagte Rhodan.

»Hier spricht USO-Major Nos Vigeland«, vernahmen sie gleich darauf die Stimme eines Mannes, der von der RODENSTAAD aus sprach. »Ich möchte mich für den Kommandanten Major Kirk von Hossen entschuldigen, Sir.«

Rhodan und Atlan tauschten einen schnellen Blick. Wie kam USO-Major Vigeland an Bord dieses Schiffes? Normalerweise hielten sich Offiziere der USO nicht an Bord von Wachschiffen auf, es sei denn, ein Sonderauftrag führte sie dorthin.

»Was ist mit dem Kommandanten, Major?« fragte Rhodan scharf.

»Er ist bewußtlos, Sir.«

»Bewußtlos? Erklären Sie das! Die Bewußtlosigkeit des Kommandanten ist kein Grund für die Flucht und die Verweigerung der Identitätserklärung. Schließlich gibt es einen Ersten Offizier.«

»Der ist ebenfalls bewußtlos, Sir.«

»Was?« Rhodan merkte, daß an Bord der RODENSTAAD ein Mann am Funkgerät stand, der aus irgendwelchen Gründen die Wahrheit verschwieg.

Atlan winkte die beiden Woolvers zu sich heran. Während Rhodan weiter mit Vigeland sprach, befahl Atlan den beiden Wellensprintern, sich in einen Funkstrahl einzufädeln und an Bord der RODENSTAAD zu springen. Sie sollten nachsehen, was dort gespielt wurde.

»Kehren Sie sofort um, wenn es die Situation erfordert«, sagte Atlan zu Rakal Woolver. »Vor allem dann, wenn sich kranke Mutanten an Bord aufhalten.«

Inzwischen war das Gespräch zwischen Rhodan und Nos Vigeland immer heftiger geworden. Rhodan bezichtigte den Major des Verrats, und der Ertruser verteidigte sich mit unfreundlichen Worten.

»Kommen Sie herüber, wenn Sie meinen Worten nicht glauben«, sagte Vigeland aufgebracht.

»Genau das werden wir tun«, versetzte Rhodan. »Die beiden Woolvers springen jetzt zur RODENSTAAD hinüber. Sie werden schnell feststellen, was an Bord dieses Schiffes vorgeht.«

Atlan beugte sich zu Rhodan vor.

»Hoffentlich war das kein Fehler, ihnen zu sagen, was wir vorhaben«, flüsterte er Rhodan zu. »Jetzt wissen sie, was sie erwartet.«

Er drehte sich um und gab den beiden Woolvers ein Zeichen.

Rakal und Tronar entmaterialisierten, um sich von einem Energiestrahl des Funkgeräts zur RODENSTAAD hinübertragen zu lassen.

Vigeland hatte auf Rhodans letzte Bemerkung bisher nicht geantwortet. Auch Rhodan sprach nicht weiter. Atlan und er blickten gespannt auf die Bildschirme. Rhodan hoffte, daß die Besatzung der RODENSTAAD angesichts der Überlegenheit der Verfolger jetzt aufgeben würde.

Zwei Explosionen, die im Weltraum vor der RODENSTAAD entstanden, ließen Perry zusammenzucken. Ohne daß er es merkte, krallte sich seine Hand in Atlans Arm.

»Major Vigeland!« schrie er ins Mikrophon. »Was bedeuten diese Explosionen?«

Eine unmenschlich klingende Stimme antwortete: »Rakal und Tronar Woolver sind tot. Wir haben den lächerlichen Versuch vereitelt, dieses Schiff aufhalten zu wollen.«

»Das war Kitai Ishibashi«, murmelte Atlan. »Die Mutanten halten sich also an Bord der RODENSTAAD auf.«

»Aber sie können doch nicht . . .« Rhodans Stimme versagte. Noch immer starrte er ungläubig auf den Bildschirm, wo die beiden Explosionswolken sich allmählich verflüchtigten. Er konnte nicht glauben, daß die Woolvers tot waren. Es mußte sich um einen Trick handeln, zu dem die RODENSTAAD-Besatzung gegriffen hatte.

»Ich warne euch!« klang Ishibashis Stimme auf. »Verfolgt uns nicht weiter.«

»Dranbleiben!« rief Rhodan dem Kommandanten der CREST XII zu.

In der Zentrale herrschte atemlose Stille. Rhodan brauchte nur in die entsetzten Gesichter der Männer zu blicken, um zu wissen, was in ihnen vorging. Er hatte das überwältigende Gefühl, alles rückgängig machen zu müssen, aber mit schmerzlicher Klarheit breitete sich die Erkenntnis in seinem Verstand aus, daß es dazu zu spät war.

Die CREST XII hielt den gleichen Abstand zur RODENSTAAD.

»Du mußt dir darüber klarwerden, was wir jetzt tun sollen«, sagte Atlan. »Ich bin dagegen, Gucky und Ras Tschubai hinüberzuschikken, denn sie könnten auf die gleiche Weise ausgeschaltet werden wie die Woolvers.«

Rhodan nickte langsam. Er durfte Guckys und Tschubais Leben nicht riskieren.

Aber was sollte er unternehmen?

Wenn er auf die RODENSTAAD feuern ließ, bestand die Gefahr,

daß die Mutanten und die unschuldige Besatzung des Wachkreuzers getötet wurden. Bildeten die Mutanten schon eine so große Gefahr, daß er ein solches Opfer bringen mußte?

Rhodan wußte, daß er eine der schwersten Entscheidungen seines Lebens zu treffen hatte.

Plötzlich stoppte die RODENSTAAD ab und ließ die CREST XII aufschließen.

»Vorsicht!« rief Rhodan dem Epsaler zu. »Wir müssen herausfinden, was dieses Manöver . . . des . . . anderen Schiffes bedeutet.«

Fast hätte er » . . . des Gegners . . .« gesagt.

»Ich nehme an, daß die Flüchtlinge jetzt aufgeben, Sir«, sagte der Kommandant.

Noch bevor er zu Ende gesprochen hatte, starteten die Mutanten einen parapsychischen Angriff auf die Besatzung der CREST XII. Alle nicht mentalstabilisierten Männer wurden davon betroffen. Die Angreifer waren klug genug, keine Suggestivbefehle auszustrahlen, die auch von Mentalstabilisierten verstanden werden konnten.

Rhodan bemerkte die ersten Anzeichen des lautlosen Kampfes im Gesicht eines ihm schräg gegenübersitzenden Mannes. Der Raumfahrer bekam ein fleckiges Gesicht und starre Augen. Seine Hände zuckten.

»Linearmanöver einleiten!« schrie Rhodan und hoffte, daß die Männer noch fähig waren, diesen Befehl auszuführen. »Nichts wie weg hier!«

Die CREST XII raste mit Höchstbeschleunigung davon und tauchte in den Linearraum. Die RODENSTAAD benutzte die Gelegenheit ebenfalls zu beschleunigen und in entgegengesetzter Richtung zu fliehen. Sie verschwand von den Ortungsgeräten der CREST XII. Selbst mit Hilfe des Halbraumspürers ließ sie sich jetzt nicht weiter verfolgen.

Rhodan beobachtete, daß die beeinflußten Männer sich schnell erholten. Die Mutanten hatten sie noch nicht völlig unter Kontrolle bekommen.

Ras Tschubai trat an Rhodans Seite.

»Ich kann mir nicht vorstellen, daß das meine Freunde waren«, sagte er. In seinem dunklen Gesicht zeichnete sich Entsetzen ab. »Sie würden so etwas nicht tun.«

»Sie sind krank, Ras«, sagte Rhodan. »Unheilbar krank. Wir dürfen sie für ihre Taten nicht verantwortlich machen.«

»Sie haben die Woolvers getötet«, sagte Tschubai fassungslos.

Rhodan schwieg. Früher oder später würden sie erfahren, was auf Mimas geschehen war. Rhodan rechnete mit einer Katastrophe.

Es kam nun darauf an, die Mutanten möglichst schnell zu finden und in Sicherheit zu bringen.

Aber wo sollten sie nach ihnen suchen?

Und wie sollten sie sie überwältigen, wenn sie sie gefunden hatten?

»Sie können jetzt hereinkommen, Major Flanders!« Die Stimme des Sekretärs klang gereizt. Wahrscheinlich hatte er in den letzten Tagen Überstunden machen müssen.

Flanders erhob sich. Er fühlte ein leichtes Unbehagen bei dem Gedanken, Perry Rhodan unter den gegenwärtigen Umständen gegenübertreten zu müssen. Es hieß, der Großadministrator sei völlig verzweifelt. Flanders hielt das zwar für eine Übertreibung, aber er konnte sich vorstellen, daß die Ereignisse auf Mimas auch einen Perry Rhodan aus dem seelischen Gleichgewicht bringen konnten.

Flanders betrat das Büro, das zur Administratur gehörte. Zu seinem Erstaunen hielten sich außer Rhodan und Reginald Bull auch Atlan und ein paar hohe Offiziere innerhalb des Raumes auf. Flanders ertappte sich dabei, wie er Rhodans Gesicht studierte, um dort bestimmte Anzeichen zu erkennen, die die im Umlauf befindlichen Gerüchte bestätigt hätten. Rhodan wirkte jedoch gelassen. Er saß zurückgelehnt im Sessel und hatte eine Hand auf der Tischplatte liegen. Nur Menschen, die Rhodan genau kannten, würden die feinen Linien erkennen, die sich in sein Gesicht eingegraben hatten.

Flanders grüßte.

»Nehmen Sie Platz, Major!« sagte Rhodan und stellte ihm die Anwesenden vor. »Das soll nicht etwa ein Verhör sein, Major Flanders«, sagte er anschließend. »Wir danken für Ihren Bericht und möchten Ihnen in diesem Zusammenhang ein paar Fragen stellen.«

Flanders faßte sofort Vertrauen zu diesem Mann. Er ließ sich in einem Sessel nieder und öffnete seine Schreibmappe. Er war vor einer Stunde erst von Mimas zur Erde zurückgekehrt. Auf dem Saturnmond hatte er eine der Untersuchungskommissionen der Solaren Abwehr geleitet.

»Ich hoffe, daß ich Ihnen helfen kann, Sir«, sagte Flanders.

»Major Flanders, Sie sind der Offizier, der noch einmal mit Allan Mercant sprach, bevor dieser durch den Transmitter nach Mimas ging«, sagte Rhodan.

Flanders nickte.

»Ich machte unseren Chef auf einen Verräter innerhalb der USO aufmerksam«, berichtete Flanders. »Ich möchte keine Kritik an einem Vorgesetzten üben, aber meiner Auffassung nach hielt Mr. Mercant meine Informationen in Anbetracht der Ereignisse auf Mimas für unwichtig. Natürlich konnte er nicht wissen, daß zwischen dem verräterischen USO-Major und dem Mutantenausbruch ein Zusammenhang bestand.«

»Mercant wollte so schnell wie möglich nach Mimas, um sich dort einzuschalten«, sagte Atlan. »Er schien zu ahnen, was dort vorging.«

»Aus Tonaufzeichnungen, die wir auf Mimas gefunden haben, geht einwandfrei hervor, daß USO-Major Nos Vigeland einen Funkspruch an die Klinik absetzte. Dieser Funkspruch war ein verabredetes Signal, das die Revolte der Mutanten einleitete.«

Inzwischen hatten die Spezialisten der Solaren Abwehr genau rekonstruiert, was sich auf Mimas abgespielt hatte. Unklar war jetzt nur noch, wer den Zellaktivator des toten John Marshall an sich genommen hatte. Es wurde vermutet, daß er sich im Besitz des Anti-Mädchens Gevoreny Tatstun befand, die an Bord von Dr. Kottenas Jacht von Mimas geflohen war.

Noch immer wurden Tonträger ausgewertet, die die Suchtruppen zwischen den Trümmern der Kuppeln auf Mimas fanden. Es konnte sein, daß weitere Hinweise entdeckt wurden.

»Wir müssen unter den gegenwärtigen Umständen annehmen, daß die acht Mutanten der Preis sind, den Vigeland zahlt, um sich in die Regierung des Carsualschen Bundes einzukaufen«, sagte Rhodan. »Die Frage ist nur, wie die drei Ertruser die Kranken dazu bringen wollen, für den Carsualschen Bund zu arbeiten.«

»Vielleicht legt man bei den Ertrusern auf diese Mitarbeit keinen Wert, Sir«, sagte Flanders.

»Wie meinen Sie das, Major?«

»Unsere vorläufigen Auswertungen lassen die Vermutung aufkommen, daß unsere Gegner mehr an den Zellaktivatoren als an den Mutanten interessiert sind.«

»Das ist richtig«, warf General Tassuki ein. »Wir müssen befürchten, daß die Mutanten getötet werden.«

»Das dürfte nicht so einfach sein«, meinte Reginald Bull. »Dem Bericht Perrys glaube ich entnehmen zu können, daß die Kranken Vigeland möglicherweise bereits überwältigt haben, obwohl er mentalstabilisiert ist. Die uns vorliegenden schriftlichen Diagnosen über die letzte Untersuchung der Mutanten sagen klar aus, daß die Psi-Kräfte der Kranken auch weiterhin ständig im Wachstum begriffen sind.«

»Es wäre Ironie des Schicksals, wenn die Mutanten sich jetzt beispielsweise zur Regierung des Carsualschen Bundes aufschwingen würden«, sagte Atlan. »Aber ich glaube, daß Vigeland und seine Spießgesellen Vorbereitungen getroffen haben.«

Flanders sagte: »Darf ich Sie daran erinnern, daß Vigeland einmal zur Erholung auf Mimas weilte. Bei dieser Gelegenheit muß er Kontakt mit den Mutanten aufgenommen haben. Wir können also sicher sein, daß der Verräter genau wußte, welche Gefahren ihn erwarteten, wenn er die Mutanten befreite.«

»Aber auf welche Weise sollte er diesen Gefahren begegnen?« warf Atlan ein.

Rhodan erhob sich und ging zum Fenster.

»Es ist sinnlos, wenn wir jetzt Vermutungen anstellen«, sagte er. »Wir können uns nur an Tatsachen halten. Acht Mutanten, deren Psi-Fähigkeiten immer stärker werden, sind mit dem Wachkreuzer RODENSTAAD geflohen. Diese acht Mutanten sind wahnsinnig und bilden eine Gefahr für die gesamte Menschheit. Unser Hauptproblem ist es also, die Kranken möglichst schnell zu finden.«

»Seit ihrer Flucht sind vier Tage verstrichen«, sagte Atlan. »Wir haben nicht die geringste Spur gefunden, obwohl die USO und die gesamte Abwehr nur noch auf diesen Fall angesetzt sind.«

»Ich glaube, daß wir einen Denkfehler begehen«, sagte der neuernannte Chef der Solaren Abwehr, Galbraith Deighton. »Wir dürfen nicht erwarten, daß Vigeland die Mutanten ins Kreit-System bringt, denn dort muß er *zuerst* mit Spionagetätigkeit unserer Agenten rechnen. Ich bin sicher, daß die acht Kranken auf einer abgelegenen Welt abgesetzt wurden.«

Flanders warf seinem neuen Chef einen nachdenklichen Blick zu. Galbraith Deighton war einer von Mercants Stellvertretern und dessen engster Vertrauter gewesen. Noch war Deighton Admiral, aber seine Ernennung zum Solarmarschall stand unmittelbar bevor. Deighton war in der Lage, emotionelle Strömungen von Einzelmenschen und größeren Menschengruppen zu analysieren. Seine angeborene Fähigkeit war auf einer Spezialschule der Solaren Abwehr weiter ausgebildet worden. Deighton galt als ein Mann schneller Entschlüsse.

Mehr als jeder andere stand Galbraith Deighton noch unter der Schockeinwirkung des plötzlichen Todes von Allan D. Mercant.

Dunkle Ringe unter den Augen des Gefühlsmechanikers bewiesen Flanders, daß sein neuer Chef in den letzten Nächten kaum geschlafen hatte. Wahrscheinlich war Deighton pausenlos mit der Auswertung eintreffender Nachrichten beschäftigt gewesen.

»Deighton hat recht!« Die Stimme des arkonidischen Lordadmirals riß Flanders aus seinen Gedanken. »Wir werden die Mutanten erst dann finden, wenn sie sich entdecken lassen wollen. Das wird zu einem Zeitpunkt sein, da sie sich jedem Angriff gewachsen fühlen.«

»Wir dürfen nicht so sprechen, als seien diese Menschen unsere Feinde«, sagte Rhodan entschieden. »Vergessen wir nie, daß es sich um Kranke handelt, die unserer Hilfe bedürfen.«

Niemand antwortete. Flanders las aus den harten Gesichtern der anderen, daß Perry Rhodan mit seiner Ansicht allein stand. Die Mehrzahl der Verantwortlichen hatte erkannt, daß die Mutanten eine unheimliche Gefahr bildeten.

An der Tür entstand Lärm, und Flanders drehte sich in seinem Sessel herum, um beobachten zu können, was geschah. Einer von Deightons Adjutanten kam mit hochrotem Gesicht herein. Er entschuldigte sich für sein unverhofftes Eindringen.

»Wir haben Schwierigkeiten, Sir«, sagte er zu Deighton. »Draußen im Gang hält sich eine alte Dame auf, die sich nicht abweisen läßt. Es ist uns ein Rätsel, wie sie überhaupt in dieses Gebäude gelangt ist.«

Deighton verzog unwillig das Gesicht.

»Entfernen Sie sie!« befahl er. »Sie müssen doch mit einer alten Frau fertig werden.«

Der junge Mann geriet in äußerste Verlegenheit.

»Das ist nicht so einfach, Sir«, sagte er. »Die Dame ist bewaffnet. Sie hat Waffen in ihrem Haarknoten und trägt außerdem einen gefährlichen Stock bei sich.«

Rhodan erhob sich und ging zur Tür.

»Was will sie?« erkundigte er sich bei Deightons Sekretär.

»Sie behauptet, im Besitz von wichtigen Informationen zu sein, Sir.«

»Bringen Sie sie herein!« befahl Rhodan.

Deighton trat vor.

»Das kann doch nicht Ihr Ernst sein, Sir«, sagte er erregt. »Wir bemühen uns um die Lösung eines Problems. Ich erlaube mir, Ihren Entschluß zu kritisieren. Wir haben jetzt keine Zeit für eine Verrückte.«

»Wer behauptet, Tipa Riordan sei verrückt?« klang eine keifende Stimme vom Eingang her. »Diesem Lümmel werde ich sofort eine Lektion erteilen.«

Die Köpfe der Männer fuhren herum. An der Tür stand eine kleine, unglaublich magere Frau, die sich vornübergebeugt auf einen Stock stützte. Sie war vollkommen in Leder gekleidet. Ihr Haar hatte sie zu einem Knoten zusammengebunden. Ihr faltiges und eingefallenes Gesicht wurde von einer Hakennase beherrscht, die Lippen waren blutleer und schmal. Major Flanders schätzte, daß die Frau über einhundertzwanzig Jahre alt war.

»Darf ich Ihnen die Wissenschaftlerin Tipa Riordan vorstellen, meine Herren«, sagte Perry Rhodan. »Ich hatte das Vergnügen, sie vor sechs Wochen kennenzulernen. Sie ist eine ausgezeichnete Kosmotoxikologin. Wir müssen ihr dankbar sein, denn sie hat einem wichtigen Vertrauensmann des Solaren Imperiums im System Normon das Leben gerettet.«

Unerschrocken humpelte die alte Frau in die Mitte des Zimmers. Ihre grünen Augen blickten drohend. Als sie an Deighton vorbeiging, schlug sie ihm mit ihrem Stock leicht gegen das Bein. Deighton brachte sich mit einem Satz in Sicherheit. Er hatte einen elektrischen Schlag bekommen.

»Ich habe mich von den Wissenschaftlern getrennt«, sagte Tipa Riordan. »Ich halte den Zeitpunkt für günstig, Sie davon zu unterrichten, daß es seit zwei Wochen eine neue Machtgruppe innerhalb der Galaxis gibt: Tipa Riordans Piraten.«

Atlan fragte spöttisch: »Sind Sie etwa gekommen, um hier die Totenkopfflagge zu hissen?«

»Das Lachen wird Ihnen noch vergehen, Sie alter Beuteterraner«, gab Tipa wütend zurück. »Eines Tages wird man meine Piraten und die USO auf eine Stufe stellen.«

»Das ist jetzt wirklich nicht der Zeitpunkt, um solche Narrheiten anzuhören, Sir«, schaltete sich Galbraith Deighton ein.

»Ich nehme an, daß es der alten Dame ernst ist«, sagte Rhodan. »Ich hoffe, daß Sie Ihren Entschluß noch einmal ändern, Tipa. Als Piratin werden Sie automatisch zu unserer Gegnerin und müssen von uns bekämpft werden.«

»Ich weiß, was ich zu tun habe«, entgegnete sie und stieß heftig mit ihrem Stock auf den Boden. »Piraterie, mit Vernunft betrieben, wird sogar Ihnen manchmal willkommen sein, meine Herren. Vor allem dann, wenn ich die Lager und Schiffe Ihrer Gegner ausplündere.«

»Kommen wir zur Sache, Tipa«, lenkte Rhodan ein. »Warum besuchen Sie uns?«

»Wegen der Second-Genesis-Krise«, antwortete die alte Frau.

Augenblicklich wurde es still. Tipa Riordan wackelte mit dem Kopf und kicherte senil. »Ich habe viele Informationen, aber ich werde nur zu Perry Rhodan allein sprechen.«

Rhodan deutete auf die anderen Männer.

»Sie können unbesorgt sprechen«, sagte er. »Das sind alles meine Vertrauten.«

Sie lachte höhnisch.

»Quatsch!« keifte sie. »Wie kann ein Arkon-Scheich zu Ihren Vertrauten zählen, Großadministrator?« Sie winkte mit ihrem dürren Arm. »Hinaus mit ihnen allen, sage ich. Hinaus, hinaus!«

Rhodan zuckte mit den Schultern.

»Also gut, meine Herren. Sie haben Tipa gehört. Lassen Sie uns bitte allein.«

Deighton und Atlan protestierten, aber Tipa Riordan ließ sich nicht beirren. Sie gab Rhodan zu verstehen, daß sie die Administratur verlassen würde, wenn man ihr keine Gelegenheit geben wollte, allein mit Rhodan zu sprechen.

»Man sollte Sie foltern«, sagte Atlan, bevor er die Tür hinter sich schloß. »Dann würden Sie schon sprechen.«

Tipa grinste boshaft und schob sich einen Sessel zurecht. Daran, wie sie das schwere Möbelstück bewegte, erkannte Rhodan, daß sie über eine ungewöhnliche Kraft verfügte. Sie ließ sich in den Sessel fallen und legte den Stock über ihre dürren Knie.

»Um es kurz zu machen: Ich weiß, wo die Mutanten sich aufhalten«, sagte sie.

Rhodan starrte sie an, als sehe er sie zum erstenmal.

»Das verschlägt Ihnen die Sprache, was, junger Mann?« Tipa fuchtelte mit ihrem Stock herum. Sie schien zu triumphieren.

»Woher wissen Sie es?« fragte Rhodan.

»Das tut nichts zur Sache«, erwiderte sie. »Ich werde mein Wissen auch nur gegen eine bestimmte Belohnung preisgeben.«

Rhodan zog eine Schublade des Schreibtisches auf und ergriff ein Auszahlungsformular.

»Wieviel?« fragte er.

Ihre Blicke veranlaßten ihn das Papier wieder wegzustecken.

»Sie unterschätzen mich«, sagte sie. »Ich weiß, was eine solche Information wert ist.«

»Was wollen Sie?«

»Einen Zellaktivator!«

»Was?« brauste Rhodan auf. »Das ist unverschämt.«

»Bevor Sie mich hinauswerfen, will ich Ihnen schnell den Namen Nos Vigeland nennen«, sagte Tipa Riordan. »Sie sehen, daß ich informiert bin.«

Rhodan ließ sich auf seinen Platz sinken.

»Wenn Sie uns zu den Mutanten führen, wäre ich sogar bereit, Ihnen einen Zellaktivator zu geben – *wenn ich einen hätte*«, sagte er.

»Sie werden bald acht dieser wunderbaren Geräte haben«, sagte Tipa kaltblütig. »Die Mutanten werden sterben.«

»Nein!« sagte Rhodan heftig.

»Doch«, beharrte Tipa Riordan. »Ich kann es aufgrund meiner Informationen vorhersagen, daß diese bedauernswerten Menschen nicht überleben werden. Ich fordere einen der acht Zellaktivatoren, die dann frei werden.«

Rhodan blickte Tipa Riordan verächtlich an.

»Halten Sie einen derartigen Handel nicht für geschmacklos?« erkundigte er sich. »Noch sind diese acht Menschen am Leben, und Sie wollen schon ihr Erbe verteilt wissen.«

»Wenn man einhundertfünfundzwanzig Jahre alt und krank ist, fragt man nicht mehr danach, ob eine Handlung, die einem das Leben retten kann, geschmacklos ist«, sagte Tipa Riordan. »Ich habe noch viel vor, aber das kann ich nur ausführen, wenn ich einen Zellaktivator bekomme.«

Rhodan überlegte angestrengt. Er war darauf angewiesen, die Mutanten möglichst schnell zu finden. Er hatte keine andere Wahl, als auf die Bedingungen der alten Frau einzugehen.

»Wenn uns Ihre Informationen zu den Mutanten führen, erhalten Sie den ersten Zellaktivator, der frei wird«, sagte Rhodan widerstrebend.

Die grünen Augen flackerten. Das blasse Gesicht der Wissenschaftlerin wurde rot.

»Versprochen?«

»Ich verspreche es«, sagte Rhodan.

Tipa Riordan stand auf und zog einen Zettel aus der Tasche ihrer Lederjacke.

»Hier steht alles, was Sie wissen müssen«, sagte sie. »Ich werde dort sein, wenn Sie sich um die Mutanten kümmern, denn ich will sicher sein, daß mir niemand meinen Zellaktivator wegschnappt.«

27.

34 116 Lichtjahre von der Erde entfernt lag das Minytso-System. Es bestand aus einer gelben Sonne und acht Planeten, von denen Ragulot, der zweite Planet, nach Aussage Tipa Riordans jene Welt war, auf die man die erkrankten Mutanten gebracht hatte.

Das Minytso-System gehörte zum neugegründeten Imperium Dabrifa. Lange bevor sich Dabrifa zum Diktator aufgeschwungen hatte, waren vom System Normon Kolonisten aufgebrochen, um auf Ragulot zu siedeln. Nach Angaben, die Perry Rhodan von der Solaren Abwehr erhielt, lebten zur Zeit auf Ragulot eine Viertelmillion Dabrifaner.

Da Dabrifa mit den beiden führenden Männern des Carsualschen Bundes verbündet war, hielt Rhodan es für wahrscheinlich, daß Tipa Riordan mit ihren Informationen über den Verbleib der Mutanten recht hatte. Er wunderte sich jedoch darüber, daß Nos Vigeland die Kranken auf keine abgelegenere Welt gebracht hatte. Auf Ragulot mußten sie früher oder später auffallen.

Vielleicht stimmte die Theorie, daß Vigeland und seine Hintermänner nur an den Zellaktivatoren interessiert waren und die Mutanten töten wollten. Das würde jedoch nicht einfach sein, denn die wahnsinnig gewordenen Mutanten mit ihren gesteigerten Psi-Fähigkeiten waren zu allem fähig. Rhodan war deshalb davon überzeugt, daß die acht Ausgebrochenen noch lebten.

Vor allem Atlan versuchte seinen Freund darauf vorzubereiten, daß er vielleicht selbst den Befehl zum Töten der Mutanten geben mußte.

Am 9. März ging Perry Rhodan an Bord der CREST XII. Auch Atlan und die noch zur Verfügung stehenden Mutanten begaben sich auf das Flaggschiff.

Inzwischen waren einige Reporter durch Gerüchte auf die Second-Genesis-Krise aufmerksam geworden. Die terranische Presse verlangte eine Erklärung von der Administratur. Die Bevölkerung war beunruhigt. Man schien zu ahnen, daß eine der größten Katastrophen für die Menschheit bevorstand.

Vier Stunden nach der CREST XII startete eine von Julian Tifflor befehligte Flotte von zweitausend Raumschiffen in Richtung Minytso-System.

Reginald Bull blieb auf der Erde zurück – mit der schwierigen Aufgabe, die mißtrauische Bevölkerung zu beruhigen.

Nacheinander erschienen ein halbes Dutzend Leuchtpunkte auf den Ortungsschirmen der CREST XII. Ihre Zahl vergrößerte sich mit jeder Meile, die die CREST näher an das Minytso-System herankam.

Schließlich sagte Kommandant Zavet sorgenvoll: »Das Minytso-System wird von mindestens dreitausend Schiffen abgeriegelt, Sir.«

»Das kann nur die dabrifanische Flotte sein«, vermutete Rhodan grimmig. »Offenbar rechneten unsere Gegenspieler damit, daß wir früher oder später hier auftauchen würden.«

»Ich habe mich gerade im stillen bei Tipa Riordan entschuldigt«, bemerkte Galbraith Deighton. »Allein das Vorhandensein dieser Schiffe beweist, daß hier etwas im Gang ist.«

Kommandant Zavet ließ die CREST XII stoppen. Von der Ortungszentrale liefen pausenlos Meldungen ein. Rhodan wußte, daß die Dabrifaner die CREST inzwischen geortet hatten. Trotzdem blieben die Funkgeräte still. Die andere Seite schien abwarten zu wollen, welche Manöver die CREST XII ausführen würde.

»Was wollen wir unternehmen?« fragte Atlan. »Es ist meiner Ansicht nach am sichersten, auf das Eintreffen von Tifflors Flotte zu warten.«

»In vier Stunden kann viel geschehen, zumal die Dabrifaner jetzt wissen, daß wir den Schlupfwinkel der Mutanten kennen«, erwiderte Rhodan. »Wir werden sofort etwas unternehmen.«

Der Arkonide rieb sich bedächtig das Kinn.

»Ich wußte nicht, daß dies ein Himmelfahrtskommando ist«, sagte er.

Rhodan antwortete nicht. Das Bewußtsein, in unmittelbarer Nähe der Kranken zu sein, machte ihn unruhig. Er hatte das zwingende Gefühl, sofort eingreifen zu müssen.

»Zavet, gehen Sie langsam näher!« befahl er dem Kommandanten. »Die Dabrifaner werden wegen dieser Sache keinen Krieg riskieren.«

Der epsalische Kommandant der CREST XII schien anderer Ansicht zu sein, jedenfalls ließ sich das seiner Mimik entnehmen. Er schwieg jedoch und gab die entsprechenden Befehle an die Besatzung.

Rhodan trat an ein Interkomgerät.
»Volle Alarmbereitschaft!« rief er ins Mikrophon. »Feuerleitzentrale bereitmachen.«
Als er sich umdrehte, konnte er sehen, wie Atlan verständnislos den Kopf schüttelte.
»Noch näher ran, Oberst!« befahl Rhodan dem Kommandanten. »Wir werden die Dabrifaner *zwingen*, sich mit uns über Funk zu verständigen. Wenn sie erst zu reden anfangen, haben wir schon viel gewonnen.«
»Ich bin kein Psychologe«, mischte sich Gucky ein. »Aber ich sehe die Situation ein bißchen anders, Perry.«
»Sei still, Kleiner!« verwies ihn Rhodan.
Gucky, den der Tod seiner Freunde Marshall und Mercant und der Woolvers in ein gereiztes und nervöses Wesen verwandelt hatte, zog sich mürrisch an seinen Platz zurück.
Die CREST XII hatte die Randzone des Minytso-Systems erreicht, ohne daß bei der dabrifanischen Flotte eine Reaktion erfolgte. Das Flaggschiff des Solaren Imperiums befand sich genau betrachtet sogar bereits *hinter* ein paar hundert Schiffen des Gegners.
»Langsam weiterfliegen!« befahl Rhodan.
Als die CREST die Bahn des sechsten Planeten kreuzte, kam der Funkspruch des dabrifanischen Kommandeurs.
»Sofort stoppen. Identifizieren Sie sich. Dies ist ein System des Imperiums Dabrifa!«
Rhodan blickte auf die Bildschirme.
»Weiterfliegen!« ordnete er an.
Er sah, wie Oberst Zavet Luft holte.
Atlan sagte: »Das ist ein zu großes Risiko, Perry. Wir liegen im Schußfeld von ein paar hundert Schiffen.«
Der nächste Funkspruch des dabrifanischen Kommandeurs war ultimativer Art.
»Stoppen Sie, oder wir eröffnen das Feuer.«
Rhodan trat hinter Zavet.
»Fliegen Sie noch zehntausend Meilen mit dieser Geschwindigkeit und verlangsamen Sie dann«, sagte er. »Ich will, daß wir zwischen dem vierten und dritten Planeten stoppen.«
Als die CREST XII weiterflog, feuerten die dabrifanischen Schiffe, die sich in der Nähe befanden, Warnschüsse ab.
Rhodan hörte ein paar Männer aufatmen, als das Schiff das von Rhodan genannte Ziel erreichte und von Zavet gestoppt wurde.

»Ich bin jetzt bereit, mit dem Kommandeur der Dabrifa-Flotte zu sprechen«, sagte Rhodan. »Geben Sie einen entsprechenden Funkspruch durch, Sparks.«

Auf dem Bildschirm des lichtschnellen Normalfunks erschien das Gesicht eines Dabrifaners. Der fremde Kommandeur trug eine blaue Uniform mit breiten Epauletten. Eine Anzahl glitzernder Orden bewies Dabrifas Vorliebe für solche Auszeichnungen.

»Hier spricht Perry Rhodan von Bord der CREST XII aus«, sagte Rhodan. »Wir verlangen freies Geleit bis nach Ragulot.«

»Mein Name ist Rionzi«, erwiderte der Dabrifaner erstaunlich sachlich. »Ragulot ist ein Kolonialplanet des Imperiums Dabrifa und untersteht als solcher unserer Regierung. Sie haben kein Recht, diese Welt anzufliegen.«

Rhodan ließ sich nicht beirren. »Wir haben Grund zu der Annahme, daß auf Ragulot acht Mitglieder unseres Mutantenkorps gefangengehalten werden«, sagte er. »Wir verlangen die sofortige Freilassung der Frau und der sieben Männer.«

»Mir ist davon nichts bekannt«, behauptete Rionzi.

Rhodan sagte spöttisch. »Die Anwesenheit der dabrifanischen Flotte dürfte der beste Beweis für meine Behauptung sein.«

Rionzi blieb auch jetzt gelassen. Er war ein kleiner breitschultriger Mann mit einem gutmütig wirkenden Bauerngesicht. Er war jedoch bestimmt alles andere als sanftmütig, da ihn Dabrifa sonst niemals zum Kommandeur ernannt hätte.

»Wir führen hier eines unserer regelmäßigen Manöver durch«, erklärte Rionzi kaltblütig. »Deshalb müssen wir Sie auffordern, mit Ihrem Schiff das Minytso-System zu verlassen.«

»Und wenn wir uns weigern?«

»Dann«, sagte Rionzi grimmig, »werden wir das Feuer auf Ihr Schiff eröffnen.«

Rionzi spielte nicht minder hoch als Rhodan, und er war ein Mann, der seine Trümpfe zum richtigen Zeitpunkt einsetzte.

»Ein Angriff auf die CREST XII kann Krieg zwischen dem Solaren Imperium und den Dabrifanern bedeuten«, sagte Rhodan.

Rionzi lächelte, aber seine Augen blickten feindlich.

»Ich glaube nicht, daß sich das Solare Imperium gegenwärtig auf einen Krieg einlassen kann«, sagte der Dabrifaner.

Rhodan schaltete ab und wandte sich zu Atlan um.

»Der Kerl ist gerissen«, sagte er. »Ich bin sicher, daß er nicht zögern wird, die CREST zum Wrack zu schießen.«

»Ich befürchtete eine solche Entwicklung«, sagte der Arkonide. »Was nun?«

»Wir gehen zum Schein auf seine Forderung ein«, sagte Rhodan. »Nachdem wir uns zurückgezogen haben, gehen wir in den Linearraum und kommen erst unmittelbar über Ragulot ins Einsteinuniversum zurück. Ich glaube, daß wir genug Zeit haben werden, zwei Landungsboote auszuschleusen.«

Atlan seufzte.

»Ich wußte, warum ich von einem Himmelfahrtskommando sprach«, sagte er.

»Hast du einen besseren Vorschlag?«

»Nein«, gab Atlan zu. »Auch wenn wir mit Tifflors Flotte im Rücken Rionzi überzeugen wollen, wird er nicht nachgeben. Bevor wir uns jedoch auf eine ausgedehnte Raumschlacht einlassen, wollen wir lieber ein kleines Manöver durchführen.«

Rhodan wandte sich an Zavet.

»Sie wissen, was zu tun ist, Kommandant. Fangen wir an.«

Die CREST XII zog sich langsam aus dem Minytso-System zurück. Die mißtrauischen Dabrifaner schickten ihr ein paar Begleitschiffe nach, aber davon ließ Oberst Zavet sich nicht beirren. Das Manöver, das er jetzt einleiten mußte, war zum erstenmal von dem berühmten terranischen Flottenoffizier Nome Tschato mit Erfolg durchgeführt worden. Allerdings hatte es Nome Tschato im Gegensatz zur CREST-Besatzung nur mit einem gleichstarken Gegner zu tun gehabt, während im Minytso-System dreitausend Schiffe bereitstanden, um jeden Eindringling sofort anzugreifen.

Als die CREST XII in den Linearraum eindrang, zogen sich die Begleitschiffe in ihre Ausgangsposition zurück. Kein dabrifanischer Kommandant rechnete damit, daß an Bord des terranischen Schiffes ein lebensgefährliches Manöver vorbereitet wurde.

Zwei Hauptgefahren bestanden für die CREST XII. Sie konnten entweder zu nahe an Ragulot herankommen und explodieren, oder während des Eintauchens in den Normalraum noch zu weit vom Zielplaneten entfernt sein. Trat der erste Fall ein, brauchte sich niemand mehr Gedanken über die späteren Ereignisse zu machen. Auf Ragulot würde es dann zu verheerenden Erdbeben und Überschwemmungen kommen. Im zweiten Fall mußte die Besatzung des Flaggschiffs mit einem sofortigen Angriff der Dabrifaner rechnen.

An ein Ausschleusen von Landungsbooten war dann nicht zu denken.

Zavet mußte die CREST XII an einer Stelle aus dem Linearraum führen, wo weder die eine noch die andere Gefahr in vollem Ausmaß bestand. Natürlich gab es mathematische Werte für solche Manöver, aber schließlich galten für jeden Flug andere Voraussetzungen, so daß es praktisch unmöglich war, eine exakte Eintauchstelle zu errechnen. Es hing also mehr oder weniger vom Gefühl des betreffenden Schiffskommandanten ab, wann und wo er sein Schiff ins Einsteinuniversum brachte.

Zavet wußte, daß er mit der Unterstützung der am sorgfältigsten ausgewählten Mannschaften aller Einheiten der Solaren Flotte rechnen konnte. Das verlieh ihm ein Gefühl der Sicherheit.

Im Hangar standen zwei Landungsboote zum Ausschleusen bereit. In einem dieser kleinen Schiffe saß der Chef des kleinen Landungskommandos, Major Sim Ogoth, im Pilotensitz. Außer ihm hielten sich noch zehn Mitglieder des Kommandos in diesem Schiff auf. Alle Männer waren mit Kampfanzügen und Spezialgeräten ausgerüstet. Im zweiten Landungsboot warteten Perry Rhodan, Atlan, Galbraith Deighton und die noch zur Verfügung stehenden Mutanten auf das Ausschleusungsmanöver. Fellmer Lloyd, der Orter und Telepath, fungierte als Pilot.

Der größte Nachteil für die Männer in beiden Landungsbooten bestand darin, daß sie kaum etwas über die Verhältnisse auf Ragulot wußten. Die spärlichen Informationen, die die Solare Abwehr über diese Welt besaß, genügten nicht, um einen Einsatz genau zu planen.

»Wir werden improvisieren müssen«, sagte Perry Rhodan. »Was wir mit Sicherheit wissen, ist, daß es auf Ragulot zwei große Städte und etwa ein Dutzend kleiner Siedlungen gibt, die kreisförmig um diese Städte angeordnet sind. Die beiden Städte sind einhundert Meilen voneinander entfernt. Ich bin sicher, daß noch nicht das gesamte Land zwischen diesen Städten bewirtschaftet wird. Wir werden in diesem Gebiet also genügend Verstecke finden, von denen aus wir operieren können.«

»Wir müssen damit rechnen, daß wir vom Raum aus angegriffen werden«, sagte Atlan.

»In ungefähr zwei Stunden trifft Tifflors Flotte im Minytso-System ein«, sagte Rhodan. »Viel früher werden wir nicht ankommen. Die Dabrifaner werden genug mit unseren Schiffen zu tun haben und kaum Gelegenheit bekommen, sich um uns zu kümmern.«

»Ich schlage vor, daß Ras und ich in die beiden Städte teleportieren, um festzustellen, wo sich die Mutanten aufhalten«, sagte Gucky. »Das können wir noch vor der Landung tun.«

»Ihr bleibt vorläufig an Bord«, lehnte Rhodan ab. »Die Mutanten würden einen Teleportersprung sofort registrieren und vorzeitig gewarnt werden.«

»Glauben Sie, daß uns ein überraschender Angriff gelingt, Sir?« fragte Iwanowitsch Goratschin.

»Natürlich nicht«, sagte Rhodan. »Ich will auch nicht, daß unser Eingreifen als Angriff bezeichnet wird. Niemand sollte vergessen, daß wir nach Ragulot kommen, um acht kranken Mutanten zu helfen. Richtet euch danach.«

»Wir müssen davon ausgehen, daß sich unsere Freunde wie Todfeinde verhalten«, sagte Atlan. »Was sollen wir dann tun?«

Rhodan zögerte mit einer Antwort. Rücksichtslos machte Atlan seinen Freund immer wieder darauf aufmerksam, was sie zu erwarten hatten. Obwohl Rhodan die Absicht Atlans verstand, ärgerte er sich über die scheinbare Gefühllosigkeit des Arkoniden.

»Ich werde neue Befehle geben, wenn es zu . . . Schwierigkeiten kommen sollte«, sagte Rhodan. »Wir wollen uns jetzt auf das Ausschleusen vorbereiten. In wenigen Minuten wird die CREST XII den kritischen Punkt erreichen.«

Von der Zentrale aus meldete sich Oberst Zavet über Funk.

»Noch eine Minute«, verkündete er. »Alles bereit?«

Die Piloten der beiden Landungsboote bestätigten.

Wenig später brach die CREST XII in zweieinhalbtausend Meilen Entfernung von Ragulot aus dem Linearraum. Sofort stoppte Zavet den Flug. Wie von Katapulten abgefeuert, schossen die beiden Landungsboote aus dem Hangar und rasten der Planetenoberfläche entgegen.

Bevor man an Bord der dabrifanischen Schiffe reagierte, waren beide Kleinstraumschiffe bereits in die Atmosphäre eingetaucht. Die CREST XII beschleunigte und verschwand kurz darauf wieder im Linearraum. Die herankommenden Schiffe Dabrifas stießen ins Leere.

Kommandeur Rionzi war jedoch kein Dummkopf. Er konnte sich leicht ausrechnen, was das Manöver des terranischen Schiffes zu bedeuten hatte. Der Funkspruch, den er kurz darauf von der Bodenstation erhielt, bestätigte seinen Verdacht. Auf Ragulot hatte man zwei kleine Flugobjekte geortet, die mit hoher Geschwindigkeit niedergegangen waren. Bevor Rionzi jedoch entsprechende Maßnahmen einleiten konnte, erhielt er wiederum einen Funkspruch. Diesmal kam er von den Wachschiffen in den äußeren Zonen des Minytso-Systems.

Eine zweitausend Schiffe starke Flotte befand sich im Anflug. Rionzi brauchte kein Hellseher zu sein, um vorherzusagen, was das bedeutete.

Er konnte jetzt nicht mehr allein entscheiden. Imperator Dabrifa und die führenden Ertruser des Carsualschen Bundes hielten sich auf Ragulot auf. Sie mußten jetzt eine Entscheidung treffen, ob es zwischen dem Solaren Imperium und den beiden verbündeten Sternenreichen Krieg geben sollte.

Wie immer diese Entscheidung ausfallen würde: Kommandeur Rionzi war bereit, sein Leben für die Sache Dabrifas einzusetzen. Sein Leben und das von einer Viertelmillion dabrifanischer Raumfahrer.

Der Bus kam aus der Seitenstraße auf den Jolthor-Platz, überquerte ihn und bog dann in die Hauptstraße ein. Lautlos glitt er auf seinem energetischen Prallfeld dahin. Mit seinen hochgeklappten Gleitflächen und der bunten Reklamebeschriftung ähnelte er mehr einem riesigen Falter als einem von Menschen gebauten Fahrzeug.

Nos Vigeland, der im dritten Stock des Gebäudes der Kolonialverwaltung am Fenster stand, blickte zwar auf die Straße hinab, aber seine Aufmerksamkeit galt den drei Männern, die sich außer ihm noch im Zimmer aufhielten.

Es waren Dabrifa, Terser Frascati und Runeme Shilter. Dabrifa hatte die Hände auf dem Rücken verschränkt und ging unruhig im Zimmer auf und ab. Die beiden Herrscher des Carsualschen Bundes saßen sich an einem schmalen Tisch gegenüber und starrten finster auf den Boden.

»Ihr verdammter Ehrgeiz kann jetzt alles zerstören, was wir erreicht haben«, sagte Dabrifa wütend. »Es war Ihnen nicht genug, vier Zellaktivatoren zu bekommen. Sie wollten vier der Mutanten auf unsere Seite ziehen.«

»Jetzt läßt sich leicht reden«, antwortete Vigeland, ohne seine Blicke von der Straße abzuwenden. »Ich erinnere mich, daß Sie begeistert von der Idee waren, vier Mutanten für Ihre Streitmacht zu bekommen.«

»Wir hätten sie töten sollen, solange noch Zeit dazu war«, sagte Dabrifa. »Jetzt sind sie irgendwo dort draußen und überlegen, wie sie von Ragulot entkommen können.«

Vigeland zuckte mit den Schultern. Er griff in die Tasche, wo er den kleinen Sender verborgen hielt, mit dem er die acht Mutanten töten konnte. Das würde er jedoch nur dann tun, wenn die Lage für ihn selbst gefährlich wurde. Er glaubte noch immer daran, daß die Mutanten Vernunft annehmen und für die verbündeten Sternenreiche kämpfen würden.

Die Mutanten waren unmittelbar nach der Landung der RODENSTAAD geflohen. Niemand wußte, wo sie sich aufhielten. Vigeland war jedoch sicher, daß die acht Kranken bereits jetzt einen Teil der Bevölkerung von Loorock kontrollierten. Sie würden aber früher oder später erkennen, daß sie ohne Hilfe nicht weiterkamen.

»Zu allem Überfluß ist jetzt ein Teil der Solaren Flotte in diesem System aufgetaucht«, sagte Dabrifa, ohne die Stimme zu senken. »Wir sind nicht stark genug, um einen Krieg gegen das Solare Imperium zu riskieren. In ein paar Jahren können wir uns das vielleicht erlauben, aber nicht jetzt.«

»Wenn die Mutanten uns unterstützen würden, könnten wir einen Krieg gewinnen«, unternahm Terser Frascati einen schwachen Versuch, Nos Vigeland vor Dabrifas Zorn in Schutz zu nehmen.

»*Wenn, wenn!*« rief der Diktator. »Es ist nur noch eine Frage der Zeit, bis ein paar Agenten des Gegners in Loorock auftauchen und ebenfalls nach den Mutanten suchen werden.«

»Wegen der beiden Landungsboote mache ich mir im Augenblick keine Sorgen«, sagte Runeme Shilter. »Bis die Besatzungen dieser Schiffe eine Spur der Mutanten finden, wird viel Zeit vergehen. Außerdem kann uns eine solche Aktion nur recht sein, denn sie wird die Mutanten schließlich dazu bewegen, doch mit uns zu paktieren.«

Dabrifa unterbrach seine ruhelose Wanderung und schnippte mit den Fingern.

»Nicht schlecht!« stieß er hervor. »Sie bringen mich da auf eine Idee, Shilter. Wir lassen Rhodans Männer in Ruhe. Sollen sie doch die Mutanten suchen. Hoffentlich haben sie Glück, denn sobald die Mutanten in die Enge getrieben sind, werden sie gegen Rhodan kämpfen.«

»Ja«, stimmte Shilter zu. »Wir brauchen nur abzuwarten.«

Vigeland sah, wie der Bus plötzlich ohne ersichtlichen Grund von der Straße abkam und in das Schaufenster eines großen Kaufhauses raste. Die große Scheibe zersprang, und die Scherben ergossen sich wie eine Fontäne auf die Straße. Bevor Vigeland sich von seiner Überraschung erholt hatte, begannen alle Wagen auf der Hauptstraße ähnliche unsinnige Manöver. Innerhalb einer Sekunde spielte sich vor Vigelands Augen eine Serie von Unfällen ab. Wagen prallten aufeinander, überschlugen sich und rasten gegen die Häuser. Sofern die Fahrer noch in der Lage waren, sprangen sie aus den Wagen und begannen, sie mit den Füßen zu bearbeiten.

Durch die völlige Lautlosigkeit, mit der sich alles abspielte (das Zimmer war gegen Lärm geschützt), wirkte die Szene wie der Teil eines schrecklichen Traumes. Als Vigeland schließlich aufschrie, glich die Straße einem Trümmerfeld.

Verletzte und Sterbende schlugen aufeinander ein. Die Auslagen der Geschäfte wurden zerstört, die Fenster der Häuser wurden mit allen erreichbaren Gegenständen eingeworfen. Aus den Türen stürzten Menschen auf die Straße, um sich an dem Terror zu beteiligen. Das Chaos war unbeschreiblich.

Vigeland merkte, daß die beiden Ertruser und Dabrifa neben ihn traten und fassungslos hinausblickten.

»Die Mutanten!« sagte Dabrifa erbittert. »Sie greifen die Stadt an.«

»Nicht die gesamte Stadt«, erwiderte Vigeland. »Im Augenblick beherrschen sie nur den oberen Teil der Hauptstraße.«

»Wie können Sie so sicher sein?« erkundigte sich Dabrifa.

»Eine gute Frage«, sagte Vigeland. »Shilter, Frascati und Sie sind nicht mentalstabilisiert. Solange Sie sich ruhig verhalten, bin ich sicher, daß die Suggestivwelle der Mutanten dieses Gebäude noch nicht erreicht hat.«

Dabrifa war blaß geworden.

»Er hat recht«, sagte er zu Frascati. »Sobald die Parafront der Verrückten bis hierher reicht, werden wir auf die Straße gehen und uns an diesem Wahnsinn beteiligen. Wir müssen etwas dagegen tun.«

Vigeland zog seinen Strahler aus dem Gürtel und zielte auf Dabrifa.

»Ich werde Sie schlafen schicken«, sagte er. »Es ist die einzige Möglichkeit.«

Shilter und Frascati, die Vigeland vollkommen vertrauten, waren sofort einverstanden. Dabrifa jedoch protestierte. Er argwöhnte, daß Vigeland die Gelegenheit nutzen würde, um seine Macht zu vergrößern.

»Das sind grundlose Befürchtungen«, beruhigte Vigeland den Diktator. »Wir brauchen Sie als Verbündeten und werden deshalb alles tun, damit Ihnen nichts geschieht.«

Die Ertruser konnten sehen, daß Dabrifa unentschlossen war. Schließlich nickte er widerwillig.

»Also gut«, sagte er. »Paralysieren Sie jedoch zuerst Ihre beiden Freunde, damit ich sicher sein kann, daß Sie mich nicht hintergehen wollen.«

Frascati und Shilter wurden von Vigeland paralysiert. Dabrifa nickte und ließ sich in einen Sessel fallen.

»Jetzt sind Sie an der Reihe«, sagte Vigeland und drückte ab. Dabrifa war sofort gelähmt.

Vigeland lächelte bei dem Gedanken, daß er jetzt praktisch der alleinige Herrscher zweier Sternenreiche war. Das Gefühl seiner Macht ließ ihn sicherer werden. Wenn alles vorüber war, würde er einen Teil dieser Macht an seine drei Verbündeten abgeben müssen, aber von heute an fühlte er sich als der wichtigste Mann des Carsualschen Bundes. Wenn es ihm jetzt noch gelang, die Mutanten als Verbündete zu gewinnen, konnte er seine Position weiter festigen.

Es war Vigeland gleichgültig, daß draußen auf den Straßen Tausende von Menschen starben. Auf Ragulot wurde kosmische Geschichte gemacht. Wer aus diesem Geschehen als Sieger hervorgehen wollte, mußte skrupellos sein. Vigeland öffnete vorsichtig die Tür und blickte auf den Gang hinaus. Der Adjutant Dabrifas war damit beschäftigt, die kostbaren Wandteppiche abzureißen und durch ein zerbrochenes Fenster auf die Straße zu werfen. Vigeland paralysierte auch ihn.

Er kam an einem Funkraum vorbei, dessen Tür offenstand. Der Raum war verlassen. Aus einem Lautsprecher klang die erregte Stimme eines Mannes. Vigeland trat ein und zog die Tür hinter sich zu. Ein paar Geräte waren vom Funkpersonal beschädigt worden, aber die Hauptanlage schien noch zu funktionieren.

Vigeland nahm davor Platz. Der Mann, dessen Stimme er hörte, war der Funker auf dem Flaggschiff von Dabrifas Flotte. Er versuchte offenbar schon seit längerer Zeit eine Verbindung mit der Kolonialverwaltung herzustellen.

Vigeland nahm ein paar Schaltungen vor und wartete, bis der Bildschirm hell wurde.

»Endlich!« rief der Raumfahrer erleichtert. »Wir dachten schon, es würde sich niemand mehr melden.«

»Ich bin Runeme Shilter«, log Vigeland, denn er wußte, daß er mit seinem eigenen Namen keinen Eindruck machen konnte. Noch kannte ihn niemand als Mitglied des Triumvirats von Carsual.

»Kommandeur Rionzi möchte mit Dabrifa sprechen«, sagte der Funker.

»Das ist im Augenblick unmöglich«, sagte Vigeland. »Wenn Rionzi irgendwelche Wünsche hat, soll er sich an mich wenden.«

Die Lippen des Funkers bewegten sich, aber Vigeland konnte nichts mehr hören. Offenbar hatte der Dabrifaner den Ton seines Geräts abgeschaltet um mit Rionzi zu beraten. Kurz darauf erschien Rionzis Gesicht auf dem Bildschirm.

»Ich warte auf Befehle«, sagte Rionzi. »Julian Tifflor, der Kommandant der Solaren Flotte, verlangt Landeerlaubnis für sechs seiner Schiffe auf Ragulot.«

»Erteilen Sie ihm Landeerlaubnis«, sagte Vigeland gelassen.

Rionzi blickte verwirrt.

»Ich kann mir nicht vorstellen, daß Imperator Dabrifa ebenfalls damit einverstanden ist«, sagte er.

»Sie können es ja darauf ankommen lassen«, meinte Vigeland. »Machen Sie meinetwegen einen kleinen Krieg gegen Perry Rhodan. Ich frage mich nur, welche Erklärung Sie dann für Ihren Imperator haben.«

Ohne auf eine Antwort zu warten, schaltete Vigeland ab. Er war sicher, daß Rionzi seine Anordnung befolgen würde. Neben den beiden Landungsbooten würden in kurzer Zeit noch sechs Schiffe der Solaren Flotte auf Ragulot landen.

Es würde einen interessanten Kampf zwischen Rhodans Spezialmannschaften und den Mutanten geben.

Nos Vigeland brauchte nur abzuwarten. Als Mentalstabilisiertem konnten ihm die Mutanten nicht gefährlich werden.

Eine heftige Explosion riß Vigeland aus seinen Gedanken. Die beeinflußten Kolonisten begannen damit, die Kraftwerke ihrer Stadt in die Luft zu sprengen.

Vigeland ging zur Tür und verriegelte sie. Die Zeit würde für ihn arbeiten.

Bei Anbruch der Dunkelheit erreichten Rhodan, Atlan, Ras Tschubai und sechs Mann des Landungskommandos eine kleine Siedlung in der Nähe der Stadt Loorock. Die Männer trugen ihre Kampfanzüge und hatten Individualschutzschirme und Deflektoren eingeschaltet, so daß sie unsichtbar waren. Fellmer Lloyd, Goratschin und Gucky führten die zweite Gruppe von der anderen Seite an Loorock heran.

Gucky und Lloyd hatten festgestellt, daß sich die Mutanten irgendwo in Loorock aufhalten mußten, denn aus Richtung der Stadt waren deutliche Mentalströmungen von starker Intensität festzustellen.

Die Bewohner der Siedlung machten einen unruhigen Eindruck. Sie standen in kleinen Gruppen auf der Straße und diskutierten erregt. Die Gasthäuser waren überfüllt. Grund für die Aufregung waren mehrere Explosionen in der Stadt, die man bis in die Siedlung gehört hatte. Außerdem bildeten sich am Himmel über Loorock dichte Rauchschwaden, die sich jetzt mit den heraufziehenden Nachtwolken vereinten.

Vor einer Stunde war ein Wagen von der Siedlung aufgebrochen, dessen Fahrer sich in Loorock umsehen wollte. Er war nicht zurückgekehrt. Ständig gab es neue Gerüchte. Die Telefonverbindung nach Loorock war unterbrochen.

Ohne bemerkt zu werden, führte Rhodan seine Gruppe durch die Siedlung. Ab und zu blieben sie stehen, um sich Unterhaltungen anzuhören. Die vorherrschende Meinung war, daß Schiffe des Solaren Imperiums Loorock vom Weltraum aus bombardiert hatten.

Inzwischen war ein zweiter Kolonist mit seinem Wagen nach Loorock aufgebrochen um zu erfahren, was dort passiert war. Man hatte dem Mann einen Schutzanzug, Waffen und ein tragbares Funkgerät mitgegeben. Die Siedler hofften nun, von diesem Kundschafter Informationen zu bekommen. Über die Chancen des mutigen Mannes wurde lebhaft diskutiert.

Als sie die Siedlung durchquert hatten, ließ Rhodan die Männer anhalten.

»Die Mutanten haben offenbar die Kontrolle über sich verloren«, sagte er. »Es ist klar, daß sie für die Ereignisse in der Stadt verantwortlich sind.«

»Ich habe eine solche Entwicklung befürchtet«, sagte Atlan. »Die Kranken haben den Verstand verloren und greifen jetzt alles an, was sich bewegt. Ihre suggestive Kraft muß sich noch gesteigert haben.«

»Ich könnte in die Stadt teleportieren und mich umsehen«, schlug Ras Tschubai vor.

Ursprünglich hatte Rhodan die gesunden Mutanten nicht einsetzen wollen, aber jetzt sah es so aus, als hätte er keine andere Wahl.

»Wir werden in der Nähe der Stadt unser Lager aufschlagen«, sagte Rhodan. »Sobald wir wissen, wo das Quartier der Entflohenen ist, begeben wir uns dorthin.«

Er war sich darüber im klaren, daß seine Planung auf schwachen Füßen stand. Sie wußten einfach zuwenig über den Zustand der Mutanten, um sich auf das Zusammentreffen vorbereiten zu können. Es war nicht vorauszusagen, wie die Kranken reagieren würden, wenn sie dem Mann gegenüberstanden, für den sie über neunhundert Jahre gekämpft hatten.

Ras Tschubai erhielt die Erlaubnis, in die Stadt zu teleportieren. Er sollte zurückkehren, sobald er wußte, was sich in Loorock ereignet hatte. Rhodan wagte nicht daran zu denken, was geschehen konnte, wenn die Wahnsinnigen eine Möglichkeit fanden, Ragulot zu verlassen und die Bewohner anderer Planeten zu zerstörungswütigen Marionetten zu machen.

Als Ras Tschubai zurückkehrte, war es Nacht geworden. Der Himmel über Loorock leuchtete dunkelrot; die Stadt schien an mehreren Stellen zu brennen.

Tschubai machte einen erschöpften Eindruck. Er ließ sich zwischen Rhodan und Atlan ins Gras fallen und legte seine schwere Ausrüstung ab.

»Von Loorock ist nicht mehr viel übrig«, berichtete der Teleporter. »Die Mutanten haben die Kolonisten mit Suggestivbefehlen zur Vernichtung der Stadt gezwungen. Es sieht aus wie nach einem Bombenangriff. Alle Energiestationen wurden gesprengt. Ganze Häuserblocks stehen in Brand. Die Straßen sind kaum noch passierbar. Die Wahnsinnigen hören jedoch nicht auf mit dem Terror.«

»Haben Sie herausgefunden, wo sie sich aufhalten?« fragte Atlan.

»Sie befinden sich im Keller des Kolonialamtes«, sagte Tschubai. »Sie merkten sofort, daß ich in der Stadt war. Ich empfing einen Suggestivbefehl, mit dem sie mich aufforderten, zu ihnen in den Keller zu kommen. Obwohl ich mentalstabilisiert bin, fiel es mir schwer, mich dem Befehl zu widersetzen.«

»Was haben Sie noch herausgefunden?« fragte Atlan.

Tschubai stützte sich auf die Ellenbogen. Er genoß es, den kühlen Nachtwind in seinem erhitzten Gesicht zu spüren.

»Ich befürchte, daß die Kranken bald nach Welshire gehen, um dort ein ähnliches Chaos anzurichten«, sagte Tschubai. »Ihre Psi-Kraft ist unglaublich gewachsen. Ich nehme an, daß sie es gelernt haben, sich zu einem Willensblock zusammenzuschließen. Sobald sie das tun, sind sie kaum zu besiegen.«

»Das bedeutet, daß wir nicht an sie herankommen«, sagte Atlan. »Wir müssen uns damit abfinden, daß wir sie nicht mehr gefangennehmen können. Sie werden es niemals zulassen.«

Rhodan lag auf dem Rücken und blickte in den Nachthimmel von Ragulot. Er hatte sich bisher zu Tschubais Bericht nicht geäußert. Obwohl die kranken Mutanten inzwischen zu tausendfachen Mördern geworden waren, wurde Rhodan von einem überwältigenden Gefühl des Mitleids mit diesen Menschen übermannt. Die Ausweglosigkeit ihrer Situation kam ihm zu Bewußtsein.

»Sie müssen Gucky und mir erlauben, in den Keller zu teleportieren, wo die Mutanten sich aufhalten«, sagte Tschubai. »Wir müssen weiteres Unheil verhindern.«

»Senden Sie einen Funkspruch an Guckys Gruppe«, sagte Rhodan zu einem der Spezialisten. »Der Kleine soll hierherkommen.«

Es dauerte nur wenige Minuten, bis der Mausbiber neben Tschubai materialisierte. Rhodan berichtete dem Ilt in knappen Worten, was Tschubai in der Stadt beobachtet hatte. »Ras weiß, wo die Mutanten sich aufhalten«, sagte Rhodan. »Ich möchte, daß ihr zusammen in den Keller des Kolonialamtes teleportiert und versucht, die Kranken zu beeinflussen. Vielleicht hören sie auf euch.«

Gucky war ebenso wie Tschubai einverstanden.

»Laßt eure Waffen hier!« ordnete Rhodan an. »Ich will nicht, daß es zu Mißverständnissen kommt.«

Gucky und Ras legten ihre Waffengürtel ab. Dann entmaterialisierten sie.

»Ich glaube nicht, daß sie Erfolg haben werden«, sagte Atlan skeptisch.

»Hast du einen Alternativvorschlag zu machen?« fragte Rhodan.

»Ja«, sagte der Arkonide. »Es gibt nur eine Möglichkeit, diese Gefahr zu bannen. Wir müssen das Verwaltungsgebäude des Kolonialamtes vom Weltraum aus mit Transformbomben vernichten.«

»Abgesehen davon, daß ich niemals einen solchen Befehl geben würde, müssen wir damit rechnen, daß bei einem derartigen Angriff die gesamte Bevölkerung von Loorock ums Leben kommt«, sagte Rhodan.

»Noch können wir die Mutanten stoppen«, sagte Atlan. »Bald wird es zu spät sein.«

Bevor Rhodan antworten konnte, materialisierten Tschubai und Gucky. Beide fielen schwer zu Boden. Rhodan, der sie sofort untersuchte, stellte fest, daß sie beide bewußtlos waren.

»Sie sind nicht durchgekommen«, sagte er. »Ich nehme an, daß die Mutanten einen Abwehrschirm aus psionischer Energie errichtet haben. Es ist ein Wunder, daß Ras und Gucky überhaupt noch einmal zurückgekommen sind.«

Ein medizinisch ausgebildeter Spezialist des Landungskommandos untersuchte Gucky und den Teleporter.

»Die Bewußtlosigkeit ist sehr tief«, stellte er fest. »Wir müssen damit rechnen, daß sie längere Zeit in diesem Zustand bleiben werden.«

Damit waren nur noch Goratschin und Fellmer Lloyd einsatzfähig, überlegte Perry Rhodan. Aber was sollten diese beiden gegen die Übermacht der kranken Mutanten unternehmen?

Rhodan beauftragte zwei Männer, Tschubai und Gucky zum Landungsboot zurückzubringen. Über Funk berichtete er Goratschin und Lloyd, was geschehen war.

Unmittelbar darauf empfingen die beiden Gruppen einen Funkspruch Julian Tifflors, der Rhodan mitteilte, daß es ihm gelungen war, sechs Schiffe auf Ragulot zu landen.

Es war dunkel im Keller, aber sie brauchten kein Licht. Es war nur noch eine Frage der Zeit, bis sie vollkommen sehen konnten. Sie erlebten ihre Umwelt mit der psionischen Kraft ihrer Gehirne. Sie spürten auch nicht die Kälte des Steinbodens, auf dem sie saßen. Es war ihnen gleichgültig, in welcher Umgebung sie sich aufhielten, solange sie nur zusammen waren und ihren Vernichtungsfeldzug gegen die Normalen fortsetzen konnten. Es war notwendig, alle Normalen zu töten, denn nur dann konnten sie hoffen, ungestört weiterzuleben und zu experimentieren.

Sie bildeten eine Einheit auf parapsychischer Ebene. Die Befehle, die sie erteilten, wurden immer intensiver. Bald würde es ihnen möglich sein, auch mentalstabilisierte Gehirne zu beeinflussen.

Sie saßen im Kreis am Boden. Ihre Köpfe waren angeschwollen. Es sah so aus, als wollten sich sogar die Schädelknochen ausdehnen, um dem abnormen Wachstum der Gehirnzellen Platz zu bieten.

Ihre Gesichter waren kaum noch mit denen von Menschen zu vergleichen.

Die acht Mutanten unterhielten sich nicht mehr. Sogar die Sprache, die sie entwickelt hatten, war überflüssig geworden. Sie verständigten sich ausschließlich mit parapsychischen Impulsen. Da sie jedoch wie eine Einheit dachten und fühlten, war auch diese Art der Verständigung fast überflüssig geworden.

Die Mutanten handelten wie *ein* Wesen.

Dieses Wesen beschloß, etwas gegen die Raumschiffe zu unternehmen, die ins Minytso-System eingedrungen waren. Im Augenblick brauchte sich das Wesen nicht auf die Bewohner von Loorock zu konzentrieren. Von dieser Seite drohte keine Gefahr mehr.

Nun kamen die Raumschiffe an die Reihe. Es würde nicht einfach sein, über diese Entfernung hinweg Suggestivbefehle wirksam werden zu lassen. Das Wesen, das ständig an Psi-Kraft gewann, war jedoch zuversichtlich. Es würde Erfolg haben.

Die acht kranken Individuen, die geistig ein Gemeinschaftswesen bildeten, hockten bewegungslos am Boden und konzentrierten sich. Ihre suggestiven Befehle wurden stärker.

Insgeheim dachte das Gemeinschaftswesen bereits an eine Zerstörung der gesamten Galaxis. Aus den Trümmern würde es sich dann erheben und seine Herrschaft antreten. Der Tag, an dem dieser Traum realisierbar erschien, lag in nicht allzu weiter Ferne.

Drei Stockwerke höher saß in einem Funkraum Nos Vigeland und wartete. Er war das einzige Wesen in der Galaxis, das die Mutanten jetzt noch aufhalten konnte. Aber das wußte außer ihm niemand.

Zwei Stunden nach der Landung der sechs Raumschiffe traf eine neue Funkbotschaft Julian Tifflors bei Perry Rhodan ein. Tifflor berichtete, daß vier der gelandeten Schiffe explodiert waren. Sie waren nicht etwa einem Angriff dabrifanischer Truppen zum Opfer gefallen, sondern von der eigenen Besatzung durch Sprengladungen zerstört worden.

Die beiden noch nicht zerstörten Schiffe befanden sich in höchster Gefahr.

»Zweifellos sind die Mutanten für diese Katastrophe verantwortlich«, sagte Tifflor. »Ich befürchte, daß sie früher oder später auch unsere Flotte angreifen.«

Die Hiobsbotschaft wirkte auf Rhodan niederschmetternd. Er

mußte sich damit abfinden, daß die Mutanten mit äußerster Rücksichtslosigkeit vorgingen. Es war ihnen offenbar gleichgültig, wen sie bei ihren Aktionen töteten.

»Ich bin entsetzt«, fuhr Tifflor fort. »Die Besatzungen aller Schiffe haben soeben von diesem Zwischenfall erfahren. Die Stimmung ist entsprechend. Ein paar Offiziere haben eine Eingabe gemacht und verlangen, daß wir Loorock bombardieren.«

»Tiff!« brachte Rhodan hervor. Mit einiger Anstrengung gelang es ihm, seine Gefühlsaufwallung zu unterdrücken. »Das sind keine Todfeinde der Menschheit. Das sind acht Kranke.«

»Ich weiß«, erwiderte Tifflor. »Trotzdem müssen wir jetzt etwas gegen sie unternehmen.«

»Wie viele Schiffe Ihrer Flotte sind mit Psychostrahlern und Mentalprojektoren ausgerüstet, Tiff?« fragte Rhodan.

»Dreihundert.«

»Gut. Ziehen Sie diese Schiffe über Loorock zusammen. Alle Psi-Waffen sollen gleichzeitig eingesetzt werden.« Rhodan schloß die Augen. »Vielleicht können wir die Mutanten damit aufhalten.«

»Ich werde sofort die entsprechenden Befehle geben«, sagte Tifflor. »Aber was tun wir, wenn der Versuch fehlschlägt?«

Rhodan zögerte.

»Dann gehe ich allein nach Loorock und versuche, mit den kranken Mutanten zu sprechen«, sagte er schließlich.

Er hörte Tifflor seufzen, dann wurde die Verbindung unterbrochen.

»War es dir mit deinen letzten Worten ernst?« erkundigte sich Atlan ungläubig.

»Natürlich«, bekräftigte Rhodan. »Jetzt ist nicht der Zeitpunkt für Späße.«

Rhodan fühlte die Hand des Arkoniden auf seiner Schulter.

»Du brauchst nicht allein zu gehen«, sagte Atlan. »Ich werde dich begleiten.«

Der Angriff von dreihundert terranischen Schiffen mit Psychostrahlern erwies sich als Fehlschlag. Die Mutanten unternahmen sofort einen Gegenangriff, der zur Folge hatte, daß die Besatzungen von sieben Schiffen mit der Zerstörung der Schiffseinrichtungen begannen. Tifflor zog die übrigen Einheiten sofort zurück und benachrichtigte Perry Rhodan über den Mißerfolg.

»Ich glaube, daß wir nur noch mit Bomben etwas ausrichten können«, sagte Tifflor niedergeschlagen. »An Bord von zwei Schiffen, die Ragulot in weitem Abstand umkreisen, haben ein paar Männer versucht, die Munitionsvorräte zu zünden. Das war sicher nur der Anfang. Bald werden alle Raumfahrer beeinflußt sein, so daß es nur noch eine Frage der Zeit ist, bis unsere Flotte im Minytso-System vernichtet wird.«

»Machen Sie sich keine Sorgen, Tiff«, bemühte sich Rhodan den Flottenkommandanten zu beruhigen, »Atlan und ich fliegen jetzt nach Loorock.«

»Das halte ich für zu gefährlich«, sagte Tifflor. »Trotzdem wünsche ich Ihnen Glück.«

»Sollten Atlan und ich nicht zurückkommen, übernehmen Sie das Kommando, Tiff. In diesem Fall müssen Sie so handeln, wie es die Sicherheit der gesamten Menschheit erfordert.«

»Ich verstehe«, erwiderte Tifflor. »Zum Glück haben die dabrifanischen Kommandanten die gleichen Schwierigkeiten wie wir. Auch von ihrer Flotte sind bereits ein paar Schiffe explodiert. Das hält sie davon ab, uns anzugreifen.«

»Vermeiden Sie unter allen Umständen einen bewaffneten Konflikt«, sagte Rhodan. »Vielleicht haben wir jetzt Gelegenheit, Dabrifa zur Vernunft zu bringen.«

Damit war das kurze Gespräch zu Ende. Rhodan legte seinen Rückentornister an und untersuchte seine Ausrüstung. Atlan folgte seinem Beispiel. Nun übernahm Galbraith Deighton die Führung der kleinen Gruppe.

Rhodan schaltete seinen Flugprojektor ein und hob sich vom Boden ab. Er schlug die Richtung nach Loorock ein. Atlan folgte wenige Meter hinter ihm.

28.

Der ehemalige Major der USO Nos Vigeland spürte, daß die Suggestivbefehle der Mutanten immer stärker wurden. Dank seiner Spezialschulung in den Ausbildungszentren der USO wußte Vigeland viel über psionische Energie und parapsychisch begabte Menschen. Er ahnte, daß es allmählich auch für ihn gefährlich wurde. Der innere Zwang, dieses Zimmer zu verlassen und sich draußen auf der Straße an der Vernichtung von Häusern und Fahrzeugen zu beteiligen, wurde immer stärker. Vigeland schloß daraus, daß ihn sein mentalstabilisiertes Gehirn auf die Dauer nicht schützen konnte.

Er faßte den Entschluß, sich draußen umzusehen, damit er abgelenkt wurde. Das konnte ihm helfen, den mentalen Druck noch einige Zeit auszuhalten, ohne den Sender in seiner Tasche benutzen zu müssen.

Das Funkgerät summte pausenlos. Offenbar versuchten die Kommandanten der dabrifanischen Flotte und auch die Behörden von Welshire ständig mit Dabrifa zu sprechen.

Vigeland kümmerte sich nicht um die Funkanlage. Inzwischen würden die Terraner Jagd auf die Mutanten machen. Daraus, so hoffte Vigeland, würde schließlich eine Situation entstehen, die die kranken Mutanten zwingen würde, mit dem Imperium Dabrifa und dem Carsualschen Bund zusammenzuarbeiten.

Vigeland öffnete die Tür und trat auf den Gang hinaus. Innerhalb des Gebäudes war es still. Die Mitarbeiter des Kolonialamtes hatten ihre Arbeitsplätze längst verlassen. Durch ein Seitenfenster des Ganges konnte Vigeland sehen, daß auf der anderen Straßenseite ein paar Häuser brannten. Niemand unternahm einen Versuch zu löschen. Auf der Straße lagen Tote zwischen Trümmern und umgekippten Fahrzeugen. Die Szene wurde von den Flammen gespenstisch beleuchtet.

Vigeland ging weiter bis zum Lift und überzeugte sich, daß dieser noch funktionierte. Er ließ sich ins Erdgeschoß hinabfahren und trat in den großen Vorraum. Neben dem Empfang lagen zwei tote Männer. Auf der anderen Seite des Raumes, wo eine moderne Sitzgruppe untergebracht war, hockte ein etwa dreijähriges Kind am Boden und versuchte ein paar künstliche Blumen mit den Zähnen zu zerreißen. Vigeland blickte weg.

Von der Straße hörte er Schreie. Immer wieder kam es zu Explosionen. Vigeland wunderte sich, daß die Beleuchtung noch nicht ausgefallen war. Er blickte auf die Uhr. In vier Stunden war diese Nacht vorüber. Gleichgültig, wie alles ausging: Vigeland würde diese Nacht nie vergessen.

Der Druck in seinem Gehirn hatte nachgelassen, und er atmete erleichtert auf. Seine Theorie war also richtig; er brauchte nur etwas Ablenkung, um die Suggestiv-Befehle der Mutanten leichter ignorieren zu können.

Ein Geräusch ließ Vigeland herumfahren. Nichts war zu sehen. Er kroch hinter den Empfangsschalter und versteckte sich. Durch einen Schlitz beobachtete er den Vorraum.

Dann geschah etwas, was jedem Menschen, der nicht Vigelands Ausbildung besaß, einen großen Schrecken eingejagt hätte.

Die Tür des Hauptportals öffnete sich, ohne daß jemand zu sehen war.

Vigeland wußte die Erklärung für dieses Geschehen. Eine oder mehrere Personen betraten das Verwaltungsgebäude im Schutzfeld eines unsichtbar machenden Deflektors.

Rhodans Agenten waren also bereits in Loorock und suchten nach den Mutanten.

Warum aber kamen sie ausgerechnet hierher? fragte sich Nos Vigeland erstaunt.

Gleich darauf vernahm er die Stimmen zweier Männer.

»Ich bin erstaunt, daß sie uns bis hierher vordringen ließen, Perry«, sagte die Stimme Lordadmiral Atlans.

Der Angesprochene, zweifellos Perry Rhodan, antwortete: »Sie gehen kein Risiko ein. Sie wissen genau, daß wir beide zu schwach sind, um sie zu überwältigen. Das ist unsere Chance. Vielleicht können wir bis zu ihnen vordringen und mit ihnen reden.«

»Du willst also tatsächlich in den Keller?« erkundigte sich Atlan.

»Ja«, erwiderte Rhodan. »Dazu werden wir unsere Mikrodeflektoren ausschalten und uns sichtbar machen. Die Mutanten sollen nicht mißtrauisch werden.«

Wenige Augenblicke später wurden Atlan und Perry Rhodan inmitten des Vorraums sichtbar. Sie trugen Schutzanzüge und Energietornister, die sie jedoch jetzt ablegten.

Vigeland hielt den Atem an und bewegte sich nicht.

Noch erregender als das Auftauchen Atlans und Rhodans war für Vigeland die Tatsache, daß sich die acht Mutanten in diesem Gebäude aufhielten. Den Worten der beiden Ankömmlinge war zu entnehmen, daß sie die Mutanten im Keller des Hauses vermuteten.

Vigeland biß sich auf die Unterlippe. Nie wären er oder einer seiner Verbündeten auf den Gedanken gekommen, die Flüchtlinge im zentralen Gebäude der Stadt zu suchen.

Der ehemalige Major überlegte fieberhaft. Er mußte sich jetzt aktiv in das Geschehen einschalten, denn war es wirklich ausgeschlossen, daß es Perry Rhodan gelang, die Mutanten zu besänftigen? Dann war für Vigeland alles verloren.

Er beobachtete wie Rhodan und dessen arkonidischer Freund den Lift betraten, um in den Keller zu fahren. Kaum waren sie verschwunden, verließ Vigeland sein Versteck. Mit wenigen Sätzen erreichte er die Treppe, die ebenfalls in den Keller führte.

Die Suggestivbefehle der Mutanten nahmen wieder an Intensität zu. Sie bereiteten Vigeland Schmerzen. Trotzdem blieb er nicht stehen. Jetzt kam es darauf an, daß er keinen Fehler beging.

Die Second-Genesis-Krise war in ihre entscheidende Phase getreten.

Der Lift hielt an. Die beinahe unerträgliche Spannung ließ Rhodan alles vergessen, was Atlan und er in den Straßen von Loorock gesehen hatten. Rhodan spürte die Nähe der Mutanten. Trotz seines mentalstabilisierten Gehirns fiel es ihm immer schwerer, sich den Suggestivbefehlen der Kranken zu widersetzen.

»Das gesamte Gebäude ist unterkellert«, sagte Atlan. »Wir wissen nicht, in welchem Raum sich die Mutanten aufhalten.«

»Wir werden sie finden«, sagte Rhodan zuversichtlich und verließ den Lift. Atlan blieb an seiner Seite. Die Kellerräume wirkten durch das Fehlen jeglichen Mobiliars kahl und ungemütlich. Hier unten waren die Zentralsteuerung der Klimaanlage und zahlreiche Aktenregale untergebracht. Ein breiter Hauptgang führte durch den gesamten Keller. Zu beiden Seiten lagen die einzelnen Räume, die mit Metalltüren verschlossen waren. Unter der Kellerdecke hing ein Gewirr von verschiedenen Leitungen. Leuchtröhren erhellten den Gang. Rhodan war froh, daß die Beleuchtung noch funktionierte.

»Ich schlage vor, daß wir dort drüben anfangen«, sagte Rhodan und deutete auf den ersten Raum. »Von dort aus dringen wir weiter in den Keller vor, bis wir sie gefunden haben.«

Atlan war stehengeblieben und lauschte.

»Hörst du etwas?« erkundigte sich Rhodan.

»Ich dachte, jemand käme die Treppe herab«, sagte der Arkonide. »Es kann aber auch sein, daß mir meine Nerven einen Streich gespielt haben.«

»Ich habe nichts gehört«, sagte Rhodan. »Sicher hast du dich getäuscht.«

Rhodans Kehle war ausgetrocknet. Er fragte sich, was er tun sollte, wenn er den Mutanten in wenigen Augenblicken gegenüberstand. Wie würden sie sich verhalten? Würden sie sofort angreifen?

»Ich bin kein Feigling, aber ich gestehe, daß ich Furcht habe«, sagte Atlan, als sie sich der ersten Tür näherten. »Wir sollten umkehren.«

Rhodan schüttelte den Kopf. Er wollte die Entscheidung. Noch immer hoffte er, daß die Mutanten ihn respektieren würden. Er konnte sich nicht vorstellen, daß Männer wie Wuriu Sengu oder Son Okura jede Erinnerung an ihn verloren hatten.

Der erste Raum war leer. Rhodan hörte sich aufatmen, als er die Tür wieder hinter sich zuzog. Auch die nächsten Räume, die sie untersuchten, waren verlassen.

»Vielleicht sind sie doch nicht hier«, sagte Atlan, obwohl er vom Gegenteil überzeugt war.

Sie erreichten die nächste Tür. Plötzlich wußte Rhodan, daß die Mutanten sich in dem dahinterliegenden Raum aufhielten. Er blieb wie erstarrt stehen. Es war ihm unmöglich, einen klaren Gedanken zu fassen. Seine Hand, die sich nach dem Türöffner ausstreckte, zitterte.

Dann ereigneten sich schnell hintereinander einige unglaubliche und entsetzliche Vorgänge.

Nos Vigeland hatte das Ende der Treppe erreicht und blieb stehen. Er konnte hören, wie Atlan und Rhodan von Tür zu Tür gingen und sie öffneten. Bisher waren sie noch nicht mit den Mutanten zusammengetroffen. Vigeland spürte, daß er schwitzte. Das Herz schlug ihm bis zum Hals. Er mußte aufpassen, daß er sich nicht durch eine unbedachte Bewegung verriet. Gleichzeitig kämpfte er pausenlos gegen die immer stärker werdenden Suggestivbefehle der Mutanten an.

Vigeland preßte sich mit dem Rücken gegen die Wand und spähte vorsichtig um die Ecke in den Hauptgang des Kellers.

Er sah, wie Rhodan und Atlan vor einer Tür stehenblieben. Rhodan streckte die Hand aus, um die Tür zu öffnen.

Da sprang die Tür von selbst auf, und ein kleiner Mann in einem zerrissenen Umhang trat heraus. Der Kopf des Mannes war aufgequollen, das Gesicht bis zur Unkenntlichkeit verzerrt.

Vigeland erkannte den Mann trotzdem. Es war Tako Kakuta.

Hinter Kakuta drängten die anderen Mutanten auf den Gang heraus. Rhodan und Atlan wichen zurück. Niemand sagte etwas.

Dann brach ein Schmerz wie von glühenden Nadeln über Vigeland herein. Er schrie auf und preßte beide Hände gegen die Schläfen. Er taumelte auf den Gang hinaus. Ein paar Meter von ihm entfernt brachen Atlan und Rhodan schreiend zusammen.

Die stabilisierende Barriere in den Gehirnen der drei Männer drohte zusammenzubrechen.

Ohne sich um Atlan, Rhodan und Vigeland zu kümmern, bewegten sich die acht Mutanten auf den Lift zu. Sie gingen langsam, als hätten sie alle Zeit des Universums zur Verfügung. Ihre Haltung besaß etwas Würdevolles.

Vigeland biß sich die Zunge blutig. Er war wie von Sinnen. Die Schmerzen in seinem Gehirn wurden noch stärker.

Die Mutanten hatten den Lift erreicht und drehten sich um. Mit ausdruckslosen Augen starrten sie in den Gang. Es war offensichtlich, daß sie erst nach oben fahren würden, wenn ihre drei Opfer tot waren.

Galbraith Deighton blickte zum wiederholten Mal innerhalb der letzten zwei Stunden auf seine Uhr. Keiner der zurückgebliebenen Männer hatte seit dem Aufbruch Rhodans und Atlans geschlafen. Am Horizont hinter der Siedlung deutete sich der beginnende Tag mit einem hellen Streifen an.

Funknachrichten Tifflors sagten aus, daß sich die Unruhen innerhalb der Flotte gelegt hatten. Auch von den dabrifanischen Verbänden wurden keine neuen Explosionen gemeldet.

Diese Nachrichten stimmten Deighton optimistisch. Es sah so aus, als hätten Rhodan und der Arkonide Erfolg gehabt. Was Deighton jedoch Sorge machte, war das Ausbleiben einer entsprechenden Nachricht aus Loorock. Rhodan hatte versprochen, ihn sofort zu informieren, wenn sich etwas ereignen sollte. Vielleicht, versuchte sich Deighton zu beruhigen, hatte Rhodan bisher noch keine Gelegenheit gefunden, sein tragbares Funkgerät zu benutzen. Es war immerhin denkbar, daß er noch mit den Mutanten verhandelte.

In der nahe gelegenen Siedlung war es während der gesamten Nacht nicht ruhig geworden. In keinem der Gebäude waren die Lichter ausgegangen. Die Kolonisten beschäftigten sich nach wie vor mit dem Problem Loorock. Nachdem keiner der ausgeschickten Kundschafter zurückgekehrt war, rechnete man mit irgendeiner Schreckensbotschaft in den frühen Morgenstunden. Inzwischen waren in der Siedlung ein paar Beamte aus Welshire eingetroffen, die eine Expedition nach Loorock ausrüsten sollten.

Deighton hatte diese Einzelheiten von einem der Spezialisten erfahren, der sich vor einer Stunde kurz in der Siedlung umgesehen hatten. Ansonsten wußten die Kolonisten weniger als die Raumfahrer.

Deighton umrundete ruhelos das Lager. Er entfernte sich jedoch niemals so weit, daß er außer Hörweite geriet. Er wollte sofort zugegen sein, wenn das Funkgerät ansprach.

Plötzlich hörte er Geräusche. Er blieb stehen und zog die Waffe. Vielleicht näherten sich ein paar Siedler ihrem Lager. Es war ausgeschlossen, daß man sie entdeckt hatte, denn in der Siedlung gab es keine Ortungsgeräte. Es mochten ein paar Männer sein, die keinen Schlaf fanden und deshalb einen Spaziergang unternahmen.

Deighton glaubte die Schritte von zwei Personen unterscheiden zu können. Die Unbekannten näherten sich dem Lager. Obwohl durch den Deflektor vor einer Entdeckung geschützt, zog Deighton sich hinter einen Busch zurück.

Er sah einen Scheinwerfer aufblitzen, dann sagte eine ihm bekannte Frauenstimme: »Dort drüben sind sie!«

Deighton schaltete seinen Deflektor aus und trat hinter dem Busch hervor. Zwei schattenhafte Gestalten wurden sichtbar. Der Lichtschein eines Scheinwerfers traf Deightons Gesicht. Er blinzelte.

»Ah, der neue Abwehrchef persönlich«, sagte Tipa Riordan und humpelte auf Deighton zu. An ihrer Seite näherte sich ein stämmig aussehender Mann, dessen Gesicht Deighton im Halbdunkel nicht erkennen konnte.

»Wie kommen Sie hierher?« fragte Deighton aufgebracht.

»Das könnte ich ebensogut Sie fragen«, erwiderte Tipa Riordan. »Aber wenn Sie es unbedingt wissen wollen: Ich bin hier, um meine Belohnung abzuholen.«

Deighton sagte verächtlich: »Ich finde Ihr Verhalten widerlich.«

Tipa kicherte.

»Ich habe Sie zu den Mutanten geführt, wie ich es versprochen hatte«, erinnerte sie. »Dafür bekomme ich einen Zellaktivator.«

»Die Mutanten leben noch«, erwiderte Deighton heftig. »Rhodan verhandelt in diesem Augenblick mit ihnen.«

»Das glauben *Sie*«, sagte Tipa. Sie ging an Deighton vorbei, ohne sich um ihn zu kümmern. Ihr Begleiter folgte ihr lautlos. Am Rande des Lagers hockte sich Tipa auf den Boden. Sie schien die Absicht zu haben, hier auf den Ausgang der Ereignisse zu warten.

Deighton fühlte sich elend. Tipa Riordan war eine geheimnisvolle Frau. Woher bezog sie ihre Informationen? Deighton konnte nichts gegen sie unternehmen. Im Augenblick konnte er überhaupt nichts tun. Nur warten.

Er krümmte sich vor Schmerzen am Boden zusammen und hoffte, daß jetzt alles schnell vorübergehen würde. Noch immer standen die Mutanten mit verzerrten Gesichtern am Lift und beobachteten ihn und die beiden weiter im Gang gegen den Tod kämpfenden Männer.

Dann, als das Ende unmittelbar bevorstand, rettete eine Instinkthandlung Nos Vigelands Leben.

Seine Hand fuhr in die Tasche und umschloß den Sender. Die Mutanten schienen zu fühlen, daß ihnen tödliche Gefahr drohte, denn der Druck, den sie auf Vigelands Gehirn ausübten, nahm noch zu.

Vigeland hatte gerade noch die Kraft, den Sender einzuschalten.

Im Blut der Mutanten verwandelte sich die Substanz, die sie mit den Speisen an Bord der RODENSTAAD eingenommen hatten, in wenigen Sekundenbruchteilen zu einem tödlichen Gift um. Der bisher harmlose Stoff bewirkte, daß sofort sämtliche Nervenfunktionen der Mutanten gelähmt wurden. Hinzu kam noch die Säurewirkung des Toxikums. Das organische Zellgewebe im Körper der Kranken wurde zersetzt. Die Zellaktivatoren konnten diesen Prozeß nicht aufhalten.

Vigeland fühlte, wie der Druck in seinem Gehirn nachließ. Die Mutanten sanken vor dem Lift zusammen.

Vigeland kroch auf den Knien auf sie zu. Er war so geschwächt, daß er sich selbst auf diese Weise kaum fortbewegen konnte. Als er die Vergifteten erreichte, waren sie bereits tot.

Vigeland blickte zurück. Atlan und Rhodan hatten noch mit den Nachwirkungen des Suggestivangriffs zu kämpfen, aber sie bewegten sich ebenfalls auf den Lift zu.

Der Verräter stieß einen Fluch aus. Er riß die Kleidung Kitai Ishibashis auf und nahm den Zellaktivator des Mutanten an sich. Auf die gleiche Weise beraubte er Marten, Okura und Yokida. Dann richtete er sich auf. Es blieb ihm keine Zeit, noch weitere Aktivatoren zu entwenden, denn Rhodan und der Arkonide hatten ihn fast erreicht.

Vigeland taumelte in den Lift. Er lachte triumphierend, als die Tür zuglitt, und die Kabine nach oben fuhr. Seine Gegner würden zu schwach sein, um ihn über die Treppe zu verfolgen.

Vigeland fuhr bis in den dritten Stock. Dort verklemmte er die Tür des Lifts, so daß niemand die Kabine nach unten holen konnte. Ein paar Sekunden stand er mit dem Rücken gegen die Wand gelehnt. Vor seinen Augen tanzten rote Punkte. Die Schwäche drohte ihn zu übermannen. Er nahm einen der geraubten Zellaktivatoren und hängte ihn um den Hals. Augenblicklich setzte die Wirkung des Gerätes ein. Vigeland fühlte sich besser. Er schwankte durch den Gang, bis er das Zimmer erreichte, in dem seine Verbündeten lagen.

Mit einiger Anstrengung gelang es ihm, sie wieder ins Bewußtsein zurückzurufen. Die Wirkung der paralysierenden Strahlen klang bereits ab.

Vigeland verteilte die Zellaktivatoren und erklärte in einigen Worten, was geschehen war.

»Wir müssen von hier weg«, sagte Dabrifa, der die Sachlage sofort erkannte. »Rhodan wird versuchen, die vier Aktivatoren wieder in die Hand zu bekommen.«

Er deutete auf die Tür.

»Ich führe Sie zu meinem Geheimtransmitter«, sagte er. »Ich glaube nicht, daß er von der allgemeinen Zerstörung betroffen wurde, denn der Zugang ist nur mir und meinen Vertrauten auf Ragulot bekannt.«

Vigeland ließ sich in einen Sessel sinken. Shilter brachte ihm ein Glas Wasser. Die Dankbarkeit Shilters und Frascatis für die Zellaktivatoren kannte keine Grenzen. Trotz seiner Erschöpfung wußte Vigeland, daß er von nun an der Chef des ertrusischen Triumvirats sein würde.

»Die Flotte!« stieß Vigeland hervor, als Dabrifa zur Tür eilte. »Sie müssen Ihre Flotte zurückziehen, Imperator.«

»Sie haben recht«, sagte Dabrifa. Er rannte zum Funkraum hinüber, um Kommandeur Rionzi die entsprechenden Befehle zu geben. Inzwischen schleppten Shilter und Frascati ihren halb bewußtlosen Freund auf den Gang hinaus. Dabrifa erschien wieder.

»Alles erledigt«, sagte er. »Wir können verschwinden.«

Als eine halbe Stunde später die Spezialtruppen der Solaren Flotte das Gebäude durchsuchten, war von den drei Ertrusern und Dabrifa keine Spur mehr zu entdecken.

Die acht toten Mutanten wurden an Bord der CREST XII genommen und erhielten ein Raumbegräbnis. Für Rhodan war es ein schmerzvoller Abschied von acht guten Freunden.

Von den vier Zellaktivatoren, die Nos Vigeland hatte zurücklassen müssen, erhielt einen Tipa Riordan. Auch Galbraith Deighton, der neue Chef der Solaren Abwehr, bekam eines der wertvollen Geräte, obwohl er sich zunächst dagegen sträubte, es zu tragen.

Die Second-Genesis-Krise war vorüber. Die noch lebenden Mutanten brauchten keine Gefahr zu fürchten, denn sie waren gegen den Gen-Wahnsinn immun. Der Tod der anderen und die damit verbundenen Umstände hatten das Solare Imperium erschüttert. Noch war nicht abzusehen, welche Folgen sich aus der Katastrophe ergeben würden. Die Menschheit war entscheidend geschwächt worden, während die Gegner des Solaren Imperiums gestärkt aus der Krise hervorgegangen waren.

Perry Rhodan zog sich für zwei Tage in völlige Abgeschlossenheit zurück.

Als er sich wieder den Staatsgeschäften widmete, erklärten alle, die ihn sahen, daß er sich verändert habe. Er sollte Jahre brauchen, um sich von den seelischen Folgen der Second-Genesis-Krise zu erholen. Atlan und alle anderen, die unmittelbar in das Geschehen verwickelt worden waren, erging es nicht besser.

Aber die Zeit heilt alle Wunden.

Bald stellte sich heraus, daß Perry Rhodan nach wie vor genügend innere Kraft besaß, um die solare Menschheit auch weiterhin auf ihrem schweren Weg in die Zukunft zu leiten.

29.

Juni 3432

Sanft drückte Rhodan seinen arkonidischen Freund auf das Lager zurück und wischte ihm mit einem Tuch den Schweiß von der Stirn. Atlan blickte verwirrt um sich.

»Es ist alles vorbei«, sagte Rhodan. »Dein Extrahirn hat sich wieder einmal gemeldet. Du brauchst jetzt Ruhe.«

»Ich habe über die Second-Genesis-Krise berichtet, nicht wahr?« erkundigte sich Atlan und holte tief Atem.

»Ja«, sagte Rhodan. Er stand noch völlig im Bann von Atlans Erzählung. Alte Wunden waren neu aufgerissen worden.

Atlan stützte sich auf seine Ellenbogen. Einer der Raumfahrer brachte einen Becher Wasser. Rhodan half dem erschöpften Arkoniden beim Trinken.

Atlan wischte sich mit dem Handrücken über den Mund.

»Es muß einen Grund geben, warum sich mein Extrahirn ausgerechnet jetzt gemeldet hat«, sagte er nachdenklich. »Es muß irgendwelche Zusammenhänge geben.«

»Zweifellos«, stimmte Rhodan zu. »Aber du sollst dich jetzt nicht anstrengen. Ich will nicht, daß du dir in diesem Zustand den Kopf zerbrichst.«

Atlan schien ihn nicht zu hören. Er dachte angestrengt nach. Dann veränderte sich sein Gesichtsausdruck, und er ergriff Perry Rhodan am Arm.

»Ich weiß, wodurch die Reaktion meines Gehirns ausgelöst wurde«, sagte er. »Die Ereignisse auf Vinzsa erinnerten mich an die Katastrophe von Ragulot. Die Kolonisten, die damals Loorock zerstörten, handelten aus dem gleichen Antrieb wie jene, die den Terror auf Vinzsa auslösten.«

»Du hast recht«, sagte Rhodan. »Das ist die Erklärung.«

Ohne sich um Rhodans Proteste zu kümmern, erhob sich der Arkonide und ging mit unsicheren Schritten auf und ab.

»Damals wie heute waren Mutanten für die Ereignisse verantwortlich«, sagte er. »Die vom Gen-Wahnsinn befallenen Mutanten lösten die gleiche Zerstörungswut unter den Kolonisten aus wie jetzt Ribald Corello.«

Rhodan antwortete nicht. Er wußte, daß Atlan bereits den gleichen Verdacht hatte, der ihm selbst während der Erzählung des Arkoniden gekommen war.

»Glaubst du, daß die Ähnlichkeit der Ereignisse Zufall ist?« fragte Atlan.

»Nein.« Rhodan schüttelte den Kopf.

»Da alle acht Mutanten tot sind, gibt es nur eine Erklärung«, sagte der Arkonide gedehnt. »Willst du, daß ich sie ausspreche?«

»Nur zu!« forderte Rhodan den Arkoniden auf. »Ich nehme an, daß es dich erleichtert, darüber zu sprechen.«

»So ist es«, sagte Atlan.

Er kehrte zu seinem Platz zurück und ließ sich dort nieder. Er fühlte, daß er von allen Männern der Zentrale angestarrt wurde. Er schluckte ein paarmal, bevor er mit sehr leiser Stimme sagte: »Ribald Corello ist das Kind Gevoreny Tatstuns und Kitai Ishibashis.«

30.

Zwei Wochen später

Der menschliche Riese war etwa zweieinhalb Meter groß und hatte dicke säulenartige Beine. Er trug einen terranischen Kampfanzug, aber keine sichtbaren Waffen. Sein Gesicht – seine *beiden* Gesichter waren deutlich zu erkennen. Sie schimmerten grünlich.

Ranchold, der Jäger, hatte sich hinter Büschen verborgen. Er hielt noch immer den Atem an, als er die beiden Köpfe betrachtete. Sie schienen sich kaum bewegen zu können, denn die vier Augen waren starr auf die Lichtung gerichtet, wo der Twiesel seinen Gegner erwartete. Das sechsbeinige, tigerähnliche Raubtier mit dem kostbaren Fell hatte bereits zum Sprung auf den Jäger angesetzt gehabt, als der Riese auf der Lichtung erschien.

Zwei Köpfe . . .! dachte Ranchold und versuchte, seine Erinnerung aufzufrischen. Es gab ein Wesen mit zwei Köpfen, das wußte er.

Ein Mutant der Solaren Abwehr – als das Solsystem noch existierte. Aber das war schon eine Weile her. Er lebte bereits auf Anchorot, 22370 Lichtjahre von der Erde entfernt, als er die Gerüchte vom plötzlichen Verschwinden des Sonnensystems vernahm. So recht wollte er nicht daran glauben, aber im Grunde ging es ihn auch gar nichts mehr an. Er war Kosmischer Jäger und frei.

Zwei Köpfe . . .?

Ranchold verhielt sich ganz ruhig und wartete.

Der Twiesel war gefährlicher als der Riese mit den zwei Köpfen. Wenigstens nahm er das an.

Jetzt hatte auch das Tier den Eindringling in sein Revier bemerkt. Bewegungslos stand es neben dem von Ranchold erlegten Gefährten und starrte das Wesen mit den zwei Köpfen an. Nur die Ohren zuckten; und die Schwanzspitze. Die Hinterläufe spannten sich zum überraschenden Sprung. Ranchold wußte, wie gefährlich dieser Ansprung sein konnte. Ein Twiesel konnte vom Stand aus mehr als zwanzig Meter weit springen, und er kannte keinen Fall, bei dem er sein Ziel verfehlt hätte.

Die beiden Köpfe ließen das Tier nicht aus den Augen, als der eine mit kaum sichtbaren Lippenbewegungen sagte:

»Was meinst du, Iwanowitsch, ob er angreift, oder ob er es sich doch anders überlegt?«

Der linke Kopf wurde leicht geschüttelt.

»Der überlegt es sich nicht anders, Iwan. Es wird besser sein, wir verdrücken uns.«

»Verdrücken? Wegen so einer Raubkatze mit dem Fell eines Chamäleons? Kommt ja gar nicht in Frage. Ich will das Fell haben.«

»Dann mußt du aber das Tierchen mit den Händen umbringen, sonst leidet das Fell. Aber ich fürchte, dazu wird er uns keine Zeit lassen. Nur noch einige Sekunden, dann springt er.«

»Schade«, murmelte der rechte Kopf und konzentrierte sich erneut auf den Angreifer.

Ranchold saß noch immer in seinem Versteck. Er wußte doch nicht so recht, wen er mehr fürchten sollte – den Twiesel oder den unbekannten Fremden mit den zwei Köpfen.

Iwan und Iwanowitsch – jetzt wußte er es. Das war Goratschin, der sogenannte Zünder, wahrhaftig einer von Rhodans Mutanten. Was suchte der ausgerechnet hier auf Anchorot?

Viel wußte Ranchold nicht von ihm. Kalzium- und Kohlenstoffatome konnte er durch bloßes Anschauen und kraft seines mutierten

Geistes zur Kernexplosion zwingen. Er konnte also einen Gegenstand – auch einen organischen – ansehen und explodieren lassen. Genau dosiert, von der kleinsten Stichflamme bis zur Vernichtungsdetonation.

Ein unheimliches Wesen, unfaßbar und unbegreiflich.

Und jetzt stand es auf einer Urwaldlichtung des Planeten Anchorot einem Twiesel gegenüber.

In dieser Sekunde wußte Ranchold, daß er sich geirrt hatte.

Goratschin war gefährlicher als ein Twiesel.

Der Twiesel allerdings wußte das nicht. Auf dieser Welt gab es für ihn keinen Gegner, mit dem er es nicht aufgenommen hätte, außer der Technik des Menschen natürlich. Gegen die kam auch er nicht an.

Seine Beine federten ihn ab, und in gestrecktem Flug schoß er auf den Doppelkopfmutanten zu, ohne jedoch sein Ziel völlig zu erreichen. Mitten im Flug flammte sein Körper plötzlich auf, als habe ihn ein Blitz getroffen. Es war keine spontane Kernreaktion, sondern ein relativ langsamer Verbrennungsprozeß, der mindestens eine halbe Sekunde dauerte.

Der verkohlte Rest fiel auf die Lichtung.

»Schade um das Fell«, sagte Iwanowitsch, der Jüngere.

»Besser seins als das unsere«, erwiderte Iwan trocken.

Goratschin, der Besitzer der beiden Köpfe, kam näher. Er betrachtete die Reste des Tieres, dann Rancholds Falle und schließlich das sorgfältig zusammengelegte und unbeschädigte Fell des anderen Kadavers.

»Ein Jäger«, stellte Iwanowitsch fest. »Frische Spuren. Er muß noch ganz in der Nähe sein.« Der linke Kopf Goratschins drehte sich ein wenig zur Seite und sah in Rancholds Richtung. »Wird der aber einen Schreck bekommen haben, als er uns sah – *wenn* er uns sah.«

Iwan rief laut:

»He, raus aus den Büschen, Jäger! Wir tun Ihnen nichts. Aber vielleicht können Sie uns . . . eh, mir helfen.«

Ranchold wußte, daß es wenig Sinn haben würde, sich auch weiterhin verborgen zu halten. Der Mutant würde ihn früher oder später ja doch finden. Er stand auf und kam auf die Lichtung. Das Gewehr hielt er noch immer entsichert in der Hand.

»Hier bin ich – Jäger Ranchold. Ich habe gesehen, was passiert ist.

Sie gehören zur Spezialtruppe des Solaren Imperiums, ein Mutant. Wie kommen Sie hierher?«

Iwanowitsch grinste seinem Zwillingskopf zu.

»Ziemlich keck, der kleine Kerl, was?« Er sah Ranchold wieder an. »Woher kennen Sie uns?«

»Wer kennt Sie nicht?« kam die Gegenfrage prompt und sicher. »Zumindest hat jeder von Ihnen und Ihren Fähigkeiten gehört. Ich bin kein Gegner des Solaren Imperiums – falls es noch eins gibt. Man hört so merkwürdige Dinge in letzter Zeit.«

»So horcht man kleine Kinder aus«, erklärte ihm Iwan. »Wenn es mich und meinen kleineren Bruder gibt, dann gibt es sicher auch noch das Solsystem, nicht wahr? Man hat Ihnen Märchen berichtet. Wäre ich sonst hier?«

»Wollen Sie Twiesel jagen?« Ranchold deutete auf den verbrannten Rest des Tieres. »Wenn Sie das aber so machen, werden Sie nie einen Pelz erbeuten.«

»Die Absicht haben wir auch nicht, Jäger Ranchold. Aber es könnte sein, daß Sie auf Anchorot sehr bald Hilfe benötigen. So wie Sie vom angeblichen Verschwinden des Solsystems hörten, erfuhren wir einiges über Dinge, die sich angeblich hier auf dieser Welt abgespielt haben sollen. Wie war das mit den Pelzlagern bei Charota?«

Ranchold bückte sich und nahm sein erbeutetes Fell auf. Er legte es über die Schulter.

»Ach, *die* Geschichte meinen Sie?« Er lachte. »Ich war nicht dabei, hörte jedoch davon. Die Wächter müssen betrunken gewesen sein. Vielleicht haben sie sich in den Kneipen herumgetrieben, statt aufzupassen. Kein Wunder, wenn dabei die Hälfte der Pelze gestohlen wurde.« Er starrte den Mutanten verwundert an. »Und deshalb sind Sie nach Anchorot gekommen?«

»Auch«, wich Iwan einer direkten Antwort aus. »Haben Sie etwas dagegen, wenn wir Sie begleiten? Sonst verirren wir uns noch. Wir hatten nur einen kleinen Spaziergang geplant, aber es wurde eine Nachtwanderung daraus. Unser Gleiter steht am Waldrand im Süden.«

»Dort ist auch meine Hütte«, erklärte der Jäger. »Übrigens noch vielen Dank für die Rettung. Ich weiß nicht, ob ich mit dem zweiten Twiesel fertig geworden wäre.«

»Sicher wären Sie das – ein Jäger!«

Ranchold überprüfte noch einmal seine Falle, dann ging er voran. Bald wurde der Pfad breiter, und sie konnten nebeneinander gehen. Damit lebte das Gespräch wieder auf.

»Wo wohnen Sie? In Charota?« fragte Ranchold.

»Ja, bei Steral Skopins, dem Händler.«

»Kenne ihn flüchtig. Macht wenig Geschäfte, dieser Skopins, soviel ich gehört habe. Man könnte meinen, er sei nur zur Erholung hier.«

Goratschin klärte Ranchold nicht darüber auf, wie sehr er sich irrte. Captain Steral Skopins war der Chef der Solaren Abwehr auf Anchorot, aber das durfte natürlich niemand wissen. Als der Planet vor einem knappen Jahrzehnt entdeckt und besiedelt wurde, schaltete sich sofort die Solare Abwehr ein. Galbraith Deighton kommandierte Captain Skopins ab, denn alle Erfahrungen besagten, daß aus Anchorot in einem halben Jahrhundert ein dicht besiedelter Planet mit einer hervorragenden Industrie würde.

Skopins kam mit kleinem Kapital. Außerdem brachte er zwei Gehilfen mit, die ihm beim Aufbau des Geschäftes halfen. Es gab keinerlei Gewerbeeinschränkungen auf Anchorot, und so konnte niemand etwas gegen den neuen Mann einwenden. Außerdem tauchten fast täglich unbekannte Gesichter auf, besonders in der Hauptstadt Charota.

»Kein tüchtiger Geschäftsmann«, gab Iwan zu, »aber ein guter und alter Freund von uns.« Er schob einen schweren Ast mit dem Fuß beiseite. »Um aber auf das zurückzukommen, was ich eben erwähnte – wie war das mit den Lagern? Wissen Sie etwas davon? Mir – das heißt, uns – wurde allen Ernstes berichtet, daß die Wächter nicht betrunken waren, sondern unter hypnotischem Einfluß standen. Wie erklären Sie sich das?«

»Unsinn, so etwas! Wer sollte sie hypnotisiert haben? Die Twiesel vielleicht?«

Goratschin begriff, daß Ranchold ihm nicht weiterhelfen konnte. Wahrscheinlich hatte Ranchold noch nichts von Ribald Corello gehört.

»Kann man alles nicht wissen«, lachte Iwan Goratschin und versuchte, mit dem eiligen Jäger Schritt zu halten.

Als sie den Waldrand erreichten, war der Himmel im Osten von rosa Wolken überlagert. Bald würde die Sonne aufgehen.

»Dort drüben steht mein Haus«, sagte Ranchold freundlich. »Sie können mich jederzeit besuchen, wenn Sie Lust dazu verspüren. Jetzt allerdings, zu dieser Tageszeit, möchte ich meine Frau nicht erschrecken – oh, Verzeihung. Das war nicht bösartig gemeint.«

»Wir verstehen das schon«, meinte Iwanowitsch gutmütig.

»Schön sind wir ja auch gerade nicht«, fügte Iwan hinzu. Er gab Ranchold die Hand. »Wir melden uns rechtzeitig an, Jäger Ranchold. Und alles Gute weiterhin.«

Ranchold rückte sein Fell zurecht und marschierte zur Hütte.

Goratschin ging in die entgegengesetzte Richtung.

Iwanowitsch grinste und sagte:

»Ich muß gestehen, er hat unser unvermutetes Auftauchen eigentlich mit erstaunlicher Fassung aufgenommen. Eigentlich müßte er sich doch über den Zufall wundern, uns zu begegnen, und dann noch hier, auf einem relativ unbekannten Planeten.«

»Ja, da hast du recht«, stimmte Iwan zu. »Aber auf der anderen Seite wird er sich nicht viel Gedanken über solche Dinge machen, die für ihn unwichtig sind. Ich glaube nicht, daß er reden wird.«

Sie erreichten den Gleiter und stiegen ein.

»Na, und wenn schon . . .«, murmelte Iwanowitsch, der um dreieinhalb Sekunden jüngere Zwillingskopf Goratschins.

Das als Niederlassung eines Händlers getarnte Abwehrbüro in Charota wirkte in jeder Hinsicht unauffällig und hatte bisher noch keinen Verdacht erregt. Die geheimen Sende- und Empfangsvorrichtungen waren so versteckt untergebracht, daß man sie selbst bei einer intensiven Durchsuchung des Hauses nicht finden konnte.

Captain Steral Skopins hatte eine unruhige Nacht verbracht. Seit jenen schrecklichen Vorgängen auf Vinzsa, nur zwei Lichtjahre entfernt, schienen sich seine schlimmsten Ahnungen zu bestätigen. Ribald Corello suchte auch diesen Sektor der Milchstraße heim. Niemand, der noch lebte, hatte das Ungeheuer jemals gesehen, und keiner ahnte, woher es stammte. Fest stand nur, daß er die Terraner mit seinem unbändigen Haß verfolgte, über Tausende von Lichtjahren hinweg und ohne jedes Erbarmen.

Er mußte in der Lage sein, mit seinem übermächtigen Geist die Bewohner einer ganzen Welt unter seinen Bann zu zwingen. So war es ja auch auf Vinzsa geschehen. Beste Freunde wurden dort zu erbitterten Gegnern, die sich gegenseitig umbrachten und ihre Häuser zerstörten.

Und nun zeigten sich auch auf Anchorot die ersten Anzeichen einer mentalen Beeinflussung, wenn auch nur bei einem relativ harmlosen Zwischenfall. Pelzlager wurden ausgeraubt, und die Wächter, sonst gewissenhafte Männer, vernachlässigten ihre Pflichten. Sie zeigten eindeutig Merkmale einer posthypnotischen Behandlung.

Das Werk Ribald Corellos?

Skopins wußte es nicht, aber die Tatsachen genügten ihm, einen gerafften Hyperfunkspruch abzusenden, der zufällig von der INTERSOLAR, Rhodans Flaggschiff aufgefangen wurde. Keine zwei Lichtjahre von Anchorot entfernt, war der gigantische Kugelraumer gerade im Begriff, den Linearflug zur Erde anzutreten, als der diensthabende Funkoffizier den Spruch empfing, entschlüsselte und an Rhodan weiterleitete.

Es war Rhodan klar, daß Skopins Unterstützung benötigte. Nach einer kurzen Unterhaltung mit seinen leitenden Offizieren, Mutanten und Freunden meldete sich Goratschin freiwillig, für einige Zeit auf Anchorot nach dem Rechten zu sehen und Skopins zu helfen.

Während die INTERSOLAR im Linearraum untertauchte, nahm Goratschin mit einer Space-Jet Kurs auf Anchorot.

Wenig später meldete er sich bei Captain Skopins, der erleichtert aufatmete. Eine so schnelle Reaktion hatte er auf seinen Funkspruch nicht erwartet.

Das war vor etwa vierzehn Tagen gewesen. Seitdem hatte sich nichts mehr ereignet, das auf Ribald Corello hingedeutet hätte. Mit dem Auftauchen Goratschins schien der Spuk beendet zu sein.

Dabei hatte der auffallende Doppelkopfmutant das Haus bei Tage niemals verlassen, um keinen Verdacht auf Skopins zu lenken. Die Space-Jet lag im Raumhafen; sie fiel dort nicht auf. Nur nachts wagte es Goratschin, Spaziergänge zu unternehmen um vielleicht doch etwas Verdächtiges festzustellen. Bisher ohne jeden Erfolg.

So auch heute.

Skopins war es bei diesen nächtlichen Ausflügen des Mutanten niemals so recht wohl. Zwar konnte er sich keine richtigen Vorstellungen von den Konsequenzen einer Entdeckung machen, aber er wußte, daß seine beschauliche Ruhe auf dem paradiesischen Planeten ein für alle Male dahin sein würde.

Er schrak zusammen, als das vereinbarte Öffnungssignal ertönte.

Wenig später kam Goratschin ins Haus. Ohne Skopins weiter zu stören, begab er sich zur Ruhe, nachdem er noch in der Küche herumrumort hatte.

Skopins wälzte sich auf die andere Seite und schlief weiter.

Heute war der 16. Juli 3432 Terra-Normalzeit.

Skopins hatte während des Vormittags einige Felle zu gutem Preis erworben, um seine Existenzberechtigung auf Anchorot nachzuweisen und sein privates Taschengeld aufzubessern. Das war auch im Sinne der Solaren Abwehr durchaus legal und ehrenhaft. Um mit den Leuten in Kontakt zu bleiben, mußten Skopins und seine beiden »Gehilfen« hin und wieder die Kneipen und Vergnügungslokale Charotas aufsuchen, und das war nicht gerade billig.

Skopins wußte nichts vom Fall Laurin. Er hatte Gerüchte vernommen, das Solsystem sei vernichtet worden, doch er konnte ihnen keinen Glauben schenken. Erstens bestand noch immer Kontakt zu seinen Dienststellen auf anderen Planeten, und zweitens tauchte Goratschin bei ihm auf. Das genügte ihm als Beweis dafür, daß die Geschichte mit der Vernichtung nichts anderes als eine plumpe Lüge war. Als man Skopins nach Anchorot schickte, konnten die SolAb-Befehlsstellen nicht ahnen, daß er einmal sehr wichtig werden sollte. Deshalb war er auch nicht in die Vorgänge im und um das Solsystem eingeweiht worden.

Goratschin erschien zum Mittagessen und berichtete von seinem nächtlichen Erlebnis. Sechs bis acht Wochen würde es noch dauern, bis Rhodan ihn wieder abholen ließ, wenn inzwischen nichts geschah, was auf einen Zusammenhang mit Ribald Corello hindeutete.

»Ich glaube, ich sollte mich auch heute tagsüber aus dem Haus wagen«, schlug Iwan für sich und Iwanowitsch vor. »Wir müssen diesen Corello regelrecht herausfordern, oder er wird warten, bis ich Anchorot verlassen habe. Falls er überhaupt weiß, daß ich hier bin.«

»Ist das nicht zu gefährlich?« erkundigte sich Skopins besorgt. »Vielleicht handelte es sich bei dem Zwischenfall mit den Fellen nur um eine Einzelaktion, wenn ich auch immer noch davon überzeugt bin, daß dieser Supermutant dahintersteckte. Vielleicht plant er überhaupt keinen Angriff auf uns. Vinzsa jedenfalls wurde vorher nicht gewarnt.«

»Zurück zu meinem Vorschlag«, sagte Iwan. »Vielleicht begleiten Sie mich, Captain. Lassen Sie Ihre Pseudogeschäfte von Ihren beiden Untergebenen erledigen. Wenn Sie einen Rundflug unternehmen, erregt das keinen Verdacht. Und nicht jeder muß ja wissen, daß ich dabei bin. Auf der anderen Seite scheint es mir nun fast besser zu sein, man erfährt von meiner Anwesenheit, dann wissen wir auch, ob er etwas im Schilde führt.«

Skopins seufzte.

»Und wann geht es los?«

»Heute«, sagte Iwanowitsch.

Sie starteten wenige Stunden vor Sonnenuntergang.

Skopins' Gleiter war ein Spezialfahrzeug. Er verfügte über eine geschlossene Kabine, in der mehrere Personen leicht Platz fanden. Lebensmittel waren für einige Tage vorhanden. Die Bewaffnung war derart, daß man sich damit gegen eine halbe Armee verteidigen konnte. Hinzu kamen eine ausgezeichnet funktionierende Hyperfunk-Einrichtung und andere technische Geräte. Unter anderem eine Notrufanlage, mit der Skopins jederzeit ferngesteuerte Space-Jets herbeirufen konnte, die in seiner eigentlichen Zentrale im Westgebirge startbereit warteten.

Diese Zentrale wollte er Goratschin zeigen.

»Sie war schon eingerichtet, als ich hierher abkommandiert wurde«, erklärte er, als der Gleiter sanft startete und Kurs nach Norden nahm. »Es wäre natürlich aufgefallen, hätte man eine solche Anlage in Charota errichtet. Man wählte das Westgebirge, dreihundert Kilometer von hier. Sie ist voll automatisiert und kann von meinem Büro aus gesteuert werden. Im Notfall jedoch steht sie mir mit ihrer ganzen Kampfkraft zur Verfügung. Ein Knopfdruck genügt.« Er deutete auf eine kleine separate Schalttafel neben den Flugkontrollen. »Damit kann ich praktisch eine Armee in Marsch setzen.«

»Ganz klug ausgedacht«, lobte Iwan Goratschin. Iwanowitsch nickte.

Sie überflogen zuerst einen Streifen Urwald und näherten sich der nördlichen Wüste, die später weiter westlich in das Gebirge überging. Der Ozean lag im Osten.

Um zu der Zentrale zu gelangen, hätten sie in südwestlicher Richtung zurückfliegen müssen. Aber dazu kam es nicht mehr.

Im Funkempfänger, der ständig eingeschaltet blieb, war plötzlich eine harte, befehlsgewohnte Stimme. Im üblichen Interkosmo sagte sie:

»Goratschin, ich weiß, daß Sie sich in dem Gleiter befinden, der von Captain Skopins, einem Agenten Rhodans, gesteuert wird. Landen Sie in der Wüste und geben Sie keinen Alarm, sonst werden Sie niemals erfahren, was ich mit dem Planeten Anchorot vorhabe. Landen Sie und steigen Sie aus.«

Skopins starrte auf die Geräte und schien nicht mehr fähig zu sein, sich auch nur noch zu rühren. Er war nicht mentalstabilisiert. Goratschins beiden Köpfe sahen sich fragend an.

Corello? Von wo aus sprach er zu ihnen?

Iwanowitschs linke Hand (die rechte Hand Goratschins gehörte Iwan) streckte sich vor. Der Ortungsschirm wurde eingeschaltet, und als er hell wurde, war nach einigem Suchen ein Raumschiff auf ihm zu erkennen. Es hatte einen Durchmesser von achtzig Metern, war kugelförmig und stand genau vierhundert Kilometer über der Wüste.

»Wir landen«, sagte Skopins plötzlich, ehe Goratschin eine Entscheidung treffen konnte.

Gleichzeitig verspürte der Mutant die über ihn hereinbrechende Flut hypnosuggestiver Wellen, die ihm jedoch nichts anhaben konnten. Er registrierte sie mit seinem mutierten Gehirn, das war alles.

Skopins hingegen war kein Mutant. Er mußte dieser Beeinflussung erliegen, ob er wollte oder nicht. Wahrscheinlich war sein plötzlicher Entschluß, der Aufforderung des Unbekannten nachzukommen, bereits ein Ergebnis dieser Beeinflussung.

Goratschin unternahm nichts dagegen.

Für ihn war nun endlich die langersehnte Gelegenheit gekommen, sich mit dem unheimlichen Gegner zu unterhalten.

Er konnte nicht ahnen, was ihm bevorstand und daß er nur eine Figur im kosmischen Spiel des Supermutanten Ribald Corello darstellte.

Der Gleiter setzte auf, und der Antrieb erstarb. Skopins blieb ruhig auf seinem Platz sitzen. In seine Augen war ein starrer Glanz getreten, der Goratschin alles verriet. Allerdings schien es so zu sein, daß Skopins noch immer bei klarem Verstand war.

»Spüren Sie etwas, Skopins?«

Der Offizier nickte.

»Ja, allerdings. Ein merkwürdiges Gefühl, Zwangsvorstellungen glaube ich. Ich wollte gar nicht landen, aber ich mußte es tun. Jemand hat mir den Befehl dazu gegeben.«

»Corello, ganz klar!«

»Meinen Sie? Aber das ist doch Unsinn! Ich könnte jederzeit wieder starten, wenn ich das wirklich wollte.«

»Dann wollen Sie doch, Skopins!«

Goratschin wartete gespannt, was geschehen würde. Skopins

lehnte sich vor und legte die Hände auf die Kontrollen, dann zögerte er. Nach fast einer Minute lehnte er sich wieder zurück und schüttelte den Kopf.

»Ich weiß nicht, ob ich es nicht will oder ob ich es nicht darf. Was soll das?«

»Sie werden hypnosuggestiv beeinflußt, aber Sie reagieren anscheinend nicht hundertprozentig darauf. Können Sie sich das erklären?«

»Nein. Das verstehe ich nicht. Es sei denn, Corello kann nicht so gut zaubern, wie allgemein angenommen wird. Dann wäre er auch nicht so gefährlich . . .«

Goratschin winkte ab. Ihm fiel auch keine plausible Erklärung für das Phänomen ein, aber er hatte schließlich die Auswirkungen von Corellos Können auf anderen Welten gesehen. Wer das fertigbrachte, konnte auch einen Captain Skopins unter seinen Willen zwingen.

Goratschin machte den Fehler, zu wenig darüber nachzudenken.

Er sagte zu Skopins:

»Kommen Sie, steigen Sie aus. Ich muß Sie im Auge behalten, denn es könnte sein, daß Sie hypnosuggestiv den Befehl erhalten, mich hinterrücks niederzuschießen. Ich muß ganz sichergehen, damit so etwas nicht passiert. Bringen Sie einen Strick mit.«

Skopins fand eine starke Nylonschnur im Werkzeugkasten und gab sie Goratschin, als er nach ihm aus der Kabine kletterte. Sie standen in der Wüste. Weit und breit gab es keine Deckungsmöglichkeit, wenn man von flachen Sandmulden und einigen Dünen absah. Es gab keinen günstigeren Platz für einen plötzlichen Überfall mit überlegenen Kampfmitteln.

»Kommen Sie her, Skopins. Leisten Sie keinen Widerstand, das wäre genau das, was Corello möchte. Ich weiß nicht, wie er sich eine Unterredung mit mir vorstellt, vielleicht kommt er in einem Landeboot. Es kann aber auch sein, daß er uns entführen möchte. Bleiben Sie in der Nähe des Gleiters, und wenn ich überfallen werde, holen Sie Hilfe herbei – wenn Sie können. Ich werde Sie so binden, daß Sie immer noch auf Ihre Knöpfe drücken können. Außerdem werden Sie in der Lage sein, die Verschnürung nach einer halben Stunde ohne meine Hilfe zu lösen.«

Skopins dachte noch klar genug, um die Vorsichtsmaßnahme einzusehen, obwohl er versicherte, er würde niemals auf die Idee kommen, Goratschin in den Rücken zu fallen. Aber der Mutant ließ sich nicht darauf ein. Er vergewisserte sich, daß Skopins im Augenblick nichts gegen ihn unternehmen konnte, dann ließ er ihn beim Gleiter zurück und ging hinaus in die Wüste.

Es war ziemlich heiß an diesem Tag, und die Sonne Tay-Labo brannte vom Himmel herab. Goratschin stellte fest, daß er nicht durch den Sand ging, sondern mehr durch getrocknete Erde, die sogar noch Spuren einstiger Vegetation verriet. Wenn es hier einmal richtig regnete, konnte sich die Wüste über Nacht in ein Paradies verwandeln.

Er schaltete die Kühlung seines Kampfanzuges ein und sah nach oben.

Immer noch fluteten die Hypnowellen über ihn hinweg und versuchten, ihn in ihren Bann zu ziehen. Es war für ihn kein Problem, sie abzuwehren.

»Corello, wenn du mich haben willst, mußt du andere Maßstäbe anlegen!« sagte Iwan Goratschin grimmig.

»Sehr richtig«, stimmte Iwanowitsch ihm zu.

Die Zwillingsköpfe waren sich einig.

Aber sie wußten nicht, ob Corello sie verstanden hatte. Sie kannten seine Fähigkeiten nicht genug, aber einen Weg der Verständigung ohne Geräte mußte es zweifellos geben, sonst hätte der Supermutant nicht das Verlassen des Gleiters befohlen.

Oder wollte er über das Funkgerät mit ihnen sprechen?

Iwan schaltete den Empfänger des Kampfanzuges ein, aber nur die statischen Störgeräusche der Sonne waren zu hören. Er schaltete wieder ab.

Zufällig sah er dann nach oben.

Captain Skopins erlebte unterdessen die schrecklichsten Stunden seiner Laufbahn, obwohl er im Grunde genommen noch gar nicht erfassen konnte, wie schrecklich sie in Wirklichkeit waren. Er war bei vollem Bewußtsein, spürte jedoch die hypnosuggestive Beeinflussung tief im Unterbewußtsein. Sie schien zu versuchen, sich seiner völlig zu bemächtigen, aber es gelang ihr nicht. Wohl verspürte er den Drang, Goratschin niederzuschießen, aber noch überwogen bei ihm das Pflichtgefühl und die Treue zum Imperium. Er hatte sogar noch die Kraft, trotz seiner gefesselten Hände die Injektionspistole aus der Tasche zu ziehen, die er mit der letzten Geheimsendung erhalten hatte. Wenn er sich mit dem darin enthaltenen Serum impfte, versank er für Stunden in Tiefschlaf und konnte hypnosuggestiv nicht mehr beeinflußt werden.

Er schob sie in die Tasche zurück. Die Injektion war vorerst nicht notwendig.

Er lehnte sich gegen den Gleiter und sah Goratschin nach, der einige hundert Meter entfernt mitten auf einer flachen Düne stehengeblieben war und hinauf in den Himmel blickte.

Da sah Skopins es auch.

Der Himmel war voll schwarzer Punkte, die langsam tiefer schwebten. Beim Näherkommen identifizierte Skopins sie als Kampfroboter unbekannten Typs, die von humanoiden Lebewesen in schweren Schutzanzügen begleitet wurden. Sie regneten förmlich vom Himmel.

Das eigentliche Raumschiff, aus dem sie kamen, blieb unsichtbar.

Wieder wurde Skopins von widersprüchlichen Wünschen hin und her gerissen. Auf der einen Seite wollte er Goratschin zu Hilfe eilen, auf der anderen hätte er gern seine Waffen auf ihn gerichtet, um ihn zu töten.

Er blieb passiv und wartete ab.

Auch Goratschin schien abzuwarten. Skopins konnte sehen, wie er unbeweglich auf der Düne stand und mit beiden Köpfen nach oben blickte.

Einige der Roboter landeten zuerst. Sie marschierten sofort auf Goratschin zu, der ihnen erwartungsvoll entgegensah. Aber dann begingen sie einen entscheidenden Fehler.

Sie eröffneten das Feuer auf den Doppelkopfmutanten.

Damit klärten sich endlich die Fronten.

Goratschin konnte handeln.

Die Roboter, die ihm am nächsten waren, explodierten in fürchterlichen Detonationen und wurden sofort vernichtet. Damit jedoch gab sich Goratschin nicht mehr zufrieden. Er peilte auch die herabschwebenden Kampfeinheiten an und machte sie unschädlich, ehe sie landen und das Feuer auf ihn eröffnen konnten.

Skopins sah, daß Goratschin seinen grünen HÜ-Schirm eingeschaltet hatte. Seine eigenen Fähigkeiten blieben dadurch unbeeinflußt.

Nach den Robotern und Humanoiden kamen Flugpanzer und andere bewaffnete Fahrzeuge, die Goratschin einkreisten und erbittert angriffen. Es war Skopins, als solle eine Festung eingenommen werden. Wie festgenagelt stand er neben seinem Gleiter, ein stummer und zu jeder Bewegung unfähiger Zuschauer.

Goratschin wehrte sich verzweifelt. Er begann zu ahnen, daß er gegen diese Übermacht bald nicht mehr ankam. Er konnte mit seiner tödlichen Macht nicht überall zugleich sein, und das hätte bei diesem Übergewicht des Gegners der Fall sein müssen.

Das Raumschiff – wo war das Raumschiff? Wenn er es sehen und vernichten konnte, blieb der Nachschub für den Gegner aus. Und wahrscheinlich tötete er dann auch zugleich Ribald Corello.

Iwan und Iwanowitsch sahen beide nach oben. Einmal glaubte Iwan, hoch im Himmel ein silberschimmerndes Pünktchen entdecken zu können, aber ehe er sich darauf konzentrieren konnte, war es schon wieder verschwunden.

Mit einem Knistern und einem nachfolgenden Donnerschlag erlosch der grüne Schutzschirm Goratschins. Die wenigen Sekunden der Unachtsamkeit hatten genügt, den Robotgegnern das zerstörende Punktfeuer zu ermöglichen. Der HÜ-Schirm war zusammengebrochen.

Schutzlos war der Mutant für wenige Augenblicke seinen Gegnern preisgegeben, und sie nutzten es.

Ein schwerer Treffer aus der Thermowaffe eines soeben gelandeten Flugpanzers erwischte Goratschins rechten Kopf, Iwan, und verbrannte ihn bis zur Unkenntlichkeit. Er neigte sich kraftlos zur Seite und gab auf Iwanowitschs verzweifelten Rufe keine Antwort mehr.

Skopins beobachtete es und rührte sich nicht, denn der Bann des fremden und unheimlichen Willens hielt ihn gefangen und ließ ihn nicht mehr los. Zu seinem Schrecken verspürte er sogar so etwas wie Genugtuung, als er Goratschins rechten Kopf sterben sah.

Iwanowitsch wußte, daß sein Leben mit dem seines mit ihm zusammengewachsenen Bruders eng verbunden war. Keiner würde ohne den anderen leben können. Er glaubte, noch Bewegung bei Iwan entdecken zu können. Wahrscheinlich war er nur bewußtlos, aber einen zweiten Treffer würde er kaum überstehen.

Iwanowitsch kämpfte nun rücksichtslos und ohne jeden Kompromiß, aber da Iwan ausfiel, konnte er nur noch mit halber Kraft kämpfen. Aber auch sie genügte, den Robotgegner zu dezimieren.

Und nun geschah das, worauf Iwan vorher vergeblich gewartet hatte.

Das Raumschiff tauchte auf.

Es mußte das gleiche Schiff sein, das sie vorher auf den Orterschirmen des Gleiters gesehen hatten – kugelförmig, achtzig Meter und silbern.

Das Schiff Ribald Corellos?

Iwanowitsch wußte es nicht, aber es war ihm auch egal. Jedenfalls kamen die angreifenden Roboter und Panzer aus diesem Schiff, und er mußte es vernichten, koste es, was es wolle. Er visierte das Schiff an, konzentrierte sich, so gut er es vermochte, und dann löste er die Spontanreaktion aus.

Das Raumschiff verglühte in einer ungeheuren Atomexplosion.

Skopins schloß geblendet seine Augen, und als er sie wieder öffnete, sah er, wie der immer noch lebende Iwanowitsch Goratschin die angreifenden Roboter zurückjagte und zerstörte. Ihm schien nicht beizukommen zu sein, und sein Schmerz über den Verlust des Bruders mußte ihm wahre Titanenkräfte verliehen haben.

Bis er einem Angriff aus dem Hinterhalt zum Opfer fiel.

Skopins sah ihn kommen, aber er unternahm nichts. Er hätte auch nichts unternehmen können, wenn er gewollt hätte. Zwei der Roboter hatten die Düne umgangen und schlichen von hinten an Goratschin heran. Der hatte genug mit seinen von vorn angreifenden Gegnern zu tun. Er bemerkte die Gefahr nicht, obwohl ein Ruf Skopins genügt hätte.

Zwei Energieschüsse trafen seinen Kopf und ließen den Riesen taumeln. Sofort stellten die anderen Roboter das Feuer ein. Goratschin wehrte sich nicht mehr.

Iwanowitsch konnte nicht mehr kämpfen. Iwan war mit ziemlicher Sicherheit tot. Er, Iwanowitsch, würde allein ohnehin nicht mehr leben können. Jetzt unterlag er dem gleichen Gegner, der seinen Bruder getötet hatte.

Er sah nichts mehr, er war blind. Und er konnte seinen Gegner nur dann erledigen, wenn er ihn sah. Hilflos stand er da auf der Düne, und er spürte den näher kommenden Feind. Sein Kopf schmerzte, denn er war verbrannt worden wie der Iwans.

Dann verlor er das Bewußtsein.

Er sank haltlos zu Boden.

Die Kampfroboter Corellos kreisten ihn ein.

Captain Skopins erlebte alles mit wie in einem Traum. Dabei hätte er nur den Schritt in die Kabine des Gleiters zu tun brauchen, um mit einem Fingerdruck Hilfe herbeiholen zu können. Immerhin war es ihm inzwischen gelungen, seine Fesseln zu lösen.

Er sah, wie das fremde Raumschiff vernichtet wurde und erlebte, wie Goratschin nach heldenhaftem Widerstand fiel. Vielleicht würde er einmal darüber zu berichten haben, später, wenn er noch Gelegenheit dazu erhielt.

Aber jetzt galt es erst einmal, zu überleben.

Die Roboter des Supermutanten würden ihn nicht töten, denn er hatte sich nicht gegen sie gewandt. Er war beeinflußt worden und hatte sich gefügt. Corello mußte das wissen. Er tötete keine Verbündeten, auch dann nicht, wenn sie es nur aus Zwang wurden.

Skopins spürte plötzlich, daß der unsichtbare Zwang wieder stärker auf ihn ausgeübt wurde. Ein Schauer hypnosuggestiver Impulse prasselte gegen sein Bewußtsein, durchschlug den schwachen Schutz.

Skopins taumelte, hielt sich aber noch auf den Beinen. Er sah ein Raumschiff am Himmel auftauchen und langsam herabschweben. Keine hundert Meter von der Düne entfernt, auf der Goratschin lag, landete es.

Dann verwirrte sich sein Geist. Tausende verschiedener Eindrücke bestürmten ihn, vermischten Wirklichkeit mit Traum und ließen die Realität zu einem abstrakten Mosaik werden.

Captain Skopins verlor für genau drei Stunden die Besinnung.

Er glaubte nur noch erkennen zu können, daß Menschen und Roboter aus dem Schiff kamen und auf Goratschin und ihn zugingen.

Dann sah er nichts mehr.

Als er genau drei Stunden später wieder erwachte, war diese Zeitspanne aus seinem Leben gestrichen. Das aber konnte er zu diesem Zeitpunkt noch nicht wissen.

Niemand wußte es.

Nur Ribald Corello.

31.

Nachdem Ranchold, der Jäger, sich an diesem Tag richtig ausgeschlafen hatte, beschloß er mit dem altmodischen Wüstenjeep eine Erkundungsfahrt zu unternehmen. Die Fallen hatten Zeit bis später und waren im Augenblick nicht so wichtig. Er legte das Nadlergewehr auf den Rücksitz und überprüfte das Funkgerät, mit dem er jederzeit seine Frau oder die Notstation in Charota rufen und empfangen konnte. Eine Gleiterpatrouille hatte erst vor wenigen Tagen einen mit Touristen besetzten Jagdwagen vor dem wütenden Angriff einer Herde elefantenähnlicher Großtiere in letzter Sekunde retten können.

Er fuhr nach Osten, am Waldrand entlang. Durch den Urwald selbst führten nur wenige Pfade, die von den Hornelefanten angelegt worden waren. Zum Glück handelte es sich aber auch hier um keinen tropischen Urwald, wie man ihn von der Erde her gewohnt war, sondern mehr um einen Hochwald mit Laub- und Nadelbäumen und dichtem Unterholz.

Nach zwanzig Kilometern erreichte er die breite Naturschneise, die den Weg nach Norden und zur Wüste freigab. Hier wuchsen keine Bäume, denn der Boden war felsig und nur an manchen Stellen mit einer dünnen Erdschicht bedeckt, in der Gräser und magere Sträucher Wurzeln faßten. Der Jeep kam mühelos voran.

Als die Sonne hoch am Himmel stand, legte Ranchold eine Pause ein. Er unterhielt sich einige Minuten mit seiner Frau, dann kochte er Tee und öffnete eine Konserve. Weit im Westen schimmerte bläulich der Gipfel des Gebirges. Aber auch im Norden waren einige Gipfel zu erkennen. Sie gehörten zu den Ausläufern des Gebirges.

Davor lag die Wüste.

In ihr gab es keine Twiesel, denn die bevorzugten den Urwald. Aber in der Wüste lebten die kleinen Ruggets, kaninchengroße Tiere mit einem seidigen, wertvollen Pelz. Ranchold jagte sie nur selten, denn ihr Pelzwerk wog das Risiko einer Begegnung mit den gefährlichen Hornelefanten nicht auf. Nur wenn das Geld wirklich knapp wurde, begab er sich widerstrebend und mit sehr gemischten Gefühlen auf Ruggetsjagd.

Heute plante er nichts dergleichen. Er wollte einfach mal allein mit sich sein und faulenzen. Er hätte auch zu Hause bleiben können, aber da gab es immer wieder Arbeit. Die Ausbesserung des Gartenzaunes hatte er kurzerhand verschoben.

Die Begegnung mit Goratschin ging ihm nicht aus dem Kopf. Er war von Natur aus nicht besonders neugierig, aber das Auftauchen dieses wichtigen Mutanten begann ihn zu interessieren. Hier draußen konnte er in Ruhe darüber nachdenken.

Er packte zusammen und fuhr weiter. Einmal sah er in großer Höhe einen Gleiter nach Norden ziehen, aber er kümmerte sich nicht darum. Vielleicht ein Jäger oder Händler, der eine der abgelegenen Siedlungen besuchte. Ihn ging das nichts an. Er hatte seine eigenen Sorgen.

Die Schneise wurde breiter, dann trat links und rechts der Wald zurück. Allmählich ging er in die Wüste über, die sich bis zum fernen Horizont erstreckte.

Abrupt hielt Ranchold plötzlich an, als er weit vor sich, mindestens zwanzig Kilometer entfernt, einen grellen Lichtblitz sah. Geblendet schloß er die Augen und stellte den Motor ab. Der Jeep rollte noch ein Stück, bis er in der Mitte einer Mulde zum Stillstand kam. Ranchold kletterte steifbeinig aus dem Sitz und sah sich nach allen Seiten um.

Er konnte sich den Lichtblitz nicht erklären, aber wahrscheinlich stammte er von einer Explosion, allerdings von einer, die in großer Höhe stattgefunden hatte. Von der Mulde aus konnte er nur einen Sektor des Himmels sehen, rund und nicht sehr groß. Aber im Norden blitzte es noch mehrmals auf, allerdings außerhalb seines Sichtbereiches.

Er ließ sein Fahrzeug stehen und ging am nördlichen Rand der Mulde weiter, bis er die Wüste wieder überblicken konnte. Erst jetzt bemerkte er die dunklen Punkte, die vom Himmel schwebten und ebenfalls kleine, aber intensive Energieblitze von sich gaben. Ranchold besaß genug Kenntnisse, um zu wissen, daß Kampfroboter ein Gefecht lieferten. Sie griffen irgendein Ziel auf der Oberfläche an, das er jedoch nicht erkennen konnte. Er wagte es auch nicht, näher heranzufahren.

Die Explosionen wurden immer heftiger und greller. Eine Welle hypnosuggestiver Befehle streifte Ranchold, konnte ihn jedoch nicht weiter beeinflussen. Immerhin bewirkte sie, daß er in seiner Mulde blieb und sich nicht weiter um die rätselhaften Geschehnisse kümmerte.

Fast drei Stunden lang.

Dann raffte er sich auf, kehrte zum Jeep zurück, startete und fuhr nach Norden.

Als er die zwanzig Kilometer zurückgelegt hatte, waren seit Beendigung des Energiegefechtes exakt drei Stunden vergangen. Ausgerechnet jene drei Stunden, die aus Captain Skopins Leben gestrichen worden waren.

Er näherte sich den Dünen und entdeckte den gelandeten Gleiter. Davor lag ein Mann im Sand. Er richtete sich gerade auf. Wahrscheinlich hatte er geschlafen und erwachte in diesem Moment.

Ranchold fuhr bis zu ihm, stellte den Motor ab und stieg aus.

Er erkannte den Händler Skopins.

»Mann, Skopins, was tun Sie denn hier? Kann ich Ihnen helfen?«

Ranchold kam nicht der Gedanke, den Händler mit den Geschehnissen in Verbindung zu bringen, die er beobachtet hatte. Er stellte nur fest, daß Skopins selbst nicht zu wissen schien, was mit ihm geschehen war. Er richtete sich auf, sah Ranchold verwundert an und schien sich erst dann zu erinnern, daß etwas Ungewöhnliches passiert war.

»Goratschin! Was ist mit ihm?«

Ranchold sah ihn forschend an.

»Was soll mit dem Mutanten sein?«

»Er ist mein Gast. Wir unternahmen einen Flug in die Wüste und wurden von Kampfrobotern überfallen.« Er stutzte und blickte Ranchold forschend an. »Sie kennen Goratschin ebenfalls?«

»Ich begegnete ihm, Skopins.«

Skopins nickte beruhigt.

»Goratschin berichtete mir davon. Er tötete einen Twiesel bei Ihrer Falle.«

Ranchold setzte sich zu ihm.

»Was ist geschehen, Skopins? Ich habe das Energiegefecht aus einer Entfernung von zwanzig Kilometern beobachten können. Seitdem sind Stunden vergangen. Wo steckt Goratschin?«

»Ich fürchte, er ist tot. Von den Robotern getötet. Ich muß ohne Bewußtsein gewesen sein – ach, und nun weiß ich auch, warum.« Er öffnete seine Hand, die sich zur Faust geschlossen hatte. In ihr lag eine zerbrochene Injektionspistole. »Es ist mir also doch noch im letzten Augenblick gelungen, eine Injektion zu machen.«

»Was für eine Injektion, Skopins?«

»Tiefnarkose, Ranchold. Sie schützt gegen hypnotische Beeinflussung. Ich nehme an, Goratschin wurde von Corello fertiggemacht. Haben Sie nichts von einem fremden Willen gespürt, der sich Ihrer zu bemächtigen versuchte?«

»Nicht viel.«

»Wahrscheinlich wollte Corello nur uns beeinflussen, sonst niemanden. Das würde erklären, warum Sie verschont blieben.« Er stand auf und schwankte ein wenig. »Los, wir müssen uns um Goratschin kümmern. Er fiel drüben bei den Dünen. Vielleicht können wir ihm noch helfen.«

Ranchold stützte Skopins, während sie gemeinsam auf die Dünen zugingen. Sie machten mehrere Umwege um vernichtete Roboter und Panzer, die halb ausgeglüht im Sand lagen.

Und dann sahen sie Goratschin.
Der riesige Mutant lag bewegungslos auf der Düne, mit beiden Gesichtern nach unten. Das rechte Bein zuckte und verriet Leben in seinem Körper. Skopins, wieder ganz Captain der Abwehr und im vollen Besitz seiner geistigen Fähigkeiten, kniete sich nieder und drehte Goratschin mit Rancholds Hilfe auf den Rücken. Der Anblick war so grauenhaft, daß er die Augen schließen mußte, um sich nicht zu übergeben. Aber dann wurde der Wille zu helfen stärker als jede Schwäche.
Skopins sah jedoch keine Möglichkeit, Iwan zu retten.
Bei Iwanowitsch, dem linken Kopf, war das anders. Nur ein Teil des Gesichtes war verbrannt worden, darunter allerdings die Augenpartie. Iwanowitsch war blind und damit hilflos geworden. Auch die Nase war durch einen energetischen Streifschuß in Mitleidenschaft gezogen worden. Er stöhnte leise vor sich hin.
»Los, Ranchold, helfen Sie mir. Wir müssen ihn zum Gleiter bringen.«
»Das schaffen wir nie. Ich habe mein Antigravgerät nicht mit.«
Skopins richtete sich auf. Seine Bedenken dem Jäger gegenüber traten in den Hintergrund. Für ihn war nur noch wichtig, Goratschin zu helfen und sein Leben zu retten.
»Bleiben Sie hier, Ranchold. Ich hole Hilfe.«
Er stand auf und lief zurück zum Gleiter. Endlich drückte er auf den Knopf, auf den er schon vor Stunden hätte drücken sollen. Er programmierte die Art der Hilfe in den winzigen Computer und kehrte dann zu Ranchold und Goratschin zurück.
»Es wird nicht lange dauern«, sagte er ruhig und kümmerte sich um den lebensgefährlich Verletzten. »Und bitte, Jäger Ranchold, wundern Sie sich über nichts, und stellen Sie keine Fragen. Goratschin rettete Ihnen in der vergangenen Nacht wahrscheinlich das Leben, zumindest hat er Sie vor Unannehmlichkeiten bewahrt. Danken Sie ihm jetzt dafür, indem Sie schweigen. Gegenüber jedermann.«
Ranchold sah Skopins forschend an, dann nickte er.
»Ich weiß jetzt, daß Sie ein Mann der Solaren Abwehr sind – aber ich werde keine Fragen stellen. Niemand wird etwas erfahren.«
»Danke, Ranchold.«
Nach einer Weile stand Skopins auf und sah nach Westen. Über dem Gebirge war ein dunkler Punkt zu erkennen, der sich mit rasender Geschwindigkeit näherte. Als er deutlicher zu erkennen war,

entpuppte er sich als Space-Jet terranischer Bauart. Das kleine Raumschiff in der Form eines Diskus wurde ferngesteuert und landete keine fünfzig Meter neben dem Gleiter Skopins', knapp hundert Meter von der Gruppe auf der Dünenkuppe entfernt.

Eine Luke öffnete sich, und zwei Roboter kamen heraus. Sie trugen einen Medikamentenkasten und eine Antigravbahre zum Transport Verwundeter. Ohne Fragen zu stellen, kümmerten sie sich um Goratschin und leisteten ihm erste Hilfe. Skopins, selbst medizinisch ausgebildet, unterstützte sie dabei und half, wo es möglich war.

Goratschin lebte, aber Skopins hätte nicht zu sagen vermocht, wie lange noch.

»Wir werden ihn in meinen geheimen Stützpunkt bringen. Kommen Sie mit, Ranchold, oder wollen Sie zurück nach Hause?«

»Mein Jeep . . .«

»Um den können wir uns später kümmern. Ich wäre Ihnen dankbar, wenn Sie mitkämen. Ich bringe Sie dann hierher zurück.«

»Gut, Skopins. Sie können sich auf mich verlassen.«

Die Roboter brachten Goratschin, der eine Beruhigungsinjektion erhalten hatte, in die Space-Jet. Skopins und Ranchold folgten. Sie ließen den Gleiter und den Jeep zurück.

Vorprogrammiert und ferngesteuert startete das Raumschiff und steuerte in direktem Flug das Gebirge an. Erst hier führte es durch gewagte Manöver und Tiefflüge eventuelle Verfolger irre und näherte sich schließlich einer hoch gelegenen Mulde, dic von den höchsten Gipfeln umgeben war. Ranchold war schon einmal hier gewesen und hatte keine menschlichen Spuren gefunden. So hoch kamen keine Twiesel, und damit fehlten auch die Jäger. Die Solare Abwehr hätte kein besseres Versteck für ihre geheime Zentrale wählen können.

Bevor die Space-Jet landete, schob sich der felsige Boden der Mulde zur Seite und gab einen Schacht frei, der breit genug war, auch größere Fahrzeuge passieren zu lassen. Langsam sank das Gefährt in die Tiefe, während sich über ihm die Öffnung wieder schloß.

Ranchold hätte später nicht zu sagen vermocht, wie tief sie in den Schoß des Gebirges hinabsanken, aber es dauerte fast zwei Minuten, bis ein sanfter Ruck die Landung anzeigte. Skopins gab den Robotern einige Befehle. Sie nahmen Goratschin wieder auf und brachten ihn aus dem Raumschiff in eine riesige Halle, die hell erleuchtet war und von der aus mehrere Korridore in alle Richtungen führten.

»Wir bringen ihn ins Hospital«, erklärte Skopins dem verblüfften Jäger. »Es ist dort alles vorhanden, sein Leben zu retten, falls das überhaupt möglich ist. Sobald er den Transport übersteht, bringe ich ihn, wenn es sein muß, ohne Erlaubnis einzuholen, zum Planeten Olymp. Nur von dort aus läßt sich seine endgültige Genesung einleiten.«

Ranchold begann, sich Gedanken zu machen. Ohne seinen Willen war er in eine Sache hineingezogen worden, die äußerste Geheimhaltung erforderte. Würde sich der Agent Skopins überzeugen lassen, daß sein unfreiwilliger Mitwisser schwieg? Oder würde er gewisse Maßnahmen ergreifen, die sein, Rancholds Leben drastisch verändern konnten?

»Sie hätten mich besser draußen in der Wüste bei meinem Jeep lassen sollen, Skopins.«

»Warum?«

»Je länger ich mit Ihnen zusammen bin, desto mehr erfahre ich. Woher wollen Sie wissen, daß ich wirklich den Mund halte?«

Skopins lächelte.

»Sie werden schweigen, Ranchold, denn ich werde dafür sorgen, daß Sie und Ihre Familie künftig ein besseres Leben haben. Betrachten Sie meine Fürsorge nicht als Schweigegeld, sondern als Belohnung für Ihre Hilfe. Verkaufen Sie künftig Ihre Felle nur an uns, dann erhalten Sie automatisch die zehnfache Summe dafür. Diese Abmachung gilt, solange Sie den Mund halten. Ist das fair?«

Jäger Ranchold nickte.

»Fair und zugleich eine Garantie. Ich danke Ihnen.«

»Fein – und wir sind da.«

Die Roboter hatten Goratschin auf einen breiten Operationstisch gelegt und waren zurückgetreten, um weitere Befehle abzuwarten. Aber Skopins benötigte sie nun nicht mehr. Er ließ sich nur noch die notwendigen Instrumente geben, dann schickte er sie auf den Korridor hinaus.

»Sie können mir assistieren, Ranchold. Sie brauchen mir nur die Instrumente zu reichen.«

»Gut.«

Als erstes klemmte Skopins die unterbrochenen Arterien des rechten Kopfes ab und behandelte alle Brandwunden mit Zellplasma. Die Augen Iwanowitschs konnte er mit seinen Mitteln nicht retten, aber sicherlich würden man anderswo schon wissen, was zu tun war.

Zehn Minuten nach der Injektion kreislaufstabilisierender Mittel wurden Goratschins Lebenszeichen kräftiger. Der Pulsschlag wurde regelmäßiger und stärker. Weder der rechte noch der linke Kopf kamen zu Bewußtsein. Aber Goratschin atmete. Er lebte.

»Wir müssen ihm jetzt Ruhe gönnen, Ranchold. Ich werde Sie inzwischen zu Ihrem Jeep zurückbringen und dann meine Leute in Charota unterrichten. Während meiner Abwesenheit können Sie sich jederzeit an sie wenden.«

Er gab den Robotern erneut seine Anordnungen und brachte Ranchold in die Space-Jet. Auf dem Weg dorthin passierten sie weitere Hangars, in denen andere Raumschiffstypen, Flugpanzer und Gleiter standen. Servo-Roboter bewegten sich fast geräuschlos hin und her und kümmerten sich nicht um die beiden Männer.

»Eine schlagkräftige Armee haben Sie hier in den Bergen versteckt, Skopins. Ist das nötig?«

»Im Augenblick nicht, Ranchold. Aber wir wissen aus Erfahrung, daß immer irgendwann ein Zeitpunkt kommen kann, da solche Waffen benötigt werden. Leider ist das so. Kommen Sie, wir wollen keine Zeit verlieren – und denken Sie an unsere Abmachung.«

Sie starteten, nachdem Skopins den Flug und den Aufenthalt programmiert hatte. Auch der Rückflug zum Stützpunkt würde ferngesteuert erfolgen.

In der Wüste war alles unberührt. Skopins heimliche Befürchtungen, Corello oder seine Bundesgenossen könnten zurückgekehrt sein, bewahrheiteten sich nicht. Er war sich immer noch nicht sicher, ob es Goratschin wahrhaftig gelungen war, den Supermutanten selbst zu töten, als er das Schiff vernichtete. Er mußte an das zweite Schiff denken, dessen Landung er beobachten konnte, bevor er das Bewußtsein verlor.

Sie verließen die Space-Jet, die nur einige Minuten wartete und dann zum Gebirge zurückflog, wo sie in dem unterirdischen Stützpunkt verschwand. Ranchold untersuchte den Jeep. Er fand alles in Ordnung. Auch Skopins' Gleiter gehorchte den Kontrollen.

Die beiden Männer verabschiedeten sich.

»Viel Glück, Skopins. Ich wünsche Goratschin alles Gute.«

»Danke, Ranchold. Grüßen Sie Ihre Frau. Sobald ich zurück bin, statte ich Ihnen einen Besuch ab. Und vergessen Sie unsere Abmachung nicht.«

»Keineswegs. Ein Twieselfell liegt schon bereit. Kann ich es morgen abliefern?«

»Natürlich, zu den vereinbarten Bedingungen. Zehnfacher Preis.

Aber auch das muß unter uns bleiben, sonst schöpfen die anderen Händler Verdacht.«

»Selbstverständlich. Also – guten Flug!«

Er startete den Jeep und fuhr in südlicher Richtung davon. Zurückblickend sah er den Gleiter in die Höhe steigen und mit großer Geschwindigkeit ebenfalls nach Süden abbiegen.

Er hatte das Gefühl, heute einen guten Tag erlebt zu haben.

Dieses Gefühl allerdings hatte Skopins nicht. Es war nicht allein die Sorge um Goratschin, die ihn bedrückte. Es war vielmehr die Tatsache, daß der Supermutant auf den Planeten Anchorot aufmerksam geworden war. Er hatte eine Menge Kampfmaschinen hier verloren und würde sicher zurückkehren, um sich dafür zu rächen. Vielleicht würde er sogar versuchen, den ganzen Planeten unter seine Kontrolle zu bringen.

Es wurde Zeit, die Solare Abwehr zu warnen.

Für Skopins gab es nur eine Möglichkeit, das in Verbindung mit der Rettung Goratschins zu tun: Er mußte zu dem Planeten Olymp, der zugleich seine Verbindungszentrale darstellte. Dort saßen seine Vorgesetzten und direkten Stellvertreter Deightons.

Er landete den Gleiter im Hof seiner offiziellen Geschäftsstelle und fand seine beiden »Angestellten« im Büro. Nachdem er geschildert hatte, was geschehen war, setzte er seinen Flug nach Olymp für den folgenden Tag an. Heute war es schon zu spät, die Sonne war längst untergegangen und die Nacht hereingebrochen. Einige Stunden Schlaf würden ihm guttun.

Niemand auf Anchorot schien den ganzen Zwischenfall bemerkt zu haben, außer natürlich Ranchold, der Jäger.

Skopins schlief nicht gut in dieser Nacht. Immer wieder wurde er von Alpträumen gequält und aufgeweckt. Gegen Morgen endlich nahm er ein Schlafmittel und ärgerte sich, nicht früher daran gedacht zu haben. Am späten Vormittag erwachte er, machte sich reisefertig und ließ sich von einem seiner Männer zum Versteck in den Bergen bringen. Nach letzten Instruktionen entließ er ihn und begab sich sofort zum Krankenlager Goratschins.

Iwanowitsch hatte das Bewußtsein wiedererlangt. Er konnte mühsam sprechen, denn sein Mund war unverletzt geblieben.

»Skopins . . .«, stöhnte er, als dieser ihn begrüßt hatte und sich nach seinem Befinden erkundigte. »Iwan ist tot?«

»Ich weiß es nicht genau, Iwanowitsch. Es ist schwer, das einwandfrei festzustellen. Ich habe getan, was ich konnte. Ich werde Sie nach Olymp bringen. Man wird Ihnen helfen, daran kann kein Zweifel bestehen.«

»Ja, das ist gut. Wann?«

»Jetzt gleich, wenn Sie sich kräftig genug fühlen.«

»Wird schon gehen. Vielen Dank, Skopins.«

»Ist meine Pflicht, Ihnen zu helfen, davon ganz abgesehen.«

Die Sanitätsroboter brachten Goratschin in die Space-Jet, während Skopins den komplizierten Kurs nach Olymp anhand der vorhandenen Daten errechnete und in den Bordcomputer speicherte. Das robotgesteuerte Schiff würde den Weg zu dem Handelsplaneten automatisch finden und dort in die Landekreisbahn geben. Die Landung erfolgte dann nach gegebener Erlaubnis per Handsteuerung oder vom Planeten aus ferngelenkt.

Skopins wartete, bis es wieder dunkel wurde, dann startete er.

Auf Anchorot gab es noch keine perfekten Ortungsanlagen und so konnte die Space-Jet unbemerkt den Planeten verlassen und in den Weltraum vorstoßen. Skopins wartete, bis er jenseits der Bahn des vierten und äußersten Planeten war, dann aktivierte er den Linearantrieb.

32.

Zu den Eingeweihten über die Rolle Olymps und seines Kaisers gehörte natürlich Gucky, der Mausbiber.

Rhodan hatte ihn vor nicht allzu langer Zeit auf Olymp abgesetzt, um einen zuverlässigen Warner hinsichtlich erneuter Übergriffe Ribald Corellos in Trade City zu wissen. Nur im Notfall sollte er über die Containerbrücke ins Solsystem zurückkehren.

Gucky war, was seinen Auftrag betraf, alles andere als begeistert gewesen. Denn hier passierte absolut nichts, was ihn interessiert hätte. Eine Weile hatte er es in der Gesellschaft des erlauchten Kaisers ausgehalten, dann wurde auch das für Gucky reizlos. Obwohl kein Telepath, konnte der geniale Roboter alle seine Handlungen im voraus berechnen und so jeden überraschenden Trick des Mausbibers vereiteln. Das machte diesem dann natürlich auch keinen Spaß mehr.

Oft begab er sich zum Hauptquartier der Solaren Abwehr in Trade City und klagte seinem speziellen Freund Leutnant Chesterham sein Leid. Die beiden kannten sich von früher her. Chesterham hatte in Terrania einen Lehrgang absolviert und war dabei an Gucky geraten.

Der 18. Juli des Jahres 3432 begann für Gucky allerdings äußerst angenehm und erfreulich. Er ahnte noch nicht, wie er enden würde.

Chesterham holte ihn pünktlich zu einem Ausflug ans Meer ab, bei dem der SolAb-Mann auf seinem Weg einige Stützpunkte inspizieren wollte. Er sah ziemlich verkatert aus, gab sich aber alle Mühe, diesen Eindruck so gut wie möglich durch fröhliches Benehmen zu verwischen.

»Hallo, altes Haus«, begrüßte er Gucky, der ihn bereits erwartete. »Schon ausgeschlafen?«

Gucky betrachtete ihn von oben bis unten.

»Das sollte man lieber dich fragen, Chester. Du siehst aus, als wärest du drei Wochen nicht ins Bett gekommen. Den Tag Urlaub hast du wahrhaftig dringend nötig. Teleportieren wir? Das geht einfacher. Weit ist es ja nicht.«

»Du hast mich ja schon einmal mitgenommen«, stimmte Chesterham zu. »Im Gleiter würde mir heute auch vielleicht schlecht. Du weißt ja, wohin wir müssen. Wo das Gebirge . . .«

»Ja, wo das Gebirge majestätisch im Meer versinkt, einige paradiesische Inseln bildet und schließlich im Sand des Ozeanbodens verläuft. Poetisch genug?«

»Geht schon. Also los. Was soll der Beutel in deiner Hand?«

»Meinst du, ich wollte verdursten oder verhungern?«

Chesterham schüttelte sich angewidert und nahm die Hand des Mausbibers.

»Also dann!«

Als die beiden wieder rematerialisierten, standen sie nicht weit vom Meer entfernt im Sand der Uferdünen. Links lagen die letzten Ausläufer des Gebirges, schroffe Felsen und ein steil abfallendes Ufer. Das Meer schimmerte etwas rötlich im Schein der Sonne. Deutlich waren die Inselketten weit draußen zu erkennen.

»Die sind doch unbewohnt?« erkundigte sich Gucky und ließ Chesterhams Hand nicht los. »Würde mich reizen.«

»Wir müssen sowieso hin. Eine unserer Stationen liegt dort. Es ist die zweite Insel von hier, die mit dem Kegelberg. Siehst du sie?«

»Ja.«

»Dann hin. Du kannst dort tauchen und schwimmen, während ich die Robotanlage überprüfe. Deshalb nämlich hat der Alte mir frei gegeben.«

»Eine merkwürdige soziale Einstellung, die dein Chef hat. Gibt dir frei, damit du arbeiten kannst. Wahrscheinlich vermutet er, daß du keinen Handschlag tust, wenn du im Dienst bist. Hat wohl seine Erfahrungen, was?«

Sie teleportierten zur Insel.

Die Station lag am Fuß des Kegelberges in einem felsigen Einschnitt, gut getarnt und schwer zu entdecken. Chesterham machte sich sofort an seine Arbeit und versprach, in zwei Stunden am Strand zu sein.

Gucky verzichtete auf weitere Teleportationen und marschierte tapfer den steinigen Pfad zur Küste hinab. Den Beutel mit Getränken und Lebensmitteln trug er über der Schulter. Das Gehen war beschwerlich, aber er ließ sich nicht entmutigen. Bewegung war gut für den Kreislauf.

Er fand eine idyllische Sandbucht mit seitlich felsigen Ufern. Das Wasser war glasklar und nur wenige Meter tief. Gucky wußte, daß es hier keine Raubfische gab. Schnell entledigte er sich seiner Kombination und spazierte in das angenehme Naß. Dann holte er tief Luft, hielt sie an und tauchte.

Nach einer Weile war er es leid. Er legte sich in den warmen Sand und ließ sich von der roten Sonne bescheinen. Einmal erwischte er Chesterhams Gedanken; der Leutnant war mit seinen Automaten beschäftigt und schien zufrieden zu sein.

Gucky aß und trank, dann döste er ein.

Zu Beginn seiner Kontrolltätigkeit war Chesterham in der Tat zufrieden, aber das sollte sich schnell ändern. Nachdem er alle Funktionen überprüft hatte, schaltete er auch noch auf Empfang, um ganz sicherzugehen, daß nicht nur die Automatik in Ordnung war.

Er bekam die Anfragen einiger Handelsschiffe herein, die über Olymp kreisten und auf Landeerlaubnis warteten. Sie wurde ihnen meist von der Raumbehörde erteilt, wenn sie sich identifizieren konnten. Nur in Sonderfällen mußte Kaiser Anson Argyris gefragt werden. Er hatte in allen Angelegenheiten stets das letzte Wort.

Chesterham suchte auf allen Frequenzen. Einmal empfing er sogar den gerafften Kodespruch eines terranischen Kreuzers, mehr als zwanzig Lichtjahre entfernt. Er war zu faul, ihn zu entschlüsseln, denn er ging ihn absolut nichts an.

Gerade als er das Gerät wieder auf Automatik schalten wollte, hörte er eine Stimme. Es war die Stimme eines Mannes in Interkosmo, aber noch ziemlich verzerrt. Mit einem geübten Griff hatte er die richtige Frequenz des Senders eingestellt. Die fremde Stimme wurde deutlicher.

». . . erbitte daher bevorzugte Landeerlaubnis auf Olymp. Ich wiederhole: Space-Jet Captain Steral Skopins von Anchorot. An Bord lebensgefährlich verletzten Mutanten Goratschin. Benötige dringend Hilfe und erbitte daher bevorzugte Landeerlaubnis . . .«

Zwischendurch kam die Positionsmeldung. Skopins war auf dem Anflug, und zwar mit Unterlichtgeschwindigkeit. Wenn alles einen Sinn haben sollte, mußte die Landeerlaubnis in der nächsten halben Stunde erfolgen.

Chesterham ließ den Empfänger laufen. Er schaltete nur die Lautstärke herab, damit Skopins Stimme ihn nicht störte. Dann rief er über den Normalfunk seine Dienststelle in Trade City. Sie meldete sich sofort.

»Sergeant Wilkins. Was ist?«

»Chesterham, Station Kegelberg. Haben Sie den Hyperfunkspruch von Skopins empfangen?«

»Soeben eingegangen, Leutnant. Wird bearbeitet.«

»Lassen Sie das. Erwirken Sie die Landeerlaubnis. Dringend.«

»Direkt über Argyris?«

»Wenn's sein muß, ja. Es ist wichtig, daß Goratschin sofort in ärztliche Behandlung kommt. Informieren Sie den Kaiser!«

»Gut, wenn Sie meinen. Aber ich allein . . .«

»Keine Sorge, ich bin in einer Viertelstunde bei Ihnen. Dann . . .«

»In fünfzehn Minuten? Leutnant, die Entfernung von Stützpunkt Kegelberg bis Trade City beträgt . . .«

»Ich habe Gucky bei mir, Sergeant. Leiten Sie schon mal alles ein. Ich helfe Ihnen dann weiter. Ende.«

»Ende«, sagte Sergeant Wilkens.

Chesterham schaltete den Manuellbetrieb wieder auf Vollautomatik und verschloß den Eingang zur Station. In leichtem Trab begab er sich zum Strand, wo er Gucky faul in der Sonne liegend vorfand. Etwas außer Atem warf er sich neben ihn in den Sand.

»Gib mir mal 'nen Schluck Limonade.«

Gucky deutete mit dem Ellenbogen in Richtung des Vorratsbeutels, der im Schatten eines Felsen lag. Er gähnte.

»Wirst gleich munter werden«, sagte Chesterham und angelte eine Flasche aus dem Beutel, öffnete sie und trank. »Wir müssen zurück, und zwar sofort.«

»Mich bringen keine zehn Saurier von hier weg«, eröffnete ihm Gucky kategorisch. »Bin ich verrückt? Da habe ich dich endlich mal soweit, einen Urlaubstag einzulegen, und du willst schon wieder zurück in das Häusermeer?« Er richtete sich plötzlich interessiert auf. »Was denkst du da? Wiederhole es laut!«

»Goratschin wurde auf Anchorot lebensgefährlich verletzt, mehr weiß ich auch nicht. Ein Captain Skopins bringt ihn in einer Space-Jet und erbittet dringend Hilfe. Muß schlimm aussehen.«

Gucky war aufgesprungen und kleidete sich mit fliegender Hast an.

»Goratschin!« Er schnappte den Beutel und packte Chesterham fest an der Hand. »Ausgerechnet Goratschin muß es erwischen! Mach die Augen zu, Chester, wir springen direkt ins Hauptquartier. Keine Sekunde ist zu verlieren. Und wenn Argyris mit der Landeerlaubnis zögert, nehme ich ihn persönlich auseinander, Kontakt für Kontakt.«

Als Chesterham wieder sehen konnte, war der herrliche Inselstrand verschwunden. Dafür stand er im Büro des Hochhauses, das der Solaren Abwehr als Unterkunft und Dienststelle diente. Sergeant Wilkins kam gerade aus der Funkzentrale.

»Alles in Ordnung, Leutnant. Die Landeerlaubnis wurde bereits gegeben. Skopins braucht noch zehn Minuten, um den Orbit zu erreichen. Entfernung von Olymp noch zwei Millionen Kilometer.«

Chesterham nickte.

»Gut. Ich werde mich inzwischen mit der Hauptklinik in Verbindung setzen. Sie sollen die besten Ärzte zum Raumhafen schicken. Goratschin muß sofort untersucht werden. Argyris soll inzwischen versuchen, Kontakt zu Rhodan herzustellen. Er muß noch unterwegs sein.«

Gucky verlor keine Sekunde mehr. Er teleportierte hinauf in sein Zimmer und legte den Kampfanzug an. Diese Vorsichtsmaßnahme mußte er ergreifen, wenn er in den Raum teleportierte. Der Kampfanzug diente zugleich als Raumanzug. Wenn er nicht sofort innerhalb der Space-Jet rematerialisierte, wäre er ohne diesen Schutz verloren gewesen.

Ohne Chesterham von seinem Vorhaben zu unterrichten, teleportierte er in die Anflugrichtung der Space-Jet. Es wäre ein unwahrscheinlicher Zufall gewesen, wenn er sie gleich gefunden hätte, und so war Gucky auch nicht weiter enttäuscht, sich allein in der Leere des Raumes wiederzufinden. Mit dem Empfänger seines Kampfanzuges jedoch fing er die schwachen Peilsignale der Space-Jet auf. Wenige Sekunden später entdeckte er sie.

Sie raste mit fast tausend Kilometern pro Sekunde auf Olymp zu und bremste dabei ständig ab. Ein winziger, schwach von der Sonne beleuchteter Punkt, der sich zwischen den zahlreichen Sternen bewegte.

Gucky konzentrierte sich auf ihn und sprang. Er rematerialisierte in der Kommandozentrale, die nur von einem Roboter besetzt war. Der kümmerte sich nicht um ihn; vielleicht hatte er ihn nicht einmal bemerkt.

Aber Gucky empfing sofort Skopins' Gedankenimpulse und fand ihn kurz danach in einer Kabine, deren Tür zum Korridor hin offenstand.

»Erschrecken Sie nicht, Skopins. Ich bin's, Gucky. Ich muß wissen, was mit Goratschin geschehen ist.«

Skopins erschrak trotzdem, was bei der gegebenen Situation durchaus verständlich sein mußte. Schließlich wähnte er sich allein auf seinem Schiff, und nun stieg plötzlich mitten im Raum einfach jemand zu.

»Gucky!« Skopins holte tief Luft und beruhigte sich. »Entschuldigen Sie meine Verblüffung, aber ich konnte nicht mit Ihnen rechnen.«

»Was ist mit ihm?« Gucky ging nicht auf Skopins' Bemerkung ein, was deutlich seine Erregung kennzeichnete. »Ist er das?« Er deutete auf die in weiße Tücher eingewickelte Gestalt auf dem breiten Bett. Vom Gesicht – oder von den beiden Gesichtern, besser ausgedrückt – war kaum etwas zu sehen. Nur eine einzige Nasenspitze, etwas deformiert und mit Salbe bedeckt, und ein Mund waren zu erkennen. »Was ist denn passiert? Mann, so reden Sie doch!«

Skopins berichtete in aller Eile, was sich auf Anchorot zugetragen hatte. Er betonte, daß er es für vordringlich gehalten hatte, zuerst einmal Goratschin in Sicherheit zu bringen, ehe Gegenmaßnahmen ergriffen wurden.

Gucky gab ihm recht:

»Sehr umsichtig gehandelt, Captain Skopins. Das Leben eines

Menschen und eines Mutanten ist wichtiger als alles andere. Rhodan wird sich mit Anchorot befassen. Aber zunächst müssen wir uns um Goratschin kümmern. Mal sehen, was die Ärzte sagen. Notfalls bringen wir ihn zusammen zur . . .« Gerade noch fiel ihm ein, daß Skopins vielleicht nicht über das Solsystem informiert war. Schnell sagte er deshalb: »Das heißt, Sie können beruhigt nach Anchorot zurückkehren, Captain. Ich persönlich werde mich dann um Goratschin kümmern. Er ist mein Freund.«

Skopins zögerte.

»Die Entscheidung liegt beim Chef auf Olymp.«

»Sehr richtig, und der tut genau das, was ich ihm sage«, erklärte Gucky selbstbewußt. »Haben Sie die Landeerlaubnis schon erhalten?«

»Ja. Wir gehen gleich in die Landebahn. Schon programmiert.«

Da Goratschin noch besinnungslos war, konnte Gucky nichts anderes tun, als abzuwarten.

Er saß auf dem Bettrand und stellte Überlegungen darüber an, was das Leben eines Unsterblichen wert war, wenn er einem heimtückischen Anschlag zum Opfer fiel.

Es war keinen Solar wert.

Die Klinik der Solaren Abwehr befand sich im Hochhaus. Chesterham hatte dafür gesorgt, daß Spezialärzte zur Verfügung standen, als Goratschin eingeliefert wurde. Captain Skopins wurde noch einmal offiziell aufgefordert, über die Vorkommnisse auf Anchorot ausführlich zu berichten. Diesmal dem Chef der Abwehr auf Olymp.

So unglaublich die Geschehnisse auch sein mochten, Gucky bestätigte, daß jedes Wort wahr sei. An Skopins' Ehrenhaftigkeit bestand kein Zweifel. Er bekam die Erlaubnis, nach Anchorot zurückzukehren. Auch die Geldmittel zur Einlösung seines Versprechens, das er Jäger Ranchold gegeben hatte, wurden ihm zur Verfügung gestellt. Außerdem versprach der Chef der Abwehr, baldmöglichst einige als Handelsfrachter getarnte Einheiten der Solaren Flotte nach Anchorot zu entsenden.

Captain Skopins konnte zufrieden sein, und er war es auch.

Inzwischen waren die ersten Untersuchungen beendet. Das Ergebnis war alles andere als aufmunternd.

Es war nicht sicher, ob der komplizierte Metabolismus des Doppelkopfmutanten die körperlichen Schäden vertrug. Der rechte Kopf lag im Koma, und niemand konnte voraussagen, ob er jemals wieder daraus erwachte. Iwanowitsch ging es ein wenig besser. Allerdings stellten die Fachärzte schwere Gehirnschädigungen fest. Es galt als sicher, daß er seine Zünderfähigkeiten verloren hatte.

Aber das spielte keine Rolle. Es galt, das Leben eines treuen Freundes zu retten, der fast anderthalb Jahrtausende lang der Menschheit auf ihrem schweren Weg in die Zukunft zur Seite gestanden hatte.

»Da kommt nur Mimas in Frage«, schloß der Chefarzt seinen Bericht. »Goratschin muß so schnell wie möglich ins Solsystem gebracht werden. Ich empfehle, daß Sie alles in dieser Richtung vorbereiten.«

»Schon geschehen«, erklärte ihm der Chef der Abwehr. »Wir erwarten jeden Augenblick eine Bestätigung von Deighton über Kurierbrücke.«

Gucky hatte sich inzwischen ins Krankenzimmer Goratschins begeben.

Iwanowitsch Goratschin war bei Bewußtsein.

Ganz ruhig und behutsam setzte sich Gucky auf einen Stuhl neben dem Bett. Lange sah er in das verbundene Gesicht des Freundes und versuchte, seine Gedanken zu empfangen. Aber da waren keine Gedanken, nur verworrene Gehirnwellenmuster und Psiströme. Das konnte auch für Gucky nicht verwunderlich sein, denn Iwanowitschs Gehirn war so gut wie zerstört. Ein Wunder, daß es überhaupt noch fähig war, den riesigen Körper am Leben zu erhalten.

»Du mußt ganz ruhig sein, Iwanowitsch – ich bin's, Gucky. Bald wirst du auf der Erde sein.«

Der Kopf, von dem eigentlich nur der Mund zu sehen war, bewegte sich. Er schien zu nicken, aber das konnte auch eine Täuschung sein. Gucky empfing noch immer keine vernünftigen Impulse, aber ihm war, als wolle Goratschin etwas sagen. Die Lippen zitterten.

»Nur nicht anstrengen, Iwanowitsch. Später kannst du alles erzählen, das hat Zeit. Bleibe liegen und sprich nicht.«

Aber Goratschin schien Gucky etwas Wichtiges mitteilen zu wollen. Er versuchte sogar, den Körper ein wenig aufzurichten, was ihm natürlich mißlang. Die Lippen bewegten sich deutlicher, und dann verstand Gucky das erste Wort:

». . . nicht . . .«

Das war alles.

Verzweifelt versuchte Gucky noch einmal, die Gedankenimpulse zu entwirren, aber es blieb vergeblich. Selbst die sonst unveränderlichen Muster stimmten nicht mehr.

Er näherte sein Ohr bis auf wenige Zentimeter dem Mund des Schwerverletzten. Aber Goratschin schien von seiner Erschöpfung übermannt worden zu sein. Er lag ganz ruhig da und atmete kaum noch. Schon begann Gucky sich ernsthafte Sorgen zu machen, ob er den Freund nicht überanstrengt habe, da begann Iwanowitsch wieder zu flüstern. Diesmal so deutlich, daß Gucky ihn verstand:

»... nicht Transmitter ... keine Entstofflichung ... würde Tod bedeuten ...«

Gucky richtete sich auf und drückte den Freund in die Kissen zurück, aus denen er sich aufzurichten versuchte.

»Natürlich, Iwanowitsch, das ist doch selbstverständlich. Wir fliegen mit einer Space-Jet, Linearflug. Der schadet dir nicht. Und nun ruh dich aus, schlafe. Wir starten in wenigen Stunden. Man wird dir eine Injektion geben.«

Ihm war, als nickte Goratschins linker Kopf, dann verkündeten regelmäßige Atemzüge, daß der Mutant eingeschlafen war.

Gucky teleportierte zurück in Chesterhams Büro. Dort erwartete ihn eine Neuigkeit.

»Wo hast du denn die ganze Zeit gesteckt, Kleiner?«

»Ich war bei Goratschin und habe mit ihm gesprochen. Er sagt ...«

»Du hast mit ihm gesprochen?« Chesterham kam aus dem Staunen nicht mehr heraus. »Ich denke, er ist bewußtlos?«

»Ist er praktisch auch. Jetzt schläft er. Immerhin konnte er mir mitteilen, daß wir auf keinen Fall die Transmitterbrücke benutzen dürfen. Wir müssen im Linearflug zur Erde, damit es keine Entstofflichung gibt. Goratschin meint, das könnte fatale Folgen für ihn haben.«

»Keine Schwierigkeit«, beruhigte ihn Chesterham. »Übrigens kam inzwischen die Antwort von Terra. Deighton besteht darauf, daß Captain Skopins ihm persönlich Bericht erstattet, bevor er nach Anchorot zurückkehrt. Wir nehmen ihn also mit.«

Gucky sah ihn verwundert an.

»Wie meinst du das ... wir?«

»Ich bin der Pilot der Space-Jet – Befehl vom Chef.«

Gucky nickte, plötzlich wieder ganz gelassen und ruhig.

»Fein, dann such die beste und schnellste Jet aus, die du hier finden kannst. Wir starten sobald wir von den Ärzten die Erlaubnis bekommen, und wenn ich nicht irre, ist das in ein oder zwei Stunden.«

Chesterham deutete auf die Nachrichtenanlage.

»Ist alles schon in die Wege geleitet. Ich habe nur noch auf dich gewartet.«

»Gut, dann breche ich hier vorerst meine Zelte ab. Wir treffen uns im Schiff.«

Der Planet Olymp und seine Sonne verschwanden vom Bildschirm, als Leutnant Chesterham die Space-Jet in den Linearraum eintauchen ließ. Gucky wich nicht von Goratschins Seite, und Captain Skopins hatte sich aufs Bett gelegt und starrte die Decke an. Jetzt hatte er endlich Gewißheit. Das Solsystem und Perry Rhodan existierten noch!

Die relativ kurze Strecke zur Erde konnte in zwei Linearetappen zurückgelegt werden. Schon auf Olymp waren die Daten dieser Flugetappen in das Bordgehirn gespeichert worden. Chesterham hatte eigentlich nichts anderes zu tun, als die störungsfreie Funktion der Automatik zu überwachen.

Nach der ersten Etappe hielt sich die Space-Jet für wenige Minuten im Normalraum auf. Die Entfernung zum Solsystem betrug knapp dreitausend Lichtjahre.

Dann verschwanden abermals die Sterne von den Bildschirmen, und als sie wieder auftauchten – in veränderten Konstellationen, die allerdings sehr vertraut erschienen – , war die Reise so gut wie beendet.

Mit Unterlichtgeschwindigkeit steuerte Leutnant Chesterham die Space-Jet auf ihr unsichtbares Ziel zu.

In der Zwischenzeit gab Iwanowitsch Goratschin auf seinem Krankenlager wieder Lebenszeichen von sich. Gucky versuchte ihn zu beruhigen, wenn er auf der anderen Seite auch froh war, daß der Mutant wieder bei Bewußtsein war.

»Ganz ruhig bleiben jetzt, Iwanowitsch. Wir sind bald da. Wir sind schon so gut wie mitten im Sonnensystem und steuern Merkur an. Natürlich können wir Merkur nicht sehen. Liegt ja alles fünf Minuten in der Zukunft – das beste Versteck, das es je gab. Nein, wir verzichten auf den Transmitter, keine Sorge. Wir fliegen einfach durch die Zeitschleuse, und damit hat sich der Fall. Warte, ich frage Chester, ob er den Interkom-Schirm einschalten kann. Dann sehen wir uns die Geschichte an. Ich erkläre dir alles.«

Chesterham tat Gucky den Gefallen.

»Ist ja schade, daß du es nicht sehen kannst, Iwanowitsch, denn der Flug durch die Temporalschleuse in die Zukunft fasziniert mich immer wieder. Hoffentlich steuert Chester richtig an, sonst landen wir daneben. Kein Unglück, aber ein Zeitverlust. Kannst du mich überhaupt hören, Iwanowitsch?«

Goratschin nickte kaum merklich. Er lag ganz ruhig auf seinem Bett, aber es schien Gucky so, als sei der riesige Körper angespannt. Die Gehirnimpulse wiesen deutliche Anzeichen von erneuter Verwirrung auf, blieben aber auch weiterhin undefinierbar. Jedenfalls strömten sie in solcher Fülle auf Gucky ein, daß selbst bei klaren Mustern ein sauberer Empfang unmöglich gewesen wäre.

»Mir geht es wie dir, Iwanowitsch«, plauderte der Mausbiber unbefangen weiter, als die Space-Jet die einzelnen Farbphasen der Temporalschleuse durchflog. »Praktisch unternehmen wir eine Zeitreise. Wir stoßen fünf Minuten in die Zukunft vor, wo das Sonnensystem existiert, unauffindbar für alle Lebewesen, die in der normalen Zeitebene weiterleben. Übrigens müssen wir gleich da sein . . .«

Sekunden später bestätigte sich seine Ankündigung.

Merkur mit seinen riesigen Anlagen wurde sichtbar.

Außerdem meldete sich Abwehrchef Galbraith Deighton persönlich über Normalfunk. Da die Interkomverbindung innerhalb der Space-Jet bestehen blieb, konnte Gucky ihn ebenfalls hören.

»Hier Deighton, SolAb. Befinde mich auf dem Dino-Transmitter. Landen Sie zur Kontrolle. Identifizieren Sie sich.«

Ehe Chesterham auf Senden umschaltete, ließ er einige Flüche vom Stapel. Dann funkte er zurück:

»Wir fliegen auf ärztlichen Rat Mimas direkt an, Sir. Unter keinen Umständen darf für den Transport ein Transmitter benutzt werden. Jede Sekunde ist kostbar. Gestatten Sie daher . . .«

»Ich gestatte gar nichts, Leutnant, und wenn Sie nicht sofort tun, was ich anordne, können Sie was erleben. Sie wissen so gut wie ich, daß unser aller Existenz davon abhängt, daß niemand unser Geheimnis entdeckt. Ein einziger feindlicher Agent kann unser Untergang sein.«

»Sir, auf unserer Space-Jet ist kein Agent . . .«

»Sind Sie da so sicher?« fragte Deighton kalt. Und dann, nach einer winzigen Pause: »Also landen Sie, oder ich lasse Sie abschießen. Das ist mein letztes Wort.«

Leutnant Chesterham verringerte die Geschwindigkeit und steuerte den riesigen ehemaligen Flottentender an, auf dem der Normalzeitverteiler stationiert war. Dieser Transmitter durfte auf keinen Fall für den Weitertransport Goratschins benutzt werden.

Captain Skopins kam in die Kontrollzentrale, um Chesterham zu helfen. Er nahm im Sitz des Kopiloten Platz.

»Eine Kontrollandung?«

»Ja, so kann man es auch nennen. Deighton hat Angst, wir schleppen einen Agenten ein. Möchte nur wissen, wo der sich versteckthält. Vielleicht bei Gucky im Pelz!«

Skopins blieb ernst.

»Ich habe schon die unglaublichsten Sachen erlebt, Leutnant. Und Deighton sicherlich auch. Tun wir also, was er von uns verlangt.«

»Wir haben ja auch keine andere Wahl. Sehen Sie, dort vorn ist der Tender . . . .«

Die riesige Plattform kam näher, dann wurde die Space-Jet vom Leitstrahl erfaßt und übernommen. Chesterham schaltete den Antrieb aus. Er lehnte sich zurück und sah auf den Bildschirm.

»Immerhin haben wir es geschafft. Nun liegt es nicht mehr bei uns, wie lange es noch dauert, bis Goratschin behandelt wird. Ich nehme an, Deighton ist sich über die Situation im klaren und handelt entsprechend.«

»Seine erste Sorge gilt der Geheimhaltung«, erinnerte ihn Skopins. »Wahrscheinlich will er meinen Bericht hören, darum die Landung hier.«

»Vielleicht«, knurrte Chesterham einsilbig.

Gucky war bei Goratschin geblieben, konnte aber die Ereignisse auf dem Bildschirm und telepathisch verfolgen. Er hatte eine richtige Wut auf den pedantischen Deighton, hütete sich aber, sich einzumischen. Später blieb noch Zeit genug, dem Abwehrchef seine Meinung zu sagen.

Goratschin hatte inzwischen wieder das Bewußtsein verloren. Reglos lag er im Bett. Seine Gedankenmuster waren noch da, verworren und ohne jeden Sinn.

Und fremd, sehr fremd.

Mit einem leichten Ruck setzte die Space-Jet auf. Gucky warf einen letzten Blick auf den bewußtlosen Goratschin, dann verließ er die Krankenkabine und traf die beiden Offiziere im Korridor der Schleuse.

Bis sie in der Ausstiegkammer waren, hatte die Automatik des

Flottentenders die Space-Jet in den für sie bestimmten Hangar eingeschleust. Niemand brauchte den Helm zu schließen, denn Atemluft war vorhanden.

Deighton erwartete sie bereits.

Während er den beiden Männern und Gucky entgegenging, drangen seine Leute in die Space-Jet ein, um sie zu untersuchen. Es waren alles erfahrene Techniker und Abwehrleute, denen nichts entging. Noch während sich Deighton und die Besatzung der Space-Jet begrüßten und erste Worte wechselten, kamen die Männer wieder aus dem Schiff. Sie hatten nichts gefunden.

»Galby«, sagte Gucky respektlos zum obersten Chef der Solaren Abwehr, »manchmal frage ich mich, ob du nicht ab und zu ein wenig übertreibst. Wir sind immerhin einige Stunden in dem Schiffchen gewesen, und wenn sich ein Agent darin versteckt hätte, wäre er bestimmt nicht unentdeckt geblieben. Du vergißt, daß ich Telepath bin.«

Deighton nahm Gucky seine Kritik nicht weiter übel.

»Agenten müssen nicht immer richtige Agenten sein«, sagte er zweideutig. »Aber lassen wir das jetzt. Captain Skopins, ich hätte gern Ihren Bericht gehört. Kommen Sie, ich habe drüben hinter jener Tür einen Raum, in dem wir uns ungestört unterhalten können. Die Space-Jet bleibt unter Bewachung zurück. Sie können nach unserer Besprechung sofort starten und nach Mimas fliegen, Leutnant Chesterham.«

Gucky gab keinen Kommentar. Er watschelte hinter den drei Männern her, nachdem er sich noch einmal telepathisch davon überzeugt hatte, daß Goratschin bewußtlos war. Zumindest mußte er das annehmen, als er die verworrenen Gedankenmuster empfing.

33.

Die Unterredung mit Deighton dauerte nicht lange. Skopins berichtete kühl und sachlich von den Geschehnissen auf Anchorot und bat Deighton um entsprechende Vorsichtsmaßnahmen. Deighton seinerseits versprach, Rhodan und Atlan entsprechend zu informieren. Dann erteilte er die offizielle Erlaubnis zum Anfliegen des Saturnmondes Mimas, wo Goratschin von den besten Spezialisten des Solsystems behandelt werden sollte.

Nach einer halben Stunde brachte Deighton seine Gäste in den Hangar zurück.

Zum erstenmal seit dreißig Minuten versuchte Gucky wieder Goratschins Gedankenimpulse zu empfangen. Er blieb plötzlich stehen.

Chesterham rannte gegen ihn.

»Was hast du denn, Kleiner? Da vorn steht unser Vogel . . .«

»Etwas ist mit Goratschin«, murmelte Gucky verstört. »Er sendet keine Gedankenmuster mehr aus – überhaupt keine mehr.«

Deighton nahm Guckys Arm.

»Schnell, wir müssen zu ihm. Ich habe eine Ahnung – erklären kann ich es dir jetzt nicht, aber achte weiter auf Gedankenimpulse. Auch auf solche, die nicht von Goratschin stammen können.«

»Verstehe ich nicht«, maulte Gucky und rannte auf die Space-Jet zu.

Die drei Männer folgten ihm.

Sie fanden Goratschin in seinem Bett. Deighton hatte über Funk die medizinische Abteilung des Transmitter-Tenders alarmiert. Die Ärzte konnten jeden Augenblick eintreffen. Gucky beugte sich über den Freund.

Die fehlenden Impulse irritierten ihn. Aber da waren noch andere Individualimpulse, die sich der Mausbiber nicht erklären konnte. Sie stammten auf keinen Fall aus dem Gehirn Goratschins, sondern kamen vielmehr aus dem Körper selbst. Es waren Impulse ohne jeden Sinn, etwa solche, wie sie eine Ansammlung lebender Zellen ausstrahlte.

Gucky blickte fassungslos auf den vermummten Riesen hinab.

Deighton sagte nichts.

Chesterham nahm Guckys Arm.

»Du darfst nicht immer gleich das Schlimmste annehmen, Gucky. Die Ärzte sind gleich hier. Vielleicht ist er nur in eine tiefe Ohnmacht gesunken. Ein Koma, oder was weiß ich. Jedenfalls haben wir getan, was wir konnten.«

Gucky richtete sich auf.

»Nein, wir haben nicht alles getan«, sagte er wütend. »Wir hätten sofort nach Mimas fliegen sollen. Dann wäre das hier nicht passiert.«

Deightons Gesicht blieb ausdruckslos, als er erwiderte:

»Du irrst, Gucky. Es wäre so und so passiert.« Er deutete auf

Goratschins Körper. »Dein Freund ist tot, Gucky. Aber er ist nicht erst jetzt gestorben. Warte auf den Befund der Ärzte, und dann fliege nach Mimas. Man wird dort die Leiche untersuchen, und dann wirst du erkennen, wie recht ich mit meinen Vorsichtsmaßnahmen hatte. Aber leider war ich noch nicht vorsichtig genug.«

Gucky starrte ihn an. Vergeblich versuchte er, in den Gedanken des Gefühlsmechanikers zu lesen, aber Deighton schirmte sich ab. Er behielt seine Gedanken für sich.

»Nun rede schon«, forderte Gucky ihn auf.

Deighton schüttelte den Kopf.

»Ich habe keine Beweise. Fliege nach Mimas, und berichte mir, was man dort feststellt. Dann kehre hierher zurück. Ich werde dir dann alles erklären. Einverstanden?«

Gucky nickte ratlos.

Die Ärzte kamen und bestätigten Deightons Vermutung.

Goratschin war tot.

Aber niemand konnte begreifen, warum sein Zellgewebe noch immer Individualimpulse ausstrahlte. Sie äußerten verschiedene Vermutungen, von denen keine richtig überzeugte. Dabei hätte nur einer von ihnen einmal für eine Sekunde an Kaiser Anson Argyris zu denken brauchen, um die Wahrheit herauszufinden.

Doch keiner dachte an den Vario-Roboter.

Deighton dankte den Ärzten und schickte sie fort. Er legte Gucky die Hand sachte auf den Arm.

»Ich verstehe deine Erschütterung, Gucky, und glaube mir, ich teile deinen Schmerz. Aber es gibt Situationen, in denen keine Zeit zur Trauer bleibt. So eine Situation haben wir jetzt. Wir dürfen keine Zeit verlieren. Fliegt nach Mimas. Chesterham, Sie nehmen nur Gucky und Goratschin mit. Captain Skopins bleibt bei mir. Sorgen Sie dafür, daß ich das Ergebnis der dortigen Untersuchung sofort zugestellt bekomme. Viel Glück.«

Gucky sah ihm wortlos nach.

Chesterham nahm seine Hand und zog ihn aus der Kabine. Er versuchte nicht, den Mausbiber zu trösten, sondern drückte ihn einfach in den zweiten Pilotensessel und nahm selbst im ersten Platz. Schweigsam warteten sie, bis der Start freigegeben wurde.

Und genauso schweigsam verlief auch ihr Flug quer durch das Sonnensystem zum Saturnmond Mimas, wo sie bereits erwartet wurden.

Robotkommandos kümmerten sich um Goratschin und brachten

ihn in die Paraklinik, wo er sofort von den Spezialisten in Empfang genommen wurde. Die Paramechaniker stellten bereits nach kurzer Zeit fest, daß es sich bei der Leiche Goratschins nicht um den ursprünglichen Körper des Mutanten handelte, sondern um eine biologisch lebende Maskenfolie. Das Zellgewebe lebte noch und strahlte entsprechende Impulse aus. Sie waren jedoch nicht identisch mit den Impulsen, die Gucky während des Fluges von Olymp zum Sonnensystem empfangen hatte.

Es mußte also auf dem Tender etwas geschehen sein, und zwar etwas sehr Entscheidendes.

Chesterham sprach es aus:

»Machte Deighton nicht eine Andeutung? Sagte er nicht, wir würden alles begreifen, wenn wir das Ergebnis der Untersuchung auf Mimas erführen? Sagte er nicht, Goratschin sei viel früher gestorben? Ich fürchte, wir haben uns hereinlegen lassen, Gucky. Selbst du, der Telepath, bist nicht hinter den Betrug gekommen.«

Gucky schwieg. Nicht allein der Schmerz um den Freund war es, der ihn bedrückte. Es war auch der fürchterliche Verdacht, daß er zusammen mit Chesterham und Skopins einen Spion in die Zukunft geschmuggelt hatte, der die Existenz des Solsystems und damit der solaren Menschheit gefährden konnte.

Unter allen Umständen mußte dieser Spion gefunden werden.

Nur:

Wie sah er aus?

Sacon Hashey hatte seine ursprüngliche Persönlichkeit verloren, als er das erstemal unter den mentalen Einfluß Ribald Corellos geriet. Hashey war ein Anti, aber auch das half ihm nichts. Es gab niemanden, der Ribald Corello widerstanden hätte.

So kam es, daß Sacon Hashey ehrlich erfreut war, den Auftrag zu bekommen. Den Auftrag, das verschwundene Sonnensystem Rhodans wieder zu entdecken.

Er wußte nicht viel von dem, was Corello in Wirklichkeit plante, aber er wurde über das informiert, was bisher geschehen war. Der Angriff auf den Planeten Vinzsa und der Diebstahl der Felle auf Anchorot waren nichts anderes als raffiniert eingefädelte Täuschungsmanöver Corellos gewesen. Absicht des Supermutanten war es, das verschwundene Solsystem zu finden, und um das zu erreichen, hatte er sich einen einmaligen Plan zurechtgelegt. Bisherige

Erfahrungen hatten gezeigt, daß eine Verfolgung gewisser Spuren sinnlos war; sie führten überall hin, nur nicht zurück ins Solsystem. Also kam Corello auf den genialen Gedanken, einen terranischen Mutanten in die Hände zu bekommen. Wenn er diesen Mutanten tötete und kopieren ließ, erhielt er die einmalige Gelegenheit, einen Agenten in Rhodans Sonnensystem zu schmuggeln. Daß dieses noch »irgendwo« existierte, hatte er schon vor Monaten erfahren.

Weiter war es Corello klar, daß maßgebliche Männer der Solaren Flotte den Planeten Vinzsa sofort würden anfliegen lassen, wenn dort sein Wirken bekannt würde. Wenn jedoch fast gleichzeitig nur zwei Lichtjahre entfernt ebenfalls über seltsame Vorkommnisse berichtet würde, konnte er damit rechnen, daß auch dort Untersuchungen begannen. Da aber auch die Terraner nicht überall zugleich sein konnten, rechnete er im Fall Anchorot mit der Entsendung eines Mutanten oder zumindest eines anderen, sehr wichtigen Mannes.

Ribald Corellos Rechnung ging auf.

Goratschin kam nach Anchorot, um die merkwürdigen Pelzdiebstähle aufzuklären, wobei es keineswegs um die Pelze, sondern vielmehr um die hypnosuggestive Beeinflussung der Wächter ging.

Sacon Hashey befand sich im Schiff Ribald Corellos, als die Aktion in ihr entscheidendes Stadium trat. Ein robotgesteuerter Kugelraumer griff Goratschin an. Der Doppelkopfmutant vernichtete zwar den Raumer, wurde aber überwältigt. Corellos Schiff landete nun in der Wüste.

Und nun verstrichen jene drei bedeutsamen Stunden, die aus Captain Skopins' Leben verschwanden. Denn gerade Skopins wurde zur entscheidenden Schlüsselfigur in diesem raffinierten Spiel, von dem er natürlich nichts ahnte.

Skopins hatte nach seinem Aufwachen aus der Tiefnarkose das Gefühl, sich richtig verhalten zu haben. Er mußte glauben, sich selbst die Injektion gegen die hypnosuggestive Beeinflussung gegeben und fest geschlafen zu haben. Er fand den angeblich schwerverletzten Goratschin, nur konnte er nicht wissen, daß es keineswegs mehr Goratschin war, der hilflos in der Wüste lag.

Denn inzwischen hatte Corello den echten Goratschin töten und seinen Körper kopieren lassen. Damit begann die Aufgabe Hasheys.

Der Anti schlüpfte in die Hülle des künstlichen Goratschin. Corello kannte Rhodan gut genug, um ganz genau zu wissen, daß er alles unternehmen würde, einen schwerverletzten Mutanten zu retten. Und Corello wußte außerdem aus allererster Quelle, daß eine solche Hilfe nur auf dem Saturnmond Mimas erfolgen konnte, wo man die Paraklinik errichtet hatte.

Man würde also das, was man für Goratschin halten mußte, nach Mimas bringen.

Und wenn Ribald Corello wußte, wo Mimas war, dann wußte er zwangsläufig auch, wo die Erde stand.

Also hatte Captain Steral Skopins keine Ahnung, daß der echte Goratschin längst tot war, als er die biologisch lebende Zellfolie, die nur äußerlich dem Mutanten glich, zu retten versuchte. In dieser hervorragend nachgebildeten Maske steckte Sacon Hashey, der Anti. Er war so mit der Zellfolie verbunden, daß er sogar durch sie sprechen konnte, wenn sich die Gelegenheit ergab. Seine Gehirnimpulse konnte er als Anti verschleiern und tarnen, so daß es Hashey leichtfiel, sogar den Telepathen Gucky zu täuschen, der zudem noch Grund zur Annahme hatte, Goratschin habe einen Gehirnschaden erlitten.

Sacon Hashey galt schon früher als ausgezeichneter Wissenschaftler und Psychologe. In seinen Gesprächen mit Gucky bewies er seine Fähigkeiten.

Natürlich hatte er keine Ahnung von dem, was ihm bevorstand. Weder er noch Corello ahnten, daß sich das Sonnensystem in der Zukunft versteckt hatte. Sie wußten nur, daß die Straße der Container, wie sie genannt wurde, auf dem Planeten Olymp endete. Und sie wußten, daß der Rückweg zwar auf Olymp begann, aber auch hier war das Endziel unbekannt.

Sacon Hashey konnte innerlich aufatmen, als die Space-Jet Olymp verließ, um nach Mimas zu fliegen. Natürlich mußte er sehr auf der Hut sein, denn Gucky war fast ständig in seiner Nähe und überwachte seine Gedanken – oder zumindest das, was er als Goratschins Gedanken zu identifizieren versuchte.

Und dann kam jener Augenblick nach der zweiten Linearetappe, in dem Gucky seinem vermutlichen Freund Goratschin mitteilte, daß sie am Ziel angelangt seien. Da die Tonübertragung aus der Zentrale eingeschaltet war, konnte Hashey sich orientieren.

Die Begriffe »Temporalschleuse« und »Normzeitverteiler«, und noch andere, sagten ihm nichts, aber er begann zu ahnen, was mit dem Sonnensystem geschehen war. Er begriff, daß Rhodan seine Absicht, sich von seinen abgefallenen Siedlern und ehemaligen Kolonisten zu isolieren, radikal durchgeführt hatte. Er begriff, daß niemand das Solsystem finden konnte, der es nicht in der Zukunft suchte.

Seine Erschütterung über das Herausgefundene war so groß, daß er lange brauchte, um seine Fassung wiederzuerlangen. Nur mit Mühe strahlte er weiter scheinbar verworrene Gedankenmuster aus, um den lästigen Mausbiber zu täuschen, der sich viel zuviel um ihn – oder Goratschin – kümmerte. Inzwischen verarbeitete er alle Informationen, deren er habhaft werden konnte.

Der Merkur wurde als Planet sichtbar, und damit einer jener sagenhaften Planeten, die es nach offiziellen Berichten nicht mehr gab. Und er erfuhr, daß er sich fünf Minuten in der Zukunft aufhielt, in einem konstanten Zeitfeld, nicht mehr existent für die normale Zeitebene.

Er mußte sein Wissen in die Gegenwart zurückbringen, erst dann hatte er seine Aufgabe erfüllt. Er mußte dem Supermutanten, seinem Herrn und Meister, den Weg in das Zeitversteck Rhodans zeigen, dann würde er schon seinen Lohn erhalten – die Herrschaft über andere Welten. So wie Corello es ihm versprochen hatte.

Gucky und die beiden Männer verließen die Space-Jet, nachdem sie auf dem Flottentender gelandet waren. Schon wollte Hashey seinen Gastkörper verlassen, als andere Leute das Schiff betraten und es von oben bis unten durchsuchten. Sie benutzten dabei raffinierte Spezialgeräte, die jedoch für den Anti keine akute Gefahr darstellten. Er blieb in der biologischen Hülle, strahlte weiter undefinierbare Impulse aus und wartete, bis die Untersuchung nach kurzer Zeit beendet war.

Dann erst handelte er.

Er verließ sein Versteck und aktivierte seinen Kampfanzug. Natürlich bedachte er die Gefahr, der er sich dadurch aussetzte. Wenn die terranische Abwehr erst einmal Verdacht schöpfte, würde sie Spezial-Detektoren einsetzen, die jede Energieabstrahlung messen und anpeilen konnten. Es war ihm noch nicht klar, wie er eine Flucht zurück in die Vergangenheit realisieren sollte.

Sie mußte ihm gelingen, wenn nicht alles umsonst gewesen sein sollte.

Es fiel Sacon Hashey nicht schwer, die Space-Jet zu verlassen und in den Hangar zu gelangen. Sein durch Geisteskräfte verstärkter Deflektorschirm machte ihn unsichtbar. Trotzdem wußte er, in welcher Gefahr er schwebte. Früher oder später mußte man herausfinden, daß Goratschin nicht wirklich Goratschin war, und dann würde die Jagd auf ihn beginnen. Es konnte kein Zweifel daran bestehen, wie sie ausging, wenn er sich nicht rechtzeitig in Sicherheit brachte.

Das wiederum war auf dem Flottentender unmöglich.
Er mußte zum Merkur.

Guckys Trauer um Goratschin war einer unbändigen Wut gewichen. Er wußte nun, daß man den Freund einem Spionageauftrag geopfert hatte und daß er sich Sorgen um eine praktisch leblose Biohülle gemacht hatte. Man hatte ihn ganz gemein hereingelegt.

Er begann zu begreifen, was Deighton gemeint hatte und bat dem Abwehrchef insgeheim einiges ab. Aber dann drängte er Chesterham, ihn zurückzubringen. Gemeinsam mit Deighton mußte es gelingen, den eingeschmuggelten Spion zu finden und unschädlich zu machen, ehe dieser durch den Temporalkorridor in die Normalzeit zurückkehren konnte.

Zu dieser Zeit gab Deighton Alarm für das gesamte Abwehrsystem.

Perry Rhodan befand sich zur Zeit noch außerhalb des Solsystems, aber er wurde für den kommenden Tag erwartet. Rhodan würde es unter keinen Umständen versäumen, den Nationalfeiertag der Menschheit auf der Erde zu verbringen, an dem sich zum 1461. Mal seine erste Mondlandung jährte. Hier hatte alles begonnen, und vielleicht würde alles einmal auf der Erde enden.

Leutnant Chesterham und Gucky verließen den Saturnmond Mimas im Bewußtsein einer erlittenen Niederlage. Sie flogen den Merkur an, mit dem festen Willen, zusammen mit Deighton und seinem gesamten Abwehrapparat diese Niederlage in einen Sieg umzuwandeln.

Kai Gulbrandsen war einer der Techniker, deren Aufgabe es war, die Stromversorgung für die Unterkünfte am Nordpol des Merkur zu überwachen und eventuelle Ausfälle abzustellen. Es handelte sich nicht um einen besonders lebenswichtigen Job, aber die Verantwortung, die Gulbrandsen trug, wurde von ihm deshalb nicht geringer eingeschätzt. Er tat seine Pflicht wie jeder andere auf Merkur, wenn er auch nur ein kleiner Überwachungstechniker war.

An diesem 18. Juni des Jahres 3432 löste er seinen Vorgänger Mel Jäger am späten Nachmittag Erdzeit ab und machte seinen ersten Rundgang. Er kontrollierte die Schaltautomatik der Energieversorgung und die Verteiler. Zwei Arbeitsroboter halfen ihm dabei. Ein dritter Roboter modernster Konstruktion begleitete ihn. Er war es, der Gulbrandsen etwas nervös werden ließ.

Dieser dritte Roboter gehörte zu einer neuen Serie von Spezialkonstruktionen, die seit kurzer Zeit auch auf Merkur eingesetzt wurden. Sie fielen nicht nur durch ihre starke Bewaffnung auf, sondern vor allen Dingen deshalb, weil sie mit modernsten Such- und Spürgeräten siganesischer Mikrotechnik ausgerüstet waren. Es hieß, sie unterstünden direkt dem Oberkommando der Solaren Abwehr.

Genau das stimmte.

Deighton hatte nach der Entdeckung, die er befürchtet hatte, sofort diese Roboter alarmiert. Sie kontrollierten nicht nur alle Techniker und sonstigen Angestellten auf dem Merkur, sondern sie suchten auch den unbekannten Spion, der sich unter der Maske Goratschins eingeschlichen hatte.

Kai Gulbrandsen beendete seinen ersten Rundgang und legte eine Verschnaufpause ein. Da alles in Ordnung war, hatte er ein Recht dazu. Die beiden Arbeitsroboter blieben auf dem Korridor stehen, um die nächste Runde abzuwarten. Der Spezialrobot jedoch kam mit in den Aufenthaltsraum und baute sich neben der Tür auf. Gulbrandsen konnte das unangenehme Gefühl des Überwachtwerdens nicht loswerden. Es ärgerte ihn.

Er nahm eine Flasche Fruchtsaft aus der allgemeinen Kühltruhe und schenkte sich ein Glas ein. Der Speiseautomat lieferte ihm das gewünschte Sandwich. Unlustig saß er am Tisch und aß.

Der Roboter stand unbeweglich neben der Tür.

Plötzlich sagte er in die Stille hinein:

»Es ist jemand in der Station, Sir. Seine Gehirnschwingungen sind nicht mit den zur Identifikation gespeicherten Mustern identisch.«

Gulbrandsen sprang auf und starrte den Robot ungläubig an.

»Es ist unmöglich, daß jemand eindrang. Die Kameras hätten ihn sofort entdeckt und den Alarm ausgelöst. Es muß ein Irrtum vorliegen.«

»Es gibt keinen Irrtum, Sir«, sagte der Roboter. »Die fremden Gehirnschwingungen sind gespeichert worden. Sperren Sie alle Zugänge zur Station, und unterrichten Sie die Abwehr.«

Gulbrandsen hatte sein Leben lang davon geträumt, einmal den Helden spielen zu dürfen. Immer hatte er auf abgelegenen Posten gedient und war sich oft genug höchst überflüssig vorgekommen. Jetzt schien seine Chance gekommen zu sein, aber er konnte sich nicht so recht darüber freuen.

Er ging an dem Roboter vorbei hinaus auf den Gang. Mit wenigen Schritten erreichte er die Schaltzentrale. Mit einem Ruck legte er den Sperrhebel um. In dieser Sekunde, so wußte er, wurden die Zugänge zur Station hermetisch abgeriegelt. Niemand konnte mehr herein oder hinaus.

Der Roboter war ihm gefolgt.

»Der Eindringling ist in der Verteilerstation. Ich wiederhole meinen Befehl: Unterrichten Sie die Abwehr.«

Das hätte Gulbrandsen sowieso getan. Mit einem Knopfdruck stellte er die Verbindung zur Polstation her, dem nächsten Stützpunkt der Solaren Abwehr. Auf dem Bildschirm erschien das Gesicht eines jüngeren Offiziers.

»SolAb Merkur-Pol, Nord. Was ist?«

»Energieverteiler Acht, Leutnant. Mein Spezialrobot gibt Alarm. Es ist jemand in die Station eingedrungen. Geben Sie die Information an den Chef weiter.«

Der Leutnant nickte.

»Wenn es sich um den gesuchten Agenten handelt, bekommen Sie einen Orden. Sperren Sie alles ab. Wir kommen.«

Der Bildschirm erlosch.

Gulbrandsen atmete auf. Er hatte alles getan, was in diesem Fall getan werden konnte. Jetzt brauchte er nur noch abzuwarten, bis die Männer der Abwehr eintrafen.

Der Spezialrobot sagte:

»Der Eindringling ist noch immer in der Verteilerstation. Ich werde hingehen und versuchen, ihn zu stellen.«

»Ich gehe mit.«

Der Roboter hinderte Gulbrandsen nicht daran. Sie eilten den Korridor entlang und standen dann vor der Stahltür zum Verteiler. Sie war nicht mehr verschlossen, wie es die Vorschrift befahl. Sie war gewaltsam geöffnet worden und zeigte Schmelzspuren.

Gulbrandsen zog seinen Strahler und entsicherte ihn. Die Gewißheit, einen schwerbewaffneten Roboter bei sich zu haben, verlieh ihm den Mut, die Tür so weit zu öffnen, daß er einen Blick in die Halle werfen konnte. In langen Reihen standen da die Verteilerautomaten und hätten einem ganzen Dutzend Eindringlingen genügend Versteck geboten. Gulbrandsen begann zu ahnen, daß es nicht so leicht sein würde, hier einen einzelnen Agenten zu finden. Trotzdem unternahm er den Versuch. Die Halle hatte nur einen Zugang. Aber die Tür schloß nicht mehr.

»Sie muß bewacht werden«, sagte er zu dem Roboter. »Ich sehe mich inzwischen in der Halle um.«

Er schritt zwischen den Verteilerautomaten auf das andere Ende der Halle zu und erwartete jeden Augenblick den Überfall durch den Fremden, der unbefugt hier eingedrungen war. Gulbrandsen gehörte nicht zur Solaren Abwehr. Er hatte keine Ahnung, mit wem er es zu tun hatte, aber das ging der Abwehr genauso.

Rechts war ein Geräusch. Er blieb sofort stehen und lauschte angespannt. Nichts. Vielleicht hatte er sich getäuscht. Er ging weiter.

Dann war das Geräusch wieder da, diesmal weiter entfernt und in Richtung der Tür. Gulbrandsen wechselte die Reihe und rannte zur Tür zurück. Er atmete auf, als er den Roboter am alten Platz stehen sah.

»Ich habe ihn gehört, aber nicht gesehen«, teilte er diesem mit.

»Und ich habe wieder die Muster aufgefangen. Wir müssen den Raum verlassen und absichern, bis die Abwehr eintrifft.«

Gulbrandsen zögerte.

»Sie können ihn nicht allein unschädlich machen«, fuhr der Robot fort. »Die Halle ist zu groß. Kommen Sie.«

Der Überwachungstechniker sah ein, daß der Roboter recht hatte.

Er stieß die Tür auf und überließ dem Robot den Vortritt. Auf der Schwelle drehte er sich noch einmal um und sah zurück in die scheinbar menschenleere Halle. Die Automaten klickten, wenn sie die Stromzufuhr regelten, verstärkten oder verminderten. Die Maschinen summten, sonst war nichts zu hören.

Sie drückten die Tür zu, und dann verschweißte der Roboter den Rahmen. Fast gleichzeitig ertönte das Alarmsignal.

Die Männer der Abwehr waren eingetroffen.

Ehe Gulbrandsen den Einlaßmechanismus betätigen konnte, sagte der Roboter:

»Ich fange wieder die fremden Gehirnschwingungen auf, aber sie kommen nicht mehr aus der Verteilerhalle. Die Quelle bewegt sich, und zwar von uns fort. Ich kann die Richtung feststellen.«

»Folge ihr, ich lasse die Abwehr in die Station. Wir bleiben in Funkverbindung. Wir dürfen den Spion nicht verlieren.«

Er wartete keine Antwort ab, sondern rannte zur Schaltzentrale. Der Leutnant der Abwehr und andere Offiziere identifizierten sich über die Bildanlage und wurden hereingelassen. Sie verteilten sich sofort in der Station, während der Leutnant sich Gulbrandsens Bericht anhörte.

»An Ihnen vorbei?« bezweifelte er die Angaben des Technikers. »Das ist doch unmöglich – es sei denn . . .«

»Es sei denn . . . was?«

»Vielleicht ist er unsichtbar. Ein Deflektorschirm. Aber dann müßte ihn die Energieabstrahlung verraten.«

»Die ganze Station ist voller Energieabstrahlung«, erinnerte ihn Gulbrandsen. »Das erschwert natürlich die Entdeckung. Jedenfalls ist der neue Spezialroboter hinter ihm her. Er orientiert sich nicht nach Energieabstrahlung, sondern nach den Gehirnmustern des Eindringlings. Wir müssen ihm helfen, sonst entkommt der Kerl nochmals.«

»Vielleicht ist es gar kein Kerl«, sagte der Leutnant und fügte hinzu: »Übrigens erwarten wir den Chef höchstpersönlich. Er wird sich bestimmt für Ihren Bericht interessieren. Wir lassen einen Mann hier zurück, damit er Deighton einlassen kann.«

Sie fanden den Roboter auf dem Innenhof der Station. Er blickte nach oben in den Himmel Merkurs, an dem keine Sterne standen, nur zwei oder drei Planeten des Sonnensystems.

»Wo ist er?« fragte der Leutnant den Roboter.

Gulbrandsen umklammerte den Schaft seiner Waffe. Er hatte Angst vor der Antwort. Er ahnte, wie sie lauten würde.

Und er hatte sich nicht getäuscht.

»Da oben«, sagte der Roboter sachlich. »Er ist entkommen, und die Quelle der Gehirnschwingungen entfernt sich mit großer Geschwindigkeit in Richtung Pol.«

Der Leutnant zögerte keine Sekunde und gab Alarm für den Bereich der Polanlagen.

»Deighton wird sich freuen«, sagte er dann trocken.

34.

Leutnant Chesterham und Gucky trafen Deighton, als dieser gerade von dem Alarm in der Verteilerstation erfuhr. Captain Skopins war ebenfalls anwesend.

»Das wird unser Freund sein«, sagte Deighton. »Daß er ausgerechnet in einer relativ unwichtigen Anlage auftaucht, scheint mir der

Beweis dafür zu sein, daß er sich auf der planlosen Flucht befindet. Er ist dabei, sich zu orientieren. Vielleicht fassen wir ihn schneller, als wir zuerst annehmen mußten. Kommen Sie mit?«

»Überflüssige Frage«, knurrte Gucky und überprüfte den Sitz seines Kampfanzuges. »Wenn jemand den Kerl erledigt, dann ich. Ich glaube, dazu habe ich ein Recht.«

Deighton nickte begütigend.

»Natürlich hast du das. Also – gehen wir.«

Sie nahmen einen Jet-Gleiter und rasten Minuten später dicht über der Oberfläche Merkurs nach Norden. Die Sonne stand nur handbreit über dem Horizont, durch den hellen Zapfstrahl mit Merkur verbunden.

Über Funk erfuhren sie von der Ankunft der örtlichen Abwehrgruppe in der Verteilerstation und der Flucht des Agenten. Immerhin erhielten sie den Hinweis, daß der Unbekannte sich in nördlicher Richtung bewegte.

»Damit dürfte weiter klar sein, daß er einen Sabotageakt plant«, folgerte Deighton. »Wir müssen das unter allen Umständen verhindern.«

»Er ist nicht nur unsichtbar, er trägt außerdem noch einen flugfähigen Kampfanzug. Es muß doch möglich sein, die Energiestrahlung anzumessen.« Chesterham schüttelte den Kopf. »Warum geschieht das nicht?«

»Wir sind hier nicht auf Olymp«, erinnerte ihn Deighton. »Über Merkur spannen sich unzählige Felder verschiedenartiger Energieabstrahlungen, die eine Ortung nahezu unmöglich machen. In dieser Hinsicht ist der Agent im Vorteil. Unser Vorteil dürfte es sein, daß er sich als Unbekannter kaum so schnell zurechtfinden wird. Auf den ersten Blick dürfte er kaum erkennen, welche Anlagen wichtig sind und welche nicht. Das beweist sein Auftauchen in der Verteilerstation. Natürlich kann ihm der Zufall ein Bundesgenosse sein, darum dürfen wir keine Zeit verlieren, ihn zu jagen, wo immer wir ihn orten.«

Sie überquerten einen Quecksilbersee und näherten sich der Librationszone. Scharfe Felsen stachen hoch in den schwarzrötlichen Himmel absoluter Atmosphärelosigkeit. Die Erde stand als heller Stern hoch über dem Horizont.

»Manchmal empfange ich Gedankenmuster«, murmelte Gucky, der klein und ein wenig in sich zusammengesunken auf einem Sitz hockte. »Es sind die gleichen, die ich für Goratschin hielt. Aber ich kann sie nicht halten oder gar identifizieren. Möchte wissen, wem das Gehirn gehört, das sie aussendet. Es kann kein normales menschliches Gehirn sein, soviel steht fest. Haltet mich nicht für verrückt, aber es erinnert mich an die Gehirnmuster von Mutanten.«

Deighton warf ihm einen schnellen, ungläubigen Blick zu, dann schüttelte er den Kopf.

»Unmöglich, Gucky. Corello selbst würde es nicht gewagt haben, den Agenten zu spielen, und andere Mutanten kommen nicht in Frage. Was soll deine Feststellung also?«

Gucky ließ sich nicht von seiner Idee abbringen.

»Es muß kein richtiger Mutant sein, Galby. Vielleicht ein Anti.«

»Unsinn! Ein Anti läßt sich nicht beeinflussen und würde auf keinen Fall einem Nicht-Anti gehorchen. Auch nicht Corello. Noch eine Lösung, die du anzubieten hast?«

»Im Augenblick nicht«, erwiderte Gucky eingeschnappt.

Deighton sah nach vorn in Flugrichtung.

»Die Anlagen kommen in Sicht.«

Sacon Hashey war es gelungen, ein kleines Beiboot im Hangar des Flottentenders zu besteigen und mit diesem unauffällig durch die Schleuse ins All zu gelangen. Unter normalen Umständen wäre das sicher unmöglich gewesen, aber zur Zeit verließen den Tender laufend kleinere Einheiten, während andere ebenso pausenlos eintrafen und sich automatisch einschleusten. Eine Kontrolle war kaum vorhanden und schien auch unnötig zu sein.

Das würde sich ändern, sobald man ihn entdeckte.

Er ließ den riesigen Flottentender zurück und nahm Kurs auf Merkur. Durch Gucky hatte er genug erfahren können, um sich vorstellen zu können, was hier geschah. Auf Merkur befand sich die Anlage, mit der das ganze System konstant fünf Minuten in der Zukunft gehalten wurde.

Er mußte die Anlage zerstören, denn nur so war es ihm möglich, Ribald Corello den gewünschten Hinweis zu geben. Erst wenn die Erde mit der Sonne und ihren restlichen acht Planeten in die Gegenwart zurückfiel, konnte sie wieder gefunden werden.

Ein Identifizierungssignal abzustrahlen, war sinnlos. Es würde die Zeitmauer niemals überbrücken können.

Das Antitemporale Gezeitenfeld mußte erlöschen und der Hauptgezeitenwandler vorher gesprengt werden.

Hashey kannte die Bezeichnungen, aber er hatte keine Ahnung, wie diese wichtigen Anlagen aussahen und wo sie sich auf Merkur befanden. Damit saß er genau in der Klemme, die Deighton vermutet hatte.

Er war noch fünfzigtausend Kilometer von der Oberfläche Merkurs entfernt, als er sich zur Aufgabe des Schiffes entschloß. Er würde ihn nur verraten. Also schaltete er abermals den unsichtbar machenden Deflektorschirm ein und aktivierte das Flugaggregat. Dann schloß er den Helm und überprüfte die Luftzufuhr.

Alles in Ordnung.

Sekunden später verließ er das kleine Beiboot, das seine Geschwindigkeit erhöhte und direkten Kurs auf die Sonne nahm. Es beschleunigte mit hohen Werten und raste dicht an Merkur vorbei. Ehe die Ortungsgeräte es richtig erfassen konnten, verglühte es in der Chromosphäre der Sonne.

Sacon Hashey näherte sich Merkur und legte den Rest des Weges im Sturzflug zurück. Dann strich er in geringer Höhe nach Norden, bis er die Verteilerstation entdeckte.

Er konnte ihre Wichtigkeit nicht beurteilen und landete unbemerkt im Innenhof. Nachdem er in die Station selbst eingedrungen war, erkannte er, daß sie unbedeutend war. Als er umkehren wollte, mußte er feststellen, daß man ihn geortet hatte und verfolgte.

Er war in eine Schalthalle eingedrungen, indem er die Tür mit seinem Strahler geöffnet hatte. Als der Mann mit dem Roboter kam, konnte er an ihnen vorbei fliehen. Auf dem Hof angelangt, schaltete er das Flugaggregat ein und verschwand in nördlicher Richtung.

Die Anlagen, das stellte er leicht fest, konzentrierten sich in der Polgegend. Aus großer Höhe hatte er zwar einen guten Überblick, aber es ließ sich beim besten Willen nicht feststellen, welches Werk die Energie für das Zeitfeld lieferte.

Er schaltete den Funkempfänger seines Kampfanzuges ein und erfuhr so, daß der Chef der Solaren Abwehr Großalarm gegeben hatte. Die Jagd auf ihn hatte mit allen Mitteln begonnen. Er glaubte nicht mehr daran, daß er seinen Gegnern entkommen konnte, aber bevor sie ihn hatten, mußte er Ribald Corello ein sichtbares Zeichen geben.

Unter sich entdeckte er zwischen ausgedehnten Gebäudekomplexen und Tiefbunkern ein kuppelartiges Bauwerk von imponierender Größe. Aus den gigantischen Antennen strahlte ein irisierendes Flimmern, das sich Hashey nicht erklären konnte, er war jedoch sicher, daß es etwas mit dem Zeitfeld zu tun hatte.

Kurz entschlossen landete er neben dem Kuppelbau und schaltete den Deflektorschirm ab, um so wenig Energie wie möglich abzustrahlen. Seine Ortergeräte und Detektoren liefen an und verrieten ihm die vorhandenen Sicherheitsvorkehrungen der Terraner.

Der Bau mußte der Hauptgezeitenwandler sein, sonst hätte man ihn nicht so stark mit Tasterstrahlen und Energiesperren abgeriegelt. Hier konnte er selbst mit seinem Deflektorschirm nicht eindringen, ohne sofort bemerkt zu werden. Einen Augenblick lang kämpfte er mit dem Entschluß, sich schon jetzt zu opfern, aber ganz tief in seiner Seele glomm noch ein Funken Mißtrauen. Vielleicht zerstörte er nicht die richtige Anlage und starb umsonst. Dann würde Corello niemals erfahren, was mit dem Solsystem geschehen war.

Sacon Hashey entschloß sich, vorsichtig zu bleiben.

Er sortierte einige Hyperschall-Schwingbomben aus und legte sie beiseite. Die restlichen Vorräte legte er in den Tragbeutel zurück, den er am Gürtel trug.

Die kleinen Bomben verfügten über eine unvorstellbare Sprengwirkung. Sie würden reichen, das Kuppelgebäude zu zerstören, selbst dann, wenn die Bomben außerhalb gezündet wurden. Und das schien Hashey unter den gegebenen Umständen der einzige Weg zu sein, noch einmal zu entkommen.

Über Funk erhielt er die Information, daß ein Jet-Gleiter mit dem obersten Chef der Abwehr in seiner Richtung unterwegs war. Also stimmte seine Vermutung doch, daß er ins Herz der Zeitanlage vorgestoßen war.

Er machte die Bomben scharf und stellte sie auf eine Frist von fünf Minuten ein. Das mußte reichen, sich in Sicherheit zu bringen. Da er sich nun vor einer Entdeckung durch Tasterstrahlen nicht mehr fürchtete, schaltete er auch wieder den Deflektorschirm ein.

Unsichtbar erhob er sich vom Boden und flog mit rasender Geschwindigkeit in den dunklen Himmel hinauf, bis er so hoch war, daß die bevorstehende Detonation ihn nicht mehr gefährden konnte.

Die Sekunden wurden nur langsam zu Minuten.

Dann flammten unten auf der Merkuroberfläche zwei grelle Blitze auf, denen weitere in unregelmäßigen Abständen folgten. Die riesige Kuppel schien sich aufzubäumen, dann wurde sie durch Explosionen in ihrem Innern endgültig auseinandergerissen. Eine Stichflamme schoß viele Kilometer hoch und riß Trümmerstücke der Anlage mit sich. Sacon konnte zufrieden sein. Er hatte ganze Arbeit geleistet, wenn er die richtige Stelle gefunden hatte.

Als er im Süden den silberblitzenden Jet-Gleiter auftauchen sah, beschleunigte er und stieß weiter nach Norden vor. Dann aber verspürte er plötzlich einen heftigen Stoß, der ihn mit rasender Wucht nach unten drückte, bis er sich im letzten Moment mit Mühe abfangen und den Aufprall verhindern konnte.

Er landete in einer Mulde zwischen steilen Felsen und schroffen Graten. Hinter ihm flammten noch immer die geräuschlosen Explosionen auf.

Er begriff nicht, was geschehen war, aber er sah den Gleiter über der Unglücksstelle kreisen. Dann allerdings verlor er ihn aus dem Gesichtsfeld, als er zur Landung ansetzte und verschwand.

Sacon Hashey blieb ganz ruhig liegen.

Er mußte sich erholen.

Deighton beugte sich vor, um besser sehen zu können.

»Da vorn!« rief er, geblendet und mit geschlossenen Augen. »Er hat schon mit der Arbeit begonnen. Den Temporalvariator hat er erwischt.«

Der Temporalvariator war die Grundlage der Temporalschleuse, durch die eine Rückkehr in die reale Gegenwart möglich wurde. Ihr Ausfall unterbrach die Para-Verbundleitung zur Zeitschleuse und brachte so das Gefüge der variablen Zeitebene innerhalb der Temporalschleuse zum Erlöschen.

Vom Gleiter aus erkannte Deighton mit einem Blick, was geschehen war und geschehen würde.

»Sofort landen!« schrie er dem Piloten zu. »Dort zwischen den Bergen. Nicht zu nahe an den Felsen. Wir müssen die energetische Schockwelle abwarten. Vielleicht haben wir Glück. An der Anlage ist nichts zu retten. Zum Glück haben wir eine zweite einsatzbereit.«

Der Pilot befolgte unverzüglich den Befehl und landete in einem riesigen, flachen Talkessel.

Erst jetzt kamen Chesterham, Skopins und Gucky dazu, sich von ihrem Schreck zu erholen.

»Was geschieht nun?« fragte Chesterham atemlos. »Die Schleuse . . .«

»Wir sind abgeschnitten – wenn nicht noch mehr passiert«, klärte Deighton ihn auf. »Das Zeitfeld selbst bleibt konstant, aber das ist auch alles. Keiner kann zu uns in die Zukunft, und wir können nicht zurück in die Gegenwart, bis die Ersatzanlage arbeitet.«

»Warum verfolgen wir den Agenten nicht?« fragte Gucky ungeduldig. »Er kann doch nicht weit gekommen sein. Seine Gedankenmuster kommen von Norden, sind aber sehr intensiv. Vielleicht ist er ganz in der Nähe.«

Skopins sah unwillkürlich hinaus in die felsige Landschaft.

Er entdeckte nichts.

»Das hat Zeit bis später. Er kann nicht mehr entkommen, denn er hat sich den Fluchtweg nun selbst abgeschnitten. Aber es wird besser sein, er bleibt auf Merkur. Wir werden den planetarischen Energieschirm aktivieren. Pilot, geben Sie mir das Hauptquartier . . .«

Wenige Sekunden später spannte sich ein matt schimmernder Bogen von Horizont zu Horizont, eine Energieglocke von Pol zu Pol. Von diesem Augenblick an konnte niemand mehr Merkur verlassen und auf ihm vom Raum aus landen.

Der Agent saß endgültig in der Falle.

Als die Temporalschleuse zusammenbrach, bewirkten die hyperenergetischen Entladungen ein teilweises Aufreißen des vierdimensionalen Universums. Flammende Energiefinger stießen überlichtschnell in den Raum vor, überall wurde das rote Glühen des Hyperraumes sichtbar.

Im Solsystem selbst brach eine Panik aus, die nur mit Hilfe aller Nachrichtenmittel in Grenzen gehalten werden konnte. Wenn wenigstens Rhodan dagewesen wäre. Aber dessen letzte Positionsmeldung stammte von einem Punkt, der mehr als zweitausend Lichtjahre von der Erde entfernt war.

Aber auch dann, wenn er jetzt eintraf, änderte das kaum etwas. Ohne die Temporalschleuse war er vom Solsystem abgeschnitten.

Schlimmer als den Terranern im Sonnensystem erging es den zum Glück unbemannten Fracht-Containern, die sich zu diesem Zeitpunkt gerade auf dem Durchflug in der Temporalschleuse befanden. Die freiwerdenden Hyperenergien rissen sie in den Pararaum, wo sie sich sofort auflösten und für alle Zeiten verschwanden.

Ein wenig mehr Glück hatten Container und Güter am Ende der Schleuse, in der Gegenwart. Sie wurden von der Katastrophe nicht so sehr betroffen. Zwar verließen sie noch den Transmitter, blieben aber dann bewegungslos im Normalraum stehen, wo sie von jedem geortet werden konnten.

Und genau das geschah dann auch.

Die INTERSOLAR kam gerade aus dem Linearraum in das Einstein-Universum zurück, als das Unglück geschah. Wo sonst nichts zu sehen war, stand plötzlich der Zentraltransmitter am Ausgang der Zeitschleuse frei und sichtbar im Raum. Seine riesigen Energie-Torbögen flammten und loderten ins Nichts hinaus. Man würde ihn über viele Lichtjahre hinweg orten können.

Rhodan begriff sofort, was geschehen war, wenn er auch die eigentliche Ursache nicht kannte. Es gab keine Verbindung zum Solsystem mehr.

Sein erster Gedanke war, daß von dieser Sekunde an das Sonnensystem wieder gefunden werden konnte. Die Ortung stellte aber im näheren Umkreis glücklicherweise nur wenige Schiffe fest. Die meisten würden Wacheinheiten der Flotte sein. Die Identifizierung lief bereits an.

Mit der Besatzung des Großtransmitters außerhalb der Schleuse, die sich wie Rhodan in der Gegenwartsebene aufhielt, kam der Funkkontakt zustande. Erklärungen gab es keine, aber Rhodan wurde davon unterrichtet, daß über den Transmitter eine Nachrichtenkapsel nach Olymp abgestrahlt worden sei. Es handelte sich um eine Spezialkapsel, die nur von Kaiser Anson Argyris geortet und entsprechend beantwortet werden konnte. Die in ihr enthaltene Nachricht besagte, daß ab sofort alle Transporte über die Containerstraße abzubrechen seien.

Trotzdem kamen noch zwei der Transporter an, wurden von der nicht mehr existierenden Schleuse zurückgestoßen und irrten dann ziellos durch den Raum, wo das Solsystem normalerweise seinen Platz hatte, und wo sie jederzeit geortet werden konnten.

Der Flottentender mit dem Normzeitverteiler und Transmitter hatte sich im Augenblick der Katastrophe an der sogenannten Gegenwartsschwelle befunden und war in die normale Zeitebene zurückgefallen. Nur so konnte es möglich sein, daß Rhodan einiges von dem erfuhr, was sich im Solsystem vor dem Erlöschen der Temporalschleuse abgespielt hatte.

Seine Unruhe wuchs. Aber dann meldete ihm die Orterzentrale der INTERSOLAR, daß eins der georteten Objekte im Normalraum nicht identifiziert werden könne. Es handelte sich um einen Kugelraumer mit einem Durchmesser von sechzig Metern.

Auf keinen Fall, so wurde in der Meldung betont, könne es ein Schiff der Solaren Flotte sein.

Rhodan befahl die sofortige Aufnahme der Verfolgung.

Die ungeheuren Energiemengen, die mit Hilfe des Hypertronstrahls von der Sonne abgezapft wurden und nun zur Aufrechterhaltung der Temporalschleuse nicht mehr verwendet werden konnten, mußten durch vollpositronische Notleitungen umgelenkt werden. Es kam zu titanischen Kurzschlüssen, die ihrerseits wieder neue Explosionen auslösten. Eine wahre Kettenreaktion von Zerstörungen breitete sich über den Merkur aus, aber zum Glück wurden davon keine lebenswichtigen Anlagen betroffen.

Erst als die Lage sich stabilisierte und Deighton über Funk entsprechende Meldungen erhielt, konnte er an weitere Maßnahmen denken.

»Es wäre verkehrt, würden wir die ersatzweise vorhandene zweite Schaltung jetzt schon in Betrieb nehmen. Die Temporalschleuse ist erloschen, und sie soll es vorerst auch bleiben. Vielleicht nimmt unser Gegner an, uns einen fürchterlichen Schlag versetzt zu haben, und gerade da irrt er sich. Wenn er den Zeitfeldgenerator getroffen hätte, sähe die Sache allerdings böse für uns aus.«

»Sieht schlimm genug aus«, sagte Captain Skopins, der inzwischen die ungeheuerliche Tatsache verarbeitet hatte, daß sein Sonnensystem um fünf Minuten in die Zukunft versetzt worden war, um sich gegen Angriffe abzusichern. »Und es ist alles meine Schuld.«

Deighton drehte sich um und schüttelte den Kopf.

»Nichts ist Ihre Schuld, Captain. Sie haben Ihre Pflicht getan, nicht mehr. Im übrigen ist Gucky ja auch auf den Trick hereingefallen.«

»Danke«, murmelte der Mausbiber und lauschte in sich hinein. »Ich kann ihn wieder empfangen, den verdammten Halunken. Nördlich von hier, und bestimmt nicht weit. Nur schade, daß er keine vernünftigen Gedanken aussendet, dann hätten wir ihn schnell.«

Deighton unterhielt sich mit dem Piloten, dann sagte er laut: »Wir werden bald starten können. Von der Zentrale werde ich versuchen, Ras Tschubai anzufordern. Er ist auf dem Mars, aber das ist für uns kein Problem. Also Gucky, was ist? Finden wir den Agenten?«

»Versuchen wir es. Wir müssen alle Ortergeräte einschalten, alle Energietaster. Sein Flugaggregat und der Deflektorschirm müssen ja schließlich Energie abstrahlen, die wir registrieren können. Wenn wir langsam fliegen, müßte es klappen.«

Der Jet-Gleiter startete und überquerte das Gebirge. Dahinter, in einer Ebene, lagen verstreut einzelne Kraftwerke und Verteilerstationen. Dazwischen Tiefbunker und sonstige Anlagen. Hier war nichts beschädigt worden.

In Flugrichtung kam wieder ein Gebirgszug in Sicht. Der Pilot stieg ein wenig höher, um es überqueren zu können.

»Jetzt kommen die Impulse schräg von unten«, gab Gucky bekannt. »Das würde bedeuten, daß er nicht mehr weit sein kann. Vielleicht im Gebirge. Da können wir aber schlecht landen.«

Deighton gab keine Antwort. Er ließ keinen Blick von den Skalen der Meßinstrumente und registrierte jede Veränderung der Zeigerstellungen. Das Ergebnis gab Gucky recht. Der Gesuchte mußte im Gebirge stecken.

Aber dann fielen alle Anzeiger der Meßinstrumente plötzlich in die Nullstellung zurück. Die Energieabstrahlung des gegnerischen Kampfanzuges hatte aufgehört.

Gucky sah die anderen ratlos an.

»Ich empfange auch keine Gedankenimpulse mehr. Was ist denn passiert?«

Deighton zuckte die Schultern.

»Entweder hat er alle Aggregate abgeschaltet, oder er hat einen Schutz gegen jede Art der Abstrahlung gefunden. Kann ein Zufall sein, vielleicht eine Höhle im Gebirge deren Decke undurchlässig ist und total isoliert. Da können wir ihn lange suchen. Oder aber . . .«

Er verstummte plötzlich.

»Oder – was?« erkundigte sich Gucky ungehalten.

»Ein Schutzschirm besonderer Art, kleiner Freund. Vielleicht kann der Bursche bei genügender Konzentration überhaupt verhindern, daß er Gedankenimpulse abstrahlt. Das wiederum kenne ich nur von Mutanten her.«

»Und von Antis«, sagte Gucky und es klang sehr bestimmt. »Ich werde jetzt aussteigen und ihn auf eigene Faust suchen.«

»Du bleibst im Gleiter«, befahl Deighton, während Gucky seinen Helm schloß. »Ich trage die Verantwortung für dich. Wenn du aus Leichtsinn und Unbesonnenheit . . .«

Er verstummte abermals.

Diesmal aus einem sehr guten Grund.

Gucky hatte die Kabine längst durch eine überraschend durchgeführte Teleportation verlassen.

Er war irgendwo dort unten auf der lebensfeindlichen Oberfläche des Höllenplaneten Merkur und suchte den Gegner.

Das Objekt war auf den Orterschirmen deutlich zu erkennen.

»Keine Rücksicht, Oberst Korom-Khan«, sagte Rhodan, der neben dem Kommandanten in der Kommandozentrale Platz genommen hatte. »Soweit wir feststellen konnten, ist es das einzige Schiff in diesem Sektor, das nicht zur Flotte gehört. Wenn es entkommt, war alles umsonst.«

»Wir erwischen es schon«, blieb der Kommandant gelassen. »Major Cuasa ist in der Feuerleitzentrale auf seinem Posten.«

Die Messungen stimmten. Es handelte sich um einen sechzig Meter durchmessenden Kugelraumer, vom ähnlichen Typ wie die Korvette. Das Schiff reagiert nicht auf die Anordnung, sich zu identifizieren.

Das war kein Wunder, denn der Kommandant des Schiffes, ein gewisser Major Rex Caraldo, gehörte zu den engsten Vertrauten Ribald Corellos. Er stand nicht unter Hypnobeeinflussung.

Als er den Befehl erhalten hatte, den ehemaligen Standort des Sonnensystems anzufliegen und dort auf Nachricht von Sacon Hashey zu warten, hatte er seinen Ohren nicht trauen wollen. Als er rückfragte, wurde der Befehl lediglich wiederholt. Er stammte direkt von Corello. Caraldo flog los. Er stammte von einer Siedlerwelt des Solaren Imperiums, aber das Leben dort war ihm schnell zu langweilig geworden. Er fand den Weg zu Corello und wurde einer seiner zuverlässigsten Diener.

Bei einer Ruhepause im Normaluniversum empfing er neue Informationen von Corello. So erfuhr er, was inzwischen geschehen war und daß der Anti in der Maske eines terranischen Mutanten zum Solsystem unterwegs war – zumindest zu dem Raumsektor, in dem früher einmal neun Planeten um eine Sonne kreisten.

Die Aufgabe begann für Caraldo interessant zu werden.

Nach der letzten Linearetappe tauchte er dort in den Normalraum zurück, wo einst die Erde gestanden hatte. Jetzt war der Raum leer, wie erwartet. Einige terranische Wachschiffe ignorierte er, und seltsamerweise wurde er auch von ihnen nicht weiter beachtet.

Doch dann, knapp zehn Stunden später, erlebte Caraldo die größte Überraschung seines Lebens. Dort, wo früher der Merkur gewesen sein mußte, wurde plötzlich ein riesiger Transmitter sichtbar. Er tauchte aus dem Nichts auf und streckte seine Energiebögen in das All hinein. Frei werdende Hyperenergien rissen den Raum auf und ließen für Sekunden das Rot des Hyperraums erkennen. Dann blieben nur der Transmitter und seine Leuchtbögen zurück.

Caraldo dachte in seiner Überraschung nicht daran, diese Neuigkeit an Corello zu funken, und er hatte außerdem noch gute Gründe, es nicht zu tun. Was er Corello überbringen wollte, waren handfeste Informationen, keine Bruchteile von unbewiesenen Neuigkeiten. Erst wenn er wußte, was hier gespielt wurde, wollte er Verbindung mit dem Supermutanten aufnehmen und ihm berichten. Und noch etwas kam hinzu: Sein Auftrag war es, auf ein Zeichen von Hashey zu warten. Und bisher hatte er von diesem Zeichen noch nichts gesehen.

Er konnte ja nicht ahnen, daß der so plötzlich aufgetauchte Transmitter eben dieses Zeichen war.

Sein Erster Offizier kam aus der Orterzentrale zurück.

»Ein Kugelraumer mit zweieinhalbtausend Meter Durchmesser ist aus dem Linearraum gekommen. Er steht dicht vor dem Transmitter. Vielleicht erfahren wir endlich, was das alles bedeutet.«

»Kann sein.« Caraldo blieb vorsichtig und skeptisch. »Wir müssen das Schiff im Auge behalten, es ist uns weit überlegen.«

»Es hat das Erkennungssignal von uns verlangt.«

»Keine Antwort geben. Wir müssen es darauf ankommen lassen.«

»Klar, Kommandant. Haben Sie Befehle für die Waffenkontrolle?«

»Feuerbereitschaft!«

Der Erste Offizier kümmerte sich um die Befehle. Caraldo blieb vor dem Panoramaschirm sitzen. Er konnte den fernen Transmitter mit bloßem Auge erkennen. Und dann sah er auch das angekündigte Riesenschiff.

Er wußte plötzlich, was für ein Schiff das war, und eine Gänsehaut lief ihm den Rücken hinab. Wenn er ehrlich sich selbst gegenüber sein wollte, mußte er zugeben, daß er ein Verräter an der Solaren Menschheit war.

Und Rhodan mußte das ebenfalls wissen.

Der Erste Offizier meldete über den Interkom:

»Kommandant, das Schiff nimmt Fahrt auf. Es hat Kurs auf uns.«

Caraldo bemerkte es, als er den Panoramaschirm studierte. Kein Zweifel, der Riese verfolgte sie. Es wurde Zeit, etwas zu unternehmen.

»Höchste Beschleunigungswerte«, befahl er dem Piloten. »Direkter Linearflug zu vorgesehenen Koordinaten. Kampfstand feuerbereit. Kein Funkverkehr.«

Dann lehnte er sich im Sessel zurück und wartete.

Etwas anderes konnte er im Augenblick auch nicht tun.

Gucky landete etwas unsanft auf dem Gestein einer Talsenke. Über ihm kreiste der Gleiter und versuchte ihm zu folgen. Es würde schwer sein, ihn hier in der Zwielichtzone des Merkur zu entdecken, aber sie hatten ja ausgezeichnete Meßgeräte an Bord.

Wichtiger war es jetzt, den Verräter und indirekten Mörder Goratschins zu finden. Der Miniaturorter in Guckys Kampfanzug war siganesischer Herkunft und absolut zuverlässig. Seine Zeiger jedoch schlugen kaum aus. Was sie anzeigten, waren mit Sicherheit Energiestreuungen von Merkurs Anlagen.

Rechts war ein kleiner See aus flüssigem Zinn, ein Zeichen dafür, daß er bereits außerhalb der eigentlichen Librationszone auf der Tagseite lag. Hier stiegen die Temperaturen bis weit über zweihundert Grad Celsius an. Der See lag in greller Sonnenbestrahlung, dicht daneben waren die Schatten tiefschwarz.

Gucky verzichtete darauf, seinen eigenen Deflektorschirm einzuschalten. Er wollte seinen Gegner herausfordern und hoffte, er würde eine Unvorsichtigkeit begehen. War er selbst auch unsichtbar, konnte die Jagd noch Tage dauern.

Gedankenmuster! Der Gegner – Gucky war jetzt fest davon überzeugt, es mit einem Anti zu tun zu haben – mußte für eine Sekunde unkonzentriert gewesen sein. Die Zeit war viel zu kurz für eine Anpeilung. Nicht einmal die ungefähre Richtung ließ sich feststellen.

Gucky schaltete seinen Funkempfänger ein und hörte Deightons Stimme. Sie rief immer wieder seinen Namen. Zuerst wollte der Mausbiber sich nicht melden, aber dann tat er es doch.

»Könnt ihr mir helfen? Ich habe ihn verloren.«

Deighton hörte auf zu rufen. Nach einer winzigen Pause sagte er:

»Es ist sinnlos, unten planlos weiterzusuchen. Wir haben eine schwache Energiestrahlung registriert, nördlich von hier. Sie wandert langsam nach Westen, der Sonne entgegen.«

»Das muß er nicht unbedingt sein . . .«

»Unsere Instrumente im Gleiter sind besser als deine, Gucky. Wir werden die Spur verfolgen, notfalls ohne dich.«

»Sei vernünftig, Galby. Ich bleibe hier, und wenn du mir die Richtung anzeigst, haben wir ein ungefähres Peilergebnis, sobald ich auch etwas empfange. Wir können ja eure Energiemessungen mit meinen Gehirnwellenmuster-Anmessungen kombinieren.«

Zu Guckys Überraschung willigte Deighton ein.

»Einverstanden, aber wir müssen in Verbindung bleiben. Wir fliegen jetzt nordwestlich. Geschwindigkeit fünfzig Kilometer pro Stunde.«

Gucky schaltete das Flugaggregat ein und erhob sich wenige Meter über die Oberfläche. Dann segelte er in die angegebene Richtung, und zwar mit gleicher Geschwindigkeit.

Er überquerte tiefe Spalten, in denen absolute Lichtlosigkeit herrschte. Im Schatten eines Bergkegels entdeckte er einen weiteren Zinnsee. Beim Näherkommen stellte er fest, daß sich das Zinn in ein silbergraues Pulver verwandelt hatte, ein Zeichen dafür, daß an dieser Stelle niemals die Sonne schien und die Temperaturen ständig weit unter Null Grad lagen.

»Er wechselt die Richtung«, gab Deighton bekannt. »Wieder genau nach Norden. Wir haben jetzt bessere Meßwerte. Die Robotortung hat hyperenergetische Abstrahlungen entdeckt. Sie müssen von einem HÜ-Schirm stammen.«

»Ich registriere sie auch«, sagte Gucky. »Er muß vor uns die Ebene überquert haben und im Gebirge angelangt sein. Vielleicht will er sich dort verbergen.«

»Suchen wir weiter.«

Es war ein wild zerklüftetes Gebirge an der Grenze zwischen Tag und Nacht. Einige Stellen des Gebirges waren ständiger Sonneneinstrahlung ausgesetzt, andere wiederum ewiger Weltraumkälte. Hier gab es mehr tiefschwarze Schatten als anderswo.

Und mehr Verstecke.

Caraldo wußte, daß er der angreifenden INTERSOLAR nicht mehr entkommen konnte. Selbst wenn er jetzt noch versuchte, in den Linearraum zu gehen, würde das sinnlos sein. Der Halbraumspürer der Terraner würde ihn auch dort finden.

Im Normalraum hatte er noch immer eine geringe Chance.

»Funkspruch vorbereiten!« befahl er hastig. »Meldung an Corello mit allen Einzelheiten.«

In der Funkzentrale wurde der Befehl sofort befolgt und ausgeführt. Aber bevor der erste Hyperfunkimpuls die Antennen verließ, blitzte drüben bei der INTERSOLAR ein Thermostrahl auf und streifte die Kugelhülle von Caraldos Schiff derart, daß alle Antennen abgeschmolzen wurden.

Der Funkspruch konnte nicht mehr ausgestrahlt werden.

Caraldo ließ das Feuer auf die näher rückende INTERSOLAR mit allen verfügbaren Waffen eröffnen. Gleichzeitig schaltete er die Anlage für mechanisch-hypnosuggestive Beeinflussung ein und richtete sie auf den Verfolger.

Ein Schauer paramechanischer Hypnowellen raste auf die INTERSOLAR zu und durchdrang alle Isolierschichten der Hülle. Sie fielen über die Besatzung her und versuchten, sie im Sinne Caraldos zu beeinflussen. Gleichzeitig begannen alle Geschütze zu feuern. Grell aufblitzende Energiebündel prallten gegen den Schutzschirm des Riesenschiffes und flossen wirkungslos nach allen Seiten ab.

Erst als Caraldo das wirksamere Punktfeuer einrichten ließ, entschloß sich Rhodan zum vernichtenden Gegenschlag. Außerdem erkannte er die Gefahr, die ihm und seiner Besatzung aus der paramechanischen Hypnobeeinflussung entstehen konnte, auch wenn sie schwächer war als zum Beispiel die Strahlung, die Corello selbst verschickte.

Eine Salve aus den Transformkanonen der INTERSOLAR beendete das Gefecht.

Caraldos Schiff verwandelte sich in eine grell aufflammende Sonne, und dann schwebte eine ausglühende Atomwolke an seiner Stelle.

Rhodan kehrte unmittelbar danach zum Empfangstransmitter am Anfang der Temporalschleuse zurück.

Er stellte fest, daß die Energiesäulen inzwischen erloschen waren. Das war in dieser Situation äußerst beruhigend, denn von diesem Augenblick an wurde eine Ortung erschwert. Lediglich der riesige Flottentender stand an der Stelle, an der sonst Merkur die Sonne umkreiste.

Damit wurde klar, daß tatsächlich nur die Temporalschleuse ausgefallen war, das Solsystem selbst sich aber konstant in der Zukunft hielt und somit nicht entdeckt werden konnte. Wenn Rhodan auch die wahren Zusammenhänge nur ahnen konnte, empfand er diese Tatsache als Beruhigung.

Ihm blieb nichts anderes übrig, als abzuwarten.

Einmal mußten ja die Notaggregate anlaufen.

Inzwischen war Ras Tschubai eingetroffen. Er war durch eine besonders eingerichtete Energieschirm-Schleuse gekommen und gleich in den Gleiter Deightons teleportiert. Nachdem er von den Ereignissen erfahren hatte, nahm er Verbindung mit Gucky auf, der noch immer allein unten auf Merkurs Oberfläche nach dem Agenten suchte.

»Ich komme zu dir«, sagte er.

»Dann komm, wenn du willst. Wir haben ihn bald. Er steckt im Gebirge. Ich habe die Energieabstrahlung des Schutzschirms feststellen können. Deighton soll schwere Waffen anfordern, sonst knacken wir den Schirm nie.«

»Werde es ihm sagen. Bis gleich. Denke an was Nettes, damit ich dich anpeilen kann – oder besser: sage es. Leider bin ich kein Telepath.«

»Ich stehe auf dem Gipfelplateau direkt unter dem Gleiter. Du kannst mich nicht verfehlen. Wenn Galbys Messungen stimmen, ist unser Gegner keine zwei Kilometer vor uns am Gebirgsrand. Und zwar auf der Sonnenseite. Wir haben ihn bald.«

»Hoffentlich.«

Gucky stand auf dem Plateau und sah hinüber zu den Bergen. Die Stelle, an der er den Unbekannten vermutete, lag zum Greifen nah. Hin und wieder empfing er wieder die verworrenen Gedankenmuster, ohne Sinn, aber sie halfen ihm, die Richtung zu bestimmen. Der Flüchtling konnte jeden Augenblick einen verzweifelten Ausbruchsversuch unternehmen.

Dann sah Gucky das grüne Aufblitzen drüben am Hang.

Der grüne HÜ-Schutzschirm des Gegners.

Ohne Ras Tschubais Ankunft abzuwarten, teleportierte er.

Sacon Hashey sah sich endgültig in die Enge getrieben. Über ihm schwebte der Gleiter, dessen Waffen auch einen HÜ-Schirm gefährden konnten. Außerdem konnten seine Meßinstrumente die Energieabstrahlung eines solchen Schirmes jederzeit orten.

Und vor ihm, keine zwei Kilometer entfernt, wartete dieser kleine Teufel mit dem braunen Pelz, der sich so sehr um den vermeintlichen Goratschin gekümmert und damit ihm, Hashey, den Weg ins Sonnensystem geebnet hatte.

Er spürte förmlich den Haß des Mausbibers, und zum erstenmal verspürte er auch so etwas wie Furcht.

Im Schutz des grünen Schirms fühlte er sich sicher. Es würde auch mit schweren Waffen nicht einfach sein, ihn sofort zu erledigen, zumindest dann nicht, wenn er in Deckung blieb. Das war auch der Grund, warum er mit der weiteren Flucht noch zögerte.

Er wußte immer noch nicht, welchen Schaden er angerichtet hatte. Durch Funk hatte er erfahren, daß die Temporalschleuse zusammengebrochen war, aber die Konsequenzen der Katastrophe konnte er nicht in allen Einzelheiten erfassen. Er wußte nur, daß sich das Solsystem noch immer in seinem Zeitversteck befand.

Seine Arbeit war demnach noch nicht beendet.

Der Mausbiber stand noch immer drüben auf dem flachen Berggipfel, über ihm schwebte der Gleiter in großer Höhe. Hashey war davon überzeugt, daß sie nur darauf warteten, daß er einen Ausbruchversuch unternahm.

Plötzlich verschwand Gucky von seinem Standort.

Im ersten Augenblick nahm Hashey an, daß er den Deflektorschirm eingeschaltet hatte, um sich unbemerkt nähern zu können, aber dann erkannte er seinen Irrtum, als der Mausbiber keine zwanzig Meter von ihm entfernt materialisierte.

Sein erster Impuls, einen Energiestrahler einzusetzen, wurde schnell von der Logik unterdrückt. Hashey wußte, daß er ohne seinen grünen HÜ-Schirm dem Gegner ausgeliefert war, und er konnte das Feuer nicht eröffnen, ohne ihn abzuschalten.

Und die Handwaffen des Mausbibers reichten bei weitem nicht aus, den HÜ-Schirm zu durchdringen.

Keiner konnte dem anderen etwas tun.

Gucky sah den Gegner vor sich. Hinter dem grünen Schimmer des Schutzschirms war seine Gestalt schemenhaft zu erkennen.

Gucky ließ ihn nicht aus den Augen, während er in sein Mikrophon sagte:

»Hallo, Galby! Verständigung?«

»Gut. Was ist?«

»Ich stehe vor ihm, kann aber nichts unternehmen. Paßt auf, wenn er fliehen will.«

Deighton sagte:

»Keine Sorge, Gucky. Bewache ihn, wir kommen selbst mit Robotunterstützung. Dann sehen wir weiter.«

Gucky schaltete das Funkgerät ab. Bis Deighton mit seiner Armee zur Stelle war, konnte der Gegner längst einen Ausweg aus seiner

Lage gefunden haben. Er sah nach Westen. Das Gelände fiel steil ab und wurde erst am Ufer eines großen Zinnsees wieder flacher. Nur auf der Westseite des silbern schimmernden Sees ragten felsige Ufer steil aus der verflüssigten Metallmasse.

Neben Gucky materialisierte Ras Tschubai.

»Wir Mutanten können gegen einen Anti nichts ausrichten«, sagte der Teleporter. »Im Gegenteil, sie können unsere Para-Kräfte auffangen und gegen uns zurückschleudern. Es ist eine völlige Patt-Situation.«

Deighton landete, und der Anti wurde eingekreist. Sacon Hashey wurde von Panik gepackt und versuchte, nach oben zu entkommen.

Punktbeschuß ließ seinen Schutzschirm zusammenbrechen. Der Anti war zu entsetzt, um sich gegen Guckys sofortige telekinetische Angriffe verteidigen zu können. Er wurde gegen einen Felsen geschleudert und verlor das Bewußtsein.

»Vorsicht!« schrie der Mausbiber plötzlich.

Auch die anderen suchten Deckung, als das Gehirn des Bewußtlosen explodierte und den halben Körper zerfetzte.

Eine hypnosuggestive Todessperre!

Damit konnte es als erwiesen gelten, daß es sich bei dem Agenten in der Tat um einen Anti handelte, der unter dem Einfluß Ribald Corellos stand und alle Befehle widerspruchslos befolgt hatte.

Deighton erhob sich und sah auf die Reste des Gegners.

»Goratschin ist damit nicht gerächt, denn der wahre Mörder läuft noch frei herum, und ich habe das verdammt unangenehme Gefühl, daß wir noch eine Menge Ärger mit ihm haben werden. Wir werden die Leiche von unseren Wissenschaftlern untersuchen lassen, vielleicht finden sie etwas, das wir übersahen.« Er nickte den anderen zu und ging zum Gleiter zurück. »Zuerst aber werde ich dafür sorgen, daß der zweite Temporalvariator in Betrieb genommen wird. Die Reparaturroboter können nun auch mit ihrer Arbeit beginnen. Sie haben für Tage genug zu tun.«

Der Gleiter erhob sich und kehrte zu seinem Einsatzhafen zurück.

Zwei Stunden später wurden die Notaggregate in Betrieb genommen. Der zweite Temporalvariator lief an, und kurz danach meldeten die Kontrollstationen, daß auch die Paraverbundleitungen wieder stabil wurden. Zwangsläufig öffnete sich Sekunden später die Temporalschleuse zur Gegenwart und blieb ebenfalls stabil.

Auch die Gegenwartsschwelle erfüllte wieder ihre ursprüngliche Aufgabe und schirmte den Transmitter gegen die Jetztzeit ab.

Die INTERSOLAR, die in unmittelbarer Nähe der Zeitschleuse in Wartestellung gegangen war, nahm Fahrt auf und durchflog als erste Einheit den farbigen Korridor, der sie fünf Minuten in die Zukunft brachte.

Auf dem Panoramaschirm erschien das vertraute Bild des Sonnensystems, beherrscht von der Kugel des nahen Planeten Merkur.

Nachdem die INTERSOLAR für eine Stunde auf Merkur zwischengelandet war, begab sich Rhodan sofort in Deightons Ausweichbüro, wo er den Chef der Abwehr zusammen mit Ras Tschubai, Gucky, Captain Skopins und Leutnant Chesterham antraf. Mit äußerlicher Gelassenheit nahm er den Bericht entgegen, aber dann ging er zu Gucky und legte ihm die Hand auf die Schulter.

»Es tut mir leid, Kleiner, wirklich leid. Vielleicht ist es meine Schuld, denn ich gab Goratschins Drängen nach und schickte ihn nach Anchorot. Wie konnte ich ahnen, daß alles nur ein Trick von Ribald Corello war?«

Gucky sah Rhodan dankbar an.

»Es ist nicht deine Schuld. Es hätte jeden von uns treffen können. Aber eines sage ich dir. Wir werden diesen Corello erwischen, auch wenn er wirklich Kitai Ishibashis Sohn ist. Und ich werde diesem Scheusal eigenhändig das Genick brechen.«

»Bis dahin hast du dich beruhigt, Gucky. Der Tod Goratschins wird gerächt werden, aber nicht immer bedeutet Rache auch, Gleiches mit Gleichem zu vergelten.«

Er wandte sich an Deighton. »Was ist mit Goratschins Aktivator?«

»Er wurde sichergestellt, Sir. Unbeschädigt. Ein Wunder, daß Corello die Gelegenheit nicht wahrnahm, einen Zellaktivator zu erhalten.«

»Für sich hat er einen und ist somit unsterblich. Den von Goratschin konnte er nicht nehmen, er mußte ihn der Zellfolie lassen, um keinen Verdacht zu erregen. Die Impulse des Aktivators sind bekannt. Wir hätten den Betrug sofort bemerkt.«

Rhodan hatte nun nur noch drei Mutanten: Gucky, Ras Tschubai und den Telepathen Fellmer Lloyd.

Alle waren durch ihre Zellaktivatoren relativ unsterblich.

Pünktlich eine Stunde nach Beginn der Unterredung startete die

INTERSOLAR mit Rhodan an Bord zur Erde. Die drei Mutanten blieben auf Merkur zurück und würden mit Deighton nachkommen.

Der 19. Juli war angebrochen.

Ein Feiertag.

Gucky war nicht nach Feiern zumute. Noch immer überwog die tiefe Trauer um Iwan und Iwanowitsch Goratschin alle anderen Empfindungen. Goratschin war sein Freund gewesen, fast anderthalb Jahrtausende lang.

Für ihn, Gucky, war Goratschin zweimal gestorben.

Das erstemal auf dem Planeten Anchorot, vor genau drei Tagen, unauffällig und nicht betrauert. Das zweitemal gestern auf Merkur. Gucky ballte die kleinen Fäuste, als er daran zurückdachte.

»Und ich werde ihn kriegen!« murmelte er, als er später hinter Deighton zum Transmitter ging, der sie zur Erde abstrahlen sollte. »Ich werde ihn kriegen . . .«

Deighton drehte sich nicht um, als er fragte:

»Sagtest du etwas, Kleiner?«

Gucky sah vor sich die Transmitteranlage und die leuchtenden Energiebögen. Er sehnte sich nach seinem Bungalow am Goshunsee, nach der Ruhe dort und nach der Einsamkeit. Er wollte allein sein.

Goratschin hatte ihn dort oft besucht. Nun würde er nie mehr kommen können.

Er nicht und viele andere auch nicht mehr.

Sie wurden immer weniger.

»Nein, ich habe nichts gesagt«, murmelte er.

Schweigend betraten sie die Transmitterhalle.

ENDE
